Markus Heitz

KINDER DES JUDAS

Mehr Informationen über die Romane
von Markus Heitz finden Sie auf der Website:
www.pakt-der-dunkelheit.de

Markus Heitz

KINDER DES JUDAS

Roman

Knaur

Besuchen Sie uns im Internet:
www.knaur.de
www.pakt-der-dunkelheit.de

Wenn Ihnen dieser Roman gefallen hat,
empfehlen wir Ihnen gerne weiteren spannenden Lesestoff –
schreiben Sie mit dem Stichwort »Kinder des Judas« an:
mystery@droemer-knaur.de

Originalausgabe September 2007

Ein Unternehmen der Droemerschen Verlagsanstalt
Th. Knaur Nachf. GmbH & Co. KG, München

Redaktion: Ralf Reiter
Ein Projekt der AVA International GmbH
Autoren- und Verlagsagentur
www.ava-international.de
Umschlaggestaltung: ZERO Werbeagentur, München
Umschlagabbildung: FinePic, München
Satz: Adobe InDesign im Verlag
Druck und Bindung: Ebner & Spiegel, Ulm
Printed in Germany
ISBN 978-3-426-66277-9

2 4 5 3 1

PROLOG

20. November 2007
Deutschland, Sachsen, Leipzig, 23.59 Uhr

Ich kenne die Melodie des Lebens.

Es ist nicht das Vogelgezwitscher, nicht das Rauschen des Windes in den Bäumen oder das Lachen der Kinder. Sie ist viel weniger kitschig.

Die Melodie des Lebens ist sehr eintönig, elektronisch. Sie variiert selten, und wenn doch, dann ist es meistens nicht gut.

Ich kenne jeden einzelnen Ton und bin doch immer wieder überrascht, wie unterschiedlich die Melodie von Männern, Frauen und Kindern gespielt werden kann. In einer Minute erschallt dieser Ton zwischen fünfzig und achtzig Mal, ein einfaches Metronom hält den Takt mal mehr, mal weniger gut.

Es kommt vor, dass andere Instrumente in die Melodie mit einstimmen. Auch sie klingen nüchtern und leidenschaftslos, ewig gleich. Nur der Mensch bestimmt, in welchem Rhythmus sie spielen, in welcher Weise sie einen Chor bilden. Und doch hat er in den seltensten Fällen Einfluss darauf.

Ich höre diese Melodie sehr gerne, denn sie bedeutet Leben.

Mehrmals in der Woche gehe ich in das besondere Opernhaus, in dem die Melodie des Lebens von zahlreichen Interpreten zum Besten gegeben wird. Niemand käme auf die Idee, sie vom Spielplan zu nehmen. Ich sitze immer in der ersten Reihe, dichter als ich kommen nur wenige Menschen an das Orchester heran. Dargeboten wird die Melodie stets von einem einzelnen Menschen. Alt, jung, arm, reich, Mann, Frau, das macht keinerlei Unterschied. Jeder darf, auch wenn er es nicht immer möchte.

Ich sehe diesem einzelnen Musiker oft in die Augen, halte die Hand, wenn er zu aufgeregt ist, und rede ihm gut zu. Manche halten die Lider geschlossen, als würden sie selbst einem Lied lauschen; wieder andere träumen, wie ich an ihren Bewegungen erkennen kann.

Es gibt sehr viele Möglichkeiten, die Melodie zu spielen, und ich wage zu behaupten, dass ich sie alle kenne. Nein, sagen wir lieber: fast alle kenne.

Aber eines ist stets gleich – erst wenn der letzte Ton verklungen ist, gehe ich unter Tränen. Das bin ich dem Musiker schuldig.

Und die anschließende Stille weckt meinen Neid.

Heute ist der Musiker ein kleines Mädchen.

Ihr Name ist Thea. Sie ist elf Jahre alt, stammt aus Leipzig und hat sich lange geweigert, das Stück mit dem Orchester zu spielen. Gestern, vier Wochen nach ihrer Operation, ging es nicht mehr anders. Die Ärzte haben sie an die verschiedenen Monitore angehängt, um genau beobachten zu können, wie ihre Herzfrequenz ist, wie ihr Blutdruck sich verhält, was die verschiedenen Werte aussagen. Nicht, weil sie das Schlimmste befürchten, ganz im Gegenteil, sie sind voller Hoffnung. Sie haben Thea neue Medikamente gegeben, die helfen sollen. Es geht lediglich um Überwachung. Keiner sieht, was ich sehe, da helfen ihnen selbst ihre Maschinen nichts. »Das ist eine reine Vorsichtsmaßnahme«, haben sie den Eltern gesagt. Sie lügen nicht, sie glauben daran. Sie wissen es nicht besser – so wie ich.

Theas Gesicht ist schmal geworden, seit ich sie das erste Mal gesehen habe. Wenn man sich vorstellt, was diese arme Kreatur über sich ergehen lassen musste, ist es ein Wunder, dass sie noch immer Fleisch auf den Rippen hat. So wenig gegessen, so viel erbrochen.

Sie schläft tief und fest. Ein Zufall, dass der Krebs überhaupt festgestellt wurde, eine perverse Laune der Natur, wie schnell er gewachsen ist. Der Oberarzt sagte, dass ein so großer Tumor in einem so kleinen Köpfchen sehr selten ist. Ich bin mir nicht sicher, ob Thea und ihre Eltern einen ähnlichen Enthusiasmus beim Anblick von Befundwerten verspüren wie Professor Angerer. Er hat den Eltern nach der OP versprochen, dass alles in Ordnung kommt.

Ich sitze neben ihrem Bett, höre mit einem Ohr auf das Geräusch des elektronischen Orchesters und die Melodie des Lebens und konzentriere mich dann auf Theas Atemzüge. Sie sind ruhig und gleichmäßig. Noch.

Den Geruch nach Desinfektionsmittel und Ozon, der aus den Geräten dringt, bemerke ich schon gar nicht mehr, dafür bin ich zu oft auf solchen Stationen. Normale Besucher entwickeln schnell eine Abneigung dagegen.

Meine Hand berührt ihre zarten Züge, streichelt die bleiche Wange und schiebt die vorwitzige helle Haarlocke aus der Stirn, bevor sie auf die Nase rutscht und Thea kitzelt. Eine rot leuchtende Narbe an der Stirn ist das Andenken an den Eingriff. Sie erinnert mich unglaublich an das Gesicht eines Mädchens, das vor vielen, vielen Jahrhunderten gelebt hat und von dem ich Thea manchmal erzähle. Sie mag die Geschichten. Ich selbst bin mir da nicht so sicher.

Unter der Decke steckt rechts neben ihr Paddy, der braune Kuschelteddy, dem ich heute auch schon etwas zu essen gegeben habe. Oder jedenfalls so getan, als ob. Thea mag es, wenn ich ihr Geschichten erzähle, für sie singe und mit ihr und Paddy spiele. Danach hat sie das bisschen Brei, das sie zu sich genommen hatte, gleich wieder von sich gegeben. Waren es die Aufregung und die Freude? Habe ich sie zu sehr zum

Lachen gebracht? Jetzt wird sie Nährlösung direkt ins Blut bekommen.

Als ich sie berühre, dreht sie den Kopf, klemmt dabei meine Finger fest und lächelt im Schlaf. Ich muss meine Tränen niederringen, weil ich weiß, dass ich dieses Lächeln nicht mehr oft sehen werde. Kein Mensch wird es nach dieser Nacht mehr sehen; höchstens auf einem Foto.

Es gibt dieses Märchen, in dem ein Arzt den Tod am Bett seiner Patienten stehen sieht und erkennt, ob sich der Kranke von seinem Leiden erholt oder nicht. Ich sehe den Tod zwar nicht, aber ich spüre ihn. Es ist eine Gabe, um die ich nicht gebeten habe. Vielleicht wurde sie mir verliehen, weil ich mich so oft mit dem Tod beschäftigt habe und mehr Menschen beim Sterben begleiten musste, als andere lebendigen Menschen begegnen. Bei Thea wusste ich schon am ersten Tag, dass er sie schon lange ausgesucht hatte. Es war einer jener Momente, in denen man an Gott zweifelt. Dabei ist es hochgradig unfair, ihm die Schuld zu geben. Ich meine, was würden Atheisten tun? Können sie jemanden verantwortlich machen? Wenn nicht zufällig ein Kernkraftwerk in der Nähe von Theas Wohnung liegt und es dort nachweislich ein Strahlungsleck gab, das den Tumor ausgelöst hat, dürfte es ein Atheist schwer haben, jemanden anzuklagen.

Sie sprechen von Schicksal – und meinen damit nur zu oft doch Gott. Auch wenn man an nichts glaubt, glaubt man.

In anderen Religionen heißt es sinngemäß, dass man bekommt, was man verdient. Oder die Rechnung für Dinge zahlt, die man in einem vorherigen Leben getan hat. Es fällt schwer, sich vorzustellen, dass ein so liebes Kind wie Thea in einem anderen Leben eine schreckliche Tat begangen haben könnte, für die sie in ihrem heutigen büßen muss; zudem wäre es wieder unfair, weil sie sich ihrer Schuld von damals nicht bewusst ist. Ebenso unfair, wie Gott die Schuld zu geben.

Ich ziehe meine Hand behutsam unter Thea heraus, streichele sie wieder und bin froh, dass ich kein Atheist bin. Mein Glaube ist stark, er verwindet auch den Tod eines unschuldigen kleinen Mädchens, ohne mit Gott zu hadern. Es gibt Dinge, die nicht geändert werden können. Wir Menschen haben alles getan, um sie zu retten. *Ich* habe alles getan, um sie zu retten, und das, ohne dass es jemand bemerkte. Doch die Krankheit war stärker. Die Ärzte werden von ihrem Tod überrascht werden.

Allerdings bin ich lange nicht so abgebrüht, wie das vielleicht erscheinen mag. Ich sehe die schlafende Thea an – und möchte jemandem mitten ins Gesicht schlagen. Um mich vor meiner eigenen Trauer zu schützen, werde ich wütend, werfe mich in Aggression, in Tobsucht. Es hat langer Jahre bedurft, bis ich es kontrollieren konnte. Oder besser gesagt: bis ich ein Ventil fand.

Sie hatte bisher Glück, die kleine Thea. Keine Unfälle, nicht einmal ein Beinbruch oder eine von den klassischen Verletzungen, die man als Kind hat. Sie war Klassenbeste und sollte nächstes Jahr ins Gymnasium wechseln, eine ganze Klasse überspringen. So ein cleveres Mädchen.

Thea zuckt. Die Melodie des Lebens bekommt einen kurzen, schrillen Misston.

Ich nehme ihre kühle Hand zwischen meine Finger. »Schsch, schsch, ich bin da, Thea«, flüstere ich freundlich und warm, dabei lehne ich mich nach vorne, damit mein Schatten über sie fällt und sie meine Anwesenheit unterbewusst spürt. »Sei ruhig, Liebes. Ich bin da.«

Der Klang meiner Stimme beruhigt sie, die Herzfrequenz fällt zurück auf ihr gesundes Maß, aber ich habe die Botschaft sehr wohl verstanden. Mit einer Hand drücke ich die Wechselsprechanlage.

»Schwester Doris, benachrichtigen Sie bitte Theas Eltern«, sage ich leise. »Ihre Tochter wird bald sterben.«

»Danke, Frau Sarkowitz«, kommt die Antwort. Keine Rückfragen, kein *Sind Sie sicher?* oder *Sind Sie verrückt? Bei den tollen Werten?* Das hat einen Grund. Doris kennt mich seit sieben Jahren, und sie weiß, dass jede meiner Voraussagen stimmt. Wie oft haben sie und ich uns schon gewünscht, dass ich einmal danebenliege. Nur ein einziges Mal. Leider war es uns nicht vergönnt, diesen kleinen Triumph über den Tod einmal zu erleben.

»Sie sollen sich beeilen. Es wird nicht mehr lange dauern«, füge ich hinzu und schaue zu dem Monitor, auf dem Theas Herzschläge von der Elektronik als hüpfende Punkte mit nachglühenden Linien angezeigt werden.

Plötzlich schlägt sie die dunkelbraunen Augen auf. »Ich habe Durst«, sagt sie heiser und klammert sich an meine Hand. »Mir ist so heiß, Sia.«

»Warte, ich gebe dir etwas.« Mit der Rechten schenke ich ihr von dem roten Traubensaft-Wasser-Mix ein, den sie so sehr liebt, während sie vergeblich versucht, sich aufzusetzen, und mit einem Mal kraftloser als jemals zuvor wirkt. Die Augen liegen tief in den Höhlen, sie hat Ringe darunter wie eine Fünfzigjährige. Behutsam flöße ich ihr einige Schlucke ein, dann hustet sie, und ich setze das Glas ab. »Ist es besser?«

»Ja«, antwortet sie schwach und tastet nach Paddy, den ich ihr sofort in den Arm drücke. »Danke, Sia.«

Sia ist nicht mein richtiger Name, sondern die Abkürzung für Theresia. Theresia Sarkowitz, Sitzwache, siebenunddreißig Jahre, so steht es zumindest in den Personalunterlagen des Krankenhauses. Und trotzdem würde mich kein noch so kritischer Beobachter älter als Ende zwanzig, maximal Anfang dreißig schätzen. Ich habe mich gut gehalten und bin sehr stolz auf meinen Körper, der schon viel ausgehalten hat. Prellungen, Schnittwunden von Messern und Glassplittern und vieles mehr hat meine Haut kennengelernt, ohne sich daran mit einer hässlichen Narbe zu erinnern.

»Möchtest du nicht lieber wieder schlafen?«, frage ich Thea und lege eine Hand auf ihre Stirn. Eiskalt und feucht.

Sie schüttelt den Kopf, doch ihre Bewegungen sind kraftlos. »Nein. Dann kommen wieder die Träume. Und die Monster.« Thea drückt den Bären an sich, den Beschützer und Gefährten, so gut es geht. »Ich mag sie nicht. Kann Scylla kommen und sie verjagen, Sia?«

Scylla, das Mädchen aus meinen Geschichten. »Du musst dich nicht aufregen, Kleines«, spreche ich bedächtig. »Ich schicke dir Scylla, und sie verjagt die Monster, ich verspreche es dir. Aber jetzt ...«

Die Töne des Herzmonitors beschleunigen sich. Rasch schalte ich das Instrument auf stumm und verfolge die tanzenden Linien aus den Augenwinkeln. Das kleine Herz rast!

Plötzlich zuckt Thea zusammen. »Sia!« Ihr Gesicht verkrampft sich vor Schmerz und Anstrengung, nur ihre Augen bleiben groß und weit. Mir kommt es vor, als versuche sie, die Schmerzen und die Krankheit aus sich herauszupressen, sich zu reinigen. Ihr Atem beschleunigt sich.

»Ich lasse dich nicht allein, Thea«, verspreche ich ihr. »Paddy und ich passen auf, dass dir nichts geschieht.«

Da geht auch schon die Tür zum Zimmer auf, Professor Angerer und ein Notfallteam stürmen herein und schauen auf die Monitore der Geräte. Er gibt rasche Anweisungen, was die Ärzte und Pfleger tun sollen, Spritzen werden aufgezogen und in den Infusionsschlauch gejagt. Ich rücke etwas nach oben, um ihnen nicht im Weg zu sein, lasse aber die kleine Hand nicht los. Meine Augen ruhen auf Thea, alles andere interessiert mich nicht mehr. Der Tod ist bereits in sie gekrochen und sucht nach ihrer Seele, um sie mit sich zu nehmen.

Die kurzen, knappen Anweisungen des Oberarztes höre ich kaum.

Thea dreht den Kopf noch einmal zu mir, der Schleier über

den Pupillen erinnert mich an beschlagene Scheiben. Sie drückt meine Finger fest, so fest, wie es auch die Erwachsenen taten, die ich beim Sterben begleitet habe. Wie kräftig Kinder sein können.

Ich lächele sie an und streichele ihr Gesicht. »Keine Angst, Thea. Keine Angst.« Auch wenn es mir unglaublich schwerfällt, summe ich ihr eines von meinen vielen Liedern vor, die vertrauten Töne werden sie beruhigen.

Theas Blick bricht.

Der Tod ist aus ihr gefahren und hat ihre Seele fortgetragen.

Dass sie an einem besseren Ort landen wird als ich, bezweifele ich nicht.

Ich schließe ihr die Augen. Neben mir steht Angerer und hält einen ehrgeizigen Assistenzarzt, der den Defibrillator einsatzbereit gemacht hat, mit einer knappen Geste zurück. Das ist ein Grund, warum ich vor diesem Oberarzt niemals den Respekt verloren habe. Bei allem Elan, den er bei einer Therapie an den Tag legt, weiß er, wann er den Kampf verloren hat und seine Patienten nicht weiter peinigen muss.

»Das verstehe ich nicht«, meint einer aus dem Pulk betroffen. »Es sah doch gut aus. Und das neue Medikament ...«

Angerers Gesicht ist unbeweglich. Es ist der Ausdruck absoluter Hilflosigkeit.

Die Tränen lassen sich nicht länger zurückhalten. Ich ergebe mich der Trauer über den Verlust des jungen, unschuldigen Lebens und hoffe, dass die Wut bald zu mir zurückkehren wird.

Wer mich so an diesem Bett sieht, könnte meinen, ich sei die Mutter, die Tante, irgendeine nahe Angehörige von Thea, und so falsch ist das gar nicht. Ich fühle mich den Toten sehr eng verbunden, habe ich sie doch begleitet und bin mit ihnen ein Stück des Weges gegangen, den sie nur einmal gehen. Es ist etwas Unikales. Etwas, was uns zusammenschweißt.

Nach ein paar Minuten habe ich mich wieder gefangen und stehe auf. Erst jetzt lasse ich die Hand des Mädchens los, wische mir die Feuchtigkeit mit einem Taschentuch aus den Augen und von den Wangen, wissend, dass ich mein Make-up damit zerstöre. Einerlei.

Angerer und seine weiße Truppe sind schon wieder weitergezogen, vielleicht ein neuer Notfall oder die Routine des Sterbens im Krankenhaus: Bericht schreiben, *Patientin infolge ihrer schweren Krebserkrankung verstorben,* Uhrzeit nicht vergessen und keinesfalls *unerwartet* notieren, sonst hebt der Staatsanwalt den Kopf.

An der Tür drehe ich mich noch einmal um und betrachte Thea, wie sie daliegt, den Teddy im Arm. Ich spüre noch immer ihre Finger in meiner Hand, die Abdrücke sind auf meiner Haut zu sehen. So eine Schande.

Mein Weg führt mich ins Schwesternzimmer, in dem betroffene Stille herrscht. Die Nachtschicht weiß selbstverständlich Bescheid.

»Hier, Frau Sarkowitz«, empfängt mich Doris und reicht mir eine Tasse Tee. Es ist unser Ritual, seit sieben Jahren.

»Danke.« Ich hasse meine Stimme, wenn sie nasal klingt. Sie ist für eine Frau ungewöhnlich tief und dabei doch klar. Nur nach dem verfluchten Weinen höre ich mich an, als würde ich durch eine Gießkanne sprechen. Nach viel Zucker und Milch koste ich den Tee.

Auf dem Gang sehe ich Theas Eltern vorbeihasten.

»Ich mache das schon«, sagt Doris, steht auf und geht hinaus, um ihnen den Tod der Tochter schonend beizubringen. Das ist die Arbeitsteilung zwischen uns: Ich begleite die Menschen beim Sterben, sie die Angehörigen beim Trauern. Sie kann es besser als jeder Arzt, deswegen lässt man sie unter der Hand gewähren.

Schluck für Schluck leere ich die Tasse und versuche, meine

Gedanken zu ordnen. Stattdessen habe ich Theas Gesicht vor Augen, das liebe kleine Gesicht. Es wird mich mindestens eine Woche verfolgen, das ist sicher. Der Tod von Erwachsenen geht mir lange nicht so nahe wie der von Kindern.

Meine Aufgabe in der Onkologie ist beendet. Es gibt derzeit keinen weiteren Kandidaten auf der Station, der bald aus dem Leben scheiden muss. Ich blicke zur Uhr über der Tür. *01.01* verkündet die Anzeige. Meine zweite Berufung beginnt bald.

Ich stelle die Tasse auf den Tisch zurück, erhebe mich und gehe zum Ausgang, als Doris zurückkommt. Nun hat auch sie Tränen in den Augen. Auf dem Flur höre ich das laute, verzweifelte Weinen einer Frau.

»Ich weiß gar nicht, wie Sie den Tod ertragen, Frau Sarkowitz«, sagt Doris gedrückt. »Wenn ich die Angehörigen und deren Leid sehe, könnte ich stundenlang mitheulen.« Sie greift in ihren Kittel und sucht nach einem Taschentuch.

»Sehen Sie, liebe Schwester Doris, das ist der Grund, warum ich die Sterbenden begleite, nicht die Verwandten«, erwidere ich. »Was denken Sie, wie bei mir Rotz und Wasser liefen, wenn ich bei den Eltern stehen müsste? Tröstende Worte liegen mir nicht.«

Wir reichen uns die Hand, sie berührt mich zusätzlich noch an der Schulter und geht an mir vorbei ins Zimmer.

»Haben wir noch jemanden auf den anderen Stationen?«, frage ich aus Gründen der Höflichkeit, obwohl ich es bereits weiß.

Doris schüttelt den Kopf. »Nein, Frau Sarkowitz. Auf der Intensiv der Urologie zwei liegt ein älterer Herr ohne Angehörige, aber das wissen Sie ja bereits. Der Oberarzt meinte, dass er nicht mehr viel Zeit hat, aber ...«

»... aber das hat er auch schon vor einer Woche gesagt«, beende ich ihren Satz und lächle sie freundlich an. »Machen Sie sich keine Sorgen, Schwester Doris. Ihm bleiben drei Tage, vielleicht vier. Ich gehe morgen Nacht zu ihm.« Noch so ein ganz traurigen Fall: ein vergessener, einsamer alter Mensch. Gerade sie haben oft die größte Furcht vor dem Tod, auch wenn sie vorgeben, dass es eine Erlösung für sie wäre. Die meisten lügen. Ich werde ihm viel Zuwendung zukommen lassen. »Gute Nacht«, grüße ich in die Runde und warte, wie immer, nicht auf eine Antwort.

Ich gehe den Korridor hinunter zum Treppenhaus, während ich hinter mir das laute Weinen der Mutter höre, die um Thea trauert. Ganz sicher werde ich mich nicht zu ihr umdrehen. Ich mag den Anblick von verzweifelten Angehörigen nicht. Man möchte sie an den Schultern packen und sie anbrüllen, dass sie gefälligst froh sein sollen, noch ein Leben zu haben; dass sie hier sind und trauern dürfen; dass sie nicht gezwungen sind, ihre eigenen Kinder umzubringen ...

Mit einem wütenden Tritt öffne ich die Tür und renne die Stufen hinab. Elf Stockwerke, lange Schritte, ein neuer Rekord zu Ehren von Thea. So schnell bin ich noch niemals im Foyer angekommen.

»Gute Nacht, Frau Sarkowitz«, ruft mir der Portier nach, ein junger Mann von höchstens achtzehn, der neue Zivi. Sie kommen und gehen so schnell, dass ich mir ihre Namen nicht merke. Ich hebe einfach die Hand und stürme hinaus.

Kann Scylla kommen und sie verjagen, Sia?

Ich habe einen Entschluss gefasst. Schon lange denke ich darüber nach, es zu tun, doch Thea hat nun den Ausschlag gegeben: Ich werde endlich all die Geschichten über das kleine Mädchen niederschreiben, die mich seit so langer Zeit verfolgen.

Eines ist sicher: Es werden erschreckende Geschichten sein. Denn ich spüre nicht nur den Tod – ich bin eine seiner Göttinnen.

1. Buch

DAS MÄDCHEN

I.
KAPITEL

12. März 1670
Gruža (serbisches Gebiet), Osmanisches Reich

Kommen sie auch zu uns, Mutter?« Das kleine Mädchen blickte durch die halb blinden Fensterscheiben und ließ die Straße nicht aus den Augen, auf der die Soldaten durch den Regen von Haus zu Haus gingen. Sie gehörten, der einfachen Kleidung und Bewaffnung nach, zu den Hilfstruppen der türkischen Besatzer, vermutlich Freiwillige aus einem anderen Dorf. Der Kopf des Mädchens bewegte sich nach rechts und links, um an den undurchsichtigen Stellen im Glas vorbeizuschauen; auf dem zarten Gesicht spiegelte sich die Begeisterung wider.

»Das kann sein, Jitka.« Ihre Mutter trat hinter sie und legte die Hände auf die Schultern des Kindes. Sie teilte die Begeisterung nicht, aber es existierte auch kein Grund, weswegen sich Janja vor den Fremden fürchten sollte. Bei einer achtundzwanzigjährigen Witwe und einem acht Jahre alten Mädchen gab es nichts zu holen. Sie seufzte, richtete das einfache, dunkelbraune Kleid der Tochter und legte die zu einem Zopf gebundenen schwarzen Haare ordentlich auf den Rücken. Dabei beobachtete sie die Fenster der übrigen Fachwerkgebäude, hinter denen vereinzelte ängstliche Gesichter zu erkennen waren. Menschen, die ihre Häuser verlassen wollten, um mit den Soldaten zu sprechen, wurden mit deutlichen Gesten zurückgeschickt.

Jitka schaute nur kurz zu ihr auf, sie wollte die Männer nicht aus den Augen verlieren. »Darf ich mit ihnen gehen, Mutter?«

Janja sah sie erstaunt an und musste gegen ihren Willen

sogar auflachen. Ihre Tochter wurde mit den Jahren immer unerschrockener, ihr Abenteuerhunger war inzwischen im gesamten Dorf bekannt. »Sie würden dich nicht mitnehmen, meine Blume, denn ...«

Etwas erregte ihre Aufmerksamkeit. Janja sah, wie ein gepanzerter Mann heranritt und zu ihrem kleinen, frei stehenden Haus am Ende der Straße herüberblickte; dann stieg er von seinem prunkvoll geschmückten und gerüsteten Pferd. *Ein Janitschar*, stellte sie erstaunt fest. Man erkannte diese gefürchteten Elitekrieger an ihrer besonderen Kleidung. Eigentlich war es Janitscharen verboten zu reiten, doch weit weg von Konstantinopel und ihrem Sultan erlaubten sie sich Besonderheiten, das wusste Janja.

Der Janitschar rief einen Mann in einem orientalischen Gewand zu sich, der von einem Schirmträger flankiert wurde, und sie redeten miteinander. Dass Hilfstruppen von einem derartigen Kämpfer begleitet wurden, war mehr als ungewöhnlich und vermutlich auch nicht gut. Normalerweise war es ihnen verboten, mit der Bevölkerung in Berührung zu kommen. Sie setzten sich aber über vieles hinweg, um sich Wohlstand und Macht zu sichern.

»Und warum würden sie das nicht, Mutter?«

Janja war in Gedanken. Sie hatte einmal gehört, dass es keine Übersetzung des Wortes gab, nur eine Umschreibung, die in etwa besagte, dass ein Janitschar ein unfreier Mensch war, der allein für den Krieg lebte. Dass einer von ihnen im Dorf auftauchte, machte sie unruhig.

»Sie mögen keine Mädchen«, antwortete Janja gedankenverloren. Sie beobachtete, was sich unweit von ihnen abspielte, und das merkwürdige Unbehagen breitete sich weiter in ihr aus. Dabei sollte es dafür keinen Grund geben. Unter der Herrschaft der Türken gab es kaum Einschränkungen, und solange jeder seine Abgaben und Steuern bezahlte, ließen die Phanarioten – die griechischstämmigen Verwalter – sowie die Richter, Kadis genannt, die Dörfer in Frieden. Janja hatte ihre Abgaben bezahlt, gerade gestern erst.

Die überwiegende Mehrheit der Bewohner des Landstrichs waren Christen geblieben, die Besatzer verzichteten auf eine gewaltsame Bekehrung – wenn auch die Glocken in den Türmen nicht mehr zum Gottesdienst rufen durften. Der Klang, so lautete die Begründung, beleidige die Ohren der Muslime. Manche Kirchtürme hatten um einiges verkleinert werden müssen, damit sie nicht höher als die Minarette waren.

In ihrer kleinen Stadt gab es kein Minarett, daher erhob sich der Turm unbeeindruckt. Es gab durchaus Dörfer, die komplett zum Islam übergetreten waren, was ihnen Vorteile brachte. Sicherlich stammten diese Soldaten aus einem von ihnen.

Was natürlich immer für Unruhe sorgte, war die Devshirme, die Knabenlese, bei der die christlichen Familien ihre ältesten Söhne dem Sultan überlassen mussten, der aus ihnen Janitscharen machen ließ. War das der Grund für das Auftauchen der Soldaten?

»Aber du sagst immer, ich sei etwas Besonderes, Mutter«, widersprach Jitka leise und klatschte einmal in die Hände, als sie sah, dass der Janitschar durch die vom Wind umhergetriebenen Regenschleier auf ihr Zuhause zukam. »Vielleicht machen sie bei mir eine Ausnahme?«

»Du bist vor allem besonders neugierig. Das können sie schon gar nicht leiden. Du hast doch gesehen, wie sie die Menschen wieder in ihre Häuser gejagt haben.« Janja beugte sich zu ihrer Tochter hinunter. »Die Türken sind nicht unsere Freunde, vergiss das niemals.«

Schwere Stiefelschritte näherten sich dem Eingang, gleich danach hämmerte ein harter Gegenstand gegen die Tür. Janja warf sich ihren dunkelbraunen Umhang über, zog die weiße

Haube fester über die brünetten Haare und eilte zur Tür. »Du wirst schweigen, Jitka«, befahl sie leise, doch sehr eindringlich, bevor sie öffnete.

Das Licht der Kerzen fiel auf den Mann und beleuchtete ihn golden. Jitka strahlte bei dem Anblick. Auf der Schwelle stand ein Janitschar, wie er in Geschichten beschrieben wurde und wie ihn sich das Mädchen immer erträumt hatte. Unter dem Überwurf aus gutem, schwerem Stoff glänzte ein Panzerhemd aus vernieteten Eisenringen; es war mit Broschen und Symbolen geschmückt. Als Kopfschutz diente eine schwere Sturmhaube, an der ein Ringgeflecht den Nacken-, Stirn- und Wangenschutz bildete. Auf der Sturmhaube saß wiederum eine hohe Haube aus weißem Filz, in der eine vergoldete Federhülse über der Stirn steckte. Hände und Unterarme waren von langen Panzerhandschuhen bedeckt. Das Mädchen bestaunte das Dekor, das von einem begnadeten Goldschmied angefertigt worden sein musste. Die Blumenmuster, die gravierten geometrischen Ornamente, vergoldeten Schließen und Beschlagteile glänzten im Schein der zuckenden Flämmchen.

An der Seite des Janitscharen hing der Krummsäbel, im Gürtel steckten zwei atemberaubend schön gearbeitete Pistolen. Die Griffe seiner Waffen waren mit aufwendigen Intarsien geschmückt, wie es sich üblicherweise nur Fürsten leisteten. In der Rechten hielt er einen mit Seide und Silberdraht geschmückten Rundschild. Die Beine steckten in Hosen aus blauem Stoff, die Füße in hohen Stiefeln.

Jitka traute sich kaum zu atmen, als könne sie so verhindern, dass dieses fast märchenhafte Geschöpf so schnell verschwand, wie es gekommen war. Nur das Wasser, das von der Haube rann, schien wirklich zu sein; Tropfen perlten über das Gesicht, in dem ein prächtiger brauner Schnurrbart prangte.

»Wir suchen nach einem Jungen«, sagte der Janitschar ohne einen Gruß zu Janja. Seine hellen Augen spähten in den karg eingerichteten Raum. »Wenn er hier vor uns verborgen wurde, sag es lieber gleich.« Er beugte sich vor und trat ein, die Filzhaube streifte den Türrahmen. »Falls ich ihn finden sollte, wird es dir schlecht ergehen.« Er sprach nicht nur ohne Akzent, sondern auch ohne jegliches Gefühl in der Stimme. »Er hat von den Abgaben des Dorfes gestohlen.«

»Ich habe niemanden versteckt. Ich lebe mit meiner Tochter allein«, gab Janja zurück und neigte den Kopf vor dem Janitscharen, den sie etwas älter als sich selbst schätzte. »Ich würde es niemals wagen, mich den Befehlen des Sultans zu widersetzen, das weiß der Kadi.« Sie war verunsichert, da sie nicht wusste, wie sie mit ihm sprechen durfte – und ob überhaupt. Sie kannte niemanden aus der Stadt, der das jemals zuvor getan hatte.

Vier Soldaten betraten das Haus, und auf einen Wink des Janitscharen schwärmten sie aus und begannen ihre Durchsuchung. Er selbst ging an Jitka vorbei, würdigte sie aber keines Blickes, während das Mädchen ihn anstaunte und die Augen nicht mehr abwenden wollte. Sie hatte so viele Fragen! Besonders gefiel ihr der Dolch an seiner Seite, ein wundervolles und einmaliges Stück, dessen Griff aus Holz bestand, aber mit viel Silber beschlagen war. Die Motive und Muster schimmerten, goldene Beschläge aus Blumen und Ranken liefen um die Scheide, und selbst der Griff wies Zierrat auf. Er hatte nichts mit den schartigen, abgewetzten Messern gemein, welche die Männer des Dorfes für die tägliche Arbeit bei sich trugen. Den gezischten Befehl ihrer Mutter, bei ihr zu bleiben, hörte sie nicht einmal.

Jitka folgte den Männern, während sie die drei kleinen Kammern inspizierten, Schränke öffneten, hinter den großen Kesseln und Pfannen stöberten und sogar unter das Bett schauten. Dabei blieb sie stets auf Abstand, musterte jede Bewegung des Janitscharen, die Rüstung, die Verzierungen.

Die Soldaten aber schienen sie nur als Teil des Häuschens anzusehen. Wenn sie im Weg stand, wurde sie nicht unsanft, aber achtlos wie ein Möbelstück zur Seite geschoben.

Der Janitschar gab gelegentlich kurze Anweisungen auf Türkisch an seine Begleiter. Jitka sog den Geruch des Mannes ein, der sich aus etwas Schweiß, Eisen und viel feuchtem Tuch zusammensetzte; darunter war ein würziger, angenehmer Duft verborgen. Jitka fand ihn faszinierend: eine lebendig gewordene Sagengestalt, unmittelbar von einem Schlachtfeld zu ihnen gekommen!

Schließlich hielt der Janitschar inne und wandte sich langsam zu ihr um. »Was gibt es zu sehen?«

»Euch«, sagte Jitka, ohne an die Warnung ihrer Mutter zu denken. Obwohl sie einen kleinen Schritt vor dem Mann zurückwich, nahm sie innerlich bereits Anlauf, ihm eine von vielen Fragen zu stellen.

Plötzlich stand ihre Mutter hinter ihr, packte sie an den Schultern und zwang sie aus der Schlafkammer. Der Griff war schmerzhaft. »Warte draußen!«, befahl sie ungewohnt scharf, dann sah sie den Janitscharen an. »Ich kenne dich.« Sie trat näher an ihn heran. »Du bist Branco. Sie haben dich vor fünfzehn Jahren mitgenommen, wenn ich mich richtig erinnere.«

Das Gesicht des Mannes verfinsterte sich. »Ich habe dich gleich wiedererkannt, Janja, aber ich wusste nicht, ob es sich bei dir ebenso verhielt.« Er hakte die freie Hand in den Waffengurt, neben den Griff des Damaszenerstahldolches und verbarg seine Ablehnung nicht. Man sah ihm an, dass er nicht hier sein wollte. »Jetzt bin ich mit meinem Regiment zurückgekehrt. Es ist ungewohnt, die alte Sprache zu sprechen und Gesichter zu sehen, die ich vergessen glaubte. Die meisten von ihnen schauen nicht mehr wohlgesinnt drein.«

»Wundert dich das?« Janja wusste nicht, was gerade in sie fuhr, aber die Erkenntnis, dass der Janitschar einmal einer ihrer

Spielkameraden gewesen war, ließ sie alle Vorsicht vergessen. »Die Abgaben, die Devshirme ...«

»Abgaben muss man immer zahlen«, wischte er ihren Einwand beiseite, »und der Sultan benötigt Janitscharen für seine Armee. Aber es wird vermutlich keine Knabenlese geben, es ist einiges im Wandel.« Die hellen Augen studierten ihr Antlitz. »Du hast geheiratet?«

»Ja.«

»Wen?«

»Du kennst ihn. Radomir.«

Branco hob die Augenbrauen. »Es ist zwar lange her, dass ich hier gelebt habe, aber wenn *das* seine Tochter sein soll, frage ich mich doch, warum sie ihm gar nicht ähnlich sieht. Jedenfalls nicht dem jungen Radomir.«

»Das kommt vor.« Janja verfluchte sich dafür, dass sie ihre Vorsicht vergessen und ein Gespräch begonnen hatte. Der einstige Freund hatte den größten Makel ihrer Tochter auf den ersten Blick bemerkt. Warum konnte dieses Kind nur niemals gehorchen? Janja spürte, wie Jitka sich von hinten gegen ihren Rock drückte. »Wieso haben sie dich geschickt, um den Jungen zu suchen?«, versuchte sie den Janitscharen abzulenken.

»Ich sollte die Abgaben einsammeln.« Er verzog den Mund. »Dass ich stattdessen einen gewöhnlichen Dieb jagen muss, war nicht vorgesehen.« Branco rief einem der Männer etwas zu, und der Soldat stampfte laut und prüfend auf den Dielen umher. Die Suche nach Hohlräumen begann.

»Deine Tochter ist neugierig und vorwitzig«, wandte er sich wieder an Janja. »Das hat sie von dir.«

»Sie wünscht sich, eine Janitscharin zu sein«, gab sie stolz lächelnd zurück – und erschrak, als sie sah, wie sich seine Augenbrauen zusammenzogen. Ihre Linke zuckte an ihren Hals und berührte die silberne Amuletthälfte, die dort an einem dicken Faden hing. »Sie ist gelegentlich ein schrecklicher

Wirbelwind«, sagte sie schnell, »und auch, wenn sie dann und wann ihre Fäuste ballt, sind doch ihre Stärken das Tanzen und Singen. Das Kämpfen überlassen wir den Männern.«

»Dann ist sie in einigen Jahren etwas für den Harem des Sultans«, sagte Branco nachdenklich. »Sie ist jetzt schon sehr hübsch. Ich werde ein Auge auf die Kleine haben.«

Janja schluckte. Nun gab es durch ihre eigene Schuld doch etwas bei ihr zu holen!

»Was ist ein Harem?«, hörte sie ihre Tochter fragen.

»Ein Ort, an dem hübsche junge Prinzessinnen ein gutes Leben führen. Du wirst vielleicht die Frau des Sultans, des mächtigsten Mannes der Welt«, erklärte der Janitschar und bedachte sie mit einem etwas freundlicheren Blick, dann deutete er mit einer ausholenden Geste in den Raum. »Du wirst in weichen Betten aus reiner Seide schlafen, in wunderschönen Brunnen baden, deine Haut wird mit Milch und Honig gepflegt. Es gibt jede Speise, die du dir vorstellen kannst, und Konfekt, so viel du möchtest. Kein Wunsch wird dir abgeschlagen werden. Du wirst die Gebieterin in einem Palast sein und nicht wie hier«, in seine Stimme mischte sich wieder die alte Verachtung, »gefangen in einer alten, heruntergekommenen Hütte, die einmal ein Pferdestall gewesen ist.«

Jitka hing förmlich an den Lippen des Mannes. Ihre dunkelgrauen Augen leuchteten auf, und sie klatschte begeistert in die Hände; dabei rutschten die Ärmel ihres Kleides nach oben. »Das klingt wundervoll!«

Janja erstarrte. Das tropfenförmige, feuerrote Mal auf dem linken Unterarm war zum Vorschein gekommen. Jitka musste das Lederarmband, das sie normalerweise darüber trug, vergessen haben.

Branco sah es sofort, das Rot schien aus reiner Bosheit aufzuleuchten. »Was ist denn ... Hat sie das von Geburt an? Dieses Zeichen?«

»Jitka, ich sagte, du sollst hinausgehen«, sprach Janja mit schneidender Stimme zu ihrer Tochter, beugte sich vor und stieß sie hinter sich. »Branco ...«

Er hob die Hand, die Kettenglieder klirrten. »Mein Name ist schon lange nicht mehr Branco. Ich heiße Mohammad und folge den Gesetzen des Korans und dem Wort des Propheten«, wies er sie harsch zurecht. »Was ist mit dem Zeichen auf ihrem Arm? Das ist kein Brandfleck, sondern das, was man ein Versprechen über den Tod hinaus nennt.« Er kam drohend auf sie zu. »Ist es so? Gib es ruhig zu. Ich kenne die alten Legenden von früher.«

Janja versuchte, ihre Angst zu unterdrücken. »Dann bitte ich dich der alten Zeiten wegen: Vergiss, was du hier gesehen hast, und ...«

»Deine Sorge ist unbegründet«, unterbrach er sie und stand nun direkt vor ihr. Leiser, aber mit lauerndem Unterton setzte er hinzu: »Wenn du mir sagst, wer wirklich ihr Vater ist.«

»Radomir.«

»Die *Wahrheit,* Weib!«

Keiner wich dem Blick des anderen aus. Für einen kurzen Moment schien die Zeit stillzustehen – bis zwischen ihnen ein Wassertropfen hindurch und zu Boden fiel. Der Janitschar hob sichtlich erstaunt die Augen und entdeckte einen nassen Fleck an der groben, von Rissen durchzogenen Decke. Die Stelle drumherum war nicht vollgesogen und aufgequollen, was bedeutete, dass sich die Feuchtigkeit noch nicht lange dort befand.

»Wie gelange ich unters Dach?«

Janja hatte das Wasser über ihrem Kopf auch eben erst bemerkt. »Ich verstehe nicht ...«

Er stieß sie mit einer schnellen Bewegung aus dem Weg und riss gleich danach den Arm mit dem Schild nach oben; der Rand krachte gegen die Bohlen.

Der erschrockene Aufschrei aus dem Raum darüber wurde von allen vernommen.

Mohammad brüllte etwas auf Türkisch und zog den Krummsäbel, von draußen wurde sogleich geantwortet. Zwei seiner Soldaten packten Janja, während die anderen den Tisch unter die Stelle schoben, hinaufkletterten und mit ihren Säbeln durch die Ritzen stachen.

»Lasst mich!« Janja riss sich los und stürzte, dann kroch sie rückwärts zu Jitka hinüber. Das Kind musste in Sicherheit gebracht werden! »Lauf hinaus«, befahl sie aufgeregt. »Versteck dich dort, wo wir uns unterstellen, wenn wir Gras für die Ziegen schneiden.« Sie sah zur geöffneten Tür, auf die sich mehrere Männer zubewegten. Noch mehr Soldaten kamen in ihr Heim!

Jitka zitterte am ganzen Körper und starrte auf die türkischen Krieger, die laut rufend auf sie zukamen. »Was geschieht mit dir, Mutter?«

Sie gab ihr einen Kuss auf die Stirn. »Nichts, kleine Blume. Ich habe nichts getan, das wird sich herausstellen. Bis dahin bleib im Verborgenen.« Janja sprang auf, schob das Kind auf den Ausgang zu – und wurde im gleichen Moment von den Soldaten ergriffen. »Lauf, bevor sie dich erwischen! Ich komme und hole dich, wenn sich alles aufgeklärt hat.«

Jitka kämpfte die Tränen nieder – und sah zwei bewaffnete Männer auf der Schwelle stehen. Ohne lange nachzudenken, rannte sie nach links, sprang auf den Stuhl, von dort auf den Tisch und öffnete das Fenster, durch das sie gleich danach hinaus in die Gasse hüpfte.

Als sie aufkam, rutschte ihr der Fuß weg und sie fiel, aber sie rollte sich instinktiv über die Schulter ab und vermied so eine Verletzung. Es war ihr beim Spielen und den ausgedehnten Streifzügen durch die Wälder schon oft aufgefallen, dass sie eine enorme Geschicklichkeit besaß; doch nun kam es vor allem auf Geschwindigkeit an.

Jitka hetzte durch den eiskalten Regen, der ihre Kleidung binnen Lidschlägen durchweichte. Ihr Weg führte sie nicht zum Stadttor, sondern zum Haus von Milan. Er war ihr bester Spielkamerad gewesen, bis die anderen Kinder sie mehr und mehr aus ihrer Mitte ausgestoßen hatten, wegen des Mals an ihrem Unterarm und des bösen Blicks, den sie angeblich besaß. Milan hatte sich ebenfalls von ihr zurückgezogen, aber er sah sie immer noch freundlich an, wenn sie einander zufällig begegneten. Jitka wollte daher lieber bei ihm Unterschlupf suchen. Sie wusste nicht, wie lange sie in dem Versteck warten musste, und in der Nacht konnten vor den Mauern der Stadt schreckliche Kreaturen lauern.

Keuchend erreichte sie das Haus und klopfte. Milan öffnete und sah sie verwundert an. »Jitka?« Er warf einen Blick hinaus. »Allein? Um diese Zeit? Was ...«

»Sie haben Mutter gefangen genommen«, erklärte sie abgehackt. »Bitte, lass mich ...«

Die Tür wurde weiter geöffnet, und Milans Vater erschien. Er sah wegen des Barts, der langen dunklen Haare, seinem braunen Hemd und den braunen Hosen aus wie ein Bär. »Wer hat sie gefangen genommen?« Er schlug das Kreuz und vollführte eine Geste, die vor dem Zauber des bösen Blicks schützen sollte.

Jitka zitterte. »Die Türken!«

»Dann wird es einen Grund haben.« Der Mann stieß sie zurück in den kalten Regen; um ein Haar wäre sie gestürzt. »Scher dich weg! Sie sollen dich nicht bei uns finden und uns auch noch unglücklich machen«, befahl er und schlug die Tür zu.

Jitka verstand es nicht. Sie sah Milans Gesicht hinter dem Fenster erscheinen; er sah todunglücklich aus. Seine Lippen bewegten sich, aber das Mädchen begriff nicht, was er ihr sagen wollte.

Schritte erklangen in der Gasse, sie hörte Rufe auf Türkisch. Die Verfolger hatten nicht aufgegeben; somit blieb ihr keine andere Wahl, als den Anweisungen der Mutter zu gehorchen. Das Klappern von Pferdehufen gesellte sich hinzu, was sie als Zeichen sah, dass sie nun auch noch von dem Janitscharen gehetzt wurde. Aus ihrem Helden war ein Feind geworden, den sie für nichts mehr bewunderte.

Jitka lief wieder los, schlug Haken, verbarg sich mit klopfendem Herzen immer wieder, bis sie schließlich unbemerkt durch das Stadttor von Gruža schlüpfen konnte. Sie eilte über die Wiesen, auf denen immer wieder die Reste von Schneefeldern lagen. Die kleinen Füße hoben und senkten sich, so schnell sie es vermochten; das Mädchen wagte nicht einmal, über die Schulter nach hinten zu schauen. Zu groß war die Angst, dass sie Verfolger entdeckte: Wenn sie keine sah, das war ihre feste Überzeugung, würde sie ebenfalls nicht gesehen.

Keuchend erreichte Jitka schließlich die Felsformation, wo sich ein Überhang wie eine riesige, versteinerte Nase nach vorne schob und Schutz vor der Witterung bot.

Das Mädchen warf sich in das dort ausgelegte Stroh, das feucht war und nach Ziegen roch. Sie grub sich wie eine Maus tief in den Haufen ein und spähte aus ihrem Versteck zum ersten Mal in Richtung Stadt.

Niemand war ihr gefolgt. Doch noch wollte Jitka sich kein Aufatmen gestatten. Gebannt starrte sie auf die Wiesen, beobachtete die Straße, die von Gruža fortführte.

Die Dämmerung brach herein, Kälte kroch durch die klammen Halme in Jitkas Körper, der vor Kälte bebte. Sie betete unentwegt für ihre Mutter, für deren Wohlbefinden und für die eigene Rettung. Wer hatte sich dort oben auf dem Dachboden verborgen? Und warum ausgerechnet in ihrem Haus? Es fiel ihr keine Lösung ein.

Gedankenverloren berührte sie das Feuermal an ihrem Arm. Jitka war es gewohnt, dass man sie deswegen mied; doch mit den Fragen des Janitscharen über ihren Vater wusste sie nichts anzufangen.

Dem Halbdunkel folgte die Nacht. Der Regen prasselte noch immer auf das Land, glucksend rann er rings um das Mädchen durch Felsspalten, kleine Bäche flossen über den Stein und plätscherten in Pfützen. Trotz ihrer Müdigkeit, der Kälte und dem festen Vorhaben, entgegen der Anordnung der Mutter nach Hause zurückzukehren, schlossen sich Jitkas Augen, und sie schlief ein.

Im Traum kehrte sie zurück ins Haus, zusammen mit ihrer Mutter – und einem Mann!

Sie sah niemals sein Gesicht, etwas war immer dazwischen. Er war groß und kräftig, trug schöne Kleidung und hatte schlanke, saubere Finger; am linken Mittelfinger glänzte ein goldener Siegelring. Das Zeichen darauf konnte sie deutlich erkennen: Es waren drei gekreuzte Dolchpaare, eins oben, zwei darunter.

Sie standen in der Küche, der Ofen verbreitete angenehme Wärme, und es roch nach Kuchen. Der Mann hielt ihre Mutter im Arm. Sie lachte glücklich, gab ihm einen Kuss und beugte sich zu ihr hinab. »Sag deinem Vater guten Tag, meine Blume«, forderte sie mit einem glücklichen Lächeln.

Der Traum zerstob in dem Moment, als Jitka versuchte, mit aller Macht einen Blick auf das Gesicht des Mannes zu erhaschen. Sie vernahm ein leises Knistern und Knacken.

Jitka sah ein kleines Feuer, das im Unterstand entzündet worden war. Die Flammen hatten das Stroh und ihre Kleider bereits getrocknet. Die Wärme, die sie im Traum gespürt hatte, war demnach echt gewesen!

Sie erhob sich, die Halme fielen raschelnd von ihr herab. »Mutter?« Sie lauschte, konnte aber nichts hören. Der Regen hatte aufgehört, stattdessen hing Nebel hüfthoch wie ein weißes Meer über den Wiesen, bewegte sich und wogte sanft in einem leisen Luftzug. Sterne glänzten am Firmament. Jitkas Atem wurde als weißer Hauch sichtbar.

Sie fröstelte, sah sich im Unterstand nach Spuren um, entdeckte jedoch nichts. Irgendwo in der Nacht bellte ein Fuchs, ein zweiter stimmte ein. Jitka bekam plötzlich Angst.

»Mutter, wo bist du?«, rief sie und rückte näher ans Feuer.

Sie meinte, einen menschengroßen Schatten an der Wand hinter sich bemerkt zu haben, der sich unglaublich schnell bewegte.

Jedes Härchen in ihrem Nacken richtete sich auf, ihr Herz schlug schneller. Sie kannte die Geschichten vom Upir, dem Wesen, das in der Dunkelheit lauerte und nach dem Blut der Lebenden trachtete. Vielleicht hatte er das Feuer angezündet, damit er sein Opfer besser sah?

Ein Pferd schnaubte, dann erklangen die Rufe von zwei unterschiedlichen Männerstimmen. Metall schlug gegen Metall. Jitka erschrak, als sie im Nebel die Lichter zweier Laternen erkannte. Die Türken hatten die Suche nach ihr noch nicht aufgegeben – und das Feuer führte sie genau zu ihrem Versteck!

Sie spürte eine zärtliche Berührung an ihren Haaren, eine tiefe Männerstimme flüsterte ihren Namen. »Ich beschütze dich. Hab keine Angst und folge ...«

»Nein!«

Jitka wagte nicht, sich umzuschauen, sondern rannte los, weg vom Unterstand und auf ihr Zuhause zu. Lieber geriet sie den Türken in die Hände als einem Upir!

Die Strecke bis zum Tor schien mit jedem Schritt, den sie tat, länger zu werden, als rückte eine unsichtbare Macht die Stadt immer weiter an den Horizont. Jitka lief und lief. Sie ignorierte das Stechen in ihrer Seite, den bleiernen Ring, der sich um ihre Lunge zu legen schien, und das laute Pochen des Blutes in ihren Ohren. Fast wunderte es sie, dass allein dieser Lärm ihre Verfolger nicht wieder auf ihre Spur brachte; doch auch diese schienen, wie die Stadt, von magischer Hand verschoben zu werden. Mal waren sie ganz nah, so dass Jitka sich instinktiv duckte, um Schutz zu suchen, dann wieder sah sie die Laternen der Reiter in weiter Ferne. Das Wichtigste aber war, dass die Männer sie noch nicht bemerkt hatten; verlief alles gut, konnte sie zurückkehren und nach Hause eilen, um nach ihrer Mutter zu suchen. Obwohl es gefährlich war, blieb Jitka fest entschlossen, genau zwischen den Laternen hindurchzuwischen, der Abstand erschienen ihr groß genug, um mit etwas Geschick nicht bemerkt zu werden.

Der Nebel um sie herum wirbelte auf, schien immer dichter zu werden und ... lebendig! Er formte Strudel und große Wogen, aus denen sich einzelne gespenstische Arme lösten und sich ihr entgegenstreckten; in der Ferne wallte er immer höher, verschluckte die Umrisse der Stadtmauer, die Rauchfahnen aus den Schloten der Häuser – und schließlich die Sterne.

»Halt!«, befahl ein Mann, dessen Stimme sie als die des Janitscharen erkannte. Wie war er so nah an sie herangekommen? Pferdegeschirr klirrte, und das Trappeln von Hufen kam auf sie zu. »Bleib stehen, Mädchen!«

Jitka rannte schneller und schneller. Täuschte sie sich – oder wich der Nebel wirklich vor ihr zurück? Es war, als würde sie durch eine schmale Gasse zwischen hohen Mauern hindurcheilen. Und ohne, dass sie sich umschauen musste, spürte Jitka, dass das graue Meer hinter ihr wieder nahtlos zusammenfloss und ihren Verfolgern die Sicht raubte!

Ein lauter Schrei erklang irgendwo rechts von ihr. Der schwache Lichtschein einer Laterne tanzte hin und her, und sie erkannte die Silhouette eines Soldaten, der mit seinem Säbel um sich schlug. Dann erschien ein dunkler Schatten hinter ihm, eine menschliche Gestalt. Jitka sah es auf dem Kopf funkeln und glitzern, als säßen Sterne darin gefangen. Gleich darauf erlosch die Lampe, und ein zweiter Schrei gellte durch die Nacht, bis er abrupt abriss.

»Heiliger Theodor, steh mir bei«, flehte das Mädchen und rannte weiter. Milchige Gespensterfinger strichen zärtlich über ihr Gesicht, sie spürte streichelnde Hände auf ihrem Schopf und schrie entsetzt auf.

Das Pferd des Janitscharen galoppierte direkt vor ihr aus dem Nebel. Jitka warf sich erschrocken zu Boden. Mohammad achtete jedoch nicht auf sie, sondern versuchte die Stelle zu erreichen, an der seinem Soldaten Schreckliches widerfahren war.

Ein weiterer Schrei brandete auf, und Jitka sah, wie links von ihr die zweite Laterne erlosch. Das Glas zerschellte, aus dem Brüllen wurde ein Kreischen, ausgestoßen in höchster Furcht. *Heilige Mutter Gottes,* rief sie stumm, während sie sich wieder auf die Füße kämpfte. *In diesem Nebel muss ein Upir hausen! Bitte, lass ihn seinen Hunger an meinen Verfolgern stillen und mich verschonen!*

Dann, endlich, durchbrach sie die kühlen Wolken, die ihr Antlitz, die Hände und die Kleidung mit Feuchtigkeit überzogen hatten, und stand vor dem Eingang nach Gruža. Das große Tor war nur angelehnt. Eine weitere Merkwürdigkeit. Jitka zwängte sich hindurch. Keine Wache hielt sie auf, niemand sprach sie an und verlangte zu wissen, was ein kleines Mädchen um diese Zeit allein auf der Straße verloren hatte.

Sie schlich durch die einsamen Gassen und Straßen zu ihrem Haus. Um Mohammad und seine Soldaten machte sie sich keine Gedanken mehr, sie vertraute auf den Hunger des Upirs. Jitka schauderte und war froh, dass sie das Wesen nicht zu Gesicht bekommen hatte.

Hinter den Fenstern ihres Heims brannte kein Licht, und als sie vorsichtig näher heranging, sah sie, dass die Tür nicht verschlossen war. Behutsam trat sie ein, stets bereit, sich zur Flucht zu wenden.

Es hatte sich nichts verändert, sogar das Fenster war noch immer geöffnet. »Mutter, bist du da?« Jitka ging durch den Wohnraum in die Küche, kehrte zurück und betrat das Schlafzimmer. Sie sah die Bretter, die auf dem Boden lagen; Dielen waren zerbrochen worden, an den Splittern haftete dunkle Flüssigkeit. Blut! Der Janitschar und seine Leute hatten die Decke aufgebrochen und jemanden dort oben gefunden.

Aber wen? Den Jungen? Wie sollte er dorthin gelangt sein?

Jitka stellte einen Stuhl auf den Tisch, kletterte hinauf und schwang sich durch das Loch in die Dachkammer, wo die Mutter alte Kleider aufbewahrte und Schnüre zum Trocknen der Wäsche gespannt hatte. In der Mitte gab es eine enge Luke, durch die man den kleinen Raum eigentlich betrat.

Sie suchte die Dachkammer ab und fand schnell einen zweiten Zugang: Der Fremde hatte Schindeln entfernt, um hineinzuschlüpfen und sich ein Versteck einzurichten; dabei war Regen hereingelaufen, und die Tropfen an der Decke hatten ihn verraten. Der Gesuchte hatte sich ausgerechnet ihr kleines Häuschen ausgesucht, um sich zu verstecken.

Jitka kehrte zurück in die Wohnräume und suchte verzweifelt nach Hinweisen, was mit ihrer Mutter geschehen war. Die Türken hatten keine Sachen von ihr mitgenommen, es fehlte nicht ein Wäschestück. Es gab auch keine weiteren Blutspuren, also nahm sie an, dass man ihrer Mutter nichts angetan hatte.

Müdigkeit stieg in Jitka auf und machte, zusammen mit der Unsicherheit und der Verzweiflung, ihre Gliedmaßen unendlich schwer. Sie wusste, dass es niemanden in der Stadt gab, der ihr helfen würde, und es besser war, wenn sie bliebe, wo sie war. Das Mädchen mit dem bösen Blick und dem Mal, das alle hässlich fanden. Manche sagten auch noch schlimmere Dinge.

Sie ging zu dem Bett, in dem sie und ihre Mutter gemeinsam

schliefen. Wie gerne hätte sie sich hineingelegt und die Decke bis über den Kopf gezogen, doch sie wagte es nicht. Stattdessen nahm sie das Laken und verkroch sich in den Schrank, auf dessen Boden sie sich zusammenrollte. Das Laken legte sie über sich, damit man sie nicht auf den ersten Blick sehen würde. Ein Versteck, falls die Türken noch einmal ins Haus kommen sollten.

Jitka schloss die Augen und betete, dass, wenn sie am nächsten Morgen erwachte, ihre Mutter neben ihr lag oder sie mit einem Kuss weckte.

Alles um sie herum war warm und sauber. Vor ihr öffnete sich eine Tür. Durch sie trat der geheimnisvolle Mann herein, dem sie schon einmal im Traum begegnet war – ihr Vater! Er streckte die Hände nach ihr aus und zog sie in seine Arme. Dankbar ließ Jitka ihren Kopf an seine Brust sinken, wollte sich in seiner tröstenden Wärme verlieren, sie spürte, wie ihr seine langen Locken in der Nase kitzelten, als er aufstand und mit ihr …

Jitka fuhr hoch. Das war kein Traum – da waren Schritte, die sich ihrem Versteck näherten! Benommen bemerkte sie, dass der Tag anbrach. Die Tür des Schranks stand offen … war sie von selbst aufgegangen?

»Jitka, steh auf«, vernahm sie die Stimme von Martin, dem Großknecht des Bauern Lubomir. Bei ihm arbeiteten sie und ihre Mutter, um sich das Geld zum Leben zu verdienen. Eine Welle der Erleichterung ließ sie für einen Moment aufatmen. Von dem netten, freundlichen Mann drohte keine Gefahr – er war aber auch nicht die geliebte Mutter.

Sie schlug das Laken zurück und sah in das bärtige Gesicht des kräftigen, untersetzten Knechts. Er trug einfache Kleidung aus derber Wolle, darüber einen abgewetzten Ledermantel, der ihn vor Kälte und Regen schützte; auf dem Kopf saß ein zerschlissener brauner Hut.

»Wo ist meine Mutter?«

Martin setzte sich neben sie vor den Schrank. »Es ist besser, wenn du die nächsten Tage bei mir bleibst«, sagte er leise und beruhigend. Er klaubte ihr ein paar Strohhalme aus dem zerzausten Haar und ließ sie zu Boden fallen. »Sie wird wiederkommen, da bin ich mir ganz sicher.«

Jitka schluckte. »War es der Janitschar? Was ist denn passiert?« Die dunkelgrauen Augen wanderten zur geborstenen Decke.

»Man sagt, der Junge hat sich da oben versteckt. Aber seine Diebesbeute fehlt«, erklärte er ihr. »Die Türken haben deine Mutter, den Jungen und dessen Familie mitgenommen. Sie werden zum Kadi gebracht, der entscheiden wird, welche Strafe über sie verhängt wird.«

»Aber wir haben ...« Jitka schossen Tränen der Wut und Hilflosigkeit in die Augen. »Wir wussten nicht, dass er da oben ist.«

Martin drückte sie an sich und ließ sie in seinen Armen schluchzen. »Mein Herr hat gesagt, er wird sich für deine Mutter einsetzen, damit ihr nichts geschieht. Sie ist eine gute Frau.«

Er stand auf und trug das weinende Kind hinaus auf die Straße, wo ein Einspänner wartete. Martin setzte sie auf den Bock und legte eine dicke, kratzige Decke über Beine und Oberkörper. »Warte hier. Ich hole deine Sachen.« Er verschwand für einige Augenblicke im Haus und kehrte mit einem Korb voller Wäsche zurück, dann zog er die Tür hinter sich zu und stieg zu ihr.

Ein Peitschenknall genügte, und die Kutsche setzte sich in Bewegung, rollte die Straße entlang. Jitka sah zu den Fenstern, die rechts und links an ihr vorüberzogen, und erkannte dahinter einige mitleidige Gesichter; andere dagegen machten Zeichen zur Abwehr des bösen Zaubers, den man ihr nachsagte.

Als sie am Haus von Milan vorbeikamen, stand er am Fenster und winkte. Jitka wollte den Arm heben, konnte sich aber nicht rühren. Ihre Gedanken drehten sich einzig um ihre Mutter, ihr Körper war wie gelähmt.

Rumpelnd und mit leisem Kettenklirren fuhr der Wagen zur Stadt hinaus und schlug den Weg zum Gehöft des Großbauern ein.

Am Himmel zog der Morgen herauf. Jitka suchte die Felder mit Blicken ab, um einen Hinweis auf das Geschehen der Nacht zu erhalten, aber es fanden sich keinerlei Spuren.

Der Nebel, der ihr gestern Nacht so viel Angst bereitet hatte, war bis auf eine kleine hartnäckige Bank neben dem Unterstand verschwunden.

Als sie zu den Felsen schaute, sah sie eine regungslose Männergestalt unter dem Vorsprung stehen, die ihnen nachschaute. Auf dem Kopf trug der Mann ein merkwürdiges Gebilde, das einem gewaltigen Knäuel glich, doch wegen des Schattens erkannte sie nicht, worum es sich handelte. Ein Turban? Darin funkelte es gelegentlich auf, ein dunkelblaues Schimmern nahm sie gefangen.

Jitka sah zu Martin. »Siehst du den Mann?«

»Wo denn?« Der Großknecht drehte den Kopf. »Ich sehe niemanden, Kleine.«

»Aber er ist da drüben, bei den Steinen! Er ...« Jitka suchte die Umgebung mit ihren Blicken ab. Die Gestalt war verschwunden und mit ihr das geheimnisvolle Funkeln.

Sie fröstelte und richtete ihre Augen auf den holprigen Weg, in den sie abbogen. Hatte sie soeben einen Blick auf den Upir erhascht? Jitka nahm das Beten wieder auf und flehte darum, bald wieder nach Hause gehen zu dürfen. Zusammen mit ihrer Mutter.

Vor nicht allzu langer Zeit hatte sie sich gewünscht, Abenteuer zu erleben und neue Dinge zu sehen. Was ihr der vergangene Tag und die vergangene Nacht gebracht hatten, war zu viel davon gewesen.

3. April 1670
In der Nähe von Gruža (serbisches Gebiet), Osmanisches Reich

Die Öllampen in der Stube brannten mit großen Dochten und spendeten den Frauen, die beim Nähen und Sticken zusammensaßen, ein weiches, warmes Licht.

Schnee und Frost waren überraschend zurückgekehrt. Der Frühling ließ noch auf sich warten, und so verbrachten die Frauen die Tage und Abende mit Handarbeit. Alle hofften darauf, dass bald gutes Wetter über das Land kam und die Felder weiter bestellt werden konnten.

Auf einem Tisch saß Jitka, die den Frauen in der Zeit, in der sie weder Stadtneuigkeiten noch Märchen und Geschichten zu erzählen wussten, wunderschöne Lieder sang. Stets tat sie dies mit Tränen in den Augen, weil jeder Ton sie an ihre Mutter erinnerte. Janja hatte ihr nicht nur das Talent vererbt, sondern auch die Lieder beigebracht, die sie gemeinsam zu Hause gesungen hatten. So schön klangen die alten Weisen, dass die Menschen oft auf der Straße stehen geblieben waren, um zuzuhören.

Den Frauen auf dem Gehöft war dies gleich am ersten Tag aufgefallen, als Jitka beim gemeinsamen Singen ihre Stimme erhoben hatte. Keine von ihnen reichte an sie heran, keine besaß eine so warme und zugleich glasklare Stimme.

Es machte Jitka glücklich zu sehen, wie sehr sie die Herzen der Frauen rührte, denn jedes Lied sang sie zu Ehren ihrer Mutter. Es war ihre Art, die Angst um Janja auszuhalten; sie sang sich den Schmerz von der Seele.

»Kleine Nachtigall, lass uns noch einmal das Lied von den Weiden hören«, bat eine der Tagelöhnerinnen und sah von ihrem Stickbrett auf. »Ich habe es noch von keinem Menschen so schön gehört wie von dir.« Für diese Bitte erntete sie auf der Stelle zustimmendes Gemurmel.

Jitka lächelte schwach, stellte sich auf den Tisch und schloss die Augen. Dann atmete sie tief ein und erhob die Stimme, lauschte sich selbst und überwachte jeden ihrer eigenen Töne, damit sich kein Fehler einschlich, so wie es ihr Janja beigebracht hatte. Doch dann verlor sie sich zunehmend selbst in ihrem Gesang und ging vollends darin auf. Somit verlieh sie der Weise von den an gegenüberliegenden Flussufern stehenden Weiden, deren silberne Blätter sich vor Gram über ihre Trennung schwarz färbten, etwas Einmaliges.

Die Frauen hörten nicht nur das Lied, sie spürten den Schmerz der Bäume, die ihre Äste und Zweige neigten, um sich über dem Wasser zu berühren, und dabei in die Fluten stürzten. Und wenn Jitkas Vortrag damit endete, dass der Fluss Mitleid mit den Weiden hatte und sie an anderer Stelle nebeneinander neue Wurzeln schlagen ließ, hatten viele der Frauen Tränen in den Augen, die sie so unauffällig wie möglich fortwischten.

Jitka selbst fühlte sich wie eine dieser unglücklichen Weiden. Niemand konnte ihr sagen, wie es ihrer Mutter erging, wo man sie hingebracht hatte. Es machte also auch keinen Sinn, dass sie sich heimlich vom Hof stahl, um zu ihr zu gelangen. Also blieb ihr nichts anderes, als bei Martin auszuharren. Eine einsame Weide, die darauf hoffte, dass der Fluss sie endlich erfassen möge.

Nach der letzten Strophe blieb es in der Stube lange still. Die Frauen waren in der Stimmung gefangen, hier und da glitzerte es noch verräterisch feucht auf den Wangen; alle hatten mit dem Sticken und Nähen innegehalten und sich ganz auf das Lied eingelassen.

»Es ist eine Gabe, Jitka«, seufzte die Tagelöhnerin. »Eine Gabe, die du vom lieben Gott bekommen hast. Danke ihm jeden Tag für diese Stimme, kleine Nachtigall.«

Eine andere Frau fuhr ihr durch die langen schwarzen Haare, als Jitka sich hinsetzte und das Kuchenstück nahm, das ihr zum Lohn für die Darbietung gereicht wurde. Es war ein trockener, süßer Kuchen, der nach Eiern und viel Butter schmeckte; dazu trank sie einen Becher Milch. »Du tust mir so leid. Was gäbe ich darum, dir helfen zu können.«

»Niemand kann uns helfen, es sei denn, er hätte eine Armee dabei, die stark genug ist, die Türken aus dem Land zu fegen«, wetterte Anna, eine alte Magd mit tiefen Falten im Gesicht, die schon viele Jahre im Lohn des Großbauern stand. »Mir haben sie meinen ältesten Jungen genommen und ihn zu einem Muselmanen gemacht.«

»Wann war das?«, fragte Jitka sofort.

Anna betrachtete sie. »Mein Junge war damals neun Jahre alt, heute wäre er einunddreißig. Ich würde ihn nicht mehr erkennen, selbst wenn er vor mir stünde. Zum Teufel mit der Knabenlese! Seit vielen Jahren stehlen sie unsere Kinder und berauben uns unserer Besten. Mein Junge war sehr gescheit, er hätte es weit gebracht. Wer weiß, ob er überhaupt noch lebt.« Anna nippte an ihrem Becher. »Ich kann nicht einmal um ihn trauern.« Sie senkte den Kopf.

»Ich habe gehört, dass es Branco war, der Janja mitgenommen hat«, sagte Anka, eine jüngere Magd. »Waren er und sie nicht Spielgefährten?«

»Er hat gesagt, er heißt jetzt Mohammad«, berichtigte Jitka sie mit vollem Mund.

»Sie geben den Christenkindern andere Namen und treiben ihnen alles aus, was sie vorher gelernt haben«, sagte Anna bitter. »Sie haben Branco beschnitten, am Körper und an seiner Seele, haben ihm unseren Glauben genommen und zu einem von ihnen gemacht ... wie meinen Jungen.« Sie bedeckte die Augen mit ihrer freien Hand. »Ach, der Teufel soll sie holen«, sagte sie schließlich und wischte ihre Tränen mit einem Schürzenzipfel weg.

Jitka seufzte. Annas Traurigkeit griff auf sie über, das Kauen fiel ihr immer schwerer. Der leckere Kuchen hatte auf einmal seinen Geschmack verloren.

»Es ist nicht richtig, dass man sie mitgenommen hat und sich der Kadi nicht für sie einsetzt«, meinte die junge Magd namens Svanja. »Sie hat nichts von dem Jungen auf dem Dachboden gewusst.«

Anna warf ihr einen Blick zu, der sie zum Schweigen bringen sollte, aber es war zu spät. Bisher hatten die Frauen nie über Janja gesprochen, zumindest nicht, wenn Jitka anwesend war. Sie vermutete, dass sie es aus Rücksicht taten. Aber ihr unglückliches Gesicht und die Stimmung, die ihr Lied im Raum geschaffen hatte, lösten anscheinend Svanjas Zunge.

»Ich habe gehört, dass man so etwas mit Geld regeln kann«, schlug eine andere Magd vor. »Die Beamten des Sultans sollen gerne die Hand aufhalten und dafür so manches vergessen.«

Jitka spülte die letzten Krümel mit Milch aus dem Mund, schluckte und sagte bang: »Wir haben aber kein Geld. Nur unser Häuschen.« Vor ihrem geistigen Auge sah sie die winzigen, spärlich eingerichteten Kammern vor sich, den Ruß der Kerzen und des Ofens. »Wir bekommen bestimmt nicht viel dafür. Und wo sollen wir denn schlafen, wenn ...« Sie schniefte.

»Ach herrje, du armes Menschenkind!« Anna legte das Stickzeug rasch beiseite und zog Jitka zu sich auf den Schoß; sie roch wie immer nach Schnaps. »Keine Verwandten, keine Geschwister, keinen Vater, und jetzt haben sie dir auch noch die Mutter geraubt.« Sie fuhr dem Mädchen über die Haare.

Svanja hatte die Augen auf das Feuermal gerichtet und gab

sich Mühe, das Kreuz so unauffällig wie möglich zu schlagen, aber Anna hatte es bemerkt.

»So ein Unfug«, herrschte sie die jüngere Magd an. »Die Kleine hat keinen bösen Blick. Wer eine so schöne Stimme hat, trägt nichts Böses in sich.«

»Das habe ich auch gar nicht gesagt«, erwiderte Svanja sofort und errötete, weil sich alle zu ihr herumdrehten.

Jitka war die Ausgrenzung gewohnt und kannte dieses abergläubische Misstrauen, das in den letzten Jahren immer weiter zugenommen hatte. Es zeigte sich, indem die Bewohner der Stadt ihr und Janja auf der Straße auswichen und ein Kreuz schlugen; es hatte auch schon offene Beschimpfungen gegeben, und übermütige junge Männer hatten sich mehr als einmal dazu hinreißen lassen, Steine gegen das Haus zu werfen und zu brüllen, dass »die Hexen« verschwinden sollen.

Jitka war sich sicher, dass all das nicht passiert wäre, wenn sie einen Vater zu Hause gehabt hätte. Und auch hier, im Kreis der Frauen, fühlte sie sich kaum richtig geborgen. Sobald das Mal zu sehen war, wurden die Mägde – außer der älteren Anna – ablehnender, als trüge sie eine Krankheit in sich. Jitka hasste dieses Zeichen, für das sie nichts konnte und das sie zu einer Ausgestoßenen machte.

Anna drückte sie an sich. »Ich verspreche dir, dass sie freigelassen wird. Ihr kommt wieder zusammen. Du musst nur fest beten und jeden Tag an sie denken.«

Jitka nickte. All das tat sie ohnehin.

»Und jetzt reden wir von etwas anderem«, sagte die altgediente Magd in den Raum. »Die Kleine hat es schon schwer genug, da müssen wir sie nicht mit unserem Geschwätz noch trauriger machen, als sie ohnehin schon ist.« Sie gab dem Mädchen einen Kuss auf die Stirn und setzte es zurück auf den Tisch. »Jelina, erzähl uns eine schöne Geschichte, eine mit einem guten Ende.«

Zwei Wochen später gab es noch immer keine Nachrichten über Janja. Mit jedem Tag, der verstrich, wurde Jitkas Gesang eindringlicher. Über was auch immer sie sang, ihre Stimme legte selbst in das fröhlichste Lied eine Melancholie hinein, die dem lustigsten Menschen der Welt das Lachen vom Gesicht wischen und ihn anrühren würde. Die Frauen sprachen mit Rücksicht auf das Mädchen nicht mehr über die verschollene Mutter, und Großbauer Lubomir beschränkte sich darauf, Jitka einmal am Tag die Hand auf die Schulter zu legen und seinen Kopf zu schütteln. Keine neue Kunde von ihrer Mutter.

Am Ende eines weiteren schier unendlichen Nachmittags inmitten der fröhlich schnatternden Frauen wurden Jitka die Augen schwer. Sie döste ein ... bis sie auf einmal bemerkte, dass die Geräusche um sie herum verstummt waren. Erschrocken hob Jitka die Lider und sah Martin vor sich stehen, der seine Hand halb nach ihr ausgestreckt hatte, um sie zu wecken.

»Oh, gut. Dann kann ich es mir sparen, dich wachzurütteln«, brummte er freundlich. »Komm mit. Du hast Besuch bekommen.« Jetzt richteten sich alle Blicke auf den Großknecht, die Frauen in der Stube stellten unausgesprochen alle die gleiche Frage. Eine Antwort gab es für sie allerdings nicht. »Arbeitet weiter, ihr neugierigen Hühner«, zog er sie auf. »Ihr werdet es noch früh genug erfahren.«

Jitka wusste sofort, wen er meinte. »Mutter!«, rief sie aufgeregt und rannte an Martin vorbei hinaus in die Diele.

Anna reckte den Hals, um aus dem Fenster auf den Hof zu schauen. Dort stand eine große Kutsche ohne ein Abzeichen oder Wappen auf der Tür, die dennoch groß genug war, um den Besitzer ein kleines Vermögen gekostet zu haben.

»Jesusmaria! Der Großbauer will sie doch nicht verkaufen?«, murmelte Svanja und erhielt dafür einen bösen Blick von Martin, der gleich darauf den Raum verließ, um dem Mädchen zu folgen.

Jitka hatte die Tür des Gesindehauses erreicht, riss sie freudestrahlend auf und wollte sich mit ausgebreiteten Armen gegen den geliebten Menschen werfen, der sie auf der anderen Seite ganz zweifellos erwartete.

Ihre Bewegungen endeten im Ansatz.

Vor ihr stand ein Mann von etwa dreißig Jahren, der ein weites weißes Hemd mit dunkelrotem Halstuch trug. Die schwarzen Hosen zierten Schlitze, in die dunkelroter Stoff eingenäht war, und endeten in hohen braunen Stulpenstiefeln. Über das Hemd hatte er einen mantelartigen Überwurf aus silbernem und grauem Brokatstoff gelegt, der bis zu den Knien reichte. Den dunkelgelben Samtmantel, an dem zahlreiche Bänder und Schleifen angebracht waren, hielt er in der Rechten. Die beeindruckende Erscheinung ließ Jitka unwillkürlich den Atem anhalten.

Der Mann ging vor ihr in die Hocke. »Du bist Jitka?«, fragte er mit leiser, dunkler Stimme, die den Eindruck machte, niemals laut werden zu müssen, um verstanden zu werden.

Sie bewunderte seinen eleganten schwarzen Schnurrbart sowie das getrimmte Kinnbärtchen. Seine Haare hatte er unter einer weißen Perücke verborgen. Und es war eine *enorme* Perücke! Ihre Mutter hatte ihr einmal davon erzählt, dass manche Fürsten es vornehm fanden, sich auf den eigenen Schopf fal sche Haare zu setzen. Damals hatte Jitka gelacht. Falsche Haare – wie sollte das denn aussehen? Doch nun stockte ihr beim Anblick solcher Pracht der Atem. Die Perücke türmte sich eine Handbreit über dem Kopf auf und floss in weichen Locken, die nach Parfüm rochen und mit Perlen und glänzenden Steinen durchwirkt waren, bis weit über die Schultern hinunter. Jitka staunte mit offenem Mund; beinahe hätte sie den Arm ausgestreckt, um das Haar zu berühren und herauszufinden, wie es sich anfühlte.

Doch dann hielt sie inne. Der märchenhafte Anblick war wunderschön, aber er erinnerte sie auch an den Mann, den sie damals bei den Felsen gesehen hatte. Das Gebilde auf seinem Kopf könnte eine solche Perücke gewesen sein!

Die braunen Augen lagen forschend auf ihren Zügen, als suchten sie etwas. »Bist du es, oder bist du es nicht, Kleine?«

Wenn er mich damals beobachtet hat – dann ist er der Upir! Jitka wollte vor dem merkwürdigen Fremden zurückweichen, beherrschte sich dann aber. Die Perücke des anderen Mannes – wenn es denn kein Turban gewesen sein sollte – war größer und anders geformt gewesen als diese; zudem konnte sie sich gut an das blaue Funkeln erinnern, von dem es an ihrem Gegenüber keine Spur gab.

Martin trat hinter sie. »Das ist sie, Herr.«

Der Unbekannte streckte die Rechte aus, die von einem Handschuh umhüllt war. Jitka entdeckte einen Siegelring daran: drei gekreuzte Dolchpaare. Es war ... das Schmuckstück aus ihrem Traum! »Gestatte mir, dass ich mich vorstelle. Ich bin Karol Illicz. Es freut mich, dich nach so langer Zeit endlich kennenzulernen.« Der Mann lächelte freundlich und hielt den Arm weiterhin ausgestreckt. »Ich bin dein Vater, Jitka.«

Sie wusste nicht, was sie darauf erwidern sollte. Stattdessen schaute sie hinter sich zu Martin und erbat sich stumm Beistand.

Der Großknecht lachte gütig. »Das ist ein wenig viel, nicht wahr? Aber glaub dem Mann ruhig: Er ist dein Vater und wird von nun an für dich sorgen, bis deine Mutter zurückgekehrt ist.«

Erst jetzt fand sie ihre Sprache wieder. »Aber sie hat immer gesagt, dass mein Vater tot ist. Er war Soldat und ist in einem fernen Land für den Sultan gefallen.«

»Das hat sie dir also erzählt?«, meinte der Mann amüsiert. Etwas in seiner Stimme brachte sie dazu, sich wieder zu ihm umzudrehen, als würden unsichtbare Hände sie lenken. Für einen kurzen Moment meinte sie, etwas in seinem Gesicht zu sehen, wie eine zarte Schicht Ruß, die von einem Hauch hinweggeweht wurde. »Sehe ich etwa tot für dich aus?«

Ganz im Gegenteil. Er wirkte sehr lebendig ... und sehr nett. In seinen dunklen Augen blitzte der Schalk.

Martin lachte ebenfalls leise. »Ich schwöre es, Jitka. Ich kenne ihn ... ich kenne ihn aus ...« Er stockte. Als Jitka ihm einen erstaunten Blick zuwarf, sah sie, dass er verkrampft den Kopf zur Seite gelegt hatte und zwinkerte, als sei ihm etwas ins Auge geraten. »Ich kenne ihn«, wiederholte er dann noch einmal und lächelte plötzlich selig wie ein kleiner Junge, »schon sehr, sehr lange.«

Jitka runzelte die Stirn und sah Karol fest an. »Meine Mutter hat gesagt, das Name meines Vaters sei Radomir.«

»So, hat sie das?« Er lächelte. »Das passt zu ihr. Sie hat mich immer geneckt mit solchen Spitznamen.«

»Aber wo wart Ihr denn die vielen Jahre?«

»Oh, ich habe gekämpft und gekämpft«, erklärte er leichthin, »und immer, wenn ich nach Hause wollte, zu dir und deiner Mutter, erhielt ich den nächsten Befehl, der mich auf ein weiteres Schlachtfeld führte. Kamen denn meine Briefe nicht bei euch an?«

Jitka schüttelte den Kopf.

Karol atmete lange aus. »Das tut mir sehr leid.« Er tippte sich gegen die Perücke. »Beinahe hätten wir uns gar nicht mehr kennengelernt, Jitka. Vor gar nicht allzu langer Zeit zwang mich eine schwere Verwundung nieder, das Fragment einer Kanonenkugel hat mich am Kopf verwundet. Ich lag in einem Kloster zur Pflege. Man hatte mich schon aufgegeben, bis Gott mir meinen Verstand von der Verwirrung reinigte.«

»Acht Jahre lang?«, brach es vorwurfsvoll aus ihr heraus.

Karol sah zu Martin hinauf, in dessen Gesicht es zuckte, als ringe er mit der Beherrschung. »Sie hat schon recht, oder was meint Ihr, alter Freund? Ich war kein sehr guter Ehemann und Vater. Der Krieg war mir näher als meine Familie. Es hat eine Kanonenkugel gebraucht, um mich nach Hause zu bringen.« Er schob sich ein wenig zur Seite, damit Jitka die Kutsche hinter ihm sah. »Aber danach habe ich mich gleich auf den Weg gemacht, um nach meiner Frau zu sehen. Janjas Schicksal hat mich tief getroffen, aber umso glücklicher war ich, als ich hörte, dass du wohlbehalten hier auf mich gewartet hast.« Er stand auf. »Ich habe deine Sachen bereits zusammenpacken lassen, wir fahren gleich los.«

»Jetzt noch?«, wunderte sich Martin. Seine Stimme klang seltsam belegt, als habe er gerade einen harten Kampf ausgefochten. Dabei stand er doch einfach nur da. »Herr, es ist dunkel, und die Straßen sind nicht die besten. Ganz zu schweigen von Räubern, die ...«

Karol winkte ab. Die Geste war knapp, aber sehr bestimmt und fegte jegliche Vorbehalte des Großknechts zur Seite, was Jitka erstaunte. Normalerweise ließ sich Martin nicht auf diese einfache Weise überzeugen, auch nicht von einem alten Freund. »Ich fürchte mich weder vor Schlaglöchern noch vor verzweifelten Männern. Jitka, ich habe an dir und meiner Frau viel gutzumachen. Deswegen möchte ich so rasch wie möglich mit dem Kadi über Janja sprechen und sie frei bekommen.« Er sah zu Jitka und streckte die Hand aus. »Was sagst du dazu, Tochter? Gehen wir und befreien deine Mutter?«

Jitka schwieg. Auf der einen Seite hatte der Mann durch seine freundliche Art etwas von ihrem Vertrauen errungen, auf der anderen Seite sagte ihr Verstand, dass sie keinen Beweis dafür hatte, dass Karol wirklich ihr Vater war. Eine warnende Stimme mahnte, dass er ihr Böses antun konnte. Hatte sie Svanja beim

Hinauslaufen nicht sagen hören, dass der Großbauer sie verkaufen würde?

Als könne er ihre Gedanken lesen, hob Karol die Hand und lenkte ihren Blick so auf den Ring an seinem Finger. Das Wappen darauf war identisch mit dem aus ihrem Traum. Dieses nächtliche, wunderschöne Trugbild hatte ihr gezeigt, wie die Zukunft mit ihrem Vater sein würde: vereint mit der Mutter, in einem schönen, hellen Haus ... Jitka entsann sich genau, welches herrliche Gefühl ihr Traum noch lange nach dem Erwachen bei ihr hinterlassen hatte. Und jetzt stand ein Teil daraus lebendig vor ihr und reichte ihr die Hand.

Karol nahm ihr das neuerliche Zögern und die Schweigsamkeit nicht übel. »Ich verstehe das, Nachtigall. Ich käme mir sicher ebenso merkwürdig vor, wenn ein Mann vor mir stünde, der behauptet, mein Vater zu sein. Wenn du Martins Worten nicht glaubst, dann vielleicht einem besseren Beweis.« Er langte in die Manteltasche und zog ein zerbrochenes Amulett hervor. »Deine Mutter besitzt die andere Hälfte, nicht wahr?«

Jitka erkannte es sofort und nickte zögerlich. »Ihr könntet es aber auch von meinem richtigen Vater gestohlen haben.« *Doch woher kennt er meinen Kosenamen,* meldete sich eine leise Stimme in ihr zu Wort.

»Gott soll mich strafen, wenn ich ein Dieb bin«, antwortete Karol mit einem Augenzwinkern. »Und warum sollte ein Schurke freiwillig ein kleines Mädchen mitnehmen, das bestimmt unentwegt Süßigkeiten und Kuchen verlangt?«

»Um mich zu verkaufen ... an den Sultan«, sagte Jitka, weil ihr nichts anderes einfiel. »Für den Harem.« Es kam ihr selbst dumm vor, was sie von sich gab. Alles, was sie von Karol gehört hatte, stimmte sicherlich. Die letzten Widerstände schwanden, die Sehnsucht nach Geborgenheit und die Aussicht, die Mutter zu sehen, überwanden den mahnenden Verstand. Gleichzeitig breitete sich ein Gefühl von Wärme und Freude in ihr aus. *Ich habe einen Vater! Und er ist endlich gekommen, um mich zu holen!*

»Nein, kleine Nachtigall. Der Sultan möchte keine Kinder in seinem Harem, das sei dir versichert«, sagte Karol und lächelte sehr glücklich, als sich die kleine Hand zwischen seine Finger legte. Sanft drückte er zu. »Ich kann dir nicht sagen, wie es mich freut, dass du mir vertraust.« Mit diesen Worten führte er sie zu seiner Kutsche. Martin folgte ihnen und brachte den Korb mit Jitkas Kleidern. Als er den Verschlag öffnen wollte, um sie im Innern zu deponieren, hinderte ihn Karol daran, indem er sich vor den Griff schob.

»Ich mache das schon. Darin sieht es ein wenig wüst aus. Alles, was ich besitze, habe ich hineingestopft, und es käme dir wie eine Flut entgegengesprungen.« Er griff nach den Sachen und half dem Mädchen einhändig beim Besteigen des Kutschbocks; es strengte ihn nicht sonderlich an. »Danke sehr, Martin.« Karol fischte eine Silbermünze aus der Manteltasche und drückte sie dem Großknecht in die schwielige Hand. »Jetzt geh zurück, bevor das Gewitter einsetzt.« Martin nickte und lief davon. Eine wild gestikulierende Anna wollte an ihm vorübereilen, aber er fing sie ab, bevor sie ins Freie gelangen konnte; krachend schlug die Tür zu.

Jitka hob den Kopf und sah über sich einen sternenklaren Himmel. Nichts deutete auf ein Unwetter hin. »Ich möchte mich noch von den anderen verabschieden«, bat sie. »Und auch beim Großbauern bedanken, weil er mich aufgenommen hat, trotz des Geredes über meinen bösen Blick.«

»Bei Lubomir habe ich mich bereits bedankt. Den anderen schicken wir einen Brief. Jetzt müssen wir aufbrechen. Das Unwetter nähert sich rasch«, sagte Karol und schwang sich zu seiner Tochter hinauf. Er legte eine Decke und eine Plane aus dickem Segeltuch und Leder, die Schmutz, Wasser und Kälte abwies, über ihre Beine. Die beiden Schimmel schnaubten erwartungsvoll und wollten laufen, obwohl ihnen der Schweiß von der vorherigen Fahrt noch auf den Flanken stand. »Bist du bereit, mit mir in dein neues Leben aufzubrechen?«

»Ich weiß nicht«, antwortete Jitka etwas schüchtern, da sie der Mut bereits wieder zu verlassen drohte. Zutrauen und neu aufgeflammte Sorge rangen miteinander und gebaren Unsicherheit. Jitka sah zu den Fenstern des Gesindehauses hinüber. Niemand zeigte sich, nicht einmal Anna, um ihr zu winken und wenigstens auf diese Weise alles Gute zu wünschen. Das fand Jitka enttäuschend.

»Doch«, sagte sie mit fester Stimme.

»So gefällst du mir.« Er schob den Korb hinter sie unter eine zweite Plane, zurrte diese fest und nahm die Peitsche aus der Halterung. »Du musst keine Angst vor mir haben, Tochter. Niemand kann dich vor allen Gefahren der Welt besser beschützen als ich.« Er sah ihr tief in die Augen.

»Lass uns fahren ... Vater.«

Jitka stemmte die Füße gegen die niedrige Balustrade des Bocks, Karol schnalzte mit der Zunge und ließ die Peitsche einmal über den Häuptern der Schimmel kreisen; wiehernd trabten sie an und auf das Tor zu.

Schon nach wenigen hundert Schritten fiel Jitka auf, dass sich Wolken am Himmel auftürmten und vor die Sterne schoben. Immer bedrohlicher wuchsen sie empor und färbten das Firmament pechschwarz, so dass es bald kaum mehr möglich war, irgendetwas außerhalb des Scheins der Lampen zu erkennen, die rechts und links an der Kutsche angebracht waren. Sie fuhren durch eine unheimliche Finsternis, was aber weder die Pferde noch Karol ängstigte. Er spornte sie sogar zu noch höherer Geschwindigkeit an.

Jitka wandte den Kopf. Die Wolken ballten sich und strebten von allen Seiten auf das Gehöft zu. In ihrem Inneren flackerte und zuckte es, als würden Riesen darin gewaltige Feuersteine aneinanderschlagen und Funken erzeugen.

Als die Wolken über dem Hof des Großbauern angelangt waren, entluden sich Blitze mit knisterndem, kreischendem Donner, so dass Jitka vor Schreck aufschrie und die Hände gegen die Ohren presste.

Sie erkannte auflodernde Feuer an mehreren Stellen in den Dachstühlen der Wohn- und Wirtschaftsgebäude; dann stießen Flammen aus dem Gesinde- und dem Herrenhaus. »Wir müssen zurück!«, rief sie erschrocken.

Karol warf ebenfalls einen Blick über die Schulter. »Wir hatten Glück, dass wir rechtzeitig wegkamen«, rief er gegen das Donnern an. »Stell dir vor, was die Blitze mit uns gemacht hätten!«

»Hoffentlich ist niemandem etwas geschehen«, gab sie so laut sie konnte zurück, aber der auffrischende Wind riss ihr die Worte von den Lippen und schleuderte sie in die Dunkelheit.

Die Kutsche fuhr eine harte Rechtskurve, und plötzlich war das Gehöft nicht mehr zu sehen. Jitka betete für Martin und die Mägde, dass ihnen Gott beistand, das Feuer zu löschen.

Während sie betete, zählte sie elf weitere Blitze, die dort niedergingen, wo sich der Hof befand.

II.
KAPITEL

4. April 1670
In der Nähe von Belgrad (serbisches Gebiet),
Osmanisches Reich

Sie fuhren die ganze Nacht hindurch. Kurz vor Sonnenaufgang sagte Karol, dass es an der Zeit wäre, eine Pause einzulegen, weil die Pferde zu erschöpft zum Weiterfahren seien. Zuerst wunderte Jitka sich, dass sie abseits des Weges anhielten, doch dann war sie dankbar, sich mit ihrem Vater in der Kutsche zur Ruhe begeben zu dürfen; das Geschaukel auf dem Kutschbock hatte sie sehr angestrengt und Schlaf unmöglich gemacht.

Als ihr Vater den Verschlag öffnete, erwartete sie eigentlich etwas Geheimnisvolles darin. Doch bis auf die drei großen Koffer, die sich dort stapelten, konnte sie nichts entdecken. Warum hatte Karol Martin dann keinen Blick in die Kutsche werfen lassen?

Vielleicht hat er sich für den Geruch geschämt, mutmaßte Jitka, als sie sich auf eine der gepolsterten Bänke fallen ließ. Es roch hier fast so, als wäre der edle Wagen vor nicht allzu langer Zeit benutzt worden, um Schweinehälften zu transportieren, ein irritierender, fleischiger Geruch. Jitka wollte ihren Vater gerade darauf ansprechen, als die Müdigkeit sie überwältigte.

Als sie erwachte, stand die linke Tür offen. Jitka sah die Sonne am Horizont verschwinden. Ein sanfter Wind streichelte die Bäume und wiegte ihre Äste und Zweige. Es schien fast, als winkten sie ihr zu.

Karol, der vor der Kutsche stand, drehte sich zu ihr um. »Waren deine Träume schön, Tochter?«

Sie musste erst nachdenken. »Ich glaube, ich habe nichts geträumt«, antwortete sie ehrlich und stand auf, streckte sich und verließ die Kutsche.

»Wie bedauerlich.« Er packte sie mit beiden Händen an der Hüfte und hob sie schwungvoll auf den Kutschbock. »Dann hat es sich kaum gelohnt, dass ich dich den ganzen Tag schlummern ließ.« Er zwinkerte ihr zu. »Wir sind schon ganz schöne Schlafmützen, nicht wahr?«

Sie lächelte zurück und beobachtete ihn, wie er die Schimmel anspannte. Sie fand seine elegante Kleidung sehr unpassend für diese einfache Tätigkeit. Nichts davon passte hierhin und auch nicht zu den bescheidenen Verhältnissen, in denen sie aufgewachsen war.

»Seid Ihr sehr reich, Vater?«, fragte sie.

»Wie kommst du darauf?«

»Wegen Eurer Kleidung.«

»Die stehle ich mir zusammen. Von reichen Leuten.« Er schaute über die Schulter und überprüfte den Sitz der Scheuklappen. Als er dabei bemerkte, wie verblüfft sie ihn anstarrte, musste er lachen. »Nein, natürlich nicht, Jitka. Ich habe lange und hart dafür gearbeitet und mir zum Lohn eines Soldaten einiges dazuverdient. Warum fragst du?«

»Die Frauen haben gesagt, dass man Mutter freikaufen kann.« Sie seufzte. »Habt Ihr genügend Geld dafür?«

Karol nickte. »Oh, mach dir keine Sorgen. Daran wird es nicht scheitern.« Er erklomm den Bock. »Und rede mich bitte nicht an, als sei ich ein Fürst. Ich bin dein Vater, nicht dein Lehnsherr.« Gleich darauf erklang der Peitschenknall, und ihre Fahrt ging in der Abenddämmerung weiter.

Jitka betrachtete gedankenverloren die Umgebung mit ihren Bergen, den Wäldern und den vielen Wiesen und Äckern, auf denen sie aber kaum noch Menschen zu Gesicht bekam; nur noch einige wenige kehrten vom Holzsammeln und der Feldarbeit zurück. »Wieso hast du uns nie Geld geschickt?«, fragte sie ihn schließlich.

»Das habe ich, Tochter«, antwortete er. »Es muss verlorengegangen sein. Ich bedauere zutiefst, dass ihr in Armut leben musstet, denn es hätte nicht sein müssen. Allein mein normaler Sold hätte genügt, um euch ein angenehmes Dasein zu ermöglichen.«

Jitka versuchte sich vorzustellen, wie es gewesen wäre, als reiches Kind aufzuwachsen. Bei dem Gedanken an sich selbst in prächtigen Kleidern musste sie grinsen. Was hätten die ihr bei den vielen Streifzügen durch die Wälder genützt, bei all den kleinen Abenteuern, die sie sich seit einigen Jahren immer wieder gesucht hatte, obwohl ihre Mutter strikt dagegen gewesen war? *Du bist zu wild für ein Mädchen*, hatte die Mutter mehr als einmal getadelt.

Ich kann einfach nicht anders. Irgendetwas in mir bringt mich dazu.

Immer hatte die Mutter den Kopf geschüttelt und sie nachdenklich angesehen. *Nichts bringt dich zu irgendetwas, außer du selbst.* Die Leute im Dorf hatten das natürlich etwas anders gesehen. »Das da vorne ist unser Ziel, Tochter«, riss Karol sie schließlich aus ihren trüben Gedanken. Er deutete mit der Peitsche nach vorne. »Darol-i-Jehad, wie sie von den Türken genannt wird.«

Jitka bestaunte die Festungsanlage, die vielen Häuser und die Lichter, die überall funkelten und glänzten. Zwischen den Kirchtürmen erhoben sich Minarette. Sie ließ den Blick weiterschweifen. Das war eine große Stadt, größer als alles, was sie bislang gesehen hatte. Und der Fluss, der im Schein der untergehenden Sonne blutrot vorbeizog, war so breit, dass er jedes befahrene Gewässer der Welt übertreffen musste, da war sie sicher. Ihre Aufregung stieg.

»Was bedeutet der Name?«

»So viel wie *Heimat der Glaubenskriege*. Von hier aus beginnen die Sultane ihre Feldzüge in den Nordwesten gegen die Habsburger. Es ist ihr wichtigster Stützpunkt.« Karol spornte die Pferde weiter an. »Die Einheimischen nennen sie Belgrad.«

Jitka betrachtete die näher rückenden Mauern. »Ist Mutter dort?«

»Das sagte man mir zumindest.« Karol lenkte die Kutsche auf das Stadttor zu und ließ die Pferde in einen langsamen Schritt verfallen. Die gerüsteten Wachen hielten sie an, zwei inspizierten das Innere, ehe sie die Fahrt fortsetzen durften.

Jitka drehte und wendete den Kopf in alle Richtungen, um so viel wie möglich von Belgrad zu sehen, und sog die Gerüche ein, die aus den unzähligen Gassen und Straßen auf sie zuströmten. Gewürze, Rauch, der Geruch von frisch zubereitetem Essen und der Duft von Kaffee mischten sich zu einer berauschenden Wolke; im nächsten Moment aber traf sie ein scharfer Fäkalgestank so stark, dass sie sich schütteln musste.

Vor lauter Umschauen vergaß Jitka, sich festzuhalten – und als die Kutsche einem unvorsichtigen Menschen auf der Straße auswich, wäre sie um ein Haar vom Bock gestürzt.

Sie reagierte blitzschnell, wie sie es unzählige Male zuvor im Spiel getan hatte. Jitka verlagerte rasch ihr Gewicht, der Arm zuckte an die Kante des Kutschendachs und hielt sich rechtzeitig fest. Jedes andere Kind mit weniger Kraft und Behendigkeit wäre zu Boden gefallen.

»Vorsicht! Das Pflaster ist hart«, warnte Karol sie ernst. »Deine Mutter würde es mir nicht verzeihen, wenn du blaue Flecken und Schrammen hättest.« Dann nickte er zufrieden. »Aber es freut mich zu sehen, wie flink und stark du bist, meine Tochter.«

Sie nickte und genoss die nun immer langsamer werdende

Fahrt durch Belgrad. Zum einen musste Karol auf die Menschen achten, zum anderen gab es immer mehr sehr enge Stellen.

In den Straßen wimmelte es nur so von Leuten, Gruppen von Soldaten in schön anzusehenden türkischen Uniformen, Bürger in verschiedenen Trachten und Gewändern sowie merkwürdig verschleierte Gestalten. Das hatte es in ihrem Dorf so nicht gegeben, und sie fragte Karol danach.

»Es ist eine Frage der Religion, Tochter. Der Glaube der Muslime schreibt es den Frauen so vor«, erklärte er knapp. »Schau dir die Märkte an, die sie hier Basar nennen«, empfahl er.

Das tat sie gerne. In den Auslagen erregten viele Dinge ihre Neugier, von denen Jitka nicht einmal die Namen kannte. Gewürze, Gemüse und eingelegte Früchte stapelten sich, es gab Kleidung, Werkzeug und unendlich vieles mehr. Am liebsten wäre sie sofort von der Kutsche gestiegen und hätte ihre Neugier durch einen Spaziergang befriedigt, der sie mitten in dieses Treiben führen und das Neue hautnah erleben ließ.

»Schau dir diese Fassaden auf der rechten Seite der Straße an«, sagte Karol, der ihr immer wieder einen Blick zuwarf und sie prüfend betrachtete. »Da wohnen reiche Händler.«

Jitka wären die wunderbaren Ornamente beinahe entgangen. Die Türken hatten einige Gebäude umgestaltet, sie mit geschwungenen Arkaden und floralen Verzierungen sowie Mosaiken versehen; gleich danach kamen sie an einer Moschee vorbei.

»Das ist die Cohadži-Moschee. Sie haben sie nach ihrem Stifter, dem Tuchkaufmann Hadži-Alija, benannt. Es wäre doch lustig, wenn die christlichen Kirchen ebensolche Namen trügen. Die Jitka-Kathedrale, wie klingt das?« Karol lenkte die Kutsche vor ein Haus, brachte die Pferde zum Stehen und stieg ab. Dann streckte er die Arme nach Jitka aus. »Komm, ich fange dich.«

Sie sah auf das Gotteshaus. »Ist Mutter da drin?«

»Nein, sicherlich nicht. Aber ein paar Straßen von hier wohnt ein Freund, der uns helfen kann. Aber was ist nun – traust du dich etwa nicht?«

Das ließ das Mädchen sich nicht zweimal sagen. Mit einem breiten Grinsen sprang sie ihrem Vater tollkühn entgegen, der sie sicher fasste, sich einmal mit ihr um die eigene Achse drehte und sie dann auf den Boden stellte. Jitka musste lachen.

»Können wir sofort zu ihm gehen?«

Karol nahm sie bei der Hand und schritt mit ihr auf eine Teestube zu. »Du wirst hier auf mich warten.« Er schlug den Vorhang zur Seite und trat ein, zeigte auf einen Platz in einer Ecke und winkte einen orientalisch aussehenden Mann mit einer roten Filzkappe und einem weiten weißen Gewand zu sich; sie wechselten ein paar Worte. »Ich habe dir einen Chai, Halva und türkischen Honig bestellt. Wir essen etwas Richtiges, sobald ich zurück bin.« Er gab ihr einen Kuss auf die Stirn und verließ die Stube.

»Aber was ist mit unserer Kutsche?«, rief sie. »Wenn sie nun gestohlen wird?«

Karol grinste. »Mach dir keine Sorgen. Solange diese Schimmel angespannt sind, wird es niemand wagen, unser Gefährt zu entwenden.« Er winkte noch einmal und ging.

Jitka wagte keinen Widerspruch, sondern setzte sich an die angewiesene Stelle. Die Kissen waren sehr weich und bequem, sie rochen nach Tabakqualm und Lavendel.

Jitka schaute aus dem Fenster. Sie konnte die Straße und die Kutsche sehen. Die Schimmel standen still und ließen sich durch die vorbeitreibende Menge nicht beeindrucken. Sie wusste nicht, was sie tun sollte, wenn ein Dieb sich an ihnen zu schaffen machen würde. Karol besaß ihrer Ansicht nach zu viel Vertrauen in die Tiere.

Nachdem Jitka die Schimmel eine Zeitlang beobachtet hatte, stellte sie fest, dass sie sich nicht so benahmen wie die Pferde, die sie aus dem Dorf kannte. Die meisten waren eher ängstlich und schreckhaft – diese hier beobachteten die Umgebung wie aufmerksame Wachhunde. Ihnen schien nichts zu entgehen, und als ihnen ein grobschlächtiger Mann im Vorbeilaufen zu nahe kam, zeigten sie kein Anzeichen von Furcht, sondern stießen ein warnendes Schauben aus. Jitka fand ihr Verhalten ebenso rätselhaft wie faszinierend.

Der Orientale näherte sich mit Chai und weißem Konfekt. Er verbeugte sich mehrmals und stellte die Sachen vor Jitka auf den Messingtisch, um sich gleich darauf zurückzuziehen.

Sie kostete zuerst den Tee. Er schmeckte unglaublich intensiv nach Pfeffer und vielen ihr unbekannten Gewürzen. Der türkische Honig verlief regelrecht auf ihrer Zunge, ehe er weich die Kehle hinabrann und einen süßen, nussähnlichen Geschmack verströmte. Sie mochte beides auf Anhieb, trank, kaute und seufzte zufrieden.

Ihre größte Hoffnung war nach all den Jahren doch noch wahr geworden: Sie hatte einen Vater! Bald würde er mit ihrer Mutter zurückkehren, und Jitkas Leben würde endlich so schön werden, wie sie es in ihrem Traum gesehen hatte. Ihr Vater war ein freundlicher und reicher Mann, der von nun an für die Familie sorgen würde. Vielleicht würden sie nach Belgrad ziehen, in diese faszinierende Stadt, wo niemand sie kannte und sie keine Hänseleien fürchten musste. Nachdenklich rieb sie über den Ärmel, unter dem das Mal verborgen war. Wenn sie es besser vor den Blicken anderer versteckte, käme niemand mehr auf den Gedanken, sie des bösen Blicks zu bezichtigen. Auch Karol sollte es vorerst nicht sehen.

Während sich Jitka die unterschiedlichen Möglichkeiten des neuen Zusammenlebens in den buntesten und schönsten Farben ausmalte, verging die Zeit. Sie bekam noch einen Chai und ein anderes Stückchen Konfekt, für das sie sich artig bei dem Orientalen bedankte.

Die Nacht hatte sich endgültig über die Stadt gesenkt, und die Straßen waren inzwischen nahezu menschenleer. Auf dem Halva kauend, das zwischen ihren Zähnen zu einer süßen, knirschenden Masse wurde, sah Jitka wieder hinaus zur Kutsche.

Sie verschluckte sich beinahe an ihrem Chai: Neben dem Gefährt stand ein Mann – und mit plötzlicher Gewissheit wusste sie, dass es niemand anderer sein konnte als der Unbekannte, den sie an jenem Morgen, als sie mit Martin zum Gehöft gefahren war, an den Steinen gesehen hatte!

Der Mann trug einen dunkelblauen Rock mit schwarzen und silbernen Stickereien, darüber einen Mantel aus hellbraunem Leder. Er hatte keinen Turban auf dem Kopf, wie sie vorher angenommen hatte, sondern eine aufgetürmte Perücke, in der unzählige blaue Steine glänzten. Es war dieses Funkeln, das Jitka sofort verraten hatte, wen sie hier vor sich sah.

Der Fremde schlenderte an der Kutsche entlang, die behandschuhten Finger strichen über das Holz, dann legte er ein Ohr dagegen und lauschte.

Jitka schluckte. Die Zeit schien für einen Moment stillzustehen. Obwohl sie wusste, dass hinter ihr in dem kleinen Lokal noch Menschen waren und der Orientale jeden Moment zu ihr an den Tisch treten konnte, fühlte es sich an, als seien in diesem schrecklichen Moment sie und der Fremde die einzigen Lebewesen in Belgrad.

Was tue ich jetzt?

Der Unbekannte näherte sich den Pferden, die warnend schnaubten. Eins von ihnen hob drohend seinen Hinterlauf zum Tritt. Aber der Mann lachte und klopfte dem Tier auf die Kruppe, streichelte es und redete mit ihm; sofort beruhigte es sich.

Jitka wusste, dass dies nicht mit rechten Dingen zugehen konnte. Mehr denn je war sie sicher, einen Upir vor sich zu sehen – und was noch schwerer wog: Er machte noch immer Jagd auf sie! Mehr denn je benötigte sie einen Beschützer, einen Vater.

Der Fremde ging vorne um die Schimmel herum und verschwand auf der anderen Seite des Gefährts. Jitka sprang auf ihren Stuhl, um ihn weiter beobachten zu können.

In diesem Moment kehrte Karol zurück und lief über die Straße, sein Gesicht war ernst. Jitka wurde noch unruhiger, denn weit und breit entdeckte sie nichts von ihrer Mutter. Oder von dem Upir.

So schnell sie konnte rannte Jitka zum Ausgang. »Vater, gib acht!«, rief sie. »Da ist ein …« Sie konnte gerade noch verhindern, dass sie das Wort über den ganzen Platz brüllte, und zischte stattdessen: »Ein Upir!«

Karol blieb wie angewurzelt stehen und sah sich schnell um. »Wo?«

»Hinter der Kutsche.« Jitka hatte einen trockenen Mund. Sie fürchtete, dass das Monstrum ihren Vater hinterrücks anfiel. »Wir müssen die Wachen holen! Ich kann …«

»Nein, Tochter«, unterbrach Karol sie mit harter Stimme. »Du wirst nichts dergleichen tun. Geh zurück und sag kein Wort – zu niemandem! Ich schaue lieber selbst nach dem Upir.« Er ging langsam um das Gefährt herum.

Der Mann stand mit dem Rücken zu ihm und lauschte an der Kutschentür. Die rechte Hand hatte er gegen die Seite des Gefährts gestützt. Er murmelte etwas und fuhr mit den Fingern an dem glattpolierten Holz auf und ab.

Karol hatte seine linke Hand auf den unterarmlangen Dolch gelegt, der an seinem Gürtel hing. Als er nun erkannte, wer vor ihm stand, entspannte er sich ein wenig. Nicht nur die

Perücke, sondern vor allem die sehr teure Kleidung hatten ihn sofort erkennen lassen, um wen es sich bei dem Besucher handelte.

»Sie hat Euch gesehen«, sagte er auf Altgriechisch. »Habt Ihr den Verstand verloren?«

»Die einen sagen so, die anderen so«, erwiderte der Mann in der gleichen Sprache und wandte sich schmunzelnd um. »Ihr habt mir etwas sehr Wichtiges vor der Nase weggeschnappt, mein Lieber! Seid gewiss, es war nicht die Neugier, die mich hierherbrachte, sondern nur aufrechte Sorge. Ich wollte schauen, wie es ihr geht.«

»Eine Lüge bleibt auch dann eine Lüge, wenn sie sich in schöne Worte hüllt, Baron!«

»Wie überaus freundlich von Euch, mich so zu ehren! Aber dieser Titel gebührt mir noch nicht. Eleve wäre richtiger. Und davon abgesehen: Was mag schwerer wiegen, eine Lüge oder ein Verstoß gegen die Gesetze?«

»Einem Baron müsste ich bei so einer Beschuldigung Rede und Antwort stehen – einem Eleven sicher nicht. Aber seid trotzdem versichert: Erstens ist es mein Recht, zweitens geschah es nicht gegen den Willen des Kindes.« Karol nahm die Finger vom Dolchgriff. »Ich empfehle Euch, das Weite zu suchen. Das Mädchen untersteht – da ich ihr leiblicher Vater bin – meiner Obhut.«

»Wie recht Ihr habt.« Der Eleve deutete eine Verbeugung an. »Auch wenn Ihr, das sei mir als Einwurf gestattet, Eurer Sorgepflicht ein wenig spät nachkommen möchtet. Natürlich würde niemand wagen zu unterstellen, dass es Euch nicht schert, wie es dem Menschenkind ergeht ... und doch dachte ich, dass es meine Pflicht ist, auf ihr Wohlergehen zu achten.« Er verschränkte die Arme auf dem Rücken, lehnte sich vor und kam mit dem Mund dicht an Karols Ohr. »Schließlich habe ich es die letzten acht Jahre so gehalten. Im Gegensatz zu Euch. Der Janitschar hat das Mal an ihrem Unterarm gesehen und stellte sehr neugierige Fragen, wie mir zu Ohren kam, Baron. Wäre ich nicht zur Stelle gewesen, als sie von den Türken des Nachts durch den Nebel gehetzt wurde, müsstet Ihr nun nicht nur um Eure kleine Mätresse trauern.«

Seine Worte brannten wie Salz in einer Wunde. Karol spürte, wie Wut in ihm aufstieg, und musste sich beherrschen, weder mit Worten noch mit anderen Mitteln zurückzuschlagen. »Ich habe mich um den Janitscharen gekümmert.«

»Vermutlich so gründlich wie um das Gehöft des armen Bauern.« Er lächelte bösartig. »Ich war da und habe es mir angeschaut. Wie viele Blitze sind dort niedergegangen? Es sah aus, als hätten die Engel des Herrn alles Lebendige darin gerichtet. Bei unserem allmächtigen Schöpfer, Ihr versteht es, Spuren zu beseitigen! Niemand wird jemals mehr nach der kleinen Jitka fragen, sondern sie für ebenso tot halten wie die anderen.«

»Ich habe getan, was getan werden musste, aber wie könnt Ihr es wagen ...«

Der Mann hob die Hand. »Ich habe kein Verlangen danach, mit Euch zu streiten, Baron. Kümmert Euch einfach um sie, wie Ihr es von Anfang an hättet tun sollen, und wiederholt keine alten Fehler.« Er warf ihm einen langen, vorwurfsvollen Blick zu, dann pochte er gegen die Kutschenwand. »Es riecht nach frischem Fleisch. Was fahrt Ihr darin spazieren? Den Janitscharen etwa? Ich verwette meinen Rock, dass Ihr für ihn schon ein schönes Plätzchen in Eurem Labor vorgesehen habt.«

»Und wieder fragt Ihr nach Dingen, die Euch nichts angehen.« Karols Stimme war schneidend, als er auf den Mann zutrat. »Verschwindet! Wir sehen uns noch früh genug. Die nächste Cognatio findet bald statt.«

Der Mann deutete erneut eine Verbeugung an. »Ich kann es kaum erwarten, Baron.« Er nahm die Hände vom Rücken und vollführte mit der Linken eine übertriebene Geste, um sich zu verabschieden. »Eine gute Fahrt Euch und Eurer Elevin.« Mit diesen Worten drehte er sich um und stolzierte davon. Sein affektierter Abgang täuschte darüber hinweg, dass er sehr genau darauf achtete, diesmal von niemandem gesehen zu werden.

Karol schnaubte und sah ihm nach, bis der Mann in den Schatten verschwand. Probehalber drückte er die Klinke des Verschlags; die Tür war immer noch verschlossen. »Nun gut.«

Karol gab sich einige Spritzer Duftwasser aus dem Flakon, den er in der Manteltasche trug, auf die Hände und betupfte Hals und Nacken. Das unerwartete Wiedersehen hatte ihn mehr aus der Fassung gebracht, als ihm lieb war. Doch nun lag eine weitaus härtere Prüfung vor ihm.

Als ihr Vater endlich wieder hinter der Kutsche hervortrat, atmete Jitka erleichtert auf. Sie zitterte vor Aufregung und Angst.

»Da war niemand.« Karol scheuchte sie von der Tür auf ihren Platz zurück und folgte ihr gemessenen Schrittes. »Wie kommst du denn darauf, dass in Belgrad ein Upir umgehen soll?«

Das Mädchen schluckte. »Er ... er könnte mir gefolgt sein.« Jitka betrachtete sein Gesicht. Ob er sie auslachen würde? Als Karol keinerlei Anstalten machte, erzählte sie ihm von ihrem Erlebnis und jenem Tag, an dem sie nach ihrer Flucht den Upir mit der Perücke gesehen hatte. Je mehr sie davon erzählte, desto häufiger wanderte ihr Blick wieder zu den falschen Haaren ihres Vaters, in denen es ebenfalls funkelte.

Karol hatte ihr aufmerksam zugehört. »Eine interessante Geschichte, Tochter, und beängstigend.«

»Also glaubst du mir?«

Er nickte. »Aber natürlich. Du hattest großes Glück, dass dich der Upir verschonte. Wenn du ihn noch einmal zu Gesicht bekommst, ruf mich sofort. Ich bin das Kämpfen gewohnt und kenne ... die Eigenheiten dieser Wesen.«

»Hast du deine Perücke von einem von ihnen?«, platzte es aus dem Mädchen heraus. »Warum trägst du den gleichen Schmuck wie sie?«

Karol lächelte. »Du musst noch viel lernen, kleine Nachtigall. Dies soll deine erste Lektion sein: Lass nie zu, dass deine Augen dich betrügen. Nur weil zwei Dinge sich äußerlich ähneln, muss keine Gemeinsamkeit zwischen ihnen bestehen.«

Beschämt schlug Jitka die Augen nieder. »Es ... es tut mir leid, wenn ich dich verärgert haben sollte. Ich bin dumm.«

Lächelnd legte er ihr den Zeigefinger der rechten Hand unters Kinn und hob ihren Kopf sanft an.

Ein Gefühl von Wärme stieg in Jitka auf. Sie fühlte sich in der Nähe ihres Vaters so viel sicherer als jemals zuvor. Es war richtig gewesen, ihm zu folgen. Doch nun gab es eine drängende Frage, auf die sie sofort eine Antwort brauchte. »Was ist mit Mutter?«

Er setzte sich neben sie, nahm sie in den Arm und zog sie dichter an sich. »Sie wird nicht kommen, Jitka.«

»Aber du hast ...«

»Es liegt nicht mehr in meiner Macht.« Karol sah ihr fest in die Augen. »Man hat mir gesagt, dass es einen Unfall gab. Der Wagen, mit dem sie zusammen mit dem Jungen und dessen Familie transportiert wurde, kam vom Weg ab und stürzte in einen Fluss.«

Jitkas Kinn bebte. »Aber ...«

Karol schüttelte den Kopf. »Niemand konnte sich aus dem Wagen befreien, bevor er unterging. Ihre Seelen sind in den Himmel aufgestiegen.«

Jitka spürte heiße Tränen emporsteigen, doch sie wehrte sich dagegen. »Nein, Mutter ist nicht tot«, kam es zornig aus ihrem Mund, die kleinen Hände hatten sich zu Fäusten geballt. »Sie sitzt am Ufer und wartet, dass wir sie finden. Oder sie ist nach Hause zurückgekehrt und macht sich Sorgen, weil ich nicht da bin!« Sie schluchzte auf. »Mutter ist nicht tot. Sie ist ...«

Karol nahm ihr Gesicht in beide Hände. Sie waren warm und dufteten unglaublich gut. »Jitka, deine Mutter ist zu den Engeln aufgefahren«, sagte er leise und inständig. Die braunen Augen beruhigten Jitka auf der Stelle, sie atmete langsamer. »Ehre ihr Andenken, und sei mir eine gute Tochter, so wie ich alles tun werde, um dir ein guter Vater zu sein.« Karol atmete tief ein und schluckte schwer. »Denn wir haben nur noch uns beide, Tochter.«

Jitka schniefte. Weil sie nicht sprechen konnte, nickte sie und schlang ihre Arme um seinen Nacken. Das Mädchen barg sein Gesicht an Karols Hals; heiß regneten salzige Tropfen auf seine Haut.

Karol wiegte sie sanft in seinem Arm, streichelte das schwarze Haar, die zarten Wangen und verspürte tiefes Mitleid mit seiner Tochter.

Es dauerte lange, bis die Tränen versiegten, doch nach und nach wurden Jitkas Atemzüge gleichmäßiger. Aber auch im Schlaf klammerte sie sich an den einzigen Verwandten, den sie noch besaß. *Sie wird nie mehr daran zweifeln, dass ich ihr Vater bin,* dachte Karol. *Aber, bei Gott, der Preis dafür ist zu hoch.*

Vorsichtig stand er auf und achtete darauf, dass er sie nicht durch eine zu schnelle Bewegung weckte. Mit einer Hand hielt er sie an seine Brust gedrückt, mit der anderen beglich er die Rechnung. Da er, wie fast immer, mit einer Silbermünze bezahlte, konnte sich der Orientale über einen außergewöhnlichen Gewinn freuen. Als er sich überschwenglich bedanken wollte, vollführte Karol eine knappe Handbewegung, und der Mann verstummte augenblicklich.

Karol kehrte mit dem Mädchen auf dem Arm zur Kutsche

zurück, stieg auf den Bock und legte sie neben sich, den Kopf auf seinen Oberschenkel gebettet. Er betrachtete das schlafende Antlitz. Sie glich ihrer Mutter sehr und würde, wenn sie erwachsen war, sicher wie ihr Ebenbild erscheinen. Karol seufzte.

Radomir. Karol spuckte aus. Er hatte nie vergessen, dass dieser simple Mann Janja zu seiner Frau gemacht hatte, eine Ehre, die ihm ganz sicher nicht zustand. Dass er von den einfachen Menschen als Jitkas leiblicher Vater angesehen wurde, empfand Karol als Beleidigung. Es hatte ihn zutiefst befriedigt, dass dieser Martin endlich die Wahrheit ausgesprochen hatte, auch wenn es nicht ganz freiwillig geschehen war. Und Radomir hatte bereits vor langer Zeit für seine Anmaßung bezahlt.

Janjas Gemahl war tot, gerichtet, auch wenn Karol es wie einen Unfall hatte aussehen lassen. Es war die Strafe für die Art, wie er mit dieser wunderbaren Frau umgesprungen war, weil sie ihm nach Jitka keine weiteren Kinder mehr gebären konnte. Die Schläge, die Beschimpfungen und Demütigungen hatten Karol rasend werden lassen, und entgegen allen Vorsätzen mischte er sich ein weiteres Mal in Janjas Leben ein, bevor er sich zurückgezogen hatte. Viel zu lange, wie er heute voller Reue zugeben musste. Erst hatte er der Frau einen Blick ins Licht ermöglicht und sie danach in der Dunkelheit zurückgelassen.

Dabei lag die Schuld für ihre Kinderlosigkeit bei Karol. Seine Nacht mit ihr hatte sie auf immer und ewig unfruchtbar für alle Männer der Welt werden lassen.

Karol berührte das halbe Amulett. »Ich schwöre beim Allmächtigen, dass es unserer Tochter besser ergehen wird als dir.« Er küsste es, dann streichelte er die Stirn des Mädchens. »Es wird Zeit, dass ich mich um sie kümmere, wie es einer Tochter aus unserem Geschlecht gebührt.«

Dieses Mal verzichtete Karol auf den Knall mit der Peitsche, sondern trieb die Schimmel mit einem Ruck der Zügel an. Die Kutsche rollte los, durch das nächtliche Belgrad, an der Moschee vorbei zum Tor hinaus auf die Landstraße.

Karol sorgte sich wegen des Auftauchens des *Upirs*, wie ihn Jitka genannt hatte. Dass der Eleve sich ausgerechnet jetzt für das Mädchen interessierte, alarmierte ihn. Und offensichtlich hatte er es darauf angelegt, entdeckt zu werden. Warum? Karol würde ihn nicht zur Rede stellen, er bekäme sowieso keine Antworten. Aber er würde es nicht vergessen und aufmerksamer sein als bisher.

Es ging nach Osten, die im Mondlicht glitzernde Donau entlang. Die Pferde trabten auf einen der Flüsse zu, die in den mächtigen Strom mündeten, die Morava.

Es gab eine enge Stelle stromaufwärts, wo der Fluss um diese Jahreszeit so gut wie ausgetrocknet war. Dorthin wollte er vor Sonnenaufgang gelangen, damit er anschließend eine Rast einlegen konnte. Ein trockenes, schmales Stückchen Flussbett war ihm lieber als die beste Brücke.

Er hatte Jitka glauben lassen, dass er wegen ihrer Mutter in Belgrad gewesen war, doch in Wahrheit hatten ihn andere wichtige Geschäfte in die Stadt geführt. Aber in einem Punkt hatte er nicht gelogen: Janja war tot.

Karol sah nach Jitka, die sich nicht rührte. Die Trauer hatte ihr einen tiefen, schweren Schlaf beschert, in dem der Schmerz über den Verlust seine Schärfe verlor. Jedenfalls für die nächsten Stunden. Das Kind würde noch Jahre an diesem großen Kummer leiden. Und es würde nicht die letzte grausame Wahrheit sein, die sein Leben von nun an bestimmen würde.

Er überlegte, wann er ihr Weiteres zumuten konnte. Wahrheiten, die selbst manchen Erwachsenen in den Wahnsinn treiben konnten.

Es hat Zeit, Karol, sagte er zu sich selbst. Die Kutsche holperte über die unebene Straße die Donau entlang und strebte ihrem Ziel zu: der Furt.

Und von dort ging es zur Mühle.

6. April 1670
Osmanisches Tributland

»Da vorne ist dein neues Zuhause.« Karol lenkte die Kutsche durch einen finsteren Tannenwald, der so dicht war, dass er das Licht der untergehenden Sonne fast ganz verschlang. Raben stiegen krächzend in den grauen Himmel und zogen in großen schwarzen Kreisen über die Wipfel. Der kühle Abendwind brachte die Zweige zum Schaukeln, und Jitka hörte ihr leises Rauschen; es roch nach Harz und schwerem, feuchtem Nadelboden.

Der zunächst sehr verschlungene Weg verlor immer mehr Windungen und lief schließlich schnurgerade aus dem Wald heraus und auf einen Hügel zu, auf dem sich eine massive achtflügelige Windmühle erhob. Das Bauwerk war enorm und erinnerte an einen Festungsturm.

Die einzelnen Segel hatten eine Länge von neun Metern, vier von ihnen waren gehisst und ließen die Flügel langsam kreisen. Der obere Teil der Mühle, die Kappe, war drehbar gelagert, so dass der Wind stets gefangen wurde, gleich aus welcher Richtung er kam; anstelle eines Dachs trug sie Zinnen.

Gleich neben dem eindrucksvollen Gebäude war eine Scheune gebaut worden, die zwar deutlich kleiner war, aber einen nicht minder standhaften Eindruck machte. Ihre beiden Stockwerke waren aus breitem Fachwerk und großen, soliden Steinen errichtet worden, um den Elementen zu trotzen, denen sie auf dem Hügel ausgesetzt war. Das Dach war niedrig, damit die Flügel sich problemlos drehen konnten.

Jitka wusste nicht, was sie erwartete. Sie zweifelte nicht, dass diese Unterkunft mehr als ein Zimmer besaß und bei starkem Regen dicht hielt, aber es wirkte düster und furchteinflößend. Hier hätte es der Mutter nicht gefallen.

Zudem: Nur Zauberer, Dämonen und böse Geister wohnten in Windmühlen, das hatten die Zingaros, die gelegentlich zur Tagelöhnerei ins Dorf gekommen waren, immer erzählt. Die Stürme trieben das Unheil aus dem gesamten Umland an jene Orte, wo das Böse sich in den Zahnrädern und Walzen verfing. Je prächtiger und schöner eine Windmühle war, desto mehr Macht und Kraft besaß der Dämon, der dort gefangen saß.

Ihre Mutter hatte diese Geschichten immer als Unsinn abgetan, aber wenn sie doch stimmen sollten, hauste in dem Bauwerk auf dem Hügel etwas sehr Gefährliches. Jitka zog die Decke um die Schultern und schluckte.

Karol bemerkte den Stimmungswandel. »Bereust du schon, dass du mich begleitet hast?« Sie schüttelte rasch den Kopf, und er musste lachen. »Selten habe ich jemanden so schlecht lügen sehen.« Er strich ihr über den schwarzen Schopf. »Ich richte dir ein Bad, wenn wir zu Hause sind, damit die Kälte der Reise aus deinem Körper schwindet.«

Die Schimmel kannten den Weg von selbst, also hängte Karol die Leine an den Bock und stieß einen gellenden Pfiff aus. Daraufhin schwangen die Tore der Scheune wie von Geisterhand auf, darin entflammten Lampen und begrüßten sie mit freundlichem Schein.

Jitka war gleichermaßen erstaunt und erschrocken. »Vater, was ... bist du ... ein Zauberer?«

Die Pferde schnaubten freudig, als der Wagen in der Scheune zum Stehen kam.

Karol sprang auf den strohbedeckten Boden und half Jitka

beim Absteigen. »Willkommen, meine Tochter.« Er behielt sie auf dem Arm und deutete im Raum umher. »Um ein Tor zu öffnen und die Lampen zum Leuchten zu bringen, muss man kein Zauberer sein. Aber das wirst du noch herausfinden.« Er ging mit ihr nach vorne zu den Schimmeln und zeigte ihr, welche Schnallen sie lösen musste, um die Tiere auszuspannen. Lederriemen fielen auf den Boden. Als sie vom Geschirr befreit waren, trotteten sie in ihren Stall und machten sich über ihr Fressen her.

Das Mädchen hatte alles genau mitverfolgt. »Sie gehorchen dir, ohne dass du ein Wort zu ihnen sprichst oder sie lenkst, und sie haben in Belgrad die Kutsche bewacht, als wären sie Wachhunde.« Jitka drehte das Gesicht zu ihm und bekreuzigte sich, dabei strampelte sie und rutschte zu Boden. Sie machte zwei langsame Schritte rückwärts. »Ich glaube, du bist doch ein Zauberer!« Sie spähte über die Schulter, ob das Tor noch geöffnet war. Daran, dass sie plötzlich einen Vater haben sollte, hatte sie sich gewöhnt, auch an sein prunkvolles Auftreten und die Perücke, die an den Upir erinnerte – aber das merkwürdige Haus ließ ihr Misstrauen erneut aufflackern.

Karol legte den Kopf in den Nacken und lachte schallend. »Oh, Tochter! Was für ein Unsinn! Ich habe noch keinen Müller gesehen, der etwas mit der Hölle zu schaffen hatte.« Er musterte sie. »Was möchtest du tun? Vor mir davonlaufen?« Er brummte belustigt. »Nehmen wir an, ich wäre ein Zauberer, dann sollte dir eine Flucht wenig aussichtsreich erscheinen, nicht wahr? Ich könnte mich in eine Eule verwandeln und dir folgen. Oder den wilden Tieren gebieten, dich zurückzubringen.« Er winkte ab. »Nein, Tochter. Ich bin kein Zauberer. Komm her.«

Jitka blieb, wo sie war. »Ich bin mir nicht sicher. Wieso flammen dann die Kerzen auf und öffnen sich die Tore von selbst?«

»Dass ich kein Zauberer bin, bedeutet nicht, dass meine Mühle und die Scheune nicht verzaubert sind, oder? Ich verspreche dir: Eines Tages wirst du verstehen, was hier geschieht. Aber vorher musst du erst die Grundlagen dafür lernen.« Er zog ihre Sachen vom Kutschdach, nahm sie bei der Hand und zog sie auf eine Tür mit vielen Schlössern zu. »Hier siehst du, dass nicht alles von selbst aufschwingt.« Nacheinander öffnete er die Schlösser. Jitka zählte nicht weniger als acht verschiedene Schlüssel, die er an einem großen Bund am Gürtel aufbewahrte. Wie hatte er es geschafft, dass sie sich nicht durch ihr Klirren verrieten?

Mit einer schwungvollen Bewegung drückte Karol den Eingang auf. »Bitte sehr.« Er verbeugte sich, als sei sie eine Prinzessin.

In Jitka tobten die Gefühle, und sie sah in den finsteren Durchlass. »Aber es ist dunkel.«

Er legte den Kopf schief und zwinkerte. »Geh nur. Schau, ob dich das Haus auch leiden mag.«

Sie suchte all ihren Mut zusammen, machte einen Schritt über die Schwelle – und sofort flammten die Lampen auf! Jitka stieß einen erschrockenen Schrei aus und wollte zurückweichen, da spürte sie bereits die Hand des Vaters im Rücken, der sie zugleich stützte und nach vorne drängte.

Der Raum dahinter war kreisrund und besaß einen Durchmesser von zehn Metern. In der Mitte verlief die senkrechte Hauptachse der Mühle, die sich leise knarrend um sich selbst drehte. Dem Mädchen gegenüber befand sich eine weitere, mit drei armdicken Eisenriegeln gesicherte Tür, welche den eigentlichen Eingang markierte. Die schmalen Fenster erinnerten mehr an Schießscharten, wie sie Festungen und Burgen besaßen. An der Wand befanden sich Metallklappen, die vor die Öffnungen gelegt werden konnten.

Jitka vergaß ihre Furcht und machte einen Schritt in den Raum hinein, um die Einrichtung bestaunen zu können.

Überall standen Vorratskörbe, schwere Kisten und aufwendig geschmückte Truhen. Es gab keinen Staub auf den dunklen Tischen und hellen Schränken, die halbrund angefertigt waren, damit sie sich mit ihren Rücken perfekt an die Mauerwand anschmiegten. Der Herd stand an der Wand, das Abzugsrohr für den Rauch verschwand in drei Metern Höhe in der Decke des ersten Geschosses.

»So, meine Tochter. Das ist die Küche und der Ort, an dem du dich die meiste Zeit aufhalten wirst. Jedenfalls in der nächsten Zeit. Viel wichtiger wird dann«, Karol legte eine Hand auf ihre Schulter, »das Arbeitszimmer für dich sein. Es befindet sich über uns. Darin stehen meine wahren Schätze, die ich sehr gerne mit dir teilen möchte. Im dritten Stockwerk der Mühle ist das Schlafzimmer, und von dort führt eine kleine Leiter hinauf auf die Plattform.« Er ging mit ihr zusammen zur Wendeltreppe, die unmittelbar neben dem Eingang begann.

Die Stufen führten sie zu einer Tür. Sie war aus schwerem, massivem Holz gebaut, und dennoch drang der Duft von Papier aus dem Raum dahinter.

Jitka staunte immer noch mit großen Augen. *Er muss ein Zauberer sein,* dachte sie, *niemand sonst könnte an so einem Ort leben. Aber vielleicht …* Jitka berührte durch ihre Kleidung das Feuermal. Also hatten die Menschen doch recht behalten. *Ich bin wirklich die Tochter eines Zauberers!*

»Willkommen an einem meiner liebsten Orte auf Erden, Tochter.« Karol öffnete die Tür und schob sie weiter nach vorne. »Ich nenne ihn auch gerne meinen Irrgarten des Wissens«, erklärte er und lächelte, während er in den beleuchteten Raum schaute. »Ich mag den Widerspruch in der Bezeichnung.«

Der Anblick, der sich Jitka bot, ließ sie schwindelig werden. Bücherregale reihten sich an Bücherregale! Wie ein Ring verliefen sie entlang der Mauer, dann standen sie in langen Reihen raumhoch nebeneinander und ließen kaum Platz für einen Erwachsenen dazwischen; hier und dort gab es schmale Durchgänge. Eine korpulente oder sehr muskulöse Person würde nicht hindurchpassen.

Jitka fehlten die Worte. Der Raum wirkte unglaublich groß, viel größer, als er wegen des Grundrisses der Mühle sein konnte. Es gab keinen vergleichbaren Ort, und ihre Neugier, die lange von Furcht und Trauer unterdrückt worden war, erwachte. Sie ging langsam vorwärts und stieß zusammen mit ihrem Vater in den Mittelpunkt vor. Dort standen zwei Schreibtische, auf denen sich Papiere und Pergamente stapelten; heruntergebrannte Kerzen kündeten von vielen Nächten des Studiums.

»So viel Wissen!« Jitka klatschte in die Hände und machte sich daran, die Einbände zu studieren. Jedenfalls versuchte sie es. Die meisten Worte ergaben für sie keinen Sinn, manche Buchstaben blieben nichts anderes als rätselhafte Zeichen. »Das ist nicht unsere Sprache!«

Er runzelte überrascht die Stirn. »Du willst mir nicht sagen, dass du schon lesen kannst.«

Sie nickte stolz. »Mutter hat es mir beigebracht. Und rechnen kann ich ebenso.« Jitka wollte tiefer zwischen die Regale vordringen, sah dann aber erst zu ihrem Vater, der ihr mit einem Wink erlaubte, sich die Bücher anzuschauen.

»Nein, es ist nicht unsere Sprache«, antwortete er mit seiner ruhigen, freundlichen Stimme. »Aber es sind sehr aufschlussreiche Bücher. Ich werde dir beibringen, sie zu verstehen. Sie erzählen viele schöne Geschichten, auf Lateinisch, Russisch, Deutsch, Italienisch und in vielen anderen Sprachen.« Er verschwand zwischen den Regalen. »Folge mir, Tochter.« Der Raum hielt sie durch seinen einmaligen Geruch und seine besondere Atmosphäre gefangen. Es begann ihr allmählich in der Mühle zu gefallen, in der es nicht nach gemahlenem

Getreide und Staub, sondern nach Stein, Papier und Ledereinbänden roch.

»Ich habe noch nie so viele Bücher auf einmal gesehen.«

Karol hatte sich auf den Boden gesetzt und einen Folianten aufgeschlagen, der beinahe so lang wie sie selbst war. Das Bild zeigte eine Festung, die von den Türken belagert wurde. »Schau, welch schöne Bilder das sind. Es sind Malereien aus dem Umland von Wien.«

»Wien?« Jitka setzte sich neben ihn und achtete darauf, dass sich ihre Beine berührten. Sie fühlte sich in seiner Nähe geborgen, ein Gefühl, das sie so oft wie möglich auskosten wollte.

»Eine große Stadt, weit weg von hier. Sie gehört den Habsburgern ...« Er hielt inne, weil er sah, dass sie nicht wusste, wovon er sprach. »Ich glaube, ich habe dir einiges beizubringen.« Karol streichelte ihre zarte Wange. Er freute sich offenkundig. »Und es wird mir sehr viel Spaß bereiten.«

Sie lächelte ihn scheu an, dann zeigte sie auf das Bild. »Die Männer haben Säbel und Gewehre. Aber wo sind denn deine, Vater?«

»Meine Waffen?«

»Ja, natürlich.« Jitka blickte ihn verwundert an. »Du warst doch ein Soldat.«

»Aber keiner von denen, die mit einfachen Waffen kämpfen«, erwiderte er zögernd. »Ich wollte nie ein *solcher* Soldat werden. Die Mühle gehörte meinem Vater, mit einem Großteil der Bücher, die du siehst, und ich wurde ein Forscher wie er. Ich lernte deine Mutter kennen, dann musste ich in den Krieg. Der Sultan schickte mich mit der Armee in fremde Länder, um neue Dinge zu entdecken. Das Hauen und Stechen habe ich vermieden, wo es mir möglich war. Manchmal ging es jedoch nicht anders.«

»Ein Forscher?« Ihre Neugier wuchs und wuchs, ihr Herz

klopfte schneller vor Aufregung. »Ein Gelehrter? Was erforschst du denn?«

Karol betrachtete sie schweigend. »Die Tiere aus dem Wald ringsherum«, sagte er schließlich, »die Bäume und die gesamte Natur. Ich möchte ihren Geheimnissen auf die Spur kommen.«

»Warum Fledermäuse nachts nicht gegen Bäume fliegen?«, fiel sie ihm begeistert ins Wort.

Er lachte. »Ja, Tochter. Oder wie es den Vögeln gelingt, in der Luft zu bleiben.«

Jitka nickte, ihre Blicke wanderten über die vielen Bücher. »Das steht alles in den Büchern?«

»Nein. In ihnen steht, was andere Menschen entdeckt haben oder wie sie sich bestimmte Phänomene erklären. Eines Tages wird mein Name in einem solchen Buch gedruckt, und dann werden die Menschen meine Theorien lesen und darüber diskutieren.« In Jitka war ein Feuer entfacht, und Karol sah das mit Freude. »Du bist nicht nur eine gute Sängerin, wie mir Martin berichtet hat, sondern auch noch wissbegierig.«

Jitka seufzte glücklich. »Ja, sehr sogar, Vater. Mutter sagte immer, dass ich neugieriger als eine Katze sei und dass sie bald nicht mehr wisse, wie sie meine Fragen beantworten sollte.« Sie stand auf, streckte die Arme aus, berührte mit den Fingern die Folianten und lief ein paar Schritte in den Gang, wo ein besonders leuchtender Buchrücken ihre Aufmerksamkeit erregt hatte. Dort blieb sie stehen und sah über die Schulter. »Vater, was ist ...« Sie stockte.

Er war verschwunden.

»Ich werde dir alles beibringen, was ich weiß«, sprach er sie plötzlich von der Seite an, und sie fuhr mit einem leisen Schrei zusammen, die Arme eng um den Körper geschlungen.

»Ich habe nicht gehört, dass du aufgestanden bist!«

»Verzeih mir, ich wollte dich nicht erschrecken«, entschuldigte er sich und streichelte ihr liebevoll über den Schopf. »Ich schlage vor, wir machen uns etwas zu essen, und danach bringe ich dir die ersten neuen Buchstaben bei, was hältst du davon?«

Jitka nickte begeistert.

Etwas später saßen sie beim Essen zusammen. Karol hatte einen schmackhaften Eintopf aus Rüben und Kraut gekocht; als Nachspeise gab es türkischen Honig, den Jitka hingebungsvoll lutschte.

»Du wirst auf meiner gepolsterten Liege schlafen, bis ich dir ein Bett besorgt habe«, erklärte er ihr. »Wundere dich nicht, wenn ich tagsüber oft nicht in der Mühle anzutreffen bin. Du wirst alles, was du zu essen und zu trinken benötigst, in der Küche finden, der Abort ist in der Scheune. Ich ... »

»Ich weiß«, sagte Jitka eifrig. »Du bist ein Forscher.« Dann wurde sie traurig. »Aber wie kann ich denn lernen, wenn du spät nach Hause kommst? Darf ich nicht mitkommen?«

Karol schüttelte den Kopf, die Glassteine in der Perücke reflektierten das Licht der Lampen. Er hatte sich noch nicht umgezogen und erinnerte Jitka nach wie vor an einen reichen Fürsten. Gerade deswegen wunderte es sie auch, dass es hier in der Mühle keine Bediensteten gab. Am Geld konnte es doch nun wirklich nicht liegen. »Nicht bevor ich dir beigebracht habe, wie man sich wehrt.«

»Gegen die wilden Tiere im Wald?« Sie nahm sich noch einen Brocken vom türkischen Honig.

»Und gegen die Menschen, denen du begegnen wirst.«

Verwundert ließ Jitka das Konfekt wieder sinken. »Ich soll lernen, wie man kämpft, Vater?«

»Ja, sicher.« Er beugte sich vor, seine Stimme wurde geheimnistuerisch. »Forscher wie wir beide, Tochter, gelangen an

Orte, die ungastlich sind. Außerdem werden Expeditionen nicht immer mit Jubel empfangen, daher ist es wichtig, dass du dich zu wehren weißt. Glaub mir, ich weiß, wovon ich rede. Es hat nicht immer an den Türken gelegen, dass die Menschen uns mit Steinen und Mistgabeln vertreiben wollten. Die meisten Menschen mögen Fremde nicht.«

»Ich hasse die Türken«, sagte Jitka finster.

»Bedenke, was du sagst, denn es sind Menschen wie alle anderen auch.« Karol sprach gleichmütig. »Kein Mensch ist besser oder schlechter als der andere. Du wirst in den Büchern Berichte über unzählige christliche Herrscher finden, die ihre Untertanen schlimmer als die Sultane behandelten.« Er sah hinauf zu dem Kreuz, das an der Wand gegenüber dem Eingang hing; darunter hatte der Holzschnitzer drei betende Menschen angeordnet. »Das ist der einzige Mann, der ohne Fehl und voller Gnade war: Jesus von Nazareth.«

»Ich weiß, Vater. Mutter hat es mich gelehrt.« Jitka fixierte die Gruppe. »Wer ist das zu seinen Füßen, Vater?«

»Die gläubigsten Menschen der Welt, Tochter: Maria Magdalena, Judas Ischariot und Longinus, der römische Legionär, der Jesus den Speer in die Seite stach. Sie zweifelten nicht daran, dass er der Sohn Gottes war. Und so halte ich es auch.« Karol bekreuzigte sich.

Obwohl Jitka es ihm folgsam nachtat, runzelte sie skeptisch die Stirn. »Aber hat Judas den Herrn nicht verraten?«

»Er sorgte dafür, dass geschah, was geschehen sollte. Ohne ihn wäre Jesus nicht am Kreuz gestorben. Er hätte nicht die Sünden der Welt auf sich nehmen können.« Karol sprach bedächtig. »Niemals hat er daran gezweifelt, dass Jesus der Sohn Gottes und auserkoren war, uns die wahre Religion zu bringen, die ewig bleiben wird. Ohne Judas Ischariot gäbe es unseren heiligen christlichen Glauben nicht.«

Jitka hörte diese Auslegung zum ersten Mal und fand sie

merkwürdig. »Und wieso hat er sich dann umgebracht, wie der Pope es uns in der Kirche erzählt?«

Ihr Vater blickte ernst. »Die Unwissenden und Verblendeten vergessen nur zu oft, dass es eine andere Stelle in der Bibel gibt, in der er sich nicht erhängt, sondern durch einen Unfall stirbt. Ich persönlich glaube mehr daran. Ihn trifft keine Schuld, er ist ein Werkzeug Gottes, dem wir heute noch dankbar sein sollten.«

»Aber ...«

Doch für Karol schien das Thema damit beendet zu sein. Schneller als sie schauen konnte, griff er über den Tisch und stahl ihr das letzte Stückchen Konfekt. »Siehst du jetzt, warum du lernen musst zu kämpfen?«, lachte er und zwinkerte. »Wenn du es gerne wiederhaben möchtest, musst du mich niederringen.«

Ihre Stirn legte sich in Falten, als würde sie ernsthaft darüber nachdenken. Dann stützte sie den Kopf auf die linke Hand. »Ich bin doch zu klein, Vater.«

»Du wirst bald sehen, dass ein Mädchen wie du jeden Gegner mit Geschick und ein paar raffinierten Bewegungen besiegen kann.« Er gab ihr das Konfekt zurück.

Jitka betrachtete es und dachte über die Worte des Vaters nach: Karol würde ihr beibringen, wie man kämpfte. Dann würde sie in der Lage sein, aus eigener Kraft schreckliche Dinge zu verhindern, wie die Verschleppung ihrer Mutter.

Und sie würde Rache nehmen können!

Sie schob ihm den türkischen Honig wieder hin. »Nein, Vater. Ich werde ihn mir eines Tages selbst holen«, versprach sie entschlossen. »Dann weiß ich, dass ich gut genug geworden bin und niemand mir mehr etwas wegnehmen kann. Beginnen wir?«

Er erhob sich und ging zur Treppe. Karol hatte genau gesehen, dass sie furchtbar müde war, doch er wollte sie nicht enttäuschen. Er fand ihren Willen beeindruckend. Seine Tochter öffnete sich ihm allmählich; es würde nicht mehr lange dauern, bis er ihr völliges Vertrauen besaß.

Seine Blicke richteten sich beinahe verräterisch lange auf den Dielenboden der Küche. Darunter wartete das nächste Geheimnis auf sie. »Beginnen wir.«

III.
KAPITEL

21. November 2007
Deutschland, Sachsen, Leipzig, 01.18 Uhr

Unter dem kleinen Vordach vor dem Klinikgebäude steht meine Maschine, eine ältere, schwarzrote Suzuki Hayabusa, die noch ohne Drosselung gebaut wurde und mit ein paar kleinen Veränderungen über dreihundertfünfzig Stundenkilometer kommt, wenn ich es möchte. Die neuen sind kastriert, bei zweihundertneunundneunzig ist dank der Werksregelung Schluss. Hayabusa bedeutet Falke, eine treffende Bezeichnung: Die Maschine verleiht mir Flügel.

Ich fahre prinzipiell ohne Lederkombi und Helm. Mir ist der Wind in meinen langen Haaren wichtiger als mein Leben. Ich kenne den Tod und habe keine Angst vor ihm. Wenn er eines Tages zu mir kommen sollte, retten mich weder Kevlar noch Leder.

Surrend erwacht die Maschine zwischen meinen Beinen, behutsam steuere ich den Falken auf die Straße, und nach ein paar Kilometern ist der Motor warm genug, dass ich ihn hochtreiben kann. Wedeln kann man nicht nur auf einer Skipiste, es funktioniert auch auf der Straße mit einem Motorrad.

Ich ziehe an den wenigen Autos vorbei, die mit fünfzig Sachen dahinkriechen. Einen Porsche-Cayenne-Fahrer mit Münchner Kennzeichen verletze ich in seiner Ehre. Ein bisschen schalten, ein bisschen Gas geben, und der Wagen ist weit hinter mir im Verkehr verschwunden. Eine leichte Übung.

Sosehr ich die Fahrt genieße, ich kann nicht abschalten, wie es mir sonst unterwegs vergönnt ist. Ich bilde mir ein, den

Geruch des Krankenhauses im Fahrtwind zu bemerken, und meine Gedanken sind wieder bei der kleinen Thea. Sie lässt mich nicht los.

Ich schere von der Straße aus, komme mit einem riskanten Bremsmanöver hinter einer Bushaltestelle zum Stehen und ziehe mir dort eine Sturmhaube aus Nylon über. Dann montiere ich mit routinierten Bewegungen das Nummernschild ab, springe auf meine Maschine und fahre weiter.

Meine Tour führt mich in das Industrieviertel Leipzigs, direkt vor eine alte Halle. Zwei Männer in schwarzen Anzügen stehen davor Wache, einer spricht ins Funkgerät, der andere hält zwei Dobermänner an Ketten fest. Den Funker, Ralf, kenne ich, der andere ist neu in der Familie.

Ich bringe die Hayabusa vor ihnen zum Stehen, schalte den Motor aus und steige ab. Die Kerle weichen keinen Schritt zur Seite.

»Muss *ich* warten?«

»Sie sind spät dran, Hel«, sagt Ralf. Er spricht mich mit meinem Künstlerinnennamen an. Vermutlich weiß Ralf nicht, was er bedeutet, und hält ihn für die Abkürzung von Helena. Ich könnte ihm sagen, dass ich unter einer der drei Wurzeln der heiligen Esche Yggdrasil wohne und die Tochter Lokis, des Dämons des Unheils, und der Riesin Angrboda bin. Aber das würde den guten Ralf nur in seiner Meinung bestätigen, dass bei mir eine Schraube locker ist. Er darf also weiter bei Helena bleiben. Man trifft heute leider nur selten auf Freunde der germanischen Mythologie, die den Namen der Todesgöttin kennen. »Müller ist schon besorgt gewesen, dass Sie nicht erscheinen.«

»Ich bin immer pünktlich gewesen, Ralf. Das wissen Sie doch.«

»*Ich* weiß. Aber es geht um Müllers Geld, da wird er schon mal nervös.« Ralf grinst und sagt »Öffnen« ins Funkgerät, woraufhin sich das Tor langsam zur Seite schiebt. »Viel Glück, Hel.

Und das sage ich nicht nur, weil ich mal wieder auf Sie gesetzt habe.«

Ich mustere sein Gesicht und bin erstaunt, dass ein Vierzigjähriger so alt aussehen kann. Die Sonnenbank, der Alkohol und Drogen haben tiefe Furchen in sein Gesicht gegraben. »Ist das nicht langweilig, immer zu gewinnen?«, necke ich ihn.

»Sollte ich das nicht eher Sie fragen?«, gibt er erstaunlich schlagfertig zurück. Er hat einen guten Tag.

Die Hayabusa röhrt wieder auf, ich bin zu faul zum Schieben. »Eigentlich schon, Ralf.« Ich lasse die Maschine langsam anrollen. »Wie viel haben Sie gesetzt?«

Er lacht. »Eine Menge!«

»Wissen Sie was? Heute verliere ich mal.«

Er wird bleich, und ich fahre los.

Die enorme Maschinenhalle ist nur schummrig beleuchtet. Ich kenne den Weg, fahre den Hauptgang entlang. Rechts und links fliegen uralte, verrostete Pressen und andere Eisenverarbeitungsanlagen vorbei, die zuletzt zu DDR-Zeiten in Betrieb waren. Dann biege ich in einen Seitenweg, der mich in eine scheinbare Sackgasse mit einer Bretterwand am Ende bringt.

Ich halte an, steige ab und klopfe dagegen. »Hel«, rufe ich klar und deutlich, und schon schwingt ein Teil der Wand zurück.

»Guten Abend«, grüßt mich Tanja, meine Garderobiere. Sie trägt einen langen grauen Rock, darüber eine schwarze Korsage und einen Schlips um den nackten Hals; die halblangen Haare sind mit Gel eng an den Kopf gelegt. So liebe ich sie. »Du bist spät dran.«

»Ich bin *pünktlich*«, gebe ich kalt zurück, und mir wird klar, dass ich wirklich eisig klinge. Ich schaue Tanja an. Natürlich ist es ungerecht, dass ich sie für Theas Tod leiden lasse. Aber er hat mich tiefer erschüttert, als ich angenommen habe. Normalerweise erlöst mich ein schneller Ritt auf dem Falken von der ersten Trauer, doch das kleine Mädchen hat sich in meine Gedanken gegraben. Wie gerne würde ich mich hinsetzen und mich mit Tanja darüber unterhalten, aber es bleibt keine Zeit, und es wäre sehr unpassend. Die Todesgöttin steht über allem und hat unnahbar zu sein.

Mit Theas Gesicht vor Augen ziehe ich mich bis auf die dunkelroten Panties aus, tausche den passenden Büstenhalter gegen ein derbes weißes Sportmodell; danach steige ich in die kurzen Tarnhosen, die Tanja mir reicht, streife ein gleichgeflecktes T-Shirt über und schlüpfe in die Kampfstiefel. Nur noch die Handschuhe, und es kann losgehen.

Tanja sieht mich vorsichtig an. »Bleibt die Sturmhaube heute?«

Ich schlage mir gegen die Stirn. *Konzentrier dich!* Eine Fingerbewegung genügt, und sie dreht sich um, während ich die Haube gegen eine schwarze Latexmaske austausche, die vorne nur die Augen freilässt, kleine Atemschlitze für Nase und Mund und hinten eine Öffnung, durch die ich meine Haare ziehen kann. Niemand kennt hier mein wahres Antlitz, nicht einmal sie. »Jetzt die Bemalung«, sage ich und klinge nicht mehr ganz so schneidend wie zuvor.

Was folgt, ist ein Ritual, bei dem etwas vonstattengeht, das ich nicht mit Worten fassen kann. Selten kam mir in den letzten Jahren ein Mensch näher als Tanja, ohne dass ich ihn als Gegner vor mir stehen hatte und ihn kurz darauf blutend zu meinen Füßen liegen sah.

Ich setze mich auf den Drehhocker und wende mich ihr zu, mein Kreuz ist durchgedrückt. Sie geht vor mir langsam auf die Knie. Ihr Kopf neigt sich tief, um mir ihren weißen Nacken zu präsentieren, dann hebt sie ihn wieder und sieht mich mit den Augen einer Dienerin an. Es kommt mir in diesen Momenten vor, als lebten wir in einem anderen Jahrhundert und in verschiedenen Ständen. Manches Mal beschleicht mich sogar das

Gefühl, sie betrachtet mich durchaus als ein höheres Wesen. Als ihre persönliche Göttin.

Tanja nimmt die runde Dose mit der Farbe und einen feinen Pinsel, öffnet das Behältnis und taucht die feinen Härchen in das Weiß.

Sie zieht Linien unter meine Augen, an den Wangenknochen und am Kinn entlang. Damit gibt sie dem schwarzen Latex Pinselstrich für Pinselstrich Konturen. Mit dem ihr eigenen Gespür verleiht sie meinem zweiten Gesicht auch heute wieder den Ausdruck, der mir in diesem Moment entspricht, und gibt mir ein furchteinflößendes Antlitz, das der Todesgöttin würdig ist.

Wie immer betrachte ich Tanja dabei.

Ich sehe ihre Muskeln auf den Schultern und Armen spielen, sehe die Konzentration in ihren Augen und die Hingabe auf ihren Zügen, mit der sie ihre Aufgabe ausführt. Sie malt schwungvoll, aber dennoch akkurat. Jeder Strich kommt dahin, wo er soll, und ich werde mit jedem ruhiger und vergesse in diesem sehr intensiven Moment das Krankenhaus.

Tanja ist fertig, und unsere Blicke treffen sich. Sie lächelt und gibt mir ihren Nacken preis, als sei es die Erlaubnis, sie jederzeit enthaupten zu dürfen, falls ich mit ihrer Arbeit nicht zufrieden wäre. Es klopft laut. »Fertig?«, schreit jemand. Die intime Zweisamkeit zwischen Tanja und mir wird durch den Klang der Stimme zerschlagen.

Ein schneller Blick in den Spiegel zeigt, dass mich niemand erkennen wird. Ich sehe eine beinahe zierliche Frau mit einer sehr guten Figur, die einem Action-Computerspiel entstiegen sein könnte; die Maske gibt mir etwas Einschüchterndes, genau wie ich es wollte.

»Ja«, antworte ich ruppig und stoße die Tür mit dem Fuß auf, damit sie dem Mann entgegenfliegt. Ich mag es nicht, gehetzt zu werden, und binnen Sekunden ist meine Laune wieder so weit unten wie vor dem kostbaren Moment mit Tanja.

Der Mann, den ich nicht kenne, taumelt rückwärts und hält sich die Stirn, auf der sich ein dunkler Fleck abzeichnet. »Scheiße, was soll das?«, ächzt er und macht zwei Schritte zur Seite, wo eine Kühltruhe steht, in der das Eis gelagert wird. Er nimmt sich eine Handvoll und presst es gegen die Stelle.

»Ich stehe nicht auf Schreierei«, informiere ich ihn. »Ein Klopfen hätte es auch getan.« Ich gehe an ihm vorbei, Tanja stöckelt auf ihren Absätzen hinter mir her. In ihrem Outfit wirkt sie wie eine Domina-Businessfrau, die sich auf dem Weg zum Lunch verlaufen hat. »Merken Sie sich das!«

Am Ende des Gangs sehe ich gleißendes Licht. Der Anblick erinnert mich jedes Mal an die Berichte von Nahtoderfahrungen. Mich führt mein Weg heute nicht ins Paradies, sondern in die Hölle, und sie spielen dort Sixty-Nine Eyes. Meine Lieblingsband für solche Momente. *Framed in blood.* Der schwere, melodiöse Gothic-Rock dröhnt mir entgegen, der Sänger erreicht tiefe Töne, die sich an der unteren Grenze der Hertzfrequenzen befinden und die das menschliche Gehör beinahe nicht mehr wahrnimmt. Erstes Adrenalin wird in mir freigesetzt.

Nach ein paar Metern stehe ich im gleißenden Licht der Scheinwerfer, trabe durch den schmalen Korridor genau auf den erhöht stehenden Ring zu. An der Decke, in den Ecken, beinahe überall blinken die Statuslämpchen von Webcams. Die zahlende Kundschaft macht es sich jetzt vor ihren Monitoren bequem, wirft Beamer an, holt noch schnell ein paar Bier für den gemütlichen Abend mit Freunden aus dem Kühlschrank. So schön kann Blutvergießen sein.

Es ist illegal, es ist roh, es bringt verteufelt viel Geld, und keiner ahnt, dass es mitten in Deutschland stattfindet. Eine Subkultur, wie ich sie mag. Mein Ventil.

»Da sind Sie ja endlich«, sagt ein Mann neben mir, der eine Mini-Kamera in der Hand hält. Auf dem Ausweis an seiner Army-Jacke steht, dass er autorisierter Besucher ist. Dem Nächsten, der mir das heute sagt, werde ich das Genick brechen.

Er ist einer dieser Enddreißiger, die nicht verstanden haben, dass der Kleidungsstil von Zwanzigjährigen nichts für sie ist. Die kurzen Haare hat er unter einem Basecap versteckt, eine Sonnenbrille macht seine Augen unsichtbar. »Hey, ich bin Vince, und ich soll einen Bericht über das ganze Zeug hier und natürlich über Sie machen. Die *Hel*-din – haha – des Rings. Ist im Auftrag von Star TV.«

»Wieso weiß ich davon nichts?« Ich drehe mich zu Tanja um, die eben zu mir aufschließt, weil sie auf ihren Absätzen nicht mit mir Schritt halten kann. Sie hat ihr Handy in der Hand und spricht.

»Mir hat man es eben erst gesagt«, entschuldigt sie sich und deutet auf das Telefon. »Der Boss will es so. Eine PR-Kampagne, getarnt als Enthüllungs-Skandalbericht. Sei billiger als Werbung«, gibt sie die Unterredung wieder. »Wir sollen kooperieren.« Sie packt das Handy weg.

»Okay, dann kann es losgehen.« Vince hebt die Kamera. Er riecht nach *Joop*. Dem lilafarbenen. »Was geht heute ab, Hel? Man sagt, Sie können über einen Drei-Meter-Turm im Schwimmbad springen.«

»Das ist übertrieben.« Mich nervt Vince, ich überlasse Tanja das weitere Antworten.

»Der Kampf geht mindestens über drei Runden mit jeweils drei Minuten«, ruft sie schnell. »Die vierte Runde ist ohne Limit und endet mit dem Sieg eines Kämpfers.«

Während Tanja dem Plagegeist, gegen die laute Musik anbrüllend, Rede und Antwort steht, lasse ich meinen Blick über das Publikum gleiten. Ich erblicke geschätzte einhundert Menschen, die in angemessenem Abstand um den Ring versammelt sind. Keiner von ihnen hat weniger als dreitausend Euro für den Spaß bezahlt. Natürlich ist auch wieder dieses stinkreiche Mädchen da, eines der sogenannten It-Girls, junge Frauen, die ihren Status in der Klatschpresse nach der Häufigkeit erhalten, mit der sie bei Events auftauchen. Früher waren sie in erster Linie bei Society-Veranstaltungen zu finden, mittlerweile mögen sie es auch verrucht und dreckig. Mit Sicherheit hat sie Wind von der Reportage bekommen. Wie war noch gleich ihr Name ... egal. An ihrer Seite sitzt ein Typ, der wie ein gealterter Orlando Bloom aussieht. Ob es ihr Vater oder ihr Geliebter ist?

Das Saallicht erlischt, nur der Ring ist noch schummrig beleuchtet. Die gaffende Menge verschwindet in der Dunkelheit. Ich sehe mir an, was meine Freunde von der »Requisite« vorbereitet haben: Vier Tische sind um den Ring aufgestellt worden, darauf liegen Neonröhren, mit Stacheldraht umwickelte Latten, dünnwandige Glasflaschen. Ich benutze sie niemals, aber meine Kontrahenten und das zahlende Publikum stehen darauf.

Vince hat meinen Blick bemerkt. »Was macht man damit?«

»Auf die Tische haben Hel und ihr Gegner erst Zugriff ab Runde zwei, vorher sind nur die Waffen erlaubt, die sie im Ring finden.« Tanja nimmt ihr Notepad aus der Tasche. »Heute wären das zwei Bürotacker und Teppichmesser-Klingen«, liest sie vor, um alles korrekt wiederzugeben.

Vince ist beeindruckt. »Wie viele Tote gibt es denn hier pro Kampf?«

»Es geht nicht darum, meinen Kontrahenten zu töten, auch wenn es mir ein Leichtes wäre«, sage ich herablassend.

»So, wäre es das?«

»Ich bräuchte höchstens zehn Sekunden.«

»Das möchte aber keiner«, hakt Tanja ein. »Die Menschen vor den Computern und in der Halle haben bezahlt, um Kämpfe zu sehen, und die gehen so lange, bis einer aufgibt. Natürlich fließt dabei Blut. Aber wenn Sie einmal da hinten hinsehen wollen – da steht ein komplettes Rettungsteam bereit, falls es zu lebensgefährlichen Verletzungen kommen sollte.«

»Also keine Toten?« Jetzt klingt Vince enttäuscht. Vermutlich denkt er daran, wie viele Zuschauer nach diesem verharmlosenden Statement bei der Ausstrahlung des Berichts auf einen anderen Kanal wechseln werden.

Ich hebe kurz die Hand, um die Menschen in der Finsternis zu grüßen, und nicke dann in Richtung der Kameras. Es sind knappe und verächtliche Gesten, großes Showgehabe liegt mir nicht.

Wie gut, dass die Scheinwerfer den Ring und sonst nichts beleuchten. Mir geht es nicht um die Bewunderung der tumben Masse, sondern um den Kampf, die Schmerzen – mein Ventil. Am liebsten wäre mir eine geheimere Zusammenkunft wie in dem Film *Fight Club*, ohne den lächerlichen Zirkus, die Meute im Studio und die anonymen Spanner in der ganzen Welt. Ein netter kleiner Hinterhof, eine verschworene Gemeinschaft, harte und kernige Fights, danach verschwindet jeder wieder in seiner Welt – das wäre es. Da ich diese verschworene Gemeinschaft noch nicht gefunden habe, bleibt mir nichts anderes übrig, als den Mist mitzumachen.

Die Musik wechselt, aus dem Rock wird ein brachiales Industrial-Noise-Gewitter. Ein Spot-Scheinwerfer beleuchtet den Einzug eines Testosteron-Anabolika-Steroid-Monstrums, das die Veranstalter vermutlich in einer heruntergekommenen Muskelbude gefunden haben. Der kahle Kopf wirkt zu klein fur den Körper, sieht aus wie falsch aufgeschraubt. Ich muss an Theas Monster denken, vor denen sie sich gefürchtet hat. Natürlich jubelt das It-Girl ihm zu, ich höre es ganz genau. Die beiden wären ein schönes Paar.

»Ladies and Gentlemen all over the world«, verkündet der Sprecher auf Englisch, denn das Publikum ist international.

»Here is Monsoon! And like the monsoon, he washes his enemies away!«

Er knurrt und schreit Drohungen, tritt gegen die Absperrungen und benimmt sich wie einer dieser schlechten amerikanischen Catcher. Vermutlich wiegt er achtzig Kilo mehr als ich, er dürfte auch zwanzig Zentimeter größer sein.

»Monsoon?«, rufe ich zu Tanja hinüber, die grinst und mit den Achseln zuckt. »Wäre das nicht eher ein Mädchenname?«

»Er hat sich den Namen selbst ausgesucht.« Sie schüttelt die Faust. »Wenn wir schon bei dem Bild sind: Lass ihm das Wasser aus den Augen spritzen!« Dann packt sie Vince am Arm und weicht mit ihm hinter die Absperrung zurück; auch sie versinken in der Schwärze.

Monsoon stapft zum Ring, springt hinauf und bringt bei seiner Landung die Bretter zum Beben. Die Menge klatscht und tobt jetzt schon.

»Ich glaube, ich habe meine Fans an dich verloren«, meine ich zu ihm.

»Du wirst mehr als nur deine Fans verlieren, Schlampe«, röhrt er und schaut abwechselnd in die Kameras, verzieht das Gesicht und zeigt die Muskeln. Er scheint zu wissen, dass Vince seitlich von uns am Ring steht, also gibt er für ihn eine Sondervorstellung. Verdammter Zirkus.

Ich seufze mitleidig und mache ein paar Schritte zurück. Er ist ein Monstrum, und ich weiß, was man mit solchen Gestalten macht. »Für Thea«, sage ich und bleibe entspannt stehen, während er mit großer Geste die Finger spreizt und angriffslustig auf das Signal wartet. Im schwachen Licht glitzern seine Knöchel auf. Er trägt Handschuhe, aus denen lange, spitz geschliffene Nieten hervorschauen. Das kann schmerzhaft werden.

Kaum erklingt das Signal, da stürmt er auch schon wie ein wütender Stier auf mich zu und ist dabei erstaunlich schnell. Zu schnell für einen normalen Mann mit seinem Gewicht und seinen Muskeln. Sein Trainer, Sponsor oder wer auch immer hat ihm wohl irgendwas gegeben, was furchtbar illegal ist. Benzedrin?

Ein Selbstmörder würde stehen bleiben. Ich dagegen gehe tief in die Hocke und stoße mich ab. Für einen Sprung über den Drei-Meter-Turm reicht es nicht, aber an dem Brett hätte ich mich sicherlich festhalten können. Ich spreize dabei die Beine und spüre, wie meine Muskeln sich dehnen. Auf einen solchen Spagat wäre jede Kunstturnerin neidisch.

Monsoon rast unter mir durch wie ein Güterzug und landet in den Stacheldrahtseilen. Im Sprung drehe ich mich, lande ihm zugewandt auf dem Boden und verschränke demonstrativ entspannt die Arme vor der Brust.

»Du verfickte Schlampe!«, schreit er und fährt herum. Überall auf seinen Oberschenkeln, der Brust und den Armen sind die kleinen Einstiche des Stacheldrahts zu sehen. Er nähert sich mir erneut, dieses Mal vorsichtiger und langsamer. Er hat gelernt.

Monsoon macht eine plötzliche Vorwärtsbewegung und versucht, mich mit seinen gespickten Handschuhen an der Brust zu erwischen. Ich ducke mich, laufe an ihm vorbei auf die andere Seite des Rings und springe mit meinem vollen Gewicht auf das oberste Seil, wobei ich darauf achte, eine Lücke zwischen den hervorstehenden Metalldornen zu treffen. Sofort stoße ich mich wieder ab, drehe mich dabei und katapultiere mich geschossgleich mit ausgestreckten Beinen auf den Muskelberg zu.

Meine Stiefel prallen gegen seine Schlüsselbeine, er gerät ins Wanken und stürzt rücklings; ich lasse mich auf den Ringboden fallen und stehe gleich wieder auf. Zwei schnelle Griffe – schon ist er seine Schuhe los. Das hat er nun von den einfachen, ungeschnürten Sneakers.

Die Demütigung quittiert er mit einem überraschend schnellen Faustschlag, der mich unterhalb des Kinns trifft und nach hinten wirft. Mich hat es schon oft erwischt, aber noch nie am Kinn und mit solchen Nieten. Dieser Schmerz ist neu.

Neu und merkwürdig ... anregend!

Im Fallen werfe ich die Schuhe weg, damit er keine Gelegenheit mehr bekommt, sie anzuziehen, da erhalte ich einen Tritt in die Seite. So ähnlich musste es ich anfühlen, von einem Auto angefahren zu werden. Mich hebt es von den Brettern. Sofort packen grobe Finger meine Haare und schleudern mich daran herum, ehe ich im Stacheldraht lande; wieder drischt er zu, die spitzen Nieten malträtieren meine Schulter und dringen tief ins Fleisch ein. Monsoon lacht und gibt mir neue Spitznamen, die ich nicht haben will. So ein Wichser!

Meinen Dank bekommt er mitten ins Gesicht, das ich wegen seines Lachens sehr gut treffe, ohne hinschauen zu müssen. Mein Schlag ist hart, abrupt verstummt er, die Kraft hat ihn überrascht. Ich werde losgelassen, nicht ohne einige schwarze Strähnen zu verlieren.

Keuchend weiche ich dem nächsten Angriff aus und gelange hinter ihn, meine Hand wandert auf meinen Rücken – und greift ins Leere. Angewohnheiten sind schwer abzulegen.

Ich ramme ihm mein Knie mehrmals in die Nieren; dabei folge ich seinen Bewegungen und lasse nicht locker. Ein Terrier gegen einen Stier.

Als das Signal für die Pause erklingt, lasse ich sofort von ihm ab und ziehe mich zurück. Und auch ich habe den Kampf bis jetzt genossen, in meinem Kiefer klopft und pocht es, meine geschundenen Schultern brennen, warm läuft mein Blut herab. Es macht mir nichts. Schmerzen zeigen mir, dass ich lebendig bin. Das ist alles, was zählt. Monsoon ist nicht mehr als ein Kraftbündel und kaum gefährlich. Die Nieten werde ich aus der Schulter pulen lassen müssen. Ich weiß, wie es enden wird ...

Tanja schreit laut auf.

Ich mache einen blitzschnellen Ausfallschritt zur Seite – und

Monsoon hängt schon wieder in den Stacheldrahtseilen. »Hast du was an den Ohren?«, beschwere ich mich. »Es ist Halbzeit.«

Er kreischt los, reißt an den Seilen, bis er tatsächlich eines aus der Verankerung gelöst hat, und schlägt damit nach mir; dass er sich dabei die Handflächen aufreißt, scheint er nicht zu spüren.

Ich weiche den Attacken aus. »Dann gibt es heute eben keine Pause«, sage ich grimmig, fange das heranzischende Seil und lasse es zurückschnellen. Im Gegensatz zu ihm verletze ich mich nicht. Man muss nur wissen, wie man Stacheldraht anpackt.

Das Seil trifft ihn quer ins Gesicht, der Eisenkuss beschert ihm lange rote Streifen. Rasend vor Zorn hetzt er auf mich zu, blutend wie ein perforierter Transfusionsbeutel. Seine Schläge hageln mit erschreckender Geschwindigkeit auf mich nieder: Schwinger, Haken, Geraden feuert er gegen mich ab. Ich blocke sie ebenso rasch, ohne dass mich die Nieten erwischen; meine Arme erleiden Prellungen, süßer Schmerz jagt durch sie hindurch. Aber ich begehe den Fehler, mich in eine Ecke drängen zu lassen. Schon schnellt sein nackter Fuß nach vorne und schleudert mich rückwärts gegen den Pfosten. Durch die Wucht überschlage ich mich und stürze aus dem Ring, genau auf den Tisch mit den bereitliegenden Neonröhren. Klirrend, knisternd und platzend bersten sie unter mir und stechen Splitter in meinen Leib. Ein Spot erwacht und beleuchtet uns: zwei Flugzeuge im Flakscheinwerfer.

Als Monsoon neben mir landet, bricht der Tisch zusammen. Ich stemme mich auf die Füße, er packt eine intakte Neonröhre und zerschlägt sie auf meinem Rücken, trifft dabei auch meinen Kopf.

Benommen gehe ich in die Knie.

Wieder greift er nach meinen Haaren, zieht mich hoch und schlägt mir den Ellbogen dreimal ins Gesicht, bis sich ein schwarzer Vorhang vor meine Augen senkt. Es ist eine Warnung an mich, dass der Spaß bald ein Ende nehmen muss. Für ihn und für mich.

Die sensationsgeile Menge grölt begeistert, weil alle glauben, mich endlich stürzen zu sehen. Es ist merkwürdig, wenn man so viele Menschen hören, aber nicht sehen kann. Ich spüre die Energie, die von ihnen ausgeht, ihre Berauschtheit.

Ich gebe zu, dass ich so viel wie in dieser Nacht noch niemals habe einstecken müssen, aber noch bereitet es unglaubliches Vergnügen.

Monsoon lässt mich los, ich torkle zum Ring und halte mich an der Bodenplatte fest. Es sollte genügen, für heute Abend hatte ich meine belebende Dosis. Mehr erfolgreiche Angriffe werde ich ihm nicht erlauben.

Er spurtet zum nächsten Tisch, wo die Stacheldrahtlatten liegen; seine bloßen Füße stampfen durch Scherben, er verzieht keine Miene. Ich bin mir sicher: Er hat einen solchen Chemie-Cocktail in seinem Blut, dass man es ohne weiteres als Droge an Vampire verkaufen könnte.

Alle Muskeln in meinem Körper schmerzen, die rechte Rippenreihe fühlt sich angebrochen an und drückt auf die Lunge. Herrlich! Das Zeitgefühl habe ich schon lange verloren, vermutlich sind wir über die zehn Minuten noch nicht hinaus.

Monsoon kehrt zurück, führt die Latte mit beiden Händen wie ein Schwert.

Ich sehe ihn gigantengleich und hässlich vor mir. Scylla hat es nicht geschafft, Theas Monster zu verjagen. Meinem Gegner wird dieses Glück nicht widerfahren.

Erst im letzten Moment weiche ich aus, und meine Handkante trifft genau auf den Nasenknorpel, meine rechte Faust kracht auf sein Ohr. Sofort knickt er etwas ein – und diesmal bin ich es, die gnadenlos nachsetzt!

Wieder greife ich die Niere an, stöhnend versucht er zu entkommen, nur um in meinen Tritt von unten gegen sein Kinn zu laufen. Es kracht, sein Gesicht verschiebt sich und wird kleiner. Aber Monsoon gibt nicht auf, während ihm das Blut in Strömen aus dem Mund fließt.

Er schlägt nach mir, aber ich zerschmettere die Latte mit einem Schlag der linken Hand, und während er noch ungläubig auf meine Faust starrt, springe ich hoch, und er bekommt den rechten Ellbogen gegen die Schläfe.

Monsoon rudert mit den Armen, hinkt so lange nach links, bis er mit dem Ring zusammenstößt. Seine Gelegenheit auf eine Pause hat er abgelehnt, und ich sehe nicht ein, dass ich ihm ausgerechnet jetzt eine gewähren soll.

Schnelle Trittkombinationen treiben ihn vor mir her um den Ring herum, ich halte immer auf die Körpermitte. Als er vor dem Tisch mit den Glasflaschen ankommt, ziehe ich ihm die Beine weg. Ich federe in die Höhe, und noch im Nach-hinten-Kippen erhält er einen Doppelschlag mit den Fäusten auf den Solarplexus, der ihn auf den Tisch wirft.

Die Flaschen zerbersten unter seinem massigen Körper, Splitter zischen bis in die Zuschauerränge; mit ausgestreckten Armen bleibt er liegen und rührt sich nicht mehr.

Das Notfallteam hetzt sofort aus der Dunkelheit heran, doch ich weiß: Monsoon wird heute nicht sterben. Ich spüre den Tod nicht.

Ich habe ein Monstrum besiegt. »Für Thea!«, murmele ich und verlasse die Halle, ehe das Licht aufflammt. Ich will die Meute nicht anblicken. Meine Fans haben gesehen, dass ich verwundbar, aber nicht besiegbar bin. Eine Göttin.

Ich fühle mich unglaublich gut. Schmerz und Adrenalin jagen durch mich hindurch und bringen jede Faser zum Schwingen, meine Wut bekam ihren Auslauf. Wie ich dieses Gefühl liebe!

In meiner Kabine warten bereits die Helfer, um die Scherben,

Splitter und Nieten aus dem Leib zu ziehen. Und wie immer wird Tanja sagen: »Wie du dir das antun kannst, Hel! Mit dir würde ich niemals tauschen.«

Und wie stets werde ich sagen: »Ich mit dir auch nicht.«

Während ich den schummrigen Gang entlanggehe, freue ich mich darauf, das Buch zu beginnen. Es hat mich zu lange beschäftigt.

16. August 1670
Osmanisches Tributland

Karol war stolz auf seine Tochter.

Nicht nur, dass sie enorme Fortschritte in der türkischen Sprache machte, sie hatte auch mit Latein begonnen und zeigte bereits erste Erfolge. Jitka lernte wie eine Besessene bis spät in die Nacht, um so schnell wie möglich die vielen Bücher seiner Bibliothek lesen zu können.

Meistens musste Karol die am Studiertisch Eingeschlafene nach Mitternacht in ihr neues, eigenes Bett tragen, das, durch einen dünnen Vorhang abgeschirmt, neben seinem im obersten Stockwerk stand. An heißen Sommertagen, wenn die drückende Hitze die Menschen in der Nacht schlaflos machte, durfte sie ihr Lager auf der Plattform der Mühle aufschlagen und unter den Sternen träumen.

Für diese Sommernacht hatte Karol dort oben eine Überraschung geplant. Als er sie nach Einbruch der Dunkelheit zu sich rief und sie durch die Luke schaute, sah sie ihn umringt von den verschiedensten Fernrohren; das dickste davon besaß den Durchmesser eines starken Astes und war zweimal so lang wie ein Mensch.

»Fernrohre!«, rief sie begeistert und betrat die Plattform.

Er nickte und winkte sie heran. »Heute betrachten wir den

Mond und die Sterne«, erklärte er und zeigte auf die Bücher, die auf dem Boden lagen. »Hier sind die Sternbilder aufgezeichnet. Sieh sie dir gut an, und dann machen wir uns auf die Suche nach ihnen. Die Nacht ist klar, wir haben gute Sicht.«

Wenig später schaute Jitka durch das größte Fernrohr und bewunderte die Schönheit der Gestirne. »Sie flackern und leuchten«, rief sie aufgeregt und drehte an dem Rädchen, um das Bild schärfer zu stellen, »als zwinkerten sie uns zu.« Sie schwenkte auf Geheiß ihres Vaters auf den Mond und erkannte, dass die vielen schwarzen Flecken, die man auch ohne Fernrohr mit bloßem Auge erkennen konnte, in Wirklichkeit Krater waren.

»Eine bleiche Schönheit«, sagte Karol gedankenverloren. Dann bemerkte er, dass Jitka das Fernrohr schon wieder verstellt hatte, ohne eine Anweisung erhalten zu haben. »Und, Tochter, was siehst du jetzt?«

Zu seiner Überraschung sprudelten aus ihr plötzlich die Namen verschiedener Sternbilder heraus, die sie eins nach dem anderen betrachtete. Eindeutig mehr, als sie sich vorhin bei dem schnellen Blick in das Buch hätte merken können. »Hat da jemand schon mehr gelesen, als ich weiß?«, fragte er mit einer gespielten Rüge.

Sie nickte eifrig. »Es war zu spannend, Vater«, entschuldigte sie sich. »Ich wusste nicht, dass der Himmel voller ...« Sie überlegte kurz, um das neue Wort zu finden, das er sie gelehrt hatte. »... voller *Strukturen* ist und dass es vor vielen Jahrhunderten schon Menschen gab, die sich die Mühe machten, alles zu kar... *kartographieren*.«

Karol nickte zufrieden. Er sah sich bestätigt. Jitkas Wissensdurst wuchs von Tag zu Tag. Jede neue Erkenntnis beflügelte ihren Verstand mehr, nichts schien sie zu überfordern. Stattdessen suchte sie sich bereits heimlich Aufgaben, wie das Lesen der Sternenkarte. »Es waren Menschen, in deren Tradition wir stehen«, sagte er.

Grillen zirpten und die Geräusche der Nacht erklangen; mit gleichbleibendem dunklem Schwirren rotierten die Flügel hinter ihnen, die Rahmen ächzten hölzern und warfen Schatten im Mondlicht.

Jitka hatte einen Kometen entdeckt, den sie an seinem angedeuteten Schweif erkannte. »Schau, Vater!«, rief sie und machte ihm vor dem Okular Platz. »Ob es wohl eine Legende ist, dass die Götter die Sterne erschaffen haben?«

»Was meinst du, Tochter?«, fragte er, während er den über den Himmel ziehenden Kometen betrachtete.

»In den griechischen Sagen machen die Götter ihre Gegner oder Helden gelegentlich zu Sternbildern. Nicht immer diejenigen, die es verdient haben, wie ich finde.« Sie trat an ein anderes Fernrohr und suchte den ziehenden Himmelskörper. »Ich hätte Scylla ein solches Ende gegönnt, wenn ich eine Göttin gewesen wäre.«

»Und natürlich weißt du bereits, wer Scylla ist?«

»Ja. Ich habe die Sage gelesen. Ein Mädchen, dem von einer eifersüchtigen Zauberin unrecht getan wurde. Scylla wurde in ein Ungeheuer verwandelt, damit sie den Mann, den sie liebte, nicht bekommen konnte. Scylla wurde zu einem unglaublich mächtigen Meeresungeheuer und rächte sich, niemand konnte sich ihr widersetzen.« Jitka dachte an den Janitscharen. »So möchte auch ich sein, wenn ich deine Lehre durchlaufen habe, Vater. Um den Mann zu bestrafen, der mir Mutter genommen hat.«

»Dann weißt du auch, dass dieses Mädchen für seine Macht einen hohen Preis bezahlen musste.« Karol richtete sich auf und sah seine Tochter ernst an. Er meinte zu spüren, wie sich die kurzen Haare an seinem Nacken unter den Locken der Perücke aufstellten. »Wärst auch du bereit, dich in ein Ungeheuer zu verwandeln?«

Jitka schwieg.

»Ja«, kam es nach einer Weile trotzig aus ihrem Mund.

Karol sah sie von der Seite an. Es war unheimlich, wie nahe seine Tochter soeben der Wahrheit gekommen war. Das Verlangen nach unerbittlicher Rache und das Schicksal, unverschuldet ein Wesen zu sein, das vielleicht schon bald nichts Menschliches mehr an sich haben würde – der Vergleich mit Scylla hätte nicht passender sein können.

»Was mahlt sie eigentlich, Vater?«, fragte Jitka später, während sie gemeinsam den Großen Wagen betrachteten.

»Ich verstehe nicht?«

»Nun, die Mühle. Sie ist Tag und Nacht in Betrieb. Mal hast du alle Segel gehisst, mal nur zwei oder drei. Aber sie läuft.« Jitka wandte ihm den Kopf zu, ihre Augen richteten sich auf sein Profil. »Die Achse reicht hinunter in den Hügel und nicht nur bis auf den Boden, habe ich recht?«

»Ich habe es dir doch erklärt, Tochter: Sie treibt die Pumpe an, damit wir Wasser in der Küche haben. Der Brunnenschacht ist sehr tief, sie benötigt viel Kraft.«

»Aha«, machte sie und schaute wieder zu den Sternen. »Und wo sind die ganzen Tiere und Pflanzen?«

»Welche Tiere?« Karol sah zu Jitka hinüber, die ganz arglos die Sterne zu beobachten schien.

Sie zog es vor, in die Gestirne zu sprechen, dafür drehte er sich zu ihr und musterte die Tochter, die – wie er feststellen musste – einen gefährlich wachen Verstand besaß. »Du hast gesagt, dass du nachts in den Wald gehst und forschst. Tiere und Pflanzen würdest du sammeln. Aber ich sehe keine, Vater. In der Küche sind nur Lebensmittel, dann kommt die Bibliothek, darüber unser Schlafgemach. Es gibt keine Räume, in denen du erforschen könntest, was du doch angeblich sammelst.«

Dieses Kind hat einen noch viel wacheren Verstand, als ich je zu träumen gewagt habe! Er bemühte sich, sein Lachen echt klingen zu lassen. »Oh, kleine Nachtigall, ich schaue sie mir an und untersuche sie an Ort und Stelle. Man muss sie nicht mitnehmen, um ...«

»In dieser Mühle gehen merkwürdige Dinge vor«, schnitt sie ihm das Wort ab. »Tagsüber erklingen heulende Geräusche aus dem Küchenschornstein. Wenn ich morgens aufstehe und den erloschenen Herd anfeuere, ist das Ofenrohr oft glühend heiß. Das kann nicht sein.« Jitka lächelte wissend. »Ich habe versucht, hinter den Ofen zu schauen, aber er ist festgemauert. Ich nehme an, dass auch der Kamin bis nach unten verläuft und die Töne, die ich höre, von dort heraufklingen.«

Karol wusste nicht, ob er lachen durfte oder Besorgnis empfinden sollte. Er musste sein Geheimnis früher offenbaren, als er es eigentlich vorgesehen hatte. »Was habe ich nur für eine schlaue Tochter«, murmelte er.

Jitka strahlte und sah ihn an. »Dann habe ich recht?«

»Ja, das hast du. Ich wollte noch ein wenig warten, bis ich es dir zeige. Es ist nicht immer sehr ... appetitlich.« Er formte mit der Hand eine Erhebung. »Der Hügel unter der Mühle besteht aus massivem Fels, in den drei Stockwerke getrieben wurden. Früher sind sie genutzt worden, um Mehl und Getreide einzulagern. Als mein Vater die Mühle gekauft hat, ließ er sie umbauen und betrieb darin seine Forschungen. Ich habe die Laboratorien übernommen.«

»Wann darf ich sie sehen, Vater?«, verlangte Jitka begeistert. »Je früher du mir alles zeigst, desto früher kann ich dir dabei helfen. Und selbst forschen!«

»Hmmm.« Karol schüttelte nachdenklich den Kopf, die Glasperlen in der Perücke vibrierten. »Aber ... warum nicht?« Er streckte ihr die Hand hin. »Komm, du sollst mein zweites Reich kennenlernen. Aber ich warne dich: Du wirst vieles sehen, was dir Angst machen könnte.«

Sie zuckte mit den Achseln. »Wir haben auf dem Hof oft bei Schlachtungen geholfen. Es macht mir nichts aus, tote Tiere zu sehen.«

»Das, was du nun entdecken wirst, unterscheidet sich von dem, was du bereits kennst!« Seine Stimme klang merkwürdig kalt und überheblich. Karol ließ sie los und begab sich zu der Luke im Boden. »Sei auf das Schlimmste vorbereitet.«

Jitka runzelte die Stirn, da sie seine veränderte Stimmung und die Andeutung nicht einzuordnen wusste. Sie traten immer wieder auf, diese seltsamen Momente, in denen der freundliche und sanfte Vater unvermittelt Züge und Verhaltensweisen aufwies, die zu seinem sonstigen Wesen nicht passten. Er konnte innerhalb eines Lidschlags unheimlich und dämonisch werden, nur um diese düstere Maske gleich darauf zu verlieren und betreten zu schweigen. Sie wusste, dass ihm diese Veränderungen unangenehm waren. Doch zu ihrer eigenen Überraschung machten sie ihr keine Angst – sondern stachelten nur ihre Neugier an.

Gemeinsam stiegen sie nach unten in die Küche.

Karol beugte sich unmittelbar neben der Mühlenachse nach vorne und drückte in ein Astloch in der Diele. Jitka hörte ein leises Klicken, als sei ein Zahnrad eingerastet. Gleich danach senkte sich ein zwei Schritt breites Bodenstück an der Schwelle nach unten und schuf eine fünf Meter lange Rampe. Das Mädchen wunderte sich immer wieder, was es in der geheimnisvollen Mühle alles zu entdecken gab.

»Wird der Zugang auch über das Windrad betrieben?«

»Ja.«

»Was machst du, wenn du Wind benötigst, es aber keinen gibt?«

Karol schritt hinab und winkte Jitka, ihm zu folgen. »Es wird immer Wind geben, wenn ich welchen benötige«, meinte er und klang dabei nicht, als würde er scherzen.

Jitka schlug feuchtwarme Luft entgegen, in der so viele fremde, neue Gerüche mitschwangen, dass sie keinen bestimmten zuordnen konnte.

Im Schein zahlreicher Öllämpchen betrat sie einen gemauerten Raum mit drei Türen. An den Wänden hingen einfache Leinenmäntel sowie Schürzen aus gewachstem Segeltuch, auf denen sich etliche Flecken abzeichneten; einige davon erinnerten sie an Blut. Eine steile Wendeltreppe führte tiefer in den Hügel hinab.

»Hier ziehe ich mich um«, erklärte Karol. »Manchmal kann das Forschen eine schmutzige Angelegenheit sein.« Er öffnete die rechte Tür. »Fangen wir an, Tochter.«

Die Besichtigung dauerte lange.

Sehr lange.

Es ging durch niedrige und hohe Räume: Mal besaßen sie galerieartige Durchbrüche in die Ebenen darunter, mal waren sie nicht tiefer als ein Schrank, hatten aber Türen aus massivem Eisen mit enormen Riegeln.

Jitka sah große Tische mit unterschiedlich geformten Glasbehältern darauf, es gab gläserne Leitungen zwischen ihnen oder offene Rinnen. In manchen schwappten Flüssigkeiten, andere waren von Rissen überzogen, dick mit Ruß belegt oder silbern und golden ausgekleidet. Sie standen auf Untersetzern oder in Halterungen mit Kerzen darunter, wieder andere wurden unentwegt von einer Vorrichtung in Schwingung versetzt.

Karol erklärte ihr ausführlich und selbstvergessen, welche Substanzen sich worin befanden und was er damit machte. Jitka schwirrte bald der Kopf, und sie war immer dankbar, wenn sie etwas aufschnappte. »Die Kraft des Windes treibt alles an, was ich für meine Untersuchungen benötige. Mein Vater hat die mechanischen Teile so angebracht, dass sie die Arbeit an seiner Stelle verrichten können.« Er deutete an die Decke, an der ölglänzende, fingerdicke Gestänge in streng geordneten Bahnen entlangliefen und durch Knickscharniere umgeleitet wurden, damit sie bis in die hintersten Winkel der Räume gelangten.

Er winkte sie zu einem Tisch, auf dem fünf Gegenstände standen, die Jitka an Fernrohre erinnerten, nur dass sie nach unten gerichtet waren. »Klettere auf den Schemel und sieh oben hinein«, sagte er und stellte eine Lampe darunter.

Sie tat es, kniff das linke Auge zu und spähte hinab. Es dauerte eine Weile, bis sie verstand, was sie sah. »Das ist der Kopf einer riesige Fliege!«, rief sie und schaute an dem Rohr vorbei unter die Apparatur. Aber das Insekt hatte eine ganz normale Größe. »Ist das ein ... wie heißt es noch mal ... Mikroskop?«

»Richtig, das ist ein Mikroskop, Tochter.« Karol strich darüber. »Und es ist sogar etwas ganz Besonderes. Galileo Galilei hat es entwickelt. Er hat es *Occhiolino* genannt und sechzehnhundertzwölf dem polnischen König Sigismund dem Dritten geschenkt, der es mir gab.«

»Dir?« Verblüfft sah sie auf.

»Ich meine, meinem Vater«, verbesserte sich Karol. »Für seine Verdienste als Forscher.« Er zeigte mit einer Pinzette auf die Sammlung. »Damit kann man ...«

»... die verborgensten Dinge sehen«, ergänzte sie.

»Sehr genau. Eine segensreiche Erfindung für uns Entdecker und Gelehrte.«

Jitka erkundete die Möglichkeiten des Mikroskops und probierte auf Geheiß ihres Vaters auch die anderen aus. Sie ließen sich ausziehen und drehen, wobei sich die Vergrößerungsstärken und die Schärfe entsprechend änderten. »Das ist unglaublich«, juchzte sie.

»Es gibt keinen Zweifel, dass du mein Fleisch und Blut bist«, meinte Karol schmunzelnd. »Ich bin gespannt, wie du auf die nächsten beiden Stockwerke reagierst. Und ich hoffe, dass du nicht gleich in Ohnmacht fällst.«

Sie stießen weiter nach unten vor. Es gab hier ebenso wie in der ersten Etage schwere Steintische, die mit Ablaufrinnen und Ösen versehen waren, das Mädchen entdeckte Messer und andere Instrumente, wie es sie beim Bader gesehen hatte. Offenbar kurierte ihr Vater Menschen von ihrem Leid; dafür waren hier weniger von den Glaskolben und -röhrchen zu sehen.

»Hier seziere ich, Tochter«, erläuterte er ernst.

»Du machst *was?*«

»Ich zerschneide Lebewesen, um zu sehen, wie sie von innen aussehen. Wie ihre Muskeln, Sehnen und Nerven liegen, damit ich verstehe, wie ihre Körper funktionieren.« Karol beobachtete sie ganz genau. »Verstehst du, was ich sage?«

Jitka kamen sofort die kleinen Kammern mit den Riegeln in den Sinn. Das waren keine Vorratsräume – das waren Käfige! Sie schauderte, berührte scheu den Steintisch, vor dem sie standen, und starrte auf den Ausguss, unter dem sich ein Eimer befand. Er diente offensichtlich dazu, das Blut aufzufangen. »Ich verstehe«, gab sie leise zurück. »Aber warum muss man sie dazu zerschneiden?«

»Weil es nicht ausreicht, nur von außen zu schauen. Es wäre, als wenn man ein Buch nicht aufklappt, obwohl man wissen möchte, was darin steht.« Karol ließ sich auf einem Schemel nieder. »Lebewesen sind wie Bücher: Sie alle bestehen aus der gleichen Materie, sie haben Seiten aus Papier, auf die Buchstaben gedruckt oder geschrieben sind, und doch können diese Buchstaben etwas anderes bedeuten. Lebewesen haben Muskeln, Fleisch, Organe, und dennoch sind sie oft verschieden. Insekten tragen ihr Skelett außen, Tiere und Menschen in ihrem Inneren.«

Ihr Vater bekam dieses Glitzern in die Augen.

»Was hast du schon alles ... seziert, Vater?«

»Alles, Tochter. Wirklich *alles.*« Er berührte sie an den Schultern. »Du musst keine Angst haben. Es dient allein der Wissenschaft und dem Wohle der Menschen. Ich forsche, damit ich helfen kann. Wenn ich beispielsweise weiß, wie ein Knochen aufgebaut ist und was ihn zusammenhält, kann ich einen Bruch besser heilen.«

Jitka stimmte seinen Worten zu, dennoch fand sie die Vorstellung schrecklich. Sie sah vor ihrem inneren Auge die geschlachteten Schweine auf Lubomirs Gehöft an langen Haken von der Decke baumeln – und stellte sich vor, wie ihr Vater auf die gleiche Art Menschen zerteilte! Sie schaute zu ihm auf. Der Lampenschein gab ihm dieses Dämonische, vor dem sie sich plötzlich fürchtete. Sie wurde bleich. »Ich weiß nicht …«, presste sie mühsam heraus.

Karol sah doch sicher, dass sie sich nicht gut fühlte, dennoch beschloss er, sie mitleidlos zu Ende zu prüfen. »Du musst es durchstehen. An diesem Punkt des Weges aufzuhören ergibt keinen Sinn.« Er stand auf. »Jetzt zeige ich dir die unterste Ebene.«

Als er seine Hand ausstreckte, zögerte sie.

»Was soll das? Eine Forscherin hat keine Furcht.«

Jitka sah zur Treppe, hörte das Knarren der Mühlenachse. »Was ist da unten, Vater?«

»Nichts, was in der Lage ist, dir etwas zu tun. Es ist meine Sammlung. Die besten Exponate und Fundstücke, die mir und meinem Vater seit Beginn der Forschung begegneten.« Karol ging auf die Treppe zu. »Zeig mir, wie mutig du bist.« Er bemerkte, dass sie zögerte. Ohne sich umzudrehen, fügte er hinzu: »Beweise mir, dass du wirklich meine Tochter bist!« Stufe um Stufe verschwand er in der Dunkelheit.

Jitka atmete tief durch.

Dann folgte sie ihm, auch wenn ihr jeder Schritt schwerfiel.

Der modrige Geruch, den das Mädchen schon beim Betreten der ersten Höhle bemerkt hatte, nahm zu. Hier, auf der untersten Ebene, stank es aufdringlich nach Spiritus. Die Dämpfe reizten die Lungen, und sie hustete.

Karol entfachte eine Lampe, die an der Wand neben der Tür hing, und schloss sie auf. »Was du nun siehst, darf dir keine Angst machen, Tochter«, schärfte er ihr ein. Nichts in seiner Stimme erinnerte an den liebenswürdigen Mann, der er normalerweise war. Er klang wie ein unerbittlicher Lehrer, der kein Mitleid mit schwachen Schülern besaß und sie jederzeit züchtigen würde. »Sieh es mit den neugierigen Augen einer Gelehrten, sieh die Schönheit und die Besonderheit darin und ekele dich nicht. Nur auf diese Weise wird es dir später gelingen, eigene Erfolge zu erzielen.«

Er öffnete den Eingang und hob die Lampe. Ihr Schein fiel auf ein System aus Spiegeln, welche die Helligkeit weitergaben und den Raum dahinter in mattes Licht tauchten. Ein geordneter Wald aus Regalen streckte sich über viele, viele Meter, und darin standen Gläser, gläserne Wannen und andere Behältnisse. Darin schwammen ...

Jitka starrte auf das makabre, säuberlich geordnete Sammelsurium aus Körperteilen. Fingerknochen, Hände, Arme, Oberkörper, ganze Schädel, aufgeschnitten, von der Haut befreit. Blanke Knochen, offene Sehnen und Muskeln, grinsende Totenschädel, Augen, die wie an langen Schnüren in der Flüssigkeit schwammen.

Etwas in Jitka, vielleicht das kleine Mädchen, das sie immer noch war, wollte aufschreien vor Grauen. Doch ein anderer und wesentlich stärkerer Teil von ihr befahl, einen Fuß vor den anderen zu setzen und sich die Gliedmaßen aus der Nähe zu betrachten. Langsam setzte sie sich in Bewegung und schritt in den Raum hinein.

Karol hatte bislang nichts gesagt. »Ich war mir sicher, dass du meine Neugier, meinen Trieb nach Wissen in dir trägst«, flüsterte er jetzt.

Er folgte ihr, und als sie vor einem kleineren Einmachglas mit einer abgetrennten, gehäuteten Hand stehen blieb und sie mit großen Augen betrachtete, nahm er es aus dem Regal und ging neben ihr in die Knie. »So sehen alle Menschen unter der Haut aus. Der Körper ist eine wunderbare Konstruktion, Tochter.« Karol nahm ihre Hand, hielt sie neben das Glas, deutete abwechselnd auf sie, dann auf das in Spiritus schwimmende Präparat. Seine behutsamen Erklärungen über die Funktionsweise der Hand begannen.

Sie hörte zu, ohne ihn ein einziges Mal zu unterbrechen. Gelegentlich bewegte sie die Finger, betrachtete das Spiel der Sehnen und Muskeln, die Augen schauten vergleichend auf die abgetrennte Hand, und ihre Augenbrauen zogen sich vor Konzentration zusammen.

Schließlich räusperte sie sich und sagte: »Ich habe es verstanden ... glaube ich.« Sie nahm ihm das Glas ab und stellte es zurück ins Regal. Dann zögerte sie einen Moment.

Jitka deutete den Gang entlang auf große Bottiche, in denen ganze Körper trieben. »Diese da möchte ich mir als Nächstes anschauen.«

»Nein, Tochter, eines nach dem anderen. Wir fangen hier an und arbeiten uns jeden Tag ein Glas weiter vor. Von den Fingern bis zum ganzen Körper. Außerdem dürfen wir das Studium der Sprachen nicht vergessen. Die meisten Bücher der Gelehrten wurden in Latein verfasst.« Karol stand auf, schob sie zum Ausgang und löschte die Lampe. Die Präparate fielen zurück in die Dunkelheit. Er streichelte ihr über die Haare. »Du bist sehr tapfer, Tochter.«

Jitka fühlte nach wie vor Unwohlsein, zugleich aber einen enormen Wissensdurst, der die Abscheu immer weiter zurückdrängte. Als sie die Treppen nach oben erklomm, war sie dennoch erleichtert, dem makabren Raum für heute entkommen zu sein.

Morgen werde ich es besser machen, nahm sie sich vor. *Morgen werde ich keine Angst mehr haben.*

Doch noch etwas anderes beschäftige sie. »Woher hast du die vielen Leichen?«

»Wir nennen sie Präparate, Tochter«, verbesserte Karol sie. »Friedhöfe sind schon seit langer Zeit eine ergiebige Quelle für die Wissenschaft, aber das sollte nach Möglichkeit niemand bemerken. Die Menschen sind abergläubisch, Tochter, sie verstehen nicht, warum man manche Dinge einfach tun muss. Darum lebe ich so zurückgezogen. Niemand stört mich hier draußen.«

»Ja, Vater.« Jitka nickte und fasste seine Hand. »Aber hast du den Menschen auch schon mit deinem Wissen geholfen?«

»Natürlich. Denjenigen, die nicht mehr auf Zauberei und Bannsprüche vertrauen, wenn sie sich eine Blutvergiftung zugezogen oder einen Finger gebrochen haben. Ich helfe denen, die nicht glauben, dass Kröten dazu geeignet sind, Warzen zu entfernen.« Er machte eine verächtliche Geste. »Es ist unglaublich, was die Einfältigen tun, um gegen eine Krankheit vorzugehen.«

Jitka lachte, und er stimmte ein. »Das nächste Mal«, sagte sie entschlossen und stieg in die Küche hinauf, »möchte ich dabei sein.«

»Dabei sein bei *was?*« Karol berührte seitlich in der Wand einen Stein, und die Rampe fuhr nach oben. Als sie sich geschlossen hatte, gab es keinen Hinweis darauf, was sich unter ihren Füßen verbarg.

»Wenn du in den Wald gehst und forschst.« Jitka trat an den Herd und stellte den Wasserkessel auf die rotglühende Herdplatte, um sich einen Kräutertee zuzubereiten.

Karols Lippen wurden schmal. »Wir werden sehen, Tochter.

Erst möchte ich, dass du das theoretische Wissen beherrschst. Bei deiner Geschwindigkeit wird es nicht lange dauern.«

Jitka verschränkte die Arme vor der Brust. »Ich werde mich noch mehr anstrengen.«

Während der Tee in einer Kanne zog, dachte sie schweigend nach. Es gab etwas, was ihr schon seit einigen Tagen nicht mehr aus dem Kopf ging. »Vater, ich finde, mein Name passt nicht zu mir. Nicht mehr. So viel hat sich verändert! Ich ... ich möchte eine Forscherin werden wie du. Und ich will ...« Sie schluckte schwer.

»Rache nehmen«, vollendete Karol ihren Satz. Er sah seine Tochter ernst an. »Bist du sicher, dass du schon weißt, was das bedeutet?«

Jitka betrachtete das zuckende Flämmchen der Kerze. Sie dachte an die Mutter, die man ihr entrissen hatte. Die unschuldig zu Tode gekommen war. Ein Gesicht tauchte vor ihrem inneren Auge auf – der Janitschar. Sein überheblicher, grausamer Gesichtsausdruck. »Ja, Vater.« Das Bild veränderte sich. Für einen kurzen Moment sah sie den Kopf ihres Feindes mit blinden Augen und einem entsetzt aufgerissenen Mund sauber vom Körper getrennt in einem großen Glas schwimmen. Der Anblick erfüllte sie mit Grauen – und einer tiefen, brennenden Befriedigung.

»Scylla«, flüsterte sie

»Scylla«, wiederholte Karol nachdenklich und verfolgte die feine Spur des heißen Dunstes, der sich aus der Teekanne erhob und sich auf seinem Weg zur Decke immer mehr verlor. Das alles konnte kein Zufall sein. Selten hatte ein Name so gut getroffen, was mit seiner Trägerin geschehen würde. »Von nun an soll dies dein Name sein, Tochter.«

Sie lächelte, goss sich eine Tasse Tee ein und ging, die Tasse vorsichtig in Händen haltend, auf die Treppe zu, um in die Bibliothek zu gelangen. Dabei stimmte sie die ersten Töne eines Liedes an, das ihr die Mutter beigebracht hatte.

Die Melodie umschmeichelte nicht nur Karols Ohren, sondern berührte ihn auch tief im Herzen. Er sah seiner Tochter bewundernd hinterher. »Ich werde dir helfen, zur Größten zu werden«, flüsterte er.

Zur Größten unter den Lebenden – und den Toten.

IV. KAPITEL

6. Dezember 2007
Deutschland, Sachsen, Leipzig, 17.01 Uhr

Ich schaue auf die Uhr. Auch sie ist ein Metronom des Lebens, dem sich niemand widersetzen kann. Manche versuchen, die Zeit durch Ignoranz oder Schönheitsoperationen aufzuhalten. Doch dies kann nie von Dauer sein. Es gibt nur sehr wenige, für die das Metronom langsamer schlägt. Einige von ihnen werden in meiner Geschichte vorkommen.

Nackt steige ich aus dem Bett. Der große Wandspiegel zeigt mir, dass die Wunden vom Kampf sehr gut verheilen, es wird wieder keine Narben geben. Meine Rippen schmerzen noch ein wenig. Früher hätte mir der Tritt nichts ausgemacht. Oder wenigstens hätte ich mich viel schneller davon erholt. Aber jetzt ... Ich bin nicht mehr die Jüngste, das sagt mir mein Körper jeden Tag mit einer gewissen Häme. Es ist ihm ziemlich egal, dass er dabei über sich selbst lacht und seinen eigenen Verfall bejubelt.

Ich schlüpfe in die dunkelrote Seidenunterwäsche. Es gibt wenige Gefühle, die sich damit messen können, echte Seide auf der Haut zu spüren, einmal abgesehen von einer zärtlichen Hand, die weiß, was sie tut.

In der Küche brodelt meine sündhaft teure Kaffeemaschine, ein Gerät, das alles Mögliche kann. Sie ist so programmiert, dass sie sich selbst einschaltet, reinigt und mit Wasser versorgt. Weil ich es hasse, mich darum kümmern zu müssen. Ich erinnere mich nur ungern daran, dass es Zeiten gab, in denen ich sogar die Kaffeebohnen selbst mahlen musste. Schrecklich.

Hätte ich mir jemals träumen lassen, dass ich einmal so etwas wie einen Mittagsschlaf brauchen würde? Aber auch heute erwartet mich wieder eine lange Nacht, auch wenn sie dieses Mal nicht in einer Schlägerei mit Neonröhren, Tackern und anderen Hilfsmitteln enden wird. Ich habe auch noch andere Jobs, die gutes Geld bringen. Diese Webcam-Fights bringen dagegen *sehr gutes* Geld und eben die Portion Lebendigkeit in mein Leben, die mir sonst nichts anderes verschaffen kann. Nicht einmal die stärkste Droge der Welt.

Trotzdem wäre es nicht die schlechteste Idee, selbst einen *Fight Club* ins Leben zu rufen, damit ich der Freakshow und den Webcams entkommen kann.

Ich werfe mir zusätzlich einen Morgenmantel über, nehme meinen Kaffee und schalte den Fernseher ein; im Vorbeigehen drücke ich auf die Wiedergabe-Taste des Anrufbeantworters.

Tanja hat sich bis zur nächsten Löschung auf meinem Band verewigt. »Hallo, Hel. Wir haben in einer Woche einen neuen Kampf, dieses Mal gegen ... Miss Thunderpussy.« Sie muss lachen, und auch ich grinse. Warum können sich die Kämpfer nicht Namen aussuchen, die nicht nach einer schlechten Karikatur klingen? »Monsoon liegt im Krankenhaus. Er hat diverse Brüche und innere Verletzungen, aber er wird wieder. Müller ist sehr zufrieden mit dem letzten Kampf, soll ich dir ausrichten. Er hat uns eine Prämie in Höhe von zehntausend überwiesen. Star TV bringt den Bericht nächste Woche. Nimmst du es auf?« Sie macht eine kleine Pause, als erwartete sie eine Antwort von der Maschine. »Alles andere schicke ich dir wie üblich als verschlüsselte E-Mail. Schöne Woche bis dahin – und trainier fleißig. Ciao.«

Wie immer verziehe ich das Gesicht, wenn ich das italienische Wort höre. *Ciao* schickt sich in meinen Ohren für einen Italiener, der die richtige Aussprache beherrscht und aus dessen

Mund es authentisch klingt. Bei den meisten Deutschen dagegen hat es etwas furchtbar Gekünsteltes, etwas verzweifelt Cooles, ein bisschen Möchtegern-Südeuropa. Leider auch bei Tanja.

Ansonsten hat man mir meine Ruhe gelassen, keine weiteren Mitteilungen. Die Fernsehnachrichten von heute sind belanglos, ich wechsle in den Regionalkanal und bin auch von diesen Neuigkeiten beruhigt. Es gibt nichts, was mich belasten muss.

Nach dem Kaffee und einer Scheibe Toastbrot mit etwas Butter ziehe ich mich an. Die Seide verschwindet unter der langen schwarzen Hose einer exklusiven Modemarke, deren Preise nicht unter dreihundert Euro beginnen. Zu Recht. Ich habe in meinem Leben keine besseren Hosen als diese getragen. Für meinen hellbraunen Vikunja-Pullover, der sich an mich schmiegt, kaufen sich andere Menschen ein halbes Jahr lang ihr Essen, doch ich brauche das sinnliche Gefühl auf der geschundenen Haut. Es war nicht leicht, ihn aufzutreiben, denn ein südamerikanisches Vikunja-Kamel bringt bei einer Schur gerade einmal zweihundert Gramm Wolle auf die Waage. Die Exportmenge ist streng limitiert.

Halbhohe Designerschuhe wärmen mir die Füße. Mein langer schwarzer Mantel aus reiner Kaschmirwolle hebt mich endgültig von den Menschen auf der Straße ab, auch wenn dies vielen nicht auffallen wird. Es ist ein besonderer Luxus, sich mit edlen Teilen zu verwöhnen, denen man ihren hohen Preis nicht sofort ansieht.

Unter den Mantel, an den Gürtel der Hose, kommt mein Accessoire, ohne das ich niemals aus dem Haus gehe.

Mein Blick bleibt an den vielen handgeschriebenen Seiten hängen, die auf meinem Schreibtisch verteilt sind. Es sind die ersten Kapitel der Geschichte über das Mädchen, und ich bin mit ihnen zufrieden. Ich hätte es viel früher tun sollen. Damit ich nicht durcheinanderkomme, werde ich sie in einer Kladde aufbewahren.

Raus aus dem Appartement, das Treppenhaus runter, zur S-Bahn, die mich ins Zentrum bringt. Leipzig ist eine wundervolle Stadt, mir gefällt das Dunkle und Düstere, dieser einmalige Charme, den sie gerade in den Herbst- und Wintermonaten verströmt.

Vor allem die Gothics, die man hier überall sehen kann, finde ich interessant. Die jungen Leute, die sich in Schwarz kleiden und Lieder über Tod, Verderben, Verfall und das Jenseits hören, einen ungeheuren Seelenschmerz in sich tragen und sich dennoch nach dem Leben sehnen, geben der Stadt eine besondere Würze. Was mich mit ihnen verbindet, ist der Widerspruch.

Ich mache mir immer wieder den Spaß, einen von ihnen anzuhalten und zu fragen, warum er oder sie sich nicht umbringt, wenn sie den Tod doch so faszinierend finden und sich wie besessen mit dem Leben danach beschäftigen. Es gibt sehr unterschiedliche Antworten darauf, mal sinnvolle, mal sinnlose. Einer, ein junger Typ mit weißgeschminktem Gesicht und dramatisch schwarz umrandeten Augen, hat mich angestarrt und gesagt, dass ihn das noch niemand gefragt hätte. »Wie sind Sie denn drauf?«, wollte er noch wissen und ist weitergegangen.

Wie bin ich eigentlich drauf?

Eine nicht unwichtige Frage, die ich mir selbst nicht beantworten kann. Auch ich sehne mich nach dem Tod, sterbe jedes Mal ein bisschen mit meinen Patienten, ohne ihnen gänzlich folgen zu können. Ohne ihnen folgen zu *dürfen.*

Warum bringe ich mich nicht um?

Warum lasse ich mir im Ring Schmerzen zufügen, nur um wieder spüren zu können, wie das Leben sich anfühlt, an dem ich doch so wenig hänge?

Es ist meine Aufgabe, die mich zurückhält, und das Gebot

Gottes, das verbietet, sich selbst das Leben zu nehmen. Darin liegt die Ironie meiner Existenz: Obwohl all jene, die reinen Glaubens sind, mich liebend gerne tot sehen möchten, wird Gott mich ewig leben lassen. Falls ich nicht das Glück habe, die Treppe hinabzustürzen und mir das Genick zu brechen, oder mich eine S-Bahn überrollt und meinen Leib in gnädig viele kleine Stücke zerteilt.

Mein Weg führt mich die Fußgängerzone hinauf, vorbei an Läden und Hotels, an den Eingängen zu den Einkaufspassagen, die nach der Wende in die Häuser und Hinterhöfe integriert wurden. Der Jugendstil ist an diesen Orten deutlich zu erkennen. Mehr als einmal bleibe ich stehen und betrachte die Statuen und Steinköpfe an den Fassaden. Der Duft von Glühwein und heißen Maronen umweht mich und weckt Erinnerungen ... die durch ein leises, aber aufdringliches Piepsen aus meiner Manteltasche verdrängt werden. Mein PDA meldet mir, dass ich pünktlich sein muss. Ich beschleunige meine Schritte und mache mich auf ins *Mephisto*, eine kleine Cocktailbar oberhalb von *Auerbachs Keller*, die ich bald darauf erreicht habe.

Mein Platz ist so gewählt, dass ich die Passage draußen im Blick habe. Ich nehme meinen Taschencomputer heraus und rufe die handgeschriebene Liste auf, die nur noch aus vier Namen besteht; einst waren es siebenundzwanzig.

»Was darf ich Ihnen denn bringen?«, fragt die Bedienung neben mir, ein älterer Mann mit weißem Hemd, schwarzen Hosen und roten Hosenträgern. Er heißt Richard, ist dreiundvierzig Jahre und sollte eigentlich wissen, was ich möchte. Ich hebe den Kopf.

»Oh, Frau Sarkowitz. Entschuldigung, wie konnte ich Sie nur übersehen? Einen Golden Dream?« Ich nicke, und er verschwindet hinter der Bar.

Meine Augen richten sich auf die Namen:

Sarah Ulmann, 73 Jahre
Hendrik Lobitsch, 47 Jahre
Emma Karkow, 25 Jahre
Elena Karkow, vier Jahre

Ich kenne diese Liste auswendig, doch es ist eine Angewohnheit, sie immer wieder zu betrachten. Sie verändert sich nur viermal im Jahr, und zwar immer dann, wenn einer von ihnen Geburtstag hat. Wenn ich ihr neues Alter eintrage, wünsche ich ihnen stumm eine schöne Feier und ein langes Leben. Schon im eigenen Interesse.

Ich scrolle nach unten. Der PDA zeigt mir die Namen derer, die keine Geburtstage mehr feiern: Männer, Frauen, Kinder, deutsche Namen, französische Namen, serbische Namen, ein Italiener ist dazwischengerutscht. Alle sind fein säuberlich durchgestrichen. Dahinter sind die Daten vermerkt, wann sie zur Welt kamen und wann sie starben, ohne zu wissen, dass sie mit mir verwandt waren.

Noch immer habe ich die Angewohnheit, in Sütterlin zu schreiben, weil ich den Schwung sehr elegant finde. Und es hat den Vorteil, dass es die meisten nicht mehr lesen können, falls jemand zufällig einen Blick auf meine Liste werfen würde. Die Menschen machen sich gar nicht mehr bewusst, wie sehr sich das Schriftbild der deutschen Sprache verändert hat, einmal abgesehen von Rechtschreibreformen und Fremdwortattacken. Gotische Kursive, Fraktur, Kurrent, was gab es nicht alles.

Mein Cocktail kommt, Richard stellt außerdem eine Schale mit Erdnüssen dazu. Das *Mephisto* ist gut besucht, Einheimische und Touristen sind hier gleichermaßen zu finden. Hinter mir erklingt plötzlich ein teuflisches Lachen. Einige Gäste erschrecken, aber ich weiß, dass sich im großen Spiegel an der Wand Mephisto gezeigt hat und gleich darauf wieder verschwindet. Ein einfacher, aber wirksamer Effekt.

Mein Sorgenkind ist Hendrik Lobitsch. Er wohnt in Leipzig, nicht weit vom Bahnhof entfernt. Ich weiß nicht, was ich mit ihm machen soll ... und schon wieder werden meine Gedanken unterbrochen.

Vor dem Fenster schlendert eine junge Frau vorbei, die ein Kind an der Hand hält. Gemeinsam betrachten sie die Auslagen in den Geschäften, immer wieder geht die junge Mutter neben der Tochter in die Hocke und erklärt ihr etwas. Man sieht ihrer Kleidung an, dass sie nicht zur Geldelite der Stadt gehören. Vermutlich stammen die Hosen, Pullis und Jacken aus einem Textil-Discounter. Mir wird unwohl, weil ich an die Giftbelastungen denke, die manche billigen Kleidungsstücke in sich bergen. Nicht alle besitzen diesen Nachteil, aber es gibt leider genügend. Ärgerlich verscheuche ich den Gedanken. Es ist besser, eine kühle Beobachterin zu bleiben, wenn ich meine Aufgabe erfüllen will. Emma und Elena laufen oft um diese Uhrzeit durch die Passage. Die beiden sind ein sehr hübsches Paar. Sie kennen mich nicht, aber ich weiß vieles über sie.

Emma ist ungewollt schwanger geworden, managt ihr Leben allein, studiert Jura im achten Semester und wird von ihren Professoren ebenso geschätzt wie von ihren Kommilitonen beneidet. Elena war ein Frühchen und kam in der zweiunddreißigsten Woche zur Welt. Zurückbehalten hat sie lediglich eine leichte Sehbehinderung, die sich aber noch legen kann. In der Kindertagesstätte, von der Emma sie heute wie jeden Tag abgeholt hat, ist Elena sehr beliebt und vor allem durch ihre Sport lichkeit und ihre Körperbeherrschung aufgefallen, was in diesem Alter ungewöhnlich ist. Ganz wie ihre Mutter.

Ich sehe die beiden um die Ecke biegen. Rasch leere ich mein Glas, lege einen Geldschein auf den Tisch und laufe hinaus. Mir ist nicht wohl, etwas wird sich heute ereignen, bei dem Elena und Emma im Mittelpunkt stehen. Aber ich werde da sein.

Mutter und Tochter flanieren noch eine Weile durch die Passage, bis Elena die Lust verlässt. Sie drehen sich plötzlich um und kommen mir entgegen.

Sofort wechsele ich die Seite und tue so, als interessierte ich mich für Zigarren. In Wirklichkeit hasse ich diese Dinger, sie schmecken schlecht und verpesten Räume auf Jahrzehnte hin mit ihrem Qualm. Selbst wenn der Raucher schon lange im Grab liegt und verwest ist, riecht man die Zigarren, die er gequalmt hat, noch immer aus den Wänden und Decken seiner Wohnung.

Elena hüpft an mir vorbei, Emma wirft mir im Vorbeigehen einen kurzen Blick zu, wie ich im Glas der Schaufensterscheibe sehe. Hat sie mich erkannt? Bin ich den beiden zu oft zu nahe gekommen?

Aber sie nimmt ihre Tochter an die Hand und marschiert weiter, ohne sich um mich zu kümmern. Sicherheitshalber warte ich noch ein wenig, bis ich ihnen folge. Ein Glücksfall. Denn so entdecke ich den langen, dünnen Mann, der durch den zweiten Eingang der Passage kommt und ihnen folgt.

Ich kenne ihn, auch wenn er nicht auf meiner Liste steht. Uwe Frick, einunddreißig Jahre. Er ist Elenas Vater, ein rücksichtsloses Vorzeige-Arschloch, der um das Sorgerecht streitet und sie partout bei sich haben will. Obwohl man es seiner ungepflegten Erscheinung nicht ansieht, kann er ein geregeltes festes Einkommen und ein dickes Konto nachweisen. Emma nicht.

Er bemüht sich gar nicht erst, seine aufgestaute Wut zu unterdrücken, man sieht sie ihm deutlich an. Vermutlich hat Emma sich nicht an die vereinbarten Besuchszeiten gehalten und Elena wieder einmal nicht zu ihm gebracht. Ich kann sie sehr gut verstehen. Frick würde mit der Kleinen wieder in die Spielhalle eines Freundes gehen und sie vor Automaten setzen, an denen sie Ballerspiele zocken darf. Ich habe nichts gegen diese Art von Unterhaltung, wenn das Alter desjenigen stimmt, der sie in

Anspruch nimmt. Elena ist viel zu klein, um gegen animierte Zombies in den Krieg zu ziehen.

Wie gesagt, ich kümmere mich um diejenigen, welche auf meiner Liste stehen. Gründlich und bis zum bitteren Ende, das ich mehr als einmal selbst herbeigeführt habe.

Heute werden Elena und Emma vor mir und meinem Accessoire verschont bleiben. Aber Frick vielleicht nicht. Ich setze meine Sonnenbrille auf und schiebe mich ihm in den Weg. »Entschuldigung, können Sie mir sagen, wo ich die Fauststraße finde?«, frage ich ihn mit einem perfekt imitierten osteuropäischen Akzent und halte ihn auf. Mutter und Tochter bekommen einen schönen Vorsprung.

Er sieht mich an, schaut über meine Schulter zu den beiden. »Nein.« Frick will an mir vorbei, aber ich bleibe einfach vor ihm und wühle in meiner Handtasche.

»Warten Sie, ich suche einen Stadtplan. Vielleicht ...«

»Was Sie da tun, ist Nötigung«, bellt er los und will mich zur Seite schieben.

Stünden wir im Ring, hätte ich ihn in einer Sekunde ohnmächtig geschlagen, so dass er nicht einmal mehr Zeit hätte, den Schmerz überhaupt zu spüren. Aber da ich in der Passage stehe, sehe ich davon ab und wende einen wesentlich effektiveren Trick an: Ich lasse mich schreiend fallen, genau auf die Auslage des Zigarrenladens neben uns. Ich pralle dagegen und reiße sie mit mir zu Boden.

Sofort steht der Verkäufer in der Tür, schaut besorgt zu mir und dann zu Frick. »Hey, junger Mann, ganz ruhig bleiben!«, ruft er und zeigt auf ihn, während er sich bückt und nach mir schaut. »Alles in Ordnung?«

»Ich wollte nur wissen, wie spät es ist«, nuschele ich und wische mir das Blut von den Lippen. Mein Sturz war so berechnet, dass ich sie mir am Holz ein wenig aufschlage, nichts Tragisches, aber dafür theatralisch.

Passanten bleiben stehen, zwei von ihnen stellen sich Frick halb in den Weg und sind offenkundig bereit, den Übeltäter zur Rechenschaft zu ziehen.

Frick zieht die Augenbrauen zusammen. »Ich habe die Dame kaum berührt«, versucht er es mit der Wahrheit und wird doch nicht weit damit kommen.

Der Verkäufer tupft rührend das Blut von meiner Lippe und fasst mir unter die Arme, um mir beim Aufstehen zu helfen. »Soll ich die Polizei rufen?«

»Nein«, lehne ich ab. »Es war vielleicht keine Absicht von dem Mann.«

»Absicht oder nicht«, der Verkäufer schaut auf die zertrümmerte Auslage, »ich habe den Schaden.« Herausfordernd mustert er Frick. »Die Polizei wäre nicht das Schlechteste.«

Ich schneuze mir die Nase und schiele an Frick vorbei zum Passagenausgang. Emma und Elena sind verschwunden und damit auch dem Vater entkommen. Operation gelungen.

»Nein, Sie brauchen keine Polizei. Ich komme selbstverständlich für den Schaden auf«, erklärt Frick ärgerlich und starrt mich dabei an. Er versucht, mich dazu aufzufordern, auch einen Teil der Summe zu übernehmen, aber da hat er sich gehörig geschnitten. Er ist der Rüpel. »Was macht das?«

Der Verkäufer schaut auf die zerstreute Ware. »Na, da kommen Sie nicht unter vierhundert Euro weg.« Er sieht Frick an. »Ich nehme auch eine EC-Karte.«

»Super«, zischt er ironisch und stapft an mir vorbei ins Geschäft.

»Danke«, hauche ich dem Verkäufer zu und humple davon. Sobald ich außer Sichtweite bin und den Gebäudekomplex verlassen habe, gehe ich normal weiter und hefte mich an die Fersen von Elena und Emma.

Ich mag es sehr, in ihrer Nähe zu sein. Ob sie es wollen oder nicht, ich gehöre zu ihrer Familie und weiß, wo ich sie suchen muss. Heute drehen sie ihre übliche Donnerstagsrunde, was bedeutet, dass sie sich früher oder später von ihrem Spaziergang ausruhen und dabei einen Bagel essen werden.

Es dauert nicht lange, und ich habe sie gefunden. Sie schlendern geschätzte zehn Meter vor mir her, ein Schaufensterbummel, wie er im Buche steht.

Apropos Buch: Ich werde heute Nacht noch weiterschreiben, sobald ich von der Schicht komme. Dann müsste es fünf Uhr sein, und ich werde wie immer hellwach sein. Aufgeputscht und etwas überdreht. Die Energie nutze ich, um die Geschichte fortzuführen.

Elena und Emma sind auf dem Rückweg, es geht die Fußgängerzone zurück in Richtung Bahnhof. Schließlich stehen wir auf demselben S-Bahn-Gleis, natürlich etliche Meter voneinander entfernt. Von Frick keine Spur. Gut so. Dieses Mal hätte ich ihn vor die Bahn gestoßen.

Im Abteil beobachte ich Mutter und Tochter über die Zeitung meines Vordermannes hinweg. Wie groß die Kleine geworden ist, und dabei sehe ich sie mindestens einmal die Woche! Elena erzählt mit Händen und Füßen, Emma lacht und freut sich. Ich kann nicht anders, als zu lächeln und mich mit ihnen zu amüsieren.

Der Gedanke, dass ich sie vielleicht töten muss, ist jedoch immer präsent und trübt solche seltenen Glücksmomente. Stets drängt sich mir die Frage auf, ob ich es übers Herz bringen werde, das Leben eines Mädchens zu nehmen? Ein Mädchen, das so unschuldig ist wie Thea. Bei Erwachsenen fällt es mir leichter. Sie haben bereits ein Leben gelebt, bevor ich eingreife.

Es ist keine sehr dankbare Aufgabe, der ich mich immer wieder stellen muss. Aber es gibt niemanden, der sie übernehmen könnte.

Elena und Emma steigen in der Karl-Liebknecht-Straße aus. Ich folge ihnen und achte darauf, dass sie sicher nach Hause kommen. Erst als sie hinter der Eingangstür gleich neben einem Comic-Laden verschwunden sind, bin ich aus der Pflicht. Für heute.

Ich fühle mich wie ein Hirte, der seine Schäfchen nur aus dem Verborgenen heraus behüten kann. *Sarah Ulmann, Hendrik Lobitsch, Emma und Elena Karkow.* Obwohl sie demselben Familienstamm entsprungen sind, kennen sie sich nicht untereinander. Emma wurde sehr früh zur Adoption freigegeben. Niemand aus ihrer alten Familie weiß, dass sie noch lebt. Sonst würde Frau Ulmann unter Umständen nicht allein in dem großen Haus leben, sondern hätte ihre Enkelin und Urenkelin bei sich aufgenommen.

Ich nehme meine Aufgabe sehr ernst. Meine Herde ist über Leipzig verstreut, was es nicht einfach macht; doch früher war sie viel größer und über ganz Europa verbreitet.

Im dritten Stockwerk flammen die Lichter auf, die kleine Familie ist angekommen. Ich hebe den Kopf und sehe an der alten Fassade hinauf. Ein Schatten bewegt sich am Fenster, Kerzen werden entzündet. Wahrscheinlich bekommt die Kleine heißen Kakao und ein paar selbstgemachte Plätzchen; es duftet überall in der Wohnung danach. Sie werden über die Dinge in den Schaufenstern reden, den Wunschzettel noch einmal durchgehen, ein bisschen Fernsehen schauen, und danach wird Emma ihre Tochter zu Bett bringen. Ich kenne ihr Leben sehr genau, obwohl ich mir nie erlauben darf, wirklich zu einem Teil davon zu werden.

Mit schnellen Schritten gehe ich die Straße entlang zur Moritzbastei, wo ich heute Abend Dienst habe. Eine Sonderveranstaltung in der *Veranstaltungstonne*, wie das Gewölbe heißt. Ein Konzert von *Das Ich.* Vermutlich wird es brechend voll. Ich arbeite für einen Sicherheitsdienst und werde später an der Tür stehen und zusammen mit meinen Kollegen die Besucher überprüfen.

Ich erreiche den kleinen Seiteneingang der Moritzbastei, das sehr große, ausufernde, Hunderte von Jahren alte Gewölbesystem einer Festung, in dem Cafés, Bars und Konzerträume untergebracht sind. Ich liebe diesen Ort.

»Hallo, Sia«, grüßt mich Marko, ein aknenarbiger Riese mit einer Glatze und mein direkter Vorgesetzter, der im Eingang steht und eine Zigarette raucht.

»Hallo, Chef.« Ich nicke ihm zu. »Wolltest du nicht aufhören?«

»Ja.« Er inhaliert die giftigen Dämpfe. »*Wollte* ich.«

Im Vorbeigehen klopfe ich ihm auf die Schulter. »Dann versuch's mal schön weiter, bevor dich der Krebs erwischt.«

Er verzieht nur das Gesicht und erinnert mich an Queequeg, den Walfänger aus *Moby Dick*. Natürlich weiß er, was ihm droht, aber wie allen Rauchern ist es ihm egal.

Bei ihm bin ich mir nicht sicher, was den Tod angeht. Gelegentlich beschleicht mich das Gefühl, dass er sich in der Nähe von Marko herumtreibt, aber dann ist es auch wieder verschwunden. Er lauert.

Ich öffne die Tür, bleibe stehen und schaue ihn eindringlich an. »Ehrlich, Chef. Hör mit dem Qualmen auf. Du wirst sonst daran zugrunde gehen.« Meine Augen fangen seinen Blick auf und lassen ihn nicht mehr los. »Ich meine das vollkommen ernst«, füge ich dunkler hinzu. Sofort schnippt er die Kippe fort.

»Besser jetzt und sofort als vielleicht und irgendwann«, kommentiert er seine Handlung, doch man sieht ihm an, dass er selbst von sich überrascht ist.

Ich lächele ihn an. »Sehr gut, Chef. Ich passe auf, dass du dich daran hältst.«

Keine halbe Stunde später stehe ich mit drei Kollegen an der Eingangskontrolle. Ich habe meinen Kaschmirmantel gegen eine schwarze Lederjacke getauscht, bei Schlägereien ist sie robuster und hält mehr aus; trotzdem hat sie nicht weniger als mein Mantel gekostet.

Eine eindrucksvolle Menge drängt sich vor dem Eingang. Sie alle wollen die musikalischen Urgesteine der Gothic-Szene live erleben, doch es ist nicht viel Platz in der Tonne.

Meine Augen sind geschult, ich erkenne, wer eine Waffe dabeihat und wer nicht, und muss dafür in den meisten Fällen nicht einmal einen Blick in ihre Gesichter werfen. Die Körpersprache verrät mehr, als man für möglich halten sollte. Gezielt greife ich die Typen ab und durchsuche sie. Es beschwert sich keiner von den Jungs, dass er von einer Frau angepackt wird. Kein Wunder.

Ich bin wieder fündig geworden. Ein Kampfmesser im Stiefelschaft – kein besonders originelles Versteck. Ich reiche Marko die verbotene Waffe nach hinten, herrsche den jungen Mann vor mir unwirsch an: »Was willst du mit dem Ding?« – und stocke vor Erstaunen.

Die markanten Züge des Achtzehnjährigen erinnern mich an eine längst vergessene Zeit aus meiner Jugend. Jene, die schön war, voller neuer Eindrücke und sogar Liebe. Romantisch-schwärmerischer Liebe.

Es existiert die Theorie, dass es vom Gesicht eines jeden Menschen ein identisches Gegenstück irgendwo auf der Welt gibt. Mir war nicht bewusst, dass sich diese Theorie auch auf andere Zeiten beziehen kann. Doch das Gesicht des jungen Mannes vor mir beweist ihre Richtigkeit.

Ich schlucke, sehe in die tiefbraunen Augen und suche darin nach ... ja, nach was genau? Einem erstaunten Funkeln vielleicht, einem Erkennen, einem Zeichen, dass dies nicht nur ein grausamer Streich ist, den mir die Natur spielt, sondern dass so etwas wie Wiedergeburt möglich ist.

»Du ...«

Er weicht vor mir zurück. »Das ist doch nur wegen der Nazis. Falls welche nach dem Konzert auftauchen und Stunk machen«, antwortet er, ehrlich erschrocken. »Normalerweise gebe ich es gleich an der Garderobe ab.«

Eigentlich wäre es jetzt an mir, etwas zu sagen. Die Regeln sind klar: Wer versucht, eine Waffe in die Tonne zu schmuggeln, bekommt sofort Hausverbot. Doch ich habe mich noch nicht erholt. Von dem Schreck, der Freude, der Überwältigung. Es kostet mich große Mühe, um nicht die Hand zu heben und seine Wange zu berühren, um die Wärme seines Gesichts zu spüren.

»Wie ist dein Name?« Die Worte rinnen zäh wie Sirup über meine Lippen und scheinen auf den Boden zu tropfen und nicht bis zu ihm zu reichen. Mir wird bewusst, dass ich geflüstert habe. »Wie ist dein Name?«, wiederhole ich meine Frage lauter.

Er schaut nervös. »Warum? Bekomme ich Ärger?«

Die Menge hinter ihm murrt, sie wollen endlich in die Tonne.

Marko schiebt sich nach vorne. »Kann man so sagen. Dein Messer hat dich um den Eintritt gebracht, Junge.« Er schiebt ihn an der Brust nach hinten. »Steht klar bei den AGBs auf deiner Eintrittskarte.«

»Aber du hast es doch jetzt«, versucht er zu argumentieren. Dieser Ausdruck von Furcht, von Hoffnungslosigkeit, von sinnlosem Aufbegehren ... Das ist keine einfache Ähnlichkeit. Er *muss* der Zwillingsbruder sein! Ich bin mehr und mehr verwirrt, die Erinnerung mischt sich mit der Gegenwart und bildet einen Strudel, der mein klares Denken in sich saugt und von mir fortreißt.

»Mach keinen Aufstand, mein Freund«, sagt Marko freundlich, aber fest und mit drohendem Unterton. »Sia, bring ihn raus.«

Mein Herz und mein Verstand haben sich voneinander abgekoppelt, eine andere Persönlichkeit scheint in mich gefahren zu sein, denn ich mache einen Schritt zur Seite, packe den jungen Mann am Kragen seiner Lederjacke und ziehe ihn vorwärts, durch den Eingang in die Tonne. »Ausnahmsweise«, sage ich heiser und schubse ihn, damit er in die Menge eintaucht, ehe ihn Marko greifen und an die frische Luft befördern kann.

Jemand aus den Reihen der Wartenden pfeift, andere klatschen Beifall, ohne dass ich weiß, ob sie mich verhöhnen oder feiern wollen; mechanisch setze ich die Untersuchung fort.

»Was sollte das?«, flüstert mir Marko zu. Er klingt wirklich wütend.

»Der war harmlos. Nur ein bisschen schusslig«, sage ich und schaue ihn nicht an, während ich beim Abtasten eines Mädchens in die Hocke gehe und seine Beine abklopfe. »Er hat sein Messer verloren, das wird ihm eine Lehre gewesen sein.«

Marko sagt nichts weiter. Es ist sowieso zu spät. Doch ich kann mir mit Sicherheit in meiner Pause einiges von ihm anhören.

Ich kämpfe mit meinen irritierenden Emotionen und den unablässig hereinströmenden Gästen gleichermaßen. Meine Finger arbeiten so schnell, wie sie können, doch ich habe das Gefühl, dass es nicht vorwärtsgeht. Eine Hand auf meiner Schulter reißt mich unsanft aus meinen Gedanken. »Marko sagt, du sollst mal für eine halbe Stunde an die frische Luft«, vermeldet Michèle, meine Ablösung.

Draußen, im Innenhof, lasse ich mich benommen auf einen Stuhl fallen, stütze die Ellbogen auf die Knie und starre ins Leere. Meine Erinnerungen überrollen mich wie eine Welle und lassen mich die Gegenwart vergessen. Stattdessen höre, sehe, rieche, fühle ich Dinge, die ich lange hinter mir gelassen habe.

Verfluchter Junge! Er hat mich durcheinandergebracht, bloß weil er mich an jemanden erinnert hat, der schon so lange tot ist.

Schwere Schritte kommen von hinten auf mich zu. Marko taucht auf und nimmt mir gegenüber Platz. »Was ist los mit dir?«, will er wissen. »Bist du krank?«

Ich schüttelte den Kopf. Mein langer Zopf streicht über die Lederjacke wie ein schlaffer, zu langer Pinsel. »Nein, ich bin fit, Chef.«

Marko betrachtet mein Gesicht. »Wenn du mich fragst, bist du tierisch müde, Sia.«

Müdigkeit ist der falsche Begriff. Sieht man mir mein wahres Alter letztlich doch an? Geht es mit mir zu Ende, und sollte ich mich mit dem Schreiben besser beeilen? Beruhigenderweise fühle mich sehr lebendig. Das Buch muss jedenfalls fertig werden, auch wenn ich noch nicht weiß, was ich anschließend damit mache. Vielleicht kann es mir gelingen, die Gefühle, die tief in mir verborgen sind und nur darauf warten, an die Oberfläche zu kommen und mich zu quälen, genau so leicht auf Papier zu bannen wie die Geschichte von Scylla. Aber danach?

»Wahrscheinlich hast du recht.« Ich lächele ihn an. »Mit siebenunddreißig wird man schneller müde.«

Er sucht eine Zigarette, zündet sie an. »Willst du früher Schluss machen? Michèle kann für dich einspringen, ich habe sie gefragt.«

Meine Linke greift nach seiner Kippe und zieht sie ihm zwischen den Lippen weg. Ich lasse sie auf den Boden fallen und zerstampfe sie mit dem Stiefelabsatz. Er protestiert nicht. Gut so. Also will er *doch* aufhören. »Nein, Chef. Gibt mir noch meine dreißig Minuten, und ich bin wieder deine beste Frau an der Tür.«

Seine Stirn legt sich in Falten. »Eigentlich ist deine Pause um, Sia.« Marko steht auf und stapft zum Eingang zurück. »Ich gebe dir noch mal zehn Minuten, dann will ich dich wieder drinnen sehen.«

Ich hebe die Hand, etwas entsetzt schaue ich auf meine Uhr. Tatsächlich, ich sitze schon über dreißig Minuten im Innenhof, ohne dass ich gemerkt habe, wie sich die Zeiger bewegt haben.

Verdammter Junge.

Als ich aufstehe, um zurückzugehen, sehe ich einen Mann auf mich zukommen, der nicht nur durch sein weißes Outfit in der schwarzen Masse der Gothics auffällt. Er ist ein absoluter Augenfänger – und hat Geschmack: Die Stoffhose sieht nicht wie von der Stange aus, der weiße Mantel sitzt maßgeschneidert am schmalen Körper; an den Händen und Füßen trägt er nachtschwarzes Leder. Die grauen Haare, die Haut auf seinen Wangen und an seinem Hals verraten, dass der Mann alt ist. Ich schätze ihn auf sechzig Jahre.

Es gibt jüngere Menschen als ihn, die derart kraftlos wirken, dass man ihnen bei allem helfen möchte, was sie tun. Dieser Mann jedoch besitzt den aufrechten, stolzen Gang eines Herrschers. Die Energie, die jede seiner Bewegungen geschmeidig wirken lässt, ist nicht zu übersehen.

Ich bin nicht die Einzige, die den neuen Besucher bemerkt, zahlreiche Gothic-Damen wenden sich zu ihm um. Er hat eine Aura, die man förmlich greifen kann – und die ich *kenne!*

Noch mehr Erinnerungen kommen aus den hintersten Winkeln meines Geistes geschossen und mischen sich zu den anderen. Mein erster Impuls ist, davonzulaufen, obwohl ich genau weiß, dass es sinnlos wäre. Wenn es ihm gelungen ist, mich in Leipzig aufzuspüren, wird er mich überall finden. Das war immer schon sein besonderes Talent. Die entscheidende Frage ist, *warum* er nach all den Jahren hier auftaucht. Meine Rechte wandert unter die Jacke auf den Rücken und greift nach dem Accessoire.

Er kommt näher und exakt auf mich zu, ich erkenne seine Züge jetzt deutlich und sehe, dass er die sechzig Jahre schon lange und deutlich überschritten hat. Er sieht mitten in den jungen Menschen bizarr und fehl am Platz aus.

Ich schaue in ein Paar blaue, fast violette Augen. Es gibt keinen Zweifel. Weder habe ich mich geirrt, noch ist mein Verstand durch die Begegnung mit dem Jungen in solche Aufregung versetzt worden, dass ich Gespenster sehe. Auch wenn ich diesen Mann viel, viel jünger kenne.

Er bleibt vor mir stehen. »Meine teure *Schwester*«, flüstert er mit regungsloser Miene.

Mir fährt ein Eissturm durch den Magen und gefriert meine Körpermitte zu einem Klumpen. Meine Zunge liegt wie tot in meinem Mund, ich kann sie nicht bewegen und nichts erwidern, sondern starre das vertraute, aber gealterte Gesicht an. Eine uralte Vergangenheit hat mich eingeholt.

»Schau mich an«, verlangt er leise. »Ich bin alles, was übriggeblieben ist. Ich bin die Cognatio. Alle anderen sind ausgelöscht worden, von den Emporkömmlingen, vom Abschaum, von dem minderwertigen Zeug, das aus den Bodenlöchern kriecht.«

Ich schlucke schwer, wie gebannt von seinen merkwürdigen Augen, und weiß nicht, was ich tun soll. Will er mich umbringen? Es würde ein harter Kampf gegen ihn, dessen Ende ich nicht voraussagen kann. Mein Bruder ist schnell und sehr gut im Umgang mit der Klinge. Aber nein: Er liebt es, aus dem Hinterhalt anzugreifen. Wenn er mir hier mitten in der Öffentlichkeit gegenübertritt, plant er Schlimmeres als tödliche Messerstiche.

Er sieht mich an, lächelt mit der für ihn so typischen Mischung aus Verachtung und Entzücken. Die Schwäche für mich hat er nicht verloren. »Du bist ja vollkommen verunsichert, Sia.« Er legt amüsiert die Finger seiner Linken an den kurzrasierten Kinnbart. »Sollte es wirklich möglich sein, dass in all den vielen Jahren niemand von unserer Art zu dir gekommen ist?«

Marko ist auf uns aufmerksam geworden. »Alles klar bei dir, Sia?«, ruft er mir zu. Ich kann die Besorgnis in seiner Stimme hören und weiß, dass er gleich herüberkommen wird, um mich zu verteidigen. Ich schüttle endlich die Erstarrung aus meinem Körper und gebe ein Zeichen, dass alles in Ordnung ist. Es stimmt zwar nicht, aber ich möchte verhindern, dass mein Bruder ihn vor aller Augen mit seiner Klinge in zwei Stücke schneidet. Oder ihn mit bloßen Händen zerfetzt.

»Es haben mich viele gesucht – aber ich habe sie stets umgebracht, bevor sie mich fanden«, verbessere ich ihn kalt. »Du solltest mich besser kennen, Marek.«

»Sie kamen nicht von mir, Sia«, versichert er rasch.

»Das werde ich dir kaum glauben.« Er hat seine herrschaftliche Art nicht verloren, auch wenn sich die Zeiten für Kreaturen wie ihn zum Schlechten gewandelt haben. »Du lügst mit jedem Atemzug«, schieße ich zurück. »Und doch hoffe ich, dass du in einem Punkt die Wahrheit sagst: Die Cognatio ist ausgelöscht worden? Der große, mächtige Bund der Kinder des Judas? Das höre ich gerne!«

»Er ist wegen dir zerbrochen, Schwester«, wirft er mir vor. »Die Frage nach deinem Schicksal hat einen Keil zwischen uns getrieben und uns die Kraft der Einigkeit genommen.«

Ich lache, laut und deutlich. »Einigkeit? Ihr wart euch doch immer nur über eine Sache einig: eure Gier nach Macht. Macht und ewiges Leben.«

Er sieht mich böse an. »Du weißt, dass das nicht stimmt.«

»Du wirst es immer leugnen, Bruder, wie ein kleines Kind, dem genommen wird, was es am meisten liebt. Die Cognatio«, ich mache einen Schritt auf ihn zu, »war niemals mehr als eine Vereinigung von selbstsüchtigen Männern und Frauen. Früher oder später wärt ihr übereinander hergefallen, ob nun mit mir oder ohne mich.«

Marek weicht zurück. »Egal, was du sagst, Sia, es ist deine Schuld, dass die Familie zerfallen ist«, beharrt er stur. »Keiner erkannte mehr die Autorität des Ischariot an, die Kämpfe begannen. Die Kinder des Judas wurden zu wilden Wölfen und ...«

»Du tust den Tieren unrecht«, falle ich ihm ins Wort. »Wie ging es weiter?«

Er steckt die Hände in die Taschen, und ich versteife mich. Erfolgt etwa doch gleich ein Angriff? »Wir schwächten uns selbst ... und dann nutzten die Upire ihre Chance. Anfangs hielten wir ihnen stand, doch bald stellte sich heraus, dass einer von uns mit ihnen gemeinsame Sache machte: Jemand hatte ihnen viele unserer Geheimnisse verraten.«

Ich denke sofort an Carzic. Die Cognatio hat seine Verstöße gegen die Regeln immer großzügig entschuldigt, und zum Dank war vermutlich er derjenige, der gegen die eigenen Leute in den Krieg gezogen ist. Für einen kurzen Moment sehe ich vor meinem inneren Auge, wie ein Judaskind nach dem anderen seinen Feinden zum Opfer fällt. Der Anblick sollte mich mit tiefer Befriedigung erfüllen. Doch es interessiert mich nicht einmal.

»Wir alle haben tapfer gekämpft.« Er zieht die rechte Hand aus der Tasche, streckt sie aus und möchte meine Wange berühren, doch ein scharfer Blick von mir ist ihm Warnung genug. »Aber im Lauf der Jahrzehnte verloren wir unsere Territorien. Und heute ... Du und ich, Sia, wir sind die letzten Kinder des Judas.«

»Dann ist es gut so«, entgegne ich mitleidlos.

»Das sehe ich ganz anders.« Er sieht mir fest ich die Augen. »Ich bin nicht hier, um dich zu bestrafen. Niemals könnte ich dir etwas zuleide tun.« Marek macht eine Pause und betrachtet die Backsteinwände des Innenhofs, dann die Gothics. »Diese jungen Leute. Was sie heutzutage so alles treiben, wird mir stets ein Rätsel bleiben. Und du gibst dich mit ihnen ab?«

»Komm zur Sache.«

»Ein Angebot, das ist es, was mich nach Leipzig führt.«

»Wie hast du mich gefunden?«

Er lächelt, und es sieht abgrundtief böse aus. Sollte Satan menschliche Gestalt annehmen, hätte er genau diese Züge. »Es hat viele Leben gekostet, bis ich alle Informationen besaß. Doch du weißt ja, wie wenig ich von menschlichem Leben halte.«

»Und doch bist du zu einem Teil Mensch geblieben.« Ich nicke ihm zu. »Du bist gealtert. *Sehr* gealtert. Deine Forschung hat dir also keinen Erfolg gebracht.«

Er gibt einen Laut von sich, der als Grollen beginnt und in einem Seufzen endet. »Ich lebe noch, das verbuche ich durchaus als Erfolg, auch wenn das Mittel furchtbar schmeckt. Viel Arsen, viel Blei. Aber dir haben die vielen Dekaden fast nichts ausgemacht. Was nimmst du?«

Ich schüttele den Kopf. »Mein Geheimnis, Bruder. Du wirst es niemals erfahren.«

»Wir werden sehen, Sia.« Er schaut zu Marko hinüber. »Ich glaube, dein Arbeitgeber möchte, dass du zu deinem Dienst zurückkehrst, deswegen werde ich dir mein Angebot unterbreiten. Die Antwort verlange ich sofort.« Er atmet ein. »Komm mit mir zurück. Gib meinem Werben nach und nimm mich zum Gemahl. Mein Leben ist nichts ohne dich, und gerade jetzt brauche ich jemanden an meiner Seite. Die Frau, die ich liebe.«

Ich hebe die Augenbrauen – und jetzt bin ich die Herrscherin.

Er weicht meinem Blick aus.

Seine kleine Rede überrascht mich wirklich. Eigentlich hätte ich vermutet, dass er mir droht und verlangt, dass ich verschwinden sollte, irgendwohin außerhalb Europas, nur um mich zu demütigen. Dass er mich neben sich sehen möchte, habe ich beim besten Willen nicht erwartet. Seine Liebe zu mir ist wahrlich sehr groß, und er überschätzt sich. Er überschätzt sich maßlos. Auch das hat sich nicht geändert. Wie kommt er darauf, dass ich vergesse, was er mir angetan hat?

Ich verschränke die Arme vor der Brust. »Du willst meine Antwort sofort, Marek?« Es gibt kein Zaudern. »Nein.«

»Schwester!« Er klingt aufrichtig entsetzt und ist viel lauter, als er beabsichtigt haben kann; die Gothics schauen zu uns herüber. »Besinne dich! Ich biete dir mehr, als du jemals in deinem Leben besessen hast.«

»Ich will nichts besitzen. Mir gefällt, wie ich mein Leben lebe, und im Gegensatz zu dir«, ich wende mich halb von ihm ab, »werde ich sehr lange leben. Dich aber umgibt schon der faulige Gestank des Todes, Bruder. *Deswegen* bist du hier: Du möchtest hinter mein Geheimnis kommen.« Ich lache auf. »Du bist einfach zu durchschauen.«

Marek beißt die Zähne zusammen. »Du missverstehst mich. Ich bin nicht so selbstsüchtig, wie du denkst.«

»Doch, das bist du. Weil du es allein nicht schaffst, kommst du zu mir. Du bist umsonst nach Leipzig gereist, Bruder.«

»Wir werden sehen«, sagt er vieldeutig und mustert dann die Besucher des Konzerts. »Was wird dort heute Abend geboten?«

»Es wird dich nicht interessieren.«

Marek lächelt schon wieder. »Es ist ein Teil deiner Welt. Vielleicht verstehe ich dein Denken besser, wenn ich mich eine Weile in ihr bewege. Mal sehen, ob ich der modernen Musik etwas abgewinnen kann.« Er greift unter seinen Mantel.

Ich erstarre und habe schon die Hand an meinen Dolchgriff.

Marek lächelt und zückt mit einer ausladenden Bewegung einen Geldbeutel. »Jedenfalls war meine Reise nicht vollkommen umsonst: Ich komme in den Genuss eines Konzerts.« Er schreitet lächelnd an mir vorbei auf den Eingang der Tonne zu.

Er kümmert sich nicht um die Schlange an der Abendkasse, auch nicht um meine Kollegen, sondern legt einen Schein auf den Tisch und geht einfach hinein. Niemand kommt auf die Idee, ihn anzuhalten. Seine weißen Kleider verschmelzen mit der Wolke aus Trockeneisnebel, die aus der Tonne dringt, und er verschwindet.

Mir wird klar, dass ich noch die Waffe umklammere. Soll ich ihm nachgehen und ihm im Kunstnebel das Leben nehmen? Damit wären meine Probleme mit einem Schnitt gelöst; gleichzeitig bin ich mir sicher, dass mein Anschlag nicht gelänge. Wer weiß, was er sich noch einfallen lässt?

»Michèle, übernimmst du doch für mich?«, frage ich meine Kollegin, und sie nickt.

Hastig breche ich auf, fort von der Moritzbastei und fort von meinem Bruder, wissend, dass ich ihm wahrscheinlich so rasch und einfach nicht entkommen werde.

Er hat sich niemals mit einem ersten Nein zufriedengegeben.

V.
KAPITEL

7. August 1672
Osmanisches Tributland

Zwei Jahre verstrichen, doch Scylla nahm kaum wahr, wie viel Zeit vergangen war, seit ihr Vater sie zu sich geholt hatte. Obwohl sie die Mühle nur selten verlassen durfte – und wenn, dann nur in Karols Begleitung –, vermisste sie nichts aus ihrem alten Leben. Nur manchmal stahl sie sich auf die Plattform und betrachtete die Umgebung und vor allem die Dörfer durch ihre Fernrohre. Wenn es sie überkam, sang sie auch nur alleine für sich die Lieder, die sie die Mutter gelehrt hatte, und tanzte im Takt dazu.

Scylla liebte es, ganze Tage und Nächte gemeinsam mit ihrem Vater in der Bibliothek oder in seinem Laboratorium zu verbringen. Karol scherzte oft, sie söge die Inhalte der Lexika, Folianten und wissenschaftlichen Bücher in sich auf wie ein ausgetrockneter Schwamm das Wasser.

Auch im Faustkampf und in der Handhabung des Dolches entwickelte sie sich prächtig. Karol erzählte ihr, dass eines Tages ein Meister erscheinen und sie prüfen würde. Scylla malte sich diesen Unbekannten in ebenso düsteren wie eindrucksvollen Farben aus, fieberte dem Zusammentreffen entgegen – und sorgte sich zugleich, ob sie diese Prüfung bestehen würde.

Obwohl die Gesellschaft ihres Vaters alles war, was Scylla sich wünschte, fragte sie sich manchmal, wie es wäre, in einem der Dörfer zu leben und Freunde zu haben wie alle anderen Kinder auch. Vielleicht empfand sie es deshalb als angenehme Abwechslung, wenn Menschen zur Mühle kamen, die Karol um medizinischen Beistand baten, den er ihnen stets zusammen mit freundlichen Worten gewährte. Bezahlt wurde er von ihnen mit Hühnern, Gemüse und eingelegtem Obst, Mehl oder Getreide. »Reich werden wir so natürlich nicht«, hatte ihr Karol einmal augenzwinkernd erklärt, »aber wir müssen uns nie Gedanken über eine leere Speisekammer machen.«

An diesem Abend waren es vier Männer aus dem Dorf Ljana und eine Frau aus Pribo mit ihrer Tochter. Sie litten unter den üblichen Gebrechen, von Husten bis schmerzenden Gelenken. Einer von ihnen hatte eine entzündete Wunde am Bein; sie schwärte furchtbar und stank.

Scylla sah aufmerksam zu, wie Karol in der Küche die Wunde behandelte, und prägte sich jeden seiner Handgriffe ein. Trotzdem bemerkte sie die Gesichter der Umstehenden. Sie spürte, dass die Männer ihren Vater trotz seiner guten Taten fürchteten. Wie immer. Mit der gleichen Angst wurde auch sie betrachtet, wenn sie ihm zur Hand ging.

Scylla brachte das Wasser, mit dem Karol die eiternde Wunde ausgewaschen hatte, nach draußen, wo die Frau und ihre Tochter auf den Stufen hockten und warteten, dass sie kuriert würden. Das Mädchen war ungefähr so alt wie Scylla. Das brachte sie auf eine Idee.

»Guten Tag«, sagte Scylla höflich und schüttete den Inhalt der Schüssel mit Schwung aus. »Es wird nicht mehr lange dauern. Vater hat die Wunde aufgeschnitten und den Eiter entfernt. Nach dem Verband ist er für euch bereit.« Sie lächelte das Mädchen an. »Ich bin Scylla.«

Verunsichert sah sie zur Mutter, die ihr aufmunternd zunickte. »Ich bin Marzela«, antwortete sie. »Meine Mutter hat sich in die Hand geschnitten, und jetzt hat sie Angst, dass ihr Blut vergiftet ist.«

»Wollen wir zusammen etwas lesen, während Vater sie heilt?«, schlug Scylla mit plötzlichem Feuereifer vor.

Marzela trat von einem Fuß auf den anderen. »Ich kann nicht lesen.«

»Ich habe auch Bücher mit Bildern. Und ich kann dir vorlesen«, beeilte sie sich zu versichern, damit Marzela blieb. »Magst du Legenden?«

»Ich ... ich kenne ein paar. Aber nicht viele.« Marzela lächelte sie neugierig an.

»Fein! Warte hier, ich hole eins der Bücher aus der Bibliothek.« Scylla freute sich – und beging den Fehler, die nassen Ärmel nach oben zu streifen und ihr Feuermal zu entblößen.

Marzela starrte darauf. Ihre Mutter packte sie sofort am Arm und zog sie rigide zu sich. Sie wisperte der Tochter etwas ins Ohr, und das Mädchen starrte Scylla an. Es gab nicht einmal eine Erklärung, doch die Blicke sprachen Bände.

Scylla spürte die altbekannte Enttäuschung in sich. Der vermeintliche böse Blick und das Mal verdarben ihr alles.

Sie kehrte in gedrückter Stimmung in die Mühle zurück und half ihrem Vater weiter bei der Arbeit. Sie würde Karol bitten, ihr den feuerroten Flecken aus der Haut zu schneiden. Dieser Makel musste sich doch beheben lassen!

Karol schloss die Tür hinter der Mutter und ihrer Tochter, die er zuletzt behandelt hatte, wandte sich um und sah Scylla an, dass sie niedergeschlagen war. »Was bedrückt dich?«

Sie winkte ab. »Nichts Wichtiges, Vater.«

»Wenn du ein Gesicht machst, dass der traurigste Mensch neben dir wie ein Spaßvogel wirkt, muss es etwas Wichtiges sein«, widersprach er und nahm sie in den Arm. »Was ist passiert?«

»Das Übliche. Sie haben mein Mal gesehen und ...« Scylla seufzte. »Kannst du es entfernen, Vater? Die Menschen denken, dass es das Zeichen des Teufels ist.«

»Unsinn. Es muss nicht entfernt werden«, sagte er sanft und

streichelte über ihr schwarzes Haar. »Vergiss das Gerede der Einfältigen.«

»Aber ... Es sind nicht nur die Menschen hier. Es war auch schon in Gruža so.« Scylla merkte, wie sich ihr der Hals zusammenschnürte. »Bitte, Vater, ich möchte doch nur ...«

»Ich weiß genau, was du möchtest, Tochter.« Er ließ sie los, nahm übergangslos seinen Rucksack und marschierte zum Ausgang. »Komm, ich zeige dir eine Stelle im Wald, an der man besondere Kräuter findet.« Er zwinkerte ihr zu. »Du kennst sie noch nicht – und ich weiß doch, dass es für dich nichts Schöneres gibt, als etwas Neues zu entdecken.«

Scylla lächelte, so gut es ging. Sie wusste, dass er sie mit dem ungeplanten Ausflug aufmuntern wollte. Ihr Vater liebte sie. Mehr noch: Er traute ihr zu, so gebildet und schlau zu werden wie er. »Nichts anderes zählt«, flüsterte sie. Dann griff sie nach ihrem breiten, warmen Schal, schlang ihn sich um die Schultern und lief Karol hinterher.

Unterwegs ließ Karol sich von Scylla alle Handgriffe, die er ihr bei den Behandlungen gezeigt hatte, noch einmal erklären. Das tat er immer.

Plötzlich blieb er stehen. Scylla sah zu seinem Gesicht hoch und bemerkte einen angespannten, konzentrierten Ausdruck, den sie so noch nie bei ihm gesehen hatte. »Vater, was ...«

»Bleib hier, sei leise und rühr dich nicht«, raunte Karol. »Ich bin gleich wieder zurück.« Er verließ den Weg, dem sie bisher gefolgt waren, und verschwand bald zwischen den immer dichter stehenden Stämmen.

Scylla runzelte nachdenklich die Stirn. Da war wieder dieses merkwürdige Gebaren, das ihr Vater gelegentlich an den Tag legte. Es erschreckte sie zwar nicht so sehr wie seine plötzlich aufbrandende Wut oder Kälte, doch es verunsicherte sie.

Scylla setzte sich auf einen umgestürzten Baum und lauschte den Geräuschen im Wald. Tannenzapfen knackten und knisterten, der Wind rauschte leise in den Zweigen. Überall um sie herum stimmten Insekten ihr Nachtlied an. Scylla summte dazu eine ihrer Lieblingsmelodien, den Text ergänzte sie in Gedanken – bis sie plötzlich vom Meckern einer Ziege unterbrochen wurde. Das Tier schien nicht weit von ihr entfernt zu sein.

Und es klang so, als wäre es in höchster Bedrängnis!

Scylla musste nicht lange überlegen. Sie legte ihren Schal zusammengefaltet als Zeichen für ihren Vater auf den Baum, die Spitze deutete in die Richtung, in die sie laufen würde; dann rannte sie los, um der Ziege zu helfen.

Je tiefer sie ins Unterholz vordrang, desto steiniger und unebener wurde der Moosboden. Scylla verdankte es nur ihren guten Reflexen, dass sie nicht strauchelte und fiel.

Das Meckern wurde drängender und lauter.

»Ich komme ja«, rief sie und sah eine Bodenspalte auftauchen, aus der die Rufe des Tieres erklangen – aber auch das rauhe Fauchen eines Luchses!

Scylla wurde es mulmig. Vorsichtig schlich sie an den Rand und sah hinunter. Die Ziege steckte im engeren Teil des drei Schritte tiefen Loches fest, während der Luchs graziös über hineingefallene Baumstämme nach unten sprang und sich seiner Beute langsam, aber unerbittlich näherte.

Scylla raffte schnell einige Steine an sich und schleuderte einen davon nach der Raubkatze. Das Geschoss traf sie in die weiche Flanke, fauchend riss der Luchs den Kopf zu ihr herum. »Verschwinde!«, schrie das Mädchen und warf den nächsten Stein.

Der Luchs wich aus, duckte sich und fauchte wieder drohend.

»Los, weg mir dir!«, rief Scylla und warf einen dritten Stein. Sie hatte auf den Kopf gezielt, doch sie warf daneben – und sah die Raubkatze die Schräge mit schnellen Sprüngen erklimmen. Scylla schaute sich fieberhaft nach einer Waffe um. Blitzschnell riss sie einen dicken Ast von einem morschen Baum neben sich ab und holte mit beiden Händen zum Schlag aus. »Du wirst mich nicht vertreiben«, grollte sie und drosch tapfer zu, als der Luchs sich über den Rand der Spalte zog.

Der Prügel traf den Schädel hinter dem rechten Ohr, und die Raubkatze fauchte schmerzerfüllt und wütend. Eine Pranke zuckte nach vorne und riss lange, tiefe Striemen in Scyllas Bein. Sie schrie auf. Es war das erste Mal, dass sie derartige Schmerzen verspüren musste, aber anstatt vor dem Gegner zurückzuweichen, schlug sie wieder nach ihm und erwischte seine Nase. Der Luchs klammerte sich am Boden fest. Mutig geworden, trat Scylla einen Schritt weiter nach vorne, holte aus –

In diesem Moment brach die Kante unter ihren Füßen weg. Gemeinsam mit der Raubkatze stürzte sie die Schräge hinunter.

Die Pranken trafen sie unbarmherzig an den Armen und rissen auch dort tiefe Kerben. Doch kaum schlugen die beiden Kontrahenten auf dem Boden der Spalte auf, sprang Scylla wieder hoch und drosch mit aller Kraft auf das Raubtier ein. So schnell es ihm möglich war, lief der Luchs davon.

Scylla biss die Zähne zusammen und erhob sich. Die Tränen standen ihr in den Augen, aber sie weinte nicht. Ihr Kleid war schmutzig, voller Blut und Erde, die Wunden brannten – doch sie hatte gewonnen.

Es war ein großartiges Gefühl!

Langsam humpelte sie zu der eingeklemmten Ziege und hob sie an, bis sie aus eigener Kraft ihrem Gefängnis entkommen konnte.

»Was tust du da?« Ein Schatten fiel über sie. Sie wollte nach oben schauen, aber da sprang er schon zu ihnen herab.

Scylla blickte in das sonnengebräunte Gesicht eines Jungen, den sie mit ihrem Fernrohr schon öfter gesehen hatte. Er stammte aus Pribo und war ein Hirte. »Ich habe deine Ziege gerettet«, antwortete sie und bemühte sich, ihre Schmerzen nicht zu sehr zu zeigen.

Er musterte sie. »Bist du gefallen?«

Sie richtete sich auf und hielt den Ast in die Höhe. »Ich habe sie gegen einen Luchs verteidigt«, sagte sie stolz.

Seine Augen wurden größer. Zuerst hatte es den Anschein, als würde er sie auslachen wollen, aber die Wunden an Armen und Beinen und die Spuren auf dem Boden sagten ihm, dass es die Wahrheit sein musste.

»Du bist verletzt! Lass mich mal sehen.« Bevor Scylla es verhindern konnte, hatte er das Mal entdeckt. Er sah sie überrascht an. »Du musst die Kleine aus der Mühle sein«, folgerte er.

»Ja.« Scylla hatte nicht den Eindruck, dass er sie fürchtete, und Hoffnung keimte in ihr auf. »Mein Name ist Scylla.«

»Ich bin Giure«, stellte er sich vor. »Danke, dass du meine Ziege gerettet hast.«

Sie ergriff seine Hand, die er ihr freundlich entgegenstreckte, und drückte sie fest. Scylla mochte ihn sofort. Er sah aus der Nähe besser aus als durch das Fernrohr. Seine Augen funkelten hellwach. Wieder regte sich ihre Hoffnung, dass sie vielleicht doch noch einen Freund finden würde.

Giure lächelte. »Du bist ein merkwürdiges Mädchen. Was treibst du allein um diese Zeit im Wald?«

»Mein Vater und ich suchen Kräuter, damit wir die Kranken heilen können«, antwortete sie. »Und manchmal muss ich wohl auch Ziegen retten.«

Er lachte, wurde dann aber wieder ernst. »Trotzdem solltest du nicht hier draußen sein. Es soll ein besonderer Upir umgehen.« Scyllas Neugier erwachte, trotz ihrer brennenden Wunden. »Was für ein Upir?«

Die braunen Augen richteten sich auf ihren Hals und auf das kleine Kreuz, das dort baumelte und an das sie nun, wie immer, wenn sie aufgeregt war, unwillkürlich griff.

»Dieser Upir tötet seine Opfer mit einem einzigen Biss und markiert sie mit drei eingeritzten X. Es wurden ein Dutzend

Männer und Frauen in einem Gehöft gefunden, keine halbe Tagesreise von hier. Ausgesaugt. Bis auf den letzten Tropfen!« Giure senkte die Stimme. »Kann sein, dass er dir auch hier auflauert. Dein Blut wird ihn anlocken.«

Sie bemerkte, dass er übertrieb, um ihr Angst zu machen. »Dann muss ich ihn wohl köpfen und verbrennen«, meinte sie mit einem frechen Grinsen, verzog dann aber schmerzerfüllt das Gesicht und rieb sich über die Schnittwunden am Arm.

»Warte, wir waschen sie aus.« Giure griff nach der Wasserflasche, die an seinem Gürtel hing. »Lass mich wenigstens das für dich tun, tapfere Scylla. Ich weiß sonst nicht, wie ich es gutmachen kann.«

»Das kannst du auch nicht«, donnerte es von oben herab.

Die beiden zuckten erschrocken zusammen. Keiner von ihnen hatte Karol bemerkt, der nun gewaltig und einschüchternd über ihnen aufragte und die Arme in die Seiten gestützt hatte. Ein Raubvogel, der jederzeit niederstoßen konnte. »Pack deine Ziege und verschwinde!« Der Zorn ließ seine Stimme beben.

»Entschuldigt, Herr!« Giure ließ Scyllas Finger augenblicklich los, schnappte sich das Tier am Horn und zerrte es hinter sich her, um zu einer flacheren Stelle der Erdspalte zu gelangen.

Karol rutschte auf den Absätzen zu seiner Tochter und kniete vor ihr nieder, um die Verletzungen zu untersuchen. »Ein Luchs«, befand er wütend. »Du hast dich wegen einer Ziege mit einem Luchs angelegt? Hatte ich dir nicht befohlen, an der Stelle, wo ich dich gelassen hatte, auszuharren?«

Scylla nickte. Jetzt konnte sie das Weinen nicht mehr zurückhalten. Sie wollte nicht, dass ihr Vater wütend auf sie war, und stammelnd versuchte sie, sich zu verteidigen.

»Schweig, Tochter.«

Karol nahm sie auf den Arm und trug sie durch den Wald zurück zur Mühle, wo er ihr beim Ausziehen half und die Wunden versorgte. »Du wirst von nun an in der Mühle bleiben, bis ich der Meinung bin, dass du mich erneut begleiten kannst«, eröffnete er ihr. »Ich muss dir vertrauen können.«

Scylla zitterte. »Aber die Ziege ...«

»... war eine Ziege, Scylla. Nur eine Ziege! Der Luchs hätte dich umbringen können. Soll der nichtsnutzige Hirte besser auf sie aufpassen und sich für sie fressen lassen, aber nicht du.«

»Es tut mir leid, Vater«, hauchte sie und schlang die Arme um ihn.

»Das sollte es auch.« Er legte eine Decke um sie und trug sie hinauf in ihr Bett. »Es darf nie wieder geschehen. Das wirst du lernen müssen.« Nachdem sie gemeinsam das Nachtgebet gesprochen hatten, gab Karol ihr einen Kuss auf die Bandagen an den Armen. »Nun schlaf und lass deine Wunden heilen«, verabschiedete er sich.

Scylla zog schniefend die Nase hoch und versuchte, das Brennen in den Schnitten zu ignorieren. Doch dann fiel ihr etwas anderes ein, was sie den Schmerz vergessen ließ. Zwei blitzende braune Augen. Ein nettes, offenes Lächeln.

Es dauerte lange, bis sie in Schlummer verfiel.

7. Dezember 2007
Deutschland, Sachsen, Leipzig, 04.30 Uhr

Als Scylla am nächsten Morgen einen kleinen Strauß frischer Blumen vor der Tür des Turms fand, wusste sie, von wem sie kamen: von Giure.

Von nun an legte der Ziegenhirte ihr des Öfteren kleine Geschenke auf die Schwelle oder ans Fenster. Mal waren es Blumen, mal ein besonders guter Käse oder ein Stück Räucherfleisch. Da Scylla die Mühle nicht verlassen durfte, kam er manchmal tagsüber zu ihr, wenn er sicher sein konnte, dass Karol den Turm verlassen hatte, und unterhielt sich mit ihr durch das schmale Fenster. Sie erkannte, dass Giure eine bemerkenswerte Auffassungsgabe besaß.

Gedankenverloren sehe ich aus dem Fenster. Unter mir breitet sich das nächtliche Leipzig aus. Ich muss an die Paare denken, die nun nebeneinander in ihren Betten liegen. Wie viele von ihnen haben vorher miteinander gestritten, über den Müll, den er nicht rausgebracht hat, das neue Kleid, das sie sich unbedingt kaufen musste.

Ob sie wissen, wie viel Glück sie haben?

Aus den Treffen erwuchs eine tiefe Freundschaft zwischen den Kindern, schreibe ich weiter. *Sie sollte viele Jahre andauern.*

August 1674
Osmanisches Tributland

»Was weißt du inzwischen über Upire?« Karol stand neben seiner Tochter in der abendlichen Küche und sah dabei zu, wie sie ein Stück Brot aß und Milch dazu trank.

Das kleine Mädchen, das er vor dem langweiligen und sinnlosen Leben als Magd gerettet hatte, war zu einer Gelehrten herangewachsen, die es bereits mit manchem Professor an einer Universität aufnehmen könnte.

Doch nicht nur ihr Verstand hatte sich geschärft, auch ihr Körper veränderte sich. Scylla wurde zu einer jungen Frau, deren Brüste sich bereits unter ihrem Hemd abzuzeichnen begannen. Ihr Gesicht hatte seine runde Kindlichkeit verloren und war schmaler geworden; sie besaß nun eine unglaubliche Ähnlichkeit mit ihrer Mutter.

»Das, was ich aus den Geschichten über sie kenne«, sagte Scylla. »Upire sind Ausgeburten des Aberglaubens.« Früher hatte sie noch daran geglaubt, dass es die Kreaturen der Nacht wirklich gab, so wie in jener Nacht, als die türkischen Soldaten im dichten Nebel angefallen und getötet worden waren. Inzwischen nahm sie aber an, dass es ein wildes Tier gewesen war, vielleicht ein tollwütiger Wolf, der sie durch eine Fügung des Schicksals vor der Gefangennahme bewahrt hatte.

Karol hob die Augenbrauen. »Hatte ich dir nicht aufgetragen, dass du dich mit ihnen befassen sollst?«

»Und genau das habe ich getan, Vater. Aber ich konnte keine wissenschaftlichen Beweise für ihre Existenz finden. Die meisten Gelehrten halten Upire und andere Untote für Hirngespinste abergläubischer Menschen. Diese Überzeugung teilt auch ein osmanischer Verwalter, dessen Bericht an den Sultan ich in einem Büchlein gefunden habe. Er berichtet darin von den Schauergeschichten der einfachen Bevölkerung in den Gebieten hier.« Scylla trank den letzten Schluck Milch und wischte sich den weißen Rand um die Lippen weg.

»Das ist keine Antwort, Tochter.«

Scylla sah ihren Vater überrascht an. Worauf wollte er hinaus? »Glaub mir, ich habe mich mit diesen Dingen befasst, wie du es wolltest, Vater. Aber sie sind nicht bedeutsam für eine Wissenschaftlerin. Es ist Aberglaube.« Sie griff nach dem Brot. »Dafür habe ich keine Verwendung.«

»So? Keine Verwendung? Hast du *das* aus den Schriften gelernt? Dich dem zu verschließen, was du selbst erlebt hast, Tochter?«, sagte Karol mit veränderter Stimme und verlor Güte und Freundlichkeit aus dem Gesicht. Wieder kam das Dunkle an die Oberfläche, das Scylla schon so oft bemerkt hatte.

»Nein«, stammelte sie, verwundert über seine Heftigkeit. »Nein, ich ...«

Er schaute ihr in die Augen. »Weil du vor lauter neuem Wissen den Glauben daran verloren hast, bedeutet es nicht, dass Upire deswegen nicht existieren. Komm mit, Tochter. Heute werde ich dich lehren, wer einer der größten Feinde der Menschheit ist. Was man mit eigenen Augen sieht, darf man glauben.« Wortlos wandte er sich um und ging hinaus.

Vor der Mühle wartete die angespannte Kutsche. Der Ausflug war also geplant und keine spontane Idee, wie Scylla zuerst vermutet hatte.

»Komm, kleine Waise«, forderte Karol sie auf, als er sich auf den Kutschbock schwang, und langte nach der Peitsche. »Wir helfen den Dörflern, sich von einem Schädling zu befreien.«

Kaum hatte sie Platz genommen, rollten sie los.

»Upire«, erklärte er, nachdem sie den Wald verlassen hatten, »sind überall. Und es gibt sie in allen möglichen Arten und Formen. Auf den unerfahrenen Beobachter mögen manche von ihnen harmlos wirken wie ein Tier oder ein Leuchten im Nebel. Aber glaub mir, es gibt viele, die sehr gefährlich sind.«

»Weil sie den Menschen das Blut aussaugen?«

»Auch das. Manche sind so flüchtig wie Schatten und vermögen es doch, Feuer zu speien. Das sind die gefährlichsten von allen. Wir ... die Menschen nennen sie Umbrae.«

Scylla hörte gebannt zu und wunderte sich, dass sie von diesen Upiren noch nie etwas gehört hatte. Andererseits wusste sie bereits aus den Aufzeichnungen, dass beinahe jedes Dorf unter einer anderen Art von Untoten zu leiden glaubte. Sie hatte dies auf die Vorstellungskraft der Geschichtenerzähler geschoben – aber vielleicht hatten all diese Berichte doch einen wahren Kern?

»Es gibt also ... lebendige Schatten?«

»Zu Lebzeiten sind sie schlechte Menschen, die nach ihrem Tod vom Teufel zum Umbra gemacht werden. Sie wirken wie Schatten, Tochter, doch sie sind aus Fleisch und Blut wie du und ich. Deswegen können Wissenschaftler wie wir sie auch erforschen, ganz egal, ob sie Upire genannt werden, Vampire oder wie auch immer.«

Scylla verstand dies als Herausforderung, ihren Wissenshunger unter Beweis zu stellen. »Dann stimmt es tatsächlich, dass jedes Dorf unter einer anderen Art von Upir leidet?«

Karol nickte. »Sie eint der Durst nach Blut und die Furcht vor der Sonne, aber das Verhalten und ihre Fähigkeiten unterscheiden sie voneinander. Es gibt die Murony, die sich wie Hexen in Zirkeln zusammenschließen. Die Nex streuen Krankheiten wie die Pest oder die Cholera unter die Menschen, ich halte sie fast für die schlimmsten Blutsauger. Glücklicherweise sind sie selten geworden, weil man ihre Gefährlichkeit erkannt und sie verstärkt gejagt hat. Das sieht man daran, dass es kaum mehr Pestepidemien gibt. Die Tenjac bringen gute und schlechte Träume, während die Viesczy Flüche aussprechen und das Wetter beherrschen, wenn sie wollen.«

»Wieso steht das so nicht in den Büchern, die du mir gegeben hast?« Scylla verspürte ein Kribbeln im Nacken.

»Nicht in den Büchern der *westlichen* Gelehrten, weil sie sie nicht kennen. Wärst du gründlicher gewesen, hättest du auch die anderen Aufzeichnungen genau studiert. Die meisten Upire haben sich schon immer bevorzugt im Osten aufgehalten.« Karol sah das Dorf Ljana in einiger Entfernung auftauchen und zügelte die Pferde. »Wir lassen die Kutsche hier stehen. Sie würde im Dorf zu viel Aufmerksamkeit erregen.«

Scylla fiel etwas ein. »Giure erzählte etwas von Upiren, die ihre Opfer mit einem Biss töten und dann markieren. Mit drei X. Was hat es mit denen auf sich?«

»Giure«, schnaubte Karol. »Was, glaubst du, weiß ein einfacher Hirte über die großen Rätsel der Wissenschaft?« Er nahm eine Blendlaterne sowie einen Spaten, dessen Seiten scharf geschliffen waren, vom Dach und hängte sich einen prallgefüllten Rucksack auf den Rücken. »Bist du bereit, Scylla?« Er reichte ihr eine zweite Laterne und ein Beil. Noch verzichteten sie auf Licht, die Sterne schienen hell genug.

»Bereit für was?« Sie nahm die Gegenstände in Empfang.

»Einen Upir auszugraben, der die Menschen seit ein paar Tagen übel drangsaliert. Er frisst ihnen die Scheunen leer, tötet das Vieh und schreckt auch nicht davor zurück, Menschen anzugreifen.« Sein Gesicht nahm einen harten Zug an. »Ich zeige dir, wie man ihn ausfindig macht. Wir töten ihn und untersuchen seine Überreste.«

Scylla schluckte. »Mit was müssen wir rechnen, wenn wir das Grab freilegen? Zu welcher Sorte gehört er?«

»Was wir heute suchen, ist ein ganz normaler Upir. Wäre eine der mächtigeren Arten im Spiel, hätte ich dich nicht mitgenommen. Noch nicht.« Karol sprang auf die Erde. Er öffnete den Verschlag, nahm einen Holzkoffer heraus und ging los. »Aber zuerst schauen wir uns noch etwas anderes an.«

Sie liefen los und näherten sich dem Dorfrand.

»Bleib im Schatten und folge mir«, ordnete er an und eilte gebückt los. Er wollte unter keinen Umständen gesehen werden.

Scylla verstand, warum er diese Geheimhaltung betrieb: Man kannte ihn als merkwürdigen Gelehrten, der schon mehr als einen der Männer, Frauen und Kinder von einer Krankheit kuriert und dafür zaghaftes Lob geerntet hatte. Gleichzeitig sahen sie ihn als Sonderling an, der durch die Wälder pirschte und Dinge tat, die sie nicht nachvollziehen konnten. Nicht mit ihrem begrenzten, ungeschulten Verstand. Was die Menschen nicht verstanden, konnten sie rasch falsch verstehen.

Sie näherten sich der Dorfmitte, wo der Brunnen stand. Er war mit einer großen hölzernen Klappe abgedeckt und mit einem Schloss gesichert.

»Die Bewohner fürchten sich davor, dass ein Upir das Wasser vergiftet«, erklärte Karol leise und gab seiner Tochter ein Zeichen, zu verharren, wo sie sich befand. »Sobald du jemanden siehst, pfeifst du leise und warnst mich.« Er legte die Ausrüstung bis auf das Holzköfferchen ab und lief zum Brunnen.

Scylla beobachtete, wie er das Schloss mit einem länglichen

Werkzeug öffnete, die Abdeckung etwas anhob und eine Phiole an einem Schnürchen hinabließ. Nach einiger Zeit zog er sie wieder herauf und schüttete das Wasser in drei kleine Röhrchen, die in Halterungen im Koffer standen. Danach suchte er ein schmales Behältnis mit einer dunklen Flüssigkeit und schüttete sie in den Schacht.

»Es ist ein Mittel gegen die Krankheiten im Dorf«, erklärte er ihr, als er sich wenig später wieder neben ihr in den Schatten verbarg. »So werden alle davon trinken. Ich brauche dabei keine Zuschauer, zumal man das, was ich gerade getan habe, durchaus missverstehen kann. Niemand würde mir glauben, wenn ich sage, dass ich das Wasser des Dorfes mit meinen Essenzen verbessere und nicht vergifte«, wisperte er und deutete nach links. »Komm. Wir haben noch etwas vor.« Er sammelte die Ausrüstung ein und ging voran.

Sie steuerten auf die Friedhofsmauer zu.

»Wird er sich nicht verwandeln und flüchten, wenn er merkt, was wir vorhaben?« Scylla schulterte das Beil und achtete darauf, dass die Lampe nicht zu sehr quietschte. Niemals wäre sie auf den Gedanken gekommen, dass das Geschriebene über die Upire stimmte. Von den Namen wie Nex, Murony und den übrigen hatte sie nicht einmal gewusst.

»Ich habe nicht umsonst einen Samstag für deine erste Begegnung mit einem Upir ausgesucht. Der Samstag ist der Mutter Gottes gewidmet. Nicht wenige Upire müssen daher im Grab liegen bleiben, als würde die Sonne auf sie scheinen. Es wird heute einfacher sein, ihn zu stellen.« Karol hatte die drei Schritt hohe Umfassung des Friedhofs erreicht und zog sich mühelos mit seinem ganzen Gepäck daran hinauf. »Die selbsternannten Upirjäger sind bereits gegangen und haben ihre Suche aufgegeben, wie es scheint«, sagte er leise und hielt seiner Tochter helfend die Hand entgegen. Aber sie bewältigte das Klettern aus eigener Kraft und hockte nicht lange danach neben ihm. »Gut gemacht.«

Er saß aufrecht auf der Mauer und betrachtete den Gottesacker wie ein Feldherr das Schlachtfeld. Kreuze und Grabsteine reihten sich aneinander, es waren schlichte Ruhestätten, denen man ansah, dass die Angehörigen der Toten nicht viel Geld besaßen. »Kannst du mir sagen, woran man die Behausung unseres Upirs erkennt?«

Mit schnellen Blicken erfasste Scylla, dass auch die Dorfbewohner auf den Gedanken gekommen waren, nach dem Wesen zu suchen. »Sie haben Asche um drei für sie verdächtige Gräber gestreut ... wahrscheinlich um die Fußspuren des Upirs sichtbar zu machen und zu erkennen, wo seine Ruhestätte ist«, sprach sie mit gesenkter Stimme. »Aber ich sehe weder aufgewühlte Erde noch«, sie konzentrierte sich auf das, was sie in den Büchern bisher für Aberglauben gehalten hatte, »einen Lichtschein über einem Grab, was wir als Zeichen nehmen könnten.« Scylla sog die noch warme Abendluft ein. »Es riecht ... nach Essig.«

»Weiter.« Karol deutete nach vorne. »Was könnte der Essig bedeuten, Tochter?«

Sie dachte angestrengt nach und schaute sich dabei wieder um. »Da drüben ist ein offenes Grab, hinter dem Rosenbusch!«, machte sie ihren Vater aufmerksam. »Haben sie die Behausung des Upirs mit kochendem Essigwasser geflutet, damit er in dem Sud vergeht?«

»Gut aufgepasst.« Karol sprang hinunter, nahm den Rucksack ab und zog die Lederschürzen hervor. »Sie haben vermutlich das falsche Grab erwischt. Einmal abgesehen davon, dass der Essig nichts bringt.« Er kniff ein Auge zusammen und lachte leise. »Gut, sie stinken dann weniger nach Tod und Verfall, aber mehr tut diese Brühe ihnen nicht.« Er hatte sich den Schutz umgelegt und knotete ihn fest; Scylla stand mittlerweile neben ihm und bereitete sich ebenfalls vor.

»Wenn das, was ich in den Büchern gefunden habe, wahr ist,

gibt es nur zwei Möglichkeiten, um einen Upir zu vernichten: enthaupten und verbrennen.«

»Ganz genau, Tochter.« Karol lief geduckt zu den von Asche umgebenen Gräbern und betrachtete sie aus der Nähe. »Nein, da liegt er nicht drin«, stellte er fest. »Siehst du die Sterbedaten auf den Holzkreuzen?«

Sie nickte.

»Die sind schon zu lange tot, um als wandelnde Tote zurückzukehren.« Sein rechter Arm hob sich und deutete auf die Grube hinter dem Rosenbusch. »Dann liegt er vielleicht doch darin. Sie haben das richtige Grab gefunden, aber schlampig gearbeitet.«

Der Geruch nach Essig intensivierte sich, je näher sie dem offenen Grab kamen.

Karol und Scylla blickten auf einen Sarg, der mehr an eine einfache Kiste erinnerte und einmal mit Ketten gesichert gewesen war, aber etwas hatte die eisernen Halterungen verbogen und abgerissen; dadurch waren die Fesseln wertlos geworden und lagen wie zur Zierde auf dem notdürftig geflickten Holz.

»Sie glauben, er sei vernichtet. Sie haben nicht einmal ein Kreuz zur Abschreckung aufgestellt. Törichte Bauern«, murmelte Karel vorwurfsvoll und warf ein Seil aus dem Rucksack auf die Erde. Ein Ende band er um einen massiven Grabsteinsockel, dann rutschte er in das Loch und landete auf dem Sargdeckel; es rumpelte dumpf und hohl.

Scylla zuckte zusammen. Präparate machten ihr schon lange nichts mehr aus, Tote waren zu einem normalen Anblick geworden – aber sich mit einem untoten Wesen anzulegen, dem die Sagen und wahren Geschichten immense Kräfte bescheinigten, war etwas anderes. Es war beruhigender gewesen, nicht an sie zu glauben.

»Komm mit dem Beil runter zu mir, Tochter.« Karol sah ihr Zaudern. »Denk daran: Eine Forscherin kennt keine Furcht«, mahnte er.

Langsam trat sie an den Rand der Grube und suchte nach einer Stelle, wo sie sich nach unten gleiten lassen konnte. Plötzlich gab die Erde unter ihrem rechten Fuß nach, sie rutschte in die Grube, schlug hart auf –

– und durchbrach mit einem Fuß das Holz!

Entsetzt riss Scylla das Bein hoch, verlor so das Gleichgewicht und stürzte der Länge nach auf den Sarg.

Der Aufprall genügte, um das malträtierte Holz an mehreren Stellen brechen zu lassen.

Scylla erkannte durch einen breiten Riss den Teil eines blutverschmierten Frauengesichts; ein weit aufgerissenes Auge stierte sie wie von Sinnen an, die Äderchen waren allesamt geplatzt, es gab nichts Weißes mehr darin. Gleich danach vernahm sie ein wütendes, angriffslustiges Schreien. Der Deckel erbebte unter einer Reihe von heftigen Schlägen.

Das Frauenantlitz warf sich nach vorne, krachend traf der Kopf gegen das Holz, und ein Splitter bohrte sich neben der Nase tief in die Haut. Der Schmerz schien der lebenden Toten nichts auszumachen.

Keuchend sprang Scylla in die Höhe, so gut es die Enge der Grube zuließ, und hielt das Beil schlagbereit.

Eine Hand packte ihre Schulter und zog sie nach hinten.

»Komm da weg«, fuhr Karol sie an und wollte sich zum Schutz vor sie schieben, aber seine Tochter wehrte sich gegen seinen Griff. Er wollte sie anschreien, als das obere Drittel des Sargs zerbarst und die kleinen und großen Splitter wie Geschosse durch die Luft zischten. Scylla und ihr Vater wurden getroffen.

In diesem Durcheinander wand sich durch das Loch eine junge Frau heraus, die ein blutiges, ehemals weißes Totenhemd trug. Das Essigwasser hatte es durchnässt und durchsichtig gemacht, die Brüste waren deutlich zu sehen und die Schambehaarung als dunkler Schatten zu erkennen. Ihr Mund stand weit offen – und die Zähne darin waren kräftig und spitz wie bei einem Raubtier. Ohne zu zögern, warf sie sich gegen das Mädchen.

Scylla schlug mit dem Beil nach ihr und trennte zwei Finger der rechten Hand ab, Blut spritzte aus den Stummeln auf ihre Brust. Sie bekam einen Schlag an den Kopf, der sie nach hinten gegen die Grubenwand schleuderte, benommen rutschte sie daran herab.

Karol war seiner Tochter rechtzeitig ausgewichen und packte nun die Upirina mit einer Hand an der Kehle. Mit ungeheurer Kraft hob er sie hoch und schmetterte sie dann rücklings in den vorderen Teil des Sargs; krachend barst nun auch die Unterseite der Kiste auseinander. Die Untote kreischte und schlug die Fingernägel in seine Unterschenkel, aber das dicke Stiefelleder hielt.

Karol stellte blitzschnell den rechten Fuß auf den Hals der tobenden Kreatur und trat ihr Kinn nach hinten, bis es vernehmbar im Nacken knackte. Die Bewegungen der Upirina erlahmten.

»Das Beil«, rief er Scylla keuchend zu. Sie schüttelte ihre Benommenheit ab und reichte ihm die Waffe. Karol zog das Bein weg, hob die Klinge zum Schlag.

Der Oberkörper der Upirina schoss nach vorne. Karol rutschte nach hinten. Sie schrie wie eine Furie und hielt den Arm mit dem Beil fest. »Ich werde dich töten, Baron!«, kreischte sie heiser und schlug mit der freien Hand nach seinem Kopf.

Obwohl er nach hinten fiel, blieb Karol vollkommen ruhig. Die Linke zog den Dolch aus der Rückenhalterung am Gürtel, die Schneide blitzte auf und beschrieb surrend einen Halbkreis, der durch den Hals der Upirina führte.

Scylla sah, wie die Kehle aufklaffte und noch mehr Blut heraussprühte. Ihr Vater versetzte dem Kinn einen letzten Tritt, es knirschte, und der Kopf schlug nach hinten. Nur noch dünne Sehnen und das Rückgrat verbanden ihn mit dem Körper.

Karol schlug mit dem Messer in die breite Wunde, die Klinge

drang in die Knochenwirbel. Der Schädel löste sich vom Hals und fiel herab, jegliche Spannung wich aus dem nun endgültig toten Leib.

Der Leichnam prallte gegen Karol, der unbeteiligt dem dunkelroten Blutstrom zusah, wie er sich aus dem Halsstumpf ergoss und über seine Schürze strömte. Dann stieß er den Körper von sich und kam wieder auf die Füße. »Verdammte Kreatur«, sagte er und schaute über die Schulter nach seiner Tochter. »Bist du verletzt?«

»Nein«, erwiderte sie leise. Dafür dröhnte ihr Kopf, sie sah noch immer alles leicht verschwommen. »Sie hat mich nur geschlagen.«

»Gut«, sagte er erleichtert, zog den Leichnam in die Höhe und beförderte ihn mit Schwung auf den Rand des Grabes. »Nimm die Finger und ihren Kopf. Wir müssen uns beeilen und von hier verschwinden. Es kann sein, dass jemand aus dem Dorf den Lärm gehört hat.«

Seine Tochter suchte den Schädel, packte in die feuchten, nach Essig stinkenden blonden Haare der Toten und stopfte alles in den Rucksack zu den Fingern. Dann kletterte sie am Seil hinauf, gleich darauf stand sie neben ihm. Sie sah auf den Leichnam, den er sich über die Schulter geworfen hatte; den Rucksack trug er mit einem Riemen vorm Bauch.

Scylla hatte den unwiderlegbaren Beweis erhalten, dass die Geschichten über Upire stimmten. Mit eigenen Augen! Das Böse, der Teufel nahm Gestalt an und schuf Dämonen, die er gegen die Menschen hetzte. Doch sie empfand weder Angst noch Abscheu, sie dachte wie eine Forscherin, eine Wissenschaftlerin. »Würden uns die Dorfbewohner nicht als Befreier feiern?«, fragte sie gedämpft und sammelte die mitgebrachten Gerätschaften ein.

»Es muss keiner wissen, dass wir es waren. Sonst holen sie uns jedes Mal, wenn es einen Upir gibt, der sie heimsucht. Sollen sie die Arbeit selbst verrichten oder Spezialisten dafür bezahlen«, flüsterte er und lief zurück an die Stelle, wo sie über die Mauer geklettert waren.

Scylla bewunderte ihren Vater. Er stieg über das Hindernis, als würde er eine Treppe hochgehen.

Als er auf der Krone saß, schaute Karol zu den Behausungen in ihrer Nähe, ob sich jemand in der Tür zeigte. Obwohl das nicht der Fall war, beeilten sie sich und liefen zur Kutsche.

Karol öffnete den Verschlag der Kutsche und legte die getötete Upirina auf die ausgebreitete Plane am Boden des Gefährts, Scylla warf den Rucksack mit Kopf und Fingern daneben; anschließend brausten sie zurück zur Mühle.

Scylla sah nach hinten, ob sich Menschen zeigten, doch ihre Abfahrt war unbemerkt geblieben. Als sie sich wieder nach vorne drehte, fiel ihr etwas ein. »Wieso hat sie dich Baron genannt, Vater?«

»Das hat sie nicht.«

Sie vernahm den drohenden Unterton in seiner Stimme. »Aber ich hörte es ...«

Karol schwang die Peitsche und ließ sie laut knallen. »Du hast einen harten Schlag gegen den Kopf bekommen, vergiss das nicht. Sie beschimpfte mich als Bastard. Du hast etwas verwechselt.«

Scylla fragte nicht weiter nach, weil sie verstanden hatte, dass sie das nicht tun sollte. Doch ihre Gedanken konnte Karol nicht unterbinden. *Baron,* rätselte sie. *Warum Baron?*

Sie erreichten die Mühle und brachten das Wesen in das erste Geschoss des Laboratoriums. Karol legte den Körper auf einen Steintisch, Scylla den Kopf auf den benachbarten. Die Schürzen von Vater und Tochter waren von oben bis unten beschmutzt mit dem zähen Blut.

Karol bedeutete ihr, ihm gegenüber auf die andere Seite des

Tisches zu treten, wo die verschiedenen Messer, Sägen, Stemmeisen und weitere Gerätschaften zur Sezierung warteten. »Du bist ein sehr tapferes Mädchen, Scylla«, sprach er feierlich und sah sie aus seinen warmen braunen Augen liebevoll an. So kannte und liebte sie ihn. »Das war deine bislang schwerste Prüfung, die du mit Bravour bestanden hast. Selbst ausgewachsene Männer wären in einer solchen Situation in Ohnmacht gefallen. Du dagegen hast kühlen Verstand bewahrt. Ich bin sehr, sehr stolz auf dich.«

Sie nickte und errötete ein wenig. Das Lob ließ sie bis an die Decke wachsen.

Karol sah, dass ihr seine Worte guttaten. »Dann wollen wir sehen, was die Upirina von einer normalen Toten unterscheidet und ob wir etwas Besonderes an ihr erkennen können.« Er zerschnitt das Totenhemd und zog es unter ihr hervor. »Zeig mir, was du gelernt hast.«

»Sehr gerne, Vater.« Scylla schob ihre Trittleiter nahe an den Steintisch, damit sie besser arbeiten konnte, wählte die schärfsten Klingen und wollte mit dem Sezieren beginnen.

Karol hielt sie mit einem tadelnden Zungenschnalzen zurück. »Sieh zuerst am Oberkörper nach, ob wir Bissspuren finden. Womöglich ist sie von einem anderen Upir angefallen worden.«

Scylla entdeckte zwei Löcher in der Haut. »Hier, Vater. Unterhalb der Brustwarzen.«

»Dann ist es klar, wie sie infiziert wurde. Kein Fluch oder Ähnliches, sondern eine Heimsuchung. Wie so oft.« Karol schüttelte den Kopf. »Eine Schande.«

Sorgsam präparierte Scylla die oberste Hautschicht des Brustkorbs ab, trennte unter den wachsamen Augen des Vaters die Epidermis von dem darunterliegenden Fettgewebe. Bei diesem scharfen Messer brauchte man nicht viel Kraft, und so wurde die Tätigkeit auch für ein Mädchen zu einer lösbaren Aufgabe.

Aber irgendwann, als sie am deutlich vorgewölbten Unterbauch angelangt war, wurden ihr die Arme und Schultern schwer.

»Sehr gute Arbeit.« Karol gab das erlösende Signal, dass sie aufhören konnte. Er stellte einen Eimer unter den Ausguss des Steintisches, in dessen Blutrinne sich erhebliche Mengen roter Flüssigkeit gesammelt hatten. Nachdem er den Korken entfernt hatte, lief sie wie Sirup in das Gefäß. »Siehst du das?«

»Es ist zäher als normales Blut«, antwortete Scylla sofort. Dann richtete sie sich auf, ließ die schmerzenden Arme am Körper herabhängen und ging zur Waschschüssel, um sich die Hände zu reinigen.

»Was bedeutet: Es ist ihr eigenes. Das Blut der meisten Upire verwandelt sich in ihren Adern. Es ist konzentrierter als menschliches Blut und gerinnt nicht.« Karol fuhr mit den Fingern über das rot glitzernde Muskelfleisch der Frau. »Schauen wir nach, wie oft sie sich in letzter Zeit an Unschuldigen gelabt hat.« Routiniert öffnete er die Bauchdecke und legte die Innereien frei. »Prall gefüllt wie ein Weinschlauch, Tochter«, rief er ihr zu. »Komm und sieh dir das an!«

Scylla kehrte an den Tisch zurück und schüttelte die nassen, sauberen Finger. Sie fand das alles, trotz ihrer zunehmenden Müdigkeit, unglaublich spannend.

Magen und Darm der Toten waren angeschwollen, und als Karol leicht darauf drückte, wogten sie wie weiche Schläuche. Der Gestank, der von der getöteten Upirina ausging, erinnerte an stark verwestes Fleisch, das in der Sonne lag und faulte. »Das sind mindestens zwei Eimer«, schätzte er. »Sie muss dem Dorf unglaublichen Schaden zugefügt haben.« Er tauschte den Eimer unter dem Ausguss gegen einen größeren aus. Reines Upirblut und alles das, was gleich austreten würde, wollte er getrennt halten.

Er zog die Innereien aus der Leiche, schnitt Lunge und Herz ab und plazierte sie separat daneben. »Dachte ich es mir doch«, sagte er, als er den Unterbauch genauer inspizierte. »Die Arme hat ein Kind empfangen und trug es in sich, als sie von dem Upir getötet wurde.« Es dauerte nicht lange, und er hatte den winzigen Fötus freigeschält.

Scylla betrachtete das kleine Ding neugierig und ohne Abscheu – doch dann lief ihr ein eisiger Schauder über den Rücken, über Arme und Beine. Sie vermochte es sich selbst nicht zu erklären, und schon gar nicht nach dem, was sie in den letzten Stunden erlebt hatte. Weswegen brachte sie der Anblick des Fötus zum Beben?

»Hätte sie es zur Welt gebracht, Vater?«

»Das weiß ich nicht«, entgegnete er. »Es gibt immer wieder Fälle, bei denen Frauen von einem Upir schwanger werden, aber ob dieses Kind geboren worden wäre, kann ich dir nicht beantworten.« Er wusch den Fötus mit klarem Wasser ab. »Er sieht jedenfalls nicht abgestorben aus. Wer weiß, was daraus erwachsen wäre. Noch ein Mysterium, mit dem sich die lebenden Toten umgeben.« Karol sah, dass seine Tochter trotz aller Aufregung nun verzweifelt versuchte, das Gähnen zu unterdrücken. »Ah, verlangt die Nacht doch ihr Recht? Leg dich hin. Bete für die Seele deiner Mutter und dieser armen Frau. Morgen machen wir weiter, wenn du möchtest.«

»Sehr gerne.« Scylla nickte dankbar und bedauerte es zugleich, das Laboratorium zu verlassen. Sie stieg von ihrer Leiter, umrundete den Tisch und bekam einen Kuss auf die Stirn. »Gute Nacht, Vater.«

»Träum etwas Schönes.« Er lächelte und schaute ihr nach, bis sie den Raum verlassen hatte. »Ein unglaubliches Kind«, sagte er versonnen, dann richteten sich seine Augen wieder auf den Fötus.

Es gab bei der nächsten Versammlung einiges zu besprechen.

VI.
KAPITEL

19. März 1675
Osmanisches Tributland

Scylla saß im Arbeitszimmer auf dem Boden, den Rücken an ein Bücherregal gelehnt. Um sie herum verteilt lagen die verschiedensten Bücher über die Beschaffenheit von Blut, sowohl das von Menschen als auch das von Tieren.

Die vielen Experimente mit dem Upirinablut waren enttäuschend verlaufen. Sie hatte es mit Weihwasser gemischt, ohne dass etwas geschah. Des Weiteren reagierten Blutstropfen, die sie auf ein Kruzifix, eine Bibel und eine Hostie träufelte, nicht im Geringsten. Vielleicht ließen sich nicht alle Upire von religiösen Symbolen schrecken. Oder lag es daran, dass sie nur noch das Blut und nicht mehr die tobende Untote auf diese Weise untersuchen konnte?

Was Scylla irritierte: Die herausgebrochenen spitzen Zähne der Upirina färbten sich gelb, auch die Präparate zeigten trotz der Konservierung deutliche Spuren des Zerfalls. Einen handwerklichen Fehler ihrerseits schloss sie aus. War es möglich, dass die übernatürliche Kraft, die aus Toten Upire machen konnte, auch nach deren Vernichtung noch weiterwirkte und sich nun gegen das ehemalige Werkzeug wendete?

Scylla hatte außerdem noch keine befriedigende Theorie entwickelt, *was* diese übernatürliche Kraft sein könnte. Für ihren Vater schien es festzustehen: Der gottesfürchtige Mann war sicher, dass die Upire vom Teufel geschaffen wurden. Dies deckte sich mit dem Glauben vieler Menschen, von dem sie in dem Büchlein des türkischen Statthalters gelesen hatte – dass nämlich der Sheitan, ein Dämon, in die Leichen einfuhr und die Toten wieder lebendig machte. Doch das alles empfand Scylla als zu wenig wissenschaftlich. Warum sollte ein Upir dann endgültig sterben, bloß weil man ihm den Kopf abschlug? Oder war das der Sitz des Bösen?

Neue Untersuchungen waren notwendig. Den nächsten Upir wollte sie lebend fangen. Scylla ließ ihren Blick über die Einbände der Bücher schweifen und sah zur Decke hinauf. Es wäre zu schön, einen solchen Dämon beobachten und untersuchen zu können, bevor man seinen Körper auseinanderschnitt ...

Sie rief sich zur Ordnung. Da der Glaube an etwas Übersinnliches bislang keinen Erfolg erbracht hatte, suchte sie nun wie besessen nach wissenschaftlichen Erklärungen für die Ungerinnbarkeit des Upiriblutes.

Grübelnd wählte sie die Schriften Marcello Malpighis, der etwas über systematische mikroskopische Untersuchungen der Leber, Milz, Lunge, der Großhirnrinde, der Niere, der Lymphknoten und etlicher anderer Organe geschrieben hatte; doch auch in diesen faszinierenden Analysen suchte sie vergebens nach aufschlussreichen Bemerkungen über Blut.

Gezielt nahm sie sich daraufhin Antoni van Leeuwenhoeks neue Aufzeichnungen vor und entdeckte endlich etwas. Er hatte der Royal Society in London über seine weitgefächerten mikroskopischen Beobachtungen berichtet. Karol kannte ein Mitglied der Society, das ihn laufend mit den neuesten Erkenntnissen versorgte. Sie überflog die Abschriften. Leeuwenhoek sprach von kleinen roten Plättchen im Blut, über deren Funktion er rätselte. Die Bemerkung des Mitglieds der Royal Society am Rand des Blattes fand sie respektlos: *»Absolute nonsense!«* Scylla dachte ganz anders.

Sie musste sich zusammenreißen, um nicht abzuschweifen, und suchte weiter nach Details über Blutgerinnung. Als sie nichts fand, zwang sie ihre Gedanken in die umgekehrte Richtung: das Nichtgerinnen.

»Blutegel«, murmelte sie und legte den Kopf in den Nacken, um zum Fenster zu schauen. Durch ihre Studiererei hatte sie nicht bemerkt, dass es bereits Abend geworden war. »Natürlich!« Scylla ärgerte sich, dass sie auf das Offensichtliche nicht viel früher gekommen war: Die Wunden, die Blutegel bissen, schlossen sich ebenfalls nicht sofort und blieben, solange der Egel an der Haut haftete, offen. Sonderten sie etwas ab, was das Blut verdünnte? Trugen Upire etwas Ähnliches in sich?

Scylla strahlte. Sie war einem großen Geheimnis auf der Spur und freute sich, neue Untersuchungen machen zu können. Sie würde Egel sezieren und deren Speichel genauestens unter dem Mikroskop betrachten, ihn mit dem Speichel oder zumindest dem Zahnbelag der Upirina vergleichen. Und mit ein bisschen Glück würde es in absehbarer Zeit einen neuen Wiedergänger geben, dem sie frisches Material entnehmen konnte.

Sie erhob sich und räumte die Bücher eines nach dem anderen zurück in die Regale. Besonders in einer Bibliothek musste Ordnung herrschen, sonst verloren sie und ihr Vater alsbald den Überblick.

Ein mannsgroßer Schatten glitt am Ende der Regalgasse vorbei.

»Vater?« Scylla wandte freudig den Kopf. »Vater, ich habe dir etwas zu sagen.« Sie schritt mit einem Folianten in der Hand die Reihe ab und sah durch den schmalen Spalt über den einsortierten Buchern hinweg die schwarzen Umrisse eines Menschen, der sich auf gleicher Höhe mit ihr bewegte. »Ich habe mir Gedanken über die Upirina gemacht.«

Die Silhouette gab keinen Laut von sich und behielt die gleiche Geschwindigkeit bei.

Scylla zog die Brauen zusammen. Das kam ihr merkwürdig vor. Die Holzdielen hätten leise knarren müssen, wie sie es gewöhnlich taten, wenn man darauftrat, doch sie quietschten nur auf ihrer Seite. Nicht auf der des Vaters.

Scylla blieb stehen, legte eine Hand auf den Rücken und packte den Dolchgriff, während sie langsam weiterging. In vier Schritten Entfernung endete das Regal, und sie würden sich gegenüberstehen. Scylla spürte keine Angst, sie wusste mit der Klinge umzugehen. *Wahrscheinlich ist es sowieso wieder nur ein Trick von Vater, um mich zu necken oder zu prüfen.*

Als sie noch einen halben Schritt vom Ende des Regals entfernt war, machte sie einen großen Sprung und lachte laut, um zu zeigen, dass sie sich nicht überraschen ließ. Vor ihr stand –

– Schwärze.

Das Wesen, dem sich Scylla gegenübersah, wirkte wie ein Mann, der mit dunkler Farbe übergossen worden war. Nicht einmal die Augen waren ausgelassen worden.

»Wer bist du?«, entfuhr es ihr.

Mit einem lauten Grollen machte die Gestalt einen Schritt auf Scylla zu. Langsam hoben sich die dunklen Arme. An den Händen reflektierten schwarze Krallen das Licht.

Scylla wich zurück und schlug geistesgegenwärtig mit dem Buch zu, um den ersten Angriff abzuwehren. Gleichzeitig schoss ihre Hand mit dem Messer nach vorne.

Die Klinge traf ein butterweiches Ziel, und als Scylla sie herauszog, rann rotes Blut auf die Dielen.

Dies lenkte sie einen Moment ab – und sie bekam einen Schlag gegen die Körpermitte, der sie von den Dielen hob und gegen das hintere Regal schleuderte. Atlanten, Nachschlagewerke und andere dicke, schwere Bücher regneten auf sie herab. Ein Treffer am Kopf ließ ihre Sicht verschwimmen und zwang sie in die Knie.

Der schwarze Umriss ließ sich wie ein Tier an einem Teich auf alle viere nieder und leckte das verlorene Blut vom Boden.

Dann stieß es einen röhrenden Schrei aus, sprang zum Fenster und schwang sich auf das Sims.

Scylla kämpfte sich wieder auf die Beine, doch als sie nach dem Schatten sehen wollte, war er verschwunden. Ächzend humpelte sie zu der Stelle, an der sie das Blut des Angreifers gesehen hatte.

Es war verschwunden.

Ein Upir! Wie hat Vater diese Art noch genannt ... Umbra. Scylla hob die Klinge hoch, an der zäh wie Siegelwachs das tiefrote Blut des Wesens haftete. Sofort waren der Schreck und jeder Schmerz vergessen. Damit gab es noch mehr zu examinieren, sobald sie die Unordnung aufgeräumt hatte.

Während sie ein Werk nach dem anderen zurücksortierte, fragte Scylla sich, warum der Umbra sie nicht mehr angegriffen hatte – und was ein so mächtiger Upir überhaupt in der Mühle gewollt haben konnte ...

15. Mai 1675
Osmanisches Tributland

Scylla schreckte aus dem Schlaf.

Mondschein fiel durch das Fenster und malte ein helles Rechteck auf den Steinboden der Mühle. Ein Blick auf den Chronographen an der Wand zeigte ihr, dass es bereits ein Uhr morgens war.

»Viel zu spät«, murmelte sie, sprang aus dem Bett und nahm ihren Überwurf vom Haken. Karol und sie hatten den ganzen Tag gemeinsam im Wald verbracht, um Kräuter zu suchen. Sie packte ihr Messer und machte es am Gürtel fest, bevor sie die Leiter erklomm, die zur Plattform führte.

Beinahe hätte sie ihren Kometen versäumt, der sich bereits in der gestrigen Nacht als leichtes Glitzern am Himmel angekündigt hatte. Wenn man wusste, worauf man achten musste, war das Aufspüren eines Kometen auch in der verwirrenden Vielfalt des nächtlichen Firmaments ein Kinderspiel.

Sie schob die Klappe über dem Ausstieg zur Seite und trat hinaus in die Nacht. Der Hauch von frischem, feuchtem Gras und Blumen lag in der Luft. Es waren schöne, angenehme Gerüche. Sie bedeuteten eine willkommene Abwechslung zu den mitunter ätzenden, Haut und Lunge reizenden Dämpfen in den Laboratorien, die sie scherzhaft auch Hexenküche nannte. Obwohl das, was sie dort anrührte, natürlich streng auf den Grundlagen der Wissenschaft basierte.

Scylla schob das Fernrohr in die richtige Position und suchte den Himmel links neben dem Sternbild des Großen Wagens nach dem Wandelstern ab.

Ein Schatten huschte vor der Linse entlang, und sie fuhr mit einem unterdrückten Schrei zurück. Scylla zückte das Messer und sah – eine Eule, die sich durch die Nacht schwang.

Scylla atmete auf. Sie hatte ein erneutes Zusammentreffen mit dem Umbra befürchtet, der vielleicht noch immer umherstreifte.

Als sie Karol vom Angriff des Upirs berichtet hatte, war er zu ihrer großen Überraschung sehr ruhig geblieben. Zunächst hatte er sich zwar besorgt erkundigt, ob ihr etwas zugestoßen sei, doch da dem nicht so war, schien ihn die Angelegenheit nicht weiter zu interessieren: »Vielleicht wollte er sich hier nur vor einem Verfolger verstecken.«

»Ausgerechnet bei uns? Und wer, meinst du, könnte einen Umbra jagen? Hast du nicht selbst gesagt, dass dies die gefährlichsten Upire sind?«

»Das sind sie, Tochter. Aber ich glaube nicht, dass dieses Exemplar dir gefährlich geworden wäre.«

»Und willst du nicht ...«

»Doch, doch. Ich werde mich natürlich auf die Suche nach

ihm begeben.« Das war das Letzte, was er dazu sagte. Scylla wusste nicht, ob er seiner Behauptung jemals Taten hatte folgen lassen. Sie fand sein Verhalten immer noch merkwürdig. Oder war es möglich, dass ihr Vater mit dem Angriff gerechnet hatte? War es doch nichts anderes als ein Test gewesen?

Plötzlich vernahm Scylla über das Knarren der Windmühlenflügel hinweg ein lautes, deutliches Schnauben, gefolgt von einem Klirren, wie es Pferdegeschirr verursachte. Sie horchte. Waren die Schimmel aus der Scheune entwischt? Sie ging an die andere Seite der Plattform und sah hinab.

Rings um die Mühle standen zwölf Kutschen!

Es handelte sich nicht um einfache Einspänner, mit denen die besseren Leute aus der Gegend umherfuhren, sondern richtige Karossen mit zwei oder sogar vier Pferden davor. Auf den Kutschböcken saßen Männer, mal zwei, mal drei, die stumm und regungslos warteten. Die Tiere verhielten sich ebenso geduldig, scharrten höchstens kurz mit einem Huf im Gras oder schüttelten sich. Niemand bemerkte das neugierige Mädchen.

Scylla wurde bei dem unerwarteten Anblick von vielen Gefühlen bestürmt, die von Verwunderung über Unbehagen bis Sorge reichten. Nach einem Überfall sah es jedoch nicht aus.

Sie konnte sich zunächst nicht erklären, warum ihr Vater nichts von dem Besuch gesagt hatte. *Weil ich es nicht wissen soll,* gab sie sich selbst die Antwort und eilte zur Leiter, um nach unten zu steigen. Die unstillbare, drängende Wissbegier trieb sie vorwärts.

Weder im Arbeitszimmer noch in der Küche gab es einen Hinweis auf die Fremden, also lauschte sie an der Tür zur Scheune. Leise, undeutliche Geräusche erklangen dahinter und lockten sie geradezu, sich heimlich in das Gebäude zu stehlen.

Kurz zuckte der Gedanke durch ihren Kopf, dass Karol böse mit ihr sein würde, wenn sie man sie entdeckte.

Andererseits ...

Sie öffnete die Tür einen Spaltbreit. Heller Lichtschein fiel in die dunkle Küche. Er kam aus dem oberen Stockwerk der Scheune, und auch von dort erklangen Stimmen.

Scylla wunderte sich. Bei ihren seltenen Besuchen in der Scheune hatte sie dort nichts Außergewöhnliches bemerkt. Was konnten die Männer und Frauen, denen die vornehmen Kutschen gehörten, ausgerechnet dort oben suchen?

Leise schob sich Scylla durch den Türschlitz und eilte in den hinteren Bereich, wo die Schimmel standen. Vom Rand des Trogs kletterte sie durch die Futterklappe in die Zwischenetage, die der Aufbewahrung des Heus diente, und arbeitete sich im Schatten der Stützstreben zum zweiten Geschoss vor.

Scylla presste sich an einen Pfeiler – und staunte.

Die Scheune war nicht wiederzuerkennen! Wie hätte sie ahnen können, dass sich unter dem Dach ein so gewaltiger Raum befand, der es mit den märchenhaften Beschreibungen von Ballsälen aufnehmen konnte, in denen Fürsten und Könige tafelten oder rauschende Feste feierten?

Männer und Frauen in ganz unterschiedlicher Kleidung saßen an der eindrucksvollen Tafel, sechs an jeder langen Seite. Am Kopfende thronte, mit dem Rücken zu Scylla, ein einzelner Mann. Ihnen allen sah man ihren Reichtum deutlich an: Der Schmuck an ihren Fingern und Hälsen war beeindruckend. In manchen Fällen machte die Garderobe der eines Königs Konkurrenz; selbst ihr Vater, den sie seit Jahren nur in einfacher Kleidung gesehen hatte und der sich auch heute im Vergleich zu den Gästen deutlich zurückhielt, war kaum wiederzuerkennen.

Scyllas Blicke wurden von dem dunklen Kleid einer Frau angezogen, auf dem sich das Licht an der Schulterpartie und am Dekolleté funkelnd brach. Was sie zuerst für Spiegelsplitter gehalten hatte, erkannte sie schließlich als Diamanten! Es mussten Hunderte sein, die ihrer Trägerin einen überirdischen Glanz verliehen und auf jede noch so kleine Bewegung mit neuem Glitzern reagierten.

Diesem Kleid machte ein hellgrauer Gehrock Konkurrenz, auf dem fantasievolle Muster mit schwarzem Garn eingestickt waren; dort, wo sich die Linien berührten, saßen dunkelrote, fingernagelgroße Karfunkel, die wie roter Bernstein funkelten – aber auch an kunstvoll erstarrte Blutstropfen erinnerten. Die Ornamente und Steine boten einen Anblick, von dem sich Scylla nicht losreißen konnte. Je länger sie darauf schaute, desto mehr bekam sie den Eindruck, dass die Linien in Bewegung gerieten und sich der Gehrock genussvoll um seinen Träger wand wie eine zufriedene Schlange.

Doch ganz gleich, welchen Stil die Männer und Frauen bei ihrer Kleidung bevorzugten: sie alle trugen besonders auffällige, kostspielige Perücken. Manche hatten die weißen Locken mit Golddrähten zu kunstvollen Gebilden aufgetürmt, andere ganze Strähnen durch Silber ersetzen lassen. Und überall glänzten Glas- und Edelsteine, Broschen – es gab keine Beschränkung. Bei allem Prunk wirkte aber keine der Perücken albern, sondern verstand es stets, die hoheitsvolle Wirkung ihres Besitzers oder ihrer Besitzerin zu betonen.

Auf der Tafel ausgebreitet lagen aufgeschlagene Bücher, Handschriften und Pergamente. Die Versammlung diskutierte lautstark untereinander. Gelegentlich nahm eine Frau oder ein Mann ein Schriftstück in die Hand, überflog das Geschriebene und widmete sich erneut dem Disput.

Scylla verstand Bruchstücke der Unterredungen, und es genügte, um zu erkennen, dass es sich um Gespräche über Forschungen handelte, vielerlei Erkenntnisse über besondere Mixturen und die speziellen Mischungsverhältnisse von Tinkturen.

Sie wusste, dass sie hier Zeugin einer Versammlung von Gelehrten wurde, gewiss ein Zirkel von Gleichgesinnten, die dasselbe Ziel verfolgten. Das erklärte auch, warum ihr Vater sie nicht dazugeholt hatte: Sie war noch zu jung und ungebildet.

Noch.

»Verehrte Cognatio!« Der Mann am Kopfende der Tafel, der einen Überwurf aus weißer Seide über seiner Kleidung trug, erhob sich. »Die Zeit ist bereits vorangeschritten, und einige von uns haben noch einen weiten Weg vor sich. Deshalb sollten wir zu einem Ende gelangen.« Es dauerte eine Weile, bis die Gespräche verstummten. »Die Forschungsergebnisse, die uns heute Abend vorgetragen wurden, machen Mut ... jedoch, verehrte Cognatio, mehr auch nicht. Es ist uns nach wie vor kein Durchbruch gelungen, obwohl Baron Carzic«, er neigte den Kopf in Richtung eines Mannes in einem langen braunen Gehrock, auf dem grüne und goldene Stickereien zu sehen waren, »einige bemerkenswerte Entdeckungen gemacht hat.«

»Wie wir alle, Ischariot«, warf eine Frau in einem rotweißen Kleid leise ein. Etwa die Hälfte der Versammlung lachte. Scylla musterte sie aufmerksam und fand sie ebenso anziehend wie ehrfurchteinflößend. Sie mochte vierzig Jahre alt sein, eine bildschöne Frau mit einer verschwenderischen Robe. Um ihre Lippen spielte ein spöttisches Lächeln, das Grübchen in die Wangen zauberte. Carzic, der sich halb erhoben und bereits zu einer Verbeugung angesetzt hatte, verzog den Mund und setzte sich wieder.

Scylla wunderte sich über den Namen, den der Mann mit dem weißen Mantel trug. *Ischariot.* Es hatte den Anschein, als handelte es sich bei ihm um den Kopf dieser Versammlung. Wie merkwürdig, ihm als Ehrentitel ausgerechnet den Namen des Mannes zu verleihen, der den Sohn Gottes verraten hatte! Doch dann fiel ihr ein, mit welcher Bewunderung Karol von Judas gesprochen hatte. Mehr als einmal.

»Höre ich da einen gewissen Neid, Baronin Metunova?«, sagte Ischariot schneidend.

»Nein, sicherlich nicht. Wir alle hatten bereits unsere Sternstunden. Carzic hat wenigstens gleichgezogen«, sie lächelte huldvoll zu ihm hinüber, »doch das ist meiner Ansicht nach nicht besonders bemerkenswert. Wäre es ein Rennen, würde ich sagen, dass er als Letzter ins Ziel gekommen ist. Wir anderen sind bereits beim nächsten Lauf.« Sie nahm einen weißen Spitzenfächer hervor und klappte ihn mit einer schnellen Bewegung auseinander. »Ich habe Euch unterbrochen, Ischariot. Verzeiht mir.« Sie fächelte langsam, überlegen und provozierend. Scylla betrachtete sie voller Bewunderung.

Ischariot begegnete ihrer kühlen Verachtung mit nur schlecht unterdrücktem Ärger, fuhr aber fort: »Kommen wir zu einem Gebiet, um das wir uns immer wieder kümmern müssen und das vorhin nicht ausreichend gewürdigt wurde.« Er sah eindringlich von Gesicht zu Gesicht. »Hat noch ein anderes Mitglied der Cognatio von neuerem Schädlingsbefall zu berichten?«

»Ich hatte eine Tenjac zwei Dörfer von meiner Residenz entfernt, die zwei Männer heimsuchte und sie übel vexierte«, berichtete eine Frau, die wesentlich jünger als die fächerbewehrte Baronin wirkte. »Ich habe sie aber ausfindig machen und vernichten können, ehe sie Schlimmeres anrichtete. Die Untersuchung des lebendigen Leichnams ergab leider nichts Neues, sonst hätte ich es in meinem Vortrag vorhin zur Sprache gebracht.«

Ischariot beugte sich vor, nahm Tinte und Feder und machte sich einen Vermerk. »Somit haben wir so gut wie keine gravierenden Vorfälle in den letzten zehn Monaten zu verzeichnen. Abgesehen von dem Üblichen«, gab er nach einem langen Blick auf das Papier bekannt. »Ich bin sehr zufrieden mit der Cognatio.« Er sah, dass noch jemand seine Hand gehoben hatte. »Baron Illicz?«

»Verzeiht mir, dass ich erst jetzt etwas zur Sprache bringe, was von großer Wichtigkeit sein könnte. In mein Haus ist ein Umbra eingedrungen, und ich habe den Verdacht, dass es nicht zufällig geschehen ist«, sagte Karol und blickte zu Carzic. »Ich wollte Euch die Möglichkeit geben, selbst davon zu berichten, Baron. Wollt Ihr nun etwas dazu sagen?«

Carzic hüstelte in die angespannte Stille hinein. »Es könnte ... nun ... durchaus sein, dass es meiner war.«

»Ist das etwa der Umbra, den Ihr schon vor der letzten Versammlung gefangen gehalten habt?«, donnerte Karol. »Der Umbra, den Ihr schon längst hättet töten sollen?«

Carzic überhörte die Anklage, sondern sah zu Ischariot. »Er ist mir entkommen, als ich ihn für eine Untersuchung vorbereitete. Es tut mir leid. Aber bedenkt bitte, welche Ergebnisse ich erzielt habe! Es ist mir gelungen, ihn länger am Leben zu erhalten, als es bisher möglich schien.«

»Ihr haltet Euch also einen regelrechten Haus-Umbra?«, merkte Metunova an. »Wie niedlich! Werdet Ihr eine Zucht eröffnen, Carzic?« Diesmal stimmte fast die gesamte Cognatio in das spöttische Gelächter ein. Nur Karols Ärger war noch lange nicht verflogen.

»Ich dachte, es gäbe eine Abmachung, dass wir die Schattenkriecher nicht zur Forschung heranziehen. Weil sie *gefährlich* sind!«

Carzic sah ihn böse an. »Aber sie sind für meine Untersuchungen perfekt. Auf diese Weise erfahren wir viel eher, ob wir dem Geheimnis auf der Spur sind oder nicht. Ich habe ihm bereits vier Monate mehr verschafft. Das ist die Verdopplung seiner normalen Lebenszeit.«

»Die er genutzt hat, um in *mein* Haus einzudringen und *meine* Elevin in Gefahr zu bringen.« Karol starrte Carzic an. »Sie ist eine beherzte junge Frau und hat ihn in die Flucht geschlagen, aber es hätte ebenso gut sein können, dass die Cognatio mich in tiefer Trauer um meine Tochter vorgefunden hätte.«

»Aber ...«

»Schweigt, Baron!«, unterbrach Ischariot die Verteidigungsrede. »Illicz ist im Recht. Ihr werdet keinerlei Experimente mehr mit diesem oder einem anderen Umbra anstellen.« Er zeigte mit dem Federkiel auf Carzic. »Ich gebe Euch eine Woche, ihn zu fangen und zu töten. Gelingt es Euch, so seid Ihr von Eurer Schuld befreit. Danach ist die Jagd für alle freigegeben – und Ihr, Baron Carzic, werdet mit schweren Folgen zu rechnen haben.«

Der Gemaßregelte legte die linke Hand auf der Höhe seines Herzens an die Brust und verbeugte sich tief. Es sah sehr unterwürfig aus. Karol schnaubte verächtlich.

Ischariot legte die Feder auf den Tisch. »Wenn es keine weiteren Wortmeldungen gibt, beende ich diesen Teil unseres geschätzten Zusammentreffens.« Als niemand sich meldete, nickte er befriedigt und hob die Hände zur Perücke. »Gedenken wir nun also dem Mann, dem wir unsere Existenz verdanken. Erheben wir uns zu Ehren des wahren Gläubigen, dem die Christenheit so viel schuldet«, sagte er und stand auf. »Er wird eines Tages den gerechten Lohn für seine heilige Tat erhalten.«

Die Männer und Frauen, darunter auch Karol, folgten seinem Beispiel, erhoben sich und legten die Finger an den eigenen Kopfschmuck.

»Lasst uns feierlich schwören, sein Andenken jetzt und für alle Zeiten zu bewahren!« Ischariot hob die Perücke an. Darunter kam kurzes, rotes Haar zum Vorschein, das verschwitzt am Schädel lag.

Die Cognatio tat es ihm nach. Noch mehr Rot leuchtete auf, in allen Schattierungen von einem satten Kupferton und einer kräftigen Farbe, die an Blut erinnerte, bis hin zu rötlichem Blond.

Scylla sah zu ihrem Vater und erkannte seinen dunklen, lockigen Rotschopf. Der Anblick irritierte sie immer wieder. Seit

Scylla in der Mühle lebte, hatte sie Karol höchstens zwanzig Mal ohne seine Perücke gesehen. Nur an ganz heißen Sommertagen legte er sie für ein paar Momente ab.

»Judas Ischariot, Retter der Menschheit, Gesegneter und Verkannter«, sprach der Mann am Kopfende wie bei einem Gebet.

»Ewige Ehre gebühre ihm«, riefen die Männer und Frauen mit geschlossenen Augen.

»Wir wissen um deine Größe, Judas Ischariot, und wir tragen dein Erbe in uns, auf dass du ewig lebst und wir den Menschen Heil und Rettung bringen, so wie du es von uns verlangst.«

»In deinem Geiste werden wir handeln«, murmelte die Cognatio. »Das schwören wir.«

Ischariot schloss ebenfalls die Augen. Schweigen senkte sich über die Versammlung. Scylla wagte kaum zu atmen.

Es dauerte einige Zeit, bis alle zwölf gleichzeitig die Lider hoben. Auf ein Zeichen Ischariots setzten sie die Perücken wieder auf. »Damit erkläre ich die Zusammenkunft der Cognatio für beendet«, verkündete er. »In einem Vierteljahr sehen wir uns wieder, wie es die Tradition unserer uralten und ewigen Gesellschaft verlangt. Ich erwarte neue Ergebnisse von Euch.«

Die Versammlung erhob sich, Bücher wurden zusammengeklappt, Dokumente raschelnd eingesammelt; die Männer und Frauen strebten nacheinander der Treppe zu.

»So, wie er darauf drängt, könnte man meinen, dass seine Zeit bald abläuft«, kommentierte Baronin Metunova, ohne die klare Stimme auch nur ein bisschen zu dämpfen, und lächelte dabei hinter ihrem weißen Fächer. Sie hatte sich noch nicht bewegt und die Schriften um sich herum nicht angerührt.

Ischariot schritt an ihr vorbei, ohne sie eines Blickes zu würdigen. Im Vorbeigehen sagte er: »Eure Sorge um mein Wohl berührt mich sehr, liebe Baronin.« Er versuchte, gleichmütig zu sein, aber man hörte deutlich, wie sehr ihn die Worte reizten. »Aber ich versichere Euch, dass ich Euch überleben werde.«

»Dann solltet Ihr selbst bald Ergebnisse bringen, Ischariot. Soweit ich weiß, seid Ihr viel, viel älter als ich.« Sie fächerte betont langsam.

Scylla hielt den Atem an. Sie glaubte, dass Ischariot sich jeden Augenblick umdrehen und zuschlagen würde, die Wut sprang ihm förmlich aus den Augen. Doch er ging weiter und verließ den Raum; im Vorbeischreiten winkte er einen der Barone zu sich. Der Auserwählte raffte seine Bücher zusammen, nickte in die Runde und eilte hinterher. Auch für Scylla wurde es Zeit, in ihre Kammer zurückzukehren. Sie wartete einen günstigen Augenblick ab, rutschte an dem Pfeiler nach unten, eilte in die Mühle und rannte die Treppe hinauf in ihr Zimmer. Weil sie ahnte, dass Karol bald nach ihr sehen würde, warf sie sich mitsamt der Kleider am Leib auf ihr Lager und deckte sich zu.

Was hatte es mit dem Wortwechsel über das Alter des Umbra auf sich? Nach welchem Ergebnis suchte Ischariot so dringend? Welches Spiel mochte er spielen? So viele Fragen huschten durch ihren Kopf, die sie ihrem Vater nicht stellen konnte, ohne sich zu verraten!

Es dauerte wirklich nicht lange, da fiel Karols Schatten auf sie; anhand der Schritte wusste sie, dass er nicht allein gekommen war. Sie spürte die zärtliche Hand ihres Vaters auf der Stirn und murmelte leise, um ihn glauben zu machen, dass sie wirklich schlummerte. Nur gut, dass weder er noch seine Begleitung hören konnten, wie laut ihr Herz schlug.

»Das ist sie also?«, sagte Baronin Metunova, die mit Karol an Scyllas Bett getreten war. Sie klang sowohl neugierig als auch erstaunt.

»Ja, das ist sie, Lydia.« Karol betrachtete das schlafende Mädchen, das entgegen seiner Angewohnheit das Laken bis an den Hals hochgezogen hatte. »Meine Tochter. Meine Elevin.«

»Dreizehn Jahre und doch schon so gescheit, wie ich an den Arbeiten sah, die Ihr mir sandtet«, flüsterte die Baronin. »Wann wird sie der Cognatio vorgestellt?«

»Ich muss sie erst auf das vorbereiten, was ihr bevorsteht. Und damit meine ich nicht das Fachliche.« Karol nahm die Augen nicht von seiner Tochter. »Ich werde es ihr noch nicht offenbaren, aber sie wird einmal eine bessere Gelehrte und Forscherin sein als ich. Ihre Auffassungsgabe ist unglaublich, und ihr Verstand ist in der Lage, jeden Ekel und jegliches Grauen abzuschalten, wenn sie präpariert oder seziert.« Stolz und Bewunderung schwangen in seiner Stimme mit. »Ihr hättet sie sehen sollen, als sie der Upirina gegenüberstand und sie angriff!«

Lydia sah Karol an. »Dann kann ich mir berechtigte Hoffnung machen, dass wir endlich ein Mittel gegen die übelste aller Krankheiten finden.«

Er nickte. »Das könnt Ihr. Ich hoffe nur, dass der nächste Ischariot kein einfältiger Idiot wie Jaminski sein wird.«

»Ihr beschwert Euch bei der Falschen. Ich habe ihn ebenso wenig gewählt wie Ihr, Karol«, erinnerte sie ihn und ging zur Treppe. »Danke, dass ich sie sehen durfte. Doch ich gebe Euch den Rat, härter zu ihr zu sein.«

»Härter?«

Sie nickte. »Ich kenne Eure Schwäche sehr genau, Karol. Ihr seid ein stolzer Vater, den ein paar große, bittende Augen in die Knie zu zwingen vermögen. Treibt sie noch strenger an und bestraft jede Verfehlung unnachgiebig. Und noch etwas ist wichtig: Sie mag so schlau sein, wie ihr sagt, und nicht durch Furcht und Ekel in ihren Taten beschränkt. Doch um wahre Größe zu erreichen, lieber Freund, muss sie hart werden.«

»Darf ich auf Eure Unterstützung bei der Abstimmung zählen?«, fragte er leise und bittend, ohne auf ihren Ratschlag einzugehen.

Lydia hob die rechte Braue. »Die werdet Ihr erhalten, Karol, wenn Ihr mir bewiesen habt, dass Ihr mehr als nur ein Herz aus Wachs habt. Denkt daran, dass es nur zum Wohle Eurer Elevin ist.« Sie lächelte und ging die Stufen hinab.

Scylla hörte, wie sich die Schritte des Vaters von ihrem Bett entfernten; er kehrte ebenfalls nach unten zurück, um eine weitere Nacht in den Laboratorien zu verbringen. Sie öffnete die Augen.

Ihre Bewunderung für die Baronin war nach den deutlichen Worten abgekühlt, und sie spürte ein Gefühl in sich, das eine Mischung aus Wut und Empörung war. Wie konnte Metunova es wagen, sich einfach in ihre und Karols Angelegenheiten einzumischen? Und von was für einer Abstimmung war die Rede gewesen?

In Windeseile kletterte Scylla auf die Plattform, brachte das Fernrohr in Position und beobachtete, wie die letzten Kutschen den Weg entlangdonnerten und, sobald sie den Wald verlassen hatten, in alle Himmelsrichtungen davonfuhren.

Das Gespann der Baronin war nicht schwer auszumachen, da sie sich als Letzte verabschiedet hatte. Scylla stellte das Fernrohr scharf.

In diesem Moment schob eine behandschuhte Hand den Vorhang des Kutschfensters zur Seite. Metunovas Gesicht schien das Mondlicht zu reflektieren. Sie blickte geradewegs in die Linse – und wusste, dass sie beobachtet wurde! Ihr Lächeln war kalt wie Eis, als sie etwas flüsterte.

Zurück ins Bett mit dir.

Erschrocken eilte Scylla auf ihr Zimmer.

12. Dezember 2007
Deutschland, Sachsen, Leipzig, 19.18 Uhr

Das Wiedersehen mit Marek hat alte Wunden aufgerissen. Uralte. Meinem Bruder traue ich sehr viel zu; sogar, dass er es sich anders überlegt und mir doch ein Leid antun wird.

Ich habe deswegen die Nächte wie besessen an dem Buch gearbeitet und noch mehr Erlebnisse des kleinen Mädchens zu Papier gebracht. Mareks Gesicht hat die Bilder noch lebendiger werden lassen. Es tut sehr gut, sich abzulenken und sich alles von der Seele zu schreiben.

Ich denke jedenfalls, dass es die Seele ist.

Manchmal schmücke ich die Begebenheiten etwas aus und übertreibe das, was ich noch weiß, doch es ist in ähnlicher Weise so passiert. Ich bin mir sogar sehr sicher, dass die damalige Realität sogar noch grausamer, blutiger und schrecklicher war.

Meine Finger schlagen das Heft zu, in das ich alles schreibe. Natürlich in Sütterlin, Gewohnheiten lassen sich schlecht ablegen.

Meine Augen wandern zur Uhr, ein antikes Stück, das ich vor ein paar hundert Jahren aus Versailles gestohlen habe. Der Palast lag gerade auf dem Weg, den ich genommen hatte, und später war ich sehr froh, dass ich die Uhr mein Eigen nennen durfte. In meinem Besitz macht sie sich besser als in dem von ein paar Revolutionären.

Die Zeiger sagen mir, dass ich aufbrechen muss. Mein Sorgenkind erwartet mich, oder besser gesagt: Ich muss es im Auge behalten.

Die Neigungen von Hendrik Lobitsch sind nicht gesellschaftsfähig. Bei Prostituierten muss man für die Erfüllung dieser Wünsche sehr viel Geld bezahlen; keine normale Frau würde bei seinen Spielchen mitmachen. Das hat ihn verbittert und noch gestörter gemacht. Teufelskreis, nennt man das landläufig.

Und trotzdem ahnt niemand etwas von seinen bizarren Vorlieben. Das Unternehmen, bei dem er seit beinahe dreißig Jahren arbeitet, hat ihn schon mehrfach als Mitarbeiter des Jahres ausgezeichnet. Keine von den Putzfrauen, die gelegentlich mit ihm scherzen, oder von den gepflegten Sekretärinnen, denen er bei Büroumzügen stets zuverlässig und freundlich hilft, ahnt, dass er davon träumt, sie auf die widerlichsten Arten sexuell zu erniedrigen und dies nur zu gerne anonym in Internetforen kundtut.

Keiner von den Kumpels, mit denen er gelegentlich auf Achse ist und deren Frauen er Komplimente macht, weiß etwas von seiner Snuff-Film-Videothek, die er wie einen Schatz hütet.

Niemand würde auf die Idee kommen, dass er seinen Zuchtkaninchen, mit denen er schon so manchen Preis gewonnen hat, am liebsten den Kopf abreißt und sie anschließend roh verzehrt. Oder dass sein Bauch von Narben übersät ist. Sie stammen von den Rasierklingen, mit denen er sich beim Onanieren schneidet, um seine Lust immer weiter zu steigern. Nutten, die das für ihn machen, findet er in Leipzig schon lange nicht mehr.

Vielleicht ist Lobitsch einfach nur so normal wie Tausende andere Menschen, die Tag für Tag eine Maskerade aufrechterhalten. Ich verurteile niemanden für seine sexuellen Vorlieben. Aber wenn dadurch die Leben anderer in Gefahr geraten, kann ich nicht ruhig zusehen. Bereits einmal hat er die Grenze überschritten. Damals konnte ich im letzten Moment eingreifen.

Nun ist es wieder so weit. Hendrik Lobitsch verlässt sein Haus nicht mehr ohne Messer. In den letzten Wochen hat er es zu oft geschliffen, zu oft an Fleischstücken ausprobiert. Es geht nicht mehr lange gut mit ihm.

Ich erhebe mich, streife den Bademantel ab. Meine rote Unterwäsche verschwindet heute unter schwarzen Lederhosen aus Büffelkalb; über die hellbraune, aufwendig bestickte Gucci-Bluse gürte ich ein schwarzes Mieder, darüber ziehe ich den bodenlangen schwarzen Ledermantel, der mir auf den Leib geschneidert worden ist. Dann noch Stiefel, Handschuhe, die schwarze Wollmütze. Ich bin bereit für meinen Ausflug in die Nacht.

Bevor ich mich auf den Weg zu Lobitsch mache, gehe ich in den Keller. Wie jedem anderen Mieter auch steht mir hier ein kleiner Raum zur Verfügung. Manche haben ein Weinlager daraus gemacht, andere trocknen hier ihre Wäsche, wieder andere lassen alte Regale, Sofas und Stühle in diesem dunklen Grab verschwinden.

Mein Kellerabteil ist anders. Niemand sonst hat ein elektronisches Schloss an der Tür angebracht und eine eigene Lüftung installiert. Ich tippe den Zugangscode ein, 42-666-23. Es fiept und klickt gleichzeitig, dann kann ich über die Schwelle in mein kleines Laboratorium treten, an dem jeder Terrorist seine helle Freude hätte. Offiziell ist es mein Fotolabor, inoffiziell meine Gift-, Spreng- und Brandküche. Dabei lagere ich eigentlich nur Dinge, die jeder Deutsche regulär und für wenig Geld im Supermarkt erstehen kann.

Ich nehme eine Edelstahlthermoskanne aus dem Regal, auf dem noch ein Dutzend andere stehen, und fülle sie mit zwei Litern einer sirupartigen Substanz aus einem Kanister; es stinkt, der Geruch ist beißend und löst einen Hustenreiz aus, den ich so lange unterdrücke, bis meine Arbeit beendet ist. Zuschrauben, Kappe drauf und ab in den Mantel damit. Der Kanister ist leer und muss demnächst neu gefüllt werden.

Die meisten Menschen wären erstaunt, wie leicht es ist, aus zwei ganz einfachen Zutaten Napalm herzustellen, das sich mit herkömmlichen Mitteln nicht löschen lässt. Gibt man das Zeug beispielsweise auf die Motorhaube eines Wagens und steckt es an, brennt es sich durch bis zum Motorblock.

Es ist genau das, was ich heute Nacht brauchen werde. Leider.

Raus aus dem Labor, rauf auf meinen Falken. Er trägt mich schnell wie der Wind durch Leipzigs verschneite Straßen. Im Vorbeirasen sehe ich in einem Schaufenster, dass sich mein Mantel hinter mir bauscht wie eine dunkle Fahne.

An einer roten Ampel schaue ich auf meinen PDA, der mir dank eines Satellitensystems anzeigt, wo sich Lobitsch aufhält. Vor allem ausländische Elektronik-Internetkaufhäuser haben Dinge im Angebot, die der Ausrüstung eines Geheimdienstes nahekommen. Es gibt sogar Shops, die komplette Spionagesysteme vertreiben. Manches habe ich als Bausatz bekommen, weil die Lieferung nur so legal blieb. Im Laufe der Jahre habe ich das nötige Geschick entwickelt, um mir ein nettes Arsenal zusammenzubauen. Mein Bedarf an Peilsendern, die sich unauffällig in Schuhsohlen und Nähten von Kleidungsstücken verstecken lassen, ist groß. Auf diese Weise habe ich die Wohnungen meiner Sorgenkinder bestens kennengelernt. Oft stehe ich an ihren Betten, wenn sie schlafen.

Lobitsch hat sein Haus verlassen und treibt sich am Völkerschlachtdenkmal herum, einem sehr schönen Ort. Die dunklen, angestrahlten Steine und der reine weiße Schnee überall dort, wo er sich auf den Schrägen und geraden Flächen des Monuments halten kann, ergeben einen eindrucksvollen Kontrast.

Ich wundere mich. Eigentlich ist es so gar nicht sein Revier, also kann es nur eines bedeuten: der Rückfall. Ein Motorröhren, die Hayabusa spreizt die Schwingen und jagt durch die enge Lücke zwischen zwei unsicher über den festgefahrenen Schnee kriechenden Autos. Mein flatternder Ledermantel verfängt sich in einem Außenspiegel und reißt ihn ab; ich halte dem Ruck stand, ohne ins Schleudern zu geraten. Darauf kann ich keine Rücksicht nehmen, einen Stopp wird es nicht geben, bevor ich das Denkmal erreicht habe.

Ich bringe den Falken auf der Anhöhe vor dem Monument zum Stehen. Mein PDA verrät mir, dass Lobitsch sich links von mir aufhalten muss, vermutlich in dem kleinen Souvenirshop.

Ich könnte mich ohne Probleme dorthin begeben und ihn im Auge behalten, denn er kennt mich nicht. Niemand von meinen Sorgenkindern, denen ich meine volle Aufmerksamkeit zuteil werden lasse, weiß von mir. Bis zum Schluss. Doch vielleicht wird der Raum von einer Kamera überwacht, und ich möchte nicht, dass er und ich miteinander in Verbindung gebracht werden.

Warten.

Abwechselnd schaue ich auf meinen PDA, dann wieder auf den Ausgang des Ladens. Das Signal bewegt sich nicht. Lobitsch trinkt bestimmt einen Kaffee oder wärmt sich sonst irgendwie auf. Zehn Minuten. Zwanzig. Dreißig. Lobitsch bleibt, wo er ist.

Ich steige von der Hayabusa, rutsche den verschneiten Hügel hinunter und schlendere den Weg entlang, der um den rechteckigen Weiher am Fuß des Denkmals führt. Trotz der Kälte und der Dunkelheit kommen mir immer noch einige Besucher entgegen, doch man sieht ihnen an, dass sie nach Hause möchten, in die Wärme ihrer Wohnungen oder Hotelzimmer. Ich bin noch geschätzte zehn Meter von dem Shop entfernt, als Lobitsch herauskommt, am Arm eine dunkelhaarige Frau, mit der er offensichtlich scherzt und lacht. Sie wirkt so unauffällig, dass sie eigentlich nicht in sein Beuteschema passt. Er aber trägt seine schwarz-rot karierten Hosen, die ein sicheres Indiz für einen großen Abend sind. Lobitsch trägt sie nur dann, wenn er ein Fass aufmachen möchte. Früher hatte er sie bei seinen

Nuttenbesuchen an. Einmal, als ich ihn bei einer Sache erwischte und aufhielt.

Lobitsch ist kein besonders attraktiver Mann. Aber wenn er möchte, kann er eine Frau mit einem einzigen Blick in seinen Bann schlagen, sie fesseln und ihr das Gefühl geben, dass er ihre Gedanken lesen kann. Lobitsch ist von enormer empathischer Begabung und schafft es, sich unglaublich gut auf das jeweilige Gegenüber einzuspielen. Das wiegt mehr als jeder trainierte Bizeps, wie ich schon mehr als einmal beobachten durfte.

Sie gehen unterhalb des Denkmals vorbei und wechseln zur weniger belebten Seite des Weihers; Lobitsch redet, gestikuliert, die Frau lacht immer wieder amüsiert auf und lehnt sich jedes Mal ein bisschen länger an seine Schulter. Er gibt erfolgreich den charmanten Mann, und das möchte ich ihm auch gar nicht absprechen. Allerdings führen seine Vorbereitungen nicht zu einem harmlosen One-Night-Stand; Lobitsch mag es härter.

Ich folge ihnen auf der anderen Seite des stehenden Gewässers. Es ist zugefroren, Schlittschuhläufer ziehen auf dem Eis ihre Runden. Ich lasse Lobitsch nicht aus den Augen. Sein Weg führt ihn zu einer Maronenbude, wo er von der dick eingemummten Frau, die bereits dabei ist, zusammenzupacken, eine Tüte ersteht. Dann schlendert er mit seiner Begleiterin weiter, verlässt den Weg und steuert auf ein paar Bäume zu. Ich bin mir sicher, dass er ihr gesagt hat, es sei eine Abkürzung zu seinem Wagen. Bevor sie aus meinem Blickfeld verschwinden, laufe ich los.

Es ist so weit.

Ich sprinte ins Unterholz, ziehe meine Wollmütze nach unten und mache so eine Art Sturmhaube daraus. Die Maschen sind so grob, dass ich keine Augenlöcher benötige, was meinen Anblick zusätzlich bis zur Unkenntlichkeit verändert.

Ich höre ein leises, trockenes Knistern aus dem vor mir liegenden Dickicht: ein Elektroschocker! Lobitsch hat schon angefangen. Aber das hat auch einen Vorteil: Die Frau ist mit Sicherheit ohnmächtig, was mir mein Vorhaben sehr erleichtert.

Mit einem kraftvollen Sprung hechte ich durch den Busch vor mir, rolle mich ab und schnelle hinter Lobitschs Rücken wieder hoch. Er kniet über der Frau am Boden; in der Linken hält er den Schocker, in der Rechten ein Messer, mit dem er gerade die Kleidung seines Opfers aufschneiden will.

Er wirbelt herum, sieht mich und geht sofort in Angriffsstellung. »Was zum Teufel ...?«, flucht er böse und sticht in meine Richtung.

Ich weiche der Klinge aus, dabei ziehe ich die Thermoskanne aus dem Mantel und dresche sie ihm gegen den Unterarm; gleichzeitig reiße ich mein Knie nach oben und ziele damit auf seinen Ellenbogen. Das Hebelgesetz greift: Es kracht laut, als das Gelenk bricht.

Mit einem Aufschrei lässt Lobitsch das Messer fallen und taumelt rückwärts, stolpert über die am Boden Liegende und fällt rücklings in den Schnee.

Bevor er sich erheben kann, stehe ich neben ihm, trete ihm gegen die Nase und befördere ihn zurück ins Weiß. »Ich habe dich damals gewarnt, Hendrik«, sage ich klar und deutlich.

Er schreit mir einen lauten Fluch entgegen, doch ich höre das verräterische Knistern des Elektroschockers trotzdem, mit dem er nach mir schlägt.

Um ihm zu zeigen, dass es mir nicht so viel ausmacht, wie er sich erhofft hat, lasse ich mich treffen und spüre die Spannung durch mich hindurchjagen. Ich beiße die Zähne zusammen und trotze dem Gliederzittern.

Spätestens jetzt wird ihm klar, dass er sich in ernsthafter Gefahr befindet. Mit weit aufgerissenen Augen krabbelt er rückwärts, zieht sich an einem Baum hoch und versucht zu entkommen.

Ich nehme die Verfolgung nicht sofort auf. Hat er meine Stimme erkannt? Ob er sich gerade fragt, warum er die Warnung damals nicht ernst genommen hat?

Lobitsch rennt und rutscht durch den Wald, duckt sich unter Ästen, springt über Hindernisse hinweg und eilt auf die Straße zu. Wenn er die Böschung erreichen sollte, wird es für mich schwierig. Zu viele vorbeifahrende Autos, zu viele Zeugen, zu viele Handys, mit denen man die Polizei herbeirufen kann.

Ich werde schneller und schneller, hole unbarmherzig Meter für Meter auf, bis meine rechte Hand seinen Nacken packt, als er gerade den Abhang hinabspringen möchte. Ein kurzer, kräftiger Ruck, und er fliegt wieder nach hinten, schießt drei Meter durch die Luft und kracht mit dem Rücken gegen eine kleine Fichte; Schnee rieselt von den Zweigen auf Lobitsch und verpasst ihm einen weißen Überzug. Ächzend richtet er sich auf, der unverletzte Arm hält sich das Kreuz.

Langsam gehe ich auf ihn zu und bleibe schließlich vor ihm stehen. Meine Gedanken schweifen kurz ab, hin zu der Frau, die irgendwo hinter uns im Wald liegt. Sie wird nicht an den Folgen des Schockers sterben, erfrieren wird sie auch nicht so schnell. Ich kann mir ein paar Minuten Zeit lassen.

»Wir haben uns schon einmal gesehen, weißt du noch?«

Lobitsch atmet schnell, er schaut nach rechts und links und sucht einen Ausweg. »Was soll das?«, will er wissen und hält sich seinen verletzten Arm.

»Das frage ich dich.«

Einen Meter von ihm entfernt bleibe ich stehen und setze mich auf einen Baumstumpf. »Warum hast du meine Warnung nicht beachtet?«

»Dreckiges Miststück«, bricht es aus ihm heraus. »Das warst du vor ...«

»... einem halben Jahr«, ergänze ich mit ruhiger Stimme. »Genau, Hendrik. Es war in der Nähe der Agra-Messehallen, und ich habe dich vor einer Dummheit bewahrt und gehofft, dass du damit aufhörst.«

Er spuckt aus. »Zu viele Comics gelesen? Hältst du dich für eine Superheldin, die Leipzig beschützt?«

»Es ist richtig, dass ich eine Verantwortung trage, die mir mehr und mehr zur Last wird«, berichtige ich ihn. »Jedenfalls in deinem Fall, Hendrik. Wir sind verwandt, weißt du.«

»Wir?« Jetzt glotzt er reichlich ungläubig.

Ich nicke.

»Nein, ich kenne dich nicht.«

Ich lächle traurig. Woher soll er es auch wissen? »Ich kann dir versichern, dass es so ist. Und deswegen habe ich eine gewisse Verantwortung dir gegenüber.« Mein Blick sucht seinen, doch er weicht mir aus. Vermutlich hält er mich einfach nur für verrückt. Für eine verrückte Grufti-Schlampe, die nach zu viel Filmen und Drogen im Park um das Völkerschlachtdenkmal ihren Wahnsinn auslebt. »Hendrik, es tut mir sehr leid, doch ich denke, dass du zu gefährlich bist.«

Er schluckt und merkt, dass sich das Gespräch in eine Richtung bewegt, die nicht gut für ihn enden wird. »Dann hol doch die Bullen und zeig mich an.«

»Das würde nicht viel bringen. Ich beobachte dich schon lange. *Sehr* lange. Glaub mir, es ist zu spät. Ganz egal, was du in den Jahren, die dir noch bleiben, machen würdest – wenn du stirbst, kommst du als noch viel schlimmere Bedrohung zurück.« Ich lehne mich nach vorne. »Das darf ich nicht zulassen, Hendrik.«

Er versucht, sich am Baumstamm nach oben zu schieben. »Was willst du stattdessen machen?« Seine Stimme überschlägt sich vor Angst. Endlich schmeckt er seine eigene Medizin, die er so gerne verteilt hat.

»Meine Gebete wurden in deinem Fall nicht erhört, daher …« Ich belasse es bei der Andeutung.

Lobitschs rechter Fuß rutscht weg, er sackt zurück in den Schnee. »Ich tue es niemals wieder«, stammelt er.

»Wir wissen beide, dass das nicht stimmt.« Ich seufze, betrachte seine Züge. Mein Herz wird traurig. Trotz seiner widerlichen Art steht Hendrik Lobitsch mir nahe, und er ist ein lebendiges Wesen. Er hat nicht einmal gefragt, warum ich annehme, dass er von den Toten auferstehen wird. Aber das überhören viele von ihnen in ihren letzten Augenblicken.

»Was hätte alles Gutes aus dir werden können?«, flüstere ich gedankenverloren. »Stattdessen bist du zum Abschaum herabgesunken, zum Vergewaltiger und Sadisten, der sich an Schwachen austobt.« Meine Linke greift unter den Mantel nach dem Dolch. »Was würde erst aus dir, wenn du dich zum Aeternus wandelst?«

Ohne dass ich es bemerkt habe, hat seine tastende Hand unter der zarten Schneedecke einen Ast umklammert. Mit einem Aufschrei wirft er sich nach vorne und schlägt damit nach mir. Der Holzprügel trifft mich seitlich am Kopf und zerbricht. Ich rutsche, mehr aus Überraschung als durch die Wucht des Aufschlags, von dem Baumstumpf herunter in den Schnee.

Lobitsch springt auf die Füße und rennt los, dieses Mal in die andere Richtung. Anscheinend hat ihm meine Elektroschockerresistenz einen gewissen Respekt eingeflößt, er möchte sich lieber nicht im Nahkampf mit mir messen. Er sollte eingesehen haben, dass er es im Wettlauf ebenso wenig mit mir aufnehmen kann.

Ich folge den Geräuschen, die er bei seiner Flucht verursacht, und werde dabei schneller und schneller. Durch die Zweige und Äste rückt das beleuchtete Denkmal wieder näher, und ich sehe noch immer vereinzelte Spaziergänger auf den Wegen rund um den kleinen Weiher.

Fluchend ziehe ich meine Sturmhaube über die Nase und hole Lobitsch ein, als er aus dem Unterholz bricht und auf den Weg stürzt. Er hat den Prügel immer noch, schlägt nach mir.

Ich versetze ihm einen Tritt, er stürzt rückwärts aufs Eis und schlittert als menschlicher Puck einige Meter über die gefrorene Oberfläche; zwei Passanten schauen in unsere Richtung.

Dieses Mal gibt es kein Zögern mehr, ich muss schnell handeln. Die Aufmerksamkeit der Umgebung ist geweckt, also geht es nur noch um Geschwindigkeit.

Ich zwinge den laut um Hilfe schreienden Lobitsch, der mit einer Hand keine echte Gegenwehr zu leisten vermag, nach unten. Den Knüppel lässt er los und versucht stattdessen, mir das Gesicht zu zerkratzen. Es ist das Letzte, was er jemals sehen wird. Die Thermoskanne trifft ihn gegen die Stirn, er verdreht die Augen und wird ohnmächtig.

Mein Dolch findet den Weg durch das weiche Fleisch des Halses wie von selbst, routiniert und sicher durchtrenne ich die Sehnen und Muskeln, kappe die Wirbel und löse den Kopf vom Rumpf. Jeder Mediziner wäre stolz auf mich, und die Klinge ist so scharf, dass keine gezackten Wundränder entstehen. Kein Säbeln, kein Reißen. Auch wenn er zu Lebzeiten kein netter Mensch gewesen ist, achte ich auch bei ihm darauf, dass er im Sterben nicht leiden muss.

Das dampfende Blut schießt aus der Wunde. Ich passe auf, nicht davon getroffen zu werden; darin habe ich mehr Erfahrung als jeder Metzger und jeder Arzt. Es sprüht in den hellen Schnee, spült ihn vom Eis und trübt das gefrorene Klar.

Ich lege den Kopf vorsichtig auf den Bauch des Toten, öffne die Verschlusskappe der Kanne und gieße die zähe Flüssigkeit darüber, verteile sie, lasse dabei Hände und Fingerspitzen nicht aus, damit es keine Anhaltspunkte für den Erkennungsdienst der Polizei gibt. Ein Streichholz genügt, und mein selbstgemachtes Küchennapalm entzündet sich.

Ich trete zurück und weiß, dass es lange und ausdauernd brennen wird. Die Qualmwolken, die aufsteigen, sind pechschwarz und ätzend.

»Und so nehme ich Abschied von dir, Hendrik Lobitsch«, sage ich leise und schlage ein Kreuz über dem brennenden Leichnam. »Du kannst mir dankbar sein, dass ich dich vor der Hölle bewahrt habe.« Meine Kehle wird eng, die Beklemmung schnürt sie zu. Wie gerne hätte ich ihn verschont, aber es gab Anzeichen für einen schrecklichen Werdegang.

Das Napalm brennt sich durchs Eis, zischend und blubbernd bricht der Körper durch die Decke und sinkt auf den Grund. Ein letztes Mal schlagen die Flammen hoch. Qualm dringt brodelnd an die Oberfläche und zieht als giftiger Nebel über den Weiher. Der Anblick erinnert mich an alte Wikinger-Begräbnisse, bei denen man die Toten auf brennende Schiffe geladen und sie hinaus aufs Meer gesandt hat.

»Hey, Sie da hinten!«, reißt mich eine entsetzte Stimme aus meiner stillen Andacht. Ein Mann nähert sich; ein Stück hinter ihm kann ich eine Frau in ihr Handy sprechen sehen. Es ist Zeit zu gehen.

Mit Tränen in den Augen rase ich wenige Augenblicke später davon, stürze auf dem Schnee beinahe mit der Hayabusa und kann sie im letzten Moment noch abfangen. Sobald ich auf dem Asphalt angelangt bin, gebe ich Vollgas. In der Nähe der Messehalle biege ich ab, halte in einer Seitenstraße an und setze mich ins nächstbeste Café. Aus der Sturmhaube ist längst wieder eine Mütze geworden. Ich brauche dringend einen Kaffee, einen Martini und meinen PDA.

Das Signal von Lobitsch ist erloschen, wie es sich gehört. Mit ein paar Klicks öffne ich meine Liste.

Hendrik Lobitsch, 47 Jahre.

Die Gefühle überwältigen mich. Tränen schießen mir in die

Augen und rauben mir die Sicht; ich lasse es zu, dass sie über mein Gesicht rollen. Es tut mir so leid, doch ich habe es tun müssen. Es gab keinen anderen Weg.

Halbblind verschiebe ich seinen Namen nach unten, dorthin, wo die Toten mich an meine Schuld erinnern. Die Liste ist lang, so unendlich lang.

Doch über ihr stehen immer noch drei Namen.

Sarah Ulmann, 73 Jahre
Emma Karkow, 25 Jahre
Elena Karkow, vier Jahre

VII. KAPITEL

31. Dezember 1675
Osmanisches Tributland

Seit dem Abend, an dem Scylla heimlich die Zusammenkunft der Cognatio verfolgt hatte, verlief alles in ihrem Leben anders.

Karol gewährte ihr keine Ruhe mehr. Hatte er sie früher noch lachend ins Bett gescheucht, wenn er merkte, wie ihr die Augen schwer wurden, bestand er nun darauf, dass sie bis zur vollkommenen Erschöpfung in den Laboratorien und der Bibliothek arbeitete. Die ohnehin seltenen Ausflüge, die sie gemeinsam in den Wald unternommen hatten, gab es nicht mehr.

Anfangs machte es Scylla nichts aus. Neben dem strengen Lernpensum, das Karol ihr aufbürdete, setzte sie die Versuche mit dem Blut der Upirina fort und bemerkte durch einen Zufall, dass das Blut vor der Sonne zurückwich: Als sie mit ihrer beschmutzten Schürze auf die Plattform des Turms stieg, um wenigstens für kurze Zeit dem Geruch des Labors zu entkommen und etwas Tageslicht zu sehen, verhielten die Flecken auf der Schürze sich schlüpfrig wie Quecksilber und sprangen geradezu in die Schatten und Falten zurück. Als sie versuchsweise eine Probe in einem Glasröhrchen nach draußen trug, verdampfte sie auf der Stelle in der Sonne. Begeistert notierte Scylla dies und vergaß über die Begeisterung fast, dass Karol sie streng zurechtweisen würde, weil sie sich ohne seine Erlaubnis von ihrem Bücherstudium entfernt hatte.

Als der Sommer sich schließlich dem Ende zuneigte, wurde ihr bewusst, dass sie inzwischen nichts anderes mehr war als eine Gefangene. In den Jahren zuvor hatte es ihr nichts ausgemacht, die Mühle nur selten verlassen zu dürfen und nahezu ununterbrochen zu lernen – doch inzwischen hatte Karol auch noch die letzten kleinen Ablenkungen gestrichen. Er behandelte die Kranken aus den umliegenden Dörfern ohne ihre Hilfe. Wenn er sich mehr als ein paar Schritte vom Turm entfernte, sperrte er die Türen ab. Auf die Plattform durfte Scylla nur noch einmal am Tag und unter seiner Aufsicht, nachdem sie Giure von dort oben eine Zeichnung hinabgeworfen hatte. Sogar die Fernrohre sperrte er weg.

Scylla wusste, dass seine veränderte Haltung mit dem Ratschlag der Baronin zusammenhing. Doch auch, wenn sie sich lange in ihr Schicksal gefügt hatte, konnte sie nun nicht länger Gleichmut vortäuschen. Nach einem besonders heftigen Streit trotzte Scylla ihrem Vater schließlich die Erlaubnis ab, ein paar freie Momente auf dem Dach der Mühle verbringen zu dürfen. Die heimliche Hoffnung, Giure zu sehen, starb in dem Moment, als sie an einem Wintertag zum ersten Mal seit Wochen wieder ins Freie trat.

Ein eisiger Wind pfiff um den Turm. Er trug Schnee mit sich und türmte die Flocken kniehoch auf alles, was nicht in der Lage war, die Last abzuschütteln. Nur die Flügel der Mühle drehten sich schnell, auf ihnen blieb nichts haften.

Scylla stand auf der Plattform, eingepackt in zwei dicke Mäntel, und betrachtete den Wald, der ebenso unter dem Weiß verborgen lag wie das Land ringsum. Fast schien es so, als wäre alles Leben aus der Welt gewichen. Doch dann erhob sich krächzend eine Rabenschar, die sich in die eiskalte Luft aufschwang und sich zu den Behausungen der Menschen tragen ließ. Vielleicht hofften die Vögel, auf einem der Misthaufen die Reste eines Mahls zu finden. Zumindest würden ihnen die Scheunen einen besseren Unterschlupf vor dem Winter bieten als der Wald.

Scylla beneidete die Raben. Nichts vermochte sie aufzuhalten, sie konnten fliegen, wohin sie wollten und wann immer sie Lust dazu verspürten, während sie wie eine Gefangene lebte. Sie seufzte und suchte vergebens nach der Sonne, doch die dichte Wolkendecke schirmte das Taggestirn von der Welt ab.

Das Grau, das mal heller und mal dunkler wurde, schlug Scylla aufs Gemüt. Nicht mal das Forschen bereitete ihr noch Vergnügen; immer wieder schweiften ihre Gedanken zu Giure, dem Hirtenjungen und einzigen Freund, den sie hatte. Ihrer einzigen Verbindung zu jener anderen Welt, die es dort draußen gab.

Sie stellte sich vor, wie er zusammen mit seiner Familie lebte. Wie sie mit Freunden am Tisch saßen und auf das alte Jahr tranken, das heute endete. Scylla wollte ihm wieder begegnen, mit ihm sprechen, seine Stimme hören und lauschen, wie er Lieder zum Besten gab. *Wer singt, trägt das Gute in sich,* hatte ihre Mutter immer gesagt.

Scylla schüttelte sich, es wurde ihr zu kalt. Ein letztes Mal schaute sie über den abendlichen Wald, dann wandte sie sich um und drehte sich zur Luke, die nach unten führte.

Sie war geschlossen.

Hatte der Wind sie zugeschlagen? Aber warum hatte sie dann keinen Knall gehört?

Als Scylla an dem schweren Eisenring zog, bewegte sich die Abdeckung keinen Nagelbreit. Jemand musste sie verriegelt haben – doch Karol wusste, dass sie sich im Freien befand. Eine Bestrafung für Ungehorsam kam nicht in Frage, da sie sich keiner Schuld bewusst war. Von daher konnte dies nur ein unglücklicher Zufall sein oder …

Sie dachte an den Umbra. Allein der Gedanke an das schwarze Schattenwesen genügte, um sie anzuspornen, so rasch wie möglich einen Weg ins Innere zu finden und nach dem Rechten zu sehen.

Das Rufen sparte sie sich, Karol würde sie nicht hören. Aber sie wusste sofort, wie sie zumindest von der Plattform gelangte. Nach ein paar Schritten stand sie auf der Brüstung und wartete, bis der nächste Flügel an ihr vorbeikam. Sie verschwendete keinen Gedanken daran, dass sie abstürzen könnte. Als der Rahmen senkrecht vor ihr stand, stieß sich Scylla ab. Ihre Hände packten die Holzleiste. Es gelang ihr, sich rittlings auf den Rahmen zu schwingen. Für einen kurzen Moment schien die Zeit stillzustehen – doch dann setzte der Flügel seine Fahrt unbeirrt fort. Während er sich nach unten bewegte, ließ Scylla sich vorsichtig an ihm hinabgleiten. Schließlich schaffte sie es, umzugreifen und sich mit den Füßen nach unten baumeln zu lassen. Als der Flügel wieder senkrecht stand, atmete sie noch einmal tief ein – und ließ los.

Der kurze Sturz endete in federndem Weiß. Der Schnee dämpfte den Aufprall aus drei Schritt Höhe, dennoch fuhr ihr die Luft aus dem Leib, ein Stechen jagte die Beine und das Rückgrat hinauf, und sie konnte sich zunächst nicht bewegen.

Scylla benötigte zwei Anläufe, bis sie sicher auf den Füßen stand. Dann ging sie zur Tür und zog an der Kette, die zu den Glöckchen führte und bis hinunter auf die verschiedenen Ebenen der Laboratorien reichte.

Es dauerte nicht lange, bis Karol die Tür öffnete. Als er Scylla erblickte, sagte er: »Was bei den Heiligen machst du hier draußen, Tochter?« Er war zu überrascht, um wütend zu sein, dass sie sein Gebot, die Mühle nicht zu verlassen, missachtet hatte.

»Ich wurde auf der Plattform ausgesperrt.« Sie bibberte und klopfte den Schnee von der Kleidung. »Ich bin auf den Flügeln nach unten gerutscht.«

»Du bist ... *was?*« Karol trat hinaus und sah am Turm nach oben. »Bist du wahnsinnig geworden, Tochter?«

»Wäre es dir lieber gewesen, ich wäre dort oben erfroren?«,

gab sie wütend zurück und vergaß für einen Moment den Gehorsam gegenüber ihrem Vater.

Erst jetzt schien ihm einzufallen, wie kalt es war. »Komm herein«, sagte er schnell und sah zur Treppe, die ins Arbeitszimmer hinaufführte. »Wie konnte das geschehen? Ist die Luke zugefallen und hat sich verkantet?«

Scylla schüttelte den Kopf, die letzten beharrlichen Schneereste flogen davon. »Sie klemmt nur im Sommer, wenn das Holz sich ausdehnt, Vater.«

»Sehr merkwürdig.« Karol ging nach oben. »Ich sehe nach, was passiert ist.« Er wollte seiner Tochter glauben, die sich sicherlich nicht aus freien Stücken auf eine Fahrt mit der Windmühle einließ. »Warte, ich komme mit«, hörte er Scyllas Stimme.

»Nein, bleib unten und wärme dich«, befahl er. Erst wollte er sich selbst überzeugen, dass mit der Luke etwas nicht stimmte. Sie sollte keine Gelegenheit bekommen, eine Lüge zu verbergen, indem sie den Ausstieg rasch verkeilte.

Karol betrat das Arbeitszimmer, eilte an den Büchern vorbei zur gegenüberliegenden Treppe – und vernahm das Rascheln von Seiten, die eilig umgeblättert wurden. Er erstarrte und lauschte. Nein, er hatte sich nicht geirrt. Außer seiner Tochter und ihm war noch jemand im Turm!

Karol schlich, mit gezogenem Messer, vorsichtig zurück und sah den Regalgang hinab.

Mitten in der Gasse stand ein schwarzer Schatten, der ein Buch in der Hand hielt und ungeduldig darin blätterte, ehe er es zurückstellte und das nächste hervorzog.

Karol erkannte den Eindringling: der Umbra, den Carzic hatte entkommen lassen! Vermutlich suchte er in den Büchern nach der Rezeptur des Mittels, dass der Baron ihm gegeben hatte, um seine Existenz zu verlängern. Ein Schattenkriecher lebte üblicherweise nicht länger als drei Monate, doch in denen stürzte er sich auf alles, was ihm vor Klauen und Zähne lief.

Carzics Versuche haben nicht nur das Leben des Umbra verlängert, erkannte Karol, *sie haben die Kreatur auch verändert. Aus dem reißenden Tier ist etwas geworden, was weiter denken kann als bis zu seiner nächsten Beute!* Und das bedeutete vor allen Dingen eins: Dieser Umbra war noch gefährlicher als normale Exemplare seiner Gattung!

Noch hatte ihn der Schattenkriecher nicht bemerkt, doch sobald das geschah, würde es unangenehm werden. Die Mühle konnte bei dem bevorstehenden Kampf abbrennen, und wenn nicht sein ganzes Zuhause, dann doch auf jeden Fall die kostbaren Bücher in der Bibliothek. Karol hasste diese Sorte von Upiren und ihre besonderen Fähigkeiten.

Er zog den Kopf zurück, schlich in der Regalreihe hinter dem ungebetenen Besucher entlang und bereitete seinen Angriff vor. Er wollte dem Upir von hinten den Kopf abschlagen, über die Buchrücken hinweg – da stieg ihm ein bekannter Geruch in die Nase. Eine dritte Person befand sich in der Bibliothek. Eine sehr vertraute.

Und es handelte sich dabei nicht um Scylla!

Karol verdrängte den Gedanken. Um den anderen ungebetenen Besucher würde er sich später kümmern. Nun spähte er durch den armdicken Spalt im Regal vor sich – und sah, dass der Umbra verschwunden war!

Im gleichen Moment knarrte und wackelte das Regal. Karol hob den Kopf und gerade noch den Arm mit dem Messer, da stürzte sich der Gegner auch schon auf ihn.

Er wurde unter dem Körper begraben, der einen intensiven Fellgeruch verströmte; gleichzeitig spürte er die Klauen an seinem Hals. Die spitzen Enden der Nägel bohrten sich durch das Fleisch, und der Umbra grollte zufrieden.

Karol stach mit dem Messer zu. Die Schneide glitt seitlich in den Hals des schwarzen Wesens, er drehte die Klinge und zog sie ruckartig nach vorne. Ein Blutschwall ging auf sein Antlitz nieder, und er schloss den Mund, um nichts davon schlucken zu müssen.

Im nächsten Moment wurde er von dem dumpf brüllenden Upir angehoben und durch den Raum geschleudert. Karol durchbrach zwei Regalwände, verlor seine Perücke und verspürte unglaubliche Schmerzen in seinem Rücken, als er hart auf dem Boden aufschlug. Doch er durfte sich nun keine Schwäche erlauben!

Karol sprang auf die Beine und schaute sich im Raum nach dem Umbra um. »Vater?«, vernahm er Scylla von unten. »Was ist denn?«

»Nichts geschehen. Ich war nur unachtsam«, rief er zurück. »Die Luke klemmt wirklich. Geh ins Laboratorium und beende deine begonnenen Experimente.« Karol spähte in die Schatten, in denen sich der Upir hervorragend verbergen konnte.

»Du klingst merkwürdig, Vater. Was ist mit dir?« Schritte näherten sich der Treppe zum Arbeitszimmer.

»Geh ins Labor«, befahl er hart. *»Sofort!«*

Karol erschrak, denn unbemerkt von ihm war der Umbra aus einer anderen dunklen Ecke getreten, griff schmerzhaft in seine Haare und schleuderte ihn ein weiteres Mal durchs runde Zimmer.

Karol prallte hart gegen die Wand und verlor beinahe sein Messer. Der Upir hatte sich durch die Schnittwunde im Hals nicht beeindrucken lassen. Im letzten Moment sah Karol das Feuer heranrollen, ein dünner Strahl, der sich immer weiter ausdehnte wie bei einem Feuerspucker.

Der Gelehrte hechtete zur Seite, die Lohe traf die Mauer und hinterließ einen gewaltigen Brandfleck.

Ein Fuß stellte sich ihm in den Nacken, drückte ihn nach unten. »Wo ist es?«, fragte der Umbra mit rauchiger Stimme.

»Ich weiß nicht, was du suchst«, gab Karol zurück.

»Ich fühle, dass ich schon längst hätte vergehen müssen. Einer deiner Freunde hat mich gefangen und mir etwas gegeben, durch das ich am Leben blieb. Es lässt aber nach«, sagte der Umbra. »Seitdem suche ich danach, und ich glaube, du weißt, was es ist.« Er ging neben Karol in die Hocke. »Ich werde dir das Blut aussaugen, wenn du mir nicht sofort sagst, was es ist!«, schrie der Umbra und beugte sich vor, so dass sein schwarzes Gesicht unmittelbar neben Karols Hals lag. »Rede!«

»Ich weiß nicht ...«

Der Umbra biss zu. Die weißen Fänge schimmerten auf, ehe sie sich durch die Haut bohrten und die Arterie verletzten. Karol stöhnte auf und schlug nach dem Angreifer.

Mit einem Schrei fuhr der Umbra in die Höhe und spuckte aus. »Dein Blut schmeckt bitter wie Galle und brennt wie Säure! Was bei allen Dämonen ...?«

Ein Knarren der Treppenstufen ließ den Umbra innehalten. »Vater?« Karol fluchte. Seine Tochter hätte schon lange im sicheren Laboratorium sein müssen!

»Dann soll sie es mir sagen.« Der Upir schnellte herum und hetzte in das Regallabyrinth zurück, wo er sogleich verschwand.

Nicht weniger schnell verfolgte Karol den Umbra und holte ihn auf der ersten Stiege der Treppe nach unten ein, täuschte einen Tritt an, dem der Gegner ausweichen wollte; stattdessen aber sirrte die breite Klinge herab und schlitzte den Hals des Umbra auf.

Gurgelnd und Blut spuckend packte der Upir Karol am Kragen, die zweite Hand schoss mit ausgestrecktem Mittel- und Ringfinger auf die Augen zu. Die langen Nägel hatten das Ziel beinahe erreicht, da zuckte Karols Schneide ein weiteres Mal nach vorne. Die Hand des Umbra fiel auf den Boden, der nächste wuchtige Hieb schlug tief in den Nacken und kappte ihn beinahe.

Angeschlagen taumelte der Upir nach vorne und zurück ins

Arbeitszimmer, fletschte die Zähne wie ein Raubtier und zog den Gelehrten mit sich.

Karol spürte, dass sich der Leib des Feindes verformte. Er suchte sein Heil in der Flucht, die ihm in einer anderen Gestalt besser gelingen sollte! Keuchend drosch er dem Umbra die Faust mehrmals hintereinander ins Gesicht, sprengte den Haltegriff und durchtrennte mit einer weiteren Attacke die Wirbelsäule.

Abrupt wich die Spannung aus dem Upir. Er fiel auf die Knie und kippte zur Seite, während das pechzähe Blut auf den Holzboden sickerte und in die Ritzen lief.

Scylla erschien mit gezogener Waffe, sah den Leichnam und das verwüstete Arbeitszimmer. »Was...?« Sie schaute auf den enthaupteten Angreifer. »Ein Umbra!«

Karol atmete schwer. »Er hat nicht mehr seine volle Stärke besessen, sonst läge ich in Fetzen vor dir«, ächzte er und ließ sich schwer auf einen Stuhl fallen. »Es sind und bleiben die gefährlichsten von ihnen. Weiß der Teufel, wie er hereingekommen sein mag.«

Sie runzelte die Stirn. »Hat er mich auf der Plattform ausgesperrt, anstatt mich anzugreifen, Vater?«

Er zögerte und sog so unauffällig wie möglich Luft durch die Nase ein. Karol konnte seinen Schweiß riechen, den Gestank des Umbra, den sauberen Duft seiner Tochter – und keine Spur von jener Präsenz, die noch vor wenigen Augenblicken anwesend war. »Ich verstehe es auch nicht, Tochter. Nur eines steht fest: Er hat in der Bibliothek etwas gesucht.«

Scylla trat näher und ging neben dem Wesen in die Knie. Auch im Tod war es nichts anderes als ein Schatten, dessen Haut sich pelzig anfühlte, als sei es mit Fell bewachsen. Der Körper wirkte sehr muskulös, es gab kein Fett daran. Kleider trug es keine, und sie war gespannt, was sich unter der Epidermis verbarg. Sie konnte es nicht erwarten, es zu sezieren!

»Welch merkwürdiger Upir.« Sie nahm den abgetrennten Kopf und schob die Kiefer auseinander. Die Zähne waren weiß wie Schnee, die Zunge dunkelrot, ansonsten war auch im Mundraum alles schwarz. »Anstatt mich zu töten, sperrt er mich aus und liest.«

»Danke dem Herrn dafür. Gut, dass er das Dorf nicht heimgesucht hat.« Karol stand auf, packte die Füße des Leichnams und schleifte ihn die Treppe hinab. Scylla folgte ihm mit dem abgeschlagenen Kopf. »Wir verbrennen ihn.«

»Lass ihn mich untersuchen, Vater!«, bat sie eindringlich.

»Nein, er ist zu gefährlich.« Karol wollte den Körper so rasch wie möglich als Aschehäuflein vor sich sehen. Dann besann er sich offenbar anders. »Du hast recht. Geh nach unten, Scylla, und bereite den Kopf für eine Untersuchung vor. *Nur* den Kopf. Trenne die Flüssigkeiten sauber. Ich bin bald bei dir.«

Er öffnete die Tür und schleifte den Körper ins Freie, baute aus Stroh und Reisig einen Scheiterhaufen und legte den Umbra darauf, ehe er ihn mit Kohlen überschüttete und Petroleum darübergoss.

Eine Stichflamme loderte in die Höhe, knisternd und knackend breitete sich das Feuer über den Leib aus. Gelegentlich flackerten die Flammen orange und grün, was er für eine Folge des Elixiers in den Adern des Upirs hielt. Vielleicht ließen sich aus dem Blut Erkenntnisse gewinnen, mit was Carzic gearbeitet hatte.

Er berührte die Wunde am Hals, die gleich nach dem Biss des Umbra aufgehört hatte zu bluten. Der Erfolg seiner eigenen lebensverlängernden Mixtur ließ sich nicht verleugnen.

Karol entsann sich des Geruchs jener dritten Person in der Bibliothek, den er gegen Ende des Kampfes nicht mehr wahrgenommen hatte. Diese Person hatte die Luke verriegelt, um Scylla zu schützen. Es war die gleiche, die seine Tochter damals schon vor den Türken bewahrt hatte.

23. Juli 1676
Osmanisches Tributland

Scylla war die Einsamkeit leid und hatte den festen Willen, sich mit Giure zu treffen. Sie wusste, wie sie der Mühle entkommen konnte – den Ritt auf einem Drehflügel hatte sie bereits einmal geschafft, er würde ihr erneut gelingen.

Karol hatte keine Ahnung davon, dass Giure und sie noch immer heimlich Briefe tauschten. Der Junge heftete sie mit einer Stange hinten an die Fensterrahmen, und sie musste die Zettel einfach bei Gelegenheit abpflücken und durch eigene ersetzen. Scylla war stolz, ihren Vater überlistet zu haben.

Es war gegen Mittag. Karol hatte bereits vor Morgengrauen angespannt und eine Reise mit unbekanntem Ziel unternommen – und sie allein gelassen!

Der Riegel vor dem Ausstieg zur Luke bot keinen wirklichen Widerstand und war einfacher zu knacken als die Schlösser vor den Ausgängen im Erdgeschoss.

Sie stand auf der Plattform und genoss die warme Luft, den Schein der Sonne und das Singen der Vögel. »Wie wunderschön«, flüsterte sie, schloss die Augen und hob den Kopf, um die warmen Strahlen auf der Haut zu spüren. Bei aller Liebe zur Wissenschaft und zur Alchemie, ihr fehlten die Stunden im Freien.

Scylla trat an den Rand der Brüstung. Am Fuß des Turms stand Giure und winkte ihr freudig, dann hob er einen Korb hoch. Sie strahlte. »Was ist darin?«

»Etwas zu essen«, rief er hinauf und lachte. »Komm! Ich möchte dir eine verwunschene Stelle im Wald zeigen. Das Richtige für ein Liebespaar wie uns. Und ich möchte dich tanzen sehen. Du hast es mir versprochen.«

Scylla lächelte schüchtern und errötete. Es war für sie ungewohnt, über unwissenschaftliche Dinge zu sprechen, und die

Andeutung, dass zwischen ihr und dem jungen Hirten mehr bestand als nur Freundschaft, fand sie in gewisser Weise aufregend. Sie dachte an diese Sache zwischen Mann und Frau, über die Karol und sie noch niemals gesprochen hatten. »Alles hier ist verwunschen«, antwortete sie und überspielte ihre Verlegenheit. »Sogar die Mühle und die Scheune.« Sie sprang auf die Brüstung.

»Was tust du da?«, rief Giure erschrocken und schirmte die Augen mit der Hand gegen die Sonne ab. »Wenn du stürzt, kann dich nicht einmal mehr dein Vater retten.«

»Ich komme zu dir runter, *das* tue ich.« Scylla fand seine Sorge rührend. Bei seinem Anblick spürte sie ein Kribbeln, ein Flattern in sich drinnen, das sie nicht zu deuten wusste. Medizinisch kamen dafür einige Erklärungen in Frage, doch sie wusste, dass sie kerngesund war. Konnte es vielmehr sein, dass es jenes Gefühl war, was die Dichter Liebe nannten?

Die Windmühlenflügel kreisten träge, die Welle quietschte leise und rhythmisch. Scylla fixierte einen von ihnen und bereitete sich auf den Sprung vor.

»Nein, Scylla! Tu das nicht!«, schrie Giure jetzt entsetzt.

»Es gibt keinen anderen Weg«, erwiderte sie. »Er hat ansonsten alles verschlossen.« Sie spannte die Muskeln an, denn gleich war es so weit. »Außerdem ist es ein Kinderspiel.«

Ein heftiger Wind kam auf, mit einem mahlenden Geräusch verschob sich die Spitze des Turms und richtete sich neu aus, in Richtung der Böen. Sie erfassten auch Scylla und bliesen sie von der Mauer zurück auf die Plattform.

Sie war zu überrascht und konnte sich nicht dagegenstemmen, aber sie fing sich ab, so dass sie wenigstens nicht auf die Steine oder durch die geöffnete Luke stürzte. Die Flügel drehten sich nun schneller, und über dem nördlichen Wald zogen sich wie aus dem Nichts dunkelgraue Gewitterwolken zusammen.

Scylla starrte sie an und erinnerte sich an das Gehöft des Großbauern Lubomir.

»Scylla, geht es dir gut?«, brüllte Giure zu ihr hinauf, und sie streckte den Kopf über die Mauerkrone, um ihm zu winken.

»Mir ist nichts geschehen.« Sie kniff die Augen zusammen, weil der Wind in wenigen Sekunden zu einem Sturm aufgefrischt war. Die Sonne verschwand hinter den Wolken, es wurde beinahe Nacht.

Giure hielt seinen Hut fest, die Kleidung flatterte. »Ich muss zurück, Scylla«, schrie er. »Ich kann meine Ziegen bei dem Unwetter nicht allein lassen.« Er hob den Korb in die Höhe. »Aber wir holen es nach. Du wirst den Platz lieben.« Er wandte sich um und rannte den Hügel hinab.

»Nein«, flüsterte Scylla enttäuscht, dann starrte sie in den pechschwarzen Himmel. »Verdammte Wolken! Seid ihr mit meinem Vater verbündet?«

Das gewaltige Windrad kreiste schnell und schneller, die Leinwand blähte sich gefährlich, und ein vielstimmiges Pfeifen setzte ein, als sich die starke Luft zwischen den Streben fing.

»Dann gibt es eben einen Sturm«, murmelte Scylla trotzig und kämpfte sich zurück auf die Brüstung, fixierte die wirbelnden Rahen vor sich und sprang –

– als eine Hand sie packte und ruckartig nach hinten schleuderte.

Dieses Mal half ihr die Gewandtheit nichts, zu schnell war sie angegriffen worden. Sie prallte auf den Boden und schlug sich den Kopf an. Etwas Warmes sickerte ihren Nacken herab, und benommen sah sie auf die Umrisse eines Mannes, der sich über sie beugte.

»Umbra!«, ächzte sie und langte nach ihrem Dolch, um sich gegen den Upir zu verteidigen.

»Du Närrin!«, wurde sie angebrüllt und erkannte die Stimme ihres Vaters. Er packte sie an den Schultern und riss sie auf die

Beine. »Habe ich dir nicht verboten, allein auf die Plattform zu gehen?« Er wand ihr den Dolch aus den Fingern und warf ihn auf den Boden. »Du wolltest diesen Jungen treffen, habe ich recht?«

Scylla war starr vor Schreck. So hatte sie ihn noch nie erlebt. Karols Gesicht war verzerrt, und die Blitze warfen Schatten darauf, die ihm jede Menschlichkeit raubten. Wo war er so rasch hergekommen? »Vater, ich ...«

Sein Griff wurde schmerzhaft. »Wage es nicht, mich anzulügen, Scylla!«, grollte er. »Wie lange geht das schon so mit dem Ziegenhirten?«

»Er ist mein Freund«, verteidigte sie ihn und verstummte. Der Anblick ihres wütenden Vaters überwältigte sie, raubte ihr die Sprache. Sie erkannte an seinen Augen, dass er kurz davor stand, restlos die Beherrschung zu verlieren.

»Er ist ein Dörfler mit einer nichtsnutzigen Familie«, sagte er nun leiser, aber mit deutlich drohendem Tonfall. »Wenn du dich noch einmal mit ihm triffst, werde ich mir etwas Besonderes für dich und ihn einfallen lassen. Du weißt, dass ich Tränke zu mischen verstehe, Tochter.« Er ließ sie nicht einfach nur los, sondern stieß sie regelrecht von sich. »Hinunter mit dir ins Laboratorium. Es gibt Arbeit.«

»Aber ich ...«

»Hinunter mit dir!«, rief er und zeigte auf die Luke.

Nach dem ersten Schrecken kehrte Scyllas Widerstandsgeist zurück. Sie stemmte sich gegen den Wind und den Willen ihres Vaters gleichermaßen. »Willst *du* das oder die *Baronin?*«

Seine drohende Haltung verlor die Anspannung, er senkte den Arm. »Woher ...«

»Sie hat von dir verlangt, dass du härter zu mir sein sollst, Vater. Und seitdem verstehe ich dich nicht mehr. Nicht mehr so wie früher.« Scylla sah ihm in die Augen. »Was ist die Cognatio? Auf was sollst du mich vorbereiten? Was ist eine Elevin?«

Karol rang nach Luft und setzte zu einem Satz an, dann brach er ab. Sie schwiegen sich an, während das Unwetter tobte und seine Blitze gegen die Erde aussandte.

»Gehen wir ins Laboratorium«, sprach er nach einiger Zeit. »Wir müssen arbeiten.« Er schritt an ihr vorbei und trat durch die Luke nach unten.

Scylla folgte ihm, dabei rieb sie sich über die schmerzende Stelle am Kopf und hatte Blut an den Fingern kleben. Auf dem Weg nach unten bemerkte sie, dass die Riegel vor den beiden Türen lagen und sich die Position der Schlösser nicht verändert hatte. Karol konnte nicht durch die Scheune oder den Turm auf die Plattform gelangt sein. Ihr fiel ein, dass sie auch seine Kutsche nicht bemerkt hatte.

Rational betrachtet gab es keine Möglichkeit, wie er ins Innere hatte gelangen können. Aber was als Erklärung blieb, war zu ungeheuerlich und unlogisch, um es überhaupt in Betracht ziehen zu können: Ihr Vater musste Kräfte besitzen, über die kein gewöhnlicher Mensch verfügte!

Sosehr Scylla nachdachte, es wollte ihr nichts anderes einfallen, und das führte sie zur nächsten Frage. Was verlieh ihm diese Macht, unhörbar und an allen Hindernissen vorüber auf die Turmspitze zu gelangen?

Bis sie im Laboratorium des ersten Geschosses angekommen waren, schien ihr Vater sich wieder beruhigt zu haben. Er kümmerte sich schweigend um ihre Platzwunde und nähte sie mit ein paar schnellen, präzisen Stichen. »Es tut mir leid, ich wollte nicht, dass du eine Verletzung davonträgst«, entschuldigte er sich schließlich. »Du hast uns also gehört, als die Baronin und ich an deinem Bett standen?«

Scylla überlegte kurz, die ganze Wahrheit zu erzählen – dass sie die Cognatio belauscht hatte –, doch nach Karols Ausbruch schien es ihr ratsamer, es nicht zu tun. »Ich tat so, als würde ich schlafen, aber ich hörte jedes Wort«, sagte sie. »Was ist die Cognatio?«

Karol sah sie ernst an, so als wäre er immer noch nicht sicher, ob er ihr vertrauen könnte. »Ein geheimer Zusammenschluss von Gelehrten, wie du und ich es sind«, sagte er dann. »Wir sind dreizehn Männer und Frauen, die sich ganz der Forschung verschrieben haben, zum Wohle der Menschheit. Unseren Obersten nennen wir Ischariot, er wird aus unseren Reihen für eine gewisse Zeit erwählt, leitet die Geschicke und ordnet neue Forschungsziele an.«

Scylla nickte aufmerksam und tat so, als wären dies für sie Neuigkeiten.

»Unsere Nachfolger, die Eleven, müssen von der Cognatio anerkannt werden, sonst ist es ihnen nicht erlaubt, eines Tages an die Stelle des Mentors zu treten.«

Sie spielte mit ihren Fingernägeln, da die Erklärung eine unangenehme Frage nach sich zog. »Was wäre, wenn ...«

»... du nicht akzeptiert wirst?«, vollendete er den Satz.

»Ja.« Sie schluckte schwer und schaute sich im Raum um. »Muss ich dann von hier fort?«

Karol hustete. »Niemals. Mein Platz in der Cognatio würde leer bleiben, bis der Ischariot ein neues Mitglied bestimmt.« Eine weitere Lüge. Er tupfte das Blut aus den Haaren und gab Alkohol über die Wunde, um sie nochmals zu reinigen. »Wir treffen uns einmal im Vierteljahr und beraten über unsere Forschungsergebnisse und wie wir die Menschen vor Krankheiten bewahren können.«

»Warum tut ihr das im Verborgenen?«

»Weil«, er stellte sich vor sie, »es sehr schnell geschehen kann, dass man unsere Absichten missdeutet. Leider ist der Aberglaube unser größter Feind. Der Aberglaube und die Ablehnung aus Unwissenheit. Du hast gesehen, wie es in unseren Laboratorien zugeht, und was denkst du, wie einfache Gemüter auf den Anblick von Leichen reagieren? Aber diese Arbeit ist notwendig, und deswegen die Geheimnistuerei.« Karol sah sie scharf an.

»Und aus diesem Grund möchte ich nicht, dass du dich mit dem Ziegenjungen einlässt. Es könnte sein, dass du aus Versehen zu viele Dinge preisgibst.«

»Niemals«, widersprach sie. »Ich mag Giure, aber ich würde ihm nie ...«

»Ich sagte nicht, dass du es absichtlich tust«, fiel er ihr in die Rede. »Versprich es mir, Scylla: Halte dich von ihm fern.«

Sie versprach es ... und log dabei. Niemals würde sie den einzigen Freund aufgeben, den sie seit Jahren gehabt hatte.

Karol lächelte, und sein Gesicht nahm nun endgültig wieder die Freundlichkeit an, die sie kannte. Das Dämonische war gewichen. »Dann komm. Ich werde dich in den nächsten Wochen auf die Prüfung vor der Cognatio vorbereiten und dir mehr über uns berichten. Ende des Jahres wird es so weit sein.« Er nahm ihre Hand und führte sie in das Stockwerk darunter. »Ich habe dir etwas mitgebracht, Tochter.«

Gemeinsam betraten sie den Examinierungsraum, der unmittelbar an die kleinen Kammern grenzte, die als Verliese für gefangene Versuchstiere dienten.

Auf dem Steintisch lag eine nackte Frau, welche die fünfzig Jahre deutlich überschritten hatte. Sie war stark übergewichtig, die großen Brüste hingen wie schlaffe Säcke rechts und links herab. Die Bräune von Gesicht und Unterarmen zeigte, dass es sich um eine Bäuerin oder Feldtagelöhnerin handelte. Aus dem Brustkorb ragte ein Pflock, und Karol hatte den Leichnam angekettet. Aus gutem Grund.

Scylla sah zu ihrem Vater. »Eine Upirina?«

»Ich habe sie für dich gefangen.« Er nickte ihr zu. »Ich hielt es für eine gute Idee, dich an ihr eine Sezierung vornehmen zu lassen.«

Sie trat näher an den Leichnam, der keiner war, und berührte die Schulter der alten Frau. Sofort schossen die Lider in die Höhe, die Augen zuckten nach links und richteten sich voller

Hass auf Scylla. »Sie lebt noch!«, sagte das Mädchen begeistert. »Der Pflock hat sie nicht vernichtet. Genau wie du es gesagt hast.«

»Ein häufig anzutreffender Fehler. Daher verbrenne ich sie auch.« Karol schob das Beistelltischchen heran, auf dem Messer, Sägen und anderen chirurgische Instrumente bereitlagen. »Der Pflock verhindert, dass sie sich verwandeln kann, aber natürlich kann sie sich immer noch bewegen.« Er straffte die Ketten. »Nicht zu sehr natürlich, dafür habe ich diese Vorsichtsmaßnahme getroffen.« Er trat zurück. »Du wirst sehen, wie sich die Sehnen und Muskeln bewegen und wie das Zusammenspiel mit den Gelenken vonstattengeht. Fang an, Scylla.«

Giure war vergessen. Die wissenschaftliche Faszination hatte Scylla vollkommen in Beschlag genommen, und sie brannte darauf, den ersten Schnitt zu machen.

Sie zog die Haut Schicht für Schicht vom Oberschenkel ab; ihr Vater beschränkte sich darauf, ihr zu assistieren. Die Upirina ächzte und wimmerte, ihr Aufbegehren blieb durch die Ketten zwar schwach, aber spürbar.

Scylla zog das angesetzte Messer zurück. »Können wir ihr nicht etwas verabreichen, damit sie weniger leidet?«

»Du willst dieses Monstrum schonen?«, meinte er verwundert.

»Nein.« Sie sah unglücklich auf ihre Fehlschnitte. »Aber ihre Bewegungen stören mich. So viele Fehler begehe ich üblicherweise nicht.«

Karol lachte. »Lass es gut sein. In diesem Fall ist es besser, wenn sie zappelt. Du musst damit zurechtkommen.«

Scylla arbeitete konzentriert weiter und schälte das störende weiße Fett von den Muskeln, um sie besser in ihrer Funktionsweise studieren zu können.

Jetzt hingegen war Bewegung erwünscht. Wenn die Upirina sich nicht genügend regte, stach sie ihr mit dem Messer mehrmals in die Fußsohle, bis sie zuckte und sich wand. Es erfreute Scylla, das dunkle Fleisch pumpen zu sehen. Mit Wasser spülte sie das Blut davon, um das Zusammenziehen und Entspannen in sämtlichen Einzelheiten erfassen zu können.

»Jetzt das Knie. Das Gelenk ist eine wunderbare Schöpfung«, leitete Karol sie an.

Sie nickte und begann mit ihrer Arbeit, während die Gegenwehr ihrer Gefangenen sich verstärkte.

»Lieg still«, herrschte Scylla sie aufgeregt an, nachdem sie ein halbes Dutzend neuer Fehlschnitte gemacht hatte. Die Upirina kreischte wütend. Aber es war dieser Klang, der sie inspirierte. »Nein, schrei ruhig weiter«, raunte sie und wandte sich dem dicken Hals zu, an dem der Kropf deutlich zu sehen war.

Scylla präparierte den Hals vorsichtig, entfernte den Kropf, bis die Luftröhre, der Kehlkopf und die Speiseröhre offen dalagen. Fasziniert betrachtete sie ihr Werk und fühlte sich unglaublich glücklich. Sie gehörte zu einer Handvoll Auserlesener, welche die seltene Möglichkeit erhielten, menschliche Organe in diesem Zustand zu sehen. Sie spürte weder Mitleid noch Unwohlsein, und je mehr sie sah, umso mehr wollte sie wissen.

»Mein Gott«, sagte sie überwältigt und wischte sich mit dem Ärmel den Schweiß von der Stirn. Sie sah zu Karol, der still lächelnd zuschaute. »Danke, Vater! Vielen, vielen Dank!«

Er nickte. »Mach weiter, Scylla. Sie wird schwächer, und wer weiß, wie lange sie durchhält, ohne neue Nahrung zu bekommen. Sieh dir die Innereien an, betrachte das arbeitende Herz und die Lunge, danach fürchte ich, ist es mit ihr vorbei.« Er ging zur Tür. »Ich muss rasch etwas nachsehen.«

Scylla stürzte sich regelrecht auf die Untote, die Hand mit dem Messer schnitt und schälte, und bei aller Geschwindigkeit behielt sie ihre Genauigkeit bei. Hautlappen und Brüste wurden einfach zur Seite weggeklappt, das sprudelnde Blut mit Wasser davongespült. Den Gestank, der von der Upirina ausging, nahm sie nicht mehr wahr.

Sehr zu ihrer Freude fiel die Lunge nicht sofort in sich zusammen, sondern blähte sich durch die Atmung auf, auch wenn die Züge bereits sehr schwach wurden. Scylla ging das Wagnis ein, den Pflock aus dem Herzen zu ziehen, damit sie es freilegen konnte.

Ein Knistern erregte ihre Aufmerksamkeit.

Der Heilungsprozess setzte ein und schloss die Wunden mit neuer Haut, während die alte abfiel. Zerstörtes und zerschnittenes Gewebe verband sich neu, Adern wuchsen zusammen, und sogar das zerrissene Herz schloss das klaffende Loch in seiner Mitte. Die Upirina knurrte und riss mit neugewonnener Stärke an den Ketten.

»Ein unheiliges Wunder«, murmelte Scylla begeistert.

Die Gefangene hob den Kopf. »Lass mich gehen, Baronin, und ich schwöre, ich verlasse dein Land«, krächzte sie bettelnd mit wiedergewonnener Stimme.

Scylla wandte den Blick zu ihr. »Ich bin keine Baronin.«

Unvermittelt riss die Gefesselte an ihren Ketten, die Halterungen quietschten. Ohne den Pflock gewann sie an Stärke. »Wirst du mir auch die drei Kreuze auf die Stirn ritzen wie bei euren anderen Opfern?«, heulte sie und versuchte sich aufzubäumen; es misslang. Wütend fauchte sie. »Verflucht seien die Kinder des Judas!«

Scylla sah das rötliche Schimmern, das sich über ihren Körper legte, und verstand es als Ankündigung der Verwandlung. Rasch rammte sie den Pflock durch die dünne, gerade nachgewachsene Haut und die Rippenansätze ins Herz. Sofort erlosch das Leuchten.

Die Verwünschungen, die aus dem Mund der Upirina strömten, hörte Scylla kaum – doch ihre anderen Worte hallten in ihrem Kopf nach. Warum hatte diese Untote die drei Kreuze, mit denen die Upire der Umgebung ihre Opfer kennzeichneten, mit Kindern des Judas in einem Atemzug genannt –? Hatte die Cognatio, die sich auf Judas Ischariot berief, damit etwas zu tun? Diesen Fragen würde sie nachgehen ...

Sie vernahm die Schritte ihres Vaters und machte sich rasch wieder an die Arbeit. Was ihr die Upirina gesagt hatte, würde sie vorerst für sich behalten.

»Vater, siehst du das?« Sie stach mit dem Skalpell ins Herz, die Untote brüllte auf. Sie entfernte den Pflock für wenige Sekunden, und schon schloss sich der lange Riss. »Das ist unglaublich!«

Karol stellte sich an ihre Seite. »Wir bringen sie besser nach draußen. Ich möchte dir noch etwas zeigen.« Er drückte seiner Tochter eine Säge in die Hand. »Trenne ihr das rechte Bein und die linke Hand ab.«

Scylla tat, was ihr aufgetragen war. Welch ein Tag! Welch überwältigende Erfahrung!

Karol schleifte die verstümmelte Upirina zur Mühle hinaus, wo zu Scyllas Verwunderung bereits tiefste Nacht herrschte. Die Begeisterung hatte sie die Zeit vergessen lassen.

Er legte den nackten Leichnam vor die Stufen und sah zum Himmel hinauf. Der Mond warf seine Silberstrahlen auf das Land und raubte ihm die Farben; alles wurde in Schwarz und Weiß getaucht. »Schau genau hin, was geschieht.« Karol ging hinüber zur Scheune. »Ich bin gleich bei dir.«

Scylla setzte sich auf die oberste Stufe und betrachtete die Untote wie eine lauernde Katze ihre Beute. Es dauerte nicht lange, da regenerierte die Upirina in Windeseile!

Schicht um Schicht legte sich um die Knochen, neue Venen rankten wie blaue Wurzeln und wurden von frischem Fleisch umschlossen. Sogar das abgesägte Bein und die entfernte linke

Hand wuchsen unter widerlichen Geräuschen nach. Es war ein unfassbarer Anblick!

Stöhnend richtete die alte Bäuerin den Körper in die Höhe, starrte auf den Pflock und riss ihn sich mit einem Schrei aus dem Brustkorb; Blut quoll schäumend über ihre Lippen und troff auf die nackte Haut, während sie versuchte, sich auf die Beine zu stellen.

Karol erschien aus der Scheune und trug einen Spaten auf der Schulter, den er seiner Tochter reichte. »Siehst du, was der Mond mit ihnen anrichtet? Lässt man sie liegen, ohne sie zu köpfen und zu verbrennen, erheben sie sich in seinem Licht mit verdoppelten Kräften.«

Die Bäuerin stand und taumelte, grollte und fletschte die Zähne, die zu einem kräftigen, spitzen Gebiss geworden waren.

Scylla erhob sich. »Was hat der Mond damit zu tun?«

»Was für die Menschen die Leben spendende Sonne, ist für die Kreaturen der Finsternis der Mond«, erklärte er. »Du musst sie enthaupten, Tochter. Es wird nicht mehr lange dauern, bevor sie zu mächtig für dich und mich wird.« Er klopfte ihr auf die Schulter. »Du weißt, wie es geht.«

Was sie gesehen hatte, brachte Scylla zu der Überzeugung, dass diese Wesen weder irdisch waren noch auf Geheiß des Allmächtigen auf der Erde wandelten. Das erklärte auch die tiefe Religiosität ihres Vaters, bei aller Leidenschaft für die Wissenschaft. Wenn es Dämonen gab, die solche Albträume gegen die Menschen schickten, musste es auch einen Gott geben, der ihnen Einhalt gebot.

Scylla wog den Griff des Spatens in der Hand und näherte sich der Untoten. Ihre Waffe war eigentlich der Dolch, mit dem sie in den letzten Jahren Hunderte Stunden geübt hatte, und der Spaten kam ihr fremd vor.

Die Upirina griff sie unvermittelt an, fauchte dabei wie eine Katze und schnappte nach ihr.

In Scyllas Augen war es die törichtste Variante, welche die Bäuerin hatte wählen können. Es war ein Leichtes, den Spaten wie eine Axt zu schwingen und das schwere Blatt seitlich auf Höhe des Oberkiefers in den Schädel zu treiben.

Der Schwung genügte, um die Upirina umzuwerfen, dabei riss sie den Spaten mit sich.

Bevor sie sich jedoch aufraffen konnte, sprang Scylla herbei und trat mit dem rechten Fuß auf die Blattoberseite, als wollte sie besonders festen Boden umgraben. Das geschliffene Eisen brach krachend durch den Kopf und durchtrennte auch das Rückgrat; zuckend stürzte die Untote auf die Wiese zurück.

Karol deutete eine Verbeugung an. »Gut gemacht, Tochter. Du hast mich sowohl beim Sezieren als auch hierbei von deinen Fertigkeiten und deiner Unerschütterlichkeit überzeugt. Wir können der Cognatio und den Prüfungen jetzt fast schon beruhigt entgegensehen. Aber es ist noch einiges zu tun.«

Sie riss den Spaten aus der Erde und hielt den Stiel mit beiden Händen. »Danke, Vater.« Sie schaute, schwer atmend, auf die Überreste.

»Ohne Kopf tut sie nichts mehr, doch um ganz sicherzugehen, halten wir es mit ihr wie mit dem Umbra: Verbrennen wir sie.« Karol stieg die Treppe hinauf, um Kohlen aus der Küche zu holen. »Es darf nichts übrigbleiben.«

Kaum war er im Inneren verschwunden, stiegen Raben am nahen Waldrand auf und krächzten. Dass sie das nachts taten, bedeutete, dass es einen Störenfried in ihrer Nähe gab.

Scylla, von oben bis unten im Blut der Untoten gebadet, machte zwei Schritte nach vorne und blickte in Richtung Unterholz; sie wurde sich in diesem Moment erst bewusst, dass sie den Spaten noch immer wie eine Waffe hielt.

Der Mond beleuchtete eine bekannte Gestalt, die eben vom unteren Ast eines Baumes sprang und davonrannte.

Es war Giure.

15. September 1676
Osmanisches Tributland

Wieder war mehr als ein halbes Jahr vergangen, und obwohl sich Giure seit jener Nacht nicht mehr bei ihr gemeldet hatte, glaubte Scylla daran, dass ihre Freundschaft noch nicht zerbrochen war; gleichzeitig achtete Karol noch mehr darauf, ihr keinerlei Gelegenheit für einen weiteren Ausflug zu geben. Sogar die Plattform durfte sie nicht mehr betreten.

Sie war endgültig eine Gefangene, und das machte ihr von Tag zu Tag mehr zu schaffen.

»Wann darf ich die Mühle tagsüber verlassen, Vater?« Scylla, die immer mehr die Gestalt einer jungen Frau angenommen hatte, sah ihn aus ihren dunkelgrauen Augen an. Der Blick schwankte zwischen Bitten und Wut.

Karol war nicht entgangen, dass sie das Messer, mit dem sie Brot geschnitten hatte, zum Stoß bereithielt. Er nahm an, dass es der unterbewusste Ausdruck dafür war, dass er sich mit seiner strikten Anweisung mehr als nur ihren Unmut eingehandelt hatte.

»Die Abmachung lautete, dass du die Prüfung der Cognatio bestehen musst, Tochter.« Er nahm seine Tasse mit dem Kaffee und betrachtete Scylla. Sie war im Grunde erwachsen; ihre Brüste hoben sich, verlockend für alle Männer, unter ihrem Hemd, und aus dem rundlichen Kindergesicht war nun endgültig ein schönes, schlankes Antlitz geworden, das von langen schwarzen Haaren umrahmt wurde. Seine Tochter durfte sich ohne Frage anziehend nennen. Anziehend und aufständisch.

»Ich bin bald fünfzehn Jahre alt, Vater. Andere Frauen sind in diesem Alter längst schon verheiratet.«

Karol schüttelte den Kopf.

Ihre Stimme wurde leiser, weicher. »Wenn ich dir verspreche, dass ich mich mit keinem Mann einlasse, darf ich dann hinaus? Ohne dich? Wie soll ich denn forschen ...«

»Scylla, ich habe Vertrauen zu dir«, fiel er ihr ins Wort. »Aber ich traue den Männern nicht, weder den einheimischen noch den türkischen. Du bist schön und begehrenswert, und genau deshalb habe ich Angst, dass dir dein Äußeres zum Verhängnis werden könnte.«

Sie lächelte milde. »Ich kann mich verteidigen. Im Messerkampf gewinnst du nicht mehr gegen mich.«

»So? Was würdest du gegen eine Abteilung Soldaten unternehmen? Oder gegen eine Horde Bauern? Sie mit deiner Nachtigallstimme in deinen Bann schlagen und ihnen die Hälse aufschlitzen, bevor sie wieder zur Besinnung kommen?«

»Das ist nicht gerecht! So schlimm ist diese Gegend nicht, wie du es mich glauben machen möchtest.«

Karol suchte den Blick der Tochter. »Die Cognatio hat Vorrang. Und besonders vor dem Ziegenjungen.«

»Das ist nicht gerecht!« Rebellion loderte in ihr auf.

»Reiß dich zusammen, Tochter!« Er verlor langsam die Geduld. »Du bist gescheiter als er – was willst du von ihm? Dich ihm hingeben?«

Sie errötete.

»Dachte ich es mir«, sagte er abfällig. »Dabei glaubte ich, meine Worte hätten bei dir gefruchtet, aber ich sehe, dass es dich zu ihm treibt. Aus niederen Gründen.«

»Es sind keine niederen Gründe, Vater. Wir ... wir lieben uns«, hielt sie dagegen und bemerkte selbst, wie hilflos sie klang.

»Liebe? Deine Mutter und ich haben uns geliebt. Bei dir ist es eine Schwärmerei, wie sie junge Dinger in deinem Alter durchleben. Unterdrücke sie, forsche noch mehr und schlag dir den Jungen aus dem Kopf. Glaubst du denn, er denkt noch an dich? Warum sollte er dann keinen Versuch mehr unternommen haben, dir nahezukommen?«

Scylla schluckte. Sie wagte nicht, ihm zu sagen, dass Giure sie vor Monaten bei ihrem Treiben beobachtet hatte und vermutlich deswegen nicht mehr erschien. »Du wirst mich nicht ewig halten können.«

»Das beabsichtige ich auch nicht, Tochter. Die Cognatio findet im November statt, danach ist alles anders.« Er trank von seinem Kaffee. »Heute bekommen wir Besuch. Der Meister der Dolche wird erscheinen und deine Kampfkunst prüfen. Aber ich warne dich: Er ist um Längen besser als ich. Und er benutzt nur geschliffene Klingen.«

Sie hatte nicht mehr daran geglaubt, dass sie diesen Meister zu Gesicht bekommen würde. »Ist das Teil der Prüfung?«, fragte sie und nahm sich eine Scheibe von dem Kuchen, den sie gebacken hatte. Als er nickte, sagte sie: »Dann habe ich einen Vorschlag für dich, Vater: Wenn ich ihn schlage, erhalte ich freien Ausgang, wann immer es mich danach verlangt.«

Er sah sie an, dann lachte er schallend. »Du schlägst ihn niemals ... sagen wir: Nicht jetzt.«

»Dann kannst du darauf eingehen, oder?« Das Gelächter hatte sie verletzt.

»Und was, wenn du unterliegst, Tochter?«

»Werde ich dich nie wieder darum bitten, die Mühle verlassen zu dürfen, bis du mir selbst die Erlaubnis dazu gibst.«

Karol hob die Rechte und hielt sie ihr ausgestreckt hin. »Einverstanden.«

Die Spannung im Raum wich, und sie setzten ihr Abendessen fort. Nach dem Mahl gingen sie in Karols Arbeitszimmer, wo sie die alchemistischen Berechnungen, die Scylla angestellt hatte, besprachen und verglichen. Die Leistungen hatten sich wesentlich verbessert, allerdings lag ihre besondere Begabung eindeutig im Bereich der Präparierung und der Beobachtung. Danach widmeten sich beide wieder ihren Studien.

Plötzlich horchte Karol auf und ging zur Treppe. »Ich habe ein Pferd gehört. Du auch?«

Sie schüttelte den Kopf, weil sie sich Gedanken über sich als Elevin gemacht hatte. Nachfolgerin zu sein bedeutete, eine Lücke zu schließen – und das machte ihr deutlich, dass Karol eines Tages nicht mehr bei ihr sein würde.

Scylla fand den Gedanken, allein zu sein, erschreckend. Ein Leben, ein Forschen ohne den Vater war trotz der Reibereien zwischen ihnen undenkbar. Sie sah seinen Perückenkopf die Treppe hinunter verschwinden, gleich darauf läutete das Glöckchen. Es war wirklich ein Besucher gekommen.

»Scylla! Komm zu uns!«, rief sie die Stimme des Vaters.

Sie schob die ängstigenden Gedanken beiseite und eilte hinab. Schon stand sie vor einem unscheinbaren Mann, der die alte bunte Montur eines Landsknechts trug. Hemdsärmel und Hosenbeine waren geschlitzt sowie innen mit schwarzem Stoff ausgekleidet worden; um die Hüfte saß ein breiter Gürtel, an dem zwei lange Dolche hingen, seine Füße steckten in hohen schwarzen Stulpenstiefeln, auf denen der Staub einer langen Reise lag. Ein dunkler Mantel schützte ihn seinem Aussehen nach schon seit vielen Jahren vor Wind und Regen, auf seinem hellblonden Schopf saß ein breitkrempiger Hut. »Guten Abend«, grüßte er sie mit starkem Akzent.

»Das ist Frans Hohentgar«, stellte Karol den Besucher vor. »Er ist der beste Kämpfer, wenn es um Klingen jeglicher Art geht. Der Meister der Dolche.« Er legte die Hand auf Scyllas Schulter. »Meine Tochter, Frans. Gegen sie wirst du antreten müssen.«

Artig deutete sie eine Verbeugung an. »Willkommen, Herr Hohentgar«, grüßte sie. Er entsprach nicht dem Bild, welches sie sich ausgemalt hatte. Er war weder düster noch geheimnisvoll, sondern wirkte eher nett.

»Meine Güte«, sagte der Deutsche und schaute sie bewundernd an. »Da ist ja eine Knospe zu einer wunderschönen Blume erblüht, will ich meinen!«, brach es aus ihm heraus, und er reichte ihr die Hand. Er ging um sie herum und musterte sie. »Scylla, du bist eine richtige Frau geworden.«

Sie war verwundert, weil er mit ihr sprach, als seien sie alte Freunde.

»Bestärkt sie nicht in dieser Ansicht«, warnte Karol halb im Scherz, halb ernsthaft. »Ich habe schon so genügend Schwierigkeiten mit ihr.« Er bot dem Besucher, der zwei große Satteltaschen neben die Tür auf den Boden gestellt hatte, einen Stuhl an. »Hunger, verehrter Frans? Scylla macht Euch sicherlich gerne etwas zu essen.«

»Nur zu. Ein paar Eier mit Speck und eine ordentliche Scheibe Brot tun es für den Anfang.« Er setzte sich, bekam einen Becher mit Wein und einen Krug Wasser kredenzt. »Dann kümmere ich mich erst einmal um mein Pferd ... aber anschließend darf es ruhig einen zweiten Gang geben.« Frans setzte sich. »Verzeih mir die überschwängliche Begrüßung, Scylla, doch dein Vater hat mir so oft von dir geschrieben, dass ich mich beinahe als dein Onkel betrachte.«

»Ich danke Euch.« Sie deutete wieder eine Verbeugung an. »Und nun will ich sehen, dass das Essen auf den Tisch kommt.«

Karol setzte sich ihm gegenüber. »Was gibt es Neues in der Welt, alter Freund? Wo dreschen sich die Soldaten derzeit die Köpfe ein?«

»Mal hier, mal dort. Meine Dienste werden immer benötigt. Und wenn es keine Armee ist, dann erledige ich einen delikaten Auftrag für einen Adligen.« Frans grinste vielsagend, und Karol bemerkte, dass ihm einer der Schneidezähne fehlte. Anscheinend war er an einen Gegner geraten, der sich gewehrt hatte. »Scylla, was macht die Messerkunst?«

Die junge Frau schlug drei Eier in die Pfanne und gab zwei fingerdicke Scheiben Speck hinzu, schob sie über das Herdloch, aus dem fingerlange Flammen züngelten. »Ich habe eifrig geübt. Meinen Vater schlage ich inzwischen jedes Mal.«

»*Jedes* Mal?« Frans sah sein Gegenüber an. »Karol, was muss ich da hören?« Er hob die Hand und zeigte auf sie. »Ihr lasst Euch von Eurer eigenen Tochter besiegen?«

»Sie kämpft anders, als ich es gewohnt bin, Frans«, gab er zurück und berichtete von der Abmachung, die sie getroffen hatten: ein Sieg im Messerkampf als Lohn für die Freiheit. »Was haltet Ihr davon?«

Der Deutsche sah zu Scylla, in deren Augen furchtsame Erwartung stand. »Nichts.«

Sie sog die Luft ein. »Verzeiht, wieso ...?«

»Ich gebe deinem Vater recht, wenn er Angst um dich hat.« Er sah zu Karol. »Und Euch sei gesagt, dass es eine reichlich einfältige Eingebung war, diese Abmachung zu treffen. Seht Ihr ihre schöne, glatte Haut? Wie sieht sie wohl mit der Narbe aus, die ich ihr verpassen muss?«

Karols Kiefer mahlten, er sagte nichts.

Scylla atmete auf. Die Abmachung hatte noch immer Bestand. Sie rührte die Eier, damit sie nicht anbrannten, und gab sie nach kurzer Garzeit auf einen Teller, den sie ihm zusammen mit Brot und Gabel an den Tisch brachte. »Es mag vermessen sein, Euch darum zu bitten, Herr Frans, aber könnten wir den Kampf heute noch ausfechten?« Sie stellte das Essen ab und setzte sich ihm gegenüber.

»Heute noch?« Frans langte zu und stillte seinen Hunger mit schnellen Bewegungen. Eier, Speck und das Brot verschwanden rasch im Mund des Mannes. Er rülpste laut und lehnte sich vor. »Weswegen so rasch? Bist du dir so sicher, dass du mich schlägst?«

»Ja«, erwiderte sie mit fester Stimme.

Frans nahm einen Rest Ei zwischen Daumen und Zeigefinger

und schob ihn zwischen die Lippen. Wieder ließ er sich mit seiner Antwort Zeit. »Ich bin es nicht. Aber dennoch erfülle ich dir deinen Wunsch. Es wird dir eine Lehre sein. Die Regel lautet: Wer zuerst aufgibt, hat verloren.« Er klopfte sich auf den Bauch. »Aber erst versorge ich mein Pferd und lege mich ein wenig hin. Meine Müdigkeit brächte dir Vorteile, und das möchte ich nicht.«

»Ich auch nicht«, merkte Karol an und führte den Freund in die Scheune.

VIII. KAPITEL

15. September 1676
Osmanisches Tributland

Das Geräusch einer Klinge, die weniger als haarbreit am eigenen Gesicht vorbeizischte, vergaß man niemals wieder.

Scylla keuchte auf und sah den Dolch als einen huschenden Blitz, der beinahe ihre Wange getroffen und aufgeschlitzt hätte. Frans schonte sie nicht, und er führte den schärfsten, längsten Dolch, den er in seiner Sammlung besaß.

Die zweite Attacke parierte sie mit der eigenen Waffe, ihrem Lieblingsmesser mit der handlangen Klinge, und trat gegen sein rechtes Knie, während sie zur Ablenkung mit der freien Hand auf seine Nase hieb. Beides ging ins Leere.

Unglaublich schnell griff er um, hielt die Schneide jetzt in der anderen Hand und nach unten gerichtet. Schon wieder zuckte sie heran, dieses Mal von schräg unten links nach oben rechts.

Scylla blockte den Arm des Mannes im Ansatz durch einen Fußtritt, duckte sich und stach mit der aufwärtsgerichteten Spitze nach der Achsel. Sie war sich im Klaren darüber, dass sie die Arterie, wenn sie traf, sehr schwer, wenn nicht sogar tödlich verletzte – daher hielt sie sich bereit, den Stoß abfangen zu können. Der Deutsche war der Freund ihres Vaters, und sie wollte nicht sein Leben nehmen.

Frans hatte ihre Absicht bemerkt und brachte sich durch einen raschen Sprung in Sicherheit; die Klinge erwischte ihn dafür am Unterarm und hinterließ einen Schnitt in der Kleidung, aus dem nach wenigen Lidschlägen Blut sickerte. Er sah rasch nach, bewegte probeweise die Finger und nickte grimmig. Muskeln und Sehnen verrichteten weiter ihren Dienst.

Scylla zog sich noch zwei weitere Schritte zurück und stand nun in der Mitte der Scheune, in der ihr Kampf stattfand. Die Kutsche hatten sie hinausgerollt, um mehr Platz zu haben. »Eine kleine Pause, um die Wunde zu verbinden?«

Karol stand im ersten Geschoss auf dem Heuboden wie auf einer Galerie und betrachtete seine Tochter und den Freund von oben. Scylla ahnte, dass er überlegte, ob er den Kampf abbrechen sollte. Er sah fragend zu Frans.

Frans hob den Kopf, die Augen sagten *nein*. Dann nahm er sein Halstuch und knotete es über den Schnitt, damit es nicht zu sehr blutete. »Ich bin froh, dass die Bedingung für einen Sieg nicht lautete: erstes Blut«, sagte er, und man hörte seiner Stimme nicht an, ob die Wunde schmerzte oder nicht. »Sonst hättest du gewonnen, Scylla.«

Sie lächelte und wischte die Schneide am losen Stroh ab, das Blut blieb widerwillig an den Halmen haften. »Und das werde ich«, stellte sie fest und sah ihn herausfordernd an. »Wollt Ihr nicht aufgeben, um Eure Wunde besser zu versorgen?«

Frans bleckte die Zähne, es sah weder freundlich noch feindselig aus. »Nein, ich werde nicht aufgeben. Es sei denn, ich verliere das Bewusstsein.« Er nahm einen Schleifstein aus der Gürteltasche, befeuchtete ihn mit Wasser aus dem Pferdeeimer und rieb über die Klinge. »Schonst du mich, Scylla?«

»Nein«, widersprach sie überrascht.

»Dann gibst du in diesem Gefecht nicht alles«, lautete sein vernichtendes Urteil. »Als dein Vater mir von deinen Fortschritten berichtete, dachte ich, ich hätte es mit einer überragenden Messerkämpferin zu tun, aber alles, was ich bisher gesehen habe, vermag auch ein Kind nach ein wenig Übung.«

»Und Eure Verletzung?« Scylla deutete mit der Waffe auf seinen Arm.

»Eine Kleinigkeit, die mich nur wütender gemacht hat«, retournierte er und nahm seine Angriffsstellung ein. »Wir können fortfahren, wenn du bereit bist.«

Scylla näherte sich Frans wieder. Ihr Blick fixierte nicht die gegnerische Klinge, sondern einen Punkt etwa einen Schritt hinter dem Mann. Das Auge erfasste auf diese Weise eine Bewegung wesentlich besser. Würde sie nur auf das Messer starren, wäre sie zu sehr darauf fokussiert; andere Angriffe, die mit Händen und Füßen durchgeführt wurden, würden ihr entgehen.

Bevor sie attackieren konnte, drang Frans auf sie ein. Dabei schleuderte sein Fuß eine Wolke aus Staub und Stroh gegen sie, Dreck prasselte auf ihr Gesicht; ihre Lider schlossen sich in einem nicht kontrollierbaren Reflex.

Die Ablenkung genügte, und sie erkannte seinen Angriff zu spät. Er stach sie in den rechten Oberarm und schlug ihr gleichzeitig den Ellenbogen gegen die Stirn.

Scylla strauchelte, stieß mit dem verletzten Arm gegen einen Pfeiler, stach sich einen hervorstehenden Nagel in die Wunde und vergrößerte sie zusätzlich; der lähmende Schmerz schoss wie Säure in die Schulter und den Unterarm, die Finger öffneten sich und gaben die Waffe frei.

Doch Scylla dachte nicht ans Aufgeben. Als ihr Messer fiel, fing sie es mit der Linken auf, stieß sich zur Seite ab und entging damit dem zweiten Angriff, der dieses Mal auf ihren Hals gezielt hatte. Dafür trat sie Frans mit voller Wucht in den Schritt.

Zwar schaffte er es noch, den linken Oberschenkel als Deckung nach innen zu drehen, doch anschließend verspürte auch er gewaltige Qualen.

Keuchend belauerten sie sich und gingen erneut auf Abstand.

»Hast du genug?«, erkundigte sich Frans und betrachtete die hässliche Wunde an ihrem Arm, aus der das Blut strömte.

Scylla schüttelte stumm den Kopf. In ihr veränderte sich

etwas. Dunkle Gedanken hielten Einzug, Bilder des aufgeschlitzten Frans flackerten auf, und der Wunsch, ihn tot zu sehen, breitete sich in ihr aus wie ein Feuer. Sie ließ es zu, hörte das Herz in ihren Ohren pochen, das schnelle Rauschen überlagerte die Geräusche um sie herum und jeglichen Gedanken. Sie fixierte wieder den Punkt hinter Frans und war beherrscht von der Vorstellung, dem Meister der Dolche ebenso den Kopf von den Schultern zu schlagen, wie sie es mit der Upirina getan hatte. Sie wollte gewinnen, egal wie. »Weiter«, zischte sie und attackierte ihn mit ihrem Messer.

Ihre Angriffe steigerten sich und kamen ohne Unterlass aus verschiedenen Richtungen. Scylla nutzte geschickte Körpertäuschungen, um Frans zu verwirren, der sichtlich mehr Mühe mit der verwundeten, einarmigen Gegnerin hatte als mit der gesunden Scylla.

Immer wieder klirrte es, wenn die Schneiden sich in der Luft berührten, und für die Augen eines ungeübten Menschen waren die Stiche und Stöße kaum mehr zu erkennen.

Scylla keuchte, Schweiß rann ihr aus allen Poren, doch sie setzte ihre Attacken unnachgiebig fort und lauerte darauf, dass Frans einen Fehler bei der Deckung beging. Sein Gesichtsausdruck hatte sich verändert, er sah angespannt aus.

»Scylla, hör auf!«, rief Karol von oben. Er hatte bemerkt, dass sein Freund in tödliche Bedrängnis geriet. Scylla kämpfte wie von Sinnen, in den Augen glitzerte die blanke Mordlust. Sie hörte nicht auf ihn.

Endlich wurden ihre Stiche langsamer, und Frans sah seine Gelegenheit gekommen. Er wich dem nächsten Angriff aus und wollte mit dem Dolchknauf gegen ihre Stirn schlagen – da zuckte ihr Fuß nach oben und traf ihn in den Magen.

Man sah ihm an, dass er es niemals für möglich gehalten hätte, bei einer schmalen Frau eine derartige Kraft vorzufinden. Er wirkte so, als müsste er sich übergeben.

Scylla lachte auf, trat nochmals zu und duckte sich, um unter seiner Deckung hindurch unterhalb des Knies in die Wade zu stechen, damit Frans fiel. Stöhnend sank er nieder. »Ich habe genug«, ächzte er. In seinen Augen flackerte Angst. »Du hast ...«

Sie schnellte empor, landete auf seinem Bauch und richtete die Messerspitze geradewegs auf das Herz.

»Scylla, nein!«, schrie Karol und sprang vom Heuboden.

Er erreichte sie zu spät. »Ich habe gewonnen!«, grollte sie – und stach zu!

Klirrend prallte die Klinge gegen Metall.

»Was ist ...?«

Scylla hieb die Waffe ein weiteres Mal gegen Frans' Oberkörper, doch erneut scheiterte sie an einem harten Widerstand.

Karol gelangte endlich zu ihr und hielt ihren Arm fest. Sie hatte dieses Mal auf den ungeschützten Hals gezielt. »Es genügt«, herrschte er sie an. »Du kannst aufhören.«

Sie stand auf, trat zurück und schaute auf das blutige Messer, danach auf ihre Wunde. Ein Nebel hob sich von ihrem Verstand, die Gier nach Tod verschwand und ließ Glück und Schmerzen zurück. Die Beine gaben nach, sie knickte neben Frans ein.

»Irrsinn!« Karol kniete bereits zwischen ihnen und kümmerte sich abwechselnd um die Wunden, welche sie sich in ihrem Eifer gegenseitig zugefügt hatten. Nacheinander schaffte er sie in die Küche und nahm aus der Tasche chirurgische Instrumente sowie Nadel und Faden, um die Wunden zu versorgen. »Es war Irrsinn, dass ich mich auf diese Abmachung eingelassen habe«, schimpfte er mit sich selbst, während er den Schnitt in Frans' Unterschenkel mit kundigen Stichen nähte. »Wie leicht hättet Ihr ums Leben kommen können, Frans.« Er öffnete das Hemd, unter dem ein Eisenharnisch verborgen lag. »Ohne den wäre es so gekommen.«

Scylla konzentrierte sich auf alchemistische Formeln, damit der pochende Schmerz in ihrem Oberarm durch die gebündelten Gedanken verdrängt wurde und nicht überhandnahm. Als ihr Vater sie vernähte, traten ihr Tränen in die Augen, doch ein Laut kam ihr nicht über die Lippen. Schließlich lächelte sie sogar.

»Ich habe gewonnen«, flüsterte sie, dann schaute sie zu Frans und erschrak, als sie sich ihrer Gedanken während des Kampfes bewusst wurde. Sie hätte ihn in ihrem Wahn ohne Zögern umgebracht, mitleidlos und trotz seiner Kapitulation. Scham bemächtigte sich ihrer, und sie schlug die Augen nieder.

Karol schenkte Scylla Tee und Frans Kaffee ein, dann ging er schnell in die Scheune und kehrte mit einem Tiegel Salbe zurück, den er vor seiner Tochter abstellte. »Tragt das auf. Beide. Es verhindert, dass ihr Narben bekommt.«

»Auf die paar Streifen in meiner Haut kommt es nicht mehr an.« Frans winkte ab. »Diese Lektion war es mir wert. Niemals mehr unterschätze ich junge Frauen, wenn es um den Messerkampf geht.« Er nicke Scylla zu. »Deine Art, die Klinge zu führen, ist eine andere, als ich gewohnt bin. Du hast deinen eigenen Stil entwickelt. Was dir an Kraft fehlt, machst du mit Niederträchtigkeit und Geschwindigkeit wett.«

Sie wollte protestieren. »Niederträchtigkeit ...«

»Einen Mann in sein Gehänge zu treten ist nicht edel. Vor deinen Beinen werde ich mich in acht nehmen. Sie sind so stark wie die eines Pferdes.« Er kostete von dem Kaffee und grinste. »Das war nicht böse gemeint. Niedertracht ist gut. Es geht darum, zu gewinnen.«

Scylla mied seinen Blick noch immer. Sie beruhigte sich, das Blut rauschte nicht mehr so laut und wie heißes Wasser durch ihre Adern, nicht so wie vorhin, als sie sich im Kampf befunden hatte. Es war vollkommen anders als sonst gewesen. Das Wissen, dass ein Gegner ihr keine blauen Flecken, sondern

Verletzungen zufügen wollte, hatte sie in eine Art Rausch versetzt, in dem vernünftige Gedanken und vor allem Zurückhaltung nicht mehr existierten. Es war so wild, so gänzlich unwissenschaftlich! Ihr Blick richtete sich auf den Verband an seinem Unterschenkel, dann auf den zerkratzten Harnisch. Wenn dieser nicht gewesen wäre, dann ...

»Was?«, sagte Frans, der sie beobachtet hatte. »Nein, mach dir keine Vorwürfe. Ich muss mich bedanken, dass du mein Leben verschont hast.« Er tippte sich auf die gepanzerte Brust, lächelte verschmitzt und schüttelte dabei den Kopf. »Ein unglaubliches Mädchen ... Verzeihung, ich meine: eine unglaubliche junge Frau«, sagte er und sah zu Karol. »Lasst sie ruhig durch die Gegend streifen. Sie wird sogar einen Upir zerlegen und ausbeinen, bevor er seine Fänge in sie schlagen kann.«

Karol seufzte. Ein Wort war ein Wort. »Dann möchte ich, dass du in Zukunft einen ganz besonderen Dolch bei dir trägst«, eröffnete er ihr und erhob sich. Dieses Mal kehrte er erst nach geraumer Zeit wieder zurück. In seiner Hand hielt er einen in Leintuch eingeschlagenen, länglichen Gegenstand.

»Diese Suche dauerte etwas länger. Wird jemand alt und langsam?«, neckte ihn Frans.

»Ich *bin* alt und langsam«, erwiderte Karol und setzte sich. »Man sieht es mir nur nicht an.« Er schob den Gegenstand zu Scylla, die inzwischen ihren Tee ausgetrunken hatte. »Das ist für dich. Es ist Andenken und Mahnung zugleich.«

Sie schob den Becher zur Seite und schlug den Stoff auseinander. Eine mit Intarsien ubersate Goldscheide kam zum Vorschein, die Motive und Muster darauf waren eindeutig türkischer Herkunft. Goldene Beschläge aus Blumen und Ranken liefen um die Hülle, und selbst der aus Holz gefertigte Griff wies einen Zierrat auf, der die Möglichkeiten eines einfachen Soldaten bei weitem überstieg.

Frans pfiff durch die Zähne. »Mein lieber Freund, was habt

Ihr denn da für ein feines Stück?«, fragte er begeistert und gebannt zugleich. »Damit könntet Ihr das Land samt Wald und den Dörfern rings um die Mühle kaufen.«

Scylla hatte ein einziger Blick genügt, um den Dolch zu erkennen: Er gehörte an den Gürtel des Janitscharen, der vor vielen Jahren die geliebte Mutter mitgenommen hatte.

»Zieh ihn raus«, forderte Karol und sah, dass seine Tochter wusste, was sie in den Fingern hielt.

Als die Klinge aus Damaststahl zum Vorschein kam, war sie vom Heft an bis zur Spitze in Blut gebadet. Es glitzerte rot und feucht, als sei sie eben erst in einen Körper gerammt, herausgezogen und danach weggesteckt worden.

»Es ist das Blut des Mannes, der uns Gemahlin und Mutter genommen hat«, sprach Karol ernst.

»Wann ...«

»Am Morgen, bevor ich dich vom Hof abgeholt habe, stellte ich ihn. Ich verfolgte ihn und habe ihn überrascht. Im Kampf war er mir unterlegen, und nach einem kurzen Gefecht ging er sterbend zu Boden.« Karol blickte nachdenklich in die Ferne, als ob er sich erinnerte. »Seinen Leichnam habe ich zerteilt und in die Koffer gepackt, die in der Kutsche lagen.«

Scylla entsann sich. Sie hatte sich immer gefragt, weswegen sie auf der Reise auf dem unbequemen Kutschbock statt im weichen Polster hatte sitzen müssen. Jetzt wusste sie es: Es war schlicht die Angst ihres Vater vor ihrer Neugier gewesen. »Dann wusstest du schon, dass Mutter tot war?«

»Ich war verzweifelt und habe es nicht übers Herz gebracht, dir am ersten Tag unseres Zusammentreffens die schreckliche Wahrheit zu sagen. Ich wusste nicht, wie ich es dir mitteilen sollte, und hoffte, dass mir auf dem Weg in dein neues Zuhause etwas einfällt.« Karol schluckte, wollte Tee trinken und bemerkte, dass sein Becher leer war. Frans schob seinen zu dem Freund hinüber. »Ich gönnte ihm keine Ruhe«, erzählte er und sah in das Antlitz der jungen Frau. »Er sollte niemals ins Grab gelangen, seine Seele durfte keine Erlösung finden.« Und auf Lateinisch fügte er hinzu: »Jetzt steht er in unseren Regalen, für alle Ewigkeit.« Er deutete auf den Dolch. »Ich weiß nicht, wieso das Blut immer noch daran haftet. Ich habe die Schneide und die Hülle mehrmals gewaschen, doch jedes Mal, wenn man sie zieht, ist sie voller Blut«, erklärte er, nun wieder auf Serbisch.

»Ein Fluch«, sagte Frans sofort. »Es gibt Waffenschmiede, die ihre Dolche mit einem Zauber belegen. Mag sein, dass es bei diesem Stück ebenso ist.«

Karol zuckte mit den Achseln. »Von mir aus soll die Seele dieses Janitscharen für seine Taten büßen.« Er sah Scylla an. »Wenn das Blut dich nicht stört, dann behalte die Waffe, Tochter. Sie ist höllisch scharf und durchtrennt ohne Schwierigkeiten einen Unterarmknochen.« Er lächelte, und es sah auf einmal mehr dämonisch aus. Sowohl Frans als auch Scylla wussten, dass er die Schneide am Janitscharen selbst ausprobiert hatte.

Sie nahm die Waffe, wusch sie und betrachtete die eigentümliche Musterung, wie sie bei der Herstellung von Damaststahl entstand.

Sie wusste, dass die Osmanen eine gänzlich andere Technik benutzen als die westlichen Europäer. Das Damaszieren brachte gleichermaßen harten und elastischen Stahl hervor, der im Gegensatz zu anderen Stählen nicht spröde wurde und bei hohem Druck nicht zersprang. Stäbe oder Drähte aus Stahl wurden dabei vom Schmied übereinandergelegt und in der Kohlenglut durch unendlich lange Arbeit miteinander verschweißt; aus den Trennlinien der zusammengeschmiedeten Stäbe entstand die Maserung.

Scylla wollte diese Waffe benutzen. Ein eigenartiges Gefühl breitete sich vom Griff über ihre Hand aus. Das Fleisch erwärmte sich, als sei das Holz ebenfalls lebendig und von warmem Blut durchzogen.

»Ich behalte sie, Vater«, murmelte sie, ohne die Augen von den dunklen Linien auf der Schneide zu wenden. Die Wellenmuster besaßen etwas Anziehendes, ähnlich wie die Wellen eines Teichs, die in gleichmäßigen Abständen gegen das Ufer schwappten. Man hatte Schwierigkeiten wegzusehen. »Ich behalte sie sehr gerne.« Scylla verstaute die Klinge in der Scheide und band sich die Waffe an den Gürtel.

19. Dezember 2007
Deutschland, Sachsen, Leipzig, 22.09 Uhr

Ununterbrochen schreibe ich an der Geschichte. Der Füller huscht derart schnell über das Papier, dass man meint, er flüchtet vor den Buchstaben, die er hinterlässt.

Der Drang, alles über Scylla und ihre Entwicklung zu erzählen, ist stärker und stärker geworden – und je länger ich schreibe, umso mehr merke ich, wie ich in die Geschichte hineingezogen werde. Am Anfang versuchte ich noch, Distanz zu halten, doch es geht nicht.

Ich bin mittendrin, meine Erinnerung wird besser und besser, ich rieche und schmecke Dinge, die lange zurückliegen, sogar der Kaffee gaukelt mir vor, sein modernes Aroma gegen osmanisches eingetauscht zu haben. Meine Gefühlswelt erlebt Talfahrten und Gipfelflüge, Gutes und Furchtbares greift über die Jahrhunderte hinweg nach mir.

Mir wird bewusst, dass ich vieles von damals verdrängte – wie hätte ich auch mit jemandem darüber sprechen können? Selbst ein Priester, zu dem ich in den Beichtstuhl gestiegen wäre, hätte mich für verrückt erklärt oder geglaubt, dass ich ihn zum Narren halten will.

Unweigerlich gelange ich im Verlauf der Geschichte an Punkte, an denen ich mich rückblickend frage, ob alles anders gekommen wäre, wenn ich dieses und jenes nicht getan hätte. Oder erst recht. Minutenlang starre ich gegen die Wand und sinniere: Wie viele Menschen würden dann noch leben? Wie viele wären nie geboren worden? Welches Leid hätte ich mir selbst erspart?

Natürlich ist es ohne eine Zeitmaschine müßig, darüber nachzudenken. Ändern kann ich nichts mehr, Schadensbegrenzung ist meine Dauerbeschäftigung geworden.

Sosehr mich das Schreiben anstrengt und beschäftigt, bin ich doch froh, es begonnen zu haben. Meine obsessive Arbeit wird nur durch gelegentliche Runden unterbrochen, bei denen ich nach Frau Ulmann und der Kleinfamilie Karkow schaue und erfahren will, was es Neues gibt. Glücklicherweise gibt es nichts Neues.

Inzwischen schreibe ich sogar an den Sterbebetten und komme mir dabei schäbig vor. Ich vernachlässige diejenigen, die meinen Beistand dringend benötigen. Ich werde mich wieder mehr auf sie konzentrieren, auf sie und die Melodien. Wie dankbar wäre ich, wenn das Lied auch für mich verstummte.

Aber das darf ich nicht denken, solange mein PDA eine Liste führt, auf der nicht alle Namen durchgestrichen sind; doch ich nähere mich meinem Ziel.

Es ist dieser Zwiespalt, der mich mehr als ein Jahrhundert beschäftigt: untotes Leben – zwei Wörter, eine Konstellation, die ein Dilemma darstellt.

Vielleicht bilde ich mir ein, nicht wirklich am Leben zu sein, weil ich nach dem Tod zurückgekehrt bin? Im Grunde sind auch manche Heiligen nach ihrem Ableben auferstanden, Jesus mit eingerechnet. Niemand käme auf den Gedanken, ihn als einen Vampir zu bezeichnen. Doch als Heilige sehe ich mich definitiv nicht.

Rein medizinisch gibt es an meinem Status nichts zu bemängeln: Mein Herz schlägt wie bei jedem anderen Menschen, ich habe etwas unter 37 Grad Körpertemperatur, Puls und Blutdruck sind perfekt. Wenn ein Arzt zu mir sagte, dass ich mindestens hundert Jahre alt würde, ich glaube, ich müsste vor Lachen zusammenbrechen.

Dass ich lebe, zeigen mir die Schmerzen und das Adrenalin, die mir die Käfigkämpfe bescheren und die ich sehr genieße. Und doch sehne ich mich nach dem Ende meines Daseins, das viel zu lange währt, und ich beneide jeden Menschen, den ich beim Sterben begleite.

Mit diesem Dilemma ringe ich seit Jahren still, aber dank Marek und meinem Schreiben trage ich den Kampf nun offener denn je aus.

Vor mir liegt eine Zeitung, beinahe ganz verdeckt von den vielen Blättern, die ich noch immer nicht in eine Kladde gepackt, aber wenigstens durchnumeriert habe.

Natürlich hat es Hendrik Lobitsch mit seinem spektakulären Tod in die Schlagzeilen geschafft – ich aber auch. Mein Name ist zwar nicht erwähnt, doch ich bin die perverse Unbekannte, die Retterin und Mörderin zugleich ist. Ich trug schon schlimmere Titel.

Die Polizei, so heißt es in den Zeitungen und im Videotext des Lokalsenders, wird alles daransetzen, mich zu finden. Die Frage nach vier ähnlichen Morden in den letzten zwanzig Jahren blieb dagegen unbeantwortet. Niemand glaubt an einen Zusammenhang.

Gut so.

Ich habe so viele Jahre in relativer Ruhe und erlogenem Frieden mit mir selbst gelebt – einmal abgesehen von meiner undankbaren Aufgabe als Wächterin.

Gedanken über die Vergangenheit habe ich meistens verdrängt, und nun, seit Scyllas Geschichte und Mareks Auftauchen, wird mir jeder Tag zur Qual. Es vergeht keine halbe Stunde, in der nicht Gesichter aus meinem alten Leben auftauchen und mich zurück in diese Jahre versetzen, in denen ich ganz andere Dinge getan habe.

Umso mehr freut es mich, dass ich endlich wieder einen Kampf habe, wie Tanja mir auf dem AB berichtet hat. Das Ventil war zu lange geschlossen.

Es wird immer schwieriger, einen Gegner für mich zu finden, denn es hat sich herumgesprochen, dass es noch niemandem gelungen ist, mich endgültig auf die Bretter zu schicken. Entsprechend unbeliebt werde ich bei den Buchmachern, und auch bei den Zuschauern spalten sich die Lager. Die einen haben mich ins Herz geschlossen, die zierliche kleine Kämpferin, die sich gegen Brocken wie Monsoon behauptet; die anderen hassen mich, weil ich erfolgreich bin. Verrückt. Sie kennen mich nicht einmal, und dennoch fühlen sie sich von mir provoziert, schicken E-Mails an den Provider der Sendung, in denen sie mir Bezeichnungen verpassen, die ich nicht einmal in einem Schimpfwortlexikon finde.

Die Natur des Menschen und der Neid, das sind unerschöpfliche Themen, die im Alltag ebenso eine Rolle spielen wie in den Disputen der Philosophen – ohne dass es irgendwie besser geworden wäre. Eine Krankheit zu kennen bedeutet eben nicht, im Stande zu sein, sie zu heilen.

Ich bemerke, dass ich mit dem Schreiben innegehalten habe. Heute gelingt es mir nicht, meine Gedanken zu ordnen, es kommt nichts dabei heraus, was ich gut finde.

Das Blatt wird zerknüllt und landet im Kamin. Dahin gehört meine ganze Tagesproduktion. Ich muss zur Ruhe kommen, bevor ich weiter an der Geschichte arbeite.

Ich stehe auf, gehe ins Bad und lasse mir heißes Wasser in die Wanne laufen. Nach einer Portion Badesalz, etwas Öl und einer Hand voll getrockneter Rosenblüten sind die Vorbereitungen abgeschlossen; ich ziehe mich aus und steige hinein.

Wieder erweist sich meine eigentlich gute Idee als Fehler. Es will sich einfach keine Entspannung einstellen, mein Verstand arbeitet hier in der Wanne, abgeschirmt von äußeren Eindrücken, noch schneller und an so vielen Dingen gleichzeitig, dass es mich einfach fertigmacht.

Die Zeiger meiner Uhr neben dem Schminkspiegel sagen mir, dass es 22.31 Uhr ist, als ich aus der Wanne steige und mich betrachte.

Mein Körper ist wieder makellos, unversehrt, wie es scheint. Wassertropfen rinnen über ihn, und ich ziehe ihre Bahnen mit meinen Fingern langsam nach. Die Fingerkuppen streifen leicht über die Haut, den Hals hinab, über die Brüste, die Brustwarzen, die sich in dem schwachen kühlen Luftzug aufrichten, über meinen flachen Bauch. Auf der haarlosen Scham halte ich inne und drehe mich halb, um meinen Rücken zu betrachten.

In der Tat: makellos.

In ein paar Stunden wird er von Wunden übersät sein.

Und dennoch habe ich mich selten so sehr auf ein Duell gefreut. Miss Thunderpussy flog bei aller Schonung schneller aus dem Ring, als mir lieb war, von Befriedigung meinerseits konnte keine Rede sein. Mein neuer Gegner nennt sich Sandy Claws, und ich musste sofort an den wunderschönen Film *Nightmare Before Christmas* denken.

Mir fällt ein, dass ich letztes Jahr schon den Satan Claus aus dem Ring befördert habe, samt seinem mitgebrachten Knecht Rechtruppig und dem Weihnachtsbengel. Ein Klamauk, damals extra vom Provider angeleiert, um die Debilen vor den Monitoren bei der Stange zu halten. Anscheinend hat das Spektakel einen von den Neuen inspiriert, auf den Zug aufzuspringen.

Ich trockne mich ab, wische über das Feuermal an meinem Unterarm, von dem ich weiß, dass es mein Brandzeichen ist. Mein Gebieter hat sich mir noch nicht gezeigt, aber er wartet auf den Tag, an dem ich vergehe. Was er mir wohl zu sagen hat?

Der Gedanke, ihm meine Seele zu opfern, ist beängstigend, auch für mich. Ich bin den Pakt nicht freiwillig eingegangen, es gab keine Verhandlungen und keine Absprachen. Er schenkte mir meine zweite Existenz, aber natürlich werde ich irgendwann dafür bezahlen. Früher wollte ich deswegen unendlich lange leben, um der Rechnung zu entkommen, aber inzwischen sehe ich die Sache anders. Mein Dilemma.

Ich schlüpfe in rote Unterwäsche, steige in die exklusiven Ledersachen im Wert eines guten Gebrauchtwagens und stopfe meine Sturmhaube in die Manteltasche. Geistig abwesend, steuere ich wenig später die Hayabusa ins Industrieviertel, maskiere mich, nicke Ralf zu und gehe gar nicht auf seine Kommentare ein. Ein äußerst nerviger Zustand, in dem ich mich befinde.

Erst Tanja, die sich wieder ihrem Militärfetisch hingegeben hat und in einem schwarzen Outfit erscheint, das zwischen SS-Uniform und alter Monarchiejacke liegt, schafft es, mich unmittelbar nach der Begrüßung aus meinem mentalen Labyrinth zu reißen, indem sie sagt: »Sandy Claws hat zurückgezogen.«

Ich betrachte sie in ihrem enggeschnürten Mieder und registriere geistesabwesend, aber nicht zum ersten Mal, dass sie eine sehr gute Figur hat. »Soso, der Nikolaus hat das Haus verlassen.« Langsam setze ich mich, scheuche alle störenden Bilder aus meinem Verstand oder dränge sie zumindest zur Seite. Durch die Gasse kann ich mich auf Tanja konzentrieren. »Haben wir frei?«

»Nein, Hel.« Sie reicht mir ein Klemmbrett, auf dem ein Zettel befestigt ist. »Die Produktion hat einen Ersatz organisiert.«

Ich nehme die Unterlagen entgegen. Auf dem Bild ist ein junger Mann zu sehen, den man zur PR und Show in eine Zwangsjacke gesteckt hat.

»Madman«, lese ich seinen Kampfnamen laut vor. »Die Daten klingen gefährlich harmlos«, sage ich zu Tanja und zu mir selbst. »Eins dreiundsiebzig groß und nur vierundsechzig Kilo? Reichlich wenig für einen Mann.«

»Ja. Thai-Boxen in der Bantam-Klasse, danach hat er ein wenig Muskeln zugelegt und ist in den Freefight eingestiegen.« Tanja hat den Kopf zwischen meine Outfits gesteckt, die ordentlich und gereinigt auf einer Kleiderstange hängen, und wühlt darin herum. »Wie ich höre, ist er schlimmer als jeder beißwütige Boxer. Halte dich von seinem Mund fern, denn er mag es, seinen Gegnern die Ohren abzureißen. Mit den Zähnen.« Sie hat den glänzenden schwarzen Gummianzug ausgesucht und hält ihn mir fragend hin. Ich lehne ab. »Aber der würde gut passen. Madman trägt nur Weiß«, versucht sie mich zu überreden.

Ich denke nach. »Erst drei Kämpfe in unserer Liga?« Weitere Informationen über ihn gibt es anscheinend nicht, es ist wirklich nur ein einziges Blatt und beinahe sogar ein unbeschriebenes. »Nimmt er Aufputschmittel? Ist da was bekannt?«

»Nein. Kein Pillenfresser wie Monsoon, wenn du das meinst«, gibt Tanja zurück und ist schon wieder auf der Suche nach einem anderen Kostüm. »Angeblich lebt er sehr asketisch und ist auf so einem Mönch-Trip. Erleuchtung durch Schmerzen und Disziplin, dieser Mist.« Sie schwenkt mein Metallkleid. »Das hier, Hel? Es klimpert so schön.«

Wieder verweigere ich mich. »Er wird sehr schnell sein«, überlege ich laut. »Also brauche ich viel Bewegungsfreiheit.« Ich zeige auf das schwarze Lederoberteil, das bis zum Brustansatz reicht und mit dunkelroten Symbolen verziert ist. »Dazu gibst du mir die schwarzen Lederhotpants und die hohen Rangerstiefel.«

Tanja schnalzt mit der Zunge und schließt für drei Sekunden die Augen. »Schlicht, aber so was von sexy.« Gehorsam sucht sie die Teile heraus und legt sie mir hin. »Wenn das den Madman nicht endgültig wahnsinnig macht, hat er es mit dem Mönchtum eindeutig übertrieben.«

Dann beginnt es wieder, unser kleines Ritual. Sie kniet vor mir nieder und hilft mir, aus den Stiefeln zu schlüpfen. Ich weiß, dass es sie erregt, wenn sie nackte Frauenfüße sieht, wenn sie devot sein darf, wenn sie leichte Schläge und Bestrafungen erhält.

Wäre ich lesbisch, hätte ich mich sofort mit Tanja eingelassen. Sie sieht gut aus, ist blitzgescheit und eine furchtbar nette Frau. Da ich es jedoch nicht bin ... nicht mehr ... was auch immer ... Angesichts der wohlgeformten und durch das Mieder stark betonten Brüste der vornübergebeugten Tanja schimmern Erinnerungen auf, die ich nicht gebrauchen kann.

»Danke, ich mache das schon«, werfe ich sie freundlich hinaus.

»Habe ich etwas falsch gemacht?« Sie ist erschreckt und versucht, so etwas Ähnliches wie ein Lächeln zu produzieren, doch sie kann die Enttäuschung darunter nur schwer verbergen. Es ist das erste Mal, dass ich mich allein auf einen Kampf vorbereiten möchte.

»Nein. Mir ist nicht ... Ich möchte allein sein.«

Tanja erhebt sich anmutig und versucht, in meinen Augen zu ergründen, was ihr die Ablehnung eingebracht hat. »Wenn du es dir anders überlegst, ich stehe draußen.«

Kaum schließt sich die Tür hinter ihr, frage ich mich, ob es eine gute Idee ist, mit mir und meinen Gedanken allein zu bleiben. Krampfhaft starre ich auf das Bild von Madman, sein Anblick lenkt mich sogar von meinen Erinnerungen ab. Mechanisch ziehe ich mich um, rutsche und hüpfe in die kurzen engen Hosen, streife das straff sitzende Top über und tausche meine Stiefel gegen die hohen Ranger aus.

Die Augen meines Gegners sind eines Verrückten würdig.

Ich weiß nicht genau, weswegen ich meinen Dolch aus dem Gürtelklipp nehme. Es ist ein ungutes Gefühl, ein Ziehen im Nacken.

Ich verstaue die Waffe im hohen Schaft der Rangers, so dass sie vollständig darin verschwindet. Den Stiefel muss ich neu schnüren, der Dolch drückt etwas gegen die Wade, aber mehr auch nicht. Beim Ziehen werde ich aufpassen müssen, dass ich mir nicht das Bein zerschneide.

Mein Accessoire gibt mir Sicherheit, ich werde sofort ruhiger. Plötzlich ist es keine Problem mehr, mich auf den Kampf zu konzentrieren, und ich freue mich, dem Madman den Verstand aus dem Leib zu dreschen. Die Wut, die Wildheit benötigen einen Ausgang, den ich ihr zuweise, sonst suchen sie sich einen eigenen, und dann kann es unangenehm werden. Ich weiß, was das bedeutet.

Ich ziehe eine Maske auf, die mit drei Riemen am Hinterkopf festgeschnallt wird. Sie ist geschnitten wie ein grauer, gemusterter Schmetterling und lässt Nasenrücken sowie den Mund frei, während Wangen, Stirn und die Augenpartie bedeckt sind. Wenn man genauer hinschaut, ergibt das Muster einen stilisierten Totenkopf, der lächelt.

Ein letzter Blick in den Spiegel. Ich fühle mich gut gerüstet. Vorsichtshalber öle ich mich ein, falls der Madman auf den Gedanken kommt, mich festhalten zu wollen. Jemandem ein Ohr abkauen ist zwar eine jugendlich-postmoderne Redensart, dennoch möchte ich sie nicht bei mir in die Tat umgesetzt sehen.

Es klopft. »Hel?«, fragt Tanja und tritt nach meiner Aufforderung ein. »Es ist so weit, der letzte Vorkampf ist abgeschlossen.« Sie bleibt auf der Schwelle stehen und hält mir die Tür auf.

Ich tue ihr den Gefallen und drücke mich ohne Not eng an ihr vorbei, eine leichte Ölspur bleibt auf ihrem schwarzen Ledermantel zurück. Für uns beide bedeutet es, dass mein Rauswurf nicht gegen sie gerichtet war und sie keine Schuld trägt. Sie seufzt und lächelt erleichtert. Es versöhnt sie.

»Wie viele Zuschauer haben wir heute Abend?«

»Eingeloggt sind vier Komma zwei Millionen Abonnenten, dazu kommen geschätzte zweitausend Hacker, die sich irgendwo dazwischengehängt haben und den Live-Stream an ihre Kollegen weiterleiten.« Tanja streicht über das Öl auf dem Mantel und benetzt sich damit die Unterlippe. »Also kann man davon ausgehen, dass wir zirka achtundfünfzig bis sechzig Millionen Zuschauer haben. International natürlich.«

»Nicht schlecht, oder?« Ich folge Tanja durch den Gang, höre mein Lied erklingen und lächele. Wieder im Ring.

»Kann man so sagen.« Im Vorbeigehen wird Tanja ein Zettel mit den neusten Wettquoten gereicht, sie wirft einen Blick darauf und bleibt entgegen ihrer Art stehen, so dass ich kurz vor dem Tunnelausgang beinahe in sie hineinlaufe. »Das gibt es nicht!«, entfährt es ihr aufgebracht.

»Was?« Ich versuche einen Blick auf den Zettel zu werfen, aber sie faltet ihn zusammen.

»Nicht so wichtig«, wiegelt sie ab und reicht mir dann die Nachricht nach einem bösen Blick meinerseits doch. »Denk dir nichts dabei, okay?«

Als ich lese, was Tanja so schockiert hat, verstehe ich es. Jemand hat zehn Million darauf gesetzt, dass ich verliere. *Verliere!* Bei einer Quote von einundzwanzig zu eins könnte das für den Sender unangenehm werden. »Wer traut sich denn, gegen mich zu wetten?«

Sie zuckt die Achseln. »Das werde ich die Verantwortlichen nach dem Kampf fragen«, erwidert sie düster. Tanja schaut mich an, richtet die Maske, obwohl es nicht notwendig gewesen wäre. Sie will mich wohl einfach noch einmal berühren, um mir so ihren Beistand zu zeigen. »Sieh es nicht als schlechtes Omen. Du machst Madman fertig.«

»Sicher tue ich das.« Ich nehme ihre Finger und drücke dem Handrücken einen Kuss auf. Es ist ungerecht, dass ich sie unter meinen Launen leiden lasse. »Lass uns gehen.«

Sie lächelt glücklich, marschiert vorweg und bringt mich zum Ring.

Die außergewöhnliche Wette beschäftigt mich. Es kann Zufall sein, dass jemand einen solchen Einsatz wagt und mein Gegner gewechselt wird – aber in diesem Geschäft? Ich bereite mich darauf vor, dass Madman ein paar böse Überraschungen auf Lager haben wird. Sollte der Veranstalter etwas Irreguläres geplant haben, wird er seines Lebens nicht mehr froh werden.

Wie immer ist die Halle ausgebucht, geschätzte eintausend Menschen wurden eingelassen. Und wie immer ist es eine krude Mischung aus niveaulosen Neureichen, betuchten Asozialen und vollkommen Dekadenten, die sich an einem Live-Spektakel erbauen möchten, echtes Blut sehen und riechen wollen. Das namenlose It-Girl ist auch wieder da, mit ihrem alten Orlando-Bloom-Imitat, und dieses Mal trägt ihr glitzerndes Shirt meinen Namen; ich bin froh, wenn sie in Finsternis versinken.

Meine Augen richten sich auf den Stacheldraht, an dem Haare und Hautfetzen von den vorangegangenen Kämpfen hängen; die Extras sind wie immer im und rund um den Ring verteilt. Ich staune nicht schlecht: Jemand hat die Regeln ein wenig modifiziert, denn ich sehe Nagelmaschinen und Elektrotacker unter den üblichen Hilfsmitteln. Das könnte gefährlicher werden als sonst. Wie bei einem Eishockeymatch sind Plexiglaswände aufgestellt worden, um Verletzungen unter den Besuchern zu verhindern.

Tanja ist ebenso verwundert wie ich. »Ich gehe sofort los und bringe in Erfahrung, was das zu bedeuten hat«, tobt sie. »Sagen wir den Kampf ab?«

Das Licht wird gedimmt, bis nur noch der Ring beleuchtet ist.

Meine Sixty-Nine Eyes verstummen, stattdessen erklingt etwas, das mich an Cartoonmusik erinnert. Es sind schnelle, heiter-schrille Töne, die nach einem überdrehten Kinderlied und weißem, hektischem Kaninchen klingen.

Ein junger Mann in einer offenen Zwangsjacke kommt hereingesprungen, die Riemen an den zu langen Ärmeln schnellen wie Peitschen durch die Luft und knallen sogar leise. Eine raffinierte Methode, sich eigene Waffen mitzubringen.

Madman stößt sich ab und landet mit einer sehr gekonnten Flugrolle im Ring. Er hat eine stoppelige Glatze und erinnert mich wirklich frappant an die Insassen von Heilanstalten, wie sie anfangs des 20. Jahrhunderts noch betrieben wurden.

»Here are the enemies«, ruft die Lautsprecherstimme enthusiastisch in die Halle. *»Please welcome our newbie: the Madman!«* Die Menge klatscht ausgelassen, was mir wieder zeigt, dass es nicht gut ist, stets zu siegen. Auch Niederlagen machen sympathisch.

»Nein, Tanja«, sage ich bedächtig. »Eine Göttin macht keinen Rückzieher. Aber ich werde nach dem Kampf jemandem einen Besuch abstatten.«

Ich betrachte den Feind. Wenn er sich im Kampf einigermaßen gut anstellt und nett zu mir ist, wäre es vielleicht so weit, mich von einem Typen auf die Ringbretter legen zu lassen. Verlieren für meine Quote und mehr Sympathie – doch angesichts der Millionen, die gegen mich gewettet wurden, regt sich mein Ehrgeiz. Es wird mir Spaß bereiten, demjenigen den Verlust seines Lebens zu bescheren. »Tja, Madman«, raune ich, »sieht schlecht für dich aus, würde ich meinen.«

Er bewegt sich ruckartig, bleibt für zwei oder drei Sekunden regungslos, bevor er hüpft und Überschläge macht; leise sirrend zischen die Leinen seiner Jacke an mir vorbei. Er setzt sich.

Ein Blick in die Augen von Madman genügt mir, und ich erkenne sehr genau, dass dieser Gegner wahrhaftig verrückt ist! Die rostfarbenen Scheinwerfer tun ihr Übriges dazu. Er schaut durch mich hindurch, fixiert einen Punkt hinter meinem Rücken, während er wie ein Besoffener tänzelt und kichert.

Ich bewege mein Bein und spüre den Dolch. Etwas ist anders an Madman. Es gibt mehr als den Wahnsinn in ihm.

»*Will he destroy our champion?*«, fragt die Off-Stimme, und leise Buhrufe erklingen; unmittelbar danach erschallt das Signal, und der Kampf ist freigegeben.

Ich gehe die Sache langsam an, umkreise Madman, der regungslos am Boden sitzt und auf mich wie ein kleines Kind wirkt, das gerade die Windel mit Inhalt füllt. Er beachtet mich nicht, verhält sich absolut passiv; weil das Licht von oben auf ihn fällt, liegen lange Schatten auf seinem Gesicht. Würde es mir etwas ausmachen, würde ich sagen: unheimlich.

Seine Absicht liegt auf der Hand: Er will mich dazu reizen, den ersten Schritt zu tun. »So nicht«, sage ich zu mir selbst und bleibe vor ihm stehen. Dann verschränke ich die Arme vor der Brust. Auch ich kann warten.

Die ersten Pfiffe gellen los, es werden Plastikbecher aus der Dunkelheit nach uns geworfen, die an den Plexiglaswänden abprallen. Das Publikum will endlich die ersten Schnitte und Tackerverletzungen sehen. Verdammter Zirkus.

»Was ist los, Madman?«, frage ich ihn. »Keine Lust?«

Er senkt die Lider, summt ein Lied und pendelt mit dem Oberkörper nach rechts und links, dann stützt er die Hände auf den Boden und schwingt sich – einem Bodenturner nicht unähnlich – in den Handstand. Er verlagert sein Gewicht etwas und balanciert sich auf einem Arm aus. Noch immer hält er es nicht für nötig, mich anzuschauen.

Ich bin mir sicher, dass es die merkwürdigste Show ist, die einer meiner Gegner jemals abgezogen hat. Leider honoriert das Publikum seine Körperbeherrschung nicht so, wie es sich gebührt, aber mich hat er jedenfalls beeindruckt.

Um seine Vorstellung zu toppen, beugt er seinen Stützarm so weit, bis er mit der Nasenspitze den dreckigen Ringboden berührt, zieht gleichzeitig die Beine an. Dann stößt er sich ab, schnellt wie eine gespannte Feder auseinander. Er entlädt die Spannung in seinem Körper und schleudert sich in die Luft. Den Schwung nutzt er, um sich um die eigene Achse zu drehen ... und mit den Armen nach mir zu schlagen!

Madman hat mich wirklich überrascht. Die langen Schnallenenden treffen mich, eine erwischt meine Stirn und hinterlässt unter der Maske eine Platzwunde, die andere Schnalle fliegt seitlich heran und wickelt den Riemen zweimal um meinen Hals. Er zieht mich ruckartig zu sich, gleichzeitig lässt er einen Tritt gegen meinen Solarplexus folgen.

Der Mann weiß, wie man treten muss, um jemandem wehzutun. Mir schießt die Luft aus den Lungen, mein Nervensystem schaltet für drei Sekunden ab, und ich fliege rückwärts durch den Ring, bevor mich die Stacheldrahtabsperrung schmerzhaft aufhält. Ich habe nicht einmal mitbekommen, wie er den Riemen um meinen Hals gelöst hat. An meinem rechten Handgelenk baumelt eine Handschelle. Wer weiß, was er noch alles in seiner Jacke versteckt?

Das Geschrei des Publikums höre ich nur noch gedämpft. Das vielfache Stechen des Drahts wirkt belebend auf mich, der Schmerz aktiviert meine Sinne wieder, dennoch breche ich in die Knie, nachdem ich einen schnellen Schritt nach vorne gemacht habe – und sehe Madman auf mich zuspringen. Er hat zu einem Flugtritt angesetzt, wie die Kämpfer aus den Ninja-Filmen.

Ich weiche dem Fuß aus und möchte ihm mit einem Ellenbogenschlag seitlich gegen den Hals auf die Bretter schicken, doch er ändert im Flug die Richtung! Lediglich meine schnellen

Reflexe bewahren mich davor, einen Sohlenabdruck auf mein Gesicht zu bekommen. Knapp segelt er über mich hinweg, sein Kick gegen die Schulter wirft mich gegen den Eckpfosten.

Madman landet hinter mir, neben der Stacheldrahtabsperrung, und schon holt er mit seinen Peitschenärmeln erneut aus. Seine Geschwindigkeit ist meiner ebenbürtig. Das dürfte eigentlich nicht sein.

Es sei denn ...

Sirrend fliegen die Schnallen auf mich zu, doch dieses Mal bin ich vorbereitet. Ich fange beide und ziehe daran, um den Spieß umzudrehen und ihn in meine Attacke zu zwingen, doch da kommt nur die leere Zwangsjacke auf mich zu.

Da ich mich zu sehr darauf verlassen habe, ihn mit einem Tritt zu begrüßen, kann er mich seitlich umrunden. Ich wehre seinen Schlag ab, spüre eine Berührung am Handgelenk, wo er mir die Handschelle verpasst hat, es klickt. Gleich darauf kann ich meinen Arm nicht mehr bewegen: Madman hat mich an die Eisenkarabinerhaken der Drahthalterung gefesselt.

Er kichert und steht mit freiem Oberkörper in der Mitte des Rings. Er ist weder gepierct noch tätowiert, aber dafür ziehen sich unendlich viele OP-Narben über seinen Leib.

Ich runzle die Stirn.

Die Linien sehen mehr nach den Spuren einer Obduktion aus – und dann sehe ich, dass die Fäden noch immer im Fleisch stecken! Das Licht macht sie noch dunkler.

Das Publikum kreischt vor Begeisterung. Die großen Monitore zeigen das, was die Menge für Körperschmuck hält, in Nahaufnahme, aus den Schnitten rinnt sogar etwas Blut. *Das* ist keine Show.

Ich werfe die Jacke zu Boden und betrachte ihn. »Wer bist du?«

»Madman«, antwortet er glucksend und zupft an einer Naht auf der Brust. »Madman.« Er zieht den Faden wie eine Reißleine ab – und die zerteilte Haut klafft wie ein schlaffer Vorhang auseinander. Darunter sehe ich gebrochene Knochen und Innereien, die mit verschmiertem Tape an Ort und Stelle gehalten werden.

Die blutgeile Menschenmasse tobt noch mehr! Aus ihrer Sicht kann es sich nur um einen Spezialeffekt handeln, denn kein lebendiger Mensch übersteht eine solche Verletzung. Und diesen Anblick scheinen sie zu mögen.

Madman sagt etwas zu mir, doch wegen der immensen Lautstärke, die das schreiende Publikum produziert, verstehe ich ihn kaum. Das Trommeln gegen die Plexiglaswände dröhnt lauter. Dann grinst er und dreht mir den Rücken zu. Die Scheinwerfer beleuchten die eingeritzte Schrift auf seinen Schulterblättern: *Labe dich an ihnen, Schwester.*

Mir wird klar, *wer* mir diesen Gegner gesandt und die Wette abgeschlossen hat.

Bevor ich mich von meiner Fessel befreien kann, wirbelt Madman herum und hält eine kleine blutige Schnellfeuerpistole in der Hand. Er muss sie aus dem offenen Bauchraum gepult haben, das perfekte Versteck für einen Untoten. Er betätigt den Abzug mehrmals hintereinander.

Ich weiche den heranschießenden Kugeln aus. Ein Projektil möchte ich beim besten Willen nicht in meinen Schädel bekommen.

Noch in der Bewegung sehe ich, dass er gar nicht auf mich gezielt hat. Die Geschosse krachen gegen die Plexiglaswand, einige prallen davon ab, andere durchdringen sie; das Publikum begehrt gegen diesen schmerzhaften Einbezug auf, indem ein lautes Rufen durch seine Reihen geht.

Das Licht wechselt auf grünliche Notbeleuchtung und macht die Zuschauer als Umrisse sichtbar. Damit ist der letzte Schutz gefallen, jeder ist erkennbar und damit eine Zielscheibe.

Madman springt lachend aus dem Ring, wirft sich gegen die

Absperrung und durchbricht sie. Plexiglasstücke bersten splitternd, fliegen in die Menge, hervorstehende Kanten reißen Madman die Haut auf, doch er steht auf der anderen Seite vor der ersten Reihe; unterwegs hat er eine zweite bluttriefende Schnellfeuerpistole gezogen.

Er drückt die Abzüge unglaublich schnell, das metallische *Blamm*, das bei jedem Schuss zu hören ist, wird zu einem einzigen Geräusch. Zuerst erwischt es die herbeieilenden Sicherheitsleute, danach fliegen die Geschosse quer durch die Halle. Wahllos.

Aus den Begeisterungsstürmen sind kollektive Entsetzensschreie geworden. Die Ersten haben begriffen, was sich ereignet hat, und ducken sich bereits hinter ihrem Vordermann zusammen oder werfen sich auf den Boden, um nicht getroffen zu werden; es riecht nach Blut.

Ich bemühe mich, den verlockenden Duft nicht wahrzunehmen, der mit jedem meiner Atemzüge intensiver, satter und metallischer wird.

Die Gier – lange unterdrückt, beherrscht und zurückgedrängt – regt sich in mir. Die Enthaltsamkeit rächt sich, ähnlich wie bei einem Drogenjunkie oder einem Alkoholiker, dem man ein Jahresabo für Stoff oder eine besonders große Pulle anbietet. Gelegentlich habe ich genascht, ein rasches Lecken über die Wunde eines Gegners, mehr nicht. Es war kontrollierbar, nur für den Geschmack und die Erinnerung.

Das, was Madman anrichtet, besitzt andere Qualitäten. Andere Quantitäten.

Der Kampf mit dem Trieb nimmt mich in Anspruch. Ich ringe ihn nieder, schon allein um Marek nicht siegen zu lassen, und erstarre. Bewegungslos, wie in Trance sehe ich mit an, wie Madman die leergeschossenen Pistolen wegwirft und zwischen die Männer und Frauen des Neureichen-Blocks springt. Das grüne Licht macht die Ereignisse noch unwirklicher, als sie es ohnehin schon sind. Er schnappt sich das It-Girl, seine Finger bohren sich brutal in die rechte Schulter, und das Mädchen schreit.

Ihr Begleiter fällt ihm in den Arm und will ihn dazu bringen, von ihr abzulassen. Madman greift ihm mit der anderen Hand ins Gesicht und ballt sie zu einer Faust. Ganze Streifen Haut löst er dabei ab, der Daumen fährt durch die Augenhöhle. Er hat dem Mann schreckliche Wunden zugefügt und die Nase abgerissen. Schreiend und blutüberströmt fällt das Opfer nach hinten in die nächste Sitzreihe. Niemand fängt ihn auf, alle weichen zurück und wollen weg von dem Irren.

Noch mehr des süßen Geruchs brandet in meine Nase, beschwört Bilder herauf aus den Zeiten, in denen ich mich ebenso gebärdet habe wie Madman. *Es darf nicht sein, es darf nicht sein!*, sage ich mir unentwegt. Erst, wenn ich mir sicher bin, dass wir nicht gemeinsam über die Menschen herfallen, werde ich meine Handschelle lösen. Vorher wäre ich alles andere als eine Retterin.

Madman zieht das Mädchen zu sich, ohne sich an den Schlägen zu stören, mit denen es ihn eindeckt. Die roten Finger langen nach ihrer Stirn und schieben sie nach hinten, dann beißt er in den zurückgebogenen Hals und reißt einen Brocken heraus. Sein geöffneter Mund reckt sich nach dem spritzenden Blut, als sei es ein Trinkbrunnen. Er lacht, wirft die junge Frau zwischen die Stuhlreihen und springt den flüchtenden Menschen hinterher.

Er zerbeißt die zarten Hälse der schick angezogenen Frauen und zerschmettert die Gesichter ihrer Begleiter mit brutalen Schlägen, während sich seine Nähte weiter auflösen. Die Haut schält sich von ihm, es sieht aus, als würde ein alter, mit roter Farbe beschmierter Mantel auseinanderfallen.

Ich darf nicht länger warten!

Mit meiner freien Faust schlage ich mir selbst gegen die Nase,

Blut schießt heraus, und ich habe Tränen in den Augen. Aber der Geruch meines eigenen Blutes überdeckt den fremden, und die Gier ist einfacher zu bekämpfen.

Ich reiße die Verankerung des Drahts aus dem Pfosten. Ich springe über Verletzte und Sterbende hinweg, rutsche in dem Blutstrom auf dem Boden aus und versuche, mich davon nicht ablenken zu lassen. Madman ist keiner von uns, sondern ein gewöhnlicher Vampir, ein Upir, der Bodensatz, wie einige ihn immer genannt haben. Was will Marek erreichen, indem er eines von den Monstren auf Unschuldige loslässt?

Das grüne Blinken der Webcams ist nach wie vor zu sehen. Die Zentrale lässt die Übertragung weiterlaufen, und ich schätze, dass die Einschaltquoten in den letzten zwanzig Sekunden in die Höhe geschnellt sind.

Der Spuk muss rasch enden. Ich gebe meine Zurückhaltung endgültig auf und überbrücke die Distanz zu Madman mit enormen Sprüngen, dabei ziehe ich meinen Dolch aus dem Stiefelschaft. Die schwarzmarmorierte Damaszenerklinge wird keine Schwierigkeiten haben, dem Vampir das Leben zu nehmen.

Ich lande zwei Meter neben ihm, packe einen Stuhl und schleudere ihn nach Madman, der sich eben auf eine blonde Frau gestürzt hat. Die rechte Hand reißt ihr den Kehlkopf heraus und lässt den warmen Lebenssaft weit heraussprühen. Mein Geschoss wirft beide zu Boden. Ich eile vorwärts, durch die feine rote Wolke.

Auf mich hat der Geruch, der Nebel, eine enorme Wirkung. Was ich durch jahrelanges Verweigern glaubte überwunden und im Meer der Beherrschung versenkt zu haben, ist innerhalb weniger Sekunden an die Oberfläche zurückgekehrt wie ein sich aufblasendes Rettungsboot. Was habe ich mir eingebildet? Kein Wille der Welt kann meinen Drang unterdrücken.

Nicht *diesen* Drang.

Ich springe durch den feinen Sprühnebel, die Tröpfchen schlagen sich auf meiner Maske und auf meiner Haut nieder und rinnen auch über meine Lippen. Bevor ich es meiner Zunge befehlen kann, ist sie schon hervorgeschnellt und hat gekostet.

Süß wie das Leben, metallisch wie Eisen.

Madman taucht vor mir auf und schlägt nach mir, aber ich weiche zur Seite aus und reiße mein Knie hoch, das ihn gegen die Brust trifft. Knackend geben die schutzlosen Knochen nach, und weil sie ohnehin nur durch das Klebeband verbunden sind, verschieben sie sich.

Madman torkelt nach hinten, und ich steche zu.

Die Klinge findet die Lücke, durch die sie fahren kann, und zerteilt das Herz des Upirs. Er kreischt entsetzt auf und presst die Rechte schützend auf die Brust, die andere Hand versucht, meinen Arm zur Seite zu schieben.

Damit gibt er seinem eigenen Verderben Schwung. Die Schneide kappt den Muskel, ächzend fällt der Upir auf seine Opfer und windet sich.

Meine Rangerstiefel haben Stahlkappen. Ich hole aus und verpasse dem Kopf einen furchtbaren Tritt, es knackt, als ich ihm das Genick breche. Das Zappeln hat ein Ende. Da ich aber vieles aus der Vergangenheit gelernt habe, knie ich mich neben Madman und trenne den Schädel mit schnellen Schnitten vom Hals. Jetzt gibt es für den Untoten keine Gelegenheit mehr, in dieses Leben zurückzukehren.

»Helfen Sie mir«, rochelt eine Frau neben mir, die ebenfalls Opfer des Madman geworden ist. Sie presst die rechte Hand verzweifelt auf ihren Hals, das Blut schießt zwischen ihren schlanken Fingern hervor. Der Druck reicht nicht aus, um das Loch zu stopfen

Ich starre auf das Rot und spüre den Geschmack auf der Zunge. Meine Fantasie gaukelt mir vor, dass es literweise durch meine Kehle in den Magen läuft, und ich trinke, trinke, trinke, bis meine Eingeweide vor dem Bersten stehen.

Dennoch gelingt es mir, mich nicht zu bewegen.

»O mein Gott, helfen Sie mir!«, ächzt und weint sie gleichermaßen. Sie klingt schwach, die Lider flattern. Mit letzter Kraft hebt sie den Arm und reckt flehend die blutigen Finger nach mir.

Die rotgefärbten Kuppen schweben wenige Zentimeter vor meinem Mund ...

16. November 1676
Osmanisches Tributland

Scylla saß in ihrem Teil der Kammer auf dem Bett und lauschte. Hufschlag und das Rumpeln einer Kutsche näherten sich der Mühle. Das Gefährt hielt vor dem Eingang, die Pferde schnaubten, und das Klirren des Geschirrs verriet, dass sie unruhig waren; undeutlich drangen die Fetzen einer Unterhaltung zu ihr, dann lachten mehrere Männer und eine Frau.

Ihr Herz pochte wie kurz vor dem Kampf gegen Frans. Es war der Abend der Cognatio. Ein Mitglied der geheimen Gesellschaft nach dem anderen traf ein, und wenn Scylla richtig gezählt hatte, war es die elfte Kutsche gewesen. Eine fehlte noch, dann würde ihre Prüfung beginnen.

Sie stand auf, begutachtete sich vor dem Spiegel und kam zu dem Schluss, dass niemand aus der Cognatio etwas gegen ihren Wuchs einwenden konnte. Ihre letzten Aufgaben am Seziertisch hatte sie mit Bravour gemeistert, auch ihre alchemistischen Kenntnisse waren verfeinert worden.

Auch wenn sie im Grunde keinen Anlass hatte, sich vor der Vorstellung zu fürchten, spürte sie einen Klumpen in ihrem Magen. Dafür gab es mehrere Gründe.

Auf einen Schlag unter die Augen von so vielen fremden Menschen zu treten machte sie unruhig. Über all die Jahre hatte sie außer ihrem Vater nur Giure zur Unterhaltung gehabt, und jetzt *das*. Es bereitete ihr mehr Sorge als die Fragen, denen sie sich stellen musste.

Zudem hatte Karol ihr offenbart, dass ihre Gestalt, ihr Leib, eine wichtige Rolle bei der Prüfung spielte, und eine Examinatio nach medizinischen Maßstäben angekündigt. Eine weitere Sache, die ihr Unbehagen bereitete, denn seit sie ihre erste Blutung bekommen hatte, achtete sie tunlichst darauf, dass nicht einmal Karol einen beiläufigen Blick auf ihren nackten Körper werfen konnte, und scheute sogar davor zurück, sich selbst im Spiegel zu betrachten. Glücklicherweise hatte die Salbe gegen die Wunden geholfen, die sie sich im Messerkampf zugezogen hatte, und die Schnitte waren makellos verheilt.

Ihre rechte Hand langte auf den Rücken, ertastete den Griff des Dolches und zog ihn aus seiner Scheide. Als Scylla die Klinge betrachtete, hatten sich auf dem Stahl bereits erste rote Perlchen gebildet und breiteten sich weiter aus.

Sie musste wieder an die Worte der Upirina denken. Sie hatte seitdem nichts Neues über die Kinder des Judas in Erfahrung bringen können. Gleich stand sie vor der Cognatio, die sich ohne Ausnahme nachts traf, als scheuten die Mitglieder das Sonnenlicht. Wie Upire …

Es klopfte, und als Scylla zur Tür blickte, stand Karol auf der Schwelle. Er hatte sich umgezogen und glich mehr einem Adligen denn dem Mann, der sich in den Laboratorien vergrub. Der ungewohnte Anblick machte Scylla noch fahriger.

Karol sah seine Tochter vor dem Spiegel stehen und lächelte. »Dein ansprechendes Äußeres wird den Skeptikern in der Cognatio zwar nicht die Argumente nehmen, es dir aber einfacher machen«, beruhigte er sie. »Und natürlich wirst du ihnen beweisen, dass du dich nicht allein auf deine hübschen Züge verlässt.« Er betrat das Zimmer. »Du hast das blaue Kleid angezogen?«

»Ja. Es erinnert mich an das Kleid, das Mutter so gerne trug. Es soll mir Glück bringen«, antwortete sie und strich die Falten über der Hüfte glatt.

Karol hielt ihr einen Arm hin. »Dann komm, Tochter. Die Besprechungen sind abgeschlossen. Es wird Zeit, dich meinen Freunden und Rivalen vorzustellen.« Gemeinsam gingen sie hinaus und schritten die Stufen hinab.

»Wieso nennst du sie Rivalen? Die Cognatio ist doch eine Gemeinschaft ...«

»Wissenschaftler und Forscher sind stets Rivalen, ganz gleich ob sie befreundet sind oder nicht. Immer geht es darum, die besten Resultate vor allen anderen zu erreichen und sich an den enttäuschten Gesichtern zu ergötzen, wenn man ihnen die eigenen Erfolge unter die Nase reiben darf«, entgegnete er. »Vergiss das niemals und hüte alles, was du erforschst, wie dein Leben. Vertraue ihnen erst nach vielen Prüfungen.«

Scylla hätte die letzten Worte ebenso gut mitsprechen können. Karol wiederholte sie immer wieder. Ihr gegenüber hielt er sich allerdings nicht an seine eigenen Ratschläge und erklärte ihr alle Formeln, soweit sie in der Lage war, sie zu verstehen. Manchmal hatte sie das Gefühl, dass es Jahrhunderte bedurfte, bis sie sich alles merken konnte. »Das werde ich, Vater.«

Sie durchquerten die Küche. Vor dem Eingang in die Scheune blieb Karol stehen, drückte Scyllas Arm und bedachte sie mit einem langen Blick aus seinen braunen Augen. Es lagen so viele schlecht verborgene Gefühle darin, dass ihre Unsicherheit wuchs. »Ich werde dir gleich nicht mehr beistehen können, Tochter. Ich habe dich vorbereitet, so gut es mir möglich war. Was dir nun bevorsteht, ist wie dein Messerkampf gegen Frans. Doch deine Waffe gegen die Cognatio ist dein Verstand,

Scylla.« Er strich ihr über den Schopf, wie er es früher getan hatte, als sie ein kleines Mädchen war.

Er öffnete die Tür und zog sie mit sich in die Wärme der Scheune. Stufe um Stufe ging es nach oben, bis sie in den großen Saal gelangten.

Scylla kannte den Anblick noch von ihrem ersten, heimlichen Aufenthalt in der Cognatio. Lampen verbreiteten strahlendes Licht, es waren vier Feuerschalen aufgestellt worden, in denen Kohlestücke glommen und die Luft in dem großen Raum erwärmten; gelegentlich zuckten grüne Flämmchen empor. Am Tisch saßen rechts und links die Männer und Frauen mit ihren schönen weißen Perücken und in ganz unterschiedlichen Kleidern, hinter ihren Stühlen standen wesentlich jüngere Männer und Frauen.

Zuerst dachte Scylla, dass es sich um Diener handelte, bis ihr der Gedanke kam, dass es die Elevinnen und Eleven der Wissenschaftler waren. Im Gegensatz zu ihr waren sie wohl bereits anerkannt worden. Auch sie trugen Perücken, die aber nicht so ausladend und exquisit anzuschauen waren; der Kleiderstil der Mentoren war aber bereits beim jeweiligen Nachfolger zu erkennen.

Beim Anblick eines Eleven, in dessen Perücke es gelegentlich blau aufleuchtete, schien ein Blitz in sie einzufahren. Dieses Funkeln erinnerte sie an jene Nacht vor vielen Jahren, als sie im Nebel herumgerirrt war! »Wer ist das, Vater?«, flüsterte sie und zeigte mit einer Augenbewegung auf ihn.

»Ein Eleve«, antwortete er. »Kümmere dich nicht um ihn.«

»Ist er derjenige, der mich damals verfolgte, als die Türken …«

»Still jetzt«, unterbrach er sie leise. »Der Mann ist kein Upir, und jetzt achte auf das, was geschieht.«

Der Mann, der Ischariot genannt wurde und am Kopf der Tafel saß, erhob sich von seinem Stuhl und winkte Karol und seine Tochter zu sich.

»Ich wünsche dir den Beistand des Herrn«, flüsterte Karol Scylla zu und gab ihr einen sanften Schubs, um sie in Bewegung zu setzen. Erst dann verneigte er sich, begab sich gemessenen Schrittes an seinen Platz und setzte sich.

Scylla ging auf den Ischariot zu und machte einen höfischen Knicks vor ihm, wie es ihr Vater ihr gezeigt hatte.

Er trug einen langen, hellgrauen Rock mit schwarzen Stickereien, die Hände steckten in weißen Handschuhen, die Finger waren mit Ringen geschmückt. Er roch nach Lavendel und Zitrone, in dem bartlosen Gesicht stand ein Lächeln eingemeißelt. Die Haut war mit Puder künstlich weiß gefärbt worden, ein schwarzer Schönheitsfleck auf der rechten Wange diente als Blickfang.

»Eure Elevin weiß sich zu benehmen, Baron«, sagte er mit heller, sich überschlagender Stimme. »Das ist doch ein guter Beginn.« Er nickte ihr freundlich zu, und die Perücke, die einem Nest nachempfunden war, wippte leicht. »Ich bin der Ischariot, und das«, er machte eine umfassende, ausholende Bewegung über die Tafel hinweg, »ist die Cognatio, die Vereinigung der Weisheit. Dein Vater hat uns über dich auf dem Laufenden gehalten, und wir entscheiden zum krönenden Abschluss des Abends über dein weiteres Schicksal, reizende Scylla.«

Sie spürte die Blicke der Versammlung auf sich, ihr wurde auf einen Schlag heiß. »Ich bin es nicht gewohnt, im Mittelpunkt von so vielen Menschen zu stehen«, sprach sie, um ihre Lage zu erklären.

»Uns erging es allen ebenso wie dir, bezauberndes Kind«, sagte die Frau, die damals mit ihrem Vater heimlich an ihr Bett getreten war und sich über sie gebeugt hatte: Lydia Metunova. Scylla hatte das Gesicht niemals mehr vergessen. Diese Frau war der Grund dafür, weshalb ihr Vater sie tagaus, tagein wie eine Verbrecherin einsperrte.

»Es ist wichtig, dass sie weiß, wie bedeutend dieser Abend für ihr Leben ist«, setzte Carzic sofort nach, der sich sichtlich über die wohlwollenden Worte ärgerte.

Scylla schluckte und bemerkte, wie Karol die Zähne zusammenbiss. Er sah ihre Unsicherheit und durfte dennoch nicht sprechen. Es war das Gesetz der Cognatio, dass sich der Mentor nicht zu Wort meldete. Nicht bevor die Abstimmung zu Ende gegangen war.

Der Ischariot hob die Hand. »Beruhigt Euch, meine Freunde. Eure Meinung möchte ich gleich hören, sobald uns alle Geheimnisse enthüllt worden sind.« Auf seinen Wink hin brachte ein Eleve einen Schemel und stellte ihn vor den Tisch, der Ischariot zeigte darauf. »Wir sind im Begriff, dich zu erhöhen, Scylla, und aus einer gebildeten jungen Frau eine Elevin zu machen, mit allen Rechten und Pflichten. Als Zeichen dafür steige hinauf auf den Tisch, damit wir dich von allen Seiten betrachten können und uns kein Makel an dir verborgen bleiben soll. Sofern es einen gibt. Stell dich unseren kundigen Augen, wie es die Zeremonie verlangt.«

Scylla blickte zu ihrem Vater und sah danach wiederum den Ischariot an. Die vielen Menschen wirkten sich schlimmer aus, als sie sich ausgemalt hatte, eine Lähmung kroch in sie. Sie wollte nur zu gerne tun, was man verlangte, doch ...

Da lachte Carzic auf. »Sie scheint bei allem Wissen doch schwer von Begriff, will ich meinen!«, rief er lachend in die Runde, und einige der Männer und Frauen stimmten in die Heiterkeit ein.

Scylla errötete, ihr wurde noch heißer. Sie wurde Opfer von Spott, den sie nicht verdient hatte. Wütend starrte sie den Mann an, der mit seiner Bemerkung zum Auslöser geworden war, während sie gleichzeitig auf die Tafel kletterte.

»Nun geh bis zur Mitte. Wir beginnen mit der Befragung, die sich mit deiner Forschung und deinem allgemeinen Wissen beschäftigt«, teilte der Ischariot ihr mit. »Ich beginne und erwarte eine schnelle, präzise Antwort: Wie verhalten sich rote Blutplättchen bei übermäßiger Hitze, welche Wissenschaftler haben sie erforscht, und zu welchen Erkenntnissen sind sie gelangt?«

Scylla entspannte sich. Auf diesem Feld war sie Meisterin, und als sie eben den Mund öffnete, hob Carzic die Hand.

»Ich möchte die Antwort auf Italienisch hören«, verlangte er.

Scylla bewältigte die Anforderung spielend, und mit jeder Erwiderung, die sie gab, wuchs ihr Selbstvertrauen, bis es ihr beinahe nichts mehr ausmachte, dass sie angestarrt wurde. Die Zeit verging, neunzig Fragen wurden ihr gestellt, wie Karol angekündigt hatte, und nicht ein einziges Mal geriet sie ins Stocken.

Der Ischariot erhob sich. »Ich denke, dass wir mit dem, was wir vernommen haben, zufrieden sein dürfen. Kommen wir zum Corpora.« Er winkte ihr. »Dreh dich ein paar Mal langsam um die eigene Achse, damit wir dich besser sehen können«, befahl er freundlich, setzte sich und faltete die Hände zusammen. »Danach ziehst du dein Kleid aus, liebes Kind.«

Sie hatte mit der Drehbewegung bereits begonnen und stockte.

Sofort setzte Gemurmel ein, und der Ischariot sah zu Karol. Der Blick war missbilligend. »Ihr habt in Eurem Brief geschrieben, dass sie gehorcht.«

Scylla machte einen Schritt nach vorne. »Nein, Herr Ischariot, verzeiht mein Zögern, aber ich hatte Euch nicht richtig vernommen«, log sie. Das Letzte, was sie wollte, war, ihren Vater in Verlegenheit zu bringen, weil sie sich zierte.

»Es geht um deine Anatomie, Kindchen«, hörte sie Metunovas Stimme. »Wir möchten sehen, wie wohl du gebaut bist. *Mens sana in corpore sano.*«

In Scylla schlugen die Gefühle wogengleich empor. Ihr schossen viele verschiedene Gedanken durch den Kopf, die alle Flucht vor den vielen neugierigen Augen verlangten, und schwemmten das neugewonnene Selbstvertrauen aus ihr heraus.

Der Ischariot lächelte sie immer noch an, dann machte er eine elegante, auffordernde Handbewegung.

Scylla schloss die Augen, streifte zunächst ihr Kleid ab und zeigte sich der Cognatio im weißen Untergewand, dabei drehte sie sich langsam um sich selbst. Sie wollte nichts in den Gesichtern ablesen können.

»Nun bitte den Rest, liebes Kind«, bekam sie den Befehl vom Ischariot. »Und bedecke deine Blöße nicht. Wir sind an jeder Kleinigkeit deines Leibes interessiert.«

Sie gehorchte, öffnete die Verschnürung ihres Oberteils. Mieder, Unterrock, Strümpfe – alles fiel der Reihe nach auf die hölzerne Platte, bis sie vollkommen nackt vor ihnen stand. Scylla atmete tief und schnell, während sie ihren Armen und Händen befahl, sich nicht vor die Scham und die Brüste zu legen; die Spitzen hatten sich aufgerichtet. Sie versuchte zu schlucken, doch ihr Hals war zu sehr ausgetrocknet. Noch immer sah sie die Menschen um sich herum nicht an.

»Danke, liebes Kind«, vernahm sie den Ischariot, der zufrieden klang. »Jetzt leg dich bitte auf den Rücken vor uns hin.« Scylla öffnete erleichtert die Augen und machte Anstalten, in die Hocke zu gehen und sich halbwegs schicklich nach ihren Kleidern zu bücken, doch das scharfe »Nein!« des Leiters der Cognatio hielt sie zurück. »Ich habe nichts davon gesagt, dass du dich anziehen sollst. Die Examinierung ist noch nicht vorüber.«

Ein weiterer Fehler. Jetzt sah sie entschuldigend zu ihrem Vater, aber Karol rührte sich nicht. Er erwiderte ihren Blick, ansonsten verharrte er stumm auf seinem Stuhl. Tun durfte und konnte er nichts.

»Ihr müsst ebenso stark sein«, gab Metunova ihm Beistand und berührte sachte seinen Oberschenkel. Sie räusperte sich, erhob sich und näherte sich mit dem Gesicht Scyllas Unterschenkel. Als sie die Hand ausgestreckt hinter sich hielt, reichte ihre Elevin ihr sofort ein Vergrößerungsglas, das sie vor das rechte Auge hielt. »Die Haut ist absolut rein«, sagte sie. »Alles ist ebenmäßig gewachsen. Jedenfalls nach meinen Maßstäben und nach einem ersten Eindruck.«

»Den es mit Fakten zu verifizieren gilt, Liebste«, betonte einer der Barone und erhob sich ebenfalls; gleich darauf standen alle bis auf Karol um Scylla herum und berührten sie.

Scylla ertrug die forschenden Finger. Mit Maßbändern wurden Länge und Breite festgehalten, zirkelähnliche Geräte dienten dazu, den Abstand von Stirn, Nase und Kinn genau zu erfassen. Die Wangenknochen, Schlüsselbeine, die Länge der Arme, Finger – nichts blieb ausgespart.

Und noch mehr geschah.

Das Licht schien seine Kraft zu verlieren und tauchte die Männer und Frauen in Schatten, bis sie für Scylla nur noch huschende Umrisse waren, die Gegenstände in den Fingern hielten und raunten. Dabei wurden die fließenden Handbewegungen immer schneller, mal wurde sie zufällig gestreift, dann spürte die den warmen Atem einer Baronin an ihrer Schläfe, als diese die Maße des Kopfs bekanntgab.

Der Vorgang bekam etwas Magisches, und Benommenheit breitete sich in ihrem Verstand aus. Sie wurde von zahlreichen weichen, warmen Händen auf den Bauch gedreht und empfand es nicht mehr als unangenehm. Sie war von Wärme umgeben wie in einem Bad, sie glitt in einen Schlummer ...

»Scylla, mach die Augen auf«, hörte sie Lydia Metunova sagen.

Beinahe erschrocken riss sie die Lider auf. Sie lag wieder auf dem Rücken und hatte sich getäuscht: Das Licht war hell und gnadenlos, und die fremden Männer und Frauen standen noch immer um sie herum.

Ihr Körper erinnerte sich an die vielen Berührungen, Ekel und Abscheu stiegen in ihr auf. Ihre Brüste wurden gedrückt, ein Mann vermeldete »fest und prall«, die Hüfte von einer Frau als

»etwas zu schmal« deklariert, »schlecht fürs Kinderkriegen«. Scylla versuchte, sich der letzten alchemistischen Aufgabe zu entsinnen, doch mit jedem ausgerufenen Maß, jeder neuerlichen Berührung an den intimen Stellen wuchs der Widerwille gegen diese Behandlung; schließlich wollte sie den Fingern nur noch entkommen.

»Gleich ist es vorbei«, sagte Metunova. »Ich möchte, dass du die Beine anwinkelst, damit ich deine Weiblichkeit besser untersuchen kann«, sagte sie nüchtern und verlor nicht ihr freundliches Lächeln.

Scylla sah um sich herum die gespannten Gesichter. Der Ischariot verharrte neben der Baronin, die sich gerade von ihrer Elevin den Ärmel des rechten Arms nach oben krempeln ließ und sich sodann in einer Schüssel mit warmem Wasser die Finger wusch.

Noch niemals hatte Scylla etwas so viel Überwindung gekostet. Weder das Aufschneiden von noch warmen Leichen noch das Präparieren von Innereien, noch der Anblick entstellter Gesichter von Unfalltoten, deren Schädel von Kutschrädern oder Pferdehufen zerquetscht worden waren. Der Tod mit all seinen vorstellbaren Gesichtern hatte den Schrecken für sie verloren, aber ihre Weiblichkeit zur Schau zu stellen, als sei sie ein Präparat, ließ sie erbeben.

Dennoch stellte sie zuerst das rechte, dann das linke Bein auf und spreizte sie dann ganz langsam.

Metunova berührte sie vorsichtig im Schritt. Scylla zuckte zusammen. »Damit du dich vorbereiten kannst, sage ich dir, was ich nun tun werde. Meine Finger werden erkunden, ob du Jungfrau bist oder nicht. Dazu müssen sie in dich eindringen, aber nicht sehr tief.« Die Baronin stellte sich neben sie und blickte ihr genau in die Augen, die Hand ruhte dabei auf der Vulva. »Es wird gleich vorbei sein, liebes Kind.«

Scylla vermochte den Blick nicht von Metunovas stahlblauen

Augen zu wenden, und sie vergaß für wenige Lidschläge, wo sie sich befand und was mit ihr geschah. Es gab nichts mehr außer dem Gesicht der Frau, das sie anlächelte. Und lächelte und lächelte ...

Plötzlich richtete sich die Baronin auf. Es war zu Ende, und Scylla rang nach Atem. Sie hatte nicht einmal bemerkt, dass sie die Luft angehalten hatte.

Metunova rieb Daumen und Zeigefinger aneinander, ehe sie die Hände ein zweites Mal mit Wasser und Seife behandelte. Wieder traf Scylla ein Lächeln. »Sie ist nicht defloriert«, teilte sie ihren Befund mit. »So, wie es sein sollte.«

»Du darfst aufstehen«, sagte der Ischariot und kehrte an seinen Platz zurück, die Barone und Baroninnen taten das Gleiche.

»Warte mit dem Ankleiden, bis wir über dich abgestimmt haben, mein Kind«, wies Metunova an.

»Verehrte Cognatio, Barone und Baroninnen. Wir haben gesehen, wie es sich mit Scylla verhält, welche Vorzüge und welche Nachteile ihr Leib besitzt.« Der Ischariot bedeutete ihr, sich noch einmal zu drehen. »Begutachtet sie ein letztes Mal, und dann möchte ich von jedem Einzelnen wissen, wie er entscheidet.« Er winkte seinen Nachfolger nach vorne, drückte ihm Papier und Federkiel in die Hand, um ihn das Ergebnis genau notieren zu lassen.

Karol bedachte seine Tochter mit einem freundlichen Lächeln, aber Scylla sah durch ihn hindurch. Er erkannte, dass sie die Examinatio noch verarbeitete. Sie war ein Schock für die junge Frau gewesen, ohne Zweifel, trotz all der Vorbereitung.

»Wer ist dafür?« Der Ischariot sah von einem zum anderen, zählte die Hände, die sich auf seine Frage hin gehoben hatten. »Ich komme auf sechs.« Er sah zu seinem Eleven, der ihm bestätigend zunickte.

Karol senkte seinen Arm, die Anspannung wuchs nun auch

bei ihm ins Unerträgliche. Noch war alles möglich, sogar eine gutes Ergebnis für Scylla. Bei einem Gleichstand der Stimmen entschied der Ischariot über den Fortgang.

»Wer ist dagegen?« Wieder reckten sich sechs Hände in die Höhe. »Damit haben wir einen Gleichstand«, verkündete er, »und ich selbst ...«

Karol hielt den Atem an.

»... enthalte mich, wie es mein Recht ist.« Nach einer kurzen Pause setzte er hinzu: »Somit verfüge ich, dass Scylla eine Frist von einem Jahr eingeräumt wird, ehe die Cognatio über ihr Schicksal entscheidet. Bis dahin darf sie bei ihrem Vater in der Mühle wohnen und weitere Ausbildung genießen. Das ist mein Entschluss. Amin.«

»Amin«, wiederholte die Cognatio geschlossen, nur Karols Lippen bewegten sich nicht.

»Verkündet und beschlossen. Somit erkläre ich die Zusammenkunft der Cognatio für beendet.« Der Ischariot nickte allen zu und schritt auf die Treppe zu, sein Eleve folgte ihm. Nacheinander verließen die übrigen Barone und Baroninnen den Saal, manche unterhielten sich leise, andere dagegen besprachen sich mit ihren Eleven.

Karol saß wie erstarrt. »Warum haben sie sie abgelehnt?«, raunte er verständnislos.

»Wollt Ihr dem armen Kind nicht helfen, vom Tisch zu steigen und sich anzukleiden?« Lydia Metunova hatte sich zu ihm gebeugt und riss ihn mit ihrer Frage aus der Lethargie.

Er zuckte zusammen und blickte zur nackten Scylla auf, die regungslos verharrte, während eine Träne über ihre linke Wange rann, glitzernd bis zum Kinn lief und von dort auf die Brust fiel. »Sicher«, murmelte er, stieg zu ihr hinauf und bedeckte sie mit dem Kleid.

»Sie haben mich abgelehnt?«, fragte sie bibbernd, und Karol wusste nicht, ob die Kälte oder die Scham Schuld daran trugen.

»Die Cognatio hat die Entscheidung darüber *verschoben.* Du bist nicht abgelehnt worden, aber heute schienst du ihr noch nicht bereit genug gewesen zu sein«, kam die versöhnliche Erläuterung von Metunova. Sie streckte die Hand aus und half Scylla beim Abstieg. Um sie hatte sich die Scheune geleert, von draußen erklangen die Geräusche von abfahrenden Kutschen. »Ich kann es mir nicht erklären. Es gab keinerlei Veranlassung, dich zu beanstanden.« Sie, ihre Elevin und Karol halfen Scylla in die Kleidung.

»Ich kenne den wahren Grund dafür«, knurrte Karol und führte sie die Treppen hinab in die Küche. Die Baronin gab ihrer Elevin ein Zeichen, und die junge Frau rückte einen Kessel aufs Feuer, um frischen Kaffee zu kochen.

Scylla beherrschte sich, das konnte Karol deutlich sehen. Sie hatte keine Augen für ihre Umgebung. Er nahm ihre Hand und spendete Trost. »Es lag nicht an dir«, sprach er bitter. »Du erinnerst dich daran, dass ich von Rivalen sprach?«

Metunova hob die Augenbrauen und setzte sich. »Ihr denkt, dass Carzic hinter der Ablehnung steckt?«

»Die Ablehnung war so groß, dass ich an eine Absprache im Vorfeld glaube. Ich habe sie alle beobachtet«, stieß Karol wütend aus. »Was mache ich, wenn sie in einem Jahr das gleiche Spiel betreiben – und Carzic bis dahin noch andere auf seine Seite gezogen hat?«

»Vertraut Euch dem Ischariot an«, empfahl sie ihm, auch wenn sie selbst wenig überzeugt von der Idee klang. »Vielleicht wird Jaminski bereit sein, Euch zu helfen.«

Karol lachte bitter auf. »Naivität steht Euch nicht, Baronin!« Der Schock und die Enttäuschung ließ seine Stimme schneidender klingen, als er beabsichtigte.

Metunovas Gesicht verschloss sich. Sie stand auf. »Ich denke, Ihr werdet lieber allein mit Eurer Tochter sprechen wollen. Wir sehen uns bei der nächsten Zusammenkunft der Cognatio.« Sie klappte den Fächer auf und schuf eine dünne, aber unüberwindbare Barriere zwischen sich und Karol. Ihre Elevin ging bereits zur Tür, um sie zu öffnen. »Aber hat es sich nicht bezahlt gemacht, dass Ihr die Ausbildung so betrieben habt, wie ich es Euch empfahl? Sie ist die erste Anwärterin, welche die Fragen ohne einen einzigen Fehler beantwortet hat.« Sie legte Scylla zum Abschied die Hand auf die Schulter. »Sei ihm nicht böse, dass er in den letzten Monaten härter mit dir umsprang. Er folgte lediglich meinem Rat.« Sie schritt zur Mühle hinaus.

Eine Weile schwiegen Vater und Tochter und starrten, in ihren eigenen Gedanken gefangen, vor sich hin. Schließlich räusperte sich Scylla. »Was geschieht, wenn sie mich in einem Jahr wieder ablehnen?«, verlangte sie zu wissen.

Karol stand der Ärger über sich selbst, dass er die gute Freundin derart angefahren hatte, ins Gesicht geschrieben. »Das werden sie nicht, so wahr ich dein Vater bin.« Er gab ihr einen Kuss auf die Stirn. »Aber nun bete und geh zu Bett. Du hast Schlaf verdient.«

Sie nickte und schleppte sich die Stufen nach oben.

Karol sah hinüber zum Wasserkessel, aus dem das Wasser brodelnd überkochte und zischend auf der heißen Herdplatte verdampfte. Eine Entschuldigung bei Lydia war wirklich angebracht, zudem konnte er es sich nicht leisten, Verbündete zu verlieren.

Er stand auf und schob den Kessel vom Feuer. Dass der Dampf seine Haut verbrühte, scherte ihn nicht. Mehr Sorgen machte er sich um Scylla.

Er konnte ihr einfach nicht sagen, dass ein weiteres Nein der Cognatio ihren Tod bedeutete.

IX. KAPITEL

17. Februar 1677
Osmanisches Tributland

Scylla marschierte den verschlungenen Weg entlang, vorüber an den mächtigen Tannen und begleitet von einem Schwarm Krähen, der über ihrem Kopf kreiste; der Schnee knirschte unter den Sohlen.

Es hatte lange gedauert, bis sich Scylla das Recht nahm, einen Fuß vor die Mühle zu setzen, ohne dass ihr Vater dabei in der Nähe war. Zwar erlaubte ihr der gewonnene Zweikampf gegen Frans dieses Privileg, doch es bedurfte einiges an Überwindung, es in die Tat umzusetzen.

Dabei fürchtete sie sich weniger vor der Welt, die sie so lange nicht mehr betreten hatte, sondern mehr vor einer ganz bestimmten Person: Giure.

Ein Dreivierteljahr war ohne Nachricht und ohne einen Besuch von ihm verstrichen. Scylla hatte gegrübelt, ob es ein guter Einfall war, den Hirtenjungen aufzusuchen, denn sie fürchtete sich vor einer offen ausgesprochenen Abweisung, da sie bislang immer noch die Hoffnung gehegt hatte, dass es wieder werden würde wie früher. Ein Treffen von Angesicht zu Angesicht konnte diese Hoffnungen mit einem einzigen Satz vernichten.

Dennoch musste sie ihn sehen. Er war ihr einziger Freund, die einzige Verbindung zu den einfachen Menschen; sie vereinte etwas, das nichts mit Rationalität und Wissenschaft zu tun hatte. Es verlangte sie, sich mit ihm auszusprechen und ihm zu erklären, was er in jener Nacht beobachtet hatte.

Weder ihr noch Karol war entgangen, dass sich keine Dörfler

mehr vor der Mühle blicken ließen, um nach medizinischem Rat zu fragen. Während Karol es auf seine Behandlungserfolge schob, verband Scylla es eher mit dem Ereignis von damals. Giure hatte es vielleicht jemandem erzählt, der es wiederum weitergetragen hatte ...

Sie verließ den Wald mit einem beherzten Schritt und sah das offene, verschneite Feld vor sich. Scylla atmete tief durch, sog die eisige Luft in die Lungen. Es würde mindestens zwei Stunden dauern, bis sie das Dorf erreicht hatte, in dem Giure lebte, also lief sie, statt einfach zu marschieren, um so schneller an ihr Ziel zu gelangen.

Scylla machte das rasche Laufen nichts aus, und sie fand es nur mäßig anstrengend. Durch die vielen Stunden, die sie in der Scheune von klein auf mit Körperertüchtigung und Messerkampf verbracht hatte, war sie ausdauernd geworden.

So näherte sie sich bald der kargen Siedlung, die in einem sanften Tal an einem Bach beheimatet war. Scylla verlangsamte ihre Geschwindigkeit und zog nach kurzem Überlegen die Stola von den Schultern bis hoch über ihren Kopf. Es musste nicht jeder auf Anhieb ihr Gesicht erkennen.

Hunde bellten, als sie in das Dorf vordrang. Die Hütten sahen alt aus, das Fachwerk war rissig, und die Steine wiesen bröckelnde Stellen auf. Es fehlte den Menschen an Geld, die Schäden ausbessern zu lassen. Der Wind wehte die hellgrauen Qualmwolken aus den Schornsteinen umher, niemand ließ sich im Freien blicken. Gelegentlich vernahm Scylla Tierstimmen aus den Ställen, ansonsten war es sehr still.

Wenn sie sich richtig erinnerte, hatte Giure gesagt, dass er und seine Familie im ersten Haus auf der rechten Straßenseite lebten. Sie wandte sich der Behausung zu, die am ärmlichsten von allen aussah und an die ein winziger Stall angebaut war; dahinter erstreckte sich ein verwaistes Gatter, in dem in Frühjahr und Sommer die Ziegen gehalten wurden.

Scylla war von der offensichtlichen Armut überrascht. Die Jahre bei ihrem Vater in der Mühle, umgeben von allem, was sie benötigte, ohne Hunger und Entbehrung, hatten sie vergessen lassen, wie sie und ihre Mutter einst gelebt hatten. Der Anblick der vom Verfall bedrohten Hütten beschwor die Vergangenheit herauf.

Scylla ging auf Giures Heim zu und klopfte an die Tür. Es dauerte nicht lange, bis ihr geöffnet wurde. Sie sah in die dunkelgrünen Augen eines Mädchens in ihrem Alter, das sie verblüfft anschaute. Ihre Kleidung bestand aus einem fleckigen weißen Kleid, über dem sie eine Wolljacke trug; die Füße steckten in einfachen, dünnen Schuhen, die kaum mehr waren als ein paar zusammengebundene Lederlappen. »Ja?«

»Ist Giure da?«, fragte Scylla und bemerkte, dass sie zu forsch für eine Fremde klang, die nichts Böses im Schilde führte.

Die junge Frau musterte sie gründlich. »Wer bist du, und was willst du von ihm?«

»Ich bin J ...« Beinahe hätte sie ihren neuen Namen vergessen. Die Umgebung irritierte sie, plötzlich war sie wieder das kleine Mädchen mit dem bösen Blick und dem Feuermal. »Ich bin Scylla.«

»Die Tochter des Medicus!« Ihr Gegenüber bekreuzigte sich hastig und senkte den Blick, um ihr nicht in die Augen schauen zu müssen, dann schob sie den Eingang wieder zu. »Geh weg! Mein Bruder ist nicht da, und er will dich auch nicht mehr sehen ...«

Scylla stemmte den ausgestreckten rechten Arm gegen die Tür, es strengte sie kaum an. »Wie geht es ihm? Ich möchte mit ihm reden.«

»Geh weg«, sagte die junge Frau verzweifelt. »Wir wollen dich hier nicht haben.«

»Wer ist da, Elisabetha?«, kam Giures Stimme aus dem Hintergrund. »Mach keinen solchen Lärm, Vater will sich ausruhen.«

»Eine Bettlerin«, rief Elisabetha nach hinten. »Mach den Hund los, er soll sie vertreiben.«

»Ich bin es, Giure, Scylla!«, rief sie. »Ich möchte dich sehen.«

Schnelle Schritte näherten sich dem Eingang, Elisabetha verschwand, und der junge Mann erschien auf der Schwelle. Er trug eine lange braune Hose, Hemd und Stiefel; ein Schal lag schützend um seinen Hals. »Scylla«, sagte er freudig, und seine Augen leuchteten auf, doch dann wich das Gefühl. Misstrauen legte sich auf sein Gesicht. »Was willst du?«

»Sprechen.« Scylla war erleichtert, ihn zu sehen. Ein warmes Gefühl ging von ihrer Körpermitte aus und verteilte sich gleichmäßig in ihr, ihr Mund wurde trocken und die Hände feucht. Sie beugte sich vor und flüsterte: »Über die Nacht, in der du gesehen hast, wie ich die Upirina tötete.«

»Nicht hier.« Er langte neben die Tür und nahm einen Mantel, dann kam er heraus und zog die Tür zu. »Gehen wir ein paar Schritte.«

Scylla war glücklich, ihren Freund wiederzusehen, gleichzeitig jedoch hatte sie das Gefühl, dass er sich zurückhaltend benahm. Die Angst, ihn zu verlieren, schwoll an. Bevor sie etwas sagen konnte, öffnete sich die Tür von Giures Haus, und Elisabetha erschien, in der Hand hielt sie eine Sichel. »Du wirst ihn nicht mit dir nehmen«, schrie sie und rannte auf sie zu.

»Geh zurück ins Haus, Schwester«, befahl Giure. »Sie tut mir nichts.«

Weitere Bewohner waren durch das Geschrei aufmerksam geworden, erschienen auf der Straße und sahen zu ihnen hinüber, einige Männer kamen sogar zögerlich auf sie zu und umringten den jungen Mann und Scylla.

»Sie soll dich in Ruhe lassen«, verlangte die Schwester aufgelöst und baute sich vor Scylla auf. »Ich will nicht, dass du mit ihr etwas zu schaffen hast. Vater ist auch dagegen.«

Einer der Männer trat vor, schob das Mädchen hinter sich und sah Scylla ins Gesicht, nicht aber in die Augen. Es war wie früher, als sie in Gruža gewohnt hatte. »Was willst du im Dorf? Du und dein Vater waren noch nie am helllichten Tag bei uns.«

Giure lächelte beschwichtigend. »Ich habe nach ihr geschickt. Mir ist seit einigen Wochen übel, und ich wollte, dass sie mir Kräuter dagegen empfiehlt«, log er. »Wir waren eben auf dem Weg zu einer Stelle im Wald, an der sie im gefrorenen Zustand zu finden sind.«

»Erst dann entfalten sie ihre ganze Wirkung«, sprang ihm Scylla bei und hätte ihn am liebsten für seine Ausflucht umarmt. »Der Frost muss über sie gegangen sein, sonst wirken sie nicht.«

Der Mann sah zu Elisabetha. »Mir erscheint das einleuchtend. Was soll also der Aufstand?«

Sie senkte den Arm mit der Sichel. »Sie führt Übles im Schilde. Ich weiß es. Und auch unser Pope hat gesagt ...«

Giure warf ihr einen Blick zu, und sie verstummte. Er wollte die Ansicht des Dorfgeistlichen hierzu nicht hören. »Geh wieder hinein, Schwester, ehe du dich erkältest.«

Scylla lächelte süßlich. »Ich hätte ein gutes Mittel gegen Fieber. Falls es dich packen sollte, Elisabetha.«

»Von dir und deinem Vater nehme ich nichts mehr. Ihr seid verflucht, auch wenn es manche nicht wahrhaben wollen! Alle, die in der Mühle leben oder dort ein und aus gehen, sind verflucht.« Sie wandte sich um und rannte ins Haus zurück; die Männer sahen ihr nach, dann gingen sie ebenfalls.

»Danke«, sagte Scylla zu Giure, nachdem sie das Dorf schweigend verlassen hatten. »Wie kommt deine Schwester auf einen Fluch?«

»Es ist eine Legende, mehr nicht. Schon der Vater deines Vaters und dessen Vater lebten in der Mühle, und alle sahen gleich aus, als wären sie Zwillingsbrüder, aber niemals hat man eine Frau und Gemahlin oder Nachkommen gesehen.« Giure reichte ihr die Hand. »Du bist das erste Kind. Deswegen sind Elisabetha und einige andere dir gegenüber noch argwöhnischer.« Er zog sie vom Weg seitlich ins Unterholz. »Komm, ich zeige dir die Stelle, von der ich gesprochen habe.«

Scylla ließ ihn gewähren und folgte ihm. »Ich bin bei meiner Mutter aufgewachsen. Als ich starb, holte mein Vater mich zu sich.«

Er lachte. »Auf diese Erklärung ist keiner von ihnen gekommen. Sie glauben lieber an ... was weiß ich ... die Dämonen in der Mühle.«

Es dauerte einige Zeit, bis sie auf einer Lichtung angelangt waren, auf der mitten zwischen den Tannen eine gewaltige Eiche stand, die ihre Äste ausbreitete, als würde sie sich verteidigen und die umstehenden Bäume in Schach halten. Efeu rankte sich um sie und erweckte beinahe den Eindruck, als stünde sie trotz des Winters in vollem Laub.

Scylla verharrte. »Wie schön.« Sie ließ seine warmen Finger nicht los und genoss die Nähe des jungen Mannes, der sie nun wieder vorwärtszog, unter die Eiche.

»Ich habe diesen Platz durch eine Fügung gefunden. Es gibt einen gewaltigen Bären in der Gegend, der meine Ziegen überfiel und verschreckte. Auf der Suche nach ihnen kam ich hierher.« Giure entzündete ein Feuer, an dem sie sich wärmten, und sah ihr in die Augen. »Jetzt sag mir, was ich beobachtet habe, als ich vor der Mühle auf dich wartete.«

»Bist du deswegen nicht wieder zu mir gekommen?«

Er zögerte. »Ich war zu verwirrt von dem, was ich sah«, gestand er. »Als ich meinen Mut wiedergefunden hatte, wagte ich es nicht, mich dir noch einmal zu zeigen, weil ich feige geflüchtet bin, statt zu bleiben.«

»Aber du hast mit anderen darüber gesprochen?«

Er nickte. »Mit dem Popen. Er hat geschworen, es niemandem sonst zu berichten.« Giure fasste ihre Hände. »Erzähl mir alles.

Ich möchte es wissen, damit ich dir wie früher vertrauen kann. Was treibt ihr in der Mühle, dass ihr eine verstümmelte Upirina nachts vor der Tür ablegt, damit sie zu Kräften kommt, um sie danach zu köpfen?« Er schauderte. »Und du, Scylla, hast dich bewegt wie eine ... Kriegerin. Von deiner Tapferkeit wusste ich damals schon, als du mit dem Luchs gekämpft hast. Aber gegen eine *Untote!* Du hattest nicht einmal Angst vor der Upirina, während ich vor Schreck beinahe vom Baum gefallen wäre.«

Scylla überlegte und erinnerte sich an die mahnenden Worte ihres Vaters, Forschung und Erkenntnisse für sich zu behalten. Dennoch wollte sie nach dieser vielversprechend beginnenden Aussöhnung nicht Gefahr laufen, Giure letztlich doch zu verlieren.

Sie wusste, dass er für einen einfachen Mann einen sehr wachen Verstand besaß. Der Einfall kam ihr zugeflogen: Wenn sie ihn für die Wissenschaft begeisterte, könnten sie gemeinsam forschen, und er hätte an ihrer Seite ein besseres Leben in der Mühle! Zudem würde es ihr Vergnügen bereiten, ihrem Vater zu beweisen, dass Giure nicht der nichtsnutzige Ziegenjunge war, für den er ihn hielt.

Sie lächelte. »Ich muss dir etwas erklären, aber du darfst es niemandem erzählen, nicht einmal dem Popen.«

Giure zögerte. »Ich weiß nicht ...«

»Schwöre es!«, bat Scylla inständig und drückte seine Finger. Sie machte einen Schritt nach vorne, so dass sie Körper an Körper standen. Es löste in ihr neue, wunderschöne Gefühle aus, die Schauer bis in den letzten Winkel ihres Leibes trieben. »Schwöre es, Giure, und ich zeige dir meine Welt und mein Leben in der Mühle, und du wirst verstehen, was in jener Nacht geschehen ist. Wir bringen den Menschen nur Gutes.«

»Ich schwöre es, Scylla.«

Dieses Mal zog sie ihn mit sich. »Dann folge mir.«

Sie erreichten die Mühle am frühen Nachmittag.

Scylla war gleich aus mehreren Gründen aufgeregt. Sie war Giure nahe wie niemals zuvor, würde ihm ihre Welt zeigen und war gespannt, auf welche Weise er darauf reagierte. So geriet das, was geschehen sollte, gleichzeitig zu einem Experiment. Karol war der Meinung, dass das einfache Volk ihre Arbeit falsch oder gar nicht verstünde, sie dagegen wollte den Gegenbeweis antreten. Zwei Wissenschaftler im Wettstreit.

Sie öffnete die Tür und ließ Giure in die Küche. »Du sprichst mit niemandem darüber«, schärfte sie ihm aufgeregt flüsternd erneut ein, kam seinem Gesicht dabei ganz nahe – und konnte nicht widerstehen. Sie wollte wissen, wie es war, mit Leidenschaft zu küssen und nicht bloß wie eine Tochter den Vater.

Begierde und wissenschaftliche Neugier mischten sich, sie beugte sich vor und berührte seine Lippen mit ihren. Nur kurz und flüchtig, doch es genügte, um ein Kribbeln in ihr auszulösen; dann sah sie ihm in die Augen.

Giure stand stocksteif, es war für ihn zu überraschend gekommen.

Scylla wandte sich lächelnd ab und betätigte den Mechanismus; rumpelnd senkte sich die Rampe ins unterirdische Reich. »Komm, Giure. Hab keine Angst. Nichts von dem, was ich dir zeige, kann dir etwas anhaben.« Sie eilte die Schräge hinab.

Er folgte ihr zaudernd, doch seine Zuneigung und die Wissbegier siegten. Die Führung durch die drei Stockwerke begann, und Giure verschlug es bereits nach dem ersten Raum, in dem die Seziertische standen, merklich die Sprache. Den Blick durch das Mikroskop fand er faszinierend, und zuerst wollte er nicht glauben, dass Blut so aussah.

Scylla beobachtete ihn genau und merkte sich seine Reaktion, während sie ihm erklärte, was sie mit der Upirina gemacht hatten und weswegen; allerdings verschwieg sie ihm, dass Karol die Brunnen der Dörfer mit Essenzen versah. So weit würde sie nicht gehen. Noch nicht.

Als sie den Raum mit den Präparaten betraten und sie ihm die aufgeschnittenen Köpfe zeigte, um die Maserungen des Gehirns zu verdeutlichen, verdrehte Giure die Augen und brach auf dem Boden zusammen.

Scylla lachte leise und nahm das Riechsalz, um ihn wieder auf die Beine zu bringen. Kalkweiß wankte er aus dem Raum und lehnte sich an die Gangwand. »Das ist ... schrecklich«, keuchte er und rang mit der Übelkeit. »So viele ... Menschen ... Glieder ...«

»Wir nennen sie Präparate«, sagte sie und schloss die Tür, damit er den Anblick nicht länger ertragen musste. »Sie sind wichtige Anschauungsobjekte, die wir über lange Zeit aufbewahren und betrachten können.«

»Und woher stammen sie?« Giure stieß auf und zwang sich sichtlich, nicht dem Drang nachzugeben, seinen Magen vor die Füße des Mädchens zu speien.

»Wir kaufen sie in den großen Städten, wie es alle Wissenschaftler tun«, log sie. Später würde sie ihm berichten, dass einige der Präparate von den Friedhöfen der Umgebung herrührten. Sie nahm seine Hand und führte ihn zurück in die Küche. »Wie hat es dir gefallen? Wäre das Forschen auch etwas für dich?«

Noch immer bleich, setzte er sich auf den Stuhl und schaute sie an. »Du bist eine seltsame Frau«, sprach er nachdenklich und legte eine Hand an seine Stirn. »Ich muss jetzt über viele Dinge nachdenken.« Er stand wankend auf, Scylla stützte ihn. Giure schauderte. »Wie hältst du das aus? Die Toten, die abgetrennten Glieder und aufgeschnittenen Leiber, und sogar mit Upiren kämpft ihr, um ...«

»Ich mache das seit meiner Kindheit«, antwortete sie freundlich – und stahl sich einen zweiten Kuss. Dieses Mal presste sie ihren Mund länger auf seinen. Während er die Augen schloss, hielt sie ihre geöffnet und beobachtete seine Züge. Es schien ihm zu gefallen. Wie ihr. Sie zog sich zurück, leckte mit der Zunge über die Lippen und schmeckte ihn. »Dafür habe ich niemals gelernt, wie man Ziegen hütet.«

»Und das ist sicher schwieriger zu lernen, als einen Toten aufzuschneiden ...« Er grinste, und die Farbe kehrte in seine Wangen zurück. »Ich muss gehen, Scylla. Es wird dunkel draußen, und Elisabetha wird mit dem ganzen Dorf vor der Mühle aufmarschieren, wenn ich nicht vor der Nacht zurück bin.« Giure ging zur Tür.

»Ich begleite dich«, sagte sie sofort und warf sich ihren Mantel über.

»Denkst du, ich kann nicht auf mich allein achtgeben?« Er klang etwas beleidigt.

»Doch, aber ich bin sehr gerne in deiner Nähe.« Sie öffnete die Tür und ging voraus. »Wir haben uns zu lange nicht mehr gesehen.«

»Das stimmt, Scylla.« Er lächelte und fasste sie bei der Hand.

Krähen lösten sich von den Zinnen und stiegen krächzend in den sich verfinsternden Himmel, als wollten sie die Dunkelheit begrüßen.

Schweigend schritten sie den Weg entlang, hinaus aus dem Wald und in Richtung des Dorfes. »Du hast einmal diese Upire erwähnt, die Kinder des Judas ...«, fing sie an.

»Was ist mit ihnen?«

»Ich habe von ihnen in Gruža niemals gehört und auch in den Büchern meines Vaters keinen Hinweis auf sie gefunden.«

»Wirklich nicht?« Er hob die Schultern. »Hier kennt man sie. Sie schlagen zwar selten zu, aber wenn, richten sie oftmals Massaker an. Manchmal fällt ihrem Durst ein ganzes Dorf zum Opfer, und immer markieren sie die Toten mit den drei blutigen X.«

»Wofür stehen sie?«

Giure bückte sich und bewarf sie mit etwas Schnee. »Eine Gelehrte wie du weiß es nicht?«, neckte er.

»Sei mein Lehrer, o weiser Ziegenhirte«, gab sie spöttisch zurück.

»Ich habe gehört, dass es die römische Zahl dreißig ist. Dreißig für die ...«

»... Silbermünzen, die Judas als Lohn für seinen Verrat erhielt«, kombinierte sie und freute sich über sein verdutztes Gesicht. »Weiß man denn, wie sie aussehen?«

Zu ihrer Enttäuschung schüttelte er den Kopf. »Ein Judaskind sieht man nur einmal – kurz bevor es einen tötet.«

Schweigend gingen sie weiter und genossen ihr Beisammensein. »Wir sind gleich da.« Noch bevor man die beiden vom Dorf aus sehen konnte, blieb Giure stehen. »Ich gehe allein weiter.« Er beugte sich vor, schlang seine Arme um sie und zog sie dicht an sich.

Sie küssten sich erneut, und diesmal gelang es Scylla nicht, die distanzierte Rolle der Wissenschaftlerin beizubehalten. Dafür war das, was sie in sich spürte, zu intensiv und zu überwältigend. Ein neues Verlangen entstand in ihr, das nach mehr gierte als nach einem Kuss.

»Vergeht erneut ein Dreivierteljahr, bis wir uns wiedersehen?«, fragte sie und berührte sein stoppeliges Gesicht.

Er küsste ihre Fingerspitzen. »Nein, Scylla. Ich werde jede Woche nach dir sehen. Das verspreche ich.« Giure ließ sie los und lief auf das Dorf zu.

»Erzähle niemandem, was du gesehen hast!«, rief sie und winkte ihm nach, bis er um eine Hausecke bog und sie ihn nicht mehr sehen konnte.

Scylla freute sich, dass sie den Mut aufgebracht hatte, Giure zu sehen und einzuweihen. Er durfte sich nicht vor ihr und dem angeblichen Fluch der Mühle fürchten – das konnte sie nur durch die Wahrheit erreichen. »Ich mache dich zu einem Gelehrten, Liebster«, flüsterte sie lächelnd und drehte sich um.

Wie aus dem Nichts standen zwei Männer vor ihr, die einen großen Schlitten mit Brennholz hinter sich herzogen. Scylla war so in ihre Gedanken versunken gewesen, dass sie die Dörfler bisher nicht bemerkt hatte.

»*Was* soll Giure niemandem erzählen?«, fragte der rechte von ihnen, der dicker und älter war. Beide trugen lange, dunkle Bärte und hätten ebenso gut Brüder sein können; sie rochen nach kaltem Rauch und waren vermutlich Köhler.

»Was habt ihr beide denn getrieben?«, setzte der andere nach.

Der Dicke sah sie eindringlich an. »Das ist doch ... du bist das Mädchen aus der Mühle!« Er ließ den Strick los und bekreuzigte sich. »Du hast ihn in die Mühle mitgenommen, was?«

Sein Begleiter schlug ebenfalls das Kreuz. »Wenn sie den Fluch nun auch auf ihn geladen hat?«, argwöhnte er. »Wer weiß, was er in unser Dorf bringt?«

Scylla wusste nicht, was sie erwidern sollte. Unvermittelt drohte dem bislang schönen Tag ein schreckliches Ende, wobei sie sich mehr um Giure als um sich selbst sorgte. Sie schaute abwechselnd zwischen den Männern hin und her.

»Lass das sein!«, verlangte der Dicke drohend und hob die Faust. »Dein böser Blick soll mich nicht treffen, hörst du? Du hängst mir kein Gebrechen an!«

Plötzlich bereitete es Scylla Vergnügen, mit ihnen und ihrem albernen Aberglauben zu spielen, und herausfordernd hob sie den Kopf. Ihr Blick bannte den Köhler. »Was glaubst du, welche Kräfte ich besitze, du Narr?«

Der Mann bekreuzigte sich erneut und wich zurück. »Verfluchtes Ding«, zischte er sie an und betete laut.

»Dir dresche ich das Böse aus dem Leib!« Der andere hob

einen armdicken Knüppel vom Schlitten auf und kam auf sie zu.

Scylla grinste. Gegen zwei Gegner hatte sie noch nicht antreten müssen, und sie wollte sehen, ob sie gegen kräftige Männer bestehen würde. Sie unterlief den Schlag und trat dem Gegner von hinten in die linke Kniekehle, so dass er in den Schnee fiel.

Aus dem Augenwinkel sah sie den Strick heranfliegen, mit dem die Köhler den Schlitten gezogen hatten. Der Dicke benutzte ihn wie eine Peitsche und hatte auf ihren Hals gezielt. Blitzschnell fing sie das Ende und hielt es fest. »Soll ich dir eine Warze auf die Nase zaubern?«, sagte sie neckend und hob die Hand. »Ihr glaubt doch an diesen Unsinn, nicht wahr?«

Der Dicke ließ den Strick los, packte ebenfalls einen Knüppel, und mit einem Schrei schlug er nach ihr.

Die Angriffe waren im Vergleich zu Frans' Attacken so langsam, dass Scylla es sich erlaubte, erst im letzten Augenblick vor dem Holz auszuweichen. Dann sprang sie auf den Gegner zu und hielt den Arm ausgestreckt. »Wenn ich dich berühre, wirst du nie wieder schlafen können«, rief sie finster. »Oder vielleicht raube ich dir deine Seele und schenke sie einem Dämon, damit er dich bis ans Ende deiner Tage heimsucht.«

»Nein!«, schrie er furchtsam und zückte seinen Dolch. »Bleib weg von mir!«

Sie betrachtete das rostige Eisen, das vor ihr schwebte. Die Auseinandersetzung hielt mit einem Mal eine neue Herausforderung bereit, die Scylla gerne annahm. Hinter ihrem Rücken vernahm sie das schleifende Geräusch, wie es ein grobes Messer von sich gab, wenn es aus der Scheide gezogen wurde. Sie war in der richtigen Laune, dieses Spiel zu spielen.

Stampfende Schritte hasteten auf sie zu, der andere Köhler hatte sich aus dem Schnee gestemmt und griff sie an.

Scyllas Blut rauschte in den Adern, sie bleckte die Zähne und grinste, während sie unter ihren Mantel griff und den Damaszenerdolch hervorzog; aus der Bewegung kreiselte sie um den ungestüm angreifenden Mann herum und stach ihm ins Gesäß. Sie wollte, dass er vor Wut schäumte und sich mehr Mühe gab.

Der Dicke stieß zu, Scylla parierte die Klinge und zerschnitt ihm mit einem schnellen Schwung die linke Wange. »Zu langsam.« Sie lächelte und kletterte auf den Schlitten. »Was ist mit euch?« Sie legte zuerst die Hand mit dem Dolch auf den Rücken, dann die andere. »In welcher halte ich wohl meine Waffe?«

Die Köhler sahen sich an. »Sie ist von einem Dämon besessen«, sagte der Dicke und bekreuzigte sich erneut. »Wie sonst könnte ein halbes Kind kämpfen wie sie?« Er machte Anstalten zu flüchten. »Wir müssen dem Popen Bescheid sagen.«

Das konnte sie nicht zulassen.

Und es gab nur einen Weg, um es zu verhindern.

Sie sprang vom Bock herab, genau vor die Füße des übergewichtigen Köhlers und schlug zur Täuschung mit dem unbewaffneten rechten Arm zu. Der Mann machte einen Ausfallschritt zur Seite – und bekam ihren zweiten Angriffsstoß seitlich in den Hals. Scylla hatte waagerecht zugestochen und zog die Klinge nach vorne heraus, um das Fleisch und die Adern aufzuschlitzen. Laut gurgelnd und Blut spuckend stürzte der Mann nieder.

»Upirina!«, rief sein Begleiter entsetzt.

»Nein, sicherlich nicht«, gab Scylla zurück und drang auf ihn ein. Zuerst stach sie ihm in den Oberschenkel, er krümmte sich und bekam die Klinge von unten durch das Kinn in den Rachen gerammt. Die Spitze fuhr durch das Hirn und tötete ihn. Die durchbohrte Zunge hinderte ihn an einem letzten Schrei; tot fiel er auf den Weg.

Erst jetzt, als Scylla die Leichen vor sich liegen sah und Dampf vom warmen Blut aufstieg und sie umwaberte, wurde ihr bewusst, was sie angerichtet hatte.

Vielleicht hätte sie Schrecken und Reue empfinden sollen – doch ihr Verstand sagte ihr etwas anderes: Die einzigen Zeugen ihres Gesprächs waren tot und konnten weder sie noch Giure verraten, sie hatte sich im Kampf gegen zwei Gegner spielend behauptet, und die Präparatesammlung im Laboratorium erhielt neuen Zuwachs. Wirklich fette Menschen besaßen sie noch keine.

Scylla rollte die Holzstücke vom Schlitten, baute daraus eine kleine Rampe und wuchtete die Männer hinauf. Das Gefährt zu ziehen war sehr anstrengend, aber sie schaffte es.

Unterwegs überlegte sie, wie sie die Toten ihrem Vater erklären sollte, und gelangte zu der Entscheidung, es ihm gar nicht zu sagen. Es würde auf immer ihr Geheimnis bleiben, und die Präparate würden in der hintersten Ecke verschwinden.

Sogar der Himmel schien ein Einsehen für die Notwendigkeit ihrer Tat zu haben, denn er sandte ihr dichten Schneefall, der die Spuren der Kufen bedeckte.

Niemand würde jemals erfahren, wo die Köhler abgeblieben waren.

19. September 1677
Osmanisches Tributland

Baronin Lydia Metunova hatte sich angekündigt, samt ihrer Elevin Eleonora. Karol und Scylla verbrachten den Abend damit, den Raum, in dem die Cognatio stattfand, für das Essen herzurichten.

In Gedanken verweilte Scylla bei Giure. Sie trafen sich seit ihrer Aussprache beinahe jede Woche. Seitdem der Winter gegangen war, fiel es dem jungen Mann noch leichter, sich nahe der Mühle aufzuhalten. Die Ziegen weigerten sich jedoch, in den Wald zu gehen, also trafen sie sich auf den Wiesen vor den Tannen.

Zu ihrer Freude legte Giure eine hartnäckige Standhaftigkeit an den Tag, Lesen und Schreiben zu lernen. Sie tat alles, um ihn mit Wissen zu versorgen und seinen Hunger zu vergrößern. Er war ihr ein guter Schüler, und im Mai begann sie, ihm die ersten lateinischen Wörter beizubringen. Gleichzeitig merkte sie sehr deutlich, dass er ihr niemals ebenbürtig werden könnte. Doch das war ihr egal. Scylla fand es großartig, einen Freund und einen Liebsten zu haben. Und gleichzeitig war sie sich darüber bewusst, dass Giures Unterrichtung gleichermaßen ein Experiment darstellte.

Es war ebenfalls im Mai gewesen, als sie ihm aufgeregt in einem der Bücher die Zeichnungen von der Vereinigung von Mann und Frau zeigte. Es kam, wie es kommen sollte und von ihr vorgesehen war: Es blieb nicht nur beim theoretischen Betrachten. Giure und Scylla hatten sich unter der Eiche leidenschaftlich geliebt. Sie hatte es unendlich genossen – und tat es seitdem immer wieder.

Dass sie damit ihre Position als Karols Elevin auf Spiel setzte, kümmerte sie in diesen Augenblicken des Glücks nicht. Und wenn sich dennoch ein Schatten auf die Frühlings- und Sommermonate legte, verjagte sie ihn, indem sie sich sagte, dass sie die Cognatio nicht benötigte, um Wissenschaftlerin zu sein. Was sprach dagegen, mit Giure in der Mühle zu leben und ohne die geheime Gesellschaft zu forschen?

Scylla rührte das Essen um und sah zu ihrem Vater, der Geschirr aus dem Schrank nahm und auf ein Tablett stellte. Er sah sie an und lächelte, ehe er durch den Eingang in die Scheune verschwand.

Sie war sich sicher, dass er nichts von dem ahnte, was sie und Giure trieben. Er ließ sie das Umland durchwandern, solange sie sich weiter um ihre Forschung kümmerte und auf die nächste Examinatio vorbereitete. Ende des Jahres, wenn ihr Freund über das erste fundiertere Wissen verfügte, würde sie ihrem Vater offenbaren, was sie mit dem von ihm so belächelten Ziegenhirten beabsichtigte.

Eine Wolke stieg aus dem Topf auf, und der Geruch des Essens strömte geballt in ihre Nase. Ihr hob sich der Magen, und sie musste den Brechreiz unterdrücken, obwohl sie Sauerkraut eigentlich sehr mochte. Überhaupt hatten sich ihre Essgewohnheiten in den letzten Wochen sehr verändert. Dass ihre Brüste gelegentlich schmerzten, behagte ihr gar nicht. Sie verdrängte den Gedanken und hielt es für Regelbeschwerden, unter denen Frauen gelegentlich litten.

Eine Kutsche rollte vor, und Scylla eilte hinaus, um die Besucher zu begrüßen. »Vater, sie sind da«, rief sie rasch in die Scheune, ehe sie die Schürze abstreifte und den Eingang zum Mühlenturm öffnete.

Die Baronin stieg eben aus der dunkelbraunen Kutsche, ihre Elevin stand daneben, reichte ihr die Hand und stützte sie. Beide trugen dunkelrote Kleider, in die weiße Muster eingestickt waren; Metunovas Variante sah um etliches wertvoller und opulenter aus. In der Linken hielt sie ihren Fächer. Scylla kam sich in ihrem blauen Kleid wie eine einfache Magd vor.

»Willkommen«, grüßte sie die Besucher und knickste, wie es sich gehörte. »Kommt herein, Baronin. Ich bringe Euch in den Saal und trage sofort das Essen auf.«

Lydia lächelte ihr zu und nickte. »Du strahlst wie der Abendstern, Kind«, sagte sie. »Was hat dich verändert?«

»Es ist die Freude, Euch zu sehen, Baronin«, gab sie zur Antwort und knickste erneut.

»Obwohl du die Strenge deines Vaters mir zu verdanken hast?« Der Tonfall klang scherzend. »Dann wärst du eindeutig zu gut für diese Welt.« Sie hob die Hand mit dem Fächer, und

Eleonora stieg in die Kutsche, um mit einem großen Paket wieder hinauszutreten. »Ich habe dir zum Dank für deine Nachsicht ein Geschenk mitgebracht. Eleonora wird dir nach dem Essen dabei helfen, es anzulegen und dir auch die Handhabung der übrigen Gegenstände erläutern.« Die Elevin kam die Stufen hoch. »Sie wird dir auch gerne zur Hand gehen, wenn du das Essen aufträgst. Ich finde den Weg nach oben allein.«

Die Baronin ging auf den Eingang der Scheune zu. Der Kutscher wendete das Gefährt und sprang vom Bock, um Hafersäcke vom Dach zu nehmen und sie den Pferden umzuschnallen.

»Guten Abend.« Eleonora deutete eine Verbeugung an. »Wo darf ich es hinstellen?«

Scylla zeigte auf die Bank in der Küche und betrachtete die junge Frau, die etwas älter als sie selbst war. Bei ihrer ersten Begegnung unmittelbar nach der Prüfung durch die Cognatio hatte sie sie nicht richtig wahrgenommen. Ihr Verstand war damals zu sehr von den Ereignissen gefangen gewesen.

Eleonora war hübsch anzuschauen, die hellblauen Augen richteten sich mal hierhin, mal dorthin, um möglichst viel von dem Raum zu erfassen. Sie trug Parfüm, das Gesicht war weiß gepudert, die Wangenpartien sowie der Mund mit roter Farbe betont, während die Augenbrauen schwärzer wirkten als von Natur aus.

Eleonora schaute über die Töpfe. »Sauerkraut?«

»Sauerkraut mit einem kräftigen Eintopf, dazu Brot und Wein«, erklärte Scylla. Sie hatte sowohl den verblüfften Blick als auch den ungläubigen Tonfall bemerkt. »Was gibt es daran auszusetzen?«

»Nichts.« Eleonora lächelte diplomatisch. »Es wird eine Abwechslung zu den Wachteln, den mit Kaviar gefüllten Eiern, dem Hirschbraten und den Klößen sein, die meine Mutter ansonsten gerne isst.«

Scylla seufzte. »Ich befürchte, dass ihr unser einfaches Essen wohl nicht schmecken wird.«

Eleonora schüttete das Sauerkraut in eine Schüssel und stibitzte sich zwei Strähnen davon. Genüsslich kaute sie. »Mmh! Ich jedenfalls mag es jetzt schon«, verkündete sie und lachte. »Meiner Mutter wird es schmecken, Scylla. Sei unbesorgt. Alle wissen, dass dein Vater sich die Extravaganz erlaubt, ganz ohne Personal auszukommen. Doch heute sollst du Hilfe haben.« Sie hob das Gefäß an. »Wohin geht es?«

Scylla wurde von der Heiterkeit der Elevin angesteckt. »Die Treppe hinauf.« Sie mochte Eleonora.

Nach dem Essen, das allen mundete, wollten sich die Baronin und Karol unter vier Augen unterhalten. Also schickte er Scylla und Eleonora mit dem Geschirr in die Küche.

»Eleonora, zeig Scylla, wie man sich als junge Dame zurechtmacht«, schlug Lydia vor und nahm den Fächer zur Hand, um sich Kühlung zu verschaffen. »Wir kommen später zu euch.«

Die jungen Frauen räumten ab, stiegen aus der Scheune hinab und brachten das Geschirr in die Küche. Scylla musste erneut gegen den Brechreiz ankämpfen, und das Sauerkraut verursachte ihr Magenbrennen, wie sie es nicht kannte; schnell trank sie ein Glas Milch, um sich Linderung zu verschaffen.

Eleonora nahm das Paket. »Wo ist dein Zimmer, Scylla?«

»Oben, unter dem Dach.« Sie ging voran, und gemeinsam stiegen sie die Stufen empor, bis sie das Gemach erreicht hatten, das durch eine Wand aus Segeltuch in der Mitte aufgeteilt war. »Diese Seite gehört mir, die andere meinem Vater.«

Eleonora ging zum Bett und öffnete die Verpackung. »Ich habe etwas Schönes für dich«, sagte sie und zog ein weißes Kleid hervor, um es in die Höhe zu halten. »Sieh her.«

»Für mich?« Scylla starrte auf das Geschenk. »Es ist aus Seide!«

»Und bestickt mit weißen Perlen, hier oben am Hals und am Ausschnitt entlang.« Sie drehte es um; schwarze Blumenstickereien wurden sichtbar. »Es wird dir stehen, Scylla.« Vorsichtig legte sie das Kleid auf die Decke und kam zu ihr. »Komm, ich helfe dir, es anzulegen.«

Scylla schlüpfte aus dem blauen Kleid und stand in Unterwäsche vor Eleonora. »Das ist doch sicherlich teuer gewesen?«

»Sehr teuer, Scylla – wie es sich für ein Geschenk der Baronin Metunova gehört«, meinte sie und lachte wieder auf diese unbekümmerte, sympathische Weise. »Weißt du, ich bin sehr froh, heute hier zu sein.« Sie führte Scylla am Arm vor den Spiegel, der auf der Kommode stand. »Ich komme selten aus dem Schloss meiner Mutter heraus und lebe ein wenig wie eine Gefangene.«

»Mir erging es genauso!« Sie verfolgte, wie Eleonora kleine Döschen und Tiegelchen aus dem Karton nahm und sie auf der Kommode aufreihte. Verbundenheit baute sich zwischen den beiden jungen Frauen auf.

»Ich glaube beinahe, es ergeht allen Elevinnen und Eleven so.« Eleonora holte Pinsel in verschiedenen Größen hervor, dann sah sie Scylla an. »Pass gut auf, ich erkläre dir, wie wir uns noch anziehender für den Rest der Welt machen, als wir es ohnehin schon von Natur aus sind.«

Mehr als eine Stunde dauerte der Unterricht, der, wie Scylla erkannte, ebenfalls eine Wissenschaft war und sie tief in die Geheimnisse des Schminkens einführte. Sie erfuhr alles darüber, wie man die Wangen betonte, die Augen hervorhob, die Wirkung des Dekolletés verstärkte und welche Wohlgerüche an welche Körperstellen gehörten.

Als sie am Ende in den Spiegel schaute, erschrak sie fast vor sich selbst. Die fachkundigen Hände Eleonoras hatten sie in eine andere Frau verwandelt, die wesentlich erfahrener und strenger wirkte. Ja, strenger ... und anziehender, wie sie selbst fand.

»Jetzt das Kleid, Scylla.« Eleonora half ihr hinein, schnürte das Mieder fester und betonte so die Taille. Behutsam fuhr sie ihr über die langen schwarzen Haare. »Wenn du bald die Perücke tragen wirst, wie es eine Elevin darf, wirst du perfekt aussehen«, befand sie. »Ich könnte neidisch werden, so gut siehst du jetzt schon aus.«

»Ich werde wohl die Einzige in der Cognatio sein, die keine roten Haare hat«, sagte sie abwesend, gefangen und gebannt von der eigenen Reflexion.

Eleonora runzelte die Stirn. »Woher weißt du das? Dein Vater hat es dir nicht erzählt.«

Scylla wurde glühend heiß. »Nein? Vielleicht habe ich es bei der Examinatio ...« Ein Blick auf das Gesicht der Elevin genügte, und sie beendete die Ausflüchte. »Ich habe heimlich eine Zusammenkunft belauscht«, gestand sie.

Eleonora schürzte die Lippen, dann lächelte sie. »Meine Mutter sagte bereits, dass sie dich für sehr mutig hält. Wenn sie allerdings davon erfährt, wird sich dich tollkühn nennen.« Sie legte Scylla eine Hand auf die Schulter, und es hatte etwas Liebevolles. »Ich werde ihr nichts sagen, wenn du es nicht möchtest. Und damit du dessen sicher sein kannst, will auch ich dir ein Geheimnis anvertrauen ...«

Die beiden jungen Frauen begannen, miteinander zu plaudern, als würden sie sich schon seit Jahren kennen. Sie sprachen über eigene Experimente, über wissenschaftliche Bücher, welche sie gelesen hatten, und über kleinere Ungeschicktheiten, die ihnen bei ihren Stunden in den Laboratorien unterlaufen und mitunter sehr erheiternd gewesen waren. Scylla ließ sich sogar dazu hinreißen, von dem Umbra zu berichten, den sie und ihr Vater gefangen hatten. Ihre neue Freundin war begeistert.

»Mir kam gerade ein Einfall: Darf ich dich meine Schwester nennen?« Eleonoras Augen strahlten. »Uns ergeht es ähnlich, und ich hatte niemals Geschwister, obwohl ich gerne welche wollte.«

Scylla nickte, ohne zu zögern. »Sehr gerne, Eleonora.«

Die Elevin nahm ihre Hände und drückte sie. »Ich freue mich, Scylla!« Dann beugte sie sich vor und umarmte sie. »Wir werden gute Schwestern sein und in der Cognatio immer zusammenhalten, wie es meine Mutter und dein Vater tun.«

Von unten erklang ein lauter Ruf.

»So soll es sein.« Scylla löste sich von ihr. »Ich glaube, man verlangt nach uns.«

»Warte.« Eleonora gab ihr noch etwas Puder auf die Stirn. »Jetzt ist es perfekt.«

Gemeinsam stiegen sie in die Küche hinab, und Scylla sah an Karols Antlitz, welche Wirkung sie in diesem Kleid besaß.

»Wie wunderbar du aussiehst, Tochter!«

Die Baronin hob die Augenbrauen und nickte anerkennend. »Da hat sich aber ein Küken in einen mehr als nur schönen Schwan verwandelt.«

Scylla wollte etwas Freundliches erwidern – und übergab sich.

Scylla lag in ihrem Bett, ihr war schwindelig, und ihre Gedärme hatten sich noch immer nicht beruhigt. Glücklicherweise hatte das wunderschöne Kleid nichts abbekommen, es hing makellos auf einem Ständer neben der Kommode.

Sie hatte sich gleich in ihren Teil der Kammer zurückgezogen, Eleonora hatte sie mit Wasser versorgt und Karol ihr eine Tinktur gegen Übelkeit gebracht. Jetzt lag sie da und wartete, dass das Mittel wirkte.

Plötzlich scharrte etwas von außen an dem schmalen Fenster, und ein Schatten verdunkelte das Mondlicht. »Scylla?«

Sie erkannte die Stimme sofort. »Giure? Was beim Allmächtigen suchst du hier?« Sie richtete sich auf. »Klettere nach unten! Wenn du stürzt, brichst du dir das Genick.«

Er lachte, und sie sah einen Teil seines geliebten Gesichts. »Würdest du meinen Kopf dann eingelegt neben dein Bett stellen, damit ich immer bei dir sein kann?«

»Das ist nicht komisch«, sagte sie besorgt. »Ist etwas geschehen?«

»Ich möchte dich sehen«, gestand er ihr. »Wir haben uns beinahe zwei Wochen nicht mehr getroffen, und ich habe keine neuen Lektionen mehr, die ich lernen kann. Außerdem verzehre ich mich nach dir und deinen Küssen.«

Scylla lächelte und erinnerte sich an die wundervollen Dinge, die sie gemeinsam taten. Leidenschaft war etwas Wundervolles. »Es geht heute nicht. Mir ist nicht wohl.«

»Dann genese auf der Stelle, oder ich springe in den Tod!«, sprach er, und sie musste lachen.

»Hör auf mit dem Unsinn. Es geht wirklich nicht.«

»Dann morgen, Liebste?«

Scylla spürte das Brennen im Magen. »Ich weiß es nicht ...«

»Scylla, ich ertrage es nicht, ohne dich zu sein«, jammerte er. »Ich springe, wenn du mir nicht versicherst, dass wir uns morgen sehen.«

»Ja, gut. Ich werde da sein«, rief sie und lachte.

»Ich freue mich.«

»Pass beim Hinabsteigen auf.« Scylla wurde von einer Müdigkeit übermannt, die sie in dieser Form nicht erwartet hatte. Offenbar befand sich in der Tinktur, die ihr Karol verabreicht hatte, ein Schlafmittel. Sie wollte noch ein Wort des Abschieds zu ihrem Liebsten sagen, doch schon dämmerte sie ein.

Giure sprang auf den Boden, rieb sich die Hände an der Hose und sah hinauf zum Fenster, wo sich Scyllas Zimmer befand. Seine glühende Leidenschaft blieb heute ungelöscht, doch mit umso größerer Vorfreude wartete er auf den morgigen Tag.

Er wandte sich dem Weg zu, der in den Wald führte. Die

Rückkehr in sein Dorf fiel ihm jedes Mal schwerer, und auch die Menschen verstand er immer weniger. Die Bücher, die ihm Scylla aus der Bibliothek ihres Vaters anvertraute, verliehen ihm Wissen, mit dem er sogar den Popen überflügeln konnte. Leicht fiel ihm das Lernen nicht, aber es bereitete ihm sehr, sehr viel Spaß.

Giure fühlte sich im Dorf unwohl, weil die Bewohner auch ihn neuerdings mit argwöhnischen Blicken bedachten. Ein Ziegenhirte hatte sich um die Tiere zu kümmern und sonst nichts; seine Schwester Elisabetha hatte er gerade noch daran hindern können, eines der geliehenen Bücher zu verbrennen. Auch wenn Scylla erst im Winter mit ihrem Vater über ihn und die Zukunft sprechen wollte – er selbst hätte die Unterredung gerne vorgezogen.

Ein Schatten huschte über ihn hinweg, und Giure zuckte zusammen. Er war nicht ängstlich; auch an den Fluch, der auf der Mühle lasten sollte, glaubte er nach der Besichtigung nicht mehr. Dennoch brachte ihn etwas zum Frösteln.

Giure schritt durch den Wald und malte sich zur Ablenkung aus, was er und Scylla morgen unternehmen würden. Nach dem Studium. Er sah sie nackt vor sich liegen, wie sie die Arme verlangend nach ihm hob und die Beine öffnete, um ihn in sich zu spüren. Bei diesen Gelegenheiten war er der Lehrer.

Ein harter Schlag traf sein Gesicht, Sterne tanzten vor seinen Augen, und Giure fiel rücklings auf die Erde. Blut schoss aus der Nase, aus den aufgeplatzten Lippen und aus dem Mund. »Was ...« Seine Hand tastete nach dem Gürtel, an dem er sein Messer trug.

»Du hast das Mädchen angerührt, Ziegenjunge«, vernahm er ein wütendes Flüstern, als spräche die Dunkelheit zu ihm. Erkennen konnte er niemanden. »Du hast sie verführt und geschwängert! Wie konnte es ein Sterblicher wagen, eine Erhabene anzufassen?«

Ehe Giure etwas erwidern konnte, packten ihn zwei starke Hände am Kragen und rissen ihn empor. Noch immer erkannte er niemanden, doch es war ihm klar, wem er die Behandlung verdankte. »Herr Illicz«, lallte er, weil der Schlag seine Lippen taub und dick werden ließ. »Ich ...«

Er wurde davongeschleudert und prallte gegen eine Tanne. Ein abgebrochener Ast bohrte sich in seinen Rücken und riss die Haut auf, Giure schrie vor Schmerz und fiel auf ein Bett aus feuchten Nadeln.

Wieder wurde er angehoben. »Du hast ihr ein Kind gemacht, du Bastard! Damit hast du ihr die Gelegenheit genommen, eine Wissenschaftlerin im Kreis begnadeter Köpfe zu werden.«

»Wir möchten zusammen forschen«, stammelte er verzweifelt. »Bitte, hört mir zu. Eure Tochter hat mich unterrichtet ....«

»Dass ich nicht lache, du Narr!«, erschallte es aus der Schwärze. »Jeder wird sehen, in was *du* sie unterrichtet hast!«

»Ich lüge nicht, Herr!« In seiner Not zitierte er einige Sprüche von Platon, um seine Worte zu beweisen. »Ich möchte ein Gelehrter werden wie Ihr und Scylla. Bitte!« Eine Hand legte sich auf sein Gesicht und drückte ihn nieder, zurück auf die Erde. Todesfurcht wuchs in ihm und legte sich um sein Herz. »Bitte, nein!« Giure spürte eine Zunge, die über sein blutiges Kinn leckte.

»*Du* wirst *nichts* mehr in deinem Leben tun«, knurrte die Stimme, die sich plötzlich ganz nahe vor ihm befand. Sie hatte sich verändert, klang wild und rauh. Hungrig.

20. Dezember 2007

Deutschland, Sachsen, Leipzig, 00.09 Uhr

Gegen meinen Willen neige ich mich nach vorne, öffne die Lippen und nehme ihren Zeigefinger in den Mund. Die Zunge umspielt ihn, nimmt das Blut auf. Ich stöhne und schließe die Augen.

»Was tun Sie?«, haucht sie erschrocken, dann fällt sie in Ohnmacht. Bevor ihr Arm auf den Boden sinkt, halte ich ihn fest. Ich lecke ihre verschmierte Hand ab, und mit jeder Bewegung bekomme ich stärkeren Hunger.

Was für einen Geschmack sie besitzt! Sie hat gutes Blut. Es fließt jung und rein an meinem Gaumen entlang, ist aber viel zu wenig, um satt zu werden – ich brauche und will mehr, viel mehr ...

Meine Beherrschung ist dahin, ich beiße zu und spucke die Finger aus. Aus den Stümpfen quillt er, der Wein der Verdammten.

Ein letztes Zögern, weil ich Marek nicht gewinnen lassen möchte – aber der Raum ist gesättigt mit dem betörenden Geruch, das Ambrosia rinnt davon und plätschert in meinen Ohren laut wie ein Fluss. *Vergeudung*, schreit es in mir, *Vergeudung!*

Ich schaffe es nicht mehr, mich zurückzuhalten, und lege meinen Mund um die Fingerreste, sauge ihren Lebenssaft. Ich labe mich daran und spüre, dass etwas Uraltes in mir erwacht: Größe, Macht und Leidenschaft erstehen mit einer Urgewalt in mir, dass ich einen Schrei ausstoße und vergesse zu schlucken. Dunkle Energie jagt durch mich hindurch und bringt mich zum Schaudern. Ich fühle mich elektrisiert, aufgeladen und möchte nichts mehr von diesem Gefühl verlieren, sondern es weiter anfachen.

Das Blut läuft mir aus dem Mund, schnell lutsche ich weiter. Nichts darf verschwendet werden, auch nicht in diesem Überfluss!

»Scheiße, was ...« Jemand packt mich unter den Achseln und reißt mich von der Frau weg; ich falle gegen einen Stuhl, dabei löst sich meine Maske und fällt auf das Gewirr aus Beinen, Armen und Leibern.

Mein Mahl darf nicht unterbrochen werden! Ich fahre knurrend herum. Ein einziger Schlag reicht aus, um dem Mann in der schwarzen Sicherheitsuniform den Nacken zu brechen und ihn vier Meter durch die Luft fliegen zu lassen. Ich kann meine wiedergewonnene Stärke noch nicht kontrollieren, es ist einfach zu lange her.

Ich wende mich wieder meinem Mahl zu, doch es kommt nichts mehr aus den Wunden der Frau. Aber es gibt noch so viele andere Gelegenheiten in der Halle, um den Hunger zu stillen.

Ein besonderer Duft steigt in meine Nase, ich richte mich auf und atme tief ein. Von *diesem* Menschen will ich kosten! Ich halte meinen Dolch bereit und gehe auf den Durchgang zu, den Tunnel, vor dem sich die Menschen stauen. Die hektische Flucht vor Madman und seinen merkwürdigen Pistolen hat dazu geführt, dass niemand mehr durch diese Röhre entkommt. Bislang sind nur wenige auf den Gedanken gekommen, es bei dem zweiten Tor zu versuchen. Der Herdentrieb des Viehs.

Männer und Frauen weichen vor mir zurück und spritzen auseinander wie Wasser, das sich auf eine heiße Herdplatte ergießt.

Ich lasse sie ziehen, denn irgendwo zwischen den Menschen im Tunnel steckt meine Beute. Mein Drang nach diesem Blut wird körperlich schmerzhaft.

Ich muss lachen, als ich die Gesichter sehe. Ängstliche Glotz augen, von der Furcht aus den Kopfen geschoben. Ich stehe zwei Meter vor einer Wand aus Menschen entfernt und halte meine Waffe am ausgestreckten Arm, zeige mit der Klingenspitze ankündigend auf sie. Sie drängen sich zusammen, suchen Sicherheit tief in der Menge. Von dort kommt der Geruch, der mich zu einem Wesen mit exquisitem Blut führt.

Geschossgleich schnelle ich vorwärts, wirbele und schneide,

möchte das warme, lebendige Blut auf mir spüren. Es soll mich tränken und bedecken.

Ein roter Regen ergießt sich von allen Seiten auf mich, ich steche auf alles ein, was ich um mich herum wahrnehme, und folge dennoch dem Geruch. Meine Lippen sind weit geöffnet, damit ich das spritzende Blut aufnehmen kann und nicht innehalten muss.

»Ihr seid nichts!«

Ich lache die vor Angst kreischende Menge aus und zerschmettere einem Mann, der sich gegen mich werfen will, mit einem Schlag das Brustbein; nach Luft ringend stürzt er und wird von anderen niedergetrampelt. »Ihr seid Vieh für mich! Vieh, das sein Fleisch für mich gibt!«

Bei Gott, ich schwöre: Ich bin so lebendig wie seit vielen Jahrzehnten nicht mehr!

Kein Kampf in diesem lächerlichen Ring kann mir den Rausch bescheren, den ich gerade durchlebe und der niemals enden soll. Mir ist gleich, wie viele Menschen deswegen ihr Leben geben, wie viele meine Klinge verletzt und für immer verstümmelt ... Ich bin mehr wert, besser als sie!

Ich reiße irgendeine Frau nieder, schlage meine Zähne in ihren Hals und öffne das Fleisch mit meinem Dolch, als nicht genug Blut heraustritt. Als ihr Strom verebbt, richte ich mich wieder auf. *Mehr!* Dann, endlich, habe ich den Menschen entdeckt, der diesen lockenden Duft verströmt. Es ist ein junger Mann, das erkenne ich noch, aber im Grunde ist es mir egal. Ich will nur eines von ihm.

»Komm zu mir!« Her mit dem roten Wein der Macht, der Kraft und der Omnipotenz, die aus mir eine Göttin macht! Mein Schlaraffenland! Ich reiße ihn nieder und zerfetze seine Brust, um an das Blut zu gelangen, ich wälze mich auf seinem Körper hin und her.

Hustend gebe ich Blut von mir, ich erbreche einen großen

Teil, weil ich mich schlicht überfressen habe. Doch noch immer verlangt es mich nach mehr. Trinken, schlucken, hinein in mich und in meinen Körper. Es wird ewig so weitergehen ...

Ich finde mich im Tunnel wieder, das Licht ist rot getönt, weil das Blut die Lampen getroffen hat und durch die Hitze der Birnen zu einem Überzug getrocknet ist. Ich liege halb auf einer Frau, deren Hals ich aufgeschlitzt habe.

Entsetzt stemme ich mich in die Höhe und sehe mich weiter um. Der Boden klebt an meinen Sohlen, der Lebenssaft von drei Dutzend Menschen hat sich verteilt und gerinnt, die Leichen meiner Opfer liegen verstreut umher. Ich habe ihnen keine Gelegenheit gelassen, sich vor mir in Sicherheit zu bringen.

Drei Dutzend ...

»Mein Gott!«, ächze ich und stütze mich an der Wand ab. In meinem Magen wogt und schwappt es, warm steigt Flüssigkeit hoch, und ich übergebe mich mehrmals. Mit jedem roten Schwall verlässt mich auch ein Teil der Hybris, in der ich geschwelgt habe.

Menschen haben Drogen, unter deren Einfluss sie Dinge tun, die sie sich später nicht erklären können. Für mich ist diese Droge warmes Blut, und ich war zu lange auf Entzug. Doch nun ist der Rausch vorüber, es kehrt die Ernüchterung ein; wieder übergebe ich mich.

Ich lausche in mich hinein, und es ist noch immer da. Das vom Blut Erweckte ist noch immer da und weigert sich beharrlich, vollständig zu verschwinden, nachdem es aus seinem Schlaf gerissen wurde. Es flüstert mir zu, dass ich keine Reue spüren muss.

Und es hat recht.

Ich weiß, wem ich die Schuld daran geben kann; wer mein Versucher war und die Schlange sandte, die mich meinen ruhigen Garten Eden zerstören ließ. Live und in Farbe, vor den Augen von Millionen PC-Benutzern. Unmaskiert.

Ich hebe den Kopf und schaue zu den Kameras an der Tunnelwand. Grünes Lämpchenflackern.

Schlagartig trifft es mich: Ich werde in die Geschichte eingehen, ich werde geisteskranke Fans bekommen, die mich verehren und mir nacheifern, und ich werde eines ganz sicherlich verlieren: mein bisheriges Leben.

»Marek«, sage ich leise und schaue in die Linse. »Ich weiß, dass du einer von denen bist, die da sitzen und mich beobachten«, rufe ich und zeige den Dolch. »Zufrieden mit dem, was du erreicht hast, Bruder?« Meine Stimme kippt, ich schweige ein paar Sekunden. »Du willst mich zerstören, aber ich verspreche dir, dass ich dich zuerst finde und auslösche.« Ich nähere mich der Webcam und wische das halbgeronnene Blut aus den Augen. »Danach gehe ich den Weg, den ich viel früher hätte nehmen sollen: den in den Tod.«

Die Halle ist menschenleer, Handtaschen, Schuhe und andere verlorene Gegenstände liegen in den Sitzbänken und auf dem Boden. Ich renne den Tunnel entlang zu den Umkleiden. Von Tanja entdecke ich keine Spur.

Mein erster Gedanke ist, dass ich sie vielleicht ebenso getötet habe wie die vielen anderen Unschuldigen, doch ich verdränge diese Befürchtung. Sie ist bestimmt vor mir geflüchtet.

Ich weiß nicht, wie lange ich weggetreten war. Es kann sein, dass die weniger perversen Zuschauer die Polizei informiert haben, als sie mein Ausrasten gesehen haben, und dass ein Sondereinsatzkommando auf dem Weg zur Halle ist. Zudem wird es genügend Überlebende gegeben haben.

Ich werfe mir den Mantel über, für eine Dusche ist zu Hause Zeit. Mein Gesicht muss ich waschen, um die angetrocknete rote Schicht abzubekommen, und dabei gerät mir etwas fremdes Blut von meinen Lippen in den Mund.

Sofort züngeln die Flammen des Verlangens, und ich weiß, dass ich lange brauchen werde, um zu meiner alten Enthaltsamkeit zurückzukehren. Die dunkle Stunde – meine dunkle Stunde. Man könnte wirklich sagen, dass es Lust ist, unsagbares Begehren nach dieser roten Substanz. Mein linker Zeigefinger fährt über die Unterlippe, um das Blut wegzuwischen, doch meine Zunge schnellt wie von selbst heraus und leckt es weg. Es hat dem jungen Mann mit dem anziehenden Geruch gehört.

Ich reiße mich von meinem eigenen Anblick los und renne zur Hayabusa.

Ich muss zuerst nach Hause, ein paar Kleinigkeiten packen, bevor ich mich auf die Suche nach Marek begebe. Das angefangene Buch gehört zu den wenigen Dingen, die ich mitnehmen werde.

Als ich die Ausfahrt entlangschieße, bleibt alles ruhig. Sogar Ralf hat seinen Posten verlassen und es vorgezogen, nicht gegen mich anzutreten. Er ist doch cleverer, als ich angenommen habe.

Verwundert bemerke ich, dass keine Polizeiwagen auftauchen, und selbst als ich vor dem Hochhaus anhalte, in dem sich mein Appartement befindet, sehe ich nicht einen einzigen Beamten.

Alles auf eine Karte setzend, steige ich von der Maschine und betrete den Flur.

Der Fahrstuhl bringt mich nach oben, und meine Nervosität steigt mit jedem Stockwerk. »Bleib ruhig«, sage ich zu mir. »So schnell finden sie nicht heraus, wer du bist.«

Falls dein Bruder ihnen keinen Tipp gegeben hat, sagt eine böse Stimme in meinem Hinterkopf, während ich die Kabine verlasse und auf meine Wohnungstür zugehe.

Sie ist nur angelehnt.

Sofort bleibe ich stehen. Die Polizei würde einen solchen Fehler nicht begehen, also ... Wartet die nächste Überraschung auf mich? Hat Marek mir einen Umbra gesandt, der mich umbringen soll, nachdem ich lebend davongekommen bin?

Ich betrete meine Wohnung und schalte das Licht ein.

Auf den ersten Blick sieht es aus wie immer. Alles ist an seinem Platz, nichts liegt herum, nichts wurde durchsucht.

Aber es riecht nach Blut!

Dieses Mal löst es nichts in mir aus, ein anderer Geruch hat sich darunter gemischt, der mich irritiert. Ein bekannter Geruch. Ich folge dem Duft zur offenen Küche, und bevor ich sie erreicht habe, sehe ich das breite rote Rinnsal, das über die Schwelle und auf das Parkett läuft. Der Hauseigentümer wird es abschleifen lassen müssen, anders geht das Blut nicht mehr aus dem Holz.

Ich schaue vorsichtig um die Ecke.

Der Schlag eines Riesen scheint mich zu treffen, alles in meinem Unterleib zieht sich zusammen, und die Qual jagt durch mich hindurch; sogar mein Herz schmerzt. Die nackte Frau, die ausgeweidet auf meinem Küchentisch in der Mitte des Raumes liegt, ist Tanja.

Ich presse die Hand vor den Mund, schlucke mehrmals und muss mich an den Rahmen lehnen, weil meine Beine zittern. »Nein, Liebes«, flüstere ich und trete näher.

Wie es verschiedene und sehr individuelle Handschriften gibt, so erkennt man Chirurgen an kleinen Eigenheiten, die sie in ihr Handwerk einbauen. Mareks Messerführung ist unverkennbar.

Ich trete neben den Leichnam, der noch warm ist. Er hat sie mit Geschwindigkeit und Präzision gleichermaßen seziert, wie wir beide es Hunderte Male zuvor in unserem Leben getan haben.

Die Hautlappen an der Entnahmestelle hat er fein säuberlich vernäht, mit durchsichtigem Garn, so dass es nahezu unsichtbar ist. Die Innereien hat er fein säuberlich auf große und kleine Teller und Schüsseln verteilt, die Gedärme liegen in der Spüle; das Herz finde ich in einer Frischhaltebox.

Ich bringe es nicht über mich, ihr ins Antlitz zu schauen, weil ich fürchte, dass mir ihre toten Augen Vorwürfe machen werden. Behutsam nehme ich ihre Hand und drücke sie. Aus meinem Entsetzen wird Trauer und Schmerz. Ich gestehe mir ein, dass ich Tanja nicht nur vertraut habe – ich habe sie geliebt.

»Es tut mir leid, dass du das wegen mir erdulden musstest.« Ich weine mehr, als dass ich spreche. »Er wird tausend Qualen erleiden, bevor ich ihn töte.«

Auf Tanjas Bauch liegt ein Kuvert. Es ist lang, aus Büttenpapier und auf groteske Weise blütenweiß. Alles in der Küche ist voller Blut, nur dieser Umschlag nicht, als sei er aus dem Nichts materialisiert. Eine geschwungene Sütterlin-Schrift sagt mir: *Für meine Schwester.*

Ich reiße den Umschlag auf, eine Karte fällt mir in die Hand:

Dort, wo es begann.
Oder es wird nichts von dir bleiben.

Es ist Mareks Botschaft an mich, und ich habe sie verstanden. Er wird seinen Willen bekommen, ich folge ihm in den Osten. Aber wenn er gedacht hat, dass er mich durch das Bedrohen meiner Linie schrecken kann, ist er einem Irrtum erlegen.

Meine Sinne sind empfindlicher geworden, aufgeputscht durch das Blut. Ich vernehme die Schritte, die sich aus einiger Entfernung den Flur entlang auf meine Tür zubewegen. Den Geräuschen nach ist es ein Mann, ein einzelner Mann.

Wer auch immer es ist, sein Timing ist nicht unbedingt gelungen.

Ich konzentriere mich, ziehe mein Messer und pirsche zum Kücheneingang. Der Mann wird langsamer, hat den Eingang erreicht und zögert. Wieso ruft er nicht? Gehört er zur Polizei?

»Frau Sarkowitz?«, höre ich eine Stimme durch die Tür. »Alles in Ordnung?«

»Ich bin hier, Herr Friedhelm«, rufe ich erleichtert zurück. »Ich hatte nur die Hände voll und konnte die Tür noch nicht schließen. Wären Sie so nett?«

»Sicher, Frau Sarkowitz. Dann mal gute Nacht.« Es rumpelt, und Herr Friedhelm hat mir einen Gefallen getan. Was er wohl gesagt hätte, wenn er in die Küche gekommen wäre?

»Was mache ich mit dir?«, frage ich Tanja. Ich möchte sie nicht einfach so liegenlassen, sie hat etwas Besseres verdient.

Auch wenn es vollkommen abstrus und gefährlich ist – ich nehme ich mir die Zeit und setze sie wieder zusammen.

Alles kommt zurück an seinen Platz, soweit es mir möglich ist; danach nähe ich sie zu und wische mir den kalten Schweiß von der Stirn.

Behutsam trage ich sie ins Bad und lege sie in die Wanne. Das Blut muss runter von ihr, ich brause sie vorsichtig ab und wasche ihre Haare. Danach trockne ich sie ab, hebe sie an und lege sie in mein Bett. Die Spurensicherung wird nicht verstehen, was in der Wohnung geschehen ist oder in welcher Reihenfolge. Ich wäre sogar bereit, eine Million Euro darauf zu setzen, dass sie niemals hinter den wahren Ablauf kommen.

Erst jetzt wage ich es, Tanja ins Gesicht zu blicken.

Die Augenlider sind geschlossen. Ich bilde mir ein, dass sie entspannt aussieht. Hat sie mir verziehen, in was ich sie mit hineingezogen habe?

»Ich konnte nicht ahnen, dass es geschieht«, sage ich zu ihr und streichele ihr Gesicht, das durch das Wasser immer noch warm ist. Es sieht aus, als würde sie schlafen. Ich gebe ihr einen langen Kuss auf die Stirn und decke sie zu, dann verlasse ich das Schlafzimmer und mache mich daran, die wenigen Dinge einzupacken, die ich mitnehmen möchte.

Zuerst ziehe ich mich um, wähle einen Businessanzug in Dunkelgrau mit weißer Krawatte, darüber werfe ich den schwarzen Pelzmantel und ziehe schließlich die Stiefel an.

Beruhigenderweise hat Marek mein Buch nicht gefunden oder nicht beachtet. In meinen Lieblingskoffer stopfe ich etwas Wäsche, mein Buch ... das genügt. Mit Geld kann ich alles unterwegs kaufen, was ich benötige, und ich vermeide Ballast.

Kurz nach drei Uhr morgens verlasse ich mein Appartement, in dem ich viele schöne Stunden verbracht habe. Wenn ich den Kampf gegen Marek überlebe, werde ich dennoch nicht mehr zurückkehren können. Niemals mehr. Und aus diesem Grund muss ich zuerst etwas regeln.

Im Fahrstuhl nehme ich den PDA aus der Manteltasche und rufe meine Liste auf. Das Ritual und der Anblick der vertrauten Namen sollen mir Ruhe geben:

Sarah Ulmann, 73 Jahre
Emma Karkow, 25 Jahre
Elena Karkow, vier Jahre

Die Buchstaben scheinen sich in die Netzhaut zu brennen, aus der Beruhigung wird nichts. Ganz im Gegenteil. Ruckend kommt der Lift zum Stehen, die Türen öffnen sich, doch ich bewege mich nicht.

Ich sehe die alte Dame – und es ist wirklich eine Dame – vor meinem geistigen Auge. Frau Ulmann, die ihren Adelstitel abgelegt hat, weil sie ihn einfach albern fand, hat sich niemals etwas zuschulden kommen lassen. Sie ist stets perfekt, freundlich und freigebig gegenüber denen, die weniger Geld besitzen und vom Schicksal hart geschlagen werden.

Sie weiß nichts von ihrer Verwandtschaft zu mir, nichts von

dem, was in ihr lauert. Aber wenn ich im Kampf gegen Marek falle und sie stirbt, wird das Spiel unter Umständen von neuem beginnen.

Es ist nicht sicher, dass sie zu einer Aeterna wird, aber leider lässt sich das nicht im Vorfeld feststellen. Ich habe schon alles versucht, Bluttests, DNA-Auffälligkeiten, andere Parameter, die auf eine Anomalie hinweisen, doch es ergaben sich niemals Hinweise.

Ich kann entweder nur ihre Grabstelle beobachten und warten oder präventiv eingreifen. Wie bei Hendrik Lobitsch.

Die Fahrstuhltür schließt sich wieder mit einem schleifenden Geräusch.

»Es wäre unfair«, flüstere ich. »Doch es muss getan werden.« *Du kannst ihr Leben nicht auslöschen, nicht einfach nur so. Wegen eines Verdachts.*

Natürlich sehe ich nun Emma und Elena vor mir, und bei ihnen wird die Entscheidung noch viel schwieriger. *Ein Kind!*, schreit mein Gewissen. *Du weißt, wie es ist, Mutter zu sein. Wie könntest du das tun?*

Sie ist eine Gefahr, erwidert mein Wissen. Ich drücke auf den Knopf, der die Tür öffnet, und quietschend gleiten die beiden Hälften auseinander.

Ich sehe den leeren Flur, den Eingang. Mir ist nicht einmal bewusst, wer der Böse und wer der Gute im Kampf von Wissen und Gewissen ist.

Wenn sie unter den Bus gerät oder sonst irgendwie zu Tode kommt, kann sie mehr Schaden anrichten als ein Bombenanschlag in einem vollbesetzten Flugzeug, sagt mein Wissen und hält mir die Eindrücke vor Augen, die aus dem Tunnel stammen, in dem ich gewütet habe.

Ich schließe mich ihm an und versuche, mein Gewissen von der Notwendigkeit der anstehenden Taten zu überzeugen. »Sie müssen sterben, bevor ich Marek aufsuche. Es geht nicht anders.«

Und wenn sie nicht zur Aeterna wird?, hakt mein Gewissen unerbittlich nach. *Wenn alle drei davon verschont bleiben? Dann hast du sie umsonst ermordet, und wer weiß, was Elena noch alles im Leben hätte erreichen können? Große Wissenschaftler sind in deiner Linie keine Seltenheit, das weißt du. Wenn sie nun ein Mittel gegen Krebs erfinden würde? Oder die beste Kanzlerin abgäbe, die Deutschland je hatte?*

Ich hasse mein Gewissen. Die Tür rollt wieder zu, und ich weiß noch immer nicht, was ich tun oder lassen soll. »Ich habe es geschworen«, flüstere ich und starre auf die Armaturen des Bedienfelds.

Nur dir selbst, meint mein Gewissen etwas abschätzig. Ich schließe die Augen und sehe wieder den Tunnel vor mir, in dem ich mehr als dreißig Unschuldige abgeschlachtet habe. Einfach so, weil ich ihr Blut wollte und weil ich mich für eine Göttin hielt. Das Schlucken fällt mir schwer, die Bilder hören nicht mehr auf und zeigen mir, was aus einer Aeterna werden kann.

Mein Wissen gaukelt mir jetzt zusätzlich noch die Schreie und die Gerüche vor, keuchend stütze ich mich an der Wand der Kabine ab und bilde mir ein, dass sie feucht ist. Feucht, voller Blut, wie die Wand in dem Durchgang zur Umkleide …

»Nein«, stöhne ich und reiße die Lider auf. Die Aufzugtür öffnet sich, und ich trete hinaus. »Das darf nicht geschehen.« Mein Entschluss ist gefasst, für den ich die Verantwortung ebenso tragen werde wie für das Massaker.

Ich schnalle den Koffer auf der Hayabusa fest, so gut es die Maschine zulässt, und schwinge mich auf den Sitz. Der PDA zeigt mir, dass Ulmann und die kleine Familie Karkow in ihren Wohnungen liegen und schlafen. Bessere Gelegenheiten wird es nicht mehr geben.

In mir sträubt sich alles gegen die drei Morde, aber es geht nicht anders. Die Menschheit darf ihnen nicht überlassen werden.

Ich fege durch Leipzigs beinahe menschenleere Straßen und ziehe die Maschine hoch wie schon lange nicht mehr. Der Drehzahlmesser zeigt mir die höchsten erlaubten Werte, die Stadt fliegt an mir vorüber, die Laternen werden zu langgezogenen, hellen Strichen; es erinnert mich an die Aufnahmen aus der Serie *Raumschiff Enterprise*, wenn ein Warp-Sprung simuliert wird.

Mit höchster Konzentration rase ich durch die Straßenschluchten, meine Gedanken sind nur beim Fahren und lassen mein Gewissen gar nicht mehr zu Wort kommen.

Mein alter Hass auf Marek ist brennender als jemals in den Dekaden zuvor. Und ich wünsche ihm über alle Maßen den Untergang dafür, dass er mich zu diesen Taten zwingt.

Mit wem fange ich an, bevor ich nach Belgrad reise? Dorthin, wo alles begann ...

19. September 1677
Osmanisches Tributland

Als Scylla erwachte, spürte sie eine Benommenheit, die über die übliche Schlaftrunkenheit hinausging.

Es gelang ihr nur mit immenser Anstrengung, die Lider zu heben. Die nächste Überraschung war, dass sie nicht an die Holzdielen ihres Mühlenzimmers blickte, in dem sie eingeschlafen war – sondern an die steinerne Decke eines Laboratoriums!

Gleich darauf setzte der Schmerz ein und brachte sie zum Keuchen. Ihr Unterleib schien zu brennen. Ächzend stützte sie sich auf die Ellenbogen und sah an sich hinab.

Sie lag auf einem Seziertisch. Bis zu ihrem Bauchnabel trug

sie ihr Nachthemd, der Unterleib war entblößt und die Beine waren auf eine Halterung geschnallt worden, die sie in einer angewinkelten Position hielt.

Scylla ließ sich zurücksinken, die Anspannung der Bauchmuskeln verwandelte die Schmerzen in ihrem Unterleib in grelle Pein.

»Nein«, stöhnte sie, Verzweiflung und Verwirrung fielen über sie her. Ihr Verstand war noch dumpf, wie in Wolken gepackt und betäubt. Stetes Tropfen, das von links an ihr Ohr drang, brachte sie dazu, müde den Kopf zu drehen. Auf dem Seziertisch neben ihr lag –

– Giure!

Er war gänzlich entkleidet und gewaschen worden, ablaufendes Wasser rann aus dem Ausguss in einen bereitgestellten Eimer. Der Seziertisch rund um den Leichnam war sauber, es gab keinen Tropfen Blut. Nass und glatt lag das dunkelbraune Brusthaar auf der beinahe weißen Haut. Die Augen waren geöffnet, tot und seelenlos schauten sie ins Nichts.

In der Mitte, zwischen Kinn und Schlüsselbein, fehlte der Hals zu mehr als der Hälfte! Die blutige Wunde erinnerte an den Biss eines Raubtiers, das Fleisch war von scharfen Zähnen weggerissen worden. Sie dachte sofort an den Bären, von dem er ihr erzählt hatte. »Nein«, ächzte Scylla und schüttelte die Benommenheit ab, so gut es ging. Sie richtete sich langsam auf, löste die Riemen, mit denen ihre Beine fixiert worden waren. Die Schmerzen in ihrem Unterleib verdreifachten sich durch die Bewegungen und wurden noch schlimmer, als sie die Füße auf den Boden stellte und sich abstieß, um zu ihrem Freund zu laufen.

Auch wenn der Abstand nicht mehr als vier Schritte betrug, es schien für Scylla die größte Distanz, die sie jemals hatte bewältigen müssen.

Keuchend vor Anstrengung, stützte sie sich an der Kante ab,

das Laboratorium drehte sich um sie, während der Tote merkwürdig still blieb und als Achse zu dienen schien. Warme Flüssigkeit lief an ihren Oberschenkeln hinab. Scylla verzichtete darauf, danach zu sehen. Sie wusste, dass es Blut war.

In dieser Situation höchster Qualen und Verzweiflung flüchtete sich ihr Verstand in die Sicherheit des Wissens und ließ sie den Leichnam des Hirten leidenschaftslos betrachten, als handele es sich um eines der unzähligen Präparate.

Die Wundränder waren glatt, aber nicht so glatt, als ob eine Klinge zum Einsatz gekommen wäre. Tatsächlich sah es so aus, als wäre seine Kehle von einem mächtigen Raubtierkiefer gepackt und durchgebissen worden. Die weiße Haut rührte von dem Blutverlust her; Giure musste vollständig ausgeblutet sein.

Während ein Teil von ihr in Trauer versank, ging ein anderer Teil daran, nach weiteren Spuren zu suchen, die ihr Aufschluss über die Art des Angreifers gaben.

Upire verursachten solche Wunden nicht, es kam nur ein gewaltiges, wütendes Raubtier in Frage. Sie glaubte an das Werk des Bären, auch wenn es ungewöhnlich war, dass ein solches Tier einen Menschen anfiel und es bei einer einzelnen großen Wunde beließ. Auch gab es keine Anzeichen von Krallenschnitten oder Prankenhieben, als habe Giure dem Bären einfach die Kehle dargeboten, und dieser hätte zugeschnappt.

Ihr geschwächter Körper verlangte Tribut. Die Beine gaben nach, und Scylla drohte zu stürzen.

Plötzlich stand Karol neben ihr, Hände, Unterarme und die lederne Schürze waren blutverschmiert. »Du bist zu früh aufgestanden«, sagte er und fing sie auf. Er half ihr, sich auf den Seziertisch neben die Füße der Leiche zu setzen.

Sie atmete tief ein und fachte damit das Feuer in ihrem Unterleib neu an; sofort rang sie flacher nach Luft. »Was ist geschehen?«

»Du hast im Schlaf eine Fehlgeburt erlitten, Tochter.« Karols Gesicht blieb ernst. »Ich musste den Fötus entfernen, sonst wäre es dein Tod gewesen.«

»Entfernen?« Der Gedanke, den sie bisher stets verdrängt hatte, kam mit grausamer Konsequenz zurück. Ihre verleugnete Schwangerschaft hatte sie auf übelste Art eingeholt; und doch spürte sie nichts, keine Trauer und keine Verzweiflung. Das Wissenschaftliche in ihr behielt noch die schützende Oberhand. Scyllas Blick wanderte zu Giure. »Und er? Was ist ...«

»Ich weiß es nicht, und es ist mir auch gleichgültig, was mit diesem Hurensohn geschehen ist!«, zischte Karol. »Ich wollte ihn aufsuchen und ihm sagen, was ich davon halte, dass er durch die Gegend läuft und seinen Samen verteilt, wie es ihm gerade in den Sinn kommt, da fand ich ihn mitten zwischen gerissenen Ziegen.« Karols Gesicht zeigte seine Abscheu.

Die Gefühle überwältigten sie mehr und mehr. »Mein Gott«, flüsterte sie tränenerstickt.

»Ich schwöre dir, Tochter, dass ich ihn umgebracht hätte, wenn der Bär mir nicht zuvorgekommen wäre«, sagte er kühl und tonlos.

Scylla gelang es nicht, den Kloß im Hals herunterzuschlucken. »Aber er liebte mich und wollte mich zu seiner Frau ... Wir wollten zusammen Gelehrte werden ...«

Karol lachte auf. »Er hat dich ausgenutzt und dich beschmutzt, Scylla! Entweiht!« Er packte sie bei den Schultern, der Griff war schmerzhaft. »Ich kenne diesen Schlag von Mann. Dumme, brünstige Bauerntölpel, die sich nach Juwelen wie dir sehnen. Sie wollen Frauen nehmen, danach ist ihnen egal, was aus ihnen wird. Ich bin froh, dass er tot ist, Tochter, und du solltest es auch sein. Er hat nichts getaugt, ebenso wenig wie sein Vater und der Rest der Familie. Oder denkst du, er wäre sonst ein lumpiger Ziegenhirte geworden?«

»Er besaß einen hellen Verstand. Ich habe ihn unterrichtet, Vater, und …« Die Stimme versagte ihr.

Er ließ sie los, die Finger hatten rote Abdrücke auf dem weißen Nachthemd hinterlassen. »Es wäre Verschwendung gewesen«, sagte er düster. »Dein Vertrauensbruch trifft mich sehr, Tochter. Wie erkläre ich in der Cognatio, dass du keine Jungfrau mehr bist?« Karol fuhr sich durch das Gesicht, verschmierte unabsichtlich Blut über seine Züge.

Scylla sah, wie sehr sie ihren Vater verletzt hatte, und die eigene Pein geriet in den Hintergrund. Sie fühlte sich schuldig an allem.

»Es war unverantwortlich, dich allein gehen zu lassen.« Karol schritt zur Waschschüssel und rieb sich mit raschen, fahrigen Bewegungen das Blut von den Händen, dann von Bart und Gesicht. »Ich hätte damit rechnen müssen, dass die Begierde und die Unerfahrenheit der Jugend gefährlicher sind als alles andere.« Er betrachtete sie und machte aus seiner Enttäuschung keinen Hehl. Er trocknete sich die Hände ab und dachte nach. »Ich werde sehen, wie ich dich durch die zweite Anhörung schleuse. Metunova wird uns vielleicht helfen.« Karol wandte sich verächtlich zu Giures Leiche. »Es darf nicht sein, dass dieser Bastard alles zerstört, für was ich in den letzten Jahren gearbeitet habe.« Er drehte den Kopf und sah zu ihr hinüber. »Und für das du dich aufgeopfert hast, Tochter.« Er band sich im Hinausgehen die Lederschürze ab und warf sie aufgebracht auf den Boden, dann war er verschwunden.

Scyllas Knie knickten erneut ein, schluchzend warf sie sich auf den Tisch über den Leichnam ihres Liebhabers und weinte. Der wissenschaftlich denkende Teil ihres Verstandes war endgültig an seine Grenzen gelangt.

Sie gab sich ihrer Verzweiflung hin. Die Tränen rannen unaufhörlich über ihr Gesicht, flossen über Giures nackte Beine und mischten sich mit dem Leichenwasser. Liebster und Kind waren am gleichen Tag von ihr gegangen, und damit verflüchtigte sich die Vorstellung einer gemeinsamen Zukunft mit ihm und einer Familie. Es schien, als sei es ihr vom Schicksal nicht zugedacht, eine echte Familie zu haben. Sie verkrampfte sich, spürte die Schmerzen in ihrem Unterbauch und krümmte sich, ohne mit dem Weinen aufhören zu können.

Es dauerte lange, ehe die Tränen versiegten und Scylla sich aufsetzte.

Sie wusch sich das bereits angetrocknete Blut von den Beinen, zog das verschmierte Nachthemd aus und kehrte in ihr Schlafzimmer zurück, wo sie sich wieder hinlegen musste, um einer Ohnmacht vorzubeugen.

Aus dem geplanten kurzen Dösen wurde ein tiefer Schlaf voller Albträume, in denen sie von einem Bären und einem Upir gleichzeitig verfolgt wurde, sie sah eine brennende Mühle vor sich und dann die schattenhafte Gestalt eines Mannes, der aus dem Feuer trat und nach ihr griff ...

Viel, viel später erwachte Scylla, erhob sich zitternd von ihrem Lager, um vor den Bildern zu flüchten. Sie kleidete sich an und kehrte mit behutsamen Schritten ins Laboratorium zurück, um mit ihrem Vater über Giures Leichnam zu sprechen. Es war ihr Wille, dass sie den Leichnam an die Familie übergaben und er eine würdige Bestattung erhielt, auch wenn Karol dem Hirten alle unvorstellbaren Höllenqualen wünschte.

Scylla verstand seinen Zorn, doch er hatte vergessen, dass zu einem Kind immer zwei notwendig waren. Sie traf ebenso Schuld an der Schwangerschaft, auch wenn sie es sich nicht erklären konnte: Giure hatte stets achtgegeben, dass er seinen Samen nicht in sie ergoss.

Auf der Suche nach Karol streifte sie durch das beleuchtete Präparatenarchiv. »Vater, bist du hier?« Sie passierte Reihe um

Reihe, und kurz vor Erreichen des Ausgangs entdeckte sie – ein neues Glas.

Scylla runzelte die Stirn und nahm eines der Lämpchen vom Haken, um den Inhalt besser betrachten zu können.

Im Spiritus schwamm ein perfekt erhaltener, fingerlanger Fötus. Es gab keinerlei Anzeichen für eine Missbildung oder eine Anomalie, und in einem Glas dahinter schwamm eine Plazenta.

Scylla erbleichte. Mit einem Schlag wurde sie sich bewusst, was sie da betrachtete, und machte zwei Schritte zurück; sie kollidierte mit dem Regal hinter sich, es klirrte warnend. Geistesgegenwärtig wandte sie sich um, hielt das kippelnde Glas fest – und sah in Giures Augen! Der haarlose Kopf trieb in der Lösung, die Schädeldecke war entfernt worden und gab den Blick auf das Gehirn frei.

Scylla warf sich auf den Absätzen herum und flüchtete aus dem Raum, als seien die Geister aus ihren Albträumen hinter ihr her. Nach langer, langer Zeit empfand sie zum ersten Mal wieder Grauen beim Anblick von Präparaten, eisige Schauer liefen über sie.

Aufflammende Schmerzen im Unterleib zwangen sie zum Stehenbleiben. Sie schleppte sich nach einer kurzen Rast in eine der Forschungskammern und setzte sich auf einen Stuhl. Langsam atmete sie ein und aus, zwang den analytischen Teil in sich zum Nachdenken über ihre Lage.

Die Frage nach Giures Schicksal stellte sich nicht mehr. Ihr Vater hatte dem jungen Hirten ein flüssiges Grab beschert: die Rache für sein Vergehen, wie bei dem Janitscharen. Derart zerlegt und nach Spiritus stinkend war es unmöglich, ihn seiner Familie zurückzugeben.

Scylla legte eine Hand auf den Unterleib. Sie hatte nicht einmal etwas von ihrer Schwangerschaft gewusst, geschweige denn Anzeichen einer Abstoßung oder einer drohenden Fehlgeburt bemerkt. Hatte der Schlaftrunk ihres Vaters zum Abort geführt? Er musste sehr stark gewesen sein, denn sie erinnerte sich weder, wie sie in das Laboratorium gelangt war, noch an den Eingriff. Sie entschied, sich Plazenta und Kind genauer anzuschauen, um der Sache auf den Grund zu gehen.

Scylla erhob sich, kehrte in den Raum mit den Präparaten zurück und holte die Gefäße mit ihrem ungeborenen Kind sowie der Nachgeburt.

Als sie auf der Suche nach einem scharfen, sehr dünnen Messer in ein Laboratorium ging, in dem ihr Vater üblicherweise allein arbeitete, entdeckte sie auf dem Tisch zwei kleine Behältnisse mit roter Flüssigkeit, die mit Zetteln versehen waren, auf denen in hastiger Schrift *Lebensblut* und *Kindsblut* zu lesen stand; daneben lagen die winzige, ausgewrungene Nabelschnur, die sich bereits verfärbte, und Blätterberge voller Notizen und Briefe. Ohne es zu wollen, warf sie einen Blick darauf.

Was sie an einer Stelle las, ließ einen schrecklichen Verdacht aufkeimen. Einen Verdacht gegen Karol.

16. November 1677
Osmanisches Tributland

Scylla trug das Kleid, das die Baronin ihr geschenkt hatte, saß in der Küche und trank einen schmerzlindernden Kräutertee, der aus Filipendula und Silberweidenrinde bestand. Er half gegen Fieber und Unwohlsein jeglicher Art, und mit seiner Hilfe war das Brennen in ihrem Unterleib zu einem schwachen Ziehen abgeklungen. Wenn das Wetter – so wie an diesem Tag – umschwang, spürte sie es noch; ansonsten nicht mehr.

Sie vernahm, wie eine Kutsche nach der anderen vor der Scheune vorfuhr. Die Cognatio musste bald komplett versammelt sein.

Sie wusste nicht, was in wenigen Augenblicken geschehen würde. Was ihr Vater sagen würde. Wie die Barone und Baroninnen reagieren und ob es ihr gelingen würde, sie über ihren Zustand hinwegzutäuschen.

Wollte sie überhaupt noch zur Cognatio gehören und in der Mühle bleiben? Nachdenklich schaute sie in die Kräuterbrühe. Die Zweifel an ihrem Vater machten ihr derzeit am meisten zu schaffen. Sie hatte so viel Vertrauen zu ihm, blickte zu ihm auf und sah ihn – trotz aller Reibereien – als Vorbild, gerade was die Forschung anbelangte.

Jetzt bestand der Verdacht, dass *er* ihr das Kind entrissen hatte. Noch dazu lag der von ihr geliebte junge Mann zerstückelt und auf viele Gläser verteilt im Keller. Ihre Trauer darüber war noch lange nicht abgelegt und verlangte nach Vergeltung.

Scylla hatte beschlossen, im Frühjahr unzählige Giftköder zu fertigen und im Wald auszulegen, mit dem sie den Bären zur Strecke bringen wollte, und es kümmerte sie nicht, wie viele unschuldige Tiere dabei sterben würden. Sie wollte das Raubtier, das ihr den Mann geraubt hatte, tot sehen.

Der Durchgang zur Scheune öffnete sich, und Karol sah zu ihr. »Sie sind alle angekommen, Tochter«, sagte er und winkte sie zu sich. »Es geht los.« Er streckte die Hand aus.

Sie trank von ihrem Tee und sah zum Kruzifix, das an der Wand hing. *Herr, was soll ich denn tun?*, dachte sie hilflos. *Kann mein Vater wirklich mein Kind ermordet haben? Würde er in seiner Wut auf mich und Giure so weit gehen?* Scylla ging zu ihm, ergriff die Hand jedoch nicht. Sie lächelte schwach, erwiderte aber nichts, was er mit etwas Befremden zur Kenntnis nahm. Sollte er ihr Schweigen auf die Schmerzen schieben.

»Du musst dich zusammenreißen«, drängte Karol. »Wenn sie erfahren, dass du berührt worden bist, ist alles verloren. Lydia wird uns helfen, und der Allmächtige wird Verständnis haben, wenn wir es mit der Wahrheit nicht allzu genau nehmen. Er wird auf eine Wissenschaftlerin wie dich nicht verzichten wollen.« Karol wollte ihr einen Kuss auf die Stirn geben, aber sie wich den Lippen aus. »Was hast du?«, fragte er sie mit großen Augen.

»Lass uns nach der Cognatio reden«, bat sie. Bei aller Liebe und Dankbarkeit, die sie ihm gegenüber empfand – sie wollte ihm vor einer Aussprache kein Vertrauen und keine echte Zuneigung mehr schenken.

»Wie du möchtest.« Er wandte sich um und betrat die Scheune, in deren oberstem Stockwerk die Versammlung wartete.

Das Prozedere blieb unverändert. Baroninnen und Barone saßen wieder an ihren Plätzen, hinter ihren Stühlen verharrten die Elevinnen und Eleven. Es roch nach Puder und Parfüm, die den Geruch der brennenden Lampen übertünchten. Scylla lächelte Eleonora zu, die kaum merklich nickte und ihr ein breites Lächeln als Gruß sandte. Auch der Eleve, den Scylla zunächst für einen Upir gehalten hatte, war wieder anwesend. Er betrachtete sie interessiert.

Karol ging nach einer Verbeugung vor dem Ischariot an seinen Platz.

Scylla trat vor den Leiter der Cognatio und ehrte ihn mit einem tiefen Knicks. Auf dem Weg nach oben, mit jeder Stufe, die sie genommen hatte, war ihr Wille stärker und stärker geworden, sich nicht ein weiteres Mal nackt auszuziehen. Sie freute sich, das Metunova ihre Unterstützung angeboten hatte, doch sie wurde nicht benötigt.

Wieder wurden ihr neunzig Fragen bestellt, die sie leidenschaftslos, aber ebenso umfassend wie korrekt beantwortete. Als sie bei einer Nachfrage einem Baron nachwies, dass er von falschen Voraussetzungen ausging, erntete sie verhaltenes Lachen.

Schließlich war dieser Teil der Prüfung vorüber. Der Ischariot wanderte um sie herum, betrachtete sie von allen Seiten und stellte sich vor seinen Stuhl. »Ich denke, dass eine neuerliche Examinatio nicht notwendig ist«, verkündete er. »Es ist nichts zu erkennen, was auf eine gravierende Veränderung schließen lässt.« Er tippte mit dem Zeigefinger auf die Abschriften der Ergebnisse, die Scylla bei ihren neuesten Experimenten gewonnen hatte. »Das ist entscheidend. Ich gehe davon aus, dass alle die Dokumente ...«

Carzic erhob sich. »Verzeiht, Ischariot, aber ich denke doch, dass wir uns an die Formalitäten halten sollten«, rief er.

Der Ischariot hob beide Augenbrauen, betrachtete Scylla und schaute wieder zu dem Mann, der die Stimme erhoben hatte. »Wenn *ich* sie aber nicht für notwendig erachte?«

»Sollte das nicht die Cognatio entscheiden?« Carzic musterte Scylla. »Ich jedenfalls bestehe darauf.«

Baronin Lydia Metunova öffnete ihren Fächer und wedelte sich Luft zu. Dann lachte sie schallend. »Baron, kann es sein, dass Ihr, ein geschätzter Wissenschaftler, heute doch ausnahmsweise eher Euren Trieben folgt und das junge Ding entblößt sehen wollt?« Sie klappte den Fächer zusammen und nutzte ihn als Zeigestock. »Wenn Ihr mich fragt, ist sie so unberührt wie bei ihrer letzten Examinatio.« Sie lächelte süffisant. »Natürlich habe ich Verständnis dafür, dass Euch die Brüste einer solch schönen jungen Frau interessieren, doch solltet Ihr diesem Wunsch besser bei Euch zu Hause nachgeben.« Sie erntete zahlreiche Lacher aus der Cognatio.

Carzic verzog den Mund. Zwar erwiderte er etwas, aber seine Worte gingen in der allgemeinen Heiterkeit unter.

Doch nun erhob sich Baron Rubin, ein stattlicher Mann von weit über fünfzig Jahren und vom Perückenscheitel bis zur Sohle ausstaffiert wie ein König. »Ich stimme Baron Carzic zu. Es soll eine neuerliche Examinatio stattfinden.«

»Das möchte ich nicht«, sagte Scylla laut und blickte voller Trotz auf den Baron, der als Letzter gesprochen hatte. »Stimmt über mich ab, kommt zu einem Urteil, lehnt mich meinetwegen ab, wenn Ihr es für richtig haltet. Doch ich werde kein zweites Mal meine Haut zur Schau stellen. Ich bin kein Leichnam oder Präparat, das Euch, wann immer Ihr es wünscht, zur Verfügung steht!«

Karols Hände krampften sich um die Stuhllehnen, er biss die Zähne so fest zusammen, dass man das Knirschen hören konnte.

Es war totenstill. Die Gesichter der Versammelten wandten sich ihr zu.

»Welch ein Frevel!«, flüsterte Baronin Schinskaya; dann schlug sie mit der Faust auf die Tischplatte, und es krachte sehr, sehr laut. Die Frau besaß enorme Kraft. »Das ist unerhört!«, schrie sie erbost und deutete auf Scylla. »Sie verhält sich ungebührlicher als vor einem Jahr.« Der Kopf mit der hohen, ausladenden Perücke schnellte herum, und sie starrte Karol an. »Kann es sein, dass Ihr die Erziehung gänzlich vernachlässigt habt?«

»Eine Ungeheuerlichkeit«, pflichtete Carzic ihr bei. »Damit hat sie ihre Zukunft verwirkt.« Seine rechte Hand wanderte auf den Rücken, und er zog ein Messer mit einer handlangen Klinge, das er in den Tisch rammte.

Die empörte Schinskaya zog ihre Klinge aus der Falte des Rocks, Rubin aus dem rechten Ärmel, und gleich danach steckten sechs Messer im Holz.

Scylla ahnte beim Anblick der blitzenden Schneiden, dass es sich um eine neuerliche Abstimmung handelte. Es ging um mehr als ihre Aufnahme als Karols Elevin, und das hatte ihr Vater ihr verschwiegen. Vielleicht weil er zu sicher gewesen war, dass diese Prüfung reibungslos verlief.

Karol konnte sich nicht bewegen. Gelähmt starrte er auf die gezogenen Waffen, die ein tödliches Votum bedeuteten.

Es war Metunova, die ihren Dolch sehr elegant und andächtig zückte und ihn behutsam vor sich auf den Tisch legte. »Ich bin«, äußerte sie mit fester Stimme, »dagegen.«

Sie hatte den Bann gebrochen. Erst jetzt sah sich Karol in der Lage, sein Messer zu ziehen und es ebenfalls vor sich zu positionieren. »Ich bin dagegen«, sprach er heiser und sah zu seiner Tochter, doch Scylla ignorierte ihn.

Vier weitere Klingen wurden auf die dunkle Holzoberfläche gelegt, es stand einmal mehr unentschieden zwischen den Baroninnen und Baronen.

Der Ischariot richtete sich auf, räusperte sich und schaute zu Carzic, bevor er behutsam den Mantel zur Seite schob und die Hand an den Griff der Waffe legte. Schweigend zog er sie, hielt sie mit der Spitze nach unten und setzte das Metall ohne Druck auf den Tisch; sein Kopf drehte sich zu Scylla.

»Es wäre mir ein Leichtes, die Waffe ins Holz zu bohren und dich damit zum Tode zu verurteilen, Scylla«, sprach er finster. Schatten huschten über sein Gesicht, und plötzlich wirkte er unglaublich beängstigend. »Es wäre die Strafe für deine Uneinsichtigkeit, das Revoltieren gegen unsere Tradition, die seit Jahrhunderten besteht und immer noch sein wird, wenn es dich nicht mehr gibt.« Die Finger öffneten sich, die Waffe fiel polternd auf den Tisch und hinterließ einen Kratzer im Holz. Mehr nicht. »Doch dein Verstand ist zu wach, deine Erkenntnisse sind zu beachtlich. Die Cognatio kann es sich nicht erlauben, dich zu töten ...«

Scylla sah, dass Karol Gott stumm dankte, und schaute auf die schimmernde, schwankende Klinge des Dolches, die das Licht zurückwarf und sie gelegentlich blendete.

»... *wenn* sich jemand aus der Cognatio bereit erklärt, dich als Elevin aufzunehmen.« Der Ischariot ließ den Blick durch die Versammlung kreisen. »Denn offensichtlich ist dein Vater nicht fähig, dich zu formen, wie es sich gebührt.« Die Finger legten sich an das Heft des Messers. »Das ist die Voraussetzung.«

Karol schloss kurz die Augen. Die Nachfolgeschaften waren alle geregelt, keiner der Barone und keine der Baroninnen besaß einen freien Platz. Nach den Statuten der Cognatio war es verboten, mehr als einen Eleven zu haben. Die Wahl, vor die der Ischariot sie stellte, war in Wirklichkeit keine.

Baron Ulajev, der für Scylla gestimmt hatte, erhob sich. »Ischariot, seid Ihr Euch darüber bewusst, was Ihr verlangt?«, sagte er beschwörend.

»Ich werde meinen Eleven sicherlich nicht wegen dieser da verstoßen«, rief Carzic höhnisch. »Mag sein, dass sie einen brillanten Geist hat, aber sie ist eine unstete Person. So etwas möchte ich nicht in der Cognatio wissen. Und schon gar nicht soll sie mich einmal beerben.«

Baronin von Harenberg, die sich ebenfalls auf Scyllas Seite geschlagen hatte, schüttelte den Kopf. »In meinem ganzen Leben habe ich noch keine angehende Elevin gesehen, die der Cognatio derart herausragende Ergebnisse geliefert hat. Und dennoch kann ich nicht so weit gehen und meinen eigenen Nachfolger verstoßen.«

»Warum denn nicht, Baronin? Wenn Ihr doch so von ihr überzeugt seid, dass Ihr sie am Leben lassen wollt?«, meinte Rubin ätzend. »Bringt doch dieses Opfer!«

»Ich bitte Euch!« Karol erhob sich. »Seht Ihr denn nicht, wie sehr sie unserem Ziel dienlich sein kann? Sie ist fähiger als jeder andere Eleve und jede Elevin in diesem Raum! Und sie ...«

»Schweigt still, Baron Illicz!«, herrschte Carzic ihn an. »Ihr habt kein Recht, die Stimme zu erheben.«

Karol setzte zu einer Entgegnung an, aber auf einen Wink von Ischariot nahm er wieder Platz. Da erhob sich Metunova, ergriff ihren Dolch –

– und drehte sich blitzschnell zu Eleonora um. Sie hielt die außergewöhnlich dünne Klinge vorbildlich mit der flachen Seite nach oben; im nächsten Moment versank der Stahl im Leib der jungen Frau und zerschnitt ihr Herz. Sie hatte nicht einmal Gelegenheit, etwas zu sagen, dafür ereilte sie der Tod zu rasch.

»Nein«, stöhnte Scylla leise auf, als sie ihre Freundin fallen sah.

Die Baronin fing den leblosen Körper ohne Mühe auf und legte ihn auf den Tisch. »Komm an meine Seite, Scylla«, befahl sie mit eiskalter Stimme. »Falte ihr die Hände, sieh ihr in die Augen und versprich, dass du ihren Tod wert sein wirst.«

Scylla sah zu ihrem Vater. Karol verfolgte mit weit aufgerissenen Augen das Geschehen und schluckte. Er hatte zweifellos bereits mit dem Tod seiner Tochter gerechnet, und die ungewöhnliche Rettung überraschte ihn ebenso wie den Rest der Cognatio.

Scylla blinzelte und starrte auf Eleonora. Mit hölzernem Schritt trat sie neben sie, nahm ihre Arme und faltete ihre Hände in Höhe des Nabels, wie es ihr befohlen worden war. Die Augen der Freundin würde sie ihr restliches Leben nicht mehr vergessen: Sie waren hellblau und wunderschön. »Ich verspreche es«, wisperte sie und schloss ihr die Lider.

Die Baronin fasste den Dolchgriff und zog die Klinge aus der Leiche. Der Schnitt, den die Waffe hinterlassen hatte, war so dünn, dass er sich von selbst wieder schloss und kein Blut austrat. Wäre der Stahl nicht rot gefärbt gewesen, hätte man annehmen können, der Stich sei fehlgegangen. »Ich nehme dich hiermit zu meiner Elevin«, sagte sie gefühllos und bedeutete ihr, hinter ihren Stuhl zu treten.

Scylla tat es nur, um das Opfer ihrer Freundin anzuerkennen, obwohl sie gerade jetzt noch weniger Lust verspürte, ein Teil dieser geheimen Gesellschaft zu werden. Sie bemerkte, dass viele der Eleven sie voller Hass anblickten.

Der Ischariot hatte die Hand nicht von seinem Dolch genommen, bis die Übergabe abgeschlossen war. »Die Nacht nahm einen anderen Verlauf, als die meisten von uns erwarteten. Lasst uns für die Seele von Eleonora beten«, sagte er getragen, und minutenlange Stille kehrte in den Raum ein.

Schließlich räusperte er sich und sah zu Scylla. »Ich rate dir, dich zu zügeln und der Baronin eine bessere Elevin zu sein als deinem Vater.« Er blickte in die Runde. »Damit ist dieses unerfreuliche Kapitel der Cognatio abgeschlossen«, verkündete er. »Baronin Metunova übernimmt von nun an die weitere Ausbildung. In einem Jahr erfolgt eine letzte Examinatio, danach entscheidet sich das Schicksal der jungen Scylla endgültig.« Er nahm seine Waffe und verstaute sie in der Gürtelscheide, die anderen packten die Messer und Dolche ebenfalls ein. »Die Zusammenkunft der Cognatio ist beendet.« Der Ischariot schritt zur Treppe und verschwand nach unten; gleich darauf erklang ein Peitschenknall, und seine Kutsche fuhr in die Nacht davon. Einer nach dem anderen verließ Raum und Gebäude.

Nach kurzer Zeit waren Scylla, Karol und die Baronin allein in dem Gebäude.

»Du wirst mir gehorchen, und wenn es notwendig sein sollte, werde ich deinen Willen brechen, Scylla. Ich bin weniger rücksichtsvoll als dein Vater«, sagte Lydia und schaute ihr so lange in die Augen, bis Scylla den Blick senkte. Das erste Duell hatte die Baronin gewonnen. »Und Ihr, Karol, schuldet mir mehr als Euren Dank.«

Er nickte und verbeugte sich. »Es wird eine Gelegenheit geben, bei der ich mich revanchieren kann«, versprach er dankbar und sah zu seiner Tochter. »Du hast alles Glück dieser Welt, Tochter. Danke Gott dem Herrn, dass er dich so sehr liebt.«

Metunova sah auf ihre tote Elevin. »Karol, ich überlasse sie Euch. Scylla wird sie präparieren, damit sie genau weiß, wem sie ihr Leben verdankt. Solltet Ihr Kenntnisse aus ihrem Leib erlangen, werdet Ihr sie mit mir teilen, habt Ihr verstanden?« Ohne eine Antwort abzuwarten, ging sie auf die Treppe zu. »Sendet mir Eure Tochter in einer Woche mit ihren sämtlichen Unterlagen. Ich möchte alle Einzelheiten zu ihren

Experimenten erfahren. Und wagt es nicht, mir Dinge vorzuenthalten. Ich finde es heraus.«

»Sicher, Baronin«, beeilte er sich zu sagen. Karol wusste, dass er bis ans Ende seiner Existenz in ihrer Schuld stand.

»Eine Sache noch.« Metunova blieb vor der Schwelle stehen und drehte den Kopf. »Was ist mit deinem Kind geschehen, Scylla?«

Ihr wurde gleichzeitig heiß und kalt. *Woher …*

»Es ist tot. Wir haben es begraben«, log Karol schnell. »Es war eine Fehlgeburt.«

Metunova sah ihm skeptisch in die Augen, dann klappte sie den Fächer auf. »Soso. Begraben.« Sie stieg die Stufen hinab. »In einer Woche. Mit allen Unterlagen«, hörten sie die Baronin rufen, kurz darauf rollte ihre Kutsche am Tor vorbei.

»Du hast es nicht begraben, Vater«, brach Scylla das Schweigen, das sich für einige Minuten lähmend über sie und Karol gelegt hatte. »Ebenso wenig wie Giure. Du hast sie zu Präparaten gemacht.« Sie ging einen Schritt auf ihn zu. »Ich erlitt keine Fehlgeburt. Du hast mir etwas gegeben, um mich schlafen zu lassen, und hast es mir aus dem Leib gerissen, habe ich recht?«

»Nein«, erwiderte Karol scharf. »Das würde ich dir nicht antun.« Er sah auf die Tote. »Hilf mir, sie in das …«

»Ich vertraue dir nicht mehr! Wegen deiner Geheimnisse wäre ich beinahe von der Cognatio getötet worden – wieso hast du mir nicht gesagt, was eine Ablehnung nach sich zieht?«

»Ich durfte nicht. Aber es war dir doch klar, dass es eine eminent wichtige …«

»Ich möchte Antworten.« Scylla packte ihn am rechten Ellenbogen. »Was machtest du mit der Nabelschnur? Wieso bewahrst du das Blut meines Kindes auf?« Sie sah den Schrecken in seinen Augen und war sich sicher, dass sie ihn bei etwas ertappt hatte, was sie nichts angehen sollte. »Was erforschst du wirklich, Vater? Es geht um mehr als nur Krankheiten.«

Er sah in ihr Gesicht und seufzte. »Ja. Es ... es geht um viel mehr.« Er setzte sich auf den Stuhl des Ischariot und zog einen zweiten zu sich, auf den sie sich niederlassen sollte; doch sie verharrte. »Die Cognatio ist auf der Suche nach Heilmitteln gegen viele Leiden. Pest, Fieber, es gibt so vieles, an dem die Menschen sterben. Aber die schlimmste Krankheit von allen ist das Alter.« Er strich sich über sein Antlitz. »Der Verfall des Körpers und des Verstandes. Es gibt nichts Würdeloseres als einen sabbernden, geistlosen Greis, der all seine Fähigkeiten verloren hat, die ihn von einem Tier unterscheiden. Die ihn zu einem Menschen machen.« Er schüttelte die Anspannung der letzten Stunde von sich ab, in seinen Augen zeigte sich nun wahre Begeisterung. »Stell dir Menschen vor, die sechzig Jahre und älter werden, ohne dabei einen Nachteil erleiden zu müssen. Aufrecht gehen, keine Krücken, keine krummen Gliedmaßen und Rücken, keine verlorene Sehkraft.«

»*Danach* sucht die Cognatio?«

»Es ist das Hauptziel, aber nicht das einzige. Auf der Suche nach der ewigen Jugend, oder besser gesagt, nach dem längsten Leben, haben wir schon viele Entdeckungen gemacht, die den Menschen zum Vorteil gereichen. Du hast selbst gesehen, was meine Mittel bei den Menschen bewirken. Ohne mich wäre die Hälfte der Einwohner der umliegenden Dörfer schon lange tot.«

Scylla lauschte gebannt. Ihre Forschungen und Experimente bekamen so einen vollkommen neuen Sinn. »Du überprüfst die Wirkung deiner Arzneien an ihnen! Deswegen graben wir sie nach ihrem Tod aus und sezieren sie, weil du nachschauen möchtest, ob sie Zeichen der herkömmlichen Alterung zeigen.« Sie begriff plötzlich.

»Ja«, gab er zu. »Deswegen tun wir das.« Er lächelte. »Und aus dem gleichen Grund stehle ich mich nachts davon, um die

Brunnen mit meinen Tränken und Essenzen zu versehen. Kein Mensch und kein Vieh im Umkreis von vierzig Meilen, das in einem Dorf lebt, trinkt gewöhnliches Wasser. Sie alle wurden von mir behandelt, ob sie wollten oder nicht.« Karol fiel es nicht leicht, dieses Geheimnis zu offenbaren. »Die Wahrheit soll mein Abschiedsgeschenk für dich sein, Tochter. Das Geheimnis liegt im Blut. Daran erkennt man, wie es einem Menschen geht. Deinem Kind ging es ausgezeichnet, wie ich erkundet habe. Vielleicht lässt sich daraus etwas ableiten. Oder es lässt sich ein Trank bereiten, der das eigene Blut verbessert.«

Scylla musste sich nun doch setzen. »Also hast du es mir genommen, um ein Experiment durchführen zu können?«, flüsterte sie.

Karol hielt ihrem Blick stand. »Ja. Aber auch, weil es deinem Erfolg in der Wissenschaft im Weg stand. Du wirst mich für das, was ich dir angetan habe, hassen, doch erwarte nicht, dass ich etwas anderes sage: Es war die richtige Entscheidung.« Er schluckte. »Es ist gut, dass du zu Metunova gehst, denn ich sehe ein, dass du mir nicht mehr vertrauen willst und kannst.«

Scylla hatte eine Hand unwillkürlich an den Dolch gelegt. »Gibt es noch mehr Antworten und Wahrheiten?«, presste sie dumpf hervor. Sie wusste nicht, wie sie handeln sollte. Sie fand ihren Vater nur noch abstoßend, ein Monstrum in Menschengestalt. »Was ist mit der Cognatio?«

»Die Cognatio besteht zu einem überwiegenden Teil aus arroganten Männern und Frauen, die ihre Schlauheit überheblich gemacht hat. Sie teilen ihr Wissen nicht, wie es sein sollte, sondern behalten die wichtigen Erkenntnisse für sich.« Karol bezog sich wohl auf Carzic und Rubin. »Das galt lange Zeit auch für mich, bis Baronin Metunova aufgenommen wurde. Wir trachten beide danach, den Menschen zu helfen, während die anderen nur für sich selbst forschen. Carzic käme niemals auf den Gedanken, einem anderen Wesen als sich selbst einen Gefallen zu tun.« Er drückte ihre Hand, sie ließ es zu. »Vergiss das niemals, Tochter. Verliere das Allgemeinwohl niemals aus den Augen und halte dich an das Gebot unseres Herrn Jesus Christus: Nächstenliebe.«

Scylla wandte den Kopf zu dem ermordeten Mädchen. »*Das* ist Metunovas Nächstenliebe? Dann steht ihr euch in nichts nach.«

»Nein, das war notwendig. Einen anderen Weg gab es nicht. Niemand verlässt die Cognatio lebend. Das gilt auch für die Elevinnen und Eleven ... und Anwärter, die keine Zustimmung finden.« Karol stemmte sich in die Höhe. »Erweisen wir ihr eine letzte Ehre und sezieren sie gründlich.«

Scyllas Augen verengten sich. »Wie viele Elixiere hast du mir bereits zu kosten gegeben, ohne dass ich es wusste, Vater?«

Karol lächelte. »Kein einziges, Tochter.« Er ging an den Tisch, packte Eleonora an den Schultern, zog sie bis zum langen Ende und fasste sie unter den Achseln.

»Bis auf das eine, das mich das Kind kostete. Und wie steht es mit dir?«

»Schon so einige.« Der Leichnam glitt ihm aus den Fingern und fiel auf den Boden, Karol verlor das Gleichgewicht und stürzte auf ihn.

Durch den Schlag und den Druck des Gewichts auf die Brust öffnete sich die Stichwunde und besprühte ihn mit dunkelrotem Herzblut. Das Rot spritzte gegen Hals und Kinn, einige Flecken verteilten sich über das ganze Gesicht, selbst in der Perücke glitzerte es rötlich feucht.

Karol richtete sich auf, packte die Tote und hob sie an, dieses Mal mit dem Gesicht nach vorne. »Kannst du mir helfen? Ich ...«

Er erstarrte.

Beide lauschten auf die Geräusche, die von unten erklangen.

Viele Schritte polterten die Stufen hinauf, Stimmengewirr mischte sich mit metallischem Scheppern, und gleich darauf eilten Männer, die aus den umliegenden Dörfern stammten, in den Raum. In den Händen hielten sie Sensen, Dreschflegel, Sicheln und Mistgabeln.

Allen voran eilte ein Mädchen: Elisabetha, Giures Schwester. »Da, seht!«, schrie sie außer sich und deutete auf Karol. »Upir!«

Karol legte die Tote vorsichtig zurück auf den Boden, dann breitete er die Arme aus, während die Bauern Schritt für Schritt in das oberste Stockwerk der Scheune vordrangen. Die Mordlust stand ihnen auf den verdreckten, bärtigen Gesichtern. Er durfte sie durch keine hastige Bewegung herausfordern.

»Das ist ein Missverständnis«, sagte er sanft. »Wir haben sie gefunden und wollten sie behandeln. Sie muss Räubern in die Hände gefallen sein. Lasst sie mich behandeln, sonst verblutet sie. Und es wäre eure Schuld!«

Elisabetha hob die Sichel, die sie in der Rechten trug. »Du und deine Tochter seid Upire! Wir alle wissen, dass sie das Feuermal am Arm trägt. Und du wurdest gesehen, wie du meinen Bruder mitgenommen hast.« Sie atmete schnell, ein Tribut an Aufregung und Angst. »Wo ist er?«

Scylla schaute zu Karol und musste eingestehen, dass er tatsächlich wie ein Upir wirkte. Voller Blut, verschmiert über Kinn und Brust ... Höchste Vorsicht war geboten: In den Augen der aufgebrachten Dörfler konnte dieser Anblick ausreichen, um ihm einen Pflock ins Herz zu stoßen und ihn zu köpfen.

»Nein, ihr tut meinem Vater und mir unrecht. Hört uns an«, bat sie ruhig. »Die Frau ist von einem Messer getroffen worden, sie hat keine Bissmale.« Sie sah Elisabetha an. »Du kennst mich doch. Ich war oft im Dorf und habe niemandem etwas zuleide getan. Das hat dir Giure auch immer gesagt.«

Karol hob Eleonoras Leiche an, öffnete das Kleid einen Spalt, damit man den Einstich des Dolches sah. »Hier, schaut. Sie ist überfallen und niedergestochen worden.«

»Ist sie dein nächstes Opfer geworden?« Elisabetha zeigte mit der Sichel auf Scylla. »Du selbst wirst sie überfallen und erstochen haben!« Sie kam, furchtlos in ihrer Hysterie, auf Karol zu, die Bauern folgten ihr rechts und links. »Ich will wissen, was du mit meinem Bruder gemacht hast!«

Karol täuschte Entsetzen vor. »Mein Gott, sie atmet nicht mehr.« Er legte den Kopf auf die blutige Brust der ehemaligen Elevin. »Das Herz ist stehengeblieben.« Vorwurfsvoll hob er die Augen und richtete den Blick auf Elisabetha, die einen Schritt von ihm entfernt verharrte. »Du hast sie umgebracht. Ich hätte ihr helfen können, aber du in deiner Verblendung ...«

Stanjek, Giures Vater, schob sich nach vorne, nahm Elisabetha die Sichel ab und hob sie drohend. »Schweig, Upir!«

Scylla hörte von unten, dass ein Teil der Dörfler durch die Tür in die Mühle eingedrungen war. Auch wenn sie nicht sah, was sie taten, hörte sie das Krachen von Holz; Glas und Porzellan splitterten – dann erklang das vertraute Rattern, mit dem die Rampe zu den Laboratorien nach unten gefahren wurde!

Karol hatte es ebenfalls vernommen. »Nein!«, schrie er. »Ihr dürft da nicht hinein!« Er wollte losrennen – da stieß die Sichel mit leisem Surren herab und traf ihn von oben ins Schlüsselbein. Die Spitze wirkte wie ein Haken und hinderte ihn daran, seinen Weg fortzusetzen. Er spürte offenbar keine Schmerzen, nur den Schlag auf die Schulter.

»Du bleibst, Upir«, befahl Stanjek und gab den Umstehenden ein Zeichen, die sich sofort auf Karol und Scylla stürzten, um sie festzuhalten. Er zog die Sichel aus dem Fleisch; sogleich sprudelte Blut aus der tiefen Wunde. »Du kannst deinem Ende nicht mehr entkommen.« Zu Scyllas Entsetzen nahm er einen Packen loser Blätter aus der Tasche seines Mantels. Sie erkannte die Handschrift darauf als Giures. »Wir wissen, was du und deine Schülerin treiben. Mein Sohn hat seinen Besuch in der Mühle und die schändlichen Dinge niedergeschrieben, die in den Hexenküchen dort unten vorgehen. Er hat sie genau beschrieben und wie man hineingelangt. Der Dorfpope hat es uns vorgelesen. All diese Dinge, die ihr zwei mit unseren Toten anstellt …« Stanjek schüttelte sich voller Abscheu. »Kein normaler Mensch würde so etwas tun.«

Elisabetha bekreuzigte sich wieder und wieder. »Es sind beides Upire! Sie haben uns in ihren Bann geschlagen, ohne dass wir es merkten!«

Sieben bleiche Bauern kamen die Treppe herauf. Sie hielten Gläser mit Präparaten in ihren Händen; in einem schwamm Giures Kopf. »Der Herr bewahre uns: Der ganze Hügel ist voll davon«, stotterte einer von ihnen. »Es ist …« Er würgte und übergab sich, dabei fiel ihm das Glas aus der Hand und zerschellte.

Scylla musste mit ansehen, wie ihr winziges, ungeborenes Kind auf den dreckigen Scheunenboden fiel. Niemand schenkte ihm Beachtung, die Männer drängten nach vorne, und der kleine Leichnam verschwand zwischen ihren Stiefeln. Das Grauen raubte ihr die Stimme, sie öffnete den Mund, aber der Schrei wollte nicht über die Lippen.

»Wir haben Blut gefunden, Stanjek«, berichtete ein Zweiter. »Sie horten es in Lederschläuchen und in Glasschüsseln!«

»Aus dem Weg!« Die Menge teilte sich und machte dem Dorfpopen Platz, einem untersetzten, älteren Mann in einem schwarzen Gewand, vor dessen Bauch ein großes silbernes Kreuz baumelte. Der dunkle Bart reichte bis auf seine Brust, die weißen Haare hingen offen bis auf den Kragen. »Es ist demnach wahr. Es ist alles wahr, was Giure schrieb!« Er sah auf die Glasbehältnisse, dann zu Scylla und schließlich zu Karol. »Ihr seid Geschöpfe des Bösen«, rief er entsetzt und hielt das Kreuz in die Höhe. »Doch Gott bereitet diesem Treiben ein Ende.«

»Wir sind Wissenschaftler, und wir tun Gottes Werk, indem wir der Menschheit nehmen, was sie schwächt. Dazu müssen wir Untersuchungen und Forschungen betreiben. Wir *untersu-*

chen das Blut, wir trinken es nicht«, beteuerte Karol und wehrte sich nicht. Es würde alles nur schlimmer machen. Er schaute in die Runde der vielen bekannten Gesichter. »Wie viele von euch habe ich in den letzten Jahren geheilt?«

Er bekam keine Antwort.

»Ihr Mörder! Du kannst den Tod meines Bruders nicht leugnen!« Elisabetha hielt das Glas mit Giures Kopf an sich gedrückt.

Jemand reichte Stanjek einen Pflock. »Und wie viele von uns hast du getötet, Upir? Du hast uns nur geheilt, damit du dich lange an uns laben kannst. Damit ist es nun vorbei.« Er holte aus.

»Nein! Giure und seine Herde sind von einem Bären angefallen worden«, schrie Scylla und warf sich im Griff ihrer Wärter hin und her. »Wir waren es nicht ...«

Stanjek stierte sie an, dann drosch er ihr den Pflock mit Wucht auf den Mund. »Halt dein verlogenes Maul, Upir! Wir haben Kleidungsfetzen meines Sohnes und Blut auf dem Waldweg gefunden. Die Spuren führten uns zu dir!«

Scylla schmeckte Blut im Mund, die linke Wange war taub, und ein paar Zähne fühlten sich locker an; ein roter Nebel trübte ihr die Sicht. Dennoch versuchte sie, zu Karol zu schauen.

»Ich habe den Upir gesehen, wie er mit dem Jungen über der Schulter davongeflogen ist«, beteuerte einer der Bauern.

»Nun schlagt ihm und seiner Brut endlich den Pflock ins Herz, bevor er sich verwandelt und uns entkommt!«, verlangte der Dorfpope energisch und schlug das Kreuz. Stanjek riss den Pflock beidhändig in die Höhe –

– und Karol drehte sich schneller, als es jedes menschliche Geschöpf vermochte, zur Seite. Das angespitzte Ende traf stattdessen den Bauern hinter ihm, es knackte laut, als der Bauch durchbohrt wurde; röchelnd fiel der Mann zu Boden.

Das sah Karol nicht mehr. Er hatte den Menschen mehr als eine Gelegenheit geboten, seinen Erklärungen zu glauben und die Mühle zu verlassen. Jetzt war es für sie zu spät. Er zog Stanjeks Sichel aus dessen Gürtel und schlug mit einem wilden Schrei um sich.

Gekappte Finger, Hände und Unterarme fielen ins Stroh, Blut sprühte umher und benetzte die Menschen, einschließlich Karol und Scylla.

»Ihr undankbaren Kreaturen!«, brüllte er sie an, packte den Nächstbesten unterm Kinn, riss ihm mit einem schnellen Ruck den Kopf von den Schultern und schlug mit dem Schädel um sich; drei weitere Bauern gingen benommen zu Boden. Karol ließ den Kopf fallen und bekam Stanjek zu fassen. »Dein Bastard hat meiner Tochter ein Kind gemacht!«, schrie er wütend. »Ist das der Lohn dafür, dass ich ihn vor sieben Jahren vor dem Fieber gerettet habe?«

Stanjek kreischte in blanker Todesangst. Er sah, dass Karols Zähne gewachsen waren. »Nein, Hilfe!«, rief er gellend und versuchte, dem stahlharten Griff zu entkommen. »Gütiger Gott!«

»Gott ist auf meiner Seite!«, brüllte Karol wutentbrannt. Eine Sense traf ihn in den Rücken, doch es machte ihm nichts aus. Für ihn galten die menschlichen Gesetze schon lange nicht mehr. »Und dich habe ich vor elf Jahren vor einer Blutvergiftung bewahrt, Stanjek«, knurrte er dunkel. Die finstere Seite hatte die Macht übernommen und ließ sich nicht mehr kontrollieren. Sie gierte nach Blut, nach Leben und versetzte ihn in einen eigentümlichen Rausch. »Dein Leben gehört ohnehin mir. Also kann ich es dir auch nehmen.« Karol schnappte nach der Kehle des Bauern.

Der rote Nebel, der Scyllas Blick verschleiert hatte, verschwand – genau in dem Moment, in dem sie nun mit ansehen musste, dass ihr Vater den Unterkiefer wie eine Schlange aushängte, die Lippen sich zurückzogen und das Gebiss mit den langen, spitzen Zähnen freigaben. Die Kiefer umschlossen den

Hals zur Hälfte, schnappten zu und rissen einen gewaltigen Brocken Fleisch heraus. Also doch! Was sie nicht für möglich gehalten hatte, sah sie nun mit eigenen Augen.

Das Blut sprühte aus der gewaltigen Wunde hervor, Stanjek stand noch drei, vier Sekunden auf den Beinen, man sah an seinen Augen, dass er etwas sagen wollte, aber ohne Stimmbänder, ohne Kehlkopf, ohne Luftröhre war es nicht möglich. Dann brach er zusammen.

Das war der Moment, in dem ihr mit Entsetzen überfrachteter Verstand sie zu verlassen schien. Die Lider blieben geöffnet, aber Scylla erfasste nichts mehr von ihrer Umgebung, die Arme wurden schlaff. Der Blutregen, der auf sie niederging, brachte sie nicht mehr zum Zusammenzucken. Hätten die Bauern sie nicht noch immer gehalten, wäre sie einfach gestürzt.

Karol schlug um sich und biss zu, wo immer sich ihm die Gelegenheit bot. Die nächsten Bauern starben durch seine brachialen Sichelschläge mit geöffneter Brust und zerrissener Bauchdecke. Beim Hieb gegen eine Schulter blieb die Klinge stecken und brach sirrend ab.

Karol ließ nicht nach und stürzte sich mit bloßen Händen gegen seine Widersacher, die versuchten, vor ihm zurückzuweichen. Die Geschwindigkeit, mit der sich Karol bewegte, machte es ihnen unmöglich. Etliche sprangen vom Heuboden in die Tiefe, andere stürzten die Treppe hinab.

Karol jagte ihnen nach.

Vor den Toren braute sich ein gewaltiges Unwetter zusammen. Blitze schleudernd türmten sich schwarze Wolken auf und verdeckten den Mond, die Nacht wurde finster wie noch nie. Rauschend und klackend prasselte Hagel auf das Dach der Scheune, die Körner waren taubeneiergroß und trieben die Männer, die ins Freie flüchten wollten, zurück in Karols Fänge. Von den dreißig waren noch siebzehn am Leben.

Er ging auf sie zu, von seinen Armen und Händen rann das

Blut, und sein Körper dampfte vor Wärme. »Ihr undankbaren Kreaturen«, flüsterte er ein weiteres Mal. »Wie einfach hätte euer Leben sein können, wenn ihr die Verluste unter euch ohne Murren ertragen hättet.«

Ein Blitz schlug krachend in das Dach der Scheune ein, schlug ein Loch in sie und erfüllte die Luft mit einem elektrischen Knistern.

»Ich weiß, was du bist!« Der Dorfpope hatte sich bisher im oberen Raum versteckt gehalten, nun zerrte er Scylla an die Balustrade und hob das Kreuz; mit der anderen Hand hielt er ein Messer an die Halsschlagader der jungen Frau. »Zurück, Kind des Judas!«

»Wenn sie auch nur einen Kratzer abbekommt, wird niemand diese Scheune lebendig verlassen.« Karol sah hinaus in den tobenden Sturm, den er herbeigerufen hatte, um die Menschen an der Flucht zu hindern. Die Bahnen aus reiner Energie rauschten in kurzen Abständen aus den schwarzen Wolken und jagten mit lautem Donnern in die Erde. Man spürte ein Kribbeln im ganzen Körper, als die Macht der Blitze sich im Boden verbreitete.

Karol hob die rechte Hand, öffnete und schloss sie und sah das Blut daran feucht glitzern. »Ihr hättet mich nicht herausfordern sollen«, sagte er vorwurfsvoll. »Ihr habt meine Kräfte entfesselt, meine Höllenfeuer entfacht, die sich nur mit Blut löschen lassen.«

Der Pope sah ihn voller Entsetzen an. »Weiche zurück, im Namen des Herrn! Ich befehle dir im Namen Gottes und der Heiligen: Verlasse die Mühle und diesen Landstrich!«

»Ich fürchte mich nicht vor Gott!« Karol riss sich das Hemd auf und zeigte so einen Rosenkranz, der um seinen Hals hing. »Im Gegenteil, ich glaube an ihn wie an Jesus Christus, unseren Herrn. Ohne ihn gibt es keine Erlösung.«

»Das ist Lästerung!«, rief der Pope entsetzt. »Es ist ein entweihter Rosenkranz ...«

Karol wollte etwas entgegnen, doch dann bemerkte er den abwesenden Blick Scyllas. Sie sah verwirrt, vollkommen weggetreten aus. Er schlug das Kreuzzeichen und zwang sich zur Ruhe. »Lass meine Tochter frei, und wir gehen.«

»Deine Teufelsbrut?« Der Pope nahm eine Lampe von einem Pfeiler. »Du wirst über uns herfallen, sobald du sie hast, Upir.« Er schleuderte die Laterne über Karol hinweg, sie prallte gegen die Wand und versprühte ihr Petroleum; die Flammen loderten sofort in die Höhe und breiteten sich im Stroh aus.

»Ja!«, rief ein Mann. »Hier soll es genauso brennen wie in der Upirhöhle unter uns. Wir haben alles in Brand gesetzt, damit nichts davon bleibt.«

Karol zuckte zusammen. Damit blieb wenig Zeit, die Aufzeichnungen aus den Laboratorien zu retten. »Geht, und wir verschwinden. Ich schwöre es bei Gott dem Allmächtigen, bei unserem Herrn Jesus Christus und seiner geheiligten Mutter Maria!«, rief er und trat auf die Männer zu. Das näher rückende Feuer trieb ihn vorwärts.

Doch seine hastigen Schritte wurden missdeutet.

Es gab ein lautes, Übelkeit erregendes, knirschendes Geräusch, Scylla hustete und schrie gleichzeitig.

Aus ihrer Brust trat eine fingerdicke, blutige Spitze aus und zerriss das Kleid. Schlagartig wich die Abwesenheit aus ihrem Blick. Voller Panik riss sie die Augen weit auf. Sie bekam keine Luft mehr!

Mit einem Mal zuckte ihr Körper, und voller Entsetzen starrte Karol auf den Pflock, der aus ihrer Körpermitte heraustrat und nach einem erneuten Hammerschlag auf sein hinteres Ende noch weiter aus ihr herausragte.

Scylla erschlaffte.

Ihr Körper stürzte über die Balustrade und schlug nach einem kurzen Fall auf dem Boden der Scheune auf.

2.
Buch

AETERNA

X.
KAPITEL

16. November 1677
Osmanisches Tributland

Karol hatte die Ermordung seiner Tochter nicht verhindern können. Sie fiel an ihm vorbei in den Schmutz des Scheunenbodens. »Ihr ...«, brüllte er die Männer an und stieß sich ab, um sich mit einem gewaltigen senkrechten Sprung nach oben gegen den Popen zu werfen.

Gleichzeitig krachten zwei Blitze durchs Dach. Einer fuhr in den Heuboden und entfachte ein zweites Feuer, der andere schlug in die Sense eines Bauern ein und brachte das Eisen zum Glühen; der Mann zappelte und fiel qualmend nieder.

Karol landete neben dem Popen und demjenigen, der Scylla den Pflock durch den Körper geschlagen hatte. Er bekam den Geistlichen zuerst zu fassen und zerschmetterte ihm mit einem Schlag den Unterkiefer, Knochensplitter stachen an verschiedenen Stellen durch die Haut. Karol stieß einen triumphierenden, animalischen Schrei aus – doch so entging ihm, dass drei der Gegner die Treppe hinaufgestürmt waren und sich von hinten näherten. Das Geräusch des niederfahrenden Knüppels warnte ihn zu spät.

Der Dreschflegel traf seine Schläfe und trieb ihn geradewegs in den zweiten Angriff. Die Zinken einer Mistgabel bohrten sich durch den Hals, einer blieb im Nackenwirbel stecken.

»Los, wir haben ihn!«, schrie ein Bauer und trat ihm von hinten in die Kniekehlen, so dass er stürzte. »Macht schon. Er will sich verwandeln!«

Einer der Bauern schwang einen alten rostigen Säbel und

benutzte den Stiel der Mistgabel als Führungslinie, die geradewegs auf den Kopf zuführte.

»Nein, Herr! So darf es nicht enden«, raunte Karol. »Ich bitte dich ...«

Der Hieb war mit viel Kraft geführt worden. Die Säbelschneide rauschte herunter, glitt am Stecken entlang und durchschlug den Hals. Das Blut quoll geysirgleich aus dem Schnitt hervor, und das Rückgrat ragte wie ein Stückchen weiße Kreide aus dem ganzen Rot.

Karols Kopf fiel dem vor Schmerzen heulenden Popen vor die Schuhe. Er trat danach, und das Haupt rollte die Stufen hinab in die Flammen. »Ins Feuer«, wimmerte er undeutlich, »ins Feuer!«

Die Bauern schleuderten nun auch Karols Körper in die Lohen. Ein Teil des Bodens gab plötzlich nach, und eine gewaltige Wolke aus grünlichem Feuer stieg fauchend bis unters Dach empor. Ein Mann verlor das Gleichgewicht und stürzte in das Glutloch, das geradewegs in die Hölle zu führen schien. Das flammende Inferno tobte schon lange im Hügel und in den Laboratorien.

Die Dorfbewohner rannten aus dem Gebäude hinaus in das sich abschwächende Unwetter. Blitz und Donner waren verstummt, die Hagelkörner stecknadelkopfgroß und harmlos geworden. Dort standen sie und sahen zu, wie die Flammen sich die Scheune einverleibten.

Der starke Wind hatte die Windmühlenflügel in Drehung versetzt und Funken das alte Holz sowie die Leinwand in Brand gesteckt. Die feurigen Flügel waren ein beeindruckendes Schauspiel, aber nacheinander brachen die Rahmen ab und stürzten rumpelnd und berstend auf die Erde, Feuerlanzen stachen aus den Fenstern und beleuchteten jeden einzelnen Stein. Die Flammen arbeiteten sich bis ins oberste Stockwerk hinauf und schlugen weithin sichtbar aus der Plattform.

Es war vollbracht.

Als der Hagel in Regen überging, kehrten die Menschen in ihre Dörfer zurück. Sie hatten den Sieg über den Upir und seine Tochter teuer erkauft, es gab viele Tote und Verwundete zu beklagen.

Aber die Gegend war endgültig sicher vor den Blutsaugern und Plagegeistern.

Ein gleißendes silbernes Licht schien in ihr Gesicht und strahlte selbst durch die geschlossenen Lider hindurch. Ihr Schlaf fand in dieser mitleidlosen Helligkeit ein Ende.

Es kostete sie sehr viel Überwindung, die Augen zu öffnen.

Sie lag auf dem Rücken, blinzelte, hob eine Hand zum Schutz vor das Gesicht und schaute durch die Finger in die Höhe.

Es war – der Mond!

Noch nie war ihr seine Leuchtkraft derart stark erschienen, er konnte es mit der Sonne aufnehmen, so hell stand er am Nachthimmel und überstrahlte die übrigen Gestirne.

Mehr und mehr gewöhnte sie sich an das Licht, erkannte Wolken, die sich langsam auflösten, und roch den Regen, der in der Luft lag.

Es war nicht der einzige Geruch.

Sie vernahm ein Zischen um sich herum, Wasser tropfte auf etwas Heißes. Ihre Beine ließen sich nicht bewegen, etwas Schweres lag darauf, und so drehte sie den Kopf nach rechts und links, um sich zu orientieren.

Um sie herum ragten verkohlte Holzreste in die Höhe, Rauch kräuselte in den schwarzen Himmel, es knackte und knisterte leise, wo noch Glutnester und Balken schwelten. Nur dort, wo sie lag, mitten in einer Pfütze aus Regenwasser, hatte kein Feuer getobt.

Der ausgebrannte, von schwarzen Rußflecken gezeichnete Windmühlenturm ragte standhaft in die Höhe, lediglich im oberen Teil war ein Stück herausgebrochen.

Dann kehrten die Erinnerungen zurück. Ihr Vater, die Dörfler und der Pope, Blut, ihr Kind auf dem Fußboden ...

Sie richtete den Oberkörper auf und sah nach dem Pflock, den man ihr durchs Herz getrieben hatte. Er steckte noch immer in ihr!

Sie zwang sich zur Ruhe und umfasste ihn mit der rechten Hand. Ruckartig zog sie ihn aus sich heraus, dabei entschlüpfte ihr ein gequälter Schrei.

Fassungslos starrte sie das Holz an, dann betrachtete sie die Wunde, aus der ein kleines Rinnsal Blut sickerte. Weil sie es nicht glauben konnte, betastete sie die Ränder und fuhr sogar mit der Fingerkuppe in das Loch. Sie müsste mit einer solchen Verletzung tot sein.

Sie spürte beim Tasten keine Schmerzen. Stattdessen schloss sich die Austrittsstelle des Pflockes von selbst; entsetzt beobachtete Scylla, wie sich blutige Fleischfäden in der Wunde aufeinander zureckten, sich trafen und zu festem Gewebe verschmolzen! Sie woben ein Stück neuen Leibes, und alles, was sie empfand, war Grauen und Angst. Am Ende legte sich eine dünne Kruste darüber, die ein wenig juckte.

»Das ...« Sie neigte sich nach vorne und sah, warum sie die Beine nicht bewegen konnte. Ein dicker Dachbalken lag quer darüber. Er hatte die Knochen nicht zerschmettert, aber er hielt sie gefangen.

Ohne, dass sie lange darüber nachdachte, fuhr sie mit beiden Händen darunter und spannte die Muskeln an. Was ein ausgewachsener Mann nicht geschafft hätte, gelang ihr beinahe mühelos.

Befreit von dem Ballast erhob sie sich unsicher und stand schwankend in den Trümmern und der Asche dessen, was einst ihr Zuhause gewesen war. Die Erinnerung daran verblasste mehr und mehr, je öfter sie zum leuchtenden Mond blickte. Er schien ihr die Gedanken zu rauben.

Nicht einmal mehr ihr eigener Name fiel ihr ein.

Ein sanfter Wind kam auf und spielte mit ihren Haaren. Sie runzelte die Stirn, nahm eine Strähne zwischen die Finger und betrachtete sie nachdenklich. Waren sie schon immer rot gewesen?

Die Brise trug ihr einen verführerischen Duft zu: Nicht weit von der Stelle, an der sie sich befand, ragte ein Arm aus den Ruinen.

Sie stolperte, immer noch benommen, über die Ziegel und Balken hinweg, fiel mehrmals, bis sie endlich dort angelangt war. Neben dem Arm ging sie in die Hocke und legte den Körper, der dazugehörte, frei.

Sie fand eine Tote, die ihr bekannt vorkam. Aus der Wunde in der Schulter rann Blut, und sie verspürte bei dem Anblick einen immensen Durst.

Es gab kein Nachdenken, als sie den Mund weit öffnete und die Zähne in den Hals der Leiche schlug, um den Lebenssaft herauszusaugen. Sie wusste, dass richtig war, was sie tat.

Süß, metallisch und warm rann er über die Zunge, tränkte den Gaumen und lief den Hals hinab. Sie trank und trank, bis die Tote nichts mehr hergab. Der Durst schwand etwas, aber um ihn richtig zu stillen, benötigte sie mehr.

Sie hob den Blick und richtete ihn auf den Weg, der in den Wald hineinführte.

20. Dezember 2007
Deutschland, Sachsen, Leipzig-Leutzsch, 02.54 Uhr

Ich steuere die Hayabusa dorthin, wo die Mitglieder der Cognatio sich auf der Stelle ein Haus gekauft hätten, wenn das hier ihr Territorium gewesen wäre: das Leutzscher Villenviertel.

Mit zweihundert Stundenkilometern geht es durch den tief

schlafenden Stadtteil, wo einst berühmte Künstler jeder Sorte gelebt haben, Maler, Dirigenten, Musiker und Schriftsteller. Der westliche Teil des Leipziger Auenwaldes ist nur einige hundert Meter entfernt, und man lebt hier inmitten alter Bäume und wunderschöner Gärten. So auch Frau Ulmann. Eigentlich heißt sie *von* Ulmann, ihre Vornamen lauten Viktoria Susanna Louisa Sarah. Sie hat sich dazu entschlossen, es bei Sarah Ulmann zu belassen.

Das Leutzscher Villenviertel kann man als gehobene Wohnlage bezeichnen. Ich erinnere mich, wie die Bauten vor meinen Augen entstanden. Vom späten 19. Jahrhundert bis in die dreißiger Jahre des vergangenen Jahrhunderts wurden hier Herrschaftshäuser und großzügige Gebäude errichtet. Die mitunter weiträumigen, parkähnlichen Gärten habe ich damals schon bewundert. Die Bauherren aus den privilegierten Bevölkerungsschichten Leipzigs ließen in den Bauten ihre gesellschaftliche Stellung verewigen. Ich gehörte damals nicht zu ihnen; mir war auch nie nach Protzen.

Ich habe verfolgt, wie eine Vielzahl der Villen in den letzten Jahren saniert wurden. Die gute Infrastruktur und Citynähe lassen das Viertel weiter in seiner Beliebtheit steigen, die neuen Reichen mischen sich unter die alten Bonzen. Diese Vermengung mag Frau Ulmann nicht, sie wäre gerne allein mit den alten Freunden und den Erinnerungen geblieben, ohne die Nähe zu Neureichen mit verzogenen Gören ertragen zu müssen. Sozialapartheid.

Ich drossele die Geschwindigkeit, da ich mich meinem Ziel nähere: das Anwesen Ulmann. Ich lenke mein Motorrad vor eine Auffahrt und stelle es im Schatten ab, damit es nicht sofort auffällt. Über meinen Kopf habe ich die Nylonstrumpfmaske gezogen; die Kameras sollen mein Gesicht nicht sehen.

Behutsam gehe ich auf den weißen Holzzaun zu, springe darüber und auf den Weg, der sich durch den langgestreckten

Garten und vorbei an der zweistufigen Veranda bis zur Eingangstür schlängelt.

Frau Ulmann ist eine nette alte Dame, und sie zu töten fällt mir nicht leicht. Nur weil sie die Welt mit einem gewissen Dünkel betrachtet, den sie aus den Jahren zurückbehalten hat, als sie adlig war, bedeutet es nicht, dass sie sich ihrer sozialen Verantwortung entzieht. Sie spendet anonym hohe Summen für die Leipziger Obdachlosen und unterstützt eine Kindertagesstätte.

Ich bleibe auf dem Weg stehen und betrachte die Front der Villa, die um 1900 erbaut worden ist, von Frau Ulmanns Vater. Er hat seiner Tochter alles gegeben, konnte ihr die Mutter jedoch niemals ersetzen. Vielleicht war die Angst davor, eine schlechte Mutter zu sein, der Grund, weswegen sie später ihr erstes Kind zur Adoption weggegeben hat.

Ich richte meine Augen auf die Fenster im ersten Stock. Dahinter liegt sie in ihrem alten Himmelbett, die Laken und Decken sind mit Spitzenklöppeleien versehen und uralt. Frau Ulmann hat sie von ihren Verwandten aus Ostpreußen geschenkt bekommen und würde sie niemals hergeben, selbst wenn sie voller Löcher und Flecken wären.

Frau Ulmann ist Diabetikerin und hat zwei Zehen am linken Fuß an die Zuckerkrankheit verloren, doch sie nimmt es sehr tapfer. Schlimmer ist die Osteoporose, welche sie die meiste Zeit des Tages ans Bett fesselt, was für die bis vor einem Jahr sehr rüstige und agile Dame nicht leicht ist.

Meine Augen schweifen über die Fassade zu dem Fenster, hinter dem die Haushälterin ruht: Gabriele Schonsdorf, zweiunddreißig Jahre, verheiratet, ihr Mann lebt in Leipzig. Wenn ich meine Pflicht tue, wird sie nichts hören, das weiß ich.

Während ich mich an der Fassade nach oben ziehe und wie ein Freeclimber hinaufsteige, mache ich mir Gedanken darüber, wie ich Frau Ulmann schnell und schmerzlos umbringe. Ich möchte den Zeitungen nicht noch eine Schlagzeile über einen bestialischen Mord liefern, aber der Kopf muss leider abgetrennt werden. Natürlich könnte ich ihr auch das Herz herausschneiden und es verbrennen, aber der Akt ist mindestens ebenso barbarisch.

Vielleicht sollte ich sie mitnehmen und ihre Leiche nach der üblichen Behandlung in den Auen vergraben. Lieber einen ungelösten Entführungsfall, am besten mit Lösegeldforderung, als noch einen Mord in den Medien. Oder man verbucht es unter »Unfall bei einem abendlichen Spaziergang« – doch wie hoch ist die Wahrscheinlichkeit, dass Frau Ulmann mit ihren Gebrechen einen Spaziergang ohne ihre Haushälterin unternimmt?

Inzwischen stehe ich auf dem handbreiten Sims, und es bereitet mir keine Schwierigkeiten, das Gleichgewicht zu halten. Da es ja ein Entführungsfall sein soll – dazu habe ich mich inzwischen durchgerungen –, kann ich das Fenster einschlagen ... aber der Lärm schreckt mich ab.

In dem Moment wird der Vorhang zur Seite gezogen.

Ich schaue in das betagte Antlitz von Frau Ulmann. Sie sieht mich ohne Angst an, die rechte Hand hält einen Stock, die linke betätigt den Fenstergriff und öffnet mir. Sie scheint auf mich gewartet zu haben, und ich bin über alle Maßen erstaunt. Das kommt jetzt völlig überraschend.

»Kommen Sie rein, Kind. Und ziehen Sie diese Haube ab. Ich kenne Ihr Gesicht«, sagt sie und klingt nicht danach, als würde sie eine Ablehnung akzeptieren. »Sie waren schon lange nicht mehr bei mir. Ich habe mir schon Sorgen gemacht, dass Sie mich vergessen würden.«

Mir erschließt sich nicht, was sie bezweckt. Dass es nicht normal ist, morgens gegen drei Uhr auf den Simsen von fremden Villen zu sitzen, dürfte auch ihr klar sein. Sie hat mich offenkundig bei meinen früheren Besuchen bemerkt, und sie scheint mich für etwas zu halten, was sie nicht zu fürchten braucht.

Frau Ulmann wendet sich um und kehrt zum Bett zurück, auf das sie sich ächzend sinken lässt, und deckt sich zu. »Machen Sie schon, Kind, bevor Sie fallen oder Sie jemand sieht und die Polizei ruft. Ich würde mich ungern um das Gespräch mit Ihnen bringen.«

Ich gleite in den Raum und schließe das Fenster, Frau Ulmann zeigt mit dem Stock auf den Sessel neben ihrer Ruhestätte. Auf dem Tischchen daneben stehen ein Glas sowie eine Flasche Rotwein und eine Karaffe Wasser.

»Bedienen Sie sich und erzählen Sie mir, was Sie von mir wollen, Kind«, bittet sie mich und sieht mich aus nebelgrauen Augen an. Das Gesicht gleicht meinem, und ich bekomme eine ungefähre Vorstellung, wie ich in vielen, vielen Jahren aussehen werde. Die grauen Haare liegen wie silberne Fäden auf dem Kissen, und sie trägt einen Siegelring an ihrem rechten Mittelfinger. Ein bisschen Adel hat sie sich demnach bewahrt. »Ich weiß, dass Sie mich nachts besuchen. Ich schlafe sehr leicht und höre, wenn sich jemand an mein Bett stellt.«

Ich nicke, sage aber nichts. Die Strumpfmaske schiebe ich nach oben, lege sie aber nicht ganz ab, damit meine Haare darunter bleiben.

»Sind Sie stumm, Kind?« Sie meint die Frage ernst, das sehe ich. »Zu welcher Abteilung Zeitgenossin gehören Sie: perverse Stalkerin? Fassadenkletterin, die sich nicht entscheiden kann, was sie bei ihren Einbrüchen mitnehmen soll?« Frau Ulmann mustert mich. »Ich könnte Sie auch für meinen Schutzengel halten ... oder den Engel des Todes. Alt genug bin ich ja, um ihm begegnen zu dürfen, meinen Sie nicht?«

Meine Lippen verziehen sich zu einem anerkennenden Grinsen. »Sie sind cool, Frau Ulmann.«

»Dachten Sie, ich schreie das Haus zusammen, damit Sie meine Haushälterin auch noch ... Was eigentlich? Niederschlagen, berauben, was auch immer?«

Sie langt nach ihrem Glas Wasser und trinkt einen Schluck; ich sehe die Stapel von Tablettenpackungen, zwei der folienabgedichteten Dispenser sind geöffnet und vollständig leer. Hat Frau Ulmann sie heute alle genommen? Ich erschrecke und denke an einen möglichen Selbstmord.

»Nein, ich habe keine Angst vor Ihnen. Würden Sie mir etwas tun wollen, hätten Sie das bei Ihrem ersten Besuch machen können.« Sie kneift die Augen etwas zusammen. »Vielleicht war das gar nicht Ihr erster Besuch? Der vor etwa einem Jahr?« Sie winkt ab. »Wie auch immer, ich fürchte mich nicht, auch nicht vor dem Tod. Meine Neugier ist größer.« Sie richtet sich auf und schaut mir genau in die Augen. »Was wollen Sie, Kind? Falls Sie nicht sprechen möchten, schreiben Sie es auf.« Sie drückt eine gelbrote Pille aus dem Dispenser und schluckt sie. »Lange können Sie sich aber nicht Zeit lassen.«

Ich zeige auf die Packung. »Wird das ein Selbstmord, Frau Ulmann?«

Sie hebt die Augenbrauen und sieht empört aus. »Ich nenne es Freitod. Das tue ich jetzt, bevor ich mich gar nicht mehr bewegen kann und Ärzte mich an Maschinen anschließen, bis ich nach Dekaden des schmerzvollen Wartens endlich eingehe. Nein, lieber ein rasches Ende als ...« Sie schnalzt mit der Zunge und spült die Pille nach unten. »Schauen Sie nicht so schockiert! Es ist mein Leben, also kann ich es beenden, wann ich möchte.«

Noch eine Überraschung. Aber ihr Leben kann hinterher weitergehen, wenn sie und ich Pech haben. »Frau Ulmann, Sie werden sich bei diesem Pillencocktail übergeben müssen ...«

»Kind, ich habe lange im Internet recherchiert, welche Tabletten man in welcher Reihenfolge nehmen muss, um sich umzubringen. Schmerzlos vor allem. Es gibt ungeheuer viele Chat-Foren, wussten Sie das?« Frau Ulmann stellt das Glas ab und tippt auf den Wecker. »Gegen fünf Uhr sollte ich es überstanden haben, ab vier Uhr werde ich nicht mehr viel mitbekommen. Bis dahin hätte ich gerne den Grund Ihres Hierseins erfahren. Oder ist das zu viel verlangt? Außerdem nehme ich Ihr Geheimnis ja mit ins Grab.«

So, wie sie es sagt, klingt es unglaublich abgeklärt. Ich wusste, dass sie vom alten Schlag ist, preußische Tugenden und dergleichen, aber sie erinnert mich im Moment alarmierend an einige Mitglieder aus der Cognatio. Ihre Haltung, die Art zu sprechen und diese zunehmende Kälte in den Augen, die Unerschütterlichkeit gegenüber einer Fremden, das Planen des Freitods. Sind das Zeichen, dass sie sich gegen fünf Uhr als Aeterna aus dem Bett erhebt, oder erleide ich gerade einen paranoiden Anfall?

»Mein Geheimnis, Frau Ulmann«, beginne ich, »ist, dass wir beide verwandt sind. Länger, als Sie es sich ausmalen können.«

Zu meiner Verwunderung lächelt sie; wieder überrascht sie mich. »Interessant, dass Sie es ansprechen. Ich dachte vorhin, dass Sie mir ein wenig gleichen, Kind.«

»Eigentlich, Frau Ulmann, müsste ich Sie mit *Kind* anreden«, sage ich langsam. Ich will sie bei ihrem Vornamen nennen, doch es gelingt mir nicht. Ich bin ihr unglaublich nahe und plötzlich sehr froh, dass sie ihren Selbstmord eingeleitet hat. »Ich bin eine Vorfahrin ihrer Mutter, Frau Ulmann.«

Sie senkt den Kopf und stößt einen Laut aus, der ihren Unglauben deutlich machen soll. »Sie gehören also in die Abteilung wahnsinnige Stalkerin«, meint sie dann überzeugt, und eine weitere Pille verschwindet in ihrem Mund. »Schade. Ich hatte mir mehr erwartet. Etwas Geheimnisvolles.« Sie blickt an den Baldachin ihres Himmelbetts. »Man bekommt als Kind immer Geschichten erzählt, und darin hat der Tod oft menschliche Gestalt. Seltsamerweise dachte ich immer, der Tod sei eine Frau, weil Frauen das Leben schenken. Da wäre es nur gerecht, wenn es auch eine Gevatterin Tod wäre.« Sie deutet auf die Packungen. »Als ich angefangen habe, die Tabletten zu schlucken, habe ich an Sie gedacht und gehofft, dass Sie der Tod sind, Kind. Mein Tod.«

»Sie haben eine Narbe auf der Innenseite Ihres linken Schenkels, weil sie mit fünf Jahren beim Spielen vom Baum in einen Zaun gefallen sind«, sage ich. »Das Baumhaus stand in der alten Eiche, in Ihrem Garten. Ihr Vater hat es Ihnen bauen lassen, und Sie haben darin mit ihren Freundinnen Evchen und Doro Tee getrunken. Jeden Sonntag.« Mit jedem Satz, den ich ihre Vergangenheit beschreibe, sehe ich das Interesse in ihrem Gesicht zurückkehren. Ich hole andere Begebenheiten aus ihrer Jugend herauf. Es sind Dinge, die man als Außenstehender nicht wissen kann, nicht in meinem Alter. »Sie haben Ihre erste Tochter zur Adoption freigegeben.« Die Krönung habe ich mir bis zum Schluss aufgehoben. »Und wenn es Sie beruhigt: Sie hat wiederum eine liebevolle Tochter und eine süße Enkelin hinterlassen.« Für diese Umschreibung könnte ich mich selbst ohrfeigen. Es wird mir die spätere Arbeit nicht erleichtern.

Frau Ulmann starrt mich an. »Woher wissen Sie das alles?«, bricht es schließlich aus ihr heraus. »Darunter waren Begebenheiten, an die ich mich selbst bis eben nicht einmal mehr entsinnen konnte, aber Sie haben sie in allen Einzelheiten beschrieben ...« Sie stockt und verkrampft sich. Die Wirkung der Tabletten setzt allmählich ein. »Ich dachte, es sollte schmerzfrei sein«, ächzt sie und hält sich die Brust, Schweiß rollt über ihre Stirn.

Ich lasse ihr die Minuten, um sich zu fangen; derweil überlege ich von neuem, was ich mit ihr anstellen soll. Mitnehmen erscheint mir nach wie vor das Beste.

»Angenommen, es stimmt, was Sie sagten: Wie kommt es, dass Sie so jung geblieben sind?«, fragt sie mich unvermittelt. »Noch glaube ich Ihnen nicht, aber wenn Sie mir darauf eine Antwort geben können, die mich überzeugt, bin ich zu vielem bereit.«

Warum soll ich es nicht sagen? Ich lächele und zeige meine Zähne. »Ich bin eine Vampirin.«

Frau Ulmann lacht unverhohlen. »Das, Kind, war doch ein wenig zu übertrieben.«

Bevor sie weitersprechen kann, zeige ich ihr für einige Sekunden mein dämonisches Antlitz; die langen, spitzen Fänge erscheinen, und ich lasse das Wesen aufschimmern, das viele hundert Männer, Frauen und Kinder in den Tod gerissen hat. Dann dränge ich das erwachte Dunkle in mir zurück. »Brauchen Sie noch mehr Beweise?«

Sie schluckt. »Nein«, kommt es nach einer ganzen Weile aus ihrem Mund. »Ich bin also das Kind eines Vampirs ... oder geschah Ihre Verwandlung nach meiner Geburt?«

»Vorher. Lange vorher.« Ich gebe ihr einen kleinen Einblick in mein bewegtes Leben, ohne auf den aktuellen Krieg zwischen Marek und mir einzugehen.

Frau Ulmann nimmt es mit unglaublicher Fassung. Zu viel Fassung, und mein Misstrauen regt sich wieder. Sie weiß nun, dass sie als Verfluchte, als Untote zurückkehren wird, und wie es aussieht, macht es ihr nichts aus. *Das* gefällt mir gar nicht.

Ihre nebelgrauen Augen richten sich auf das Fenster. »Ich weiß, dass ich anders bin als andere, ich habe es immer gespürt«, raunt sie selbstgefällig. »Ich schob es immer darauf, dass ich einen adligen Mann geheiratet habe und gesellschaftlich aufgestiegen bin, doch nun weiß ich dank Ihnen, was der wahre Grund ist.« Sie will noch eine Tablette nehmen, aber sie entgleitet ihren zitternden Fingern, und ich weiß nicht, ob es Nebenwirkungen oder die Aufregung sind. »Ich bin sehr gespannt, wie es sein wird«, murmelt sie.

Der Satz ist mir Warnung genug. Ich hebe die Pille auf und reiche sie an Frau Ulmann, und da bemerke ich ihn. Er ist ins Zimmer getreten und macht sich bereit, die alte Dame mitzunehmen. Ich schaue mich suchend um, doch ich entdecke nichts Sichtbares. Es bleibt bei dem Gefühl, dieser Sicherheit, dass er für ein lebendiges Wesen gekommen ist, um es beim Sterben zu begleiten. Das wiederum wäre gut, und ich könnte mir ein blutiges Stück Arbeit sparen.

Sie sieht, dass ich mich auf etwas konzentriere. »Was ist, Kind?« Dann ächzt Frau Ulmann und greift sich erneut an die Brust. Sie keucht und hustet, ihre Atmung beschleunigt sich. Die Finger zerdrücken die Kapsel, und ich muss schaudernd an Marek denken. Kleine silberne Kügelchen rieseln in die Falten des Lakens. Frau Ulmann stirbt –

– aber der Tod geht wieder!

Ich spüre deutlich, dass er sich abwendet und entfernt. Aus dem Zimmer ist er schon gewichen, und das bedeutet: Meine Nachfahrin wird diese Welt verlassen und *doch* bleiben. Gevatter Tod zieht sich zurück, weil er nicht die widernatürliche Geburt einer Aeterna bezeugen will.

»Helfen Sie mir«, hechelt Frau Ulmann, und der Schmerz verzerrt ihr Gesicht furchtbar. Sie reckt den rechten Arm zu mir, die andere Hand hält sich den Magen. »Ich will nicht leiden. Bitte, tun Sie etwas …« Sie heult auf, stöhnt und windet sich. Es ist ein schreckliches Elend, und mir tut der Anblick in der Seele weh. Meine Finger schließen sich um den Dolch, ich ziehe ihn und erhebe mich, um an ihr Bett zu treten.

Es ist anders als sonst. Ich sage mir, dass ich sie nicht umbringe. Sie hat den Freitod gewählt, der statt einer Erlösung nun hundertfache Qualen für sie bedeutet. Frau Ulmann ist immer noch mein Kind, mein Geschöpf, meiner Linie entsprungen.

»Viktoria Susanna Louisa Sarah«, sage ich leise zu ihr und

stehe an ihrer Seite, gehe in die Hocke und lege die freie Hand auf ihre Stirn. »Sei ruhig, meine Kleine. Ich bin bei dir.«

Sie beruhigt sich wirklich. Es ist das erste Mal, dass sie jemanden bei sich hat, der wirklich ihre Mutter sein könnte. Und sie ist gekommen, um sie zu töten. Zu erlösen, sage ich mir selbst und hebe die Waffe. Die Klingenspitze zielt auf das Herz. »Es tut nicht weh, Kind«, flüstere ich ihr zu und streichele ihr die Stirn. »Lieg still.«

Sarah nickt und sieht trotz ihres Leidens glücklich aus. »Wie wird es sein, als Vampirin zu leben?«, stöhnt sie und umfasst meine bewaffnete Hand, als wollte sie sich selbst den Stoß geben.

»Schrecklich«, antworte ich behutsam und gebe ihr einen Kuss auf den Haaransatz. Sie riecht sehr gut und gepflegt. »Deswegen kann ich es dir nicht erlauben, Sarah.« Ich steche abrupt zu und akzeptiere keinen Widerspruch. In diesem Fall bin ich eine autoritäre Mutter.

Die Damaszenerklinge gleitet an den Rippen vorbei in sie hinein und zerstört das alte Herz auf Anhieb. Das Leuchten in ihren Augen, die meinen so sehr gleichen, erlischt, und ich spüre den Tod wieder in meiner Nähe. Er ist zurückgekehrt, um ihre Seele mit sich zu tragen. Meine Tochter endet keinesfalls in der Hölle. Dieses Schicksal wird ihr erspart bleiben.

Beim Blick auf ihre friedlichen Züge überkommt es mich. Durch die Ähnlichkeit sehe ich mich plötzlich selbst tot daliegen. Mein Wunsch liegt buchstäblich vor mir, eine Verheißung von Frieden.

Vermutlich.

Sicher bin ich mir nicht. Ob die Hölle für mich eine Ausnahme wegen guter Führung in den letzten Jahrhunderten macht, oder wiegt mein fatales Ausrasten nach dem Kampf gegen Madman schwerer?

Ich schließe Sarah die Augen und berühre ihre noch warmen

Wangen. Das Messer lasse ich, wo es ist, damit kein Blut aus der Wunde fließt und die Bettwäsche beschmiert.

Mein Entschluss ist, dass ich sie mitnehmen und sie auf dem Friedhof im Familiengrab beisetzen werde, ohne dass es jemand merkt. Der Grabschmuck besteht aus einfachem, schönem Efeu, den man zur Seite schieben kann, und er wird die frischen Spuren in der Erde perfekt überdecken. Niemand käme auf den Gedanken, die alte Dame im Familiengrab zu suchen. Sie hat eine letzte Ruhe verdient.

Ich hebe Sarah an und stelle fest, dass sie sehr leicht ist. Osteoporose und mangelnder Appetit haben sie zu einem Leichtgewicht werden lassen. Ich drehe mich zum Fenster und überlege, ob ich den Sprung wagen soll oder ob ich damit der Spurensicherung zu viele Abdrücke im Kies hinterlasse. Besser wäre es, wenn ich durch die Haustür gehe und vorher ein paar Kleider sowie Schuhe mitnehme. Damit es wenigstens den Anschein hat, als wäre sie freiwillig gegangen.

Da höre ich Schritte, die sich der Tür nähern. Ich habe mich wohl in meiner Einschätzung von Frau Schonsdorf geirrt.

Ich lege Sarah zurück ins Bett und drehe sie leicht nach rechts mit dem Gesicht zum Fenster. Damit der Messergriff nicht unter der Decke emporragt, werfe ich das Laken über sie und husche hinter die Tür.

Die Haushälterin kommt hereingeschlichen und sieht nach Sarah, zieht die Decke etwas in die Höhe. Dabei bemerkt sie die Pillenpackungen und erschrickt sichtlich. »Frau Ulmann?« Sie rüttelt die alte Dame behutsam an der Schulter. »Frau Ulmann?« Sie fühlt nach dem Puls und findet verständlicherweise nichts. »Mein Gott«, haucht sie und nimmt das Telefon vom Nachttisch.

Jetzt habe ich ein Problem.

Bevor Frau Schonsdorf 1-1-0 tippen kann, springe ich sie

von hinten an und schlage ihr das Telefon aus den Fingern, es fällt auf die Decke.

Ich schwöre, dass ich sie niederschlagen wollte, um Zeit zu gewinnen und nachdenken zu können, doch ich tue mehr als das.

Ohne es zu beabsichtigen, öffne ich den Mund und merke, wie sich mein Unterkiefer aushakt, während die langen Fänge herausschnellen und sich die Zähne in Messerreihen verwandeln. Ich packe sie an den Schultern und reiße sie an mich, meine Lippen treffen ihre Haut, und ich inhaliere den Nachtgeruch, den sie an sich trägt. Im nächsten Moment beiße ich zu und raube ihr den Schrei aus der Kehle. Ihr warmes, süßes Blut quillt in meinen Mund.

Mehr! Ich will mehr und sauge, während sie schlaff in meinem Griff hängt und sich nicht wehrt. Sie verliert innerhalb von Sekunden all ihr Blut, diesen Schock verkraften Körper und Verstand nicht.

Erst als nichts mehr aus der Wunde kommt, lasse ich sie los. Dumpf schlägt sie auf dem Teppichboden auf, ihr verzerrtes Gesicht ist eine Maske des Entsetzens. Ich wische mir mit dem Handrücken das Rot aus den Mundwinkeln, knackend rückt mein Unterkiefer an seinen angestammten Platz.

Dieses Mal muss ich mich nicht übergeben. Es waren geschätzte sechs Liter, eine gute Portion; gleichzeitig bedauere ich das, was ich getan habe. Seltsamerweise schäme ich mich nicht, ich bedauere lediglich den Tod der unschuldigen Frau. Vor zwei Tagen wäre mir das nicht passiert, ich hätte nicht einmal das Verlangen gehabt, in ihren Hals zu beißen. Marek trägt die Schuld an ihrem Ableben, Marek und seine Intrige. Er brachte mir die Gier der dunklen Stunden zurück.

Ich gebe mir Mühe, den kleinen Rausch, den mir das Blut beschert hat, nicht zu sehr zu genießen, und konzentriere mich mehr auf das Bedauern. Beim ersten Mal, im Tunnel, fühlte es sich an wie eine grenzenlose Euphorie, dieses Mal ist es eher vergleichbar mit einem kurzen Schwips, der bereits wieder abklingt und Sehnsucht nach dem ganz großen Trip weckt. Das ist nicht gut. Verdammt, Marek.

Frau Schonsdorf wird mit in das Familiengrab der von Ulmanns wandern. Mein Zeitplan gerät gehörig durcheinander, aber es geht nicht anders. Ich male mir aus, was geschieht: Die Polizei wird keine Spuren eines Kampfes oder gewaltsamen Eindringens finden und von einem Ausflug ausgehen, von dem die Frauen nicht mehr zurückgekehrt sind. Man wird die Auen durchsuchen und niemanden finden. Das Ende zweier Leben.

Seufzend erhebe ich mich und suche eine Plastiktüte, in die ich die Kleidung packen kann. Meine Pflicht ist noch nicht getan. Zwei weitere unschuldige Leben muss ich in dieser Nacht noch nehmen, danach ist Schluss.

Schluss mit den Unbeteiligten.

20. Dezember 2007

Deutschland, Sachsen, Leipzig, 18.09 Uhr

Ich hatte es – Dank sei Gott dem Herrn und seinen Heiligen – damals weit gebracht, ein Vermögen erwirtschaftet und einige Erfolge in der Forschung erzielt, die mir in der Cognatio viele Neider brachten. Einige davon konnte man beinahe als Todfeinde bezeichnen, die sich am liebsten auf mich gestürzt und mir den Judaskuss auf die Wange gedrückt hätten. Aber sie wagten es nicht ...

Doch der Reihe nach.

Noch nie in den letzten dreihundertdreißig Jahren habe ich etwas über mein privates Leben aufgezeichnet, weder meine Gedanken noch die Geschehnisse. Jetzt ist es mir ein dringendes

Bedürfnis. Ist es eine Beichte? Eine Bitte um Vergebung? Will ich meine Seele mit Tinte reinwaschen?

Ich greife ich nach meinem Füllfederhalter und schreibe weiter.

Dieser Teil meiner Geschichte soll mit jener Nacht beginnen, in der ich mich aus den Ruinen meines Zuhauses erhob und nichts weiter war als ein wildes Tier, das nach dem Lebenssaft der Menschen dürstete und ihn sich nahm, wann immer es Gelegenheit dazu erhielt.

Vielleicht ist es eine Gnade, dass ich mich kaum an dieses erste Jahr erinnere, das Blutjahr, in dem ich durch die Wälder zog, blindlings und ohne Orientierung. Die Morgenröte befahl mir, mich vor dem Licht in Sicherheit zu bringen, und die Dämmerung lockte mich wieder hervor. Mehr wollte ich nicht: vegetieren wie Vieh, fressen und schlafen.

Dazu kamen die vielen Eindrücke, die verwirrend und neu für mich waren. Mein Körper, meine Sinne hatten sich verändert und ermöglichten es mir, Dinge zu tun, die ein menschliches Lebewesen nicht vermag. Es dauerte, bis ich sie beherrschte, ohne dabei zu ahnen, dass so viel mehr in mir schlummerte.

Wie ich bereits vorher anmerkte: Ich entsinne mich kaum an dieses Jahr. Mein Verstand war nahezu ausgemerzt, beherrscht von Instinkten und Trieben.

Bis zu jener Nacht, als der Herrgott ein Einsehen hatte.

7. September 1678
Osmanisches Tributland

Scylla überwand den umgestürzten Baum, der ihr den Weg versperrte, mit einem mühelosen Sprung, landete leise auf dem nadelbedeckten Waldboden, hob den Kopf in den Wind und nahm die Witterung neu auf: Es roch nach Schafen und Menschen. In ihrem Durst kamen ihr beide gelegen.

Sie kicherte, gleich darauf gab sie ein schlürfendes Geräusch von sich, um den Speichel, der sich gebildet hatte, zu schlucken; danach eilte sie geduckt weiter, strebte den dichtstehenden Bäumen zu.

Die zerfetzte Kleidung, welche sie am Leib trug, erzählte eine besondere Geschichte. Sie setzte sich aus den Überresten der Kleider ihrer menschlichen Opfer zusammen, denn ihr alter Rock war schon längst zerschlissen und zerfetzt. Sie nahm sich, was sie brauchte.

Die roten Haare standen verfilzt und dreckig vom Kopf ab, Laub und Schmutz hatten sich darin verfangen; auch von ihrem hübschen Gesicht war kaum noch etwas zu erkennen. Wenn sie bei ihren ruhelosen Streifzügen nicht gerade in einen Tümpel fiel oder vom Regen überrascht wurde, gab es wenig Gelegenheit, mit Wasser in Berührung zu kommen. Flüsse, Bäche und kleinere Rinnsale mied sie, setzte keinen Fuß hinein und überquerte sie folglich nicht, nicht einmal über Brücken oder Stege. Sie fürchtete sich schrecklich vor fließenden Gewässern.

Scylla besaß keinerlei Erinnerung mehr an ihr früheres Leben in der Mühle und in den Laboratorien, an die schönen Abende mit ihrem Vater, den aufregenden Kampf mit Frans oder die erniedrigende Untersuchung in der Cognatio. Was für sie zählte, war leben und fressen.

Gerade jetzt regierte der Hunger Scylla einmal mehr. Der Geruch von Schafen und Menschen wirkte hypnotisch auf sie.

Noch war der obere Rand der untergehenden Sonne als dunkelroter Bogen zu sehen, aber der Schutz der Bäume erlaubte Scylla, sich weit nach vorne zu pirschen und sich eine gute Stelle auszusuchen, von wo sie ihren Angriff führen konnte.

Sie sah durch die Zweige hindurch zwei Schäfer vor ihrem

kleinen Wagen an einem Feuer sitzen, die Herde graste in fünf Schritten Entfernung, während zwei Hütehunde zwischen den Halmen lagen und die Schafe im Auge behielten, solange die Menschen mit Essen beschäftigt waren.

Scylla knurrte. Hunde waren nicht gut. Sie verrieten sie ständig und verteidigten dazu noch ihre Herren, auch wenn sie im Kampf gegen sie keine Aussicht auf Erfolg hatten. Ihre rechte Hand legte sich an den Griff ihres Damaszenerdolches, den sie am Gürtel auf dem Rücken trug. Sie wartete ungeduldig in den lang und länger werdenden Schatten, bis die Sonne gänzlich vom Himmel verschwunden war, und schlüpfte wie eine Schlange durchs Unterholz. Nicht ein Ästchen knackte unter ihren Sohlen.

Goran, der jüngere der Männer am Feuer, sah von seinem Brot auf, das er sich mit einem Stock über den Flammen röstete. Er hatte wie sein Freund einen langen, schweren Hirtenmantel um sich gelegt, die Füße steckten in Stiefeln. Seine Augen schweiften über das Dickicht zwischen den Bäumen.

»Was ist?« Sinan drehte die Wurst hin und her, damit sie nicht verbrannte. Sie duftete unglaublich gut, neben sich hatte er den Trinkschlauch mit Branntwein stehen. Er reckte die Sohlen gegen das Feuer.

»Ich weiß nicht.« Goran konnte nichts entdecken, was sein schlechtes Gefühl begründete. Ein Blick zu den Hunden, die ruhig an ihren Plätzen lagen, vertrieb zumindest einen Teil des Unbehagens. Sie hatten Laut gegeben, wenn sich ein Räuber näherte.

Sinan reichte ihm mit einem Lachen den Branntwein. »Hier, trink. Das macht dich ruhiger.« Er zog sein Essen aus dem Feuer und pustete, bevor er das Fleisch vom Stöckchen nagte. »Bald sind wir wieder zu Hause, und du darfst dich bei deinem Weib austoben«, meinte er mit vollem Mund. »Ich weiß, wie das ist, so lange ohne einen schönen warmen Körper zu sein. Ich freue mich, wenn wir die Schafe zurück in den Stall treiben dürfen.«

»Ja. Ich vermisse meine Frau.« Goran kostete von dem Alkohol, leckte sich die Lippen und biss in sein geröstetes Brot. Doch er fühlte sich beobachtet, als habe der Wald in seinem Rücken Augen. Er rückte um die Feuerstelle herum, lehnte sich an das kleine Wagenrad und betrachtete die Bäume. Dünner Nebel kroch zwischen ihnen empor, auch von der Wiese stiegen die ersten Schleier auf.

»Der Herbst hat uns seine ersten Boten gesandt«, sagte Sinan. »Ist das nicht herrlich anzuschauen?«

Goran fand es nicht herrlich. Er pfiff eine schnelle Tonfolge, und sofort sprangen die Hunde auf, um den Befehlen zu gehorchen. Bald darauf drängte sich die Schafherde dichter um den kleinen Wagen und umgab die Männer wie ein wollenes Meer.

Sinan verfolgte das Geschehen, ohne etwas von sich zu geben. Er hatte Goran vom ersten Tag an, als man ihn ihm zur Unterstützung mitgegeben hatte, für einen ängstlichen Menschen gehalten, der in allem Omen sah und sich vor Upiren fürchtete, als gäbe es sie hinter jedem Mauervorsprung. »Denkst du, dass der Nebel unsere Schafe fressen möchte?«, sagte er schließlich etwas spöttisch.

»Du hast die Nachrichten von dem Upir gehört, der den Menschen die Kehle mit einem Biss herausreißt«, erwiderte Goran etwas zu laut und hart. Es tat ihm nicht leid, dass er den Mann anfuhr, der sich hauptsächlich für Würste und Branntwein interessierte. Ohne die Hunde wäre ihm die Herde schon lange davongelaufen.

»Ja. Einer der rothaarigen Bastarde.«

»Ein Kind des Judas«, verbesserte Goran und bekreuzigte sich.

»Aber dann hat er wohl die drei Kreuze auf der Stirn der Opfer vergessen, wie sie es sonst tun. Ich denke eher, dass es mal wieder Straßenräuber sind, die ihre Taten vor der Obrigkeit verbergen wollen. Es gibt immer wieder Narren, die auf solche Finten hereinfallen.«

»Na, die Wunden …«

»Eben!« Sinan spießte eine zweite Wurst auf und hielt sie über die zuckenden Flämmchen. »Niemals würde ein Kind des Judas seinem Opfer noch weitere Wunden zufügen. Ein Biss in die Kehle, sie wird herausgerissen und aus. Aber das, was ich gehört habe, klang nach einem Gemetzel.«

Goran dachte über die Worte nach und musste eingestehen, dass sein Kamerad recht hatte. Keine der Wunden passte zu dem bekannten Verhalten der Judaskinder, und wenn nicht die gewaltigen Zahnabdrücke gewesen wären, hätte er niemals angenommen, dass es sich um einen dieser Upire handeln würde. Wieder sah er zum Unterholz, wo sich die Schatten zu Schwärze vereinigten und es ihm unmöglich machten, etwas zu erkennen.

»Es werden wirklich Räuber gewesen sein.« Er ließ sich schließlich auf die Erklärung ein, schon allein, um sich selbst etwas von der Angst zu nehmen.

»Und sie werden bald von einem Kind des Judas Besuch bekommen, da wette ich drauf«, fügte Sinan ruhig hinzu. »Sie werden es sich nicht bieten lassen, dass man sie nachahmt.« Er malte drei große X in die Luft. »Isst du dein Brot noch?«

»Ja, natürlich.« Schnell schob er es sich in den Mund, ehe der andere danach greifen konnte. »Es gab sie schon immer, erzählte mir meine Großmutter.« Goran warf ein Scheit ins Feuer, damit die Flammen in die Höhe stiegen. Er bemerkte, dass die Schafe, die normalerweise Abstand zum Feuer hielten, keinerlei Anstalten machten, sich in die immer rascher vordringende Finsternis zu begeben. Den Tieren erging es ebenso wie ihm. Er schob es darauf, dass sowohl die Schafe als auch er nicht genügend Branntwein gesoffen hatten, so wie Sinan, und sich vor der Dunkelheit fürchteten. Er wünschte sich in eine sichere, feste Hütte, an der er die Fensterläden schließen und die Tür mit einem dicken Balken verriegeln konnte.

Sinan lachte. »Ja, diese Geschichte erzählt jede Großmutter. Mir sind sie gleich.« Er stand auf und machte ein paar Schritte weg vom Lagerfeuer; blökend wichen ihm die Schafe aus, und er ging hinter den Karren. »Ich muss mich in die Büsche schlagen, Goran. Gib du nur acht, dass mir kein Upir an den Arsch springt.« Er verschwand auf die andere Seite.

Goran schluckte und trank noch mehr von dem Branntwein. Wie gerne hätte er das Dickicht abgefackelt, damit sich nichts darin verbergen konnte.

Einer der Hunde hob plötzlich den Kopf, die Lefzen zogen sich zurück, und die Ohren stellten sich auf, seine breite, lange Schnauze zeigte auf den Wald; gleichzeitig blökte furchtsam ein Schaf und versuchte, sich in den Mittelpunkt der Herde zu schieben. Die Bewegung setzte sich fort, gleich darauf waren die Tiere in eine langsame, aber beständige Flucht verfallen, die sie weg vom Feuer auf die offene Fläche führte.

»Nein, bleibt stehen, ihr ...!« Goran sprang auf, nahm den Hirtenstab und pfiff nach den Hunden, damit sie ihm halfen, die Herde im Zaum zu halten. »Sinan, komm! Die Schafe gehen uns durch.« Ohne eine Antwort abzuwarten, rannte er los, um die Tiere einzuholen.

Die Herde fächerte nun schneller auseinander, schwenkte nach rechts und links, während die Hunde bellend umhersprangen und versuchten, sie aufzuhalten.

Goran wusste nicht, wohin er sich zuerst wenden sollte. Mehr als zehn Tiere hatte er niemals gehütet, eine solche Vielzahl überforderte den jungen Mann. Er entfernte sich weiter und weiter vom Karren, hinter dem Sinan kauerte.

Der ältere Hirte hatte seine Notdurft verrichtet und sah den jungen unerfahrenen Mann durch die Gegend springen, hörte ihn fluchen und bitten. Natürlich scherten sich sie Schafe nicht um seine freundlichen Worte, sie trabten der Sonne nach. Weg vom Wald. »So ein Idiot.« Sinan lachte.

Der Schatten, der plötzlich auf ihn fiel, ließ ihn den Kopf heben. Über ihm auf dem Dach saß eine Gestalt in der Hocke, eine Hand hatte den Rand umfasst, als wollte sie die Latten herausreißen.

Sinan sah rote Haare im Sternenlicht schimmern, ansonsten konnte er nur raten, ob es sich bei dem unheimlichen Besucher um einen Mann oder eine Frau handelte. Doch er ahnte, was ihn heimsuchte.

»Nein«, flüsterte er und schlug das Kreuz. »Jesus und Maria, steht mir bei!«

Scylla starrte den Mann an. Sein warmer, scharfer Geruch, der ihr zu Kopf stieg und sie benebelte, verhieß Blut. Der Durst in ihrer Kehle machte sie schier rasend vor Begierde. Sie hörte sein Herz pochen, und jeder Schlag war eine Aufforderung, über den Menschen herzufallen, ihn leer zu saugen, ihm das Leben zu nehmen und sein Fleisch zwischen den Zähnen zu zerreißen.

Aber es gelang ihr nicht, sich zu bewegen.

Das merkwürdig vertraute Antlitz des Mannes weckte Erinnerungen in ihr.

Die Bilder blitzten grell vor ihrem inneren Auge auf, eines folgte auf das andere. Die Mühle, die großen Gläser mit den Praparaten darin, sezierte Leichen, das Gesicht ihres Vaters – aus dessen Augen abrupt Blut spritzte!

Scylla sah ihn unter den Angriffen der Dörfler niedergehen. Sie hörte das Prasseln des sich ausbreitenden Feuers, die Schreie der Männer, die er bei der Verteidigung seines Lebens tötete – und plötzlich sah sie die Züge von Sinan mitten in der Menge der Angreifer.

»Du warst einer von ihnen«, ächzte sie und erschrak, dass kaum mehr als ein Ächzen erklang. Nach beinahe einem Jahr benutzte sie zum ersten Mal wieder ihre Stimmbänder.

Die Wucht der Erinnerungen traf Scylla so unvermittelt, dass sie sich an der Holzkante des Dachs festklammern musste, um nicht hinunterzustürzen. Sie entsann sich an alles: An ihre Jugend, ihre Mutter, wie ihr Vater sie abgeholt hatte, die Erlebnisse mit Giure ... Wie sie ihr Zuhause, die Mühle, verloren hatte ...

Scylla kämpfte sich auf die Beine und zeigte mit dem Dolch auf Sinan, die Hand zitterte. »Ihr habt mich ...«

»Jesus Christus, steh mir bei!«, schrie der Hirte und machte einige Schritte rückwärts, bis er sich umwandte und davonrannte.

Scyllas Beine gaben nach. Sie brach auf dem kleinen Dach zusammen, die Waffe entglitt den kraftlos gewordenen Fingern und fiel auf die Erde. Ihr Verstand zeigte ihr immer neue, vergessene Erinnerungen und versetzte ihr einen Schlag nach dem anderen. Sie kontrollierte die Flut aus Bildern nicht, sondern wand sich unter ihr.

Und mit jedem Aufleuchten verlor sie mehr von dem Animalischen, das Instinktwesen in ihr büßte die Oberherrschaft über ihren Verstand ein. Unter Schmerzen kehrte das Denken zurück.

Sie weinte, barg das Gesicht in den Händen, rollte sich zusammen und verlangte laut nach Gnade. Doch sie erfuhr keine. Stattdessen führte ihr die Erinnerung immer wieder die Züge der überlebenden Dörfler vor Augen, und eine finstere Stimme in ihr verlangte zornig und hasserfüllt nach Rache. Rache für ihren eigenen Tod.

»Nein«, schluchzte sie, versuchte aufzustehen und verlor erneut das Gleichgewicht. Sie stürzte vom Karren, fiel auf die Erde und blieb wimmernd liegen. Es tat ihrer Seele unendlich weh, mit dem alten Leid gefoltert zu werden, doch dieser heilsame Schmerz spülte den Wahnsinn davon, der sie so lange als Tier hatte leben lassen.

Scylla lag viele Stunden lang in der Dunkelheit, ächzte und jammerte, bis auch der letzte Rest von wilder Verrücktheit aus ihrem Hirn gewichen war.

Kurz bevor sich die Sonne erhob, suchte sie den Dolch, kroch auf allen vieren in den Wald zurück und schlüpfte in einen hohlen Baumstamm, wo sie den Tag verbrachte.

20. Dezember 2007
Deutschland, Sachsen, Leipzig, 21.01 Uhr

Das war jene Nacht, in der sich mein Leben in neue Bahnen fügte. Mein Verstand war auferstanden – und schenkte mir eine stärkere Rationalität, als ich sie vorher gekannt hatte.

Ich akzeptierte, dass mein Vater ein Upir gewesen war, ein Vampir, ein Kind des Judas, und dass sein untotes Erbe sich mit mir fortsetzte. Nach und nach erkundete ich meine neuen Fertigkeiten, lernte sie besser einzusetzen und nicht blindlings wie ein Tier darauf zurückzugreifen. Das unterschied mich von anderen Vampiren, die einzig für den Hunger lebten. Hirnlose Bestien – das dachte ich zumindest.

Ich hielt mich für etwas Besseres, über allen Menschen und Vampiren stehend, überlegen. Eine Göttin der Nacht.

Einige Rätsel blieben indes unbeantwortet: zum Beispiel, wie lange ich als Vampirin lebte? Ich erinnerte mich an das, was ich in den Büchern gelesen und mein Vater mich gelehrt hatte. Es gab ganz verschiedene Vorstellungen darüber, mal war von Wochen, mal von Monaten, mal von Jahren die Rede, ehe ein Untoter für alle Zeiten verging – oder aber, wie es manchmal hieß, wieder zu einem echten Menschen werden konnte.

Doch das wollte ich keinesfalls. Meine neue Existenz besaß zu viele Vorteile, die Schwächen eines Menschen hatte ich überwunden. Ich plante, wie ich dank meiner neuen Fähigkeiten meine Mörder zur Rechenschaft ziehen konnte. Es sollte nicht zu überstürzt sein, aber ich wollte sie auch nicht warnen. Es durfte nicht der Verdacht aufkommen, dass ich ihren Angriff überlebt hatte. Dabei war ich mir nun sicher, dass nichts mich töten konnte.

Einzig vor der Sonne beugte ich mein Haupt, aber im Schatten, in verlassenen Krypten, in den Gewölben von alten Häusern ließ es sich aushalten.

Anfangs.

Ich kam jedoch alsbald zu der Meinung, dass einer Göttin der Nacht eine adäquatere Residenz zustand.

9. Juli 1679
Osmanisches Tributland

Es war für diesen blendend schönen Tag eine Jagd der christlichen Landpächter angesetzt, und am Ende hatten nicht weniger als drei Hirsche, zwei Wildschweine, sieben Rehe und ein Bär ihre Leben bei der Hatz gelassen. Die Verluste auf der Seite der Menschen hielten sich in Grenzen; zwei Treiber waren verwundet worden, einer durch einen Keiler, der andere durch den Bären.

Wie immer fand die Jagd unter der Aufsicht von Vertretern der türkischen Obrigkeit statt, die sämtliche Waffen der Treiber danach wieder einzogen. Die Landpächter durften ihre Schwerter behalten, sie hatten entsprechende Abgaben bezahlt und sich das Recht dazu erkauft. Mit Münzen ließ sich vieles regeln.

Die Gesellschaft traf sich abends auf dem Gut von Jakobus

Stracz, um sich im großen Saal die Geschichten der Jagd zu erzählen und mit den Schüssen zu prahlen. Um sie herum schwirrten die Bediensteten und reichten Essen und Weine. Musikanten spielten dazu heitere Melodien, denen bislang aber niemand recht Gehör schenken wollte. Es wurde laut gelacht und gesprochen, die Ereignisse des Tages erstanden in Worten und Gesten der Erzähler neu.

Unter den Tagelöhnern, die eigens für dieses Ereignis eingestellt worden waren, befand sich auch Scylla. Sie trug das gestohlene Leinenkleid einer Magd, die roten Haare lagen unter einer Haube verborgen, sonst hätte sie inmitten der schwarzhaarigen Frauen zu viel Aufsehen erregt.

Sie hatte ihren Auftritt gut vorbereitet und sich bereits einen aus der Schar der Pächter ausgesucht, der hoch in der Gunst des örtlichen Kadis und der osmanischen Provinzregierung stand: Jakobus Stracz selbst.

Der kräftige, dunkelhaarige Mann mochte Mitte vierzig sein, hatte sich zu einem Landpächter mit großem Einfluss aufgeschwungen und war von den Besatzern mit allerlei Privilegien ausgestattet worden. Auch in seinem Fall hatten Münzen einiges geregelt.

Schön mochte ihn Scylla wirklich nicht nennen, aber darum ging es ihr nicht. Annehmlichkeiten, das wollte sie. Dass er verheiratet war, störte sie nicht. Zudem befand sich seine Frau in dieser Nacht nicht auf dem Anwesen. Er hatte ein Gewand ähnlich einer Tunika angelegt, darüber trug er einen dünnen Mantel aus gefärbter Seide, den er vom Statthalter als Geschenk erhalten hatte, wie er immer wieder gerne berichtete.

Scylla nahm sich die Karaffe mit dem Wein, bevor jemand anders es tun konnte, und ging damit zum Tisch. Sie begab sich an Stracz' Seite. »Noch Wein, Herr?«, fragte sie und legte in ihre Stimme jenen Schmelz, mit dem sie früher ihre Lieder vorgetragen hatte und sich sofort alle Aufmerksamkeit sichern konnte.

Tatsächlich wandte Jakobus ihr sein Gesicht zu und musterte sie; dann hob er den Becher. Scylla lächelte und goss ihm ein – da drehte er sich weg und nahm seine Unterhaltung wieder auf! Hatte sie ihn falsch eingeschätzt, oder verlangte es ihn eher nach dem eigenen Geschlecht? Sein Desinteresse verunsicherte sie nicht, sondern ließ sie aufkeimende Wut verspüren; für einen Moment wünschte sie sich nichts mehr, als seine Unverschämtheit mit einem tödlichen Hieb ihrer Hand zu strafen.

Doch dann spielten die Musikanten ein Lied, das sie aus ihrer Kindheit kannte, und sie summte die Melodie mit, während sie einem Landpächter nach dem anderen Wein kredenzte; Scylla bemerkte, dass andere Männer sie sehr wohl lange und begierig anschauten. Das brachte sie auf eine neue Idee.

Als die Karaffe leer war, kehrte Scylla nicht zum Ausschank zurück. Stattdessen gesellte sie sich zu den Musikern, die zu schnelleren und vor allem lauteren Stücken übergegangen waren, um sich gegen das Stimmengewirr in der Halle durchzusetzen und Aufmerksamkeit für ihre Kunst zu verlangen.

Auch Scylla erhob ihre Stimme. Laut sang sie die Ballade über die zwanzig Räuber mit, was die Männer an den Instrumenten anstachelte, noch ausgelassener zu spielen.

Scylla hörte ihre eigene Stimme und wunderte sich insgeheim. Durch die Wandlung zur Upirina hatte sie noch mehr Ausdruckskraft erhalten, sie klang intensiver und klarer als jemals zuvor.

Ihr Gesang fesselte die Zuhörer, das sah sie in den Gesichtern der Umstehenden. Sie konnten die Augen nicht mehr von der jungen Sängerin abwenden, die nun zusätzlich noch wie eine Tänzerin herumwirbelte und die Abenteuer der Räuber derart inbrünstig und mitreißend zum Besten gab, als wäre sie selbst eine von ihnen gewesen.

Scylla schaute kurz zu Jakobus, der sie jetzt neugierig betrachtete. Sie hatte es geschafft, ihn zu begeistern – doch das Lied neigte sich dem Ende zu.

»Rasch, spielt etwas Heiteres«, rief sie den Musikanten zu. »Ich möchte, dass alle tanzen.«

Die Angesprochenen reagierten mit Begeisterung. Eine Geige jubelte auf und schraubte sich höher und höher, bis die übrigen Instrumente einstimmten. Dieses Mal, als hätten sie geahnt, was Scylla dachte, spielten sie das Lied von der schönen Witwe, die sich ihre Verehrer reihenweise aussuchen konnte.

Und Scylla ging in dieser Rolle auf. Sie strich den Tisch entlang, sang sich in die Herzen der Männer und schenkte ihnen tiefe, vielversprechende Blicke, um sich mit einem Auflachen wieder von ihnen abzuwenden und auf den nächsten zuzugehen. Einer nach dem anderen entbrannte in Verlangen.

Sie spürte, wie jeder freudig darauf wartete, dass sie vor ihm erschien. Sie gab jedem die Illusion, dass er es sein könnte, mit dem sie die Nacht verbrachte. Nur um einen machte sie einen großen Bogen: Jakobus. Er wurde von ihr ausgespart, während sie seine Nachbarn mit neckenden Augenaufschlägen ins Schwitzen und in Verlegenheit brachte, andere streckten die Hände nach ihr aus, die sie zur Seite schlug oder denen sie höhnisch schnaubend auswich.

Das Lied wurde inzwischen im Takt mitgeklatscht, nur der osmanische Gesandte hielt sich zurück. Es war nicht seine Art von Unterhaltung, und als Scylla ihn gehen sah, fühlte sie sich erleichtert. Ohne den Aufpasser wäre ihr Unterfangen einfacher, die Menschen wurden sofort gelöster.

Erst bei den letzten Takten, als die Witwe im Lied ihren neuen Mann erwählte, schwenkte sie herum und näherte sich Jakobus.

Scylla ging aufrecht, das Kreuz durchgedrückt und ihre Brüste betonend, die Hände lagen an den schlanken Hüften. Sie tanzte auf ihn zu und verzichtete auf jede Anzüglichkeit, sondern gab ihrem Gesang etwas Ehrliches und Ernsthaftes. Sie wurde zur Witwe, die ihren neuen Liebsten gefunden hatte und ihm ewige Treue schwor. Mit den letzten Tönen hielt sie vor seinem Platz an, verneigte sich vor ihm, schlug die Augen nieder und verharrte.

Es blieb für mehrere Herzschläge still im Saal. Dann brandete ein Applaus auf, der selbst den lautesten Donner übertönt hätte. Klimpernd flogen Münzen von allen Seiten zu ihr, die sie jedoch nicht anrührte. Lächelnd hob sie ihr Antlitz und schaute zu Jakobus.

Ein Blick in sein Gesicht zeigte ihr, dass ihr Unterfangen gelungen war. Kein Mann konnte sich mehr ihrer Wirkung entziehen. Tanz und Stimme bildeten ihr größtes Kapital, waren Toröffner in das Leben der Einflussreichen. Scylla hatte vor, Schritt für Schritt nach oben zu steigen.

Jakobus warf ihr keine Münzen hin, sondern deutete mit dem Finger zur Tür. *In mein Gemach, Schöne,* formulierten seine Lippen tonlos.

Scylla verneigte sich erneut, sammelte das Geld ein und verließ die Gesellschaft. Ein Bediensteter erwartete sie draußen und führte sie die Treppe nach oben, wo sich die Zimmer des Landpächters befanden. Sie gingen auf der Balustrade entlang und gelangten in Jakobus' Schlafraum. Er war groß, aber nicht übermäßig üppig ausgestattet. Ein Baldachin gegen das Ungeziefer hing über dem breiten und mit Schnitzereien verzierten Bett; bemalte Schränke waren an die rechte Wand gerückt. Auf dem kleinen Tischchen neben dem Eingang stand eine Karaffe mit zwei leeren Gläsern.

Der Bedienstete sagte ihr, dass sie sich setzen solle. »Du wirst auf den Herrn vorbereitet«, sprach er und wartete an der Tür, bis es klopfte. Er öffnete, und zwei Mägde kamen herein, die einen Eimer mit warmem Wasser, Seife und Handtücher brachten. »Du bist verschwitzt. Zieh dich aus.«

Scylla verspürte großen Durst, Tanz und Gesang hatten sie angestrengt. »Kann ich etwas zu trinken bekommen?«

»Sicher.« Der Bedienstete goss etwas Wasser aus der Karaffe in ein Glas und reichte es ihr.

Wie eine Verdurstende stürzte sie das Wasser hinab – und hatte das Gefühl, dass es schon im Mund verdampfte. Das bisschen, was in ihren Magen gelangte, reichte nicht aus, um das Verlangen zu stillen. »Mehr, bitte.« Sie hielt ihm das Glas hin, er schenkte ihr nach und sie trank wieder schnell. Doch auch diesmal richtete das Wasser nichts gegen die innere Hitze aus.

Mit einem Knurren schnappte sie sich die Karaffe und setzte die Lippen an den Rand, während die Mägde sie entkleiden wollten. Sie begannen mit der Haube und schälten sie dann aus dem Kleid. Scylla schluckte und schluckte, aber noch immer hatte sie den Eindruck, dass nichts von der Flüssigkeit überhaupt in sie gelangte. Sie setzte das Gefäß ab – und sah in die erschrockenen Gesichter der Mägde und des Mannes.

Eine Frau starrte auf die roten Haare, die lang und glatt auf ihre Schultern fielen, der Bedienstete hatte den Blick auf das Feuermal auf ihrem Unterarm gerichtet. »Upir«, stotterte er und lief schon zur Tür.

Scylla wusste, dass sie nicht schnell genug an den Frauen vorbeigelangen konnte, dennoch wollte sie den Mann packen.

Eine plötzliche Böe drückte gegen das Fenster und sprengte den Riegel, die Vorhänge wirbelten wie lange Fahnen umher. Ein heißes Ziehen schoss durch Scyllas Körper – und die ausgestreckte Hand wurde durchscheinend wie Glas! Ihre Kleider fielen auf die Dielen; gleichzeitig verlor sie jegliches Gewicht, flog auf den Bediensteten zu. Es fauchte, als ein scharfer Wind durch den Raum fegte. Der Mann wurde mit dem Kopf voran gegen die geschlossene Tür geschleudert; keuchend brach er zusammen und blieb liegen.

Scylla fuhr herum und sah zu den Mägden, die zwar in ihre

Richtung blickten, sie aber anscheinend nicht sehen konnten. Die Böe brachte ihre Röcke zum Flattern.

»Wo ist sie?«, flüsterte die jüngere. »Ist sie geflohen?«

»Ich weiß es nicht«, gab die ältere zur Antwort und holte ihren Kreuzanhänger hervor. »Hast du die roten Haare gesehen? Es war ein Judaskind. Mein Gott, steh uns bei! Sie wollte den Herrn töten.«

»Mach dir lieber Sorgen um dich«, gab die andere zurück. »Wenn sie auf dem Gang lauert?«

Scylla lachte auf. Ihr hatte sich eine neue, wundersame Eigenschaft offenbart, von der sie nichts geahnt hatte. »Leicht wie eine Feder, dem Wind gebietend«, flüsterte sie und sah, dass die Frauen erschraken. Demnach konnten sie ihre Stimme vernehmen. »Ihr seht mich nicht, ihr Gänse.« Sie ließ sich vom Wind langsam auf die Frauen zutragen. Ihr Durst war größer und unbändig geworden. Und sie wusste, nach was es sie verlangte.

Vor den Mägden angelangt, konzentrierte sie sich darauf, ihre menschliche Form anzunehmen. Es gelang! Nackt erschien sie vor ihnen – und streckte blitzschnell die Arme aus. Die Frauen wollten schreien, aber Scylla schlug ihre Köpfe kräftig gegeneinander, so dass sie benommen niedersanken, eine aufs Bett, die andere auf den Boden.

Scylla zügelte sich nicht länger. Sie warf sich auf die erste Magd, öffnete den Mund und zerbiss ihre Kehle. Sie sog, spürte das Blut in ihrem Mund und stöhnte vor Lust. Jeden Schluck genoss sie, warf dann die tote Magd auf die Dielen und zerrte die zweite zu sich.

Die Frau öffnete gerade die Augen. Schnell riss Scylla ihren Mund auf, knackend hakte sich der Kiefer aus, dann schnappte sie zu und zerfetzte den Hals. Nichts von dem kostbaren Lebenssaft ging verloren, er schwappte ihre Kehle hinab und füllte den Magen.

Aber der Durst war nicht gestillt.

Scylla ließ die ausgeblutete Hülle ebenfalls fallen, die Leichen der bleichen Mägde lagen gleich weggeworfenen Spielzeugpuppen übereinander. Sie sprang zu dem Bediensteten, der noch immer nicht aus seiner Ohnmacht erwacht war. Sie zerbiss auch seine Schlagader, soff ihn leer und sank dann, genussvoll aufseufzend, mit dem Rücken gegen den Schrank.

Sie leckte sich über die Lippen und betrachtete ihre Hand. »Unsichtbar mit dem Wind fliegen«, flüsterte sie, noch immer fassungslos über ihre Entdeckung. Sie fuhr mit der anderen Hand ihren nackten Hals entlang, über ihre linke Brust, über den Bauch bis zu ihrer Weiblichkeit. Auf den dichten, kurzen roten Haaren hielten die Finger inne. Darunter pulsierte Verlangen: Das Trinken, das warme Blut, ihre neuen Fertigkeiten, das alles hatte sie erregt. Es wurde Zeit, dass Jakobus zu ihr kam.

Scylla erhob sich und räumte die drei Leichen in den Schrank. Nach dem Liebesspiel oder am nächsten Morgen war genug Zeit, sie auf irgendeine Weise verschwinden zu lassen. Sie wusch sich rasch, inspizierte den Boden und die Laken, ohne Blut finden zu können, und begab sich ins Bett, wo sie ungeduldig auf den Herrn wartete.

Kurz darauf erschien er und bekam eine Nacht von ihr geschenkt, die an Leidenschaft und Unersättlichkeit kaum mehr zu überbieten war.

20. Dezember 2007
Deutschland, Sachsen, Leipzig, 23.19 Uhr

Wenig später lebte ich in seinem Schloss, ließ mich aushalten und schaffte mein erstes kleines Vermögen zur Seite, während Jakobus mich in die feine Gesellschaft der Landpächter einführte.

Sosehr ich auch suchte, ich fand keinen unter ihnen, der eine annähernd so exaltierte Perücke getragen hätte wie mein Vater oder eine andere Person aus der Cognatio.

Schon lange war mir klar, dass es sich bei der Versammlung ebenso um Vampire gehandelt hatte, befähigte Forscherseelen mit unglaublichem Verstand und Wissen. Zu meinem eigenen Erstaunen verspürte ich keinerlei Lust, mich wieder mit der Forschung zu beschäftigen. Es bereitete mir selbst viel zu viel Vergnügen, meine eigene Macht auszuloten, Menschen in meinen Bann zu schlagen und sie mit meiner Stimme zu fesseln.

Nachts ging ich auf die Jagd und stellte schließlich den ersten meiner Mörder.

Oh, welches Vergnügen es mir bereitete, mit ihm zu spielen und ihm erst nach langer Folter sein Blut zu rauben! Jedoch bemerkte ich, dass es danach widerlich schmeckte. Die Schmerzen hatten es verändert.

In den folgenden Jahren stieg ich weiter auf. Aus der einfachen Gespielin eines unbedeutenden Landpächters wurde eine bedeutende Mätresse, und ich fand mich wieder in den Betten von echten Fürsten, die sowohl ihr Geld als auch ihre Privilegien gegen Zahlung bedeutender Summen an die Türken hatten behalten dürfen.

Dabei entfernte ich mich immer weiter von der Stelle, an der die Mühle, mein altes Zuhause, gestanden hatte. Nachts reiste ich wie der Wind durch die Dörfer und streckte einen Mörder nach dem anderen nieder, um kurz vor Sonnenaufgang erneut neben meinen Gönnern zu liegen, wo ich sie erschöpft vom Liebesspiel zurückgelassen hatte. Niemals regte sich bei einem von ihnen ein Verdacht.

Nach fünf Jahren wollte ich mehr als nur Anerkennung. Ich wollte einen Titel. Daher half ich dem Sohn meines Geliebten dabei, den Vater und damit meinen Gönner umzubringen, um ein Jahr darauf den Sohn zu ehelichen. Ich war von nun an eine wahrhaftige Adlige!

Aber nach wie vor entdeckte ich keine Spur von der Cognatio. Wo hielten sie sich verborgen?

Abgesehen von diesen bohrenden Fragen lief es gut. Zu gut.

Mein Hochmut stellte mir ein Bein, denn in der Nacht, als ich von der Jagd auf den letzten Mörder meines Vaters zurückkehrte, geschah es.

21. November 1683
Osmanisches Tributland

Scylla war mit der Sonne um die Wette gereist und hatte das Gestirn wie so oft knapp geschlagen. Aber so gefährlich nahe wie in dieser Dämmerung war ihr die Sonne selten gekommen.

Normalerweise täuschte sie ihrem Gemahl vor, die Nacht gehorsam an seiner Seite verbracht zu haben, und weckte ihn mit einem Kuss, doch diesmal blieb ihr keine Zeit mehr.

Stattdessen stieg sie sogleich in den Keller hinab, in den sie sich tagsüber wegen »eines Lungenleidens« zurückzog, wie sie behauptete; die feuchte Salpeterluft täte ihr gut. In diesem herrlichen Kreuzgratgewölbe, das aus dem 13. Jahrhundert stammte, hatte sich Scylla ein zweites Wohnreich einrichten lassen und lebte ebenso fürstlich wie ihr Gemahl in den Stockwerken über ihr.

Scylla eilte die Stufen hinab und begab sich ins Schlafzimmer, in dem sie sich gerne ein paar Stunden Ruhe gönnte. Die weiten nächtlichen Reisen strengten sie sehr an. Scylla legte die Kleidung ab, setzte sich nackt vor das prasselnde Kaminfeuer in den großen Sessel und genoss die Wärme.

Sie hatte ihre Rache vollendet und dachte darüber nach, was

sie nun anfangen sollte. Wollte sie die Forschungen neu aufnehmen? Hatte die Menschheit das überhaupt verdient? Die Undankbarkeit der Dörfler bestärkte sie nur in ihren Zweifeln. Oder sollte sie die Suche nach den Kindern des Judas fortsetzen?

In Gedanken versunken, hatte sie nicht bemerkt, dass sie bereits erwartet wurde.

»Wo warst du, Weib?«

Sie erschrak und wandte sich um. Hinter der Tür saß ihr Gemahl Maximilian auf einem Stuhl, und seinen müden Augen nach zu urteilen, hatte er die ganze Nacht dort verbracht; im rechten Schaft der hohen schwarzen Reitstiefel steckte ein Rohrstock. »Ich war aus«, antwortete sie. »Ich konnte keine Ruhe finden, und da ließ ich die Pferde anspannen, um ein wenig umherzufahren.«

Maximilian nickte. »Und vor einem Monat? Hattest du da auch Schwierigkeiten, die Lider zu schließen?« Er stand auf. Das weiße Hemd stand halb offen und hing über die beigefarbene Hose, die langen braunen Haare lagen ihm auf den Schultern.

Scylla ahnte, dass weitere Ausflüchte vergebens waren. Er hatte sie seit längerer Zeit beobachtet. »Was willst du von mir?«

»Du triffst dich wieder mit einem anderen Mann, nehme ich an«, sagte er mühsam beherrscht. »Was planst du? Suchst du dir einen besseren Gatten, um weiter aufzusteigen, so wie du es bisher gehalten hast?«

Scylla lächelte herablassend. Der Trottel war wirklich eifersüchtig geworden. Der Rohrstock warnte sie, dass er sie bestrafen wollte, aber die Hochstimmung, in der sie sich befand, nachdem sie den letzten Mörder getötet hatte, machte sie übermütig. Sie wollte sehen, wie er reagierte. Ein Experiment. »Und wenn es so wäre?«

»Dann hätte ich Bedenken, mein Herz, dass ich dein nächstes Opfer wäre. Ich weiß, wie skrupellos du bist.« Er hatte den Sessel erreicht und legte seine Hände auf ihre nackten Schultern, streichelte die warme Haut. »Ich habe Nachforschungen über dich anstellen lassen und musste feststellen, dass man dich auch andernorts kennt. Dein Aufstieg führte durch etliche Betten.«

»Denkst du das, Maximilian?« Auch wenn er sie nicht erwürgen konnte, wollte sie doch eine Tätlichkeit vermeiden. »Wen besuche ich denn deiner Ansicht nach?«

»Atanas, den Sohn des Phanarioten«, kam es sofort aus seinem Mund. »Er hat dir schon immer Avancen gemacht.« Ruckartig zog er den Stock aus dem Stiefel und nahm ihn in beide Hände. »Ich sehe an deinem aufreizenden Lächeln, dass du keine Ahnung hast, wie schwer es mir fällt, mich zurückzuhalten.« Maximilian zeigte mit dem dünneren Ende auf sie. »Ich werde dich prügeln, bis du dein Vergehen gestehst. Danach werde dich aufs Bett fesseln und dich nehmen, wie ich dich noch niemals genommen habe, damit du nicht mehr vergisst, dass *ich* dein Gemahl bin. Aber wenn ich ein freiwilliges Geständnis höre, überlege ich mir das mit dem Prügeln vielleicht.«

Scylla lachte ihn aus. »Oh, mein armer gehörnter Gemahl«, kicherte sie und legte die Hand amüsiert vor den Mund. »Du kannst dich beruhigen, denn ...«

Maximilian nahm die wenigen Worte als Geständnis. Der Rohstock peitschte durch die Luft und hieb auf Scyllas rechten Arm, wo sofort ein dunkelroter Striemen sichtbar wurde.

Sie zuckte zusammen und starrte ihn verblüfft an. »Du wirst diesen Schlag bereuen«, drohte sie ihm.

»Keinen einzigen, Weib, werde ich bereuen! Du wirst Atanas nicht wiedersehen«, befahl er laut und schlug dabei mehrmals hintereinander auf sie ein. »Du wirst keinen anderen Mann mehr anschauen, oder ich kuriere deine Mannstollheit jede

Nacht auf diese Weise.« Maximilian prügelte weiter. Er achtete darauf, dass er nur Partien traf, die unter Kleidung verborgen werden konnten. In der feinen Gesellschaft zählte der Schein. Haut platzte auf, Blut sickerte und rann über ihre Brust und den flachen Bauch.

Scylla stieß sich aus dem Sessel ab und sprang ihn an. Ihr Körpergewicht und die Kraft reichten aus, um ihn niederzuwerfen; gemeinsam stürzten sie auf den weichen Bettvorleger. »Doch, du wirst.« Sie versetzte ihm eine harte Ohrfeige mit dem rechten Handrücken, die ihn benommen machte, und entwand ihm den Rohrstock.

Danach hagelte es Hiebe auf Maximilian, wie er sie in seinem ganzen Leben nicht erhalten hatte. Auf ihm sitzend, schlug sie so lange auf Gesicht und Arme ein, bis der Stock zerbrach und ihr Gemahl blutüberströmt war.

Keuchend erhob sie sich und kehrte in den Sessel zurück. »Bereust du es jetzt, du Bastard?«

Stöhnend stemmte er sich in die Höhe, wischte sich das Blut aus den Augen und betastete sein Gesicht. Es sah aus wie eine zerfetzte Pelle. »Du hast mich entstellt«, stammelte er vor Wut und Schmerzen zitternd.

»Ich habe dich gewarnt, mein Gemahl«, gab sie eiskalt zurück und strich mit dem Finger über den roten Strich an ihrem Arm, den das Blut hinterlassen hatte. Ihre Wunden kribbelten, als sie sich schlossen, rasch legte sie eine Decke über sich. Maximilian sollte es nicht sehen.

Doch er hatte schon bemerkt, was mit ihr vorging!

Maximilian bekam einen Zipfel der Decke zu fassen und riss sie von seiner Frau herunter. Die Augen richteten sich auf die verheilenden Risse im Fleisch. »Mein Diener hatte recht«, keuchte er. »Du bist eine Upirina!« Er erhob sich schwankend und hielt sich am Pfosten des Himmelbetts fest. »Ich habe dir die Lungenkrankheit geglaubt, aber mein treuer Vladimir wusste es besser«, flüsterte er und bekreuzigte sich. »Ich habe mir den Teufel ins Haus geholt!«

Scylla blieb äußerlich ruhig, doch ihre Gedanken kreisten, ohne ihr einen Ausweg zeigen zu können. Maximilian hatte ihr Geheimnis ergründet und würde es keinesfalls für sich behalten. Sie konnte nicht zulassen, dass ihre mühsam aufgebaute Tarnung durch diesen dummen Zufall zerschlagen wurde.

Maximilian schleppte sich an ihr vorbei.

»Wohin willst du, Gemahl?«

Er beschleunigte seine Schritte. »Weg von dir. Ich muss nachdenken, was ich mir dir tue«, sagte er leise.

»Bleib. Wir müssen auf der Stelle darüber sprechen.«

Maximilian rannte zur Tür.

Er torkelte über die Schwelle, warf die Tür ins Schloss und stemmte von außen einen Stuhl dagegen. Er wusste sehr genau, was zu tun war. Er würde die Tür zumauern lassen, damit die Upirina elend verhungerte.

Wie hatte er das Offensichtliche nur so lange übersehen können? Sie musste einen Zauber über ihn geworfen haben. Den Zauber der Liebe, der Leidenschaft, der blind und taub für das Naheliegende und für Ratschläge machte.

»Vladimir!«, rief er die Treppe hinauf. Es gab von innen einen gewaltigen Schlag gegen das Holz der Tür, das Schloss ächzte metallen. »Hol die Männer! Wir müssen die Upirina einmauern. Und bring Stützpfeiler mit.«

Vladimir stand schon auf dem Absatz. Er hatte der jungen Frau niemals vertraut und auf diesen Tag schon mehr als ein Jahr gewartet, das wusste Maximilian.

»Sofort, Herr.« Sein Diener rannte nach oben und schickte drei Mann aus, die Stempel zu holen, und mit drei weiteren eilte er Maximilian zur Hilfe.

Die Tür erbebte unter den fortwährenden Schlägen, und das

Holz bekam bereits erste Risse, während man drinnen das zornige Toben der Upirina vernahm.

Scylla ließ von dem Versuch ab, den Eingang mit bloßen Händen einschlagen zu wollen. Sie warf sich den Mantel über, steckte den Dolch ein und begab sich hinter das Bett. Sie stemmte sich mit übermenschlicher Kraft gegen das schwere Möbelstück, quietschend rutschten die Füße über den glatten Steinboden, schließlich raste das Bett auf die geschlossene Tür zu.

Die Männer auf der anderen Seite konnten dieser Wucht nicht standhalten. Der Ausgang wurde aufgesprengt; die großen Flügel wurden teilweise aus der Verankerung gerissen.

Scylla sprang auf die Matratze und von dort über die Köpfe ihrer Feinde. Federnd landete sie neben einem großen Kerzenstandleuchter und packte ihn wie einen Spieß. »Ihr seid Narren«, rief sie und schwenkte das vordere Ende hin und her. »Mein Geheimnis werdet ihr mit ins Grab nehmen.«

»Tötet sie!«, rief Maximilian. Vladimir und die drei Begleiter zogen ihre Waffen, allesamt lange, geschwungene Reitersäbel, und drangen auf sie ein.

Scylla warf ihnen den Leuchter entgegen, zückte den Dolch und stürzte sich auf den ersten Diener. Pfeifend sauste der Säbel an ihr vorbei.

Sie duckte sich, stach dem Mann von unten in die Achsel und rutschte unter seinen gespreizten Beinen hindurch. Ihr ausgestreckter Arm zielte auf den Oberschenkel des zweiten Gegners, ihre Klinge traf die Arterie, wie sie es beabsichtigt hatte. Beide Männer würden in kürzester Zeit verbluten, und je mehr sie sich anstrengten, desto schneller pumpten ihre Herzen das Leben aus ihnen hinaus.

Der dritte Diener schlug nach ihr, sie sprang nach hinten und entging so der Säbelspitze, die auf ihren Kopf zuraste.

Maximilian zog seine Steinschlosspistole, lud sie mit zitternden Fingern und musste sich immer wieder das Blut aus den Augen wischen. Er richtete den Lauf auf Scylla, um gleich danach abzudrücken. Krachend zündete das Pulver, die Kugel flog –

– und traf!

Scyllas Kopf erhielt einen Schlag, und plötzlich sah sie nichts mehr auf dem rechten Auge. Die gesamte Seite fühlte sich merkwürdig luftig an, Geräusche vernahm sie ebenfalls keine mehr. Die Beine verloren ihre Kraft, sie stützte sich mit einer Hand an der Wand ab, um nicht zu fallen.

Maximilian stieß ein triumphierendes Lachen aus. »Du bist nicht unverwundbar.« Die Kugel hatte ihr den halben Kopf weggerissen und die Wand dahinter mit Blut und Splittern bespritzt. Scylla knickte immer wieder ein und schaute mit dem verbliebenen Auge verwirrt umher. Es war ihr wohl anzusehen, dass sie nicht recht wusste, was jetzt zu tun war. Rasch lud Maximilian nach. »Macht schon!«, feuerte er die Diener an. »Zerhackt sie!«

Vladimir schwang den Säbel und sprang vorwärts, der zweite Diener folgte ihm. Gleichzeitig kamen die drei Männer zurück, die er ausgesandt hatte, um nach Stützbalken zu suchen. Jetzt gab es kein Entrinnen mehr für Scylla. »Hier herüber mit den Balken. Schlagt sie nieder.«

Sie verstand, dass ihre Verletzung gravierend sein musste. Hätte die Kugel das Genick durchschlagen, wäre sie vermutlich an Ort und Stelle vergangen. Zum ersten Mal seit langer, langer Zeit spürte sie Angst. Sie fand sich umzingelt und ihrer gewohnten Geschwindigkeit und Wendigkeit beraubt.

Das gesunde Auge richtete sich auf die rettende Treppe. Da musste sie hinauf, hinaus in die Freiheit und sich regenerieren, ehe sie zurückkehrte und das Schloss samt Bewohnern anzündete.

Scylla wich einem Säbel aus und bekam dafür einen Schlag mit einem Holzbalken gegen den Kopf; der Schmerz explodierte in ihrem Schädel. Kreischend rannte sie mitten durch den Pulk der Angreifer, ignorierte die Schnitte und Stiche, die sie sich dabei einfing, und hetzte die ersten Stufen der Treppe hinauf.

Maximilian sah, dass sie ihr Heil in der Flucht suchen wollte. In der Zwischenzeit hatte er die Pistole nachgeladen, schwenkte das Ende in Richtung ihres Kopfs und schoss. Dieses Mal verzog er und traf lediglich den Rücken, knapp neben die Wirbelsäule, doch es genügte. Scylla erhielt einen erneuten Schlag, geriet ins Straucheln und stürzte auf die Stiegen. Sie schaffte es, sich herumzudrehen und die Gegner ins Auge zu fassen.

»Schneller!«, rief ihr Gatte den Dienern zu, hob den Kerzenleuchter auf und schwang ihn über sich, während er auf sie zukam. »Ich werde dein Gehirn auf den Stufen verteilen, du Metze und Mörderin!« Er schlug zu, der schwere Fuß des Leuchters hielt genau auf ihren Kopf zu.

Kurz bevor Eisen und Schädel zusammenprallten schloss sich eine Männerfaust um den Mittelstab und hielt den Schlag auf.

Scylla sah, wie Maximilian den Blick hob. Vor ihm stand ein Mann, den sie auf dreißig Jahre schätzte und aufgrund seiner sehr teuren Kleidung für einen Adligen hielt. Er kam ihr merkwürdig vertraut vor ... Das Gesicht war schmal und mit einem schwarzen Dreitagebart geziert, das Lächeln, das auf den Zügen lag, flößte Maximilian gehörige Angst ein, das konnte Scylla auch mit dem einen Auge ganz genau erkennen.

Und auf seinem Kopf trug der Fremde eine opulent geformte Weißhaarperücke!

Ehe Maximilian etwas sagen konnte, bekam er den Leuchter

gegen den Kopf geschlagen und fiel rückwärts die Stufen hinab, wo er vor den Stiefelspitzen Vladimirs und der fünf Diener zum Liegen kam.

»Ist das nicht ein wenig unsauber: sechs Männer gegen ein junges Mädchen?«, fragte der Unbekannte vorwurfsvoll und verschränkte die Arme vor der Brust. Seine Statur war normal, an seiner Seite baumelte ein langer Dolch in einer Scheide aus purem, graviertem Silber. Die blauen Augen wanderten über die Züge der Gegner, dann richteten sie sich auf Vladimir. »Was geht hier vor?«, verlangte er in einem sehr majestätischen Tonfall zu wissen.

Zwei der Diener wichen vor ihm zurück, einer murmelte »Upir.«

Vladimir hob seine Waffe, die Spitze deutete auf den Unbekannten. »Ich kenne Euch nicht. Es ist kein Besuch angemeldet, und Ihr seid zudem unbefugt in das Anwesen eingedrungen, einmal ganz abgesehen von dem Angriff auf meinen Herrn.« Er gab den Dienern ein Zeichen, zusammen mit ihm vorzurücken. »Wollt Ihr der Blutsaugerin zur Hilfe kommen? Erklärt Euch, oder wir töten Euch.« Er griff unter sein Hemd, legte das Kreuz auf die Brust, bekreuzigte sich und bewegte die Lippen zu einem lautlosen Vaterunser.

Der Unbekannte wich nicht zurück, als sich ihm die Säbelspitzen entgegenreckten. »Mein Name ist Marek, und ich nenne ihn nur meinen Freunden ... oder Menschen, die dem Tod geweiht sind.« Er lächelte und zeigte eine Reihe von kräftigen, spitzen Zähnen. »Um auf deine Frage zu antworten: Ja, ich bin hier, um der Blutsaugerin beizustehen.«

Mit diesen Worten wurde seine Gestalt schlagartig durchschimmernd wie Glas, so dass nur noch Konturen zu sehen waren. Die Kleider fielen von ihm ab, klirrend landete der Dolch auf dem Boden. Ein kräftiger, eisiger Wind wehte durch das breite Kellertor und wirbelte die Haare der Männer durcheinander, sie mussten die Augen schließen, zwei Diener verloren das Gleichgewicht und stürzten die Stufen hinab.

»Vorsicht!« Vladimir stach zu und sah durch die halbgeöffneten Lider, dass der Upir längst nicht mehr vor ihm stand. Rasch sah er sich um und entdeckte ihn drei Schritte von sich entfernt in der Luft schwebend und vom Wind getragen.

»So werdet ihr mich nicht vernichten«, sagte Marek lachend und stieß auf die hintersten Männer nieder. Knapp über dem Boden nahm er seine feste Gestalt an und stand nackt vor ihnen; der vollendete Körper sah muskulös und doch geschmeidig aus.

Seine Hände legten sich um die Hälse, und im nächsten Augenblick rollten die abgerissenen Köpfe über den Boden. Die verbliebenen drei Diener fielen mit aufgeschlitzten Kehlen nieder, während der Upir scheinbar nur an ihnen vorbeiging und die Arme unglaublich schnell bewegte. Unvermittelt stand er vor Vladimir.

In einem Reflex stach der Diener zu, aber Marek wich dem Säbel aus, hielt ihn auf der ungeschliffenen Seite fest und zerschmetterte die Klinge mit einem brachialen Hieb der anderen Hand.

Vladimir ließ die zerstörte Waffe fallen und wollte nach dem Dolch greifen, aber der Upir kam ihm zuvor. Die geballte Faust traf genau den Adamsapfel und zertrümmerte seine Kehle; würgend und keuchend brach der Diener zusammen.

Marek beugte sich zu Scylla hinunter und begutachtete die Verwundungen, die sie erhalten hatte. »Es sieht übel aus, doch es wird wieder«, sprach er sanft und setzte sich neben sie. Er packte Vladimirs Bein und zog den Erstickenden zu sich. »Du wirst viel Blut benötigen, damit du zu Kräften kommst.« Mit den Fingernägeln öffnete er Vladimirs Halsschlagader und hielt sie Scylla hin, die sofort gierig zu trinken begann. »Danach wirst du das Geld deines Mannes an dich nehmen, das Schloss in Brand stecken und zur Mühle zurückkehren, in der dein Vater einst lebte. Erkunde all ihre Geheimnisse, hörst du? Durchsuche jeden Winkel! Denn es gibt darin eine Kostbarkeit. Ein unvorstellbar hohes Gut.«

Er stand auf, hob sie an und trug sie zurück ins Schlafzimmer. Mit einem einzigen geschickten Tritt beförderte er die schwere Chaiselongue unter den Baldachin, um sie dort zu betten; danach plazierte er die Toten um sie herum.

Scylla sah ihren Retter nur undeutlich vor sich. Die Schwäche, die sie durch den Schuss in den Kopf und den enormen Blutverlust erlitten hatte, war noch lange nicht überwunden. Sie streckte die Hand nach ihm aus, sah das blaue Funkeln in der Perücke. Es war der Eleve, den sie damals schon vor den Toren von Gruža gesehen hatte!

»Ich habe nach Euch gesucht«, sagte sie erstickt und undeutlich. Der Geruch nach frischem Blut lenkte sie ab, ihr Körper verlangte nach noch mehr Stärkung. Scylla schlug die Zähne in den nächsten Leichnam, stöhnte und sog den noch warmen Lebenssaft in sich hinein. Sie bemerkte nicht, wie ihr Retter die nackte Haut, die unter ihrem Mantel herausschaute, betrachtete, wie er ihren bloßen Unterschenkel berührte, dabei die Augen schloss und erschauderte. Sie bemerkte auch nicht, wie er ging, als sie einen weiteren Toten an sich zog ... und dann noch einen ...

Satt und mit abklingenden Schmerzen wälzte sie sich auf den Rücken und sah zum Baldachin. Das Weiß der Augen hatte sich in Rot verwandelt, als würden die Pupillen auf Blut schwimmen. Vorsichtig betastete sie ihr Gesicht, den Kopf, die Schläfe auf der rechten Seite. Die Wunden waren verheilt.

»Marek«, flüsterte sie.

XI. KAPITEL

21. Dezember 2007
Deutschland, Sachsen, Leipzig, 00.23 Uhr

Marek hatte mich in meinem Vorhaben bestärkt und zugleich neugierig gemacht: Was gab es in der Ruine der Mühle, das unbedingt entdeckt werden musste?

Ich reiße mich von der Geschichte los und sehe nachdenklich aus dem Fenster. Wie hatte Marek mich damals finden können? Ich lächle bitter. So, wie er mich auch jetzt wieder gefunden hat. Was für eine Ironie: Lange Zeit hielt ich Marek für meinen Schutzengel, und wann immer ich mich beobachtet fühlte, wähnte ich ihn in meiner Nähe und freute mich.

Ich war so naiv.

Damals zeigte er sich mir, nachdem er mich gerettet hatte, einige Jahre nicht mehr – ein Glück, auf das ich mich heute nicht mehr verlassen kann. Seufzend wende ich mich wieder dem Papier vor mir zu.

Das Schloss brannte noch an diesem Tag nieder, ich verbarg mich im Keller und flüchtete in der Nacht mitsamt all dem Gold und den Wertgegenständen, als deren rechtmäßige Erbin ich mich ansah.

Es war nicht schwer, die Schätze zu verkaufen – und noch einfacher, mit meinem neuen Vermögen nicht nur das, was von der Mühle übriggeblieben war, sondern auch den Wald und die umliegenden Dörfer von den Türken zugesprochen zu bekommen. So fielen mir die Menschen, vor deren Vorfahren ich ge-

flüchtet war und die ich aus Rache vernichtet hatte, in die Hände. Sie waren mir auf Gedeih und Verderb ausgeliefert.

Bald erhob sich die Mühle von neuem über dem Wald, was die Menschen mit Misstrauen betrachteten. Ich beging nicht den Fehler, mich darin zu verschanzen, wie es mein Vater getan hatte. Die Leute ließ ich in dem Glauben, dass ich nur gelegentlich anwesend sei und die meiste Zeit in einem Schloss weit entfernt lebte. Außerdem stellte ich einen Müller ein, und die Mühle mahlte das Korn der Umgebung. Keiner wusste, dass die Stockwerke darunter zu meinem Reich geworden waren. Noch größer, noch weitläufiger als das meines Vaters.

Die Minenarbeiter, welche die drei Ebenen sowie die Gänge, die bis unter den Wald reichten, neu für mich ausgruben, sie ausräumten und mit Stützpfeilern sicherten, ließ ich aus der Fremde kommen. Sie waren auch die Ersten, an denen ich meine alten Sezierkünste auf die Probe stellte, und zu meiner großen Freude stellte ich fest, dass ich sie noch immer beherrschte. Erneut gab ich mich ganz der Forschung und der Wissenschaft hin.

Mareks Hinweis führte mich zu einem besonderen Schatz: In den Trümmern fand ich wirklich etwas, verborgene Aufzeichnungen meines Vaters – jedoch verschlüsselt. Und zwar so gründlich, dass ich den Kode nicht durchschauen und brechen konnte. So hatte ich gleich mehrere Probleme zu bewältigen.

Nach drei Jahren hatte ich mir bei den Menschen auf meinem Land einen Ruf als Wohltäterin erarbeitet. Ich stiftete Geld für den Aufbau der von den Türken zerstörten Kirchen, kümmerte mich um die Kranken und Verwundeten und bezahlte so pünktlich meine Abgaben an die Besatzer, dass sie gar nicht auf den Gedanken kamen, sich meinem Land und meinen Leuten zu nähern.

Während sie mich über der Erde feierten und hochleben ließen, schlitzte ich unter der Erde Bäuche auf, examinierte

Verstorbene und führte die Arbeit meines Vaters fort. Gelegentlich nahm ich mir auch ein lebendiges Wesen und probierte die Früchte meiner Arbeit, indem ich ihm die Tinkturen und Elixiere unverdünnt zu schmecken gab.

Die Zeit verging. Im Gegensatz zu den Menschen, denen ich mich hin und wieder zeigte, alterte ich nicht. Hatte der Verfall gänzlich aufgehört, oder verlief er derart langsam, dass ich es nicht bemerkte? Auch dies war ein Rätsel, das ich lösen musste.

Den ersten Durchbruch konnte ich aber auf einem anderen Gebiet verzeichnen; es gelang mir endlich, einen Teil der Aufzeichnungen meines Vaters zu übersetzen: Er hatte mir seine Erkenntnisse über die Kinder des Judas vermacht!

Es war die gleiche Nacht, in der ich unerwarteten Besuch bekam.

23. Oktober 1692
Osmanisches Tributland

»Ihr solltet stets darauf achten, dass man Euren Spuren nicht folgen kann. Sie verrieten mir den östlichen Eingang in dieses wunderbare Laboratorium. Ein wahrer Irrgarten.«

Scylla schrak zusammen. Sie hatte den Kopf über ein Mikroskop gebeugt und eine Hautprobe untersucht – und nicht bemerkt, dass sich ihr jemand genähert hatte.

Diese Stimme!

»Marek«, sagte sie freudig und wandte sich zu dem Mann um.

Er stand am Eingang, lässig an den Türrahmen gelehnt und die Arme vor der Brust verschränkt. Auch ihm sah man nicht an, dass neun Jahre ins Land gezogen waren. Die Zeit vermochte ihm ebenso wenig etwas anzuhaben wie ihr. »Ja, der bin ich.« Er deutete eine Verbeugung an und absolvierte einen

Kratzfuß. »Ich freue mich zu sehen, dass Ihr meinen Rat befolgt habt.«

»Es war Euer Rat und gleichzeitig mein dringender Wunsch«, erwiderte sie und erhob sich. Im Gegensatz zu ihm trug sie keine Perücke, sondern hatte das lange rote Haar zu einem Knoten gebunden, damit es bei ihrer Arbeit nicht im Weg war. »Ich hatte noch keine Gelegenheit, mich bei Euch für Eure Tat zu bedanken.« Sie wurde sich bewusst, dass sie einen schmutzigen Kittel trug und nicht eben passend für den Empfang eines Gastes angezogen war.

Marek lächelte. »Ihr meint meinen Auftritt damals im Schlosskeller? Wie schade, dass Ihr nicht alles gesehen habt. Ich war unglaublich gut.« Er stieß sich vom Rahmen ab und kam auf sie zu. »Darf ich schauen, was Ihr gerade betrachtet?«

Scylla trat zur Seite, um ihn durch das Okular sehen zu lassen. »Sicher. Meinem Lebensretter gewähre ich jede Bitte.«

Er suchte ihren Blick, ehe er sprach: »Ich wäre Euch dankbar, wenn Ihr mich nicht nur darauf reduzieren würdet. Ich möchte mehr für Euch sein, Scylla.« Er senkte den Kopf über die Linsen und betrachtete die Epidermisprobe. »Das wollte ich schon, seitdem wir uns das erste Mal begegnet sind.«

Sie legte die Schürze ab und verschaffte sich dadurch etwas Zeit zum Nachdenken. »Habt Dank für das Kompliment«, erwiderte sie flüchtig, weil sie nicht wusste, wie sie sonst darauf reagieren sollte. »Darf ich Euch hinaufbitten, wo es ein wenig wohnlicher ist als im Laboratorium?« Sie wartete seine Antwort nicht ab, sondern schritt an ihm vorbei zu den Stufen, die nach oben führten.

Die Etage unmittelbar unter der Scheune und der Mühle hatte Scylla in einen kleinen Palast umgewandelt. Es mangelte weder an Komfort noch an Behaglichkeit. Kerzen und Leuchter verbreiteten Licht und Wärme in diesem Salon, wie sie es nannte. In unzähligen Regalen stapelten sich die in den unteren Laboren vom Feuer verschont gebliebenen wertvollen Bücher ihres Vaters sowie neuere Werke, auf dem Tischchen stand eine Sammlung bester Spirituosen und Gebäck.

Scylla bot Marek den eigenen Sessel an, während sie auf dem Stuhl Platz nahm. »Was darf ich Euch reichen?« Sie betrachtete seine Züge. »Wie wäre es mit etwas Blut? Ich habe in meinen Verliesen ...« Scylla brach mitten im Satz ab, als sie den Ekel in seinem Gesicht bemerkte.

»*Blut*, verehrte Scylla?«, sagte er leise und abfällig. »Ich dachte, Ihr hättet inzwischen verstanden, was wir sind.« Er nahm eines der Gebäckstückchen und biss davon ab. »Lasst mich es so formulieren: Habt Ihr jemals gesehen, dass Euer Vater Blut zu sich nahm?«

»Nein. Aber er sagte mir auch niemals, dass er ein Upir ...«

Marek zuckte wieder zusammen. »Bitte, nicht dieses scheußliche Wort, das uns auf die gleiche Stufe mit diesen Blutsaugern stellt, die draußen wie Tiere umherziehen und Menschen anfallen.« Er goss sich einen Branntwein ein, wärmte das Glas mit der Hand und ließ den Alkohol kreisen; genießerisch atmete er das Bouquet ein. »Ich bin ein Aeternus, Ihr seid eine Aeterna. Wir sind die Ewigen, liebe Scylla.« Er kostete von seinem Getränk und verzehrte danach das Gebäck. »Sehr fein, was Ihr mir da kredenzt«, lobte er und lächelte. »Verzeiht Eurem Vater, dass er es Euch nicht sagte, aber er hätte es noch getan. Sobald Ihr als seine Elevin angenommen worden wärt.« Marek räusperte sich. »Besser gesagt, Metunova hätte es Euch offenbart. Sie wäre es wohl auch gewesen, die Euch, nach altem Brauch, Eure erste Perücke geschenkt hätte.« Er betrachtete ihre roten Locken. »Es ist nicht schicklich für unsereins, die Haare zu zeigen wie ein einfacher Sterblicher. Wir werden Euch eine anfertigen lassen müssen ... Doch nun genug davon. Ich sagte Euch in jener Nacht, dass die Mühle Geheimnisse birgt. Welche davon habt Ihr erkundet? Was wisst Ihr über uns?«

Sie goss sich ebenfalls etwas ein, wobei sie den Schlehenlikör bevorzugte. »Wir stammen von Judas Ischariot ab, dem großen zelotischen Freiheitskämpfer gegen die römische Besatzung. Er war ein Sikarier, ein mit dem Messer ausgebildeter Attentäter. Das ist der Grund, weswegen ich meine Ausbildung mit der Klinge erhielt.« Scylla legte eine Hand auf den Dolchgriff, der ein Andenken und eine Mahnung gleichermaßen war. »Judas war ein berühmter Attentäter, ehe er ein Jünger des Messias wurde. Nur ihm ist es zu verdanken, dass unser Herr Jesus Christus zu dem werden konnte, was er sein sollte: das Lamm Gottes, das durch den Tod die Sünden der Menschheit hinwegnahm.« Sie sah Marek fragend an. Marek nickte. »Es stimmt. Sein Verrat hat das Schicksal erfüllt, das dem Gottessohn zugedacht war. Als Lohn für die Tat schenkte der Allmächtige seinem Diener Judas das ewige Leben.«

»Doch warum wurde er in die Nacht verbannt? Verzeiht, aber die Texte meines Vaters sind sehr kompliziert verschlüsselt, und dieses Rätsel verstehe ich nicht.«

Er goss sich nach und probierte dieses Mal den Schlehenlikör. »Es war Judas' Wunsch, fortan in der Nacht zu leben. Er wollte nie im Glanz der Sonne stehen. Ein Mörder und die Dunkelheit passen besser zusammen. Um seinem Gott und dem Messias auch weiterhin treu zu dienen, schwor er, dass er und seine Nachkommen sich für alle Zeiten um das Wohl der Sterblichen kümmern sollen.« Er nippte am Glas. »Darum sind wir alle Forscher, verehrte Scylla, und Wohltäter der Menschheit.«

»Ich weiß. Vater hat den Menschen aus der Umgebung viel geholfen ... auch wenn er ...« Sie seufzte.

»Gebt nicht ihnen die Schuld an dem, was geschah, verehrte Scylla. Sie hielten ihn für eines der Monstren, die wir ebenso töten, wie sie es tun. Es war eine Verkettung unglücklicher Umstände, die Euch«, er sah sie scharf an, »keinesfalls aus Wut und

Trotz dazu bringen dürfen, Euch zu benehmen wie ein Upir. Ihr seid eine Aeterna.«

»Und aus diesem Grund darf ich kein Blut zu mir nehmen? Um nicht zu sein wie die Upire?« Scylla glaubte zu verstehen. Sie erinnerte sich mit Schrecken daran, wie viel sie davon in den letzten Jahren zu sich genommen hatte. Ohne Gewissensbisse, ganz im Gegenteil, sondern mit viel Genuss. Sie kannte jede Art von Geschmack des Lebenssaftes, von dem von Säuglingen bis hin zu Erwachsenen und Tieren; nur von Alten und Kranken hatte sie sich stets ferngehalten. Sie hatte gefürchtet, dass Leid und Tod auf sie überspringen könnten.

Marek fiel offenbar auf, dass sich ihr Gesichtsausdruck verändert hatte. »Ja. Wir verhalten uns nicht wie die Upire. Wir beherrschen uns und zügeln unsere Lust, um uns von ihnen abzuheben. Sie sind Kreaturen des Bösen, doch wir sind von Gott auserkoren worden, der Menschheit zu helfen.« Er schwenkte den Likör, wie er es zuvor mit dem Branntwein getan hatte, und senkte den Blick. »Doch Ihr müsst Euch keine Sorgen darüber machen, was vor meinem Besuch geschehen ist. Wir alle kennen gelegentliche ... schwarze Zeiten.« Er lächelte ihr zu. »Doch damit muss von heute an Schluss sein. Ihr werdet enthaltsam leben. So befiehlt es uns das Gesetz unseres Ahnen, Judas Ischariot.«

Scylla atmete tief ein. Es würde ihr nicht leichtfallen. »Warum dürstet es uns überhaupt nach Blut, wenn es nicht rechtens ist, es sich zu nehmen, Marek?«

»Eine Prüfung, die uns von Satan auferlegt wurde. Die Gier überkommt uns jedes Jahr einmal mit abgründiger Macht, und sie zu besiegen ist nicht leicht.«

Scylla erinnerte sich an Giures Erzählung über das Massaker in einem Dorf.

Marek schaute sich im Zimmer um. »Wenn Ihr die Aufzeichnungen Eures Vaters weiter entschlüsselt, werdet Ihr an die Stelle gelangen, wo Satan zu Judas kam und ihn verführen wollte, wie er es bereits mit Jesus in der Wüste versuchte. Weil Judas ihm widerstand, belegte ihn Satan aus Boshaftigkeit und Wut mit dem Makel der Upire, die seine Kreaturen sind. Gott der Allmächtige bot seinem treuen Diener an, den schrecklichen Fluch von ihm zu nehmen – doch Judas verlangte kein weiteres Wunder, sondern entgegnete, dass der rechte Glaube ihm stets helfen würde, den Drang zu unterdrücken. Und so halten es auch wir, seine Kinder.«

Scylla sah ihren Vater vor sich, wie er unvermittelt seine Fertigkeiten gegen die Dörfler eingesetzt hatte. Aus dem braven, beherzten Wissenschaftler war vor ihren Augen ein brachialer Kämpfer geworden. »Ich werde es mir von heute an merken«, versprach sie Marek.

»Das wird nicht ausreichen, fürchte ich. Ihr werdet es vor der gesamten Cognatio schwören müssen.« Er grinste sie herausfordernd an. »Denn Ihr werdet in sie Einzug halten. Für Euren Vater.«

Sie setzte das Glas, das sie gerade an den Mund führen wollte, so rasch auf das Tischchen ab, dass der Likör überschwappte. »Ihr treibt Scherze mit mir!«

»Niemals, verehrte Scylla.«

»Aber die Cognatio hat mich abgelehnt, und Baronin Metunova ...«

»Das ist vergessen, verehrte Scylla.« Marek schlug die Beine übereinander, lehnte sich zurück und legte die Arme auf die Sessellehnen. Er wirkte sehr souverän, beinahe wie ein Herrscher und – Scylla wunderte sich über diesen Gedanken – ihrem Vater nicht unähnlich. »Es ging nach dem Tod von Baron Illicz hoch her in der Cognatio. Sein Platz wurde nicht mehr besetzt, die Baronin stand ohne Elevin da, und wir hatten mit Eurem Vater einen der besten Wissenschaftler in unserem Kreis verloren. Es erwuchs ein handfester Streit, den der Ischariot ... Ihr erinnert Euch an ihn?«

Scylla bestätigte mit einer Handbewegung und lauschte aufmerksam. Sie hatte die ganze Zeit über und erst recht nach ihrer vergeblichen Suche angenommen, dass sie niemals mehr etwas von der Cognatio hören würde, aber jetzt stand sie unmittelbar vor der Rückkehr in diesen Kreis.

»Der Ischariot konnte den Intrigen keinen Einhalt mehr gebieten, und mein Mentor erhielt den Bruderkuss. Nach seinem Tod ...«

»Bruderkuss?«

»Es würde zu lange dauern, Euch die Regeln im Einzelnen darzulegen, doch merkt Euch: Wer den Kuss erhält, ist des Todes. Ein altes Ritual, das uns an die Nacht im Garten Gethsemane erinnert.«

»Was geschah dann?«

Marek zuckte mit den Schultern. »Ich wurde in die Cognatio berufen. Das geschah ein halbes Jahr nach dem Brand in der Mühle. Alle hielten Euch für tot – bis mir etwas über die kalte Schönheit einer jungen Frau zu Ohren kam, deren Beschreibung meine Neugier weckte.« Er verzog die Lippen und hob eine Augenbraue. »Mein Interesse an Euch hatte etwas Gutes, wie Ihr Euch erinnern werdet. Seitdem bewache ich Euch aus der Ferne und habe manche Schwierigkeit von Euch abgewendet.«

»Ich *wusste* es«, brach es aus Scylla heraus. »Ihr wart mein Schutzengel, teurer Marek. Ich spürte Euren Blick mehr als einmal auf mir, und ich freute mich zu wissen, dass Ihr in meiner Nähe wart.« Sie strahlte ihn an. »Und die Cognatio ...«

Er lachte auf. »... weiß nicht, dass Ihr noch lebt.«

Sie war verwirrt. »Aber ...«

Er hob die Hand. »Lasst es mich Euch erklären, bezaubernde Scylla. Ich habe mit einigen aus der Cognatio gesprochen, und es wurde beschlossen, dass der Baron, der nun Euren rechtmäßigen Platz besetzt, schon bald den Bruderkuss erhalten wird. Ihr werdet den Sitz bei der nächsten Cognatio einfordern, und seid sicher, diesmal werdet Ihr eine Mehrheit haben, die Euch unterstützt.« Sie sah ihn an, dann sprang sie auf, nahm seine beiden Hände und drückte sie. »Ihr seid noch immer mein Schutzengel, Marek!«

»Ihr unterstellt mir Uneigennutz, und das ist es sicherlich nicht«, erwiderte er und erhob sich ebenfalls. Seine Lippen kräuselten sich. »Ihr seid zu begabt, als dass wir auf Euch verzichten dürften.« Er schluckte, seine Daumen streichelten vorsichtig Scyllas Handrücken. Es war nur ein kleines Signal, aber zugleich ein unmissverständliches.

Sie sah hinab, dann hob sie den Blick. »Es freut mich sehr, das zu hören. Möchtet Ihr so lange hier bei mir unter der Mühle wohnen, bis ich vor die Cognatio trete? Ihr müsst mir alles über die Kinder des Judas berichten.«

»Das werde ich«, Marek prostete ihr zu, »denn Ihr werdet noch einiges lernen müssen, liebe Scylla. Ich möchte, dass Ihr einen hervorragenden Eindruck macht.«

Scylla sah, dass sie ihn mit ihren Worten sehr glücklich gemacht hatte. »Eines möchte ich heute schon wissen, und ich nehme an, Ihr könnt es mir sagen. Damals, als die Cognatio zum ersten Mal abstimmte: Warum hat man mich abgelehnt? War es ... deswegen?« Sie zog den Ärmel zurück und zeigte ihm das Feuermal.

Marek wurde schlagartig ernst. »Nein.« Er setzte sich wieder, dabei blieb seine Aufmerksamkeit auf ihre Züge gerichtet. »Einige Mitglieder der Cognatio konnten ... konnten der Sünde des Neides nicht widerstehen. Aber glaubt mir, alle, die damals gegen Euch gestimmt haben, bereuen, was sie getan haben. Versucht, es nicht persönlich zu nehmen.«

Scylla lächelte kalt. »Ich werde nicht nachtragend sein«, log sie. Sie setzte sich, goss ihm und sich Likör nach, ehe sie sagte: »Beginnen wir mit meinem Unterricht über die Cognatio. Wie genau verhält es sich mit dem Bruderkuss?«

XII. KAPITEL

21. Dezember 2007
Deutschland, Sachsen, Leipzig, 03.13 Uhr

Einen Monat lang lebten Marek und ich zusammen in den Mühlengewölben, und er lehrte mich viele Dinge über die Cognatio, jene eingeschworene Gemeinschaft, die Krankheiten und das Alter besiegen wollte. Es gab strenge Regeln.

Wenn beispielsweise ein neuer Baron in die Cognatio einziehen sollte, ohne dass zuvor ein Platz von selbst frei geworden war, musste einer der alten Barone gehen. Die Wahl dieses Opfers, das man auch »Lamm« nannte, wurde im Geheimen getroffen. Fanden sich mehr als sechs Verbündete, galt ihre Entscheidung und wurde von ihnen mit einem Bruderkuss verkündet. Das Lamm musste sich der Entscheidung fügen und ohne Gegenwehr in den Tod gehen. Jeden Baron und jede Baronin konnte dieses Schicksal treffen; ausgenommen war lediglich der Ischariot.

Wie oft wohl hatten die Neider meines Vaters hinter seinem Rücken versucht, eine Mehrheit gegen ihn aufzustellen, um ihn mit dem Bruderkuss zu verraten und in den Tod zu schicken? Doch vielleicht hatten sie dies auch nie gewagt, weil sie wussten, dass seine Forschungen für sie überlebenswichtig werden konnten. Stattdessen hatten die Verschwörer den Plan gefasst, ihn zu brechen, in dem sie ihm seine Elevin nahmen – mich.

Auch die Nachfolge unterlag Gesetzen. Jeder Baron und Ischariot durfte einen Eleven haben, der eines Tages seinen Platz einnehmen würde. Dieser Nachfolger musste der Cognatio im Alter von vierzehn Jahren präsentiert werden, auf dass über die Eignung entschieden werden konnte. Wie bei mir. Kein Nachfolger durfte aber vor dem Erreichen des einundzwanzigsten Lebensjahrs durch Tod und Auferstehung zu einem wahren Kind des Judas gemacht werden – noch ein Grund, mich abzulehnen.

Erst später erfuhr ich, dass nicht jeder Eleve dazu auserkoren war, ein Judaskind zu werden. So, wie auch nicht alle meine Nachkommen nach dem Tod zu neuem Leben erwachten, kam es immer wieder vor, dass ein Eleve sich an seinem einundzwanzigsten Geburtstag nach dem feierlichen Aufnahmeritual nicht wieder erhob. Ich muss an Eleonora denken. Wäre sie eine Aeterna geworden? Oder hatte Metunova Grund zu der Annahme, dass ihre Elevin ganz einfach sterben würde? Vielleicht war es ihr, trotz allem, was noch geschehen sollte, nicht darum gegangen, mich zu retten – vielleicht hatte sie lediglich ihre Nachfolge auf die bestmögliche Weise sichern wollen und gleichzeitig die Möglichkeit ergriffen, das Wissen meines Vaters zu erlangen.

Es war nicht erlaubt, dass mehrere Nachfahren eines Barons als Eleven in der Cognatio dienten. Es sei denn, ein Platz blieb, aus welchen Gründen auch immer, unbesetzt. Dann durfte der Ischariot seinen eigenen Eleven in die Lücke einsetzen und sich einen neuen nicht nur aus dem Kreis seiner eigenen Nachkommen, sondern auch denen der anderen Barone wählen.

Mir schwirrte der Kopf bei den ganzen Regularien.

Marek lehrte mich auch, was ich als Judastochter vermochte: mich schimmernd wie einen Geist zu machen, mich vom Wind tragen zu lassen, meine Gestalt zu verändern, die Blitze zu lenken und Unwetter heraufzubeschwören. Welche Macht wir doch besaßen!

Es entging mir nicht, dass Marek mich begehrte. Er zeigte es mit Blicken, mit scheinbar zufälligen Berührungen bei den Scherzen, die wir machten. Ich hatte in den vergangenen Jahren viel über Männer gelernt und wusste ihn zu lesen wie ein offenes Buch.

Im Grunde wäre nichts dabei gewesen, seinem Bitten nachzugeben. In der Vergangenheit hatte ich wegen Geld und Ansehen mit so vielen Männern geschlafen, wieso sollte ich mich ausgerechnet meinem Lebensretter verweigern?

Doch ich mochte ihn auf eine Weise, die jeden Gedanken an leidenschaftliche Spiele in den Laken erstickte. Damals wusste ich nicht, warum ich so empfand.

Der Tag der Cognatio kam, und mein Erscheinen war ein einziger Triumph. Ich zog unter den freundlichen Augen von Lydia Metunova in die Runde ein und prägte mir die Gesichter derjenigen ein, die damals gegen mich gestimmt hatten. Mein Lächeln verströmte Freundlichkeit, meine Worte zeigten meine Ehrfurcht vor der Cognatio, und ich redete über Ehre, Tradition und Verpflichtung.

In Wahrheit dachte ich nur daran, wie ich sie töten konnte, auch wenn ich von nun an eine von ihnen war. Ich dachte an den Bruderkuss …

In den nächsten Jahren widmete ich mich noch intensiver der Forschung und den Experimenten. Lydia hatte eine neue Elevin erwählt, Elisa, die sie mir vorstellte. Ein liebes, blondes Ding, das ich jedoch niemals so wie Eleonora ins Herz schließen sollte. Lydia und ich trafen uns sehr oft, die Gespräche wurden im Verlauf der Zeit offen und herzlich. Die Frau, die ich als so kalt und grausam empfunden hatte, wurde meine Freundin. Vielleicht war auch dies ein Zeichen dafür, wie sehr ich mich veränderte.

Ich schwor wie verlangt dem Blut ab und stellte bald fest, dass mich der Verzicht härter traf, als ich gedacht hatte, und meiner Willenskraft mehr abverlangte. Ich hatte Angst davor, die Beherrschung zu verlieren und über ein Dorf herzufallen. Nicht, dass mich das Leid der Menschen gekümmert hätte, aber sie hätten sich auf die Suche nach dem Schuldigen gemacht und unter Umständen mein neues Heim entdeckt.

Da es jedoch nicht verboten war, sich von Tierblut zu ernähren, hielt ich mir in einem der Räume eine große Zahl von Ratten, an denen ich mich gütlich tat, wenn der Durst zu groß wurde. Wenn man darauf achtete, dass sie sauber blieben und das Richtige als Nahrung erhielten, schmeckten sie nicht schlecht.

Dennoch gab es dieses Verlangen nach dem Lebenssaft der Menschen. Keiner von uns konnte es verleugnen. Es baute sich im Verlauf eines Jahres immer mehr auf, wie ein beständiges Rinnsal zu einem strömenden Fluss anwächst, bis er an einen Damm gerät. Und gleich einem Fluss reißt das Bedürfnis jegliche Schranke ein.

Bei mir führte es dazu, dass ich mir meist zur Erntezeit im Sommer, wenn es viele Menschen auf den Feldern gab, meine Opfer holte und mich satt trank. Die Toten markierte ich mit unserem Zeichen, der lateinischen Zahl Dreißig. Es sollte uns daran erinnern, dass wir Verrat an Judas' Verbot des Blutes begangen hatten, und ihn allen offenbaren.

Einen Menschen zu töten war eine Sünde.

Ich beging sie jedes Jahr voller Freude.

Es gab kein vergleichbares Gefühl damit, über Männer, Frauen und Kinder herzufallen, sie mit einem einzigen Biss zu töten und das warme Blut frisch in den Mund sprudeln zu lassen. Ich war mir sicher, dass es allen in der Cognatio so erging.

Ich hätte wissen müssen, dass Marek sich durch meine freundliche Ablehnung seiner Avancen früher oder später verändern würde.

Jahrelang lebten wir in Harmonie in der Mühle, die er nur selten für ein paar Wochen verließ, um seinen eigenen Besitztümern einen Besuch abzustatten, und ich durfte sehr viel von ihm lernen. Dann aber entstanden immer deutlichere Spannungen. Seine selbstherrliche Art machte es mir schwer, ihn weiter zu mögen. Er wiederum gab mir das Gefühl, in vielerlei Hinsicht undankbar zu sein.

Dann, im Verlauf eines Besuchs von Lydia, erfuhr ich etwas, was alles verändern sollte.

11. November 1723
Osmanisches Tributland

Scylla und Lydia saßen in der Bibliothek bei einer Tasse Tee und plauderten über scheinbar harmlose Dinge. Es klang ungezwungen, doch Scylla hatte sofort gespürt, dass es einen anderen Grund gab, weswegen die gute Freundin bei ihr erschienen war. Es erstaunte sie, denn die Baronin war nie verlegen, eine unangenehme Wahrheit, ohne mit der Wimper zu zucken, auszusprechen; also fragte sie nach.

Lydia fühlte sich offenbar ertappt. Sie stellte die Tasse ab und strich über die Falten ihres dunkelgelben Kleides, das einen Kontrast zu Scyllas hellrotem bildete; beide Frauen trugen ihre verzierten Perücken. »Ich kann wohl keine Geheimnisse vor dir haben«, sagte sie nach einer Weile und wirkte für einen Moment wieder so unnahbar und kühl, wie Scylla sie so oft bei den Versammlungen erlebt hatte. »Ich mache mir wirklich Sorgen, Scylla, denn es gibt Gereiztheiten innerhalb der Cognatio. Wegen dir – und wegen Marek.«

Für Scylla kam diese Eröffnung unerwartet. »Was hat er denn damit zu tun? Ist es, weil ein Baron und eine Baronin gemeinsam unter einem Dach leben?«

Lydias blaue Augen versuchten sie zu ergründen. »Du spielst mir nichts vor?«

»Ich verstehe nicht ...«

»Hat er es dir nicht gesagt?«

»Was gesagt?«, rief Scylla unbehaglich.

Lydia seufzte. »Dann habe ich eine doppelt undankbare Aufgabe auf mich genommen, ohne es zu ahnen.« Sie ergriff die Hand ihrer Freundin. »Erstens haftet noch immer der Makel der nicht abgeschlossenen Ausbildung zur Elevin an dir. Zweitens bist du zu jung gewesen, als du dich in eine Aeterna verwandelt hast. Drittens sind«, sie schluckte, »eine Aeterna und ein Aeternus vom gleichen Vater in die Cognatio eingezogen.«

Es dauerte, bis Scyllas Verstand die Worte richtig deutete. »Marek ist mein Halbbruder?«

Lydia nickte. »Er hat eine ähnliche Odyssee hinter sich wie du, bevor er seinen Platz in der Cognatio erhielt. Dein Vater wollte ihn nicht in der Versammlung wissen, bis, wie du weißt, ein anderer Baron ihn als Eleven erwählte. Und so kommt es, dass nun zwei Unsterbliche vom gleichen Vater in der Cognatio sitzen.«

»Aber warum wurde dies nicht angesprochen, als ich der Cognatio das erste Mal vorgestellt wurde?«

»Dein Vater hat Marek nie offiziell anerkannt, Scylla. Und allen war bekannt, wie groß die Abneigung zwischen den beiden war. Es bestand nie die Gefahr, dass sie aufgrund ihrer Verwandtschaft eine Allianz bilden würden. Doch nun ist für jeden offensichtlich, wie nah Marek und du euch steht. Deine Gegner können daraus eine Waffe gegen dich schmieden – und sie *werden* es tun, früher oder später.« Lydia ließ ihre Finger los und berührte sie am Kinn. »Deine herausragenden Leistungen und Ergebnisse, die du mit allen teilst, zeigen sehr deutlich, dass du anders bist als sie. Du bist eine bessere Wissenschaftlerin – und handelst noch dazu nach den Grundprinzipien der Cognatio, indem du deine Erkenntnisse teilst. Doch die Barone merken auch, dass du dich aus ihrer Gesellschaft zurückziehst. Sie vermuten daher, dass bei allem, was du offenbarst, doch noch mehr dein Geheimnis bleibt. Und sie werden alles daransetzen, es dir zu entreißen. Du weißt, was dir dann droht?«

Scylla nickte abwesend, während sie über die Lage nachdachte. »Mir ist nicht entgangen, dass einige der Barone kaum Erkenntnisse weitergeben. Und wenn es doch etwas zu berichten gibt, sind es Lappalien«, sprach sie tonlos. Natürlich bekam die Cognatio aber auch von ihr nicht alle Ergebnisse ihrer Forschungen zu lesen, doch das wollte sie ihrer Freundin nicht anvertrauen. »Gleichzeitig scheint niemand meine Rezepturen zu nutzen, um das Leben der Menschen so zu verlängern, wie ich es bereits in den Dörfern rund um die Mühle praktiziere. Mein Vater hat recht behalten, als er sagte, dass die Cognatio sich sehr weit von ihrem ehrenhaften Ansatz entfernt hat.«

»Dennoch wirst du dich zusammennehmen müssen. Spiel ihnen etwas vor, Scylla, wenn es nötig ist. Aber gib deinen Feinden keinen Anlass, gegen dich vorzugehen. Und was dein Verhältnis zu Marek angeht ...«

Scylla atmete tief ein und schaute auf ihre Finger. »Eine sehr lange Zeit habe ich mich bei ihm geborgen und zu Hause gefühlt. Ich ... ich vertraue den anderen Baronen und Baroninnen nicht. Was bleibt mir, wenn ich nun auch noch Marek mit anderen Augen sehen muss?«

Lydia betrachtete sie lange. »Sieh an! Die stolze, starke Baronin Illicza ist doch nicht so hart, wie wir alle meinen.« Sie lächelte. »Ich kann dir keine Entscheidung abnehmen, Scylla, sondern dir nur noch einmal meine Unterstützung zusichern, so wie ich sie auch deinem Vater immer schenkte.«

Sie erhob sich, und als auch Scylla aufstand, breitete sie die Arme aus und bot ihr eine Umarmung an.

Scylla zögerte zunächst, dann gab sie nach. Es tat gut, im Arm gehalten zu werden, ohne dass Hintergedanken dabei eine Rolle spielten. Sie schloss die Augen und hielt sich an Lydia fest. Sie empfand so nah am Körper dieser Frau, die viel, viel älter war als sie, Wärme und Sicherheit, ähnlich wie damals bei ihrer Mutter. Beides gab ihr die Kraft für den nächsten Schritt, den sie gehen musste.

Lange sah Scylla dem Schlitten nach, dann sorgte sie dafür, dass ein plötzlicher Wind die Spuren verwehte, die zur Mühle führten. Niemand sollte wissen, dass sie Besuch erhalten hatte.

Als sie in die Bibliothek zurückkehrte, sah sie Marek am Schreibtisch stehen. Er hatte das Buch mit den Aufzeichnungen des Vaters in der Hand und blätterte gleichzeitig in ihren Übersetzungen. Er suchte nach etwas, ungebeten und unerlaubt. Der Anblick machte sie wütend.

Marek bemerkte sie und legte lächelnd die Unterlagen hin. »Du bist weit gekommen, Scylla.«

»Wieso hast du es mir nicht gesagt?«, fragte sie und verbarg ihre Gefühle nicht.

Er setzte sich in den Sessel und schlug die Beine übereinander. »Was habe ich dir nicht gesagt?«

Sie spürte noch mehr Zorn aufsteigen. »Dass wir den gleichen Vater haben, Marek!«

Nun verlor er doch seine Gesichtsfarbe. »Metunova hat es dir ...«

»Jawohl, Marek. Aus Versehen, weil sie glaubte, ich wüsste es – so wie alle anderen in der Cognatio.« Sie verspürte den dringenden Wunsch, ihn zu schlagen und ernsthaft zu verletzen. Sie sah in seine veilchenfarbenen Augen, um seine Gedanken zu ergründen. Er hatte sich inzwischen wieder ein Lächeln abgerungen, das jedoch ohne Wirkung auf sie blieb. »Du wärst tatsächlich mit mir ins Bett gestiegen und hättest mit mir geschlafen«, sagte sie fassungslos. Mit jedem Wort, das sie laut aussprach, bekam die ungeheuerliche Wahrheit schärfere Klingen, die jede Zuneigung für ihn aus ihrem Herzen schnitten. »Kennst du keine Scham?«

Marek stand auf und versuchte, ihre rechte Hand zu ergreifen. »Ich liebe dich, Scylla ...«

»Wie ein Bruder seine Schwester liebt, doch mehr darfst du nicht«, schrie sie ihn an und stieß ihn zurück, so dass er gegen den Tisch rempelte. »Du *wusstest* es! Du wolltest mich dennoch, Marek!«

»Ja«, gestand er trotzig und erhob sich. »Ich wollte dich, seit ich dich zum ersten Mal in Gruža gesehen habe. Ich habe dich vor den Türken gerettet, und ich habe dich damals vor dem Umbra bewahrt, indem ich die Klappe verriegelte ...«

»Du? Du bist auch in der Bibliothek gewesen?« Ihre Augen richteten sich auf die eigenen Unterlagen. »Du hast Vater für deinen Baron ausspioniert ...«

»Nein! Ich wollte dich heimlich sehen und kam dazu, als der Umbra sich in die Mühle schlich«, fiel er ihr ins Wort. »Bitte glaub mir, Scylla, ich liebe dich. Und das werde ich immer tun. Wir sind keine einfachen Menschen, Scylla, wir sind Kinder des Judas. Die Gesetze der Sterblichen gelten nicht für dich und mich.«

»Und doch werde ich dich niemals lieben!« Sie packte ihn am Ärmel und zerrte ihn zum Ausgang. »Verschwinde«, wisperte sie zornig. »Von heute an sehe ich dich mit anderen Augen.«

Marek riss sich los. »Du jagst *mich* fort?«

»Das wäre schon viel früher geschehen, hätte ich von deiner Niedertracht gewusst«, knurrte sie. Sie funkelte ihn bedrohlich an und warnte ihn davor, weitere Worte zu verlieren. Scylla stand kurz davor, ihn anzugreifen, so sehr war sie außer sich geraten. Keine Beteuerungen würden seine Lage verbessern.

Er wandte sich der Tür zu. »Das war nicht das letzte Wort zwischen uns beiden«, versprach er eisig, öffnete sie und drehte sich dann noch einmal zu ihr um. »Auf Dauer kann es keine Feindschaft zwischen uns geben, Scylla. Wir sind trotz des Zwists Bruder und Schwester.«

»Das mag bei den Menschen so sein, *Bruder*«, sagte sie mit kalter Stimme, mit der sie ihre ohnmächtige Wut mühsam überspielte. »Aber wie du gerade selbst sagtest: Die Gesetze der Sterblichen gelten nicht für uns.«

21. Dezember 2007
Deutschland, Sachsen, Leipzig, 04.59 Uhr

Von diesem Tag an fühlte ich mich immer unwohler bei den Zusammenkünften der Cognatio – auch, weil ich Marek dort nicht aus dem Weg gehen konnte.

Lydia gab mir in diesen schwierigen Zeiten Halt und Freundschaft, die zu meiner eigenen Überraschung bald in etwas Tieferes überging. Wir fühlten uns nicht nur im Geiste zueinander hingezogen, und in manchen Nächten gab ich ihrem sanften Werben nach.

Lydia war ganz anders, einfühlsamer und zärtlicher als jeder Mann, mit dem ich zusammen gewesen war, und ich schwelgte in Lust und Gefühlen wie niemals zuvor. Ich genoss ihre Aufmerksamkeiten sehr.

Waren Lydia und ich ein Liebespaar? Nein, so verstanden wir uns nicht. Wir waren Freunde, die sich gegenseitig trösteten und verwöhnten. *In ihren Armen fand ich zum ersten Mal die Sicherheit und Wärme, die ich seitdem so oft vermisst habe – und die ich nur noch mit einem anderen Menschen kennenlernen sollte,* schreibe ich.

Um nicht in der Trauer um das, was für immer verloren ist, zu versinken, bleibe ich nun bei den geschichtlichen Fakten. Denn auch, wenn ich damals sehr auf mich selbst konzentriert war, konnte ich den Lauf der Dinge um mich herum nicht ignorieren.

Die Türken wurden von den Habsburgern nach der Niederlage vor Wien 1683 immer weiter nach Süden zurückgedrängt. Der Friedensschluss von 1718 in Passarowitz brachte den Österreichern das strategisch wichtige Belgrad, den größten Teil von Serbien, die Kleine Walachei und das Banat von Temesvár. So wurde mein Land erneut okkupiert. Die Flaggen und Standarten änderten sich, die Besatzung blieb. Heute neige ich sogar dazu zu sagen, dass die Türken die freundlicheren Besatzer waren.

Ich tötete etliche der Soldaten, die sich in meinen Dörfern zu sehr danebenbenahmen, und schob die Taten einem Upir in die Schuhe. Ein Fehler, denn damit weckte ich bei den Habsburgern die Neugier, die prompt eine Untersuchungskommission nach Kisolova sandten. Das Wissen über die Upire verbreitete sich, ohne dass ich es verhindern konnte.

Es kam noch schlimmer. Die Nachlässigkeiten von Baron Carzic führten dazu, dass sich die Upire in seinem Hoheitsgebiet rascher vermehrten als sonst und schon bald ausschwärmten. Die Cognatio beschloss daher, die Upire stärker zu jagen, damit ihre Heimsuchungen nicht so viel Aufsehen erregten und wir dadurch selbst in Gefahr gerieten.

Es half nicht viel.

Und nun muss ich zu dem Teil der Geschichte vorstoßen, vor dem ich mich besonders fürchte. Aber auch er muss erzählt werden. Gerade er.

Ich setze den Füllfederhalter auf das Papier und schreibe:

Am Ende des Jahres 1731 hatte sich für mich alles geändert. Auch wenn das Drama in einer ganz anderen und weit entfernten Stadt seinen Anfang nahm.

3.
Buch

ENTDECKUNGEN

XIII. KAPITEL

12. Oktober 1731
Gut Schwarzhagen (Lausitz)

Es ist nicht rechtens, dass Sie darauf beharren.« Tassilo von Schwarzhagen stellte die Teetasse auf den Unterteller und sah zu seinem jüngsten Sohn Viktor hinüber, der ihm gegenübersaß und lächelte.

Viktor war Anfang zwanzig und großgewachsen. Er achtete darauf, dass kein Barthaar den Blick auf das verwegene, spitzbübische Gesicht trübte. Er trug ein weißes Hemd mit einem schwarzen Wams darüber, ein locker gebundenes weißes Halstuch mit silbernen Streifen verlieh ihm Verwegenheit; die Füße steckten in gemütlich aussehenden Pantoffeln.

»Aber ich habe es beim Spiel gewonnen, Vater.« Viktor nahm seine Teetasse und schlürfte laut. »Ich kann nichts dafür, dass Fortuna mir hold war.« Er sah an dem verdrossenen Gesicht des Vaters, dass ihm diese Worte nicht schmeckten. »Und weil meine Schwestern nichts ausrichteten, kommen Sie nun selbst zu mir, um mich davon zu überzeugen. Obwohl Sie sicherlich Besseres zu tun hätten.«

Tassilo nickte. »Wie wahr! Ich habe Abrechnungen zu machen, neue Ware soll geliefert werden. Und was tue ich, statt das alles zu überwachen?« Er atmete ein. »Ich sitze hier und muss bitten und betteln wie ein armer Schlucker, damit Sie zur Besinnung kommen.«

Viktor schenkte ihm nach. »Vater, ich lasse Sie nicht betteln. Sie tun es aus eigenem Willen, daran möchte ich Sie erinnern.«

»Ihre Mutter, das sage ich Ihnen, sieht die Sache ebenso wie der Rest der Familie«, erwiderte er lahm. »Es ist das Gut Ihres Bruders, das er mit seinem ersten gemachten Vermögen bauen ließ. Ich bitte Sie, geben Sie es ihm wieder zurück! Er war betrunken, als sie gespielt haben.«

»Ich auch, Vater. Und ich habe gewonnen, wie er mir schriftlich bestätigte.« Viktor sah nicht ein, auch nur eine Handbreit zurückzuweichen. Er mochte Bernhard nicht, und dass er sich mit einem solchen Blatt ins Unglück gestürzt hatte, fand Viktor ebenso unterhaltsam wie begrüßenswert. Das würde dem älteren Bruder eine Lehre sein. »Sehen Sie es so: Das Gut bleibt in der Familie.« Er stellte die Kanne zurück, legte das linke Bein hoch und faltete die Hände zusammen. Aus seiner Sicht war alles gesagt, und das mindestens zum zehnten Mal seit jenem Abend.

Tassilo seufzte. »Ist das also der Respekt, den ein Sohn seinem Vater schuldet?«

Viktors Augen wurden schmaler. »Ich habe Ihnen bereits einen großen Wunsch erfüllt, also lassen Sie mir dieses Gut. Bernhard versteht nichts von der Pferdezucht, und ich nehme es als Wink des Schicksals, dass ich nun der Besitzer bin.« Mit dem großen Wunsch war die Verlobung mit Susanna von Harbhorst gemeint, zu der ihn der Vater gedrängt hatte. Viktor hatte schließlich eingewilligt, weil für ihn keine Möglichkeit mehr bestand, eine Liebesheirat einzugehen; die einzige Frau, die er gerne zur Gemahlin genommen hätte, war tot. Im Grunde hielt ihn hier nichts, und deswegen würde er seinem Vater etwas vorschlagen, mit dem der alte Herr nicht rechnete und was er ihm nicht abschlagen konnte.

Tassilo schnaufte missbilligend, erhob sich und ging zum Fenster. Seine Blicke schweiften über den Innenhof des Anwesens, wo die Pferdeknechte gerade zwei Stuten im Laufschritt über den Hof führten, während ein Kaufinteressent die Tiere betrachtete. »Gut, ich sehe ein, dass ich bei Ihnen nicht weiterkomme, mein Sohn«, sprach er gegen das Glas, in dem sich Viktors Reflexion abzeichnete.

»Weiterkommen ist ein gutes Stichwort. Ich bin auf der Suche nach neuen Herausforderungen.« Viktor lächelte. »Ich gehe in den Osten, Vater. Dahin, wo die Habsburger vor ein paar Jahren Land von den Türken erobert haben. Dort gibt es Pelze zuhauf, und die könnte unser Geschäft gut gebrauchen.«

Tassilo wandte sich halb zu ihm um und trat einen Funken aus, der aus der Kaminglut gesprungen und auf dem Teppich gelandet war. »Wollen Sie jetzt auch noch mit jemandem um ein Kontor spielen?« Er lachte gekünstelt.

»Sie wissen, was ich meine. Ich bin der bessere Geschäftsmann, derjenige, der mit den Leuten umzugehen versteht. Bernhard dagegen ist der bessere Rechner und Buchhalter.« Viktor verspürte ein Gefühl des Triumphs. Er hatte seinen Vater überrascht. »Die neuen Gebiete wimmeln von Tieren mit sehr teuren Pelzen.«

Tassilo drehte sich ganz zu Viktor um und lehnte sich mit dem Rücken gegen die Scheibe. »Davon habe ich auch gehört.«

»Ich habe mir die Unterlagen angeschaut, und was ich gelesen habe, macht mir Angst. Die Preise unserer Jäger hier in der Lausitz sind meines Erachtens nicht mehr lange zu bezahlen. Die russischen Kaufleute hingegen werfen eigene Pelze auf den Markt und drohen uns zu verdrängen«, sagte er mit Nachdruck. Er stand auf und legte die Hände auf die Schultern seines Vaters. »Die Familie braucht mich dort, wenn unser Geschäft überdauern soll.« Sein Trumpf. Es gab kein Argument gegen das Triumvirat aus Geschäft, Tradition und Erbe der von Schwarzhagens. Darauf hatte er gebaut. Auch wenn es hinterhältig war, es ging nicht anders.

»Alles, was Sie vorgetragen haben, stimmt«, sagte Tassilo nachdenklich. »Es freut mich sehr, dass Sie sich derart einsetzen, auch wenn ich es etwas – sagen wir – überraschend finde.«

»Natürlich helfe ich der Familie, Vater.« Viktor sah an ihm vorbei, aus dem Fenster zu den Stallungen mit den geliebten Pferden. Er ging fest davon aus, dass Bernhard wieder versuchen würde, in das Gestüt einzuziehen, solange er nach Pelzen suchte und die Existenz der Kaufmannsfamilie sicherte. Undank war bekanntlich der Welten Lohn. Damit wollte sich Viktor aber nicht abfinden. »Das Gestüt lasse ich bis zu meiner Rückkehr von Susanna verwalten. Bernhard wird keinen Fuß hier hineinsetzen. Versprechen Sie mir, meine Verlobte dabei zu unterstützen?«

»Susanna, meinen Sie ... Nun ... ja«, stimmte Tassilo zu, der seine Verwunderung noch nicht ganz abgelegt hatte. »Wann beginnen Sie mit Ihren Vorbereitungen?«

»Alles ist schon in die Wege geleitet. Sie haben einmal einen Bekannten der Familie erwähnt, den Marquis Botta D'Adorno in Belgrad. Ich habe mich über ihn erkundigt. Er ist inzwischen Obrist und Stellvertreter von Feldmarschall Prinz Karl Alexander von Württemberg, der eingesetzt wurde, um das Gebiet zu verwalten«, erklärte er. »Ich habe ihm mein Vorhaben geschildert, und er hat mir Unterstützung versprochen.«

Tassilo runzelte die Stirn. »Wäre es nicht klüger, sich etwas besser auf diese Wildnis vorzubereiten, anstatt aufs Geratewohl hinzureisen?«

»Und *wie* ich mich vorbereite, Vater.« Viktor zeigte auf einen Stapel von Journalen und Büchern. »Darin steht, wie sich die Menschen in Serbien und den Banaten verhalten, wie es dort aussieht und vieles mehr. Es sind Abschriften der Protokolle an den Hofkriegsrat zu Wien.«

»Ich bin beruhigt zu sehen, dass diese Unternehmung für Sie etwas Ernsthaftes bedeutet.« Tassilo atmete nochmals tief ein, kniff die Lippen zusammen und strich ihm dann, mit einer so selten vorkommenden wie ungeschickten Geste, über den Oberarm. »Aber kann es nicht auch sein, dass Sie vor dem Verlust von Elvira flüchten?«

Viktor senkte den Blick. »Davor kann ich nicht flüchten, Vater. Es gibt keinen Ort der Welt, an dem ich ihr Gesicht nicht vor mir sehe«, sagte er leise. »Aber zu einem gewissen Teil haben Sie recht. Hier ist es am schlimmsten. Zu viel erinnert mich an sie. Ich muss in die Welt, bis der größte Schmerz vergangen ist. Erst dann kann ihn ihren Tod ertragen – und Susanna heiraten, so wie Ihr es wünscht.«

Sein Vater grummelte etwas Unverständliches vor sich hin, dann drückte er ihn unbeholfen an sich und klopfte ihm auf die Schulter. »Nun, dann ... dann ist alles gesagt. Geben Sie gut auf sich acht, Sohn.«

»Das werde ich.« Viktor hakte sich bei ihm unter, und gemeinsam gingen sie zur Tür. Ein Diener brachte Tassilos Mantel, Hut und Handschuhe, und Viktor half seinem Vater beim Ankleiden.

»Viel Erfolg, Viktor«, verabschiedete er sich. »Bei allem, was Sie sich vorgenommen haben.«

»Den werde ich haben, Vater.«

Während Tassilo die Stufen zur wartenden Kutsche herabging, sah Viktor ihm nach, aber seine Gedanken waren bei seiner verstorbenen Großcousine.

Seine Liebe zu Elvira würde niemals verebben, ganz gleich, wie weit er von seiner Heimat wegging. Was zwölf Jahre andauerte und als die unschuldige Liebe zweier Kinder begonnen hatte, würde bis ans Ende aller Tage währen.

Dennoch hoffte er, dass der Schmerz des Verlusts durch die neuen Eindrücke abklang, die er im Osten gewinnen würde. Dabei setzte er große Erwartungen in das Phänomen der umherwandernden Toten, von dem er in den letzten Monaten so viel gelesen hatte.

Viktor vernahm Schritte hinter sich. Susanna trat an seine Seite und winkte Tassilo zu, der aus dem Kutschenfenster blickte. Als der alte Schwarzhagen sie sah, strahlte er und hob die Hand zu einem stürmischen Gruß; dann rollte das Gefährt davon.

Viktor wandte sich zu seiner Verlobten. Sie hatte ihn zum Gestüt begleitet, weil sie seine Leidenschaft für Pferde teilte. Eine ihrer wenigen Gemeinsamkeiten.

Er und Susanna lebten unter einem Dach, aber die Schlafgemächer sollten natürlich bis zur Hochzeit getrennt bleiben. Er empfand für sie kaum mehr als eine gewisse freundliche Sympathie und war die Vernunftehe mit ihr dem Vater zuliebe eingegangen. Die Familie Harbhorst besaß Ansehen und gute Handelsverbindungen nach Italien, wo sich neue Märkte auftaten. Susanna hatte sich zwar sofort in ihn verliebt, aber trotzdem war ihre Verlobung nichts anderes als das Ergebnis von Arrangement und Abkommen zwischen den Eltern.

Seine Zukünftige hatte von Anfang an gewusst, was sie erwartete: im besten Fall Freundschaft, gelegentliche körperliche Zweisamkeit, um einen Nachfolger zu zeugen und die Familie fortzuführen – doch niemals die Erwiderung ihrer tiefen Liebe. Viktor bedauerte und bewunderte sie gleichermaßen. Aus beiden Gründen wollte er ihr eigentlich keinen Kummer bereiten. Aber es ging nicht anders.

»Ich darf gehen.«

»Nein«, sagte Susanna und erschrak. Sie strich über seine Brust. »Ins Türkengebiet.« Sie schauderte.

Viktor schloss sie pflichtbewusst in die Arme und stellte sich statt ihrer Elvira vor. Er streichelte ihren Rücken. »Es wird nicht lange dauern, und ich bin wieder zurück.« Susanna würde natürlich hören, dass es ein falsches Versprechen war. Er schaute ihr in die traurigen grünen Augen. »Und ich habe noch eine Neuigkeit für Sie: Ich schenke Ihnen das Gestüt.«

»Was?«

»Unter der Bedingung, dass Sie es nicht an Bernhard oder meinen Vater weiterreichen. Schwören Sie es, Susanna?«

Sie nickte sofort. »Niemand anderes soll es bekommen.«

»Ich danke Ihnen, liebe Verlobte.« Er küsste sie flüchtig auf die Wange. »Dann kann ich beruhigt zu den Türkenmenschen fahren.« Er hinkte zurück ins Kaminzimmer.

»Viktor?«, rief sie, und er wandte sich auf der Schwelle zu ihr um. Sie stand an der Treppe nach oben, die Linke aufs Geländer gelegt. »Nehmen Sie sich die Zeit, die Sie benötigen ... aber kehren Sie gesund zu mir zurück.« Sie wischte sich die Tränen von den Wangen. »Elvira war mir eine gute Freundin. Ich vermisse sie auch.« Rasch verschwand Susanna nach oben.

»Nicht so sehr wie ich«, sagte er leise. Er ging weiter, ins Kaminzimmer, warf einen langen Blick aus dem Fenster und orientierte sich nach Osten. Muselmannland! Er atmete tief ein und aus. Das Vorhaben kam seinem Abenteuersinn entgegen. Ohne sein steifes Knie, das er einem Pferdetritt verdankte, wäre er sicherlich Offizier in der Armee geworden und hätte fremde Länder erobert. Ausgerechnet ein Tier, das er abgöttisch liebte, hatte seine Träume zerschmettert.

Den Westen hatte er jahrelang an der Seite seines Vaters bereist, sie waren von Kaufmann zu Kaufmann gezogen; er kannte alle großen Städte des Abendlandes, von Moskau über Venedig bis Porto.

»Wahres Neuland«, sagte er leise und schritt zum Tischchen, um sich ein weiteres Mal die Journale und Schriften anzuschauen. Er hatte sie längst alle mehrmals gelesen.

Die Menschen wurden in den Aufzeichnungen als strenggläubig dargestellt, zugleich aber schienen sie sehr abergläubisch und von einfacher Natur zu sein. Passend für Eroberer. Die Sprache würde das größte Problem werden, D'Adorno musste ihm einen Übersetzer mitgeben.

Viktor zog das illustrierte Flugblatt hervor, das ihn neugierig gemacht hatte: *lebendige Tote!* Dieses Wunder wollte er mit eigenen Augen sehen.

Das Blatt sprach von einer »entsetzlichen Begebenheit, welche sich in dem Dorfe Kisolova, unweit Belgrad in Ober-Ungarn, vor einigen Tagen zugetragen«. Das Bild zeigte einen Mann, der auf einer Frau lag und die Zähne in ihre Brust grub.

Viktor kannte den Inhalt auswendig. Zehn Wochen nach dem Tod eines gewissen Peter Plogojowitz starben neun Menschen nach einer mysteriösen vierundzwanzigstündigen Krankheit. Allesamt hatten sie kurz vor ihrem Tod ausgesagt, dass jener Plogojowitz sie nachts im Schlaf besucht und sie gewürgt hätte. Seine Witwe verließ sogar das Dorf, nachdem ihr Mann bei ihr erschienen war; auch die anderen Bewohner wollten gehen, aus Angst, der „böse Geist« könnte das ganze Dorf zerstören, und so lange wollten sie nicht warten. Ein Verwalter namens Frombald reiste auf eindringliche Bitten hin selbst nach Kisolova und wohnte zusammen mit dem Popen der Exhumierung bei.

Viktor las halblaut, was der kaiserliche Beamte anmerkte und was ihn so faszinierte: »Mit Ausnahme der Nase erschien der Körper des Toten frisch, der Verwesungsgeruch fehlte. Haare, Bart und Nägel waren neu gewachsen, die alte Haut hatte sich geschält, und neue war darunter entstanden. Im Mund der Leiche sah man Blut. Die aufgeregten Dorfbewohner durchstachen das Herz mit einem Pfahl, und frisches Blut floss aus der Wunde, aus dem Mund und den Ohren. Sogenannte wilde Zeichen waren deutlich an dem Toten zu erkennen; danach verbrannten sie die Leiche.«

Viktor senkte das Blatt. Er hatte zuerst nicht gewusst, was *wilde Zeichen* bedeuteten, dann jedoch herausgefunden, dass der Vampir eine Erektion gehabt hatte, was bei einem Leichnam wiederum als Hinweis für dämonisches Treiben im Körper angesehen wurde. Was tot ist, hatte sich nicht aufzurichten.

Geschehen war dieser Vorfall bereits 1725. Viktor selbst hatte damals nichts davon gehört, vielleicht weil er noch zu klein gewesen war. Doch jetzt nahm ihn diese Merkwürdigkeit gänzlich gefangen.

»Lebende Tote«, murmelte er gebannt. »Ich bin sehr gespannt, was an diesen Dingen Wahres zu finden ist.« Er raffte die Schriften zusammen und hinkte die Treppe hinauf ins Schlafzimmer. Er wollte sie vorsichtshalber noch einmal lesen.

Hier bot sich die Gelegenheit, die niemals verloschene Wissbegier aus seinen Studienzeiten mit der Tradition der Kaufmannsfamilie zu verbinden. Für die Tradition hatte er sein Studentenleben widerwillig aufgegeben, und jetzt kam es ihm letztlich doch zupass. Fügung, nannte man das.

10. Dezember 1731
Belgrad, Regierungssitz der Habsburger
in den eroberten osmanischen Gebieten

Viktor las unermüdlich. Die Bücher über die eroberten Gebiete mit den seltsamen Namen hielten ihn gefangen; selbst das Geschaukel der Kutsche beirrte ihn nicht. Eine Obsession solchen Ausmaßes war ihm selbst fremd.

In der wenigen Zeit, in der er nicht las, waren seine Gedanken bei Elvira. Sie war verheiratet gewesen, doch ihr Herz gehörte ihm allein. Mehr als einmal hatten sie mit dem Gedanken gespielt, nach Amerika zu flüchten und gänzlich neu zu beginnen. Vermögen besaßen sie beide genügend.

Dann war sie eine knappe Stunde vor einem Treffen mit ihm die Treppe hinabgestürzt, eine harmlose, achtstufige Treppe. Dennoch genügte das, um Elvira das Genick zu brechen.

Seitdem war seine Welt grau. Es würde kein neues Leben mit Elvira geben, kein eigenes Kontor und kein Leben im Stil eines Edelmannes. Die hochfliegenden Pläne waren Vergangenheit, zerstört durch so etwas Profanes wie eine achtstufige Treppe!

Als er nun, nach wochenlanger Reise, in Belgrad vor der Residenz des Gouverneurs ausstieg, rieb sich Viktor das linke, auf immer beschädigte Knie. Das Gelenk, hatte der Arzt gesagt, sei irreparabel; leider hatte er recht behalten.

Viktor hob die Augen, musterte den Bau und verfluchte die lange Treppe, die zum Eingang führte. Das Hinken grämte ihn inzwischen nicht mehr, es war ein Teil von ihm geworden und hatte ihm ein Accessoire in Form eines Gehstocks mit einem eingearbeiteten Degen beschert, wie es einem Mann seines Standes gebührte.

Er arbeitete sich Stufe um Stufe nach oben, reichte dem Diener sein Empfehlungsschreiben und wurde durch weite Flure zu D'Adorno geführt, der in einem hohen und sehr kargen Raum sein Dienstzimmer eingerichtet hatte.

Hinter dem gewaltigen, ausladenden Schreibtisch saß der Mann, den Viktor auf höchstens dreißig Jahre schätzte. Er sah verloren und klein aus, daran änderte auch die mit Orden und Abzeichen dekorierte Uniformjacke nichts. Jeder, selbst der eindrucksvollste Hüne, wäre hinter diesem Schreibtisch degradiert worden. Ein Sekretär stand neben D'Adorno und reichte ihm eben ein paar Unterlagen, nahm dafür zwei dicke Mappen an sich und sah den Besucher vorwurfsvoll an. Ein weiterer Diener schenkte eine heiße, schwarze Flüssigkeit in die Tasse des Gouverneurs, es roch nach starkem Kaffee.

»Ich grüße Sie, Herr von Schwarzhagen«, rief D'Adorno, der nun, auf den zweiten Blick und ohne den Eindruck des gewaltigen Tisches, doch mehr wie ein König denn ein Verwalter aussah. »Ihr Kommen wurde mir angekündigt.« Er bedeutete seinem Besucher, sich ihm gegenüberzusetzen. »Ich habe genau das Richtige für Sie: Mokka, türkisches Konfekt und gute Vorschläge.« Er lachte heiter.

Viktor verbeugte sich. »Vielen Dank, Marquis.« Er bekam von dem Diener Mantel, Hut und Stock abgenommen, nahm auf dem Sessel vor dem Schreibtisch Platz und kostete von dem unglaublich starken Getränk. Anschließend vertrieb er das Bittere in seinem Mund mit einem Eckchen des süßen, klebrigen Desserts. »Kriegsbeute?«, fragte er lächelnd.

D'Adorno lachte auf. »In der Tat, von Schwarzhagen, in der Tat. Die Türken wissen schon, wie man Mokka und Konfekt zubereitet. Jedenfalls habe ich in Wien noch niemals etwas derart Schmackhaftes zu essen erhalten.« Er trank ebenfalls einen Schluck. »Vermutlich wird mich beides zusammen eines Tages umbringen.«

»Dann hätten die Türken doch über Sie gesiegt, Marquis.«

»Das will ich ihnen nicht gönnen. Aber ich schwöre, von Schwarzhagen, dass zwei kleine Tässchen genügen, um mich mehrere Stunden wach zu halten. Ein echtes Teufelszeug.« D'Adorno gab sich zu allem Überfluss noch drei Löffel Zucker hinein und versenkte ein Konfektstückchen darin. »Mundet es Ihnen ebenso?«

Viktor nickte. »Es weckt in der Tat Tote auf, Marquis.« Er sah auf die große Karte mit den von den Türken eroberten Gebieten. »Doch nun erzählt mir etwas über die neuen Ländereien des Kaiserreichs. Ist es dort denn noch immer ruhig, Marquis?«

»Sicher. Die Leute haben Prinz Eugen von Savoyen mit Tränen in den Augen begrüßt, als er sie von den Türken befreit hat. Man nimmt zumindest an, dass es Tränen der Freude waren.« D'Adorno nahm einen Zeigestock vom Rand des Schreibtisches, erhob sich und stellte sich unterhalb der Karte auf. »Aufgepasst, werter Herr von Schwarzhagen. Wir befinden uns hier.« Er tippte auf Belgrad. »Die Türkengrenze ist nicht allzu weit von uns entfernt, und ich möchte Ihnen nahelegen, dass Sie sie auch nicht überschreiten. Überlassen Sie das den Jägern, die für Sie Pelze herbeischaffen. Die wissen besser, wie man ungesehen die Seiten wechseln kann.« Die Spitze des Stocks fuhr die rote Linie entlang, und er wollte gerade noch etwas hinzufügen, als es klopfte und ein Mann eintrat. Den sehr teuren, aufwendig gestalteten Kleidern nach handelte es sich um einen Adligen. »Störe ich, Marquis?«

»Graf Cabrera! Welche Freude, einen Haudegen wie Sie hier zu sehen.« D'Adorno salutierte, und der Besucher erwiderte den militärischen Gruß. Viktor erhob sich und neigte den Kopf. »Kommen Sie heran, Graf. Ich berichte unserem jungen Freund hier gerade, was wir alles für das Kaiserreich erobert haben.« Das Ende des Zeigestocks legte sich auf Viktors Schulter. »Viktor von Schwarzhagen, der Sohn eines guten Bekannten und auf der Suche nach Pelzen, um Geschäfte damit zu machen.« Dann zeigte der Marquis auf den anderen Mann. »Hauptmann Graf Cabrera, früher gedient in Ungarn, heute mehr ein Freund und vermutlich aus reiner Neugier zu Besuch.« Die Männer schüttelten sich die Hände. Viktor dachte bei der Erwähnung von Ungarn sofort an den merkwürdigen Fall von Plogojowitz, dem lebenden Toten.

»Aus reiner Neugier«, bestätigte Cabrera und setzte sich auf den zweiten Stuhl, ein Diener eilte herbei. Gleich darauf hatte auch er Mokka in seiner Tasse und kaute auf einem Stückchen türkischem Honig, während D'Adorno sein Referat fortsetzte. Der Marquis hatte ihm eine Gegend ausgesucht, in der es gute Aussichten gab, mit vielen Jägern in Kontakt zu kommen und auf reiche Pelzvorräte zu stoßen. »Zobel, Bär, Wolf, Luchs – alles, was das Herz begehrt. Mit ein wenig Glück sogar Hermelin.« Er setzte sich, unterzeichnete ein bereits ausgefertigtes Dokument und schob es Viktor hin. »Gegen Zahlung dieser Summe, die ich hier notiert habe, dürfen Sie Handel mit Pelzen treiben, wie es Ihnen beliebt. Alle Pelze müssen natürlich nach Stückzahl und Wert aufgelistet werden, damit wir eine passende Abgabe erheben können. Auch das Kaiserreich möchte von Ihren guten Geschäften profitieren.«

Viktor langte unter seinen Mantel und zahlte aus der prallen Börse die genannte Summe mit reinen Goldmünzen. »Es ist mir eine Freude, mit Ihnen Geschäfte machen zu dürfen«, sagte er. »Sagen Sie, Marquis, gibt es in dem Landstück ebenfalls diese Untoten? Wie diesen Plogojowitz?«

D'Adorno goss sich einen weiteren Mokka ein. »Ich verstehe nicht, was ...« Dann lachte er auf. »Oh, Sie meinen das abergläubische Geschwätz über Vampire?«

»Sie haben diese Flugblätter gelesen, wie ich vermute, Herr von Schwarzhagen?«, sagte Cabrera und sah keinesfalls belustigt aus.

»So ein Unsinn«, amüsierte sich der Marquis. »Die Blätter waren zwischen den Akten, die ich Ihnen sandte, nicht wahr?« Er schüttelte den Kopf. »Diese einfältigen Menschen saufen einfach zu viel von diesem schrecklichen Branntwein und haben die Mode der Türken übernommen, sich die eine oder andere Opiumpfeife zu gönnen, wenn Sie mich fragen.«

Cabrera räusperte sich. »Ganz so einfach ist es nicht abgetan, D'Adorno.«

Auf einen solchen Einwurf hatte Viktor sehnsüchtig gewartet. »Wollen Sie mir mehr darüber berichten, Graf? Ich bitte Sie darum.«

Cabrera musterte den jungen Kaufmann. »Sehr gerne. Beklagen Sie sich aber nicht bei mir, wenn das Gehörte Ihnen Albträume beschert. Mir selbst kamen zwei Fälle unter, bei denen ein zum Vampir gewordener Mann seinen Sohn heimsuchte und tötete.« Er bedeutete einem Diener, dass er Wasser haben wollte. »Weil mir diese Sache so merkwürdig vorkam, habe ich mich näher mit den Vampiren beschäftigt. Die Geheimnisse beginnen schon beim Namen. Upire, Vampire, Wukodlak – sie tragen viele Namen. Und sind dennoch überall gleich.«

»Hirngespinste, mehr nicht«, warf D'Adorno ein.

»Wohl kaum. Ich weiß vom Kammerrat der Grafen von Bar, den man nach Mähren geschickt hatte, dass die Bischöfe und Geistliche dort den Vampiren voller Ratlosigkeit gegenüberstanden«, konterte Cabrera souverän. »Sie erhielten keine Antwort, weil man es in Italien wohl für bloße Visionen oder für Einbildungen des Volkes hielt.«

»Und dann?«, fragte Viktor gebannt.

»Haben die Geistlichen daraufhin die Leichname derer, die wiederkehrten, ausgegraben und verbrannt. Auf diese Weise hat man sich von der Geißel dieser Gespenster befreit.« Cabrera legte die Beine übereinander. »Seit ungefähr sechs Jahren wird diese Gegend besonders von den Vampiren heimgesucht. Aber es gibt sie schon lange.«

»Sicher ... So lange wie die Fantasie der Menschen«, stichelte D'Adorno.

»Sie wissen so gut wie ich, dass ein Feldscher des Graf-Jung-Daunischen Regiments und ein türkischer Arzt in ein Dorf nicht weit von hier reisten, um Vampire zu untersuchen. Die Leichen«, er beugte sich vor, »waren nach zwanzig Tagen in der Erde komplett unverwest geblieben, stellen Sie sich das vor! Nicht einmal eine Made war in sie gekrochen. Die Dorfbewohner köpften die Leichname daraufhin aus Angst und trieben dem toten Kerl, den sie als Ausgangspunkt allen Übels vermuteten, einen Pflock durchs Herz. Es gab einen unnatürlich lauten Knacks. Dann verbrannten sie alle Leichen.« Er nahm wieder seine ursprüngliche Position ein. »Es gibt zahlreiche Vorfälle dieser Art, die bis ins sechzehnte Jahrhundert zurückreichen.«

Viktor runzelte die Stirn. »Warum hat man dann nichts von ihnen gehört?«

»Ich mag die Italiener nicht, aber man muss ihnen lassen, dass sie Verstand genug bewiesen haben, diese törichten Anfragen passend zu beantworten«, warf D'Adorno ein. »Deswegen hat man nichts davon gehört. Wir sind aufgeklärt, im Gegensatz zu den einfachen Gemütern. Ich sehe deren Aberglauben jeden Tag.«

»Der Ausdruck, den Sie umschreiben, lautet Arroganz«, parierte Cabrera lächelnd. »Die meisten dieser befallenen Gebiete befanden sich bis vor wenigen Jahren noch in türkischer Hand. Aber seit der Niederlage vor Wien und ihrem Rückzug dringen wir in die befreiten Gebiete vor und erfahren immer mehr über diese Blutsauger. Übrigens berichtete der französische *Mercure galant* in den Jahren 1693 und 1694 von weiteren Vampiren in Russland und Polen. Es hat niemanden interessiert. Mich auch nicht, bis ich sozusagen in Ungarn selbst damit konfrontiert wurde.«

Viktors Neugier war restlos entflammt. »Sie haben viel nachgeforscht?«

»So viel es mir nur möglich war. Ich empfehle Ihnen, wenn Sie tiefer in die Causa eindringen wollen, Karl Ferdinand von Schertzens Buch namens *Magia posthuma*. Es dürfte das erste Buch dieser Art sein und erschien 1707.« Cabrera nahm einen Bissen Nougat. »So viele Menschen können sich nicht irren.«

»Ich werde es lesen.« Viktor konnte sich kaum vom Mund des Grafen losreißen. Die Worte empfand er als eine Offenbarung, und sofort drängten neue Fragen nach. Eine sehr komplizierte Materie. Er leerte seinen Mokka und verlangte nach einem weiteren, auch wenn sein Herz bereits wild pochte. Wie hielten die Türken das bloß aus?

D'Adorno sah ihm die Faszination überdeutlich an. »Sie können noch so viele schlaue Bücher anschleppen, Marquis. Ich bleibe dabei, dass es vollkommener Aberglaube ist, der auf Einbildung von Einfältigen basiert«, sagte er süffisant. »Es wird bald eine rationale Erklärung für all das geben.« Er wühlte in seinen Unterlagen, bis er einen fleckigen Umschlag gefunden hatte, dann nahm er das Schreiben heraus. »Aber Sie sollten Ihre eigenen Erkenntnisse sammeln. Wenn Sie Zeit und Muße haben, einen kleinen Abstecher zu machen, ehe die große Pelzjagd beginnt, verweise ich Sie gerne an Medvegia.« Er wandte sich zur Karte. »Da, an der Morava. Ein Nest voller Deppen, die sich bei dem zuständigen Mann für die Belange des Dorfes in Jagodina über Vampire beschwert haben, die sie heimsuchen.« Er reichte den Brief an Viktor weiter. »Obristleutnant Schnezzer wird einen Medicus für hochansteckende Krankheiten aus Parakina entsenden, damit er der Sache nachgeht.«

»Also glaubt Schnezzer daran«, warf Cabrera ein.

»Nein. Er befürchtet, dass eine Seuche kursiert, welche die Dörfler nicht als solche erkennen«, schmetterte ihn der Marquis ab. »Bevor mir dort alles an Typhus ausstirbt, lasse ich Schnezzer gewähren.« Er legte eine der Münzen, die er von Viktor erhalten hatte, vor sich. »Was haltet Ihr von einer kleinen Wette, mein Freund?«

»Wenn Ihr gerne verliert, nur zu.« Cabrera zückte sein Portemonnaie und legte seinen Einsatz neben die Goldmünze. »Ich sage, dass es Vampire sind.«

Viktor überflog die Zeilen. Es wurde tatsächlich eine Klage über die Vampire vorgebracht. Schnezzers Verachtung über die Einfalt der Menschen war leicht zu erkennen. »Es sollen gleich zehn Untote sein?«

D'Adorno lachte. »Eine Krankheit«, wiederholte er siegessicher. »Mehr nicht.«

Viktor hatte den Entschluss gefasst, sich die Sache selbst anzuschauen; sein Herz raste bei dem Gedanken vor Aufregung und Freude gleichermaßen. Er würde schneller, als er geglaubt hatte, Vampire finden! »Ich bin äußerst gespannt, was ich Ihnen vermelden kann.«

Cabrera legte ihm warnend die Hand auf den Unterarm. »Lassen Sie sich nicht von der Ungläubigkeit des Marquis anstecken, Herr von Schwarzhagen, und achten Sie auf sich, wenn Sie in Medvegia angelangt sind. Nehmen Sie ein Kreuz mit, nur zur Sicherheit, oder hängen Sie sich am besten gleich einen Rosenkranz um den Nacken. Der Anblick des heiligen Kreuzes schwächt sie und wehrt sie ab.«

»Oder setzen Sie sich die Mütze verkehrt herum auf, tragen Sie die Taschen Ihres Mantel nach außen gestülpt und springen Sie auf einem Bein. Das wirkt sicherlich auch. Die Vampire werden sich dann totlachen. Gänzlich tot«, ergänzte D'Adorno spöttisch. Aber der Graf erwiderte die Herausforderung mit einem wissenden Lachen.

Viktor fand es bewundernswert, mit welcher Ernsthaftigkeit Cabrera sprach, obwohl D'Adorno das Grinsen gar nicht mehr aus dem Gesicht bekam. »Das tue ich«, entgegnete er leiser als beabsichtigt. Seine Augen blieben an den vielen Flecken auf dem Umschlag hängen.

»Blut, werter Herr von Schwarzhagen«, sagte der Marquis amüsiert. »Die braunen, da oben in der Ecke, die stammen von mir und meinem Mokka, aber was wie Rost aussieht, das ist Blut. Es stammt vom ersten unglücklichen Boten.«

»Was stieß ihm zu?«, wollte Viktor wissen.

»Er ist vermutlich bei seinem eiligen Ritt mit dem Kopf an einer Astgabel hängengeblieben. Von ihm fehlt jede Spur, nur sein Pferd ist durchgekommen.« Er hob scherzhaft drohend den Zeigefinger. »Oh, ich sehe Ihrer beiden Augen an, welcher Art Ihre Gedanken sind. Nein, es waren keine Upire oder Vampire oder Wukodlaks und anderen Kreaturen der Nacht.« Er lachte, aber niemand stimmte ein. »Gut, Herr von Schwarzhagen, dann empfehle ich Ihnen, bald nach Parakina aufzubrechen. Ich gebe Ihnen einen Übersetzer mit, der Ihnen beisteht und das Kauderwelsch dieser Menschen zu deuten vermag.« D'Adorno instruierte einen Diener, dann erhob er sich und reichte ihm die Hand. »Viel Glück bei der Jagd nach Pelzen und Vampiren.«

»Nehmen Sie meinen Dank und den meines Vaters«, antwortete Viktor, dann nickte er Cabrera zu. »Und Ihnen danke ich ebenso. Ich werden Ihren Rat beherzigen.« Er hinkte zum Ausgang, der Schweiß rann ihm aus den kurzen blonden Haaren und lief in die Augen. Er schwitzte durch diesen verfluchten Mokka wie ein Kutschergaul. Niemals mehr würde er von diesem verteufelten Getränk kosten!

Während er sich in seine Kutsche schwang und auf den Übersetzer wartete, begann sein Abenteuer, von dem er nicht ahnen konnte, welche Ausmaße es annehmen sollte.

XIV. KAPITEL

11. Dezember 1731
Parakina (serbisches Gebiet)

Sicherlich war es eine gute, wenn nicht sogar die beste Zeit für Pelze von herausragender Qualität – aber für Menschen, die zu dieser Zeit auf Reisen gehen mussten, wurde dies eine einzige Tortur. Klirrende Frostwinde und immer wieder Schnee, der die Straßen und Wege verbarg, machten die Fahrt sehr unangenehm. Die Kutscher der Schlitten verließen sich oftmals lieber auf das Gespür der Pferde und versuchten nicht einmal, sie zu lenken.

Trotz der widrigen Umstände erreichten Viktor und sein Übersetzer Parakina, wo sich der sogenannte Contagionsmedicus – ein Arzt für Seuchenkrankheiten – aufhalten sollte. Nun stand er, halb steifgefroren und mit pochendem Knie, vor dem Haus, als sich die Tür öffnete und ein dicklicher, älterer Mann mit einer Tasche heraustrat. Bevor Viktor etwas sagen konnte, ging der Mann an ihm vorbei und schwang sich in einen vorfahrenden Schlitten, in dem drei weitere Männer saßen, die Offiziersmäntel trugen.

»Herr Glaser?« Viktor hinkte ihm hinterher. Der Medicus wirkte ungeschlacht und hatte eine rote Knollennase, wie sie Leute besaßen, die zu viel tranken; wässrige grüne Augen sahen ihn an.

»Gehe Er weg. Ich gebe Bettlern nichts, auch wenn sie gut gekleidet sind.« Er streifte sich die Handschuhe über. »Mag es sich um die Behandlung einer Krankheit handeln, muss Er sich gedulden. Ich habe woanders zu tun.«

»Weder noch, der Herr. Mein Name ist Viktor von Schwarzhagen. Der Marquis D'Adorno sendet mich zu Ihnen, damit ich Sie begleite.« Er fand das Verhalten des Medicus mehr als unhöflich, zumal er eine beinahe beleidigende Anrede verwendete. Freunde würde er sich damit nirgends machen.

Glaser starrte ihn an. »Ist Er auch Medicus? Gelehrter? Zweifelt der Marquis an meinem Urteilsvermögen?«

Viktor dachte, dass es vermutlich besser wäre, der Marquis täte genau das. »Nein, ich bin lediglich neugierig, was es mit den Vampiren auf sich hat. Das ist alles.«

Glaser lachte auf, was mehr wie ein Grunzen klang. »Das kann ich Ihm sagen: Die Leute saufen zu viel.« Er tippte sich gegen die dicke, von roten Äderchen durchzogene Nase. »Daraufhin sehen sie Dinge, die es nicht gibt, und ich und diese anderen Herren Offiziere müssen bei dem verfluchten Wetter hinaus in die Weltgeschichte, um Gespenster zu verjagen.« Er deutete auf die enge Stelle neben sich, auf die gerade einmal ein Kind gepasst hätte. »Herein mit Ihm.«

Viktor presste sich zwischen die Schlittenwand und den voluminösen Leib des Mannes und nickte den Offizieren zu, die nicht aussahen, als seien sie begeistert von der bevorstehenden Aufgabe. Der Übersetzer lud das Gepäck rasch um und blieb zurück; es war kein Platz mehr.

»Sei Er unbesorgt. Wir verstehen die Menschen.« Glaser musterte Viktor. »Er sieht aus wie ein Edelmann, trägt einen Mantel wie ein Franzose und klingt wie ein Deutscher. Eine merkwürdige Mischung.«

»Ich bin Kaufmann, Herr Glaser. Ich suche Pelztiere, um ihnen das Fell über die Ohren zu ziehen. Obwohl ... so ein Vampir-Fell würde sicherlich mehr einbringen.«

»Aberglaube, wenn Er mich fragt.« Der Medicus nickte dem Kutscher zu, der die Peitsche schwang und die Pferde antraben ließ. »Ich habe noch niemals einen leibhaftigen Vampir zu Gesicht bekommen, und ich bin bereit, meine Lieblingsflasche Branntwein zu verwetten, dass es so bleibt.«

»Angenommen, Herr Glaser«, sagte Viktor trotzig. Er war beinahe beleidigt, dass ihm nun auch dieser Säufer die Vampire ausreden wollte. Die Worte Cabreras hatten ihn zu viel Hoffnung schöpfen lassen, diesen Wesenheiten tatsächlich zu begegnen.

»Sehe Er: Immer, wenn in einem Kaff eine nicht unbedeutende Zahl von Menschen in kurzem Abstand nacheinander das Zeitliche segnen, schreien die Einfältigen, dass es das Werk von Vampiren gewesen sei«, ereiferte sich Glaser, nahm eine Flasche unter der Decke hervor und setzte sie an die Lippen. Die goldene Flüssigkeit darin wies einige Bröckchen auf, und Viktor lehnte den angebotenen Trunk ab. »Dass sie sich vorher die Seele aus dem Leib geschissen oder gehustet haben, vergessen sie zu erwähnen. Typhus und Katarrh, so heißen die Vampire in Medvegia. Er wird es sehen, der Herr Kaufmann. So war es bislang immer.« Er nahm einen weiteren Schluck, und als die Offiziere ebenfalls abgelehnt hatten, verkorkte er die Flasche wieder und packte sie weg.

Viktor sagte nichts. Er würde sich die Vampire so schnell nicht ausreden lassen.

Sie erreichten das Dorf Medvegia gegen Abend. Glaser, Viktor und die Offiziere bezogen ihr Quartier beim Popen, Vater Ignaz, einem Mann in schwarzer Kutte mit einem langen braunen Bart und einem Kreuz um den Hals.

Es war ein annehmbares, wenn auch sehr kleines Haus ohne eine Zwischenetage. Im Gebälk baumelten geräucherte Schinken und andere Lebensmittel, die mit Ketten und Stricken hochgebunden waren; es roch nach Rauch, die Wände hatten den Qualm des Feuers aufgenommen. Regale, Schränke, eine Eckbank mit einem großen Tisch, eine Kochnische und ein übergroßes Bett beengten den Raum. Neben dem Herd stand ein uralter Sessel, überall hingen Ikonen und Kreuze. Viktor war schleierhaft, wie die ganze Delegation hier Unterkunft finden sollte.

Vater Ignaz freute sich sehr über die Anwesenheit der Offiziellen und redete unaufhörlich auf sie ein. Glaser ließ einen Offizier übersetzen und machte in sehr drastischen, beinahe unflätigen Worten deutlich, dass er nichts von dem Gerede über Vampire hielt. Noch vor Einbruch der Nacht begann er mit der Untersuchung der Menschen und forschte nach ansteckenden Krankheiten, die er weiterhin als Grund für das Sterben im Dorf ansah.

Viktor ließ seine Sachen im Haus zurück und schlenderte durch die verschneiten Straßen. Medvegia war eine von vielen Siedlungen entlang des Flusses Morava. Alte Fachwerkhäuser mit sich durchbiegendem Gebälk und schiefe Hütten standen aneinandergedrängt, Nebelschleier stiegen vom nahen Gewässer auf und waberten umher; sie rangen mit dem grauen Rauch der Holzfeuer, der aus den Schloten stieg, um die Vorherrschaft in der Luft.

Es reizte Victor, mit Glaser auf die Suche zu gehen, doch er hielt sich zurück und ließ den Medicus zunächst seine Arbeit machen, auch wenn ihm tausend Fragen auf der Zunge lagen, die er den Menschen gerne gestellt hätte. Er war lediglich geduldet, nicht Teil der Delegation.

Viktor sah die überwiegend doppelbalkigen Kreuze, die mit Pech an die Eingangstüren und über den Fenstern aufgemalt worden waren; woanders lagen getrocknete, holzige Dornenranken vor dem Glas und blockierten die Sicht. Kein Einbrecher käme durch diese Sperre. An einem Scheunengiebel entdeckte er eine tote Eule, die man mit ausgebreiteten Schwingen an das Holz genagelt hatte.

Für ihn ließen diese Zeichen keinerlei Zweifel daran, wie sehr sich die Bewohner vor den Vampiren fürchteten. Zudem fühlte er sich unentwegt beobachtet, obgleich er niemanden entdecken konnte. Rauch und Nebel gewährten den unsichtbaren Verfolgern Deckung. Viktor interpretierte es als Scheu der Menschen vor ihm, weil sie ihn und sein Erscheinungsbild nicht einzuordnen vermochten: kein Medicus, kein Offizier.

Mit neuen Eindrücken und endlich wieder in seinem Hoffen auf Vampire bestärkt, kehrte er ins Haus des Popen zurück, wo er, in Ermangelung eines Übersetzers, mit fliegenden Händen gestikulierte, um nach einer Liste der Toten der letzten Wochen zu verlangen.

Ignaz lächelte ihn freundlich an – und antwortete ihm, zu Viktors großer Überraschung, in gut verständlichem Deutsch.

»Ich habe zu Ihnen mehr Vertrauen als zu dem fetten Arzt«, gestand er. »Soll er doch denken, was er möchte.« Er legte ihm die Liste hin und sah Viktor in die Augen. »Es *sind* Vampire, Herr von Schwarzhagen! Und ich weiß, wie es begann.« Er setzte sich ihm gegenüber: Viktor fiel ein strenger Geruch nach Gewürzen auf, der von dem Popen ausging. »Vor ungefähr einem halben Jahr ist Arnod Paole von einem Heuwagen gestürzt und hat sich den Hals gebrochen. Zu Lebzeiten hat er immer wieder erzählt, wie er von einem Vampir geplagt worden ist. Daher hat er von der Erde des Vampirgrabs gegessen und sich mit dessen Blut eingeschmiert, um von der Plage befreit zu werden. Aber es hat nichts gebracht.«

Viktor schluckte. »Dann hat es mit ihm angefangen?«

Ignaz bekreuzigte sich: Er legte Daumen, Zeige- und Mittelfinger zusammen und streckte sie aus, Ringfinger und kleiner Finger berühren die Handfläche, dann vollführte er eine Bewegung von der Stirn zur Brust, schließlich zur rechten und linken Schulter. »Gott stehe uns bei: ja. Etwa dreißig Tage nach seinem Tod haben sich einige Leute beklagt, dass sie von ihm geplagt würden, und bald darauf hat er sie auch wirklich umgebracht. Das waren die ersten vier.«

»Und Sie haben nichts dagegen unternehmen können?«

»Wir haben Paole ausgegraben und gesehen, dass er ganz vollkommen und unverwest war. Das frische Blut seiner Opfer lief ihm zu Augen, Nase, Mund und Ohren heraus.« Der Pope bekreuzigte sich erneut. »Sie hätten sehen sollen, wie das Hemd, das Übertuch und der Sarg in Blut geschwommen sind! Die alten Nägel an Fingern und Zehen waren samt der Haut abgefallen, und darunter hatten sich neue gebildet. Wie bei einer Schlange.«

Viktor hatte sein Büchlein gezückt, Tintenfass und Kiel ausgepackt und notierte mit, was der Geistliche ihm berichtete. Er glaubte den Worten.

»Wir haben ihm einen Pflock durchs Herz geschlagen, wobei er einen wohlvernehmlichen Schrei von sich gegeben hat, und danach haben wir ihn verbrannt und alles, was von ihm übrig war, zurück ins Grab geworfen.«

Viktor kratzte sich mit der Feder am stoppligen Kinn. »Heißt es nicht, dass die Opfer eines Vampirs auch zu einem solchen werden?«

»Wir haben die vier Toten ebenso behandelt.« Ignaz nickte. »Doch damit endete es nicht.« Er flüsterte. »Paole hatte auch das Vieh angegriffen und ihm das Blut ausgesaugt. Weil nun die Leute das Fleisch von diesem Vieh gegessen hatten, wurden auch sie nach dem Tod zu Vampiren, und das Leid begann erneut. Deswegen haben wir um Hilfe gebeten.«

Viktor erschauderte immer wieder beim Schreiben, dann sah er auf die Liste der Toten. »In drei Monaten sind siebzehn junge und alte Personen gestorben?«, vergewisserte er sich.

»Ja. Worunter einige ohne vorherige Krankheit in zwei oder längstens drei Tagen gestorben sind«, bestätigte Ignaz bleich. »Bei Gott, ich beschwöre Sie: Sie *müssen* uns glauben und helfen! Wir werden der Vampire nicht mehr Herr!«

Als die Tür aufgestoßen wurde und gegen die Wand krachte, schraken beide Männer zusammen.

Glaser betrat zusammen mit den Offizieren die Stube, warf seinen Mantel ab und verbreitete auf der Stelle den stechenden Geruch von Schweiß im Raum. Er nahm seine Flasche hervor und gönnte sich einen langen Zug. »Essen«, befahl er mürrisch und sackte schwer auf den Stuhl. Die Soldaten machten es sich auf der Eckbank bequem.

Viktor bemerkte eine Veränderung im Gesicht des Medicus. »Und? Was haben Ihre Untersuchungen ergeben?« Er wunderte sich selbst, dass er so bang klang. Je nachdem, was der Medicus nun antworten würde, wäre der Bericht des Popen nichts weiter als eine Geschichte, geboren aus Unwissenheit und Aberglaube. Oder aber ...

»Nichts.«

»Was meinen Sie mit nichts?« Viktors Anspannung wuchs um ein Vielfaches.

Ignaz machte ein wissendes Gesicht und murmelte etwas Unverständliches.

»Was versteht Er nicht an dem Wort *nichts*?«, schnauzte Glaser. »Keinerlei Anzeichen für eine ansteckende und tödliche Krankheit.« Er leerte die Flasche und schob sie rülpsend von sich, dabei blieb sie an dem unebenen Tisch an einer Kante hängen und kippte um. »Keine Epidemie.«

Dem ersten inneren Jubel darüber, dass das Mysterium nicht aufgeklärt war, folgte die Ermahnung, mit der Viktor sich selbst zur Ordnung rief: Ein Säufer wie Glaser machte sicherlich Dutzende Fehler bei seinen Untersuchungen, ergo war es durchaus im Bereich des Möglichen, dass er die Lösung vor seiner roten Nase hatte, sie aber nicht erkannte. »Was bedeutet das nun, Herr Medicus?«

»Dass ich mir morgen noch weitere Häuser anschaue. Irgendwo wird es was zu entdecken geben.« Er bekam eine Schüssel mit dickem Eintopf und Grütze gereicht, in der sehnige Fleischbrocken schwammen. Schlürfend und schmatzend nahm Glaser das Mahl zu sich. Die Offiziere lehnten ab und beließen es bei trockenem Brot, Wurst und Käse. Sie mischten sich in den Disput nicht ein, sie waren zu müde.

Viktor starrte auf das Fleisch und dachte an die Worte des Popen. Von einem Vampir infiziertes Essen war also genauso gefährlich wie die Heimsuchung durch das Wesen selbst.

Glaser hielt inne und funkelte Viktor an. »Was ist denn nun schon wieder? Wenn Er Hunger hat, nehme Er sich was und versuche nicht, mit den aufgerissenen Augen von meinem Essen zu stehlen.«

Viktor sah zu Ignaz, doch der gab durch Kopfschütteln Entwarnung. Das Fleisch war rein.

Glaser stand auf, nachdem er schweigend zu Ende gegessen hatte, und legte sich in das Bett, um wenige Minuten danach einzuschlafen; die Geräusche, die er beim Einatmen verursachte, dröhnten durch die Hütte. Die Soldaten legten sich ebenfalls zur Ruhe.

Ignaz setzte sich Viktor gegenüber. »Sie müssen uns helfen, Herr von Schwarzhagen«, flüsterte er eindringlich. »Ich vertraue diesem Mann nicht, er ist dumm und hält doch uns für die Trottel. Aber das sind wir nicht! Wir bilden uns die Vampire nicht ein.« Er sah, dass Viktor etwas um den Hals trug, zog die Kette hervor und lächelte, als er das Kreuz sah. »Das bewahrt Sie in der Nacht. Dennoch hüten Sie sich und seien Sie bereit, sich zur Wehr zu setzen.« Der Pope erhob sich und ging zur Tür. »Schlafen Sie gut, Herr von Schwarzhagen.«

»Und wohin gehen Sie?«

»Zu den Menschen. Sie brauchen meinen Beistand. Es gibt niemanden mehr in Medvegia, der allein in einem Haus schläft.« Ignaz nickte seinem Gast zu und verschwand hinaus. Viktor sah zu dem Medicus, der mit halboffenem Mund schlief und die

Schnarchtöne immer weiter steigerte. »Wenn ich Glück habe, holen sie dich als Nächsten«, murmelte er. Das Bett, das für sie beide gedacht war, wurde von Glaser okkupiert, die Offiziere lagerten auf der Eckbank. Ihm blieb daher nichts anderes übrig, als es sich auf dem zerschlissenen Sessel neben der Feuerstelle bequem zu machen. Das Gesicht wandte er zum Eingang, die Rechte hielt den Stockdegen parat. Nur für alle Fälle.

Die Wärme brachte ihn zum Dösen, und bald nickte er ein.

Als ihm seine Waffe aus den Fingern rollte, schreckte er kurz aus seinem leichten Schlummer auf. Dabei meinte er, hinter den dicken, verzerrenden Scheiben ein bleiches Frauengesicht gesehen zu haben, das ihn neugierig betrachtete. Es war edel und voller Anmut; eine dunkle Kapuze verhüllte den größten Teil des Kopfs. Das Antlitz verschwand sofort, als er sich nach dem Stock bückte.

Viktor kniff die Augen zusammen und sah dann noch einmal in Richtung Fenster; doch nun zeigte sich dort nichts mehr. Hatte ihm ein Traum die schöne Frau vorgegaukelt? Fröstelnd legte Viktor seinen Mantel um sich, packte seine Gehhilfe dieses Mal fester und schloss die Augen.

Scylla betrachtete den schlafenden Mann durch das Fenster hindurch. Seinen Namen hatte sie bereits durch das belauschte Gespräch in Erfahrung gebracht, und sie wusste auch, dass er weder Medicus noch Offizier war. Ein junger, hübscher Pelzhändler, der ihr ausnehmend gut gefiel. Wie schade, dass sie ihn ebenso töten musste wie seinen fetten Begleiter und die Offiziere.

Es durfte nicht sein, dass sich die Kunde über die verfluchten Upire, die durch das Dorf streiften, in alle Welt verbreitete. Diese Befürchtung, die sie hegte, teilte auch Marek. Die Habsburger waren effizienter, was die Verwaltung von Land und die Untersuchung von merkwürdigen Begebenheiten anbelangte.

Scylla wünschte sich die Türken zurück, die sich kaum um Volksglauben und Ängste gekümmert hatten.

»Was schaust du dir an, meine Liebe?« Marek stand neben ihr und behielt die Umgebung im Auge. Von den Menschen wagte sich nach Einbruch der Dunkelheit keiner mehr ins Freie, wenn man vom Popen einmal absah, aber es gab immer noch die Upire.

Scylla hörte in der harmlosen Frage die Eifersucht aufglühen. Er war noch immer wie besessen von der Idee, sie zu seiner Geliebten zu machen, und auch wenn sie so taten, als hätte es das Gespräch damals in der Mühle niemals gegeben, und sie sich vor den anderen Baronen als Freunde gaben, mied sie ihn nach Möglichkeit. Er wiederum klammerte sich an die Hoffnung, dass sie ihn eines Tages doch erhören würde, und kehrte immer wieder in ihre Ländereien zurück, auch wenn sie es ihm bei vielerlei Gelegenheit untersagt hatte.

»Den Medicus und seinen Begleiter«, antwortete sie unverfänglich.

Marek warf ebenfalls einen kurzen Blick hinein und zog sich gleich wieder zurück. »Der Deutsche trägt einen französischen Offiziersmantel. Mehr als ungewöhnlich, würde ich sagen.« Er sog die eisige Luft ein, und in dem Geräusch lag spürbarer Argwohn.

Scylla lächelte. »Ja, in der Tat. Ich schätze, er ist ebenso aufständisch wie ich.« Sie beobachtete, wie Viktor der Stock aus der Hand rollte und er die Augen öffnete.

Ihre Blicke trafen sich – und verschmolzen für mehrere Lidschläge miteinander. Scylla atmete die Luft ein, die durch den Spalt aus der Hütte nach draußen drang und ihr seinen Geruch zutrug. Er roch sauber, ungewöhnlich sauber für einen Menschen.

»Scylla, er sieht dich!«, hörte sie Mareks vorwurfsvolle Stimme.

Es schien eine Ewigkeit zu dauern, bis es ihr gelang, sich von seinem Anblick loszureißen und in die Dunkelheit zu tauchen. »Ich weiß«, seufzte sie und ging an der Hütte entlang. Sie sah den Popen aus einem der Häuser kommen, den Eingang mit Weihwasser besprengen und sich der nächsten Behausung zuwenden. »Schau sie dir an. Wie einfach wäre es gewesen, ihnen zu helfen.«

»Das können wir immer noch.« Marek schloss sich ihr unaufgefordert an, als sie ihren Weg durch Medvegia fortsetzten. »Bringen wir die Upire um und freuen uns darauf, dass der fette Glaser nichts weiter als Leichname in den Gräbern entdeckt. Damit wäre es ausgestanden.« Er streckte die Hand nach ihr aus.

Scylla wich ihm aus und tat dabei so, als sei sie gestrauchelt. Es war ein fadenscheiniges Manöver, und er wusste es zu deuten: Er hatte sie nicht anzufassen. »Wir schaffen es nicht, das Dutzend Upire in einer Nacht zu fangen, mit Pflöcken zu durchbohren und zu köpfen, ganz zu schweigen vom Verbrennen. Wenn die Dörfler jetzt nachts Schatten auf dem Friedhof sehen und wir unter den Augen des Medicus schaufeln, wird man ihrem Lamentieren Glauben schenken.« Sie blieb an einer Hausecke stehen und zog den Mantel enger um den schlanken Leib. »Warten wir ab, was ihre Untersuchung bringt.«

»Das ist keine gute Entscheidung.« Mareks Blick wanderte über die erleuchteten Fenster in den Gebäuden. »Und wenn wir alle umbringen und das Dorf mitsamt dem Friedhof niederbrennen? Damit wäre das Problem auf einen Schlag gelöst. Solche Tragödien geschehen immer wieder.«

»Danach senden sie die nächste Kommission, welche die Upire *und* den Brand untersuchen soll«, schmetterte sie seinen Vorschlag ab, auch wenn sie insgeheim zugeben musste, dass es keine schlechte Idee war. Sie fühlte sich ebenso hilflos wie er. »Wenn du schon nicht von meiner Seite weichen kannst, dann komm und hilf mir. Achten wir wenigstens darauf, dass die Upire sich an keinem vergreifen, solange die Kommission anwesend ist. Einen besseren Beweis gäbe es nicht.«

»Ich finde es grotesk, dass ein Aeternus wie ich jetzt schon über die Sterblichen wachen muss.« Marek warf einen Blick auf Scylla, auf deren Gesicht nun eine Mischung aus Anspannung, Jagdfieber und etwas anderem lag, das ihn seltsamerweise an Zufriedenheit erinnerte. »Bereitet dir das hier Vergnügen?«

»Ja«, flüsterte sie, eine Hand legte sich an den Griff ihres Dolches. Seit Lydia ihr von den Intrigen berichtet hatte, die man in der Cognatio hinter ihrem Rücken gegen sie spann, fühlte sie sich in der Nähe von Menschen wohler, ja lebendiger als im Kreis der Ewiglebenden, und aus dieser Haltung machte sie inzwischen keinen Hehl mehr.

»Du hast die letzte Cognatio versäumt. Man bat mich, dich darauf anzusprechen«, sagte Marek. »Es ist eigentlich deine Pflicht ...«

»Als du mir sagtest, dass Vater in der Mühle Geheimnisse aufbewahrte, da wusstest du nicht, wie recht du hattest, Marek«, fiel sie ihm ungerührt in die Rede. »Die Schriften über die Kinder des Judas, die er mir hinterließ, beinhalten mehr, als du erahnst. Mehr, als die Cognatio erahnt.«

Er richtete seine beinahe violettfarbenen Augen auf sie. »Das also ist der Grund, warum du dich mehr und mehr zurückziehst?«

»Es ist *einer* von vielen. Ich habe mehr Feinde als Freunde in der Cognatio, und das aufgesetzte Einvernehmen taugt nichts. Lydia ist mein einziger Halt.« Sie sah ihn rasch an. »Doch mir ist nicht entgangen, dass auch du niemals verrätst, welche Fortschritte deine Experimente machen. Du täuschst genauso wie die übrigen.«

Marek biss die Zähne zusammen. »Das liegt daran, dass ich keine mache. Ich ... ich kann mich in der letzten Zeit nicht darauf konzentrieren, mein Herz und meine Seele hängen nicht mehr an der Wissenschaft, wie du sehr wohl weißt.«

»So?« Scylla blieb stehen und sah ihm ins Gesicht. »*Dir* könnte ich das sogar glauben, aber den übrigen zehn Baroninnen und Baronen sicherlich nicht.«

Er packte sie am Arm. »Zeig dich dankbar, Scylla!«, herrschte er sie leise an.

Sie grinste. »Wem gegenüber? Ihnen, weil sie mich aufnahmen? Oder dir, weil deine Intrigen mich auf den Stuhl brachten?« Innerlich hatte sie schon lange mit der Cognatio gebrochen, und mit jedem weiteren Satz aus der Hinterlassenschaft ihres Vaters, den sie entschlüsseln konnte, wuchs die Kluft.

Noch hielt sie den Frieden aufrecht, schon allein wegen Lydia. Sie war eine gute Freundin und würde sicherlich in Bedrängnis geraten, wenn Scylla ihre Eigenwilligkeiten weiter auslebte. Das durfte nicht sein.

»Es ist dein Wunsch, die Cognatio zu verlassen? Ein gefährliches Unterfangen«, sagte er ihr auf den Kopf zu. Scylla erstarrte. »Ich kenne dich sehr gut, es ist mir ein Leichtes, in deinen Gedanken zu lesen.« Er stellte sich vor sie. »Du weißt, dass man der Cognatio nicht einfach den Rücken kehren darf. Wer den Rang eines Barons für sich beansprucht, geht eine Verpflichtung ein, die nur durch den Tod beendet werden kann. So lauten die Gesetze.«

Sie setzte zu einer schneidenden Antwort an, dann überlegte sie es sich anders. »Wir sind doch schon tot, Marek«, gab sie nachdenklich zurück.

»Stell dich nicht dumm.«

Scylla hob den Kopf. »Das tue ich nicht. Doch du scheinst es manchmal von mir anzunehmen.« Es drängte sie, eines der Geheimnisse zu offenbaren, die sie aufgedeckt hatte, und als ein Lichtstrahl auf sein fahles Gesicht fiel und die Wangenpartie betonte, die sie inzwischen so sehr an einen anderen Mann erinnerte, verließ sie der Mut. Es war noch zu früh. Es gab noch so viel zu übersetzen. »Es ist besser, wenn wir unterschiedliche Wege benutzen. Auf diese Weise können wir mehr vom Dorf überwachen«, bestimmte sie und wandte sich nach rechts. »Wir treffen uns vor Sonnenaufgang in der alten Gehöftruine eine Meile von hier.«

»Nicht in der Mühle?«

»Nein. Die Fahrt dauert mir zu lange, und ich möchte in der Nähe sein. Morgen ist auch noch eine Nacht, in der die Upire auf die Jagd gehen.« Sie bog um die Kurve, um seinen Blicken und seinen Fragen zu entgehen – und merkte, wie sie automatisch einen Weg zurück zu ihrem Ausgangspunkt einschlug. Das Haus, in dem der Deutsche schlief, zog sie magisch an.

Scylla bat Gott um Beistand, damit er ihr einen Weg aufzeigte. Der junge Deutsche traf ihren Geschmack, das war auch Marek sicher nicht verborgen geblieben. Es würde ihm eine Freude sein, von Schwarzhagen allein schon deswegen zu töten, also musste sie vorsichtig sein.

Ihre Gedanken wurden unterbrochen.

Scylla sah einen Schatten über die Straße eilen und auf die Behausung des Popen zurennen. Die Geschwindigkeit lag weit über der eines Menschen, und daher konnte es sich nur um einen der Upire handeln. Scylla nahm die Verfolgung auf. Sie sah den Upir als schwarze Silhouette vor der Tür. Er drückte die Klinke nach unten und schob sich ins Innere. Ohne auch nur das geringste Geräusch zu verursachen, schlüpfte auch sie durch den schmalen Spalt ins Haus des Popen. Scylla sah, dass es sich bei dem Upir um eine junge Frau handelte, an deren Hals noch blaue Flecken von Würgemalen zu erkennen waren. Sie hatte die Abdrücke als Andenken an ihre Heimsuchung behalten. Sie trug ein Totenhemd, der Blick war verklärt und abwesend, als hätte sie Opium zu sich genommen; ihre Augen hatten sich auf die vielen Ikonen gerichtet, die dieses priesterliche Haus beherbergte. Sie wagte sich nicht weiter.

»Hinaus mit dir«, befahl Scylla leise und behielt die Schläfer im Auge.

Die Upirina kauerte sich zusammen wie ein Tier, um den strengen Blicken der Heiligen auf den Bildern zu entgehen. Doch obwohl sie Angst hatte, schaute sie gierig zwischen den Männern hin und her; sie konnte sich anscheinend nicht entscheiden, mit welchem sie beginnen sollte.

Blitzschnell sprang Scylla auf sie zu und bekam sie trotz der Ausweichbewegung an den Haaren zu fassen. Bevor die Upirina einen Schrei ausstoßen konnte, stach sie ihr die Klinge genau in den Hals, so dass nicht mehr als ein heiserer Laut entwich; der Stahl zerstörte die Stimmbänder und hielt den Kehlkopf fest.

»Ich habe dich gewarnt«, flüsterte die Aeterna und drängte die Untote rückwärts zum Eingang hinaus. Behutsam schob sie die Tür mit dem Absatz zu, um die Männer nicht zu wecken. Erst dann zog sie den Dolch aus dem Hals der Upirina, die Scyllas Unterarm mit beiden Händen umklammert hielt und vergebens versuchte, den Griff um die Waffe zu sprengen.

Kaum war sie von dem Dolch in ihrem Hals befreit, attackierte sie Scylla mit einem Doppelhieb.

Es war für die Aeterna ein Leichtes, dem Angriff zu entkommen; die Gegnerin hatte ihr ganzes Leben lang nichts als Feldarbeit gelernt, und nur weil sie zu einer übermenschlich starken Upirina geworden war, hatte sie dies nicht unweigerlich zu einer guten Kämpferin gemacht.

Scylla brauchte nur zwei schnelle Schritte, um hinter der Frau zu stehen, und durchtrennte den Nackenwirbel mit einem einzigen harten, schnellen Schnitt des Damaszenerdolches. Kopf und Körper fielen in verschiedene Richtungen, das Blut spritzte hoch aus dem Stumpf und zierte den Schnee mit dunklem Rot.

»Du tötest mit so viel Eleganz«, erklang Mareks Stimme, als er von rechts aus dem Schatten eines Baumes erschien und das viele Blut betrachtete, das sich mit einem leisen Spritzgeräusch aus den Arterien ergoss, »doch du musst wirklich lernen, deine Spuren besser zu verwischen. Hättest du sie nicht bewusstlos schlagen und erst dort aufschlitzen können, wo ihr Blut niemandem auffällt?«

»Es ging nicht anders«, knurrte Scylla zurück und hob den abgeschlagenen Kopf auf. »Nimm ihren Leichnam. Wir müssen sie wegschaffen.«

»Nicht in ihr Grab?«

»Nein. Lieber sollen sie ein leeres vorfinden als eine enthauptete Upirina. Sie wissen, dass keiner aus dem Dorf zu einer solchen Tat in der Lage gewesen wäre. Lass sie glauben, die Upirina sei in die weite Welt geflüchtet.« Sie eilte hinab zum Fluss.

Marek griff den Körper am rechten Bein und schleifte ihn hinter sich her zur Böschung, an der Scylla stand und das abgeschlagene Haupt mit einem schwungvollen Wurf in die Morava schleuderte. Er beförderte den Körper mit einem Fußtritt in die Fluten, und gemeinsam verfolgten sie, wie die Leiche davontrieb. Einem vernichteten Upir tat das fließende Gewässer nichts mehr an.

»Gehen wir wieder zurück und passen auf«, meinte Scylla schließlich. »Diese Upirina war sehr ... verwirrt.«

»Wir wissen doch schon lange, dass nicht jeder Verstand die Umwandlung gut verträgt«, erwiderte er. Er spielte damit auf ihr eigenes einjähriges Martyrium an.

»Sie hatte zwar Angst vor den Bildern der Heiligen, aber sie ließ sich von ihnen nicht bannen.« Scylla schenkte Marek ein knappes Lächeln. »Wir werden noch einiges zu tun bekommen, fürchte ich.«

15. Dezember 1731
Medvegia

Die Tage vergingen. Glaser suchte und suchte, ohne eine Krankheit bei den Menschen zu finden, und fluchte ununterbrochen. Sosehr er sich bemühte, er konnte keine natürlichen Ursachen für das Massensterben ausmachen. Frustriert hatte der Medicus sich daher in der Zwischenzeit über den Branntwein der Bewohner hergemacht, keine Flasche war vor ihm sicher.

Die Einwohner wurden noch unruhiger und bedrängten Viktor bei seinen täglichen Rundgängen in Medvegia, dass er auf den Medicus Einfluss nehmen sollte: Es müsse endlich gehandelt werden! Vater Ignaz diente ihm als Übersetzer, und sosehr der Geistliche sich bemühte, die Worte nüchtern wiederzugeben, Viktor hörte an den Stimmen, dass die Menschen sich vor neuerlichen Angriffen fürchteten. Auch in ihren Gesichtern stand nackte Angst geschrieben.

Obwohl in das Schicksal der einfachen Leute sehr bewegte, konnte Viktor doch nicht leugnen, dass er die Aufregung genoss. Und natürlich war die ganze Angelegenheit für ihn viel zu spannend, als dass er sich auf die Suche nach langweiligen Pelzen begeben wollte. Das aufkommende schlechte Gewissen über seine Nachlässigkeit beruhigte er mit dem Entschluss, sofort aufzubrechen, sobald die Sachlage in Medvegia aufgeklärt war.

Beim Mittagessen sprachen er, Glaser und die Offiziere über den Fall.

»Ich bin inzwischen so weit, dass ich mir die Leichen der Verstorbenen ansehen möchte«, sagte Viktor. »Es gibt, wie mir der Pope beschrieb und ich in den Büchern gelesen habe, Anzeichen, wenn sich ein Toter in einen Vampir verwandelt hat.« Er sah gespannt zu dem Medicus, der schmatzend und schlürfend sein Mahl in sich hineinschaufelte. Wortlos schob Glaser ihm ein Blatt hin. Viktor las: »Zu nächtlicher Zeit gehen die Bewohner von zwei, drei Häusern zusammen in eines, teils schlafen die einen, während die anderen wachen. Das Sterben wird auch nicht eher aufhören, bis nicht von einer Löblichen Obrigkeit nach selbsteigener Resolution eine Exekution denen benannten Vampires beschlossen und durchgeführt werde.« Er staunte über die furchtbare Wortwahl ebenso wie über den Umstand, dass Glaser die Seiten gewechselt hatte. Er *glaubte* plötzlich an die Wesen! »Was ist das?«

»Der erste Teil meines Berichts, den ich an D'Adorno nach Belgrad sende«, spuckte er mehr, als er sprach, und riss sich von dem Brot ab, um es in die Suppe zu tunken. Er ärgerte sich ohne Unterlass über Medvegia und seinen Auftrag, der die Grundfesten seines Weltbilds erschütterte.

»Verstehen Sie mich nicht falsch, aber die Sätze klingen ein wenig ...«

»Es ist ein Bericht. Berichte müssen so klingen.« Er drückte die Brotrinde in die Flüssigkeit. »Schauen wir uns die Leichen an. Danach schreibe ich weiter.«

»Jetzt sofort?«

»Will Er warten, bis ich es mir anders überlege?«

»Nein, natürlich nicht.« Viktor fragte sich, ob es eine gute Idee gewesen war, etwas zu essen. Verwundungen zu sehen machte ihm nichts aus, doch verwesende Körper könnten ihm durchaus auf den Magen schlagen. Ein Kloß bildete sich in seinem Hals. »Sehr gut«, sagte er stattdessen und sah zu den Offizieren, deren Gesichtsfarbe sich ebenfalls verändert hatte.

»Er wird mir aber nicht wie eine Jungfrau zusammenbrechen und in die Grube fallen?«, vergewisserte sich Glaser.

»Nein, nein«, meinte Viktor sofort und langte nach dem Wasser, das einmal Schnee gewesen war. Er hatte es jedenfalls nicht vor.

Als sie sich nach dem Essen erhoben und vor das Haus traten, wurden sie von einer Menschenmenge erwartet.

»Es hat sich herumgesprochen, was geschehen soll«, befand Viktor und sah kurz zu Ignaz, der an ihnen vorbeiging und auf die Bewohner einredete. Die Leute beruhigten sich, die ernsten Mienen wurden freundlicher, hier und da brandete Applaus auf.

Glaser und die Offiziere schoben sich durch die Menge. »Wir brauchen Leute, die graben können«, ordnete er im Vorbeigehen an. »Sie sollen auf den Friedhof kommen.«

Viktor blieb an der Seite des Popen, dem sein Kirchendiener ein Ikonenbild gebracht hatte, das er nun trug. Es roch unglaublich streng nach Knoblauch und Gewürzen. Es gab niemanden in der Menschenansammlung, der sich kein Kreuz um den Hals gehängt hatte, manche trugen es sogar auf der Stirn, andere hatten sich einen zusätzlichen Rosenkranz auf den Rücken gehängt, damit sie von einem Vampir nicht hinterrücks angegriffen werden konnten.

»Die Menschen sind erleichtert, dass der Medicus endlich tut, was sie die ganze Zeit über schon verlangt haben«, übersetzte der Geistliche für Viktor. »Und auch ich bin sehr glücklich.«

»Das glaube ich gerne.« Viktor sah sich um, ob er vielleicht die geheimnisvolle Frau, die er im Fenster gesehen hatte, entdeckte. Es machte keinen Sinn, sie dem Geistlichen zu beschreiben. Er musste sie noch mal mit eigenen Augen sehen, was ihm in den letzten Tagen aber nicht vergönnt gewesen war. Medvegia war zwar nicht winzig, aber dennoch überschaubar. Es grenzte an ein Wunder, dass sie sich vor ihm so lange verbergen konnte. Er nahm an, dass sie sich wegen ihrer Neugier schämte, und verdrängte hartnäckig seinen anfänglichen Verdacht, dass sie nichts weiter als ein Traumgespinst war.

Die Prozession hatte den Friedhof erreicht. Es war ein mit einer kleinen Mauer umgebener Ort. Viktor sah die bekannten lateinischen Kreuze seiner Heimat, allerdings auch Kreuze, bei denen Quer- und Längsbalken die gleiche Länge hatten und sich genau in der Mitte schnitten; eine weitere Variante trug drei ungleich lange Querbalken, von denen der untere schräg verlief: Orthodoxe und griechische Christen fanden also auf diesem Friedhof gleichermaßen ihre letzte Ruhe, wobei die orthodoxen deutlich in der Überzahl waren.

»Miliza, Miliza, Miliza«, murmelte Glaser und suchte in der Liste, auf der die verdächtigen Toten standen. »Im Alter von sechzig Jahren verstorben.« Er stapfte an den Gräbern entlang, bis er sich eine Ruhestätte ausgesucht hatte und stehen blieb. »Heißt das Miliza?« Er zeigte auf den Namen. »Gestorben ist sie vor sieben Wochen«, sagte er zum Popen, der neben ihm anhielt. »Und sie soll die Erste von ihnen gewesen sein?«

Ignaz nickte. »Sie hat Schaffleisch gegessen. Fleisch von Tieren, die durch den Vampir Paole ums Leben kamen.«

»Gut.« Glaser winkte die Helfer zu sich, die Hacken und Schaufeln mit sich trugen. »Anfangen.«

Der Pope hob das Bildnis, das er die ganze Zeit mitgeschleppt hatte, höher und betete halblaut. Erst unter diesem Schutz begannen die Männer ihre Arbeit und gruben sich durch den Schnee und die merkwürdigerweise sehr lockere Erde, bis sie auf den Sarg stießen; behutsam legten sie ihn frei. Ein Raunen ging durch die Reihen.

»Gott steh uns bei!« Viktor betrachtete bestürzt die zerstörten Schrauben, mit denen Deckel und Korpus verbunden gewesen waren; auch das Holz wies Bruchspuren auf.

»Öffnen«, befahl Glaser nervös. Die Offiziere um ihn herum hatten die Säbel gezogen.

Der Pope hielt das Heiligenbild über die Grube und betete noch lauter.

Wuchtige Schläge zerstörten den halbgeborstenen Deckel, die Trümmer wurden von den Männern hastig zur Seite geräumt.

Viktor, der Medicus und alle, die am Rand standen, sahen Miliza.

Ihr Leib war kein bisschen verfault und wies keinerlei Zeichen des Verfalls auf. Ihr Mund stand offen, frisches helles Blut floss daraus hervor, rote Bahnen liefen auch aus den Nasenlöchern. So, wie sie dalag, hätte man sie durchaus für verstorben halten können – doch ihr Bauch, der sich prall emporwölbte, verriet, dass sie gerade erst eine stattliche Mahlzeit zu sich genommen hatte. Genau so entsetzlich wie der Anblick Milizas war das gesamte Bild, das sich den entsetzten Männern bot: Der Leichnam schwamm in Blut, das nach Viktors Einschätzung unmöglich von einer einzigen Person stammen konnte.

»Heiliger Demetrius«, stöhnte Ignaz und unterbrach die Litanei.

»Das«, hauchte Glaser und ging am Rand der Grube in die Hocke, »ist keineswegs üblich.« Er scheuchte die Helfer aus dem Loch, rutschte hinab und drückte und schob an dem Leichnam herum. »Das Herz schlägt nicht.«

Einer der Dorfbewohner, der die Untersuchung des Medicus beobachtet und richtig gedeutet hatte, rief etwas, das Ignaz übersetzte, während der Rest der Menschen zustimmend murmelten: »Das muss es auch nicht. Erst in der Nacht, wenn sie herauskommt. Sie ist eine lebende Tote.« Der Pope sah den Medicus herausfordernd an. »Braucht es noch mehr Beweise für die Vampire?«

Glaser antwortete nicht. Er war zu sehr mit der Untersuchung beschäftigt und sah aus, als sei ihm nichts von dem, was er hier sah und ertastete, jemals untergekommen. »Öffnet die anderen Gräber ebenfalls«, brüllte er. »Ich will sie alle sehen.« Angeekelt wischte er sich die Finger am Leichentuch ab und wuchtete sich mit Hilfe der Offiziere aus der Grube.

Die Menschen spien auf Miliza, schüttelten die Fäuste und warfen Steine auf sie hinab.

»Aufhören!«, schrie Glaser. »Niemand rührt sie an, bis die Untersuchung abgeschlossen ist.« Er jagte die Helfer zum nächsten Grab, die Dörfler folgten ihnen.

Viktor schluckte, würgte und beherrschte sich schließlich. Doch nun verhinderte das drückende Gefühl in seinem Hals, dass er einen Schrei ausstoßen konnte: Die Lider der Toten hoben sich ganz langsam, dann richtete sich der Blick aus den grünlichen Augen auf ihn!

Keuchend stolperte er rückwärts, fiel über ein Kreuz und stürzte neben einem Grab in den Schnee. Erst dann übergab er sich.

XV.
KAPITEL

23. Dezember 2007
In der Nähe von Belgrad, 18.21 Uhr

Es gibt den Wald immer noch – ein unheimliches Bollwerk aus Stämmen, Ästen und Nadeln, aus dem sich die Krähen wie Späher erheben und einem unsichtbaren Feldherrn melden, was sich auf dem Weg tut.

Ich bin versucht zu glauben, dass es die gleichen Vögel sind, die vor mehr als dreihundert Jahren bei meiner ersten Ankunft aufgestiegen sind, um mich zu beäugen. Ich fühle mich überwältigt, ich schaudere und zittere, während ich den Kopf in den Nacken lege und an einem Stamm entlang nach oben schaue. Zumindest sind es die gleichen Bäume – oder?

Mein Geländewagen parkt vor dem dichten Unterholz, ich stehe neben ihm, meine rechte Hand liegt auf dem kalten Wagendach.

Ein schmaler Pfad führt in den Wald, auf den höchstens ein Reiter oder ein Mensch passt, aber kein modernes Auto. Es ist nicht der alte Weg, an den ich mich erinnere und über den ich oft mit einer Kutsche gefahren wurde. Was mochte sich hier noch verändert haben? Ich weiß, dass sich in der Mitte des Waldes ein Hügel erhebt – doch ich weiß nicht, was ich darauf vorfinden werde. Es ist mir auf der ganzen Fahrt nicht gelungen, einen Blick darauf zu erhaschen, irgendetwas war immer im Weg.

Ich löse mich vom Geländewagen und drücke den elektronischen Türschließer, es fiept kurz, und klackend verriegeln sich die Schlösser.

Zu meinen Füßen steht der Rucksack mit einigen wenigen Ausrüstungsstücken und etwas zu essen. Ich sehe in meiner nagelneuen Tarnkleidung aus wie eine betuchte und verrückte Wanderin, denn niemand sonst käme auf die Idee, sich bei diesem Wetter um diese Uhrzeit allein in den Wald zu begeben. Dicke Stiefel schützen meine Füße, Handschuhe und eine Wollmütze vervollständigen mein Outfit.

Eine Taschenlampe habe ich zwar dabei, doch ich werde sie nicht benötigen. Der Schnee reflektiert das Silberlicht der aufziehenden Nachtgestirne, und selbst ohne diesen hellen Schein bräuchte ich keine Lampe.

Der Wald ist uralt und königlich, er verlangt Ehrfurcht von mir. Er knarrt leise, Äste reiben aneinander, als wollten sie mir mit den Geräuschen sagen: Wir kennen dich. Es käme mir wie eine Beleidigung gegenüber diesen ehrwürdigen Bäumen vor, mich moderner Hilfsmittel zu bedienen. Eine antike Laterne, mit Kerze oder Öl als Quelle, das würde ich mir gefallen lassen, aber kein seelenloses Batterien-Licht aus LEDs.

Die Krähen überfliegen mich in luftiger Höhe, kreisen mehrmals und kehren ungerührt zu ihren Nestern irgendwo im Wald zurück, als wäre ich ihre Aufmerksamkeit nicht wert.

Ich werfe mir den Rucksack auf die Schulter und marschiere los, glücklich, durch die körperliche Anstrengung ein Ventil für meine merkwürdige Stimmung zu haben. Seit dem Verlassen von Leipzig ist mein Hass auf Marek stetig gewachsen, der mich durch seine Herausforderung zu Taten gezwungen hat, die nicht notwendig waren. Die mich zu einer vielfachen Mörderin gemacht haben.

Die Erinnerung an die alte Zeit wird immer überwältigender. Allein der Klang der Sprache, als mich der Grenzschützer nach meinen Papieren gefragt hat, hat mich in die Vergangenheit eintauchen lassen. Sofort waren sie da, die Erinnerungen. Gute wie schlechte.

Ich frage mich seit den ersten paar Kilometern, was Marek erreichen will. Es kommt mir unsinnig vor, angefangen von der Planung bis zum Schauplatz unseres Gefechts. Er hätte mich ebenso in Leipzig töten können, aber er wollte, dass ich zur Windmühle reise. Der Hass auf ihn treibt mich, doch mein Verstand meldet Zweifel daran an, dass Marek wirklich meinen Tod möchte.

Dafür will ich seinen. Vielleicht ist es das, was er beabsichtigt: zu sterben. Er ist im Gegensatz zu mir sehr gealtert, das Dasein wird ihm keinen Spaß mehr bereiten. Und wie es sich für ein Judaskind gehört, legt er nicht selbst Hand an sich, sondern möchte im Kampf sterben, einen glorreichen Abgang haben.

Aber passt dieses versteckte Aufgeben zu Marek?

Schnee knirscht unter meinen Profilsohlen, ich werde Teil des Zwielichts und verwandele mich im Schatten der Bäume in ein Schemenwesen. Es ist totenstill, seit die Krähen Ruhe gegeben haben.

Ich fürchte mich nicht vor der Dunkelheit, denn ich trage sie im Herzen. Doch diese Stille lastet schwer auf mir. Früher war mir jeder Meter des Waldes vertraut, manche der Bäume kannte ich vielleicht als Schösslinge. Inzwischen schieben sie sich wie Säulen in den Himmel und versuchen, die Wolken zu stützen.

Ich räuspere mich, hole Luft und tue etwas, was ich – ja, wie lange eigentlich? – unendlich lange nicht mehr getan habe: Ich singe in meiner alten Sprache.

Die Melodie eines Liedes, das mich meine Mutter gelehrt hat, verlässt meine Kehle und erklingt im Wald. Ich singe es nur ihr zu Ehren: das Lied der traurigen Weiden.

Schnee rieselt zu Boden, kleinere Tiere huschen vor mir davon, doch ansonsten unterbricht niemand meine Darbietung. Wieder erschaudere ich, die Gefühle drohen mich zu überwältigen.

Es dauert eine ganze Weile, und der Wald lichtet sich. Mein Gesang endet. Ich sehe unter den tiefhängenden Ästen einer Fichte hindurch einen Hügel, auf dem sich die Ruinen eines Turms und eines kleineren Gebäudes vor dem Mond abheben.

Ich bekreuzige mich. »Herr, steh mir bei«, bete ich. Was immer Marek sich ausgedacht hat, er soll nicht über mich siegen.

Meine Füße versagen den Dienst, und sosehr ich ihnen auch befehle, die Anhöhe hinaufzusteigen, sie rühren sich nicht. Mein Verstand ist gefangen von dem Anblick, der sich mir dort malerisch und drohend zugleich darbietet.

Es ist der Ort, an dem alles anfing: mein Aufstieg und mein Fall, der endgültige Bruch mit der Cognatio. Der Mond bescheint die Überreste, die sich tapfer gehalten haben. Wie viele Jahre tragen diese Grundmauern, die dem großen Brand damals getrotzt haben, auf dem Rücken? Vierhundert? Fünfhundert?

Steine und Mörtel wurden von der Zeit besiegt, und ich sehe nur das untere Drittel des Turms rebellisch aufragen. Der obere Teil, die Flügel und Rahmen, sind vergangen. Die Scheune hat den größten Teil ihres Dachstuhls eingebüßt, eingebrochen unter der großen Last des Schnees und der Zeit.

»Wie alt ich bin«, sage ich zu mir selbst und erschrecke beim Klang meiner normalen Sprechstimme, die mir verbraucht und dünn vorkommt. Der Schreck reicht aus, um mich aus der Bewegungslosigkeit zu reißen.

Ich erklimme die Anhöhe und bin merkwürdig ruhig. Vor mir sind die drei schiefen Eingangsstufen, die zur Tür der Mühle führen. Das Holz sieht im Mondlicht aus, als sei es gestern erst abgehobelt und gestrichen worden, nur die rostigen Beschläge und die abgeplatzte Farbe zeigen mir, dass ich mich täusche. Der Ort ist schon lange Zeit verlassen und vergessen. Kein Wunder in den modernen Zeiten.

Es bedarf einiger Überwindung, bis ich hinaufsteige und die Hand auf die schneebedeckte Klinke lege.

Natürlich lässt sie sich nicht nach unten drücken, also nutze ich mehr von meiner Kraft – bis das Eisen zerbricht und ich den Griff in den Fingern halte.

Seufzend ramme ich die Schulter gegen die Tür, aber sie hält stand. Wenn die Riegel von innen vorgeschoben sind, werde ich nicht eindringen können. Ich versuche es ein zweites Mal, und endlich, sie ergibt sich. Ich muss zwei Ausfallschritte machen, um meinen Schwung abzufangen, und dringe so in die Mühle ein.

Der Geruch! Der Geruch aus meiner Kindheit hängt noch immer in den Wänden, die Steine haben nicht vergessen, was sich im Untergeschoss zugetragen hat, und geben mir mit ihren Ausdünstungen noch mehr Erinnerungen zurück.

»Herr im Himmel«, entfährt es mir, und ich gehe an den zerfallenen Möbeln vorbei zum Herd. Die Handgriffe sitzen, ich schiebe die Feuerklappe zur Seite und lege die eiserne Kuhle frei, in der einst das Feuer loderte.

Gäbe es ein besseres Zeichen für Marek?

Ich raffe etwas von dem Brennholz zusammen, das neben dem Herd liegt. Es ist federleicht, manche Scheite zerfallen zu Staub und Sägemehl. Mit dem Feuerzeug entfache ich die Flamme, und sofort schlagen kleine Lohen in die Höhe; rasch schiebe ich die Abdeckung darüber und weiche einen Schritt zurück.

Erst jetzt drehe ich mich um und betrachte weiter den runden Raum. Ich versuche, den Mechanismus für die Bodenluke zu aktivieren, aber ohne die Kraft des Windes und des Mühlenantriebs tut sich nichts. Es ist besser so.

Die Tür war nicht richtig verriegelt, wie ich jetzt erkenne, und die Bolzen sind durch meine Versuche aus den Halterungen gerutscht. Von dieser Seite sieht sie stark und unzerstörbar aus, wie in den Jahren, als ich hier wohnte.

Heller Schein dringt aus den Fugen zwischen den Bauteilen des Herdes und beleuchtet den Raum etwas, Wärme breitet sich aus und schiebt sich langsam bis in die letzte Ecke. Das sich aufheizende Eisen tickt und pocht leise; sofort wird es wohnlicher.

Ich ziehe ein paar Kerzen aus meinem Rucksack und entzünde sie, stelle sie an die Fenster, damit Marek sieht, wo ich zu finden bin. Ich fürchte mich nicht vor ihm und freue mich auf das Zusammentreffen, das mit seinem Tod enden wird. Ich hätte ihn damals schon umbringen sollen. Nach wie vor will mir nicht einleuchten, weswegen er mich durch halb Europa gehetzt hat. Diese Art von Nostalgie passt nicht zu ihm.

Mein Blick fällt auf die Steintreppe. In welchem Zustand sich das Stockwerk darüber wohl befindet?

Stufe um Stufe steige ich das Halbrund hinauf und sehe durch die Schlitze einer Bodenklappe, dass sich umgestürzte Regale wie Barrikaden vor den Durchgang geschoben haben. Es kostet mich einiges an Kraft, sie zur Seite zu bewegen, Schnee rieselt auf mich herab, und endlich stehe ich in dem Bereich, der einmal ein kleines Heiligtum gewesen ist.

Über mir gibt es nichts als den dunklen Winterhimmel und Millionen von Sternen; die Wände reichen nur noch etwas mehr als zwei Meter in die Höhe und die Decke ist größtenteils verschwunden. Drei der Regale sind umgestürzt, und fast könnte man meinen, das sei Absicht der Bibliothek gewesen, um zu verhindern, dass sich Unbefugte Zutritt verschaffen. Der Rest steht noch, von schimmerndem Eis und glitzerndem Schnee bedeckt, als seien die verrotteten Almanache, Nachschlagewerke und Bücher von Väterchen Frost verflucht worden.

Gelegentlich rieseln Flocken aus dem Himmel und unterstützen das Märchenhafte, das von diesem Anblick ausgeht. Kein Hollywoodfilm hätte es besser machen können.

Es gibt keinen Zweifel daran, dass sich nach dem Brand ein Judaskind der Mühle angenommen und sie weitergeführt hat. Kein Müller hatte diesen Raum so mit Büchern gefüllt, wie mein Vater es einst getan hatte.

Ich wandele durch das Labyrinth, meine Finger berühren die erstarrten Einbände, wischen die weiße Schicht davon ab. Die Werke sind restlos verwittert, vernichtet von den Einwirkungen der Natur; nur dort, wo ein Stück der Decke wie ein Schild erhalten geblieben ist, wirken sie, als seien sie eben erst aufgestellt worden. Einige wenige der Bücher stammen aus den Beständen meines Vaters, die meisten kenne ich nicht.

Wie sehr bedauere ich, dass ich sie damals zurückgelassen habe. Aber Wissen in dieser Form bedeutet unglaublichen Ballast, und ich hätte mehr als vier Kutschen benötigt, um die Bücher mitzunehmen. Damit wäre ich auffällig wie eine Königin gewesen, und Aufmerksamkeit war in diesen Zeiten das Letzte, was ich benötigte.

»Ich nehme euch mit«, verspreche ich den standhaften unter den Büchern und sehe mich in dem Geländewagen bereits von ihnen begraben. Dabei bemerke ich, dass ich wie selbstverständlich annehme, dass ich den Kampf gegen Marek gewinne, und ich muss lächeln. Ich weiß, dass ich gewinne. Meine Instinkte warnen mich: Ich bin nicht länger allein. Ich spüre, dass die Luft um mich herum in Aufruhr geraten ist. Jemand bewegt sich durch die Bibliothek.

Von draußen vernehme ich das Knattern eines Motorrads, das sich der Mühle nähert. Noch ein Besucher, dem ich jedoch vorerst keine Aufmerksamkeit schenken darf.

Aus dem Augenwinkel habe ich eine Bewegung ausgemacht, und zwar neben dem letzten Regal, ganz hinten, wo die Schatten am tiefsten sind.

Langsam ziehe ich meinen Dolch und mache mich bereit. »Ich weiß, wie gerne du aus dem Hinterhalt angreifst, Marek«, sage ich laut und gehe rückwärts. »Daraus wird nichts mehr. Ich habe dich gesehen.«

Ein Schatten bewegt sich und rast mit ausgestreckten Armen auf mich zu, das Fauchen, das zu hören ist, gleicht dem Zischen einer Schlange. Sofort bemerke ich meinen Fehler: Es ist nicht Marek, der mir aufgelauert hat. Es ist ein Umbra! Wie damals ...

Weiß leuchten die Zähne in seinem Maul, und wie immer ist er nicht mehr als eine Silhouette, ein lebendig gewordener Schattenriss.

Ich werfe mich nach rechts, hechte durch ein Regal und schleudere die Bücher von ihrem Platz. Hinter mir wird es flammenhell, eine Lohe faucht durch den Gang. Ich spüre die Hitzewelle, die an mir vorüberrollt und mich ansonsten unversehrt lässt. Der feurige Atem des Umbra hat mich nicht erwischt, doch er wird es nicht bei diesem einen Angriff belassen.

Ich renne weiter, hechte durch das nächste Regal und höre das Zischeln des Upirs, der die Verfolgung aufgenommen hat.

Niemals hätte ich geglaubt, dass Marek sich auf die gleiche Stufe wie Carzic begibt und sich mit den niederen Wesen verbündet, um unsere sehr persönliche Feindschaft zu beenden! Damit hat er nun den letzten Rest von Ehre verloren.

Wieder faucht es hinter mir, und ich lasse mich hinter ein Regal fallen. Die Feuerwolke schiebt sich an mir vorbei, ein glühend heißer Wind streift mich – das war knapp!

Während ich zusammengekauert überlege, wie ich dem Umbra am schnellsten den Kopf abschlage, beginnt es zu hageln. Nussgroße Eisklumpen schießen aus dem Himmel, danach erklingt ein leises Donnergrollen.

Die Anzeichen kenne ich zu gut: Ein Vampir aus der Familie der Vieszcy ist in der Nähe und bereitet seinen Auftritt vor. Noch zeigt er sich nicht offen, er wird auf eine gute Gelegenheit warten, um mich anzugreifen, denn es ist unwahrscheinlich, dass er auf einen Plausch vorbeigekommen ist. Damit stehe ich allein gegen zwei sehr unterschiedliche Gegner: der eine von einem Dämon wegen seiner Taten zum Umbra gemacht, der andere als Kind einer Hexe und eines Dämons geboren.

Das Röhren des Motorrads erklingt nun absolut nah, gleich darauf endet es. Der nächste Besucher ist angekommen. Bevor er sich in den Kampf einmischen kann, möchte ich wenigstens eine Gefahr ausgeschaltet wissen.

Ich springe auf, katapultiere mich auf das nächste Regal und halte Ausschau nach dem Umbra, der in den Schatten unsichtbar ist. Diese Wesen kennen ihre Stärken sehr genau.

Flüchtig kommt mir der Gedanke, dass Marek es womöglich nicht nur bei diesen beiden Vampiren belassen hat. Er besitzt vielleicht doch eine ungefähre Vorstellung von dem, was er durch das Massaker in mir zum Leben erweckt hat, und dass ich wieder meine alten Fertigkeiten besitze, die ich mit der Kraft des Menschenbluts speiste. Jetzt, wo ich wie eine Katze auf dem Regal sitze, muss ich mich selbst an sie erinnern, weil ich sie zu lange nicht mehr eingesetzt habe. Es gab bislang keinen Grund. Wenn man etwas länger als sechzig Jahre nicht benutzt hat, ist es stark eingerostet. Es fällt mir nicht leicht, sie tief in mir zu wecken – oder ist es eher die Furcht davor, dass es mir sehr gut gefallen könnte, die alten Schranken einzureißen und wieder zu einem wahren Judaskind zu werden?

Der Umbra erscheint am Fuß des Regals und reißt den Mund auf. Es bleibt mir keine Zeit, den Rost vom Wissen abzuschütteln, es muss auf Anhieb funktionieren oder ich zerfalle zu Asche. Ein Schicksal, das ich eigentlich Marek zugedacht habe.

Das Gewitter ist rasch aufgezogen, der Hagel intensiviert sich.

»Verzeih mir, Herr«, raune ich und konzentriere mich, um das Tor zu meiner eigenen Finsternis aufzustoßen und sie herauszulassen. Ich bin wieder eine Aeterna, eine von ihnen … Noch ein Grund mehr, Marek auszulöschen.

Ich strecke die geöffnete linke Hand gegen den wolkenverhangenen Himmel und zwinge den Elementen stumm meinen Willen auf. Meine Kräfte schnellen unsichtbar in die Höhe, suchen in den Wolken nach den sich aufstauenden Energien und locken sie. Es ist, als würde man daraus viele einzelne Fasern lösen und sie zu einem dicken Strick drehen, was mir eine gewaltige Konzentration abverlangt. Sobald mir *eine* Faser entgleitet, verpufft die Energie unterhalb der Wolkendecke in einem schön anzusehenden, doch nutzlosen Wetterleuchten. Hinzu kommt, dass mir für den Vorgang nicht mehr als ein oder zwei Sekunden bleiben. Nicht meine leichteste Disziplin – dennoch gelingt es mir!

Der niederzuckende Blitz folgt meinem Befehl. Knisternd schlägt er einen Haken und schießt an meinem Gesicht vorbei nach unten – genau in den Umbra.

Ein dumpfes Bersten ertönt, als die grellweiße Bahn in den emporschnellenden Vampirschatten fährt und ihn zerreißt. Er wird zerfetzt und gekocht gleichermaßen, heißes Blut spritzt umher und schmilzt zischend den Schnee.

Ich atme schnell, stoßweise, und mein Herz schlägt einen Takt, den ich zu vergessen geglaubt hatte. Mein Gott, wie überwältigend! Wie überwältigend es ist, der Natur zu befehlen und sie zu leiten! Euphorisiert erhebe ich mich auf meinem Regal und befehle dem Hagel innezuhalten. »Marek!«, schreie ich in die Nacht. »Marek, wo steckst du? Komm her, damit ich dir geben kann, was du verdient hast!«

Unter mir erscheint eine Gestalt, eine Frau, welche die Kleidung einer Bäuerin trägt und von der ein unglaublicher Gestank ausgeht, als habe sie in Eiter und dem Ausfluss schwärender Wunden gebadet. Ich nehme nicht an, dass sie es ist, die mit dem Motorrad gekommen ist.

»Noch einer von ihnen«, krächzt sie. »Dachte ich es mir! Wo einer ist, sind auch die anderen!« Sie hebt den Kopf und sieht mich an, aus den Augen rinnt zähes, gelblich rotes Blut. Zwischen den zerfetzten Lippen stehen lange, nadelartige Zähne hervor. Sie haucht eine dunkle Wolke aus ihrem Schlund gegen mich, und ich muss an schwarze Pilzsporen denken.

Der Gestank ist unbeschreiblich. Die Frau ist ebenfalls eine Vampirin, eine von der Art der Nex. Hätte ihr fauliger Atem einen Menschen getroffen, wäre er von einer furchtbaren Krankheit befallen worden. Früher haben die Nex die Pest beschworen, um ganze Landstriche zu strafen und gefügig zu machen, damit ihre Forderungen erfüllt wurden.

Bei mir hat sie die Fertigkeit eingesetzt, um mich zu beeindrucken. Sie weiß, dass sie damit nichts gegen eine Unsterbliche ausrichtet. Was mich verwundert, ist, dass ich überhaupt eine Nex hier antreffe.

Ich springe ihr entgegen und verfehle sie knapp, weil sie im letzten Augenblick zur Seite ausweicht.

Aus der Drehung heraus zieht sie ein Kurzschwert aus einer Falte ihres Rocks und schlägt nach mir. Wieder nutze ich eine Fertigkeit, die ich nahezu vergessen hatte. Es genügt ein Gedankenimpuls, und mein Leib verändert sich, wird durchschimmernd wie Glas und leicht wie Seide. Ich verwandle mich in ein gespenstisches Wesen, die Klinge fährt durch mich hindurch, ohne mir den Kopf abzuschlagen. Meine Kleider fallen mir vom Leib, ich werde nackt sein, wenn ich menschliche Form annehme.

Wütend kreischt die Nex auf. Es ist ein Ton, der Menschen sterben lassen kann.

Ich verziehe das Gesicht und lasse meinen Körper wieder seine feste Form annehmen, gleichzeitig ziehe ich den nächsten Blitz heran und lasse ihn in die Spitze ihrer Waffe einschlagen.

Funken sprühen meterweit, das Metall glüht auf und leitet die mörderische Kraft in den Körper der Vampirin; als rauchendes Bündel stürzt sie zu Boden und liegt zuckend im Schnee.

»Wo ist Marek?«, frage ich sie und bücke mich nach meinen Kleidern, um den Dolch zu suchen. Zum Anziehen ist später genügend Zeit, es macht mir nichts aus, dass sie mich nackt sieht. »Was hat er dir versprochen, damit du ...«

Ich spüre die Anwesenheit eines weiteren Lebewesens, und das Knirschen des Schnees warnt mich. Jemand hat sich von hinten an mich herangeschlichen.

Abrupt neige ich den Oberkörper nach vorne und trete mit dem linken Bein nach hinten, die Ferse zielt in die Körpermitte dessen, der dort steht.

Mein Fuß verfehlt – einen schwarzen Luchs! Im selben Moment fällt mir ein, dass die Viesczy sich gerne in solche Tiere verwandeln, aber da ist die lauernde Großkatze bereits zwischen den Regalen verschwunden. Der Vampir plant seinen nächsten Angriff; vom Eingang der Bibliothek vernehme ich neuerliche Schritte, es sind die eines Mannes. Der Motorradfahrer? Marek?

Als ein Falter an mir vorüberflattert, weiß ich, dass ich die Nex einen Moment zu lange aus den Augen gelassen habe und sie die Gelegenheit zur Flucht genutzt hat. Es ist das Privileg von uns Vampiren, sich nicht um Materieprobleme kümmern zu müssen. Die Kraft, die uns erschaffen hat, verleiht uns diesen Luxus, aus einem scheinbar menschlichen Körper verschiedene Gestalten zu formen. Kleine oder große, das spielt keine Rolle.

Ehe ich sie in einem neuerlichen Blitz verdampfen lassen kann, schnellt ein Arm aus dem Regal neben mir und berührt mich an der Schulter.

Mir wird auf der Stelle schwarz vor Augen, ich breche in die Knie und habe jegliche Kraft verloren; wenigstens wird dadurch der weitere Kontakt zu dieser Hand verhindert.

»Ein Judaskind«, sagt eine Männerstimme seitlich von mir, und ich erkenne einen russischen Einschlag in seinem Tonfall. »Niemals hätte ich geglaubt, dass es stimmt, was ich gehört habe.« Vor mir geht ein kahlköpfiger Mann in die Hocke, er trägt einen teuren Pelzmantel aus Hermelin, darunter ist ein mindestens ebenso teurer schwarzer Anzug verborgen; Schuhe und Handschuhe passen perfekt dazu. Die gelblichen Augen haben einen starren, stechenden Blick, der körperliche Schmerzen bereitet.

Seine Hand legt sich zwischen meine Brüste auf den Solarplexus, und ich bin zu geschwächt, um zu reagieren. Meine Abwehrbewegung ist viel zu langsam, zu kraftlos.

»Murony«, krächze ich den Namen seiner Art und möchte seiner Hand entkommen. Sofort entreißt er mir mit seinen Kräften noch mehr Energie. Je schwächer ich werde, umso mehr Hunger nach Blut verspüre ich.

Er nickt, ich sehe ihn lediglich verschwommen wie in einem Zerrspiegel. »Da denkt man an nichts Böses, und plötzlich ist wieder eine von den Judastöchtern da. Das hätte ich nicht für möglich gehalten.« Er sieht über meine Schulter, ich wende den Kopf und erkenne den schwarzen Luchs. »Ebenso wenig, wie ich gedacht hätte, einen Viesczy anzutreffen. Die Kunde, dass es wieder Leben in der Mühle gibt, hat allgemeine Unruhe ausgelöst, wie es mir scheint. Ich bin gespannt, wen es noch alles aus den Schlupflöchern an diesen Ort getrieben hat, um sie willkommen zu heißen.«

Mir gelingt es, die letzten Reserven zu mobilisieren und meine Sicht zu klären. Aus den wenigen Worten schließe ich, dass er nicht von Marek geschickt wurde, um mich zu vernichten. Mein Bruder hat es geschickter angefangen, Halbwahrheiten gestreut und die Angst der Vampire vor dem Auferstehen der Kinder des Judas genutzt. Mit Erfolg.

»Kennst du Marek?«, frage ich mit heiserer Stimme. Ich würde meine Seele für einen Eimer voll Menschenblut verkaufen.

Seine andere Hand reißt mir die Mütze vom Kopf, darunter kommt mein langes dunkelrotes Haar zum Vorschein und fällt auf meine nackten Schultern. Ich habe es endlich von seiner schwarzen Farbe befreit, und es erstrahlt im Sternenlicht wie niemals zuvor.

»Erst möchte ich deinen Namen wissen«, entgegnet er. »Sollte man ihn von früher kennen, oder bist du ein versprengtes Überbleibsel, das sich nach der alten Erde sehnt?« Er lässt weder mich noch den Luchs aus den Augen, er traut niemandem. Von ihm unbemerkt, hat sich der schwarze Falter auf seiner rechten Schulter niedergelassen.

Der Schnee knirscht erneut, jemand nähert sich uns. Die schlanke Silhouette einer Frau tritt zwischen den Regalen hervor, und ihr Gesicht ist derart perfekt, dass man sie zu früheren Zeiten als Göttin verehrt hätte.

»Ihr Name ist Scylla«, gibt sie statt meiner Antwort und hebt das Kurzschwert der Nex auf. »Lasst mich sie töten.«

15. Dezember 1731
Medvegia

Sie saßen am frühen Nachmittag im Haus des Popen. Viktor las in seinen Schriften über die Vampire, Glaser kritzelte an seinem Bericht herum, und Ignaz kochte das Essen für alle. Die Offiziere befanden sich im Freien bei den Schlitten, und es machte den Anschein, als stünde ein Aufbruch bevor.

Glaser hatte nach der Öffnung des letzten Grabes kein Wort mehr gesprochen. Er hatte vor jeder Ruhestätte gestanden, die merkwürdigen Leichname betrachtet und war schließlich schweigend ins Haus des Popen zurückgegangen. »Mein Verstand suchte auf dem Weg ins Haus nach einer logischen Erklärung, ohne eine zu finden«, murmelte er jetzt und unterschrieb die beiden Blätter. »Daher gab es nur eine Wahrheit, und die habe ich geschrieben. Zweifach. Eine für Schnezzer, eine für das Collegium Sanitatis in Wien, das unbedingt von dieser Begebenheit erfahren muss, denn es handelt sich nach meinem Dafürhalten um eine Erschütterung der Wissenschaft und des bestehenden Weltbilds.«

Viktor sah, dass er den Federkiel endlich zur Seite gelegt hatte und sich nach seinem unvermittelten Ausbruch nun darauf beschränkte, ins offene Feuer zu starren. »Darf ich Ihren Bericht lesen?«

Glaser schob das Blatt zu ihm, stand auf und ging zum Bett, wo er nacheinander seine Habseligkeiten in einen Sack stopfte.

Milizas Leib war hoch aufgeblasen und mit Bluth unterlaufen, welches mir selbst suspekt vorkam. Den Leuthen kann nicht unrecht gegeben werden. Viktor überflog die Zeilen. *Dannenhero bitte ich Sie unterthänig, es möchte doch von der Löblichen Obrigkeit eine Execution nach einem weiteren Gutachten ergehen, um dieses Malum abzuwenden, das selbst ich für gut halte, um selbe Unterthanen zu beruhigen, weil es ein ziemlich großes Dorf ist, in dem sich diese Sache zutrug.*

Viktor sah den Medicus an. »Ein *zweites* Gutachten?«

»Ich bin zu unsicher, was hier vor sich geht.« Glaser schloss seine Tasche. »Das muss Belgrad entscheiden. Aber ich weiß, dass ich keine Nacht mehr länger in diesem Dorf bleibe. Was immer sich hier herumtreibt, es wird mich nicht bekommen.«

»Was? Aber es wird dauern, bis eine zweite Kommission angereist ist«, sagte Ignaz aufgebracht. »Was sollen wir bis dahin tun?«

Glasers Blick war ohne Mitleid. »Ausharren und beten. Wie in den Wochen zuvor.« Er rieb sich die rote Nase und sah zu Viktor. »Kommt Er oder möchte Er sich beißen lassen?«

Viktors Verstand befahl ihm, zu gehen und sich in Sicherheit zu bringen. Doch zu seiner eigenen Überraschung hörte er sich sagen: »Ich bleibe bei den Menschen und warte auf die nächste Kommission.«

»Wie Er will.« Glaser nahm den Bericht an sich und schob ihn unter den Mantel, stülpte sich die Kappe über die Haare und ging hinaus; krachend fiel die Tür zu. Gleich darauf erklang das Wiehern von Pferden, gefolgt von einem Männerruf und dem Schnalzen einer Peitsche.

»Sie sind wirklich gefahren!« Viktor sprang auf und sah den Schlitten zum Dorf hinaus verschwinden. Er nahm die Taschenuhr heraus, es war kurz nach zwei. Seine Augen wanderten zum Porträt von Elvira, das in den Uhrendeckel eingearbeitet war. Es blieb ungewohnt ruhig in ihm, der Schmerz und die Trauer trafen ihn nicht mit der üblichen Macht. Er vermutete, dass es an den besonderen Umständen lag, unter denen er in Medvegia lebte. Er war einfach zu aufgeregt.

Ignaz kam an den Tisch und stellte zwei Schüsseln darauf. »Aber Sie verlassen uns nicht?«

»Mir bleibt wohl kaum etwas anderes übrig«, murmelte Viktor, der seine Entscheidung nur für wenige Sekunden bereute. »Nein, ich bleibe sogar gerne.« Er ließ den Deckel der Uhr zuschnappen und setzte sich an den Tisch; das Essen roch sehr gut.

»Was mich wundert, ist«, der Geistliche gab eine Kelle des Eintopfs in das Gefäß, »dass Sie für einen Kaufmann, der eigentlich Pelze sucht, ein beharrliches Interesse an unseren Vampiren zeigen. Man könnte Sie für einen Wissenschaftler halten statt für einen Krämer.«

»Das bin ich gewesen.« Viktor grinste und erinnerte sich an seine kurze Studienzeit. »Ich wollte wissen, was die Welt im Innersten zusammenhält. Aber nach zwei Jahren drängte mich mein Vater, das Geschäft unserer Kaufmannsfamilie nicht zu vergessen. Ich gab das Leben als Studiosus der Tradition zuliebe auf, auch wenn mein Professor mich zum Bleiben bewegen wollte.«

»Mit Verlaub: Das Leben eines Pelzhändlers steht Ihnen wenig.« Ignaz nahm sich selbst von dem Essen, dann betete er und dankte für das Mahl; mit Appetit machten sie sich darüber her. »Sie haben viele Aufzeichnungen gemacht. Für was?«

Viktor nahm sich von dem Brot und bröckelte die harte Rinde in die Suppe, damit sie aufweichte. »Weil ich es unglaublich faszinierend finde, was ich hier erlebe.«

»Faszinierend? Wir nennen das erschreckend«, warf der Pope ein.

»Ich habe größtes Verständnis für die Furcht der Menschen, doch gleichzeitig höre ich zum ersten Mal von diesen Toten, die wie Lebendige des Nachts umherstreifen. Dabei war ich viel in Europa unterwegs und kenne so manche Geistergeschichte.« Er rührte die Suppe und aß einen Löffel davon. »Aber Vampire, oder wie immer sie von den Dörflern genannt werden, sind mir keine begegnet.«

Ignaz zog die Nase hoch. »Und was gedenken Sie mit diesen Geschichten zu tun? Sie nach Hause senden und sich über uns lustig machen?«

Viktor verneinte entschieden. »Ich habe doch selbst gesehen, dass mich eine der Toten anschaute, obwohl es ... eigentlich nicht sein kann. Es mag sein, dass mein Hang zum Erforschen, wie ich ihn an der Universitas auslebte, wieder durchgedrungen ist. Ich bin zeit meines Lebens unterwegs, suche das Neue und die Herausforderung. Vergessen Sie nicht, Vater Ignaz, dass ich einer der ersten Menschen bin, die von Ihren Vampiren hören.«

»Sie sind einer der ersten, die aus dem Westen kommen und davon hören.« Ignaz bekreuzigte sich. »Bei uns kennen selbst die kleinen Kinder diese Geschichten.«

»Bei uns verhält es sich so mit den Hexen«, merkte Viktor an und löffelte weiter. Er überlegte, wie er die kommenden Tage bis zum Eintreffen der zweiten Kommission verbringen könnte. »Würden Sie mir wohl weiterhin als Übersetzer dienen?«, fragte er Ignaz. »Ich möchte von Haus zu Haus ziehen und die Menschen zu den Vampiren befragen. Ich will alles über sie wissen.«

»Sicher. Aber wenn Sie mehr erfahren wollen, als die Menschen hier Ihnen berichten können, warten Sie noch etwas. Soweit ich weiß, hat man nach Zingaros rufen lassen, damit sie uns die Vampire vom Hals schaffen. Die Menschen hier fürchten sich zu sehr vor ihnen. Es war ein Wunder, dass sie die Särge überhaupt freigelegt haben, und ohne die Anwesenheit der Soldaten hätten sie sich sicherlich geweigert.«

Viktor nahm an, dass Ignaz Zigeuner meinte. Er übernahm den Ausdruck von dem Geistlichen. »Deswegen die ... Zingaros?«

»Ja. Sie machen so etwas für Geld und werden Ihnen noch mehr zu den Untoten sagen können.«

»Wer hat sie gerufen?«

»Der Heyduck Jowiza. Das ist unser ... Oberster des Dorfes.« Der Pope sah zum Fenster, durch das er nur diesiges, schleierhaftes Grau erkannte. Nebel war aufgestiegen. »Für die Fragen des Glaubens bin ich verantwortlich, alles andere fällt ihm zu.«

Viktor bemerkte seinen Blick. »Was machen wir mit den Gräbern? Glaser hat verboten, die Leichen in irgendeiner Weise zu beschädigen.«

Ignaz nickte und fluchte gleichzeitig, danach entschuldigte er sich bei den Ikonen, die überall herumhingen. »Wir haben die Gruben zugeschüttet und mit Steinen bedeckt. Niemand wird es wagen, sich an den Vampiren zu schaffen zu machen. Die Angst, dass sie dadurch auch tagsüber aus den Gräbern kommen, sitzt zu tief.« Er bot seinem Gast eine weitere Kelle an, doch der lehnte ab.

»Was macht ihr, wenn die Kommission befindet, dass Glaser

zu besoffen war und es sich bei den Leichen um nichts mehr als tote Körper handelt?«

»Sie von den Zingaros köpfen und verbrennen lassen«, erwiderte Ignaz augenblicklich. »Aber Sie, Herr von Schwarzhagen, wissen, dass es sie gibt.«

Viktor lehnte sich auf seinem Stuhl zurück und nahm den Branntwein, den ihm der Pope zur Verdauung hinschob. »Bleiben die Vampire in ihren Ruhestätten? Warum flüchten sie nicht vor ihrer Vernichtung, anstatt dort zu liegen und zu warten, bis sie einen Pflock durchs Herz bekommen?«

Ignaz goss sich ebenfalls Alkohol ein. »Es ist die Macht Gottes. Wo wäre die Welt, wenn sie ohne Fesseln umherstreifen könnten? Wir wären alle schon längst ausgesaugt und tot. Der Allmächtige bewahrt uns wenigstens tagsüber vor den Vampiren, die Mutter Gottes sogar in den Nächten der Samstage. Gegen diese Macht vermögen selbst die Dämonen nichts auszurichten.«

Viktor hatte wieder den Drang, alles aufzuschreiben, was er vernahm. Er würde Abschriften zu seinem Professor nach Berlin senden und ihn um seine Meinung bitten. Er blätterte in seinem Büchlein. »Man wird zu einem Vampir, indem man von ihm heimgesucht wird oder von infiziertem Fleisch gegessen hat«, fasste er zusammen. »Gibt es weitere Möglichkeiten, Vater?«

Ignaz zuckte mit den Achseln. »Sicherlich. Manche sagen, dass es schon ausreicht, gegen die Gebote der Kirche zu leben und besonders grässliche Sünder ihre Seele den Teufeln und Dämonen in der Hölle übereignen. Ich habe gehört, dass Menschen mit zusammengewachsenen Augenbrauen besonders anfällig seien, nach ihrem Tod als ein solches Monstrum nach Hause zurückzukehren. Und sogar solche, die allzu schlimm fluchen.« Ignaz sammelte die Holzschüsseln ein und stand auf. »Aber fragen Sie die Zingaros, Herr von Schwarzhagen. Sie wissen sicherlich mehr als ich.« Er ging zum Herd und stellte das Geschirr auf die Anrichte neben eine Waschschüssel. »Eines kann ich Ihnen ans Herz legen: Das Wort Aberglaube gibt es nicht, wenn es um die Dämonen der Nacht geht. Vertrauen Sie deshalb nicht auf das, was man Ihnen bisher beigebracht hat und was sie mit dem Verstand begreifen können, sondern nur auf das Kreuz, sobald es dunkel geworden ist.«

»Das werde ich, Vater Ignaz.« Viktor erhob sich ebenfalls, warf sich den Mantel über und knöpfte ihn zu. Die Luft in der Kammer war schlecht, und er wollte sich nach der vielen Schreiberei die Beine vertreten. »Bis zum Einbruch der Dämmerung bin ich zurück.«

Ignaz räumte die Schalen in die Schüssel und sah über die Schulter. »Das rate ich Ihnen.«

Viktor hinkte in die graue Kälte, in der er kaum mehr als zwei Armlängen weit sah. Unter dem Mantel trug er sein Notizbuch, in der rechten Jackentasche einen in einem Etui verwahrten Kiel und ein Tintenfass.

Er streifte lange umher, ließ die Stimmung auf sich wirken und beneidete diese Menschen nicht um ihr Leben. Es war trostlos, kalt und feucht. Die Lausitz mit ihren Ebenen besaß eine gewisse Ähnlichkeit, doch ihr fehlte das Triste und Unheimliche.

Er bewegte sich ohne ein wirkliches Ziel durch Medvegia, bis er merkte, dass er beim Einbruch der Dämmerung durch das Friedhofstor schritt. Die Gräber ließen ihn nicht los.

Ignaz hatte recht behalten. Auf den Ruhestätten, in denen die Vampire lagen, türmten sich die Steine kniehoch, und mitten hinein waren lange Stangen gesteckt worden.

Viktor überlegte, wie lang er bis zum Haus des Popen benötigte. Mit etwas Anstrengung würde er vor der Nacht in den sicheren vier Wänden ankommen, aber vorher wollte er sich die Sicherung der Gräber näher anschauen.

Er trat heran und spürte, wie weich der schneefreie Boden

war. Seine Vorstellungskraft gaukelte ihm das Bild eines Vampirs vor, der sich knurrend und heulend durch die lose Erde nach oben grub. Viktor starrte nach unten, Furcht ergriff ihn und berührte ihn eisig kalt im Nacken.

»Ein so mutiger Mann kann nicht aus dem Dorf sein«, sagte eine Frau hinter ihm auf Deutsch, und er schreckte zusammen; seine linke Hand hob den Stock halb zum Schlag, während er sich umdrehte.

Er schaute in das anmutige Gesicht der jungen Frau, die er vor einigen Tagen am Fenster gesehen hatte! Ohne das beschlagene Glas zwischen sich und ihr wirkte sie noch schöner, und der dunkle Mantel, den sie um die Schultern gelegt hatte, passte kaum zu dem, was er bislang an den Dörflern gesehen hatte. Ein starker Parfümduft ging von ihr aus.

»Verzeihung.« Viktor senkte den Stock. »Sie haben mich in einem Augenblick angesprochen, in dem ich gedanklich bei grausigen Dingen weilte.«

Sie sah an ihm vorbei auf die Gräber. »Ich verstehe, Herr von Schwarzhagen.«

»Hat sich mein Name herumgesprochen?« Er lächelte. »Ich war nicht darauf gefasst, an diesem Ort von jemand anderem als dem Popen meine Muttersprache zu hören.«

Die junge Frau deutete eine Verbeugung an, bei der ihre Kapuze noch weiter ins Gesicht rutschte und die dunkelgrauen Augen abschirmte. »Ich bin Baronin Illicza.«

Eine Baronin, wunderte sich Viktor. »Sagt, was treibt eine Frau Eures Standes in diese Gegend?«

»Ich bin aus dem gleichen Grund in diesem Dorf wie Sie, Herr von Schwarzhagen. Das Leid der Menschen hat mich berührt ... und neugierig werden lassen.« Sie berührte einen Pfahl. »Wissen Sie, wozu das dient?«

»Vermutlich, damit sich der Vampir, wenn er sich nach oben gräbt, selbst aufspießt?«

»Genau.« Die Baronin hielt ihm den Arm hin und gab ihm so zu verstehen, dass sie von ihm vom Friedhof geleitet zu werden wünschte. Nur zu gerne kam er dieser Aufforderung nach.

»Es ist schon spät«, sagte sie, als sie losgingen. »Hat man Ihnen nicht gesagt, dass Sie vor der Dämmerung in einer sicheren Unterkunft sein sollten?«

Viktor nickte. »Das hat man. Wo sind Sie untergebracht, wenn ich fragen darf? Gibt es denn in diesem Ort eine Behausung, die standesgemäß wäre?«

Sie lachte auf, und Viktor sah weiße, makellose Zähne, was eine große Seltenheit war. »Nein, das sicherlich nicht. Ein Freund von mir hat in der Nähe einen Gutshof, auf dem ich mich aufhalte.« Sie trat enger an ihn heran, offenbar weil sie fröstelte. »Was für ein Wetter, Herr von Schwarzhagen. Es ist wieder kälter geworden.«

»In der Tat.« Viktor wurde durch die Nähe dieser Frau nahezu schwindelig. Sie besaß eine ungeheure Ausstrahlung bei allem, was sie tat, gleich ob sie sprach, lachte oder sich bewegte. Ihre Augen schienen zu leuchten und deuteten auf einen wachen, regen Geist hin. Er genoss ihre Gegenwart in dem dreckigen, schmutzigen Dorf mit seinen ärmlichen Bewohnern und der furchtbaren, unverständlichen Sprache.

Sie schlenderten durch den dichter werdenden Nebel. Die Umgebung versank in einer grauen Zwischenwelt, in der Geräusche anders klangen und die Sinne verwirrt wurden. Kaum verließen sie die Mauern des Friedhofs, hatte Viktor auch schon die Orientierung verloren. Er wusste nicht mehr, wo genau sie sich befanden, und obwohl er es war, der ihren Arm sanft hielt, war es doch die Baronin, die ihn an geisterhaften Häuserfassaden vorbeiführte, ohne dass sie einmal ins Stocken geriet. Es war unwirklich, mit ihr durch den Nebel zu laufen.

»Es ist nicht mehr weit bis zum Haus des Popen«, sagte sie amüsiert. »Machen Sie sich etwa Gedanken, ich könnte Sie entführen?« Sie blieb neben einem erleuchteten Fenster stehen, so dass der Lichtschein gedämpft auf ihr Gesicht fiel, und sah ihn an.

Viktor versank in ihrem Blick, erfreute sich an ihrem Gesicht und merkte, wie sich ihr Anblick in seinen Verstand brannte. Sie neigte sich vor, Parfüm umwehte ihn, und das Schwindelgefühl nahm zu. Die Erinnerung an Elvira, die ihn sonst stets begleitete, wurde beinahe gänzlich ausgelöscht, ebenso die an Susanna, die beiden Frauen wurden nebensächlich und belanglos. Alles, was für ihn zählte, war die Baronin mit den unglaublich wundervollen dunkelgrauen Augen. Er öffnete den Mund, doch es gelang ihm nicht, etwas zu sagen.

»Was ist mit Ihnen, Herr von Schwarzhagen? Sie wirken benommen.« Es erschien Viktor wie ein Traum, als sie die Hand hob und seine linke Wange streichelte. Sie lächelte unergründlich. »Oder habe ich Sie in meinen Bann geschlagen, mein schöner Fremder?« Er wollte ihr antworten, doch seine Kehle war wie zugeschnürt. Und dann geschah etwas, mit dem er nie gerechnet hätte: Die Hand der Baronin glitt zu seinem Nacken und zog ihn sanft, doch unwiderstehlich nach vorne, bis sich ihre Lippen aufeinanderlegten.

Sonnen und Sterne explodierten vor Viktors Augen, die Gefühle überwältigen ihn. Er dachte nicht mehr, er nahm nichts mehr von seiner Umgebung wahr – alles, was er spürte, war die weiche Haut der Baronin, und er wünschte sich, dass es niemals mehr enden würde. Gleichzeitig entfachte der lange Kuss unbändiges Begehren.

Die Zunge der Baronin fuhr leicht in seinen Mund, und sein Rausch steigerte sich. Sie schmeckte rein und frisch und ein bisschen nach Zimt. Er ließ seinen Stock fallen und hob die Arme, um die Frau zu umschlingen und sie an sich zu ziehen –

– doch die Baronin war verschwunden!

Er griff ins Leere und verlor das Gleichgewicht, so dass er sich an der Hauswand abstützen musste. »Was …?« Einsam stand er in der Gasse, blinzelte und schluckte. »Baronin?" Er spürte ihre Lippen, den Zimtgeschmack auf seiner Zunge. »Baronin?«, rief er lauter und lauschte.

Es blieb still in Medvegia.

Viktor griff in den Schnee, nahm eine Hand voll davon auf und rieb sich damit das Gesicht ab. Die Kälte sollte ihm den letzten Rest der rätselhaften Benommenheit nehmen, auch seinen Stock nahm er wieder auf. Plötzlich vernahm er Schritte, die sich ihm näherten, begleitet vom Klingeln eines Glöckchens, das im Takt des Stiefelgeräuschs erklang.

»Baronin, sind Sie …?«

Aus dem Nebel trat ein stark gebräunter Mann, der einen Kopf kleiner war als Viktor. Ein kurzer Bart und ein dicker Schnauzer bedeckten sein Gesicht. An seinen Ohren schimmerten große, goldene Ringe. Eine breite Narbe verlief von der rechten Schläfe quer über die Nase und am Mund vorbei bis zum Hals. Er hatte sich einen Lederharnisch über seinen hellen, abgewetzten Mantel geschnallt, auf dem eine Ikone befestigt war; rund um das Heiligenbild prangten Schriftzeichen und religiöse Symbole. In der linken Hand hielt er einen gravierten Säbel, an seinem Handgelenk baumelten unzählige Armbändchen.

Bevor Viktor etwas zu sagen vermochte, wurde er von dem Mann in einer fremden Sprache angesprochen.

»Ich verstehe dich nicht«, antwortete er. »Hast du die Baronin gesehen?«

Der Mann horchte in den Nebel hinein. »Niemez«, meinte er dann, senkte den Säbel und rief etwas hinter sich, während er die Waffe verstaute; aus dem Dunst erschallten zahlreiche Stimmen zur Antwort. »Ich bin Libor«, stellte er sich mit starkem Akzent vor. »Der Pope hat uns geschickt, nach Ihnen zu suchen.«

»Um mich zu suchen?« Viktor atmete ein und versuchte, die merkwürdige Benommenheit aus seinem Geist zu vertreiben. Es war mit nichts zu vergleichen, was er an Rauschzuständen bereits erlebt hatte, und der Zimtgeschmack lag noch immer bleischwer auf seiner Zunge. Ohne ihn hätte er beinahe vermutet, dass es sich bei der Baronin um einen Spuk gehandelt hatte. »Wieso?«

Der Mann grinste. »Sie waren seit heute Mittag unterwegs, Niemez. Und als die Nacht hereinbrach, hat er sich Sorgen gemacht, dass Sie einem Vampir zum Opfer fallen könnten.« Libor musterte ihn. »Ist alles in Ordnung?«

Viktor nickte. Er nahm an, dass der Mann zu den Zingaros gehörte, von denen Vater Ignaz gesprochen hatte. »Ist dir eine Frau entgegengekommen?« Rasch beschrieb er sie.

»Nein, Niemez. Sie wäre mir sicherlich aufgefallen.« Er deutete die Straße entlang. »Wohin wollten Sie?«

»Zum Haus des Popen.«

»Dann haben Sie sich gründlich verlaufen. Sie waren auf dem besten Weg zum nördlichen Dorfrand.« Libor winkte ihm. »Ich führe Sie.« Dann rief er wieder etwas laut in die Finsternis, und wieder bekam er Antwort in einem Kauderwelsch.

»Bist du ein Zingaro?«, fragte Viktor, als sie durch den Nebel zum Haus des Popen liefen.

»Ja, das bin ich. Und ein Dhampir dazu«, meinte Libor und verlangsamte seine Schritte, damit der hinkende Viktor nicht zurückfiel.

»Ein ... ein was? Das klingt ein wenig nach Upir und Vampir ...«

»Es bedeutet, dass mein Vater ein Vampir war. Deswegen bin ich vor allen anderen in der Lage, die Ungeheuer zu erkennen und sie zu töten, wie kein normaler Mensch es könnte.«

»Das Kind eines Vampirs?« Viktor glaubte, sich verhört zu haben. »Ich dachte, diese Wesen lassen sich nicht mit Menschen ein, sondern *töten* sie.«

»Versuchen sie auch.« Libor lachte und zeigte auf seine Narbe. »Aber sie kehren manchmal zu ihren Frauen zurück und machen ihnen Kinder. Die meisten Bälger sterben recht früh, ich dagegen hatte Glück.« Er zeigte auf das Haus, das sich aus den Schwaden schälte. »Wir sind da, Niemez.« Er klopfte gegen die Tür. »Ich bin es, Vater. Libor«, rief er. »Wir haben den Niemez gefunden, und er ist unversehrt.«

Die Tür wurde geöffnet, und Ignaz erschien. »Das war sehr töricht, bis in die Nacht unterwegs sein zu wollen, Herr von Schwarzhagen«, begrüßte er Viktor und machte Platz, damit er eintreten konnte. »Danke, Libor.«

Der Dhampir sagte ein paar unverständliche Worte, salutierte wie ein Soldat, grinste aber dabei und kehrte in den Nebel zurück.

Viktor begab sich in das Haus, setzte sich an den Ofen und wärmte sich. »Es tut mir leid, dass ich für Unruhe gesorgt habe«, sagte er zu dem Geistlichen, der ihm einen Becher Kräutersud reichte.

»Sie haben Ihr eigenes Leben in Gefahr gebracht, nicht meins. Und die Zingaros haben keine Angst vor den Untoten, wie Sie gesehen haben.« Ignaz setzte sich neben ihn. »Libor meinte, Sie wären einer Frau begegnet, die sich wie eine Adlige kleidete.«

Er nickte. »Sie nannte sich Baronin ...« Viktor stutzte. Er hatte ihren Namen vergessen. »Ich habe sie in der Nacht bei unserer Ankunft schon einmal hier gesehen. Sie ist auf einem Gehöft in der Nähe des Dorfes abgestiegen, wie sie mir sagte, und nimmt Anteil an dem, was hier vor sich geht.«

»Eine Baronin in Medvegia?« Ignaz grübelte. »Sie muss von weiter weg stammen. Ich jedenfalls kenne keine. Und auch kein Gehöft in der Nähe.«

Viktor sah in seinen Becher. Der Tee schaffte es nicht, den Zimtgeschmack zu vertreiben, und schon erinnerte er sich wieder an den Kuss.

Sofort erwachte das schlechte Gewissen in ihm, und er nahm die Uhr heraus, um das Bildnis von Elvira zu betrachten und die Erinnerung an sie, an ihre gemeinsame, schöne Vergangenheit und die Trauer zurückzuholen.

Es war verschwunden.

22. Dezember 1731
Habsburgisches Territorium (serbisches Gebiet)

Scylla saß in der Bibliothek über den entschlüsselten Aufzeichnungen ihres Vaters, in denen er sich mit der Geschichte der Kinder des Judas beschäftigte, doch in Gedanken befand sie sich bei Viktor.

Es war zu ärgerlich gewesen, dass die Zingaros in jenem Moment aufgetaucht waren, sonst hätte sie den jungen Deutschen in ihren Schlitten gelockt und säße nun mit ihm zusammen in der Mühle. Sie seufzte, als sie an die vielen Dinge dachte, die sie mit ihm gerade tun könnte ...

Alles war durchdacht gewesen, vom betörenden Parfüm bis hin zu dem leichten Betäubungsmittel, das sie auf ihrer Zunge verteilt hatte. Es hatte sie keine Stunde gekostet, Duftwasser und Zimtmischung anzurühren – doch inzwischen war sie sicher, dass sie diese Mittel bei Viktor gar nicht benötigt hatte; er zeigte auch so reges Interesse an ihr.

Scylla drehte den Docht höher, damit sie mehr Licht hatte. Sie nahm das winzige Porträt ihrer Rivalin zur Hand, das auf dem Tisch lag, und betrachtete die Frau, die vermutlich irgendwo in der Lausitz saß und auf die Rückkehr ihres Geliebten hoffte.

»Wollen wir einmal abwarten, ob ich ihn dir zurückgebe«,

murmelte sie und warf das Bildnis in das Lampengehäuse; es fing sofort Feuer, und qualmend vergingen Ölfarben und Leinen. »Aber es sieht schlecht für dich aus.«

Scylla hielt den jungen Deutschen für einen schlauen Menschen, und dass er wissbegierig war, bewies er mit seinen Nachforschungen über die Vampire. Sie hatte ihn in einem belauschten Gespräch über einen Universitätsbesuch sprechen hören, er konnte also gar nicht einfältig sein. Gute Voraussetzungen. Es war ihr in den Sinn gekommen, Viktor zu ihrem Eleven zu machen, ganz gleich, was die Cognatio und der Ischariot sagten. Da sie die Versammlung ohnehin verlassen würde, spielte es auch keine große Rolle.

Sie sah auf die handgeschriebenen Zeilen ihres Vaters. Beim Gespräch mit Lydia würde sich alles entscheiden. Unter Umständen wäre sie nicht die Einzige, die der geheimen Gesellschaft den Rücken kehrte. Alles hing davon ab, wie ihre Freundin auf die Wahrheit reagierte.

Das Türglöckchen läutete, Scylla erhob sich und ging nach oben. Den Winter über war der Müller nicht hier, so dass niemand etwas von den Vorgängen in der Mühle mitbekam. Der Wald und die Nacht schützten sie vor ungebetenem Besuch.

Scylla schaute aus dem schmalen Fenster neben der Tür. Vor dem Eingang wartete eine Frauengestalt in einem weiten weißen Mantel, ein paar Schritte von ihr entfernt stand ein Schlitten. Es war wichtig, die verräterischen Kufenspuren später von einem leichten Wind verwehen zu lassen. Sie öffnete die vielen Riegel, die sie beim Neubau noch massiver hatte anfertigen lassen als diejenigen, die ihr Vater benutzt hatte, und begrüßte Lydia. »Wie schön, dich zu sehen!«, rief sie und umarmte sie. Der lange, innige Kuss, den sie tauschten, hätte zu einem Liebespaar passen können. »Hattest du eine angenehme Reise?«

»Ja. Die Österreicher ließen mich in Ruhe. Sie sind ansonsten ja beinahe überall. Schlimmer als jede Landplage«, erwiderte sie lächelnd.

Scylla nahm ihr den Mantel ab und bat sie nach unten in die Bibliothek. »Etwas zu trinken?«

»Ich nehme einen heißen Gewürzwein, wenn es dir nichts ausmacht.« Lydia trug ein bodenlanges schwarzes Kleid, das gegen die Kälte hochgeschlossen war; der Kragen war ein weißer Pelz, und auf dem Kopf trug sie, im Gegensatz zu Scylla, ihre weiße Perücke.

»Ganz und gar nicht.« Mit raschen Handgriffen setzte Scylla Wein in einem Topf auf den Herd und gab nacheinander Honig, Nelken, Zimt und Pfeffer hinzu, zusätzlich etwas Muskat.

Lydia stand halb auf der Treppe. »Siehst du nun, weshalb ich in einem Schloss wohne und Diener habe?«, neckte sie.

»Da habe ich auch einst gewohnt, bis mich die Diener umbringen wollten, liebste Freundin.« Scylla lachte. »Lieber lebe ich allein, doch dafür sicher.« Die glühende Herdplatte schaffte es, den Alkohol sehr rasch zu erhitzen, die Zubereitung würde nicht viel Zeit in Anspruch nehmen.

»Das würden meine Diener niemals wagen. Sie sind mir alle verfallen«, erwiderte Lydia und ging die Rampe nach unten. »Sie vertrauen mir blind.« Sie lachte.

Nicht lange danach folgte Scylla mit einem Tablett, auf dem zwei Gläser mit Gewürzwein und eine Schale Gebäck standen. Sie fand Lydia am Schreibtisch vor, und so, wie sie saß, hatte sie keinen Blick auf die Unterlagen geworfen, obwohl es ihr erlaubt gewesen wäre. Niemand sonst in der Cognatio besaß derlei Respekt vor fremden Gedanken wie Lydia.

»Bitte sehr.« Scylla reichte ihr ein Gefäß, stellte das Naschwerk ab und setzte sich neben sie. Sie stießen miteinander an, sahen sich in die Augen und lächelten sich zu.

»Was gibt es Wichtiges, dass du mich unbedingt vor der Versammlung sehen möchtest?«

Scyllas Blick richtete sich auf die Papiere, das Vermächtnis ihres Vaters. »Karol hat mir etwas hinterlassen.« Sie nahm ihre Übersetzung zur Hand. »Vielleicht war es auch für Marek gedacht, denn es scheint, dass er einiges davon weiß, was ich in den Aufzeichnungen fand. Es kann sein, dass Karol zuerst mit meinem Halbbruder darüber gesprochen hat.«

Lydia sah auf die beschriebenen Blätter. »Was ist es? Forschungserkenntnisse werden es nicht sein, wenn ich den Ausdruck in deiner Stimme und in deinen Augen richtig deute.«

»Die Lügen, liebe Freundin«, Scylla trank von ihrem Wein, »haben ein Ende.«

»Die *Lügen?«*

Scylla stellte das Glas ab. »Die Lügen darüber, dass wir von Judas Ischariot abstammen. Dass wir besser sind als die Upire. Dass wir dem Christentum zu seiner Größe verholfen haben – das *alles* ist Unsinn«, erklärte sie. »Mein Vater hat, als er vor vielen Jahren selbst mit dem Gedanken spielte, sich zum Ischariot machen zu lassen, Nachforschungen angestellt. Er hatte eigentlich angenommen, noch mehr über die Größe der Kinder des Judas herauszufinden, doch er stieß auf Beweise, die *gegen* unsere edle Geheimgesellschaft sprechen.«

Lydia hörte gebannt zu. »Was genau meinst du damit, meine Liebe?«

»Unser Urvater hieß nicht Judas Ischariot und lebte auch nicht an der Seite von Jesus Christus. Nein, sein Name hatte einen weitaus schlichteren Klang. Er war ein Ungar, Horge Kasparzek.« Scylla lachte auf. »Vater reiste in seine Heimatstadt und fand sein verlassenes Laboratorium. Man stelle sich vor: Er war zu Lebzeiten ein reicher, mächtiger Kaufmann sowie Alchemist und hatte nicht vor, diese Macht nach seinem Tod zu verlieren.« Scylla zeigte auf die Bibliothek. »Einige dieser Bücher stammen von dort.«

Lydias Augen wurden größer, sie trank ihren Wein auf einen Schlag leer und musste husten. »Ist das sicher?«

Scylla goss ihr nach und nickte. »Vater hat mir in seinen Aufzeichnungen Hinweise hinterlassen, in welchen Werken ich mehr über Kasparzek finde.« Sie ergriff Lydias Hand. »Und es stimmt alles! Wir mögen gebildet sein und kultiviert, doch letztendlich sind wir nichts anderes als Upire, die in den vergangenen Jahrhunderten einem Ammenmärchen und einem Betrug aufgesessen sind.«

Lydias Gesicht verzog sich voller Abscheu. »Wir haben nichts mit denen gemein, die in den Gräbern liegen und sich nachts in die Häuser stehlen, Scylla. Sie vermögen ein bisschen Blendwerk zu tun, um die menschlichen Sinne zu verwirren oder in Angst und Schrecken zu versetzen, doch *wir* befehligen den Elementen!«

»Es gibt genügend von ihnen, die mehr als das können«, hielt Scylla dagegen. »Die Viesczy, die Tenjac, die Murony heben sich ebenso von denen ab wie wir. Aber dennoch sind wir in einer Sache gleich, Lydia.« Sie zog den Ärmel in die Höhe und wies ihrer Freundin das Feuermal. »*Dies* ist mehr, als es scheint. Es ist das Zeichen des Dämons, mit dem Kasparzek seinen Pakt einging, um länger als jeder Mensch leben zu können.« Sie wusste, dass Lydia ein beinahe identisches Mal auf der Innenseite des rechten Oberschenkels trug. »Ich verwette meine Mühle darauf, dass jeder in der Cognatio eine solche Markierung an sich trägt.«

»Gebrandmarkt von einem *Dämon?*«, sagte die Baronin abwesend. »In den Schriften der Cognatio heißt es, dieser eine Makel, den jedes wahre Kind des Judas an seinem perfekten Leib tragen muss, ist die Erinnerung an den Verrat, den unser Urvater beging, um dem Christus zu dienen. Aber nun sagst du mir, dass dies kein göttliches Geschenk ist, sondern ... sondern das Erbe unseres düsteren Lehnsherrn?«

Scylla nickte. »Wir gehören ihm, und unsere Seele fällt nach unserer endgültigen Vernichtung an ihn, so steht es in den Aufzeichnungen meines Vaters.« Scylla sah, wie erschüttert Lydia war. Sie hatte nichts davon gewusst. »Kasparzek stellte einen eigenen Codex auf und begründete die Kinder des Judas. *Dieser Codex* macht uns einzigartig, aber mehr nicht.« Sie ließ die Finger der Freundin los und hielt ihr die Blätter hin. »Lies selbst, wenn du mir nicht glaubst.«

»Ich glaube dir, Scylla. Dein Vater hat mir gegenüber einmal etwas angedeutet«, gab Lydia schwach zurück. »Doch was ...«

»Kasparzek erdachte sich dies alles, um seine Nachkommen von den übrigen Upiren abzuheben. Sie sollten nicht zu Bestien werden, sondern sich an Regeln halten und ihre Mordgier zähmen, damit sie Forschungen betreiben können. Nicht zuletzt ging es ihm darum, die eigene Macht und die der Kinder des Judas über Jahrhunderte hinweg zu festigen, während die Upire um sie herum vergingen und vergessen wurden.«

Lydia legte die Hand auf den Mund und schaute abwechselnd zwischen den Notizen und Scylla hin und her. »Die roten Haare?«

»Es gehört zu dem Pakt mit dem Dämon. Kasparzek wollte sich und seine Nachkommen auch äußerlich von den Upiren abheben.« Scylla stand auf. Es hielt sie nicht länger auf ihrem Platz, und sie wanderte hinter dem Schreibtisch auf und nieder. »Mein Vater fand heraus, dass der Dämon Kasparzek lediglich einhundert zusätzliche Jahre gewährt hatte, und so begann er mit der Suche nach lebensverlängernden alchemistischen Essenzen.« Sie blieb stehen und suchte den Blick der Baronin. »Wir sind *sterblich*, Lydia. Es kann keine Rede von Ewigkeit sein. Aeterna?« Sie stieß ein Lachen aus. »Davon sind wir weit entfernt! Wir geben vor, nach dem Heil für die Menschheit zu suchen und sie von dem Stachel des Alterns erlösen zu wollen.

Aber die Menschen sind nichts weiter als unsere Versuchstiere. In Wirklichkeit sucht die Cognatio nach einem Mittel, das uns vor dem Tod und der Hölle bewahrt.« Sie senkte den Kopf. »Denn dahin werden wir fahren, Liebste. In die Hölle. Zu unserem *wahren* Schöpfer.«

Lydia schwieg und starrte in ihren Wein, bis sie das Glas ruckartig an die Lippen führte und es in einem Schluck leerte.

»Wie viele ... wie viele von uns, meinst du, wissen um diese grausame Wahrheit?«

»Ich weiß es nicht.«

Scylla setzte sich. »Vater hatte nicht mehr die Gelegenheit, mich einzuweihen, und Marek überließ es mir, selbst hinter das Geheimnis zu kommen. Er ist mit seinem Leben und den Abläufen in der Cognatio zufrieden, nehme ich an. Er vertraut darauf, dass ein Mittel gefunden wird, um wirklich ewig leben zu können.«

»Ich weiß«, meinte Lydia leise und stellte das Gefäß auf das Tablett. »Karol hat mich zu einem gewissen Teil in seine Nachforschungen eingeweiht, doch der ganze Umfang der Lüge über unsere Herkunft war mir nicht bekannt.« Sie legte die Blätter zurück. »Es soll eine uralte Formel geben, die Judas von einem weisen Mann erhalten hat, eine Rezeptur für jenes Elixier, das ewiges Leben schenkt. Sie ging jedoch durch viele Hände, wurde geraubt, gefälscht, abgeschrieben, so dass sie völlig verändert wurde.«

Scylla nickte. »Mein Vater notierte auch dazu etwas. Ich denke, dass manche in der Cognatio Teile der Formel kennen, doch niemand weiß, wie man das Elixier richtig zusammenmischt, damit es seine Wirkung entfaltet.« Sie sah das leere Glas. »Möchtest du noch etwas Wein?«

Lydia hob abwehrend die Hand.

»In Wahrheit ist es natürlich Kasparzeks Formel.« Scylla suchte in den Blättern, bis sie eines hervornahm. »Und sie war von vornherein fehlerhaft, denn sonst würde unser Urvater noch heute unter uns weilen. Vater hat die Bruchstücke, die er finden konnte, neu zusammengestellt und eine Variante entwickelt, die vielversprechender ist als das Original.«

Lydias Augen leuchteten auf. »Das bedeutet was, Liebste?«

»Dass irgendwo«, sie streckte den Arm aus und deutete von rechts nach links, »in dieser Bibliothek in einem von Kasparzeks Büchern die Lösung verborgen ist.«

Lydia schaute auf die bis zur Decke gestapelten Bücher. »Das sind Hunderte. Eine mühselige Arbeit ...«

»... die ich mir nicht machen werde«, ergänzte Scylla. »Und niemand wird jemals davon erfahren, wenn du es für dich behältst. Es ist *gut*, dass wir nicht ewig leben.« Sie nahm wieder Lydias Hände. »Von dir möchte ich wissen, was du davon hältst, wenn ich die Cognatio verlassen werde.«

Lydia sog laut die Luft ein. »Sie werden dich umbringen!«

Scylla schüttelte den Kopf. »Das wagen sie nicht. Ich bin stark genug, um es mit ihnen aufnehmen zu können. Und sie werden sich nicht einig darüber sein, ob und wie sie gegen mich vorgehen.« Sie sah an Lydias Reaktion, dass ihre Freundin unschlüssig war. »Wirst du mir folgen?«

»Um was zu tun?«

»Zu forschen, aber wirklich zum Wohle der Menschen, bis unsere Zeit gekommen ist. Wie es Vater gehalten hat«, erklärte Scylla überzeugt. »Wir wissen mehr als jeder sterbliche Wissenschaftler. Bedenke, was wir bewegen könnten!« Sie drückte Lydias Finger.

Lydia öffnete den Mund – da gab es einen gedämpften Knall.

Als sie den Gang hinabschauten, von wo das Geräusch gekommen war, sahen sie fünf Schritte von sich entfernt ein Buch auf dem Boden liegen.

Scylla kombinierte blitzschnell. »Marek?«

Es blieb still.

Beide Frauen zogen ihre Dolche und erhoben sich.

»Marek, wenn du da bist, zeig dich, anstatt herumzuschleichen und uns zu belauschen«, rief Scylla. »Du kannst gerne mit uns darüber beratschlagen, auch wenn ich deine Entscheidung zu kennen glaube.«

Ihr Halbbruder erschien aus dem nächsten Quergang und hielt ein geöffnetes Buch in der Hand, dabei lächelte er zufrieden. »Du hast deine Meinung über mich deutlich kundgetan, und ich stimme dir zu.« Er sah zu Lydia. »Wusstet Ihr, Baronin, dass sie Euch seit neuestem mit einem Menschen betrügt? Einem dahergelaufenen Deutschen, der dazu noch hinkt. Ein Krüppel.« Er schüttelte sich übertrieben. »Widerlich, nicht wahr? Das sollte Euch gewiss kränken, Baronin.«

»Wir sind Freundinnen, nichts weiter, Baron«, erwiderte Lydia kühl. »Es stört mich eher, dass Ihr derart respektlos seid, in fremde Behausungen einzudringen.«

»Es ist ja nicht Euer Palast.« Er klappte das Buch zu. »Außerdem bin ich kein Fremder. Es war einst auch meine Mühle.«

»Das ist lange her«, sagte Scylla sofort. »Genauso lange wie der letzte Besuch durch einen Umbra. Schickt Carzic sie nicht mehr zum Spionieren aus, oder hast *du* mir und Vater die Schattenkriecher geschickt?«

Marek legte das Buch, das er hielt, weg, hob dann das herabgefallene auf und stellte es ebenfalls zurück an seinen Platz. »Ich gebe mich mit dem untoten Abschaum wie Umbrae und den übrigen Upiren nicht ab, doch Carzic würde *alles* tun. Das Gerücht, dass es eine andere Formel gibt, hat sich herumgesprochen.« Er lächelte noch immer. »Es hat mich schon immer gewundert, dass keiner auf die Idee kam, dass er es war, der die Umbrae Vaters Bücher durchwühlen ließ. Ich habe das sofort vermutet.«

»Ihr wart nicht der Einzige. Karol und ich haben es uns ebenfalls gedacht«, warf Lydia ein. »Doch was ist mit Euch? Da Ihr keine Verbündeten habt, Baron, müsst Ihr selbst erscheinen und spionieren, ist es nicht so?«

Marek lachte. »Ich musste nicht spionieren, werte Baronin – ich musste nur jemandem die richtigen Hinweise geben, um so an mein Ziel zu kommen. Du hast meinen Respekt, Scylla«, lobte er. »Diese Neugier, dieser wache Verstand ...«

»Aber natürlich!« Scylla begriff, als sie seine Züge studierte »Dir ist es nicht gelungen, Vaters Aufzeichnungen zu übersetzen – aber du wusstest, dass ich es schaffen würde!«

Er schlenderte auf sie zu. »Ich wusste, dass aus dem kleinen Mädchen eine kluge Frau werden würde. Und da bin ich sicher nicht der Einzige. Oder glaubst du, die Baronin hier wäre allein deinem Liebreiz verfallen und würde nicht auch ganz andere Pläne verfolgen?« Marek sah, dass sie ihre Dolche nicht senkten. »Was habt ihr vor?«

»Wir sind wachsam«, entgegnete Scylla. Dass er versuchte, einen Keil zwischen Lydia und sie zu treiben, ließ sie argwöhnisch werden. In seinen Augen erkannte sie Eifersucht, die sich sowohl gegen Viktor als auch gegen die Baronin richtete; dass er sie benutzt hatte, um an die Formel zu kommen, passte in das Bild, das sie in den letzten Jahren von ihm gewonnen hatte. Ein echter Judassohn.

»Das ist löblich. Sicherlich sendet Carzic bald wieder seine Umbrae aus, auch wenn er behaupten wird, sie seien ihm ausgebrochen.« Marek faltete die Hände hinter dem Rücken und betrachtete Lydia. »Was gedenkt Ihr jetzt zu tun, Baronin? Die Cognatio verlassen, für wertlose Menschen forschen und an der Seite einer Frau altern und sterben, die Euch mit einem Mann hintergeht? Könnt Ihr das in dem Wissen, dass diese Frau ein Mittel gegen den Verfall in den Händen hält und es Euch nicht zukommen lässt, weil sie es für falsch hält, ewig zu leben?« Er lächelte tückisch.

Lydia schnaubte. »Spart Euch das Gift, Baron. Es wirkt bei mir nicht.«

»Es ist kein Gift, Baronin, sondern die Wahrheit. Und auch sie wirkt – oftmals besser als die Lüge.« Er langte an den Gürtel unter den Mantel und zog seine eigene Waffe. Mit der Spitze voran setzte er sich die Klinge auf die Brust. »Damit Ihr seht, wie ernst und ehrlich ich bin, werde ich mich auf der Stelle umbringen, wenn meine Halbschwester bei ihrer toten Mutter schwört, dass sie nicht weiß, welches dieser Bücher das Geheimnis birgt.«

Lydia schaute kurz zu ihrer Freundin. »Stimmt es, dass du weißt, wo die Formel sich befindet?«

Scyllas Herz setzte zwei Schläge aus. »Ich schwöre ganz gewiss nicht auf Mutter.«

»Seht Ihr, Baronin? Sie weiß, warum sie sich weigert«, stichelte Marek. »Eure Geliebte lässt Euch des Alters sterben.«

»Halt dein Maul«, herrschte Scylla ihn an. »Hätte ich dein wahres Gesicht schon früher erkannt ...«

»Weißt du, wo sich die Formel befindet?«, hakte Lydia nach und senkte den Dolch, dann wandte sie sich zu ihr. Ihr Tonfall veränderte sich, sie klang nun bittend. »Wir müssen es niemandem aus der Cognatio verraten. Nur wir nehmen es, wir drei, und leben ewig. Und wir könnten forschen und ...«

Scylla schüttelte den Kopf. Ein eiskalter Schauer lief ihr über den Rücken, als die sie erschütternde Wahrheit erkannte. Wenn sich ihre Freundin so schnell von Mareks Einflüsterungen verführen ließ, war sie noch lange nicht bereit, der Cognatio abzuschwören. Oder? Es gab nur einen Weg, dies herauszufinden. »*Niemand* soll die Formel erhalten.«

Marek schnellte auf sie zu und packte sie am Arm. »Du wirst mir mein ewiges Leben nicht vorenthalten, Schwester!«, schrie er und legte den Dolch an ihren Nacken. »Nenne mir das Buch, oder du fährst auf der Stelle zur Hölle!«

Scylla sah zu Lydia, die stocksteif dastand und sie anstarrte. Sie glaubte zu ahnen, was in ihrer Freundin vorging: Lydia rang mit sich, wusste nicht, ob sie eingreifen sollte oder nicht – es ging um eine Sache, die auch ihr untotes Leben betraf. Die Formel war von enormer Bedeutung.

»Hilf mir«, flüsterte sie und ächzte, als Marek ihr den Dolch langsam ins Fleisch trieb, bis der Damaszenerstahl auf die Wirbelsäule stieß; warm floss ihr das Blut den Rücken herab. »Ich beschwöre dich, hilf mir, Lydia!« Scylla wusste, dass sie sich selbst retten konnte. Doch darum ging es nicht.

»Baronin, Ihr solltet Euch mir anschließen«, knurrte er. »Wir beide, eine echte Aeterna und ein echter Aeternus, während die anderen vor unseren Augen altern. Wie gefällt Euch das?«

Lydias Augen huschten zwischen Bruder und Schwester hin und her.

»Liebste, bitte. Er teilt nicht mit dir! Marek wird sich zum Ischariot auf Lebenszeit ausrufen und dich ausschalten, sobald sich eine Gelegenheit bietet.« Sie stöhnte, als er die Schneide spitz gegen den Knochen drückte. »Siehst du nicht, was er mit mir tut?«

Die Baronin riss den Arm mit ihrer Waffe in die Höhe.

XVI. KAPITEL

22. Dezember 1731
Medvegia

Viktor war seit jener Nacht, als er die geheimnisvolle Baronin getroffen hatte, beunruhigt. Wer war diese Frau? Was wollte sie von ihm?

Um sich abzulenken, hatte er sich in den letzten Tagen noch mehr in seine Nachforschungen gestürzt und schrieb alles auf, was er herausfand, und sandte Briefe nicht nur nach Berlin an seinen ehemaligen Professor, sondern auch an andere Gelehrte, von denen er gehört hatte. Gleichzeitig musste er sich immer neue Geschichten für seinen Vater ausdenken, um diesem zu erklären, warum er sich noch nicht um die neuen Handelswaren kümmern konnte. Einzig die Nachrichten an seine Verlobte Susanna hielt er knapp. Sie hätten auch nur flüchtige Bekannte sein können, nach mehr klang es nicht.

»Noch mehr Briefe?«, meinte Vater Ignaz am frühen Morgen, als er das Frühstück zubereiten wollte und Viktor bereits schreibend am Tisch vorfand. »Sie haben doch nicht die ganze Nacht über hier gesessen?«

Er nickte und fuhr sich mit der Linken über die Augen. »Doch, Vater. Ich musste mir meine Eindrücke von der Seele schreiben und gleichzeitig der Wissenschaft Einblicke in das gewähren, was in Medvegia geschieht.« Viktor legte den Federkiel zur Seite und lehnte sich auf dem Stuhl zurück. »Haben Sie noch von diesem Kaffee?«

»Nein. Sie haben mir meine letzten Vorräte weggetrunken.«

»Dann senden Sie einen Boten nach Jagodina und lassen Sie

mehr davon beschaffen. Er bringt das Herz zwar unerfreulich zum Rasen, doch er hält den Geist unglaublich wach.« Viktor nahm seine Börse und legte einige Münzen auf den Tisch. Seine Mittel schwanden allmählich, weil er die vielen Eilboten bezahlt hatte, die seine Briefe nach Berlin und in die Lausitz trugen; er würde seinen alten Herrn um eine Aufstockung bitten müssen, ohne einen einzigen Pelz gekauft zu haben. »Das sollte genügen, nehme ich an.«

Der Pope brühte Kräutertee auf und setzte sich danach Viktor gegenüber. »Ich mache mir Sorgen um Sie, Herr von Schwarzhagen.« Er zeigte auf die Berge von beschriebenem Papier. »Etwas in dieser Art habe ich noch nie erlebt.« Ignaz schob ihm den Teller mit Brot, Wurst und Käse hin. »Ihre besessene Arbeit hat Sie Gewicht gekostet, Ihre Lippen sind spröde und rissig. Geben Sie auf sich acht, Herr.« Er nahm sich eine Tasse. »Wäre es nicht besser, Sie würden weiterreisen und sich um die Pelze kümmern, wie es Ihr Vater von Ihnen verlangt hat? Am Ende haben Sie bei den Jägern das Nachsehen …«

»Es wird immer Tiere zum Jagen geben«, wehrte Viktor ab und betrachtete das Essen. Er verspürte keinen Appetit. »Doch das hier, Vater, ist etwas Einmaliges! Lebende Tote, und *ich* bringe die Kunde darüber in allen Einzelheiten hinaus in die Welt.« Er grinste und fuhr sich durchs Haar, das sich fettig und klebrig anfühlte. »Aber ich gestehe, dass ich die Pflege meines Körpers vernachlässigt habe. Wäre es wohl möglich, dass ich hier irgendwo ein Bad nehmen könnte?«

Ignaz nickte. »Ich lasse es herrichten. Es gibt einen großen Zuber, den wir normalerweise bei Schlachtungen benutzen. Er ist sauber, jedenfalls größtenteils, und wenn es Sie nicht stört, auf ein paar vorbeitreibende Schweineborsten zu treffen, steht dem Vergnügen nichts im Weg.«

»Tun Sie das. Das wäre sehr nett.« Viktor erhob sich, nahm sein Büchlein, das Federetui und das Tintenfass. »Lassen Sie mich rufen, wenn es so weit ist, und denken Sie an den Kaffee. Ich bin bei den Zingaros.«

Ignaz fragte nicht weiter nach, er wusste, was Viktor beim fahrenden Volk wollte: weitere Nachforschungen anstellen. »Dass sie vom Heyducken gerufen wurden und ich mich ihrer bediene, bedeutet nicht, dass man ihnen vertrauen kann.«

»Sie erledigen die Arbeit, an die sich die Menschen im Dorf nicht heranwagen. Ich weiß.« Viktor warf sich den Mantel über, griff seinen Stock und hinkte zur Tür hinaus ins verschneite Medvegia. Er folgte der Straße bis zum Dorfrand, wo die Zingaros ihr Lager aufgeschlagen hatten.

Große und kleine Zelte reckten sich empor, woanders waren Planen an den im Kreis aufgestellten neun Wagen befestigt und mit Schnüren abgespannt. Im Innenbereich der Wagenburg sprangen Hunde bellend umher, das Gackern von Hühnern und Kinderlachen erklangen; aus den kleinen Ofenrohren, die aus den Dächern ragten, quoll dichter dunkler Rauch, der sich mit dem Geruch von Essen mischte.

Viktor näherte sich dem ersten Wagen und klopfte gegen die Seitenwand, und sofort zeigte sich ein Frauengesicht hinter der verdreckten Scheibe über ihm. »Ich suche Libor«, rief er ihr entgegen. »Wo kann ...«

Die Frau verschwand, dann erklang ein lautes »Libor« gefolgt von einem Redeschwall, in dem mehrmals das Wort »Niemez« zu hören war. Gleich darauf lief ein Kind aus dem Wagen, eilte zu einem der großen Zelte und kam mit dem Dhampir zurück. Wieder fiel Viktor auf, wie anders er im Vergleich zu den Einwohnern des Dorfes aussah, wie dunkelbraun seine Haut war.

»Niemez«, rief Libor und grinste, so dass die Enden des Schnurrbarts in die Höhe schnellten. Er trug Lederhosen, Stiefel und einen Mantel darüber, der aus unzähligen Flickstücken bestand; auf dem Kopf thronte eine runde schwarze Kosakenmütze, an der Metallscheibchen wie Orden prangten. »Wie kann ich Ihnen helfen?« Er blieb vor ihm stehen und stützte eine Hand in die Hüfte, die andere legte sich an den Säbelgriff.

»Indem du mir alles über die Vampire und deine Einsätze gegen sie berichtest«, bat er und pochte, als Andeutung von Lohn, gegen seine Manteltasche. »Es soll dein Schaden nicht sein.«

Unvermittelt wich die Freundlichkeit des Zingaro. »Wollen Sie mich aushorchen und in mein Gewerbe einsteigen, Niemez? Bleiben Sie bei den Pelzen, das rate ich Ihnen. Für einen einfachen Menschen, der kein Dhampir ist, ist es nahezu unmöglich, die Untoten zu besiegen.«

Viktor winkte ab. »Das läge mir fern, Libor. Ich bin einfach nur neugierig, nichts weiter.«

»Dann haben Sie keine Vampire bei sich zu Hause?«

»Keine, Libor. Wir haben eher Hexen gejagt«, erklärte Viktor. »Und haben sie auf Scheiterhaufen verbrannt.«

»Das Gleiche machen wir mit Vampiren, Niemez. *Und* mit Hexen.« Er hielt die Hand auf, und die Armbändchen rutschten nach vorne, es klirrte und klimperte. »Lassen Sie mich sehen, wie viel Sie dabeihaben.«

Er nahm die Börse hervor und legte dem Zingaro zehn Silbermünzen hin. »Das sollte genügen, nehme ich an.«

Libor strahlte und nahm den kleinen Schatz in seine Faust. »Sie werden alles über die Vampire erfahren, was ich weiß.« Er winkte ihm zu und marschierte zu dem Zelt, aus dem er gekommen war. »Das sollten wir an einem Ort tun, wo es wärmer als im Freien ist, Niemez. Möchten Sie einen Mokka?«

»Sehr gerne.« Er folgte ihm in die Behausung aus Leinwänden, in der es erstaunlich warm war. Das lag nicht nur an dem bauchigen Ofen, der in der Mitte stand, sondern auch an den Unmengen von Teppichen, mit denen der Innenraum ausgekleidet worden war; eine Konstruktion aus federnden Holzdielen diente als Zwischenlage, um nicht mit dem eiskalten Boden in Berührung zu kommen.

Libor sagte etwas zu den drei kleinen Kindern und zwei jungen Frauen, die sich zum Spielen versammelt hatten, woraufhin sie sich zurückzogen und den Männern das Zelt überließen. Dann bot er Viktor einen Kissenberg als Sessel an, er selbst fläzte sich hin und rief etwas Lautes; gleich darauf erschien eine ältere Zingara und brachte ein Messingtablett, auf dem ein kleines Kännchen und zwei Tassen standen, dazu gab es eine Schale mit Pistazien und Nüssen. Sie goss ihnen Mokka ein und zog sich gleich zurück.

»Hier lässt es sich aushalten.« Viktor schlug sein Buch auf und bereitete Tintenfass und Federkiel vor. »Erzähl mir von diesen Wesen, Libor. Wie können sie entstehen? Warum finden die Toten keinen Frieden und fallen die Lebenden an?«

»Es ist der Teufel, Niemez.« Er trank aus seiner Tasse. »Der Teufel und seine Dämonen, die in die Leichen einfahren und sie zum Leben erwecken. Sie tun das aus reiner Boshaftigkeit, um den Menschen heftiges Leid anzutun.« Libor rieb sich über die Narbe in seinem Gesicht, es sah nach einer Gewohnheit von ihm aus. »Die Symbole des Herrn halten die meisten von ihnen zurück. Sie mögen keine Kreuze, Hostien und Heiligenbilder – also alles, was mit dem christlichen Glauben zu tun hat.«

»Und wenn der Tote ein Moslem war? Oder ein Jude?«

»Benötigt man ein muslimisches oder ein jüdisches Symbol«, gab Libor lächelnd zurück und hob den Arm mit den Kettchen. »Das ist der Grund, weswegen ich eine Auswahl mit mir herumtrage. Aber die meisten, die ich getötet habe, waren in ihrem Leben Christen.«

»Und wenn er ... nun, an nichts glaubt? Oder den Teufel?«

»Bleibt nur die Behandlung mit Pflock und Säbel.« Er zeigte auf den Mokka. »Versuchen Sie ihn, Niemez. Den macht kein Türke so gut wie wir.«

Viktor probierte und bemerkte die zahlreichen Gewürze, die

in den heißen Trunk hineingegeben worden waren. »Das schmeckt ... ausgezeichnet!«

»Kardamom, getrockneter Ingwer und Nelken«, zählte Libor auf. »Nichts belebt besser als das.« Er freute sich, dass es seinem Gast mundete. »Um auf die Vampire zurückzukommen: Es gibt Menschen, denen man ansieht, dass sie nach ihrem Tod aus den Gräbern steigen und Verzweiflung in die Dörfer bringen.«

»Nicht so schnell, bitte.« Viktor stellte die Tasse ab und langte nach der Feder.

»Kleine Kinder, die mit Zähnen oder einer dritten Brustwarze zur Welt kommen, werden unweigerlich zu einem Vampir, oder auch solche, die mit einer Haube geboren werden«, erklärte Libor langsam. »Das meint, dass es Reste der Fruchtblase auf dem Kopf trägt. Die Seele kann so nicht in es einfahren, wenn es auf die Welt kommt, und damit ist es anfällig für Dämonen.«

Viktor schaute den Zingaro an. »Was haben denn Zähne und Brustwarzen damit zu tun?«

»Zeichen des Bösen, Niemez. Es markiert seine Opfer, um zu zeigen, wie mächtig es ist.« Libor leerte die Tasse. »Die Kunst besteht darin, diese Zeichen zu erkennen und sich vorzubereiten.«

»Und wie ist es bei den Kindern von Vampiren? Wären nicht vor allem sie auserkoren, nach dem Tod zu Vampiren zu werden?« Viktor betrachtete das Gesicht seines Gastgebers und war gespannt.

Libor nickte. »Da haben Sie recht, Niemez. Auch mir würde dieses Schicksal blühen, aber meine Sippe gibt acht. Wenn es so weit ist, dass ich meine Seele aushauche, werden sie mir den Kopf abschlagen und mich verbrennen, damit ich kein weiteres Unheil anrichten kann.« Er grinste. »Es wäre für mein Weib unerträglich, wenn sie mich gar nicht mehr loswerden würde.«

Viktor musste lachen und trank vom Kaffee. »Ihr reist durch die Gegend und vernichtet Vampire? Das ist euer Handwerk?«

»Nein, nicht ausschließlich. Wir machen viele Dinge, welche andere nicht erledigen möchten, auch Scheren und Messer schleifen, Kesselflickerei, wir handeln mit Gewürzen und Kräutern, betreiben Wahrsagerei, wenn es gewünscht wird. Das ist der Grund, warum uns nicht viele Menschen gut leiden mögen: Wir kennen die Zukunft.« Libor legte einen Arm in den Nacken, streckte sich aus und schlug die Beine übereinander. »Aber das Vampirtöten ist das einträglichste Geschäft, wenn man ein Dhampir ist wie ich. Ich bin der Beste in der Gegend, weswegen der Heyduck mich auch gerufen hat.«

»Warum benötigt man dich für so etwas. Könnte nicht jeder mutige Mann einen Pflock durch einen Vampir rammen?«

Libor lachte höhnisch auf. »Vampire, Niemez, sind besondere Wesen. Sie besitzen die unglaublichsten Kräfte. Erstens sind sie allesamt ungeheuer stark und vermögen einen Knochen mit der bloßen Faust zu durchschlagen. Zweitens sind sie schnell wie der Wind, vermögen sich drittens zu verwandeln, um durch die kleinste Ritze in die Zimmer ihrer Opfer zu dringen und ihnen das Blut auszusaugen. Tiergestalten sind ihnen ebenso wenig fremd wie die Unsichtbarkeit oder ein fahles Leuchten in der Nacht.« Er deutete auf seine Brust. »Deshalb benötigen die Menschen Dhampire wie mich. Ich erkenne sogar die Unsichtbaren von ihnen, die sich üblicherweise nur ihrem armem Opfer zeigen.« Libor streichelte den Säbel an seiner Seite. »Das gute Stück ist geweiht und gesegnet, damit es einem Untoten mit einem Schlag das Leben raubt. Ich hatte schon einen Vampir vor mir, der sich in einen Fuchs verwandeln wollte, um mir zu entkommen. Andere mögen es, als Schlange umherzukriechen. Sollten Sie eine schwarze Spinne mit einem roten Mal am Hinterleib sehen, zerquetschen Sie sie. Es ist ein Vampir.«

Viktor schluckte. »Jede Gestalt, sagtest du?«

»*Jede*. Nehme ich an.« Er sah zum Zeltdach, wo sich Kondenswasser gebildet hatte. »Den Türken war es reichlich gleichgültig, was es mit den Vampiren auf sich hat, und sie haben mich gewähren lassen.«

Viktor deutete mit der Feder auf Libors Narbe. »Wie ist das geschehen?«

»Unvorsichtigkeit. Ich bezahlte Lehrgeld, was den Umgang mit Pflock und Hammer angeht.« Er beließ es bei der Andeutung, offenbar sprach er nicht gerne über diese Begebenheit. »Stimmt es, dass die Habsburger eine Kommission beordert haben, welche die Vampire untersuchen soll?«

»Ja. Der erste Medicus ist schon wieder gegangen, aber es wird eine zweite Delegation kommen.«

»Das kann ja was geben«, grummelte der Zingaro verstimmt. »Ich würde ein solches Aufhebens erst gar nicht machen. Wozu die Untersuchung? Jemand muss diese Männer doch bezahlen, wenn sie durch die Gegend reisen.«

Viktor hörte aus den Worten die Sorge des Mannes heraus, dass es mit seinem eigenen Geschäft bald vorüber sein könnte, wenn statt seiner die Soldaten des Kaiserreichs Pflöcke durch Herzen trieben, köpften und verbrannten.

»Es wird für dich genügend zu tun geben, Libor.« Er tauchte den Kiel ins Fässchen – und stieß klirrend auf den trockenen Grund. Es war leer. »Wir müssen unsere Fragestunde beenden. Ich benötige erst neue Tinte, damit keines deiner Worte verlorengeht«, sagte er bedauernd und packte zusammen, um zu Vater Ignaz zu gehen und ihn um Tinte zu bitten. »Hättest du wieder für mich Zeit?«

»Sie haben mich großzügig bezahlt, und ich werde Ihnen Rede und Antwort stehen, solange wir in Medvegia sind«, versprach der Zingaro und half ihm beim Aufstehen. »Ich habe mir ein paar Gedanken über die Adlige gemacht, die Sie erwähnt haben, als wir Sie fanden«, sprach er langsam. »Ich halte es durchaus für möglich, dass auch sie zu den Vampiren gehört. Sie hat Sie zuerst durch das Fenster beobachtet, und danach wollte sie

Sie mit sich nehmen.« Er löste ein Bändchen vom rechten Handgelenk, an dem ein kreuzähnliches Symbol aus Holz baumelte. »Es ist ein Schutzzeichen, gemacht aus Esche. Es soll Sie vor ihrem Zauber bewahren, denn, Niemez, sie wird zurückkommen. Da bin ich mir sicher. Sie hat sich Sie ausgesucht. Und hängen Sie spitze, scharfe Gegenstände von innen über die Tür und die Fenster. Es hindert manche Vampire am Eintreten. Messer und Scheren sind gut. Sie müssen aus Eisen sein.« Er klopfte ihm auf die Schulter und schlug die Zeltplane zur Seite. »Und falls es nicht helfen sollte: Keine Angst. Ich bin in Ihrer Nähe.«

»Und dafür bin ich dir dankbar, Libor.« Viktor hob den Arm zum Gruß und hinkte vom Lagerplatz der Zingaros zurück ins Dorf.

Die letzten Sätze hatten dafür gesorgt, dass sich in ihm eine Beunruhigung ausbreitete, die in jeden Winkel seines Körpers kroch und die er so rasch nicht mehr abschütteln würde; er berührte das Bändchen.

Seltsamerweise bemerkte er eine unerklärliche Freude in sich, sobald er an die Baronin dachte. War es Verliebtheit, oder beruhte es auf den Zauberkräften, von denen Libor gesprochen hatte?

Er humpelte durch das Dorf und trat ins Haus von Vater Ignaz ein. Heißer Dampf schlug ihm entgegen, und in der Mitte der Stube stand ein Zuber, in den eine Frau gerade einen Eimer heißes Wasser schüttete. Viktor glaubte zu bemerken, dass der Dunst in der Tat nach gebrühtem Fleisch roch, aber er hielt es für Einbildung. »Das Bad!«, sagte er glücklich. »Selten habe ich mich derart danach gesehnt.«

Die Frau lächelte, weil sie ihn nicht verstand und höflich sein wollte, und zeigte auf das Stück Seife und das Handtuch, die auf dem Schemel neben dem Zuber lagen. Als sie sich anschickte, ihm dabei zu helfen, die Kleidung abzulegen, wehrte er sie freundlich ab und schob sie zur Tür. Erst als er sie draußen wusste, entkleidete er sich und begab sich in das heiße Wasser.

Schnell seifte er sich ein, damit sein Bad den Geruch nach totem Schwein verlor, dann genoss er es, in der Wärme zu sitzen und die Kälte, die in diesem Teil der Welt herrschte, zu vergessen. Viktor schloss die Augen und döste.

Als er nach geraumer Zeit die Hand blind nach dem Handtuch ausstreckte, trafen seine Fingerspitzen auf Papierumschläge.

»Nanu?« Er öffnete die Augen und sah, dass ihm Vater Ignaz Briefe hingelegt hatte, die angekommen waren. Nacheinander erbrach er die Siegel und las.

Einer stammte von Susanna, die ihm schrieb, wie sehr sie ihn vermisste und dass mit dem Gestüt alles hervorragend liefe; es scherte ihn nicht.

Sein Vater hatte ihm den zweiten Brief geschickt, in dem er anmahnte, sich um die Pelze zu kümmern; alles andere seien Geschichten, um Kinder zu erschrecken.

Der dritte und letzte Brief trug die Handschrift von Viktors Professor, der sich hochinteressiert an der Causa »mortuus non mordet« zeigte und um noch mehr Nachrichten bat.

Die Tür öffnete sich, eiskalte Luft wehte mit Vater Ignaz herein. »Oh, Sie haben es sich gutgehen lassen?« Er lachte und schloss den Eingang, damit die Wärme nicht völlig entwich. »Sie machen meine Hütte zu einem Dampfbad, wie es die Türken mögen.«

»Aber es würde niemals nach gegartem Schwein riechen«, entgegnete Viktor grinsend. »Man merkt dem Zuber an, für was er ansonsten verwendet wird. Doch ich will mich nicht beschweren, er hat seine Schuldigkeit getan.« Er stand auf und trocknete sich ab.

Der Pope schürte das Feuer im Herd. »Was haben die Zingaros Ihnen zu berichten gewusst, Herr von Schwarzhagen?«

»So viel, dass mir die Tinte ausging.« Nacheinander stieg er in seine Wäsche und die Kleidung. »Hätten Sie ein Fässchen für mich?«

Ignaz schüttelte den Kopf und knöpfte sein Gewand auf. Er beabsichtigte, ebenfalls ein Bad zu nehmen, denn das Wasser nun bereits wegzukippen wäre Verschwendung. Sein Leib war bleich und dünn, aber sehr sehnig und voller verborgener Kraft. »Nein, damit kann ich Ihnen leider nicht dienen. Doch ich kann welche besorgen lassen.« Er glitt in das lauwarme Bad und wusch sich den stattlichen Bart aus.

»Darum bitte ich.« Viktor rieb sich die kurzen Haare trocken und griff aus der Börse die vorletzte Silbermünze. »Bezahlen Sie den Mann anständig, damit er schnell wieder hier ist. Libor steht mir nur so lange Rede und Antwort, wie sie ihre Zelte im Dorf aufgeschlagen haben.«

Ignaz nickte, hielt sich die Nase zu und tauchte blubbernd unter.

In der Nacht begleitete Viktor den Popen bei seinen Hausbesuchen, um die Gesichter der verängstigten Menschen zu betrachten und ihre Erfahrungsberichte mit den umherstreifenden Toten zu erfahren. Egal, in welchem Gebäude sie auftauchten, nirgends schlief jemand allein. Man suchte Schutz in der Gemeinschaft.

Sie betraten gegen Mitternacht das Haus von Heyduck Jowiza, der seine Familie und zwei Nachbarn zu sich eingeladen hatte, damit sie die Stunden der Finsternis gemeinsam verbrachten.

Ignaz segnete sie und das Haus, als ein erschütternder Schrei aus dem ersten Stock erklang. Eine Frau brüllte in Todesfurcht.

»Stanacka!«, rief der Heyduck, zog seinen Säbel und rannte die Treppe hinauf; Ignaz, Viktor und drei Männer folgten ihnen.

Das entsetzliche, gellende Kreischen ebbte nicht ab und führte die Männer zu einer Kammer, deren Tür verschlossen war. Gemeinsam warfen sie sich dagegen und brachen sie auf.

Auf dem schmalen Bett lag eine junge Frau um die zwanzig Jahre auf dem Rücken, sie trug ein Nachthemd, das vorne zerrissen war und den Blick auf ihre Brüste freigab. Ihr Gesicht war blau angelaufen, die dunklen Abdrücke von Fingern zeichneten sich an der Wange und am Hals ab. Über dem Ansatz der Brüste sickerte aus einer schmalen Wunde Blut.

Einer der Männer rannte zum Fenster und schloss es, Jowiza eilte zu der Frau, die er Stanacka gerufen hatte, und versuchte, sie zu beruhigen. Ihr Kreischen endete, dafür weinte sie mit solcher Inbrunst und Verzweiflung, wie es Viktor noch niemals erlebt hatte. Immer wieder kamen gestammelte Sätze über ihre Lippen, sie zeigte auf das Fenster und klammerte sich an den Heyducken.

»Was berichtet sie?«, fragte Viktor den Popen flüsternd, der vor dem Bett stand und ein Kreuzzeichen nach dem anderen schlug.

»Ihr Mann sei zu ihr gekommen, habe sie geschlagen und gewürgt«, übersetzte Ignaz. Die Zeichen der Misshandlung waren unübersehbar. »Er wollte noch schrecklichere Dinge mit ihr tun, doch sie habe sich gewehrt, und als sie schrie, sei er durch das Fenster geflüchtet.«

»Was wollte sie allein hier oben?«

»Sie wollte sich nur rasch umziehen und ist dabei von einem Lidschlag auf den nächsten von einer schrecklichen Müdigkeit befallen worden«, sagte Ignaz und riss sich von ihm los. »Würden Sie sich zurückhalten, Herr von Schwarzhagen? Ich muss die Seele des Mädchens retten.«

»Eine Misshandlung durch ihren Gemahl …«

»Ihr Gatte ist der Sohn des Heyducken und vor neun Wochen gestorben, Herr von Schwarzhagen«, fiel ihm der Pope unwirsch ins Wort. »Wenn ich nicht rasch handle, wird sie innerhalb von drei Tagen in die Grube fahren und ebenfalls zu einer Untoten werden.« Er wandte sich Stanacka zu, die unverständliches Gewimmer ausstieß und das Gesicht in ihren Händen verbarg; auch die Unterarme waren von den Schlägen gezeichnet.

Viktor wich bis an die Wand zurück und verfolgte, was vor sich ging.

Stanacka wurde von zwei Frauen ausgekleidet und von Ignaz mit Weihwasser besprengt, danach malte er ihr religiöse Symbole auf die Stirn und die Arme. Ein Junge schaffte ein Gefäß mit Weihrauch herbei. Die ganze Kammer wurde ausgeräuchert, um das Böse, das der Vampir hinterlassen hatte, zu vertreiben.

Drei Tage später war Stanacka tot.

Sieben Tage war das neue Jahr alt, und die Kommission erschien in den eiskalten frühen Morgenstunden, um die verdächtigen Leichen zu examinieren. Mit zwei Schlitten reisten die Herren an.

Zeit vergeudeten sie wahrlich nicht. Viktor sah die Gefährte durch das Dorf rasen und folgte ihnen. Keuchend erreichte er den Friedhof, wo bei seiner Ankunft die Vorbereitungen schon in vollem Gange waren.

Er stand zusammen mit den Dörflern daneben, und auch Libor fand sich mit seiner Sippe ein, verharrte aber weiter weg vom Geschehen.

Im Vergleich zur ersten Untersuchung durch Glaser war es eine große Truppe, die D'Adorno dieses Mal gesandt hatte, bestehend aus drei Offizieren sowie drei Feldscherern, den Knochenflickern des Schlachtfelds. Alle trugen eindrucksvolle Uniformen, die sie wichtig aussehen ließen, darüber dicke Mäntel, Handschuhe und Mützen.

»Geleitet wird das Unternehmen von Regimentsfeldscherer

Johannes Flückinger, einem erfahrenen Kriegsmedicus des Löblichen Fürstenbuschlichen Regiments«, sagte Ignaz zu Viktor. Der Pope hatte sich schon vor ihm eingefunden und wieder jene Ikone mitgebracht, die schon beim ersten Exhumieren zum Einsatz gekommen war. Er zeigte auf den schmalen Mann mit dem dünnen Oberlippenbart, der leise Anweisungen gab. »Flückinger hat sich zusammen mit seinen Begleitern und dem Heyducken Jowiza sofort auf den Friedhof begeben, um seine Arbeit zu tun. Einige Bewohner sind beauftragt worden, einen zerlegbaren Tisch vom Schlitten zu laden und aufzubauen.«

Viktor war noch immer außer Atem und verfolgte, wie die Steine von den Gräbern der vermeintlichen Vampire gerollt, die Erde abgetragen und die Särge, in denen man die Toten begraben hatte, nacheinander ans Licht gehievt wurden.

»Sie entschuldigen, Herr von Schwarzhagen.« Ignaz begab sich auf einen angehäuften Erdhügel und hielt unentwegt betend seine Ikone vor sich, ein Junge schwang das qualmende Gefäß mit dem Weihrauch, der würzig in Viktors Nase stieg.

Flückinger betrachtete die Särge gelangweilt. »Leute aus Medvegia«, rief er auf Deutsch mit österreichischem Akzent, und Libor, der näher herangetreten war, übersetzte die Worte auf einen Wink des Popen hin, weil der seine Gebete nicht unterbrechen wollte. »Ihr habt euch an die hochlöbliche Obrigkeit gewandt, damit wir euch von der Plage der ... Vampire, oder wie immer diese Geister heißen mögen, befreien.« Flückinger trat mit dem Fuß gegen den Sarg unmittelbar vor sich. »Ich kenne die Schauergeschichten, von denen sich Medicus Glaser hat beeindrucken und täuschen lassen. Eure Angst ist grundlos, denn es gibt keine lebenden Toten.« Flückinger ließ sich von seinen Begleitern über dem Mantel eine Schürze anlegen. »Wir sind hier, um den Beweis zu erbringen und nach der Krankheit zu suchen, die unter euch haust.« Er winkte zwei Dorfbewohner zu sich. »Öffnen«, befahl er.

Die Männer blieben stehen, sahen sich an und redeten gleichzeitig los.

»Verzeihen Sie ihnen, hochlöblicher Herr Regimentsfeldscherer.« Libor kam auf ihn zu und verneigte sich. »Sie fürchten sich zu sehr. Erst vor ein paar Tagen haben sie eine Frau an die Vampire verloren. Aber gegen eine geringe Entschädigung sind ich und meine Sippe bereit, für Sie die Arbeit zu tun.«

»Sieh an. Ein Zigar ohne Angst. Das kommt uns zupass.« Flückinger musterte ihn und seine Aufmachung spöttisch. »Abgemacht, auch wenn du aussiehst, als wärst du ein arger Halsabschneider und ein Schlitzohr.« Er zeigte auf den Sarg. »Weg mit dem Deckel und hoch mit dem Inhalt auf den Tisch.«

Viktor schob sich nach vorne in die erste Reihe, um besser sehen zu können.

Libor winkte weitere Zingaros zu sich, und sie taten wie geheißen. Sie schütteten das, was sich im Sarg befand, auf den Tisch.

Eine junge, gänzlich unverweste Frau polterte auf die Holzplatte, dazu fiel die halbe Leiche eines Säuglings von kaum acht Wochen heraus. Er war teilweise aufgefressen worden, wie man an den Wundrändern erkannte; es mussten große Zähne gewesen sein. Durch die heftige Bewegung fiel alte Haut von der Toten ab, darunter kam neue, rosafarbene zum Vorschein!

Flückinger bedeutete Jowiza, an seine Seite zu treten. »Wen haben wir hier?« Er schnitt das Totenhemd auf.

»Ihr Name ist Stana«, berichtete der Heyduck, und Libor übersetzte. Der Dorfobere war bleich. »Sie ist vor zwei Monaten nach einer dreitägigen Krankheit gestorben, kurz nach der Niederkunft. Sie«, der Mann würgte, »hat vor ihrem Tod ausgesagt, dass sie sich auf den Friedhof geschlichen und sich mit Vampirblut von Miliza bestrichen habe, damit sie nicht zu einer Vampirin wird.«

»Was ist mit dem Kind? Es sieht angefressen aus.«

»Die Hunde, Herr Regimentsfeldscherer. Wir haben den Leichnam beim ersten Mal nicht tief genug beerdigt, und sie sind irgendwie darangekommen. Da haben wir das Kind zur Mutter gelegt.«

Flückinger setzte seine Brille auf. »Dann müsste es ja wohl auch zum Vampir geworden sein, nicht wahr?« Es klang spöttelnd. Dann rief er seine Unterfeldscherer. »Zu mir, die Herren Sigel und Baumgarten. Wir sehen eine äußerlich unverweste Leiche.« Er rieb über die Haut, entfernte einen abgestorbenen Fingernagel und entdeckte darunter einen nachgewachsenen. »Man kann es auf die Temperaturen schieben, die hier herrschen, aber werfen wir einen Blick in die junge Dame. Glaser hat anscheinend darauf verzichtet, sie zu öffnen.« Er streifte die Ärmel seines Uniformmantels in die Höhe und nahm chirurgisches Besteck zur Hand. Ohne jegliche Rücksicht auf die Umstehenden schnitt er die Frau auf, und sofort rann dunkelrotes Blut aus der Wunde. Viktor entging nicht, dass Flückinger bei diesem Anblick die Stirn runzelte; die Dörfler wisperten und tuschelten.

»Oha!« Er brach ihre Rippen auf und zerteilte die Knochen mit einer gewaltigen Schere, danach wühlte er sich durch die Innereien, wobei es laut und deutlich hörbare schmatzende Geräusche gab; warme Luft stieg aus dem Bauch auf und zeigte sich als weißer Dampf.

»Ich gestehe, dass es ungewöhnlich ist«, sagte der Feldscherer. »Leber, Lunge, Magen, sämtliche Innereien sehen aus, wie es die eines erst vor kurzem gestorbenen, gesunden Menschen tun sollten.« Er zerschnitt eine Ader und presste sie zusammen; flüssiges Blut lief hervor. »Es gibt nicht einmal den Ansatz einer Gerinnung.« Er verrieb es zwischen den Fingern und hielt es den beiden Untergebenen zum Betrachten hin. »Ihre Meinung, meine Herren?«

»Ein Zufall«, befand Sigel.

»Die Kälte hat die Organe ...« Baumgarten stockte, als er den Dampf betrachtete, der aus dem Leib aufstieg. »Vielleicht litt sie an Kindbettfieber, und die Hitze hat sich länger gehalten.«

»Über zwei Monate?« Flückinger schob die Tote mit einiger Kraft vom Tisch und ließ sie achtlos in den Sarg plumpsen, sein Helfer legte die Kinderleiche dazu. »Der Nächste.«

Wieder gab der Sarg eine Frau preis, doch sie war deutlich älter, unverwest und über die Maßen beleibt. Sigel entfernte das Hemd, und wieder sah der Leichnam aus, als handelte es sich in Wahrheit um eine Schlafende.

»Miliza«, sagte Jowiza erschrocken, »sechzig Jahre, vor neunzig Tagen begraben ... aber so fett war sie noch nie!« Aufgeregte Rufe waren zu hören, ein Mann hielt einen Pflock umklammert.

Libor, der nach wie vor jedes für die Österreicher unverständliche Wort übersetzte, lauschte. »Sie bestätigen seine Worte. Miliza war zu Lebzeiten und bei der Beerdigung mager wie ein Besenstiel. Von ihr geht die neue Bedrohung aus, meinen sie, weil sie das Fleisch der Tiere gegessen hat, die von Vampiren zerfetzt wurden.«

Flückinger verzog den Mund. »Fäulnisgas, mehr ist es nicht.« Er stach der Toten in den Bauch, aber er blieb feist und hochaufragend. Der Feldscherer schnitt sich brutal durch Miliza hindurch, und erneut rann flüssiges Blut in Bächen vom Tisch in den Schnee, wo es Lachen bildete.

»Das kann nicht angehen«, entfuhr es Baumgarten, der auf die Mengen von Blut starrte. »Sie ist warm und ...«

Flückinger tauchte die Unterarme tief in den Bauch, grub sich durch die Därme, legte Herz, Lungen und alle Innereien frei; unentwegt erklang lautes Schmatzen und Blubbern. Er gestikulierte Libor, nicht zu übersetzen, was er sprach: »Ich räume ein, dass es nicht normal ist«, flüsterte er und wechselte rasche

Blicke mit seinen Helfern. »Die Leichen sind warm, nichts deutet auf Zerfall hin.«

»Ich bekenne, dass ich keine Erklärung dafür habe«, merkte Sigel an.

»Machen wir weiter.« Flückinger schob die fette Miliza vom Tisch, und als sie in den Sarg krachte, zersprang er, was ein erneutes Aufschreien der Dörfler zur Folge hatte.

Viktor schauderte, während er die Leiche betrachtete und das Blut, das auch aus Ohren, Mund und Nase lief. Er wartete regelrecht darauf, dass sie wieder die Augen öffnete und ihn anschaute, doch dieses Mal regte sie sich nicht.

Das blutige Werk schritt voran, während der Mittag kam und ging. Immer mehr unverweste Tote kamen zum Vorschein, Männer, Frauen und Kinder jeglichen Alters, die von Flückingers Skalpell sowie anderen chirurgischen Instrumenten brachial aufgeschlitzt und ausgeweidet wurden; sogar Stanacka ließ der Feldscherer herausholen und sie unter den Augen ihres Schwiegervaters entkleiden, bevor er sich auf sie stürzte und zerlegte wie Schlachtvieh. Viktor sah die frische Haut und die neugewachsenen Nägel.

Mit Einbruch der Dämmerung war es geschafft, und die Menschen wurden sichtlich unruhig. Die Sonne sank immer tiefer.

Trotz der Kälte standen Flückinger, Sigel, Baumgarten und den Soldaten die Schweißtropfen auf der Stirn. »Es sieht so aus, als müssten wir hier in mehreren Fällen von Vampirzustand sprechen«, raunte er seinen Begleitern zu. Er wusch sich die Hände, ließ sich die Schürze abnehmen und trocknete die Finger an einem Handtuch. »Anders kann ich es mir nicht erklären. Es widerspricht jedweden medizinischen Erkenntnissen!«

»Ich stimme Ihnen zu«, bestätigte einer der Offiziere. »Niemals zuvor habe ich etwas Derartiges gesehen, und ich kann nicht anders, als den Menschen zu glauben, über was sie sich beim Marquis beschwerten: Vampire!«

»Und diese Ungeheuer haben die Angewohnheit, bei Einbruch der Nacht die Lebenden heimzusuchen, war es nicht so?« Flückinger sah zu Libor, der sich verneigte und es bestätigte. »Welche Vorgehensweise empfiehlst du, Zingaro?«

Libor legte eine Hand an seinen Säbel. »Einen Pflock durchs Herz, köpfen und verbrennen, hochlöblicher Herr Regimentsfeldscherer. Danach sollte man die Asche in den Fluss werfen, damit er das Übel wegspült.«

Flückinger betrachtete die Reihe unverwester Leichen, die den Schnee mit ihrem Blut, das durch die Bretter der Särge sickerte, röteten. »Dann hackt ihnen die Köpfe ab und verbrennt sie auf einem Bett aus Kohle zu Asche. Die Körper packt ihr in die Särge und vergrabt sie wieder.« Flückinger nahm ein paar Münzen aus dem Gürtel und warf sie vor Libor in den Schnee. »Für deine Mühen. Und erklär dem Heyducken, was ich angeordnet habe. Damit sollte die Causa zur allgemeinen Zufriedenheit gelöst sein.«

Libor verneigte sich und erklärte, was geschehen sollte, woraufhin die Menschen in lauten Jubel und erleichtertes Lachen ausbrachen.

Viktor verfolgte, wie Flückinger und seine Begleiter kurz an den geöffneten Gräbern standen, dann zu den Schlitten eilten und sich für die Abreise bereitmachten. Ihnen waren Medvegia und seine Monstren nicht geheuer.

Viktor eilte zu ihnen, so gut es ihm seine Behinderung erlaubte, und kaufte dem Schreiber alles an Tinte und Papier ab, was er mit sich trug. Gleich darauf rauschten die Gefährte davon.

Glücklich hielt Viktor seine erstandene Ware in den Armen. »Die Welt muss hiervon erfahren«, sagte er überzeugt und stapfte zu Libor, der seiner Sippe Anweisung gab, was zu tun war.

Das große Enthaupten begann.

22. Dezember 1731

Habsburgisches Territorium (serbisches Gebiet)

Lydia stach zu.

Sie traf Marek in den Unterarm, direkt ins Handgelenk, und zerschnitt die Sehnen. Die Finger um den Griff des Dolchs öffneten sich, und die Waffe fiel zu Boden.

Marek schrie auf, machte einen Satz nach hinten und betrachtete seine Wunde. »Das war nicht klug, Baronin«, grollte er und hielt den Schnitt mit der anderen Hand zu, damit nicht zu viel kostbares Blut herauslief. »Ihr habt Euch soeben Eurer eigenen Unsterblichkeit beraubt.« Er wollte sich nach dem Dolch bücken, aber Scylla stellte den Fuß darauf und hielt ihre eigene Klinge gezückt.

»Geh mir aus den Augen«, sprach sie bebend vor Zorn und Enttäuschung. »Derart von dir hintergangen zu werden ist …« Ihr fehlten die Worte, so sehr traf sie der Verrat des eigenen Halbbruders. »Benutzt hast du mich!«, spie sie ihm entgegen. »Alles, was du für mich getan hast, diente nur deinen eigenen Zwecken!«

Er lächelte überheblich. »Anfangs nicht, Scylla. Aber nachdem du mir deutlich gezeigt hast, dass ich mir keine Hoffnungen zu machen brauche, dich jemals an meiner Seite wissen zu dürfen, nahm ich einen anderen Weg. Du hast mir keine Wahl gelassen.« Marek ging langsam zur Treppe. »Ich hatte mir sehr gewünscht, mit dir die Ewigkeit zu verbringen, nachdem wir zusammen Vaters Aufzeichnungen entschlüsselt hätten. Doch wie es scheint, werde ich in hundert Jahren an euer beider Gräber stehen und einen Wein auf euch trinken.«

»Du hast die Formel bisher nicht gefunden.« Scylla schaute kurz zu Lydia, die ihren Dolch noch in der Hand hielt. »Und selbst, wenn es dir gelingen sollte – wie, glaubst du, solltest du sie ohne meine Hilfe verstehen?«

Marek ging die Stufen hinab. »Ich werde einen Weg finden, Scylla.« Er zeigte auf seinen herabgefallenen Dolch. »Bring ihn mir bitte mit zur Cognatio. Es ist ein zu schönes Stück, um es dir oder deiner alten Freundin zu überlassen. Vater hat ihn mir einst geschenkt.« Er zwinkerte ihr zu und verschwand lachend hinauf in die Küche, dann hörten sie die Tür zufallen.

Scylla setzte sich und legte ihren Dolch auf die Schreibtischplatte. »Mein Vater hat mich gewarnt, den Mitgliedern der Cognatio zu vertrauen«, sagte sie leise und stützte den Kopf mit der Rechten. »Judas war ein Verräter, und nicht anders benehmen sich seine Kinder.«

Lydia setzte sich ihr gegenüber, behielt die eigene Waffe in ihren Händen und betrachtete die Klinge. »Marek wird aus Eigennutz die Neuigkeit für sich behalten.«

»Und du? Teilst du meine Ansicht, dass unsere Existenz ein Ende haben sollte, oder möchtest du es meinem Bruder gleichtun?«

Lydia lächelte schwach. »Ich überlege es mir, Liebste.« Sie erhob sich und verstaute den Dolch. »Ich muss in Ruhe über das nachdenken, was ich gehört habe und was geschehen ist.«

Scylla stand auf und ließ ihre Waffe absichtlich auf dem Tisch liegen, bevor sie auf die Baronin zuging und sie in die Arme schloss.

Lydia drückte sie fest an sich. »Wir sehen uns bei der Cognatio, Scylla. Aber ich kann dir nicht sagen, ob wir dann Feinde oder Freundinnen sein werden«, flüsterte sie in ihr Ohr und zog ihren Oberkörper zurück, während sie die Hände weiter auf der Taille ruhen ließ. »Es tut mir leid, dass ich dir nicht versprechen kann, mich nicht nach der Unendlichkeit zu sehnen, nachdem ich schon so lange auf Erden weile. Man ... man gewöhnt sich daran.«

Scylla schluckte. »Ich wünschte, ich hätte die Formel niemals erwähnt.« Nach der Wut auf Marek stieg Verzweiflung darüber auf, dass sie ihre gute Freundin und Verbündete verlieren könnte.

»Das hast du aber«, entgegnete Lydia, beugte sich vor und gab Scylla einen langen, innigen Kuss auf die Lippen, dann ließ sie sie los. »Wir sehen uns bald.«

Scyllas Stimme versagte ihr den Dienst, und sosehr sie sich auch bemühte, es drang kein Satz, kein Wort, kein Ton hervor. Stumm verfolgte sie, wie die Baronin sich den Mantel überwarf und die Stiegen hinaufschritt, ohne sich noch einmal umzuwenden. Sie hörte, wie ein weiteres Mal die Tür ins Schloss fiel.

Es wurde still in der Mühle, nur die Geräusche der unaufhörlich rotierenden Achse und das leise Ächzen der Windflügel waren zu hören.

Scylla wurde sich bewusst, wie einsam das Leben sein würde, ohne den Rat und die Gesellschaft von Lydia. Seufzend sank sie in den Sessel und betrachtete die hohen Regale voller Bücher.

Sie wusste, in welchem davon sich die Formel befand; und die Gleichung des ewigen Lebens stand zudem in den Aufzeichnungen ihres Vaters, die Scylla immer weiter entschlüsselte.

Es wäre ihr ein Leichtes, sie zu verändern und sie Marek oder der Cognatio auszuhändigen, doch sie wollte es nicht. Scylla hatte die Formel studiert und sich gewundert, wie einfach die Lösung für den lebensverlängernden Trank doch war – wenn man die entsprechenden Voraussetzungen kannte. Darauf würde niemand von den Baroninnen und Baronen kommen.

Oder vielleicht doch?

»Diese Heuchler«, murmelte Scylla, stand auf und nahm sich ein Fernrohr aus dem Laboratorium. Auch wenn sie liebend gerne nach dem jungen Deutschen, Viktor von Schwarzhagen, geschaut hätte, sie konnte sich diesen Ausflug nicht erlauben.

Diese Nacht und alle weiteren vor der Zusammenkunft mussten der Wachsamkeit geopfert werden. Sie traute Marek durchaus zu, dass er es noch einmal versuchte oder sich – anders als Lydia glaubte – doch mit Carzic verbündete und sich dessen Umbrae bediente.

Sie stand auf, wanderte durch die Bibliothek und berührte die Einbände und das Holz der Regale. Was für ein Zeichen wäre es wohl für die Cognatio, wenn sie das Land verließ und die Mühle in Brand setzte?

Scylla schritt die Stufen hinauf, ging höher und höher, bis sie auf die Plattform gelangte, auf der sie so gerne verweilte und das Land ringsumher betrachtete. Wie früher, durch das Auge eines Fernrohrs.

Die verschneite Gegend hinter dem Tannenwald lag still und friedlich da. Lydias Kutsche war als kleiner schwarzer Punkt zu erkennen, die Lampen vorne rechts und links am Kutscherbock sandten helle Strahlen auf den Schnee.

»Ich werde das alles sehr vermissen«, sagte sie halblaut und lauschte auf die Mühlengeräusche. Gegen die Einsamkeit in der Fremde würde sie sich den Deutschen mitnehmen.

1. Januar 1732
Habsburgisches Territorium (serbisches Gebiet)

Die Cognatio versammelte sich vierzehn Tage später im Palast von Baronin Lydia Metunova.

Scyllas Kutsche näherte sich dem stattlichen Bau mit den beiden kleinen Türmen, an dem auf den ersten Blick nichts ungewöhnlich erschien. Doch die Fenster waren mit Jalousien versehen, die das Sonnenlicht vollständig abwehrten. Im Inneren, das wusste Scylla, sorgten dicke, schwere Vorhänge für eine zweite Absicherung.

Ihre Freundin war schlau. Lydia besaß ausschließlich blinde

Diener, die sich sicher selbst im Stockdunklen bewegten; für gelegentliche Ausflüge und Besorgungen hielt sie sich einen Kutscher, der nichts hinterfragte und den nichts erschütterte. Er hatte Scylla abgeholt.

Sie trug das blaue Kleid, das identisch mit demjenigen war, das sie einst von ihrem Vater geschenkt bekommen hatte. Durch die Einfachheit würde sie neben den angeberischen Garderoben der Baroninnen und Barone auffallen, ein durchaus gewollter Effekt in dieser Nacht der Nächte.

Sie sah aus dem Fenster. Der Palast war umgeben von einem verwilderten Park; einzig die Kiesauffahrt zum Anwesen war stets frisch geharkt und freigeschnitten, ansonsten gab es für alles, was größer war als eine Katze, abseits des Weges keinerlei Durchkommen.

Die Kutsche bog in das Rondell ein, das sie unmittelbar vor den Eingang des Palastes führte. Scylla stieg aus und wurde von einem der Diener empfangen und sogleich die Treppe hinauf und durch das Portal in die Eingangshalle geführt.

Den Spuren auf dem Boden nach zu urteilen, waren schon einige vor ihr angekommen, die sich vor der Ankunft auf sehr dreckigem Terrain bewegt hatten. Alle auf dem *gleichen* dreckigen Terrain.

Sie argwöhnte, dass sich einige der Cognatio an einem anderen Ort getroffen und verabredet hatten. Scylla tastete nach ihrem Dolch, um sich zu vergewissern, dass sie ihn dabeihatte; die Waffe ihres Bruders hatte sie in ein Holzkistchen gelegt. Sie wollte die Cognatio nicht als Diebin verlassen.

Nach einem Korridor und zwei kleinen Quergängen erreichten sie die Tür zum Salon, in dem die Versammlung stattfand.

Scylla trat ein und schenkte den vielen Gemälden mit den Vorfahren ihrer Freundin keine Beachtung. Dafür war sie zu oft hier gewesen.

Der ganz in poliertem Marmor gehaltene Raum war hell erleuchtet, Kristallleuchter fluteten ihn mit Licht; das Feuer im Kamin hinter dem Sitz des Ischariot flackerte und loderte, es war sehr warm. Große Spiegel an den Seitenwänden schufen die Illusion, der Raum sei doppelt so groß.

Außer Scylla waren erst fünf Baroninnen und Barone anwesend, darunter auch Marek. Lydia sowie der Ischariot und die anderen befanden sich bereits bei einem leisen, angeregten Austausch, der sofort endete, als sie den Raum betrat.

Scylla ging auf Marek zu und überreichte ihm das Kistchen mit dem Dolch darin, ohne ihn anzuschauen, danach nickte sie Lydia zu, die sie anlächelte. Der Versuch, in ihren blauen Augen mehr als Freundlichkeit zu erkennen, scheiterte. Scylla hoffte sehr, dass es keine Feindschaft zwischen ihnen geben würde.

Sie begab sich an ihren angestammten Platz und merkte, wie sie von Baron Rubin angestarrt wurde. »Kann ich Euch behilflich sein, Baron?«

Er deutete auf den leeren Tisch vor ihr. »Habt Ihr Eure Unterlagen vergessen?«

»Welche Unterlagen?«, erkundigte sich Scylla liebreizend. »Ihr habt doch gesehen, dass ich beim Hereinkommen nur die Holzkiste bei mir trug.«

Rubin brummelte vor sich hin. »Demnach gibt es aus Eurem Laboratorium nichts zu vermelden.«

»So ist es, werter Baron Rubin.« Scylla lächelte. »Mehr noch: Ich habe die Arbeit eingestellt.«

»Was?« Er schaute zu Marek, dann zum Ischariot. »Fehlt es Euch an Substanzen, die Ihr ...«

Scylla lachte auf. »Baron, Ihr werdet Euch gedulden müssen, bis ich Euch und allen anderen in der Cognatio erkläre, warum ich nicht mehr forschen werde.«

Der Ischariot besah sie sich sehr genau. Er hatte wenig Ähnlichkeit mit dem früheren Vorsitzenden Jaminski, sondern war ein ansprechender Mann mit durchdringender, fester Stimme und einem Blick, der Wände sprengte. Er bevorzugte schwarze Kleidung, was ihn zusammen mit der weißen Perücke noch eindrucksvoller erscheinen ließ. Er regierte die Cognatio mit eiserner Hand und ließ keine Nachlässigkeiten durchgehen, seine Strafen waren hart. Vor seiner Berufung war er einer der Barone gewesen, die gegen Scylla gestimmt und sie zum Tode verurteilt hatten. Dennoch ängstigte sich Scylla nicht.

»Mein Freund Marek deutete mir im Vorfeld des Treffens an, dass Ihr uns womöglich mit einer Sache überraschen wollt, die keinem hier gefallen wird«, hob er an. »Wollt Ihr sie daher vielleicht zuvor mit mir besprechen, ehe sie vor aller Augen und Ohren in die Welt dringt und einen Tumult auslöst, Baronin Illicza?«

»Ich danke Euch für die Offerte, Ischariot, doch ich fürchte mich nicht vor dem, was kommen wird.« Scylla legte die Unterarme auf den Tisch und nickte den Baronen zu, die nun den Saal betraten. Sie lächelte unverbindlich, doch innerlich stieg ihre Aufregung. Marek hatte etwas eingefädelt, und der Ischariot schien dabei eine wichtige Rolle zu spielen. Wer gehörte noch dazu? Es gab eine Möglichkeit, das herauszufinden.

Sie tat so, als sei ihr etwas zu Boden gefallen, und bückte sich. Unter dem Tisch besah sie sich das Schuhwerk der Anwesenden.

Scylla wollte nicht glauben, was sie sah: *Alle* Schuhe – mit Ausnahme der von Lydia – waren an manchen Stellen mit dem gleichen auffälligen Schmutz versehen! Die einen mehr, die anderen weniger, kaum jemandem war die Zeit geblieben, sich um die Beseitigung des Drecks zu kümmern.

Sie richtete sich auf, ließ den Blick schweifen und verharrte mit den Augen auf Marek. Sie hatte ihn unterschätzt. Nun hoffte sie, dass es ihm in wenigen Augenblicken umgekehrt ebenso erging.

Nach und nach erschienen die übrigen Mitglieder der Cognatio, und endlich eröffnete der Ischariot die Zusammenkunft.

Um sämtlichen insgeheim geschmiedeten Plänen zuvorzukommen, erhob sich Scylla von ihrem Stuhl. Man starrte sie an, aber niemand hinderte sie daran, das Wort zu ergreifen. Ganz im Gegenteil, sie hatten anscheinend darauf gewartet.

»Es gibt Wahrheiten, die niemals ausgesprochen werden dürfen, weil sie mehr Schaden anrichten als die Lüge«, sagte sie klar und deutlich. »Mein Vater fand eine Wahrheit heraus, die er für sich behielt und die ich nun mit ihm teile. Es sind Erkenntnisse über die Herkunft der Cognatio und der Kinder des Judas.« Sie schaute zu Lydia, die ihr immer noch ein warmes, herzliches Lächeln schenkte. »Ich habe den Entschluss gefasst, die Cognatio zu verlassen und mich vom heutigen Tag an von ihr loszusagen. Weder möchte ich mit ihr noch etwas zu schaffen haben noch mit Euch, edle Damen und Herren.«

Der Ischariot schlug mit der flachen Hand auf den Tisch. »Seid Ihr Euch darüber im Klaren, dass niemand die Cognatio lebend verlässt?«

»Wer will mich daran hindern?«, erwiderte sie neugierig. »Möchte man mir den Bruderkuss geben und erwarten, dass ich freiwillig in den Tod gehe? Werden gleich alle auf Euren Wink über mich herfallen und mich zerfetzen, Ischariot? Oder lässt man mich gehen und sendet mir anschließend einen Attentäter nach oder hetzt eine wütende Dorfmeute auf mich?« Scylla sah in jedes einzelne Gesicht.

Einer der jüngeren Barone, Tomsky, sprang voller Zorn im Gesicht auf und zeigte mit ausgestrecktem Arm auf sie. »Was Ihr beabsichtigt, ist ein Frevel an unserem Gründervater Judas Ischariot!«

»Das ist wahr.« Rubin nickte in die Runde. »Sie verleugnet und entehrt seine Hinterlassenschaft an uns. Es ist nicht gestattet, dass sie ...«

»Ihr stammt nicht von Judas ab«, fiel Scylla ihm ins Wort, die das Gefasel über höhere Ziele nicht mehr länger ertrug. »Ihr und ich, wir sind untoter Abschaum! Nichts weiter als Upire und Dämonendiener!«

Jetzt brach der Sturm los. Aufgebrachte Rufe brandeten ihr entgegen, manche bewarfen sie empört mit leeren Blättern, die gegen sie trudelten und raschelnd zu Boden flatterten, Fäuste wurden geschwungen, sogar ein Dolch blitzte in der Hand des eifrigen Tomsky auf, bevor sich der Ischariot mit lauten Befehlen Gehör verschaffte. Einzig Marek und Lydia waren ruhig geblieben und verfolgten das Schauspiel.

»Baronin Illicza, Ihr wisst, dass es einem Sakrileg an der Cognatio gleichkommt, an unserer Herkunft zu zweifeln. Judas Ischariot selbst hat ...«

»*Unser* Judas hieß Kasparzek und kam aus Ungarn, gelebt hat er vor etwas mehr als sechshundert Jahren«, schmetterte Scylla ihm entgegen. »Ich habe die Wahrheit nicht sagen und Euch schonen wollen, doch ich werde es nicht hinnehmen, dass ich des Frevels an Judas bezichtigt werde. Weil«, sie hob den Kopf, »er *nicht* unser Gründer ist!«

»Ungeheuerlich!«, brüllte Tomsky außer sich, den Dolch hielt er noch immer in den Fingern. »Ich ...«

Der Ischariot brachte ihn mit einer Geste zum Schweigen. »Das, was Euer Vater entdeckt zu haben glaubte, muss nicht der Wahrheit entsprechen«, gab er zu bedenken.

»Jedes einzelne Wort ist wahr«, hielt sie dagegen. »Er war in Kasparzeks Geheimarchiv und fand genügend Beweise. Wir stehen auf der gleichen Stufe wie die Upire und sind Dämonenwerk. Einige von Euch mögen daran glauben, dass sie Gutes tun – doch die meisten wissen sicher so genau wie ich, dass unsere Forschung ursprünglich niemand anderem dienen soll als uns.« Scylla fühlte sich unglaublich erleichtert, als sie es offen aussprach. »Diesem Ziel widme ich mich nicht länger.

Glaubt, was Ihr wollt, Baroninnen und Barone. Lügt Euch weiter etwas über Judas und Eure Abstammung vor, aber ich gehöre nicht mehr dazu!« Ihre Haltung war kämpferisch, ihre Muskeln angespannt, um auf einen Angriff reagieren zu können. Vor allem Tomsky ließ sie nicht aus den Augen. »Ich werde gehen.« Langsam wandte sie sich um und schritt auf den Ausgang zu. Sie betete, dass sie jetzt Schritte vernehmen und Lydia an ihrer Seite wiederfinden würde, doch sie hörte nichts. Die Freundin verblieb in der Runde der Cognatio.

»Baronin, stimmt es, dass Euer Vater ein Mittel gegen unsere Sterblichkeit gefunden hat?«, traf sie die Stimme des Ischariot in den Rücken.

Scylla blieb stehen. Marek hatte demnach doch mit jemandem darüber gesprochen. »Wenn es so wäre?« Absichtlich benutzte sie nicht mehr die Anrede, die ihm gebührte. Aus ihrer Sicht gehörte sie bereits nicht mehr dazu.

»Hätten wir sehr wohl ein Anrecht darauf, es zu erfahren, bevor Ihr uns verlasst.«

»Da mein Vater Euch nichts davon erzählte, halte ich es wie er. Aus den gleichen Gründen.« Sie wandte sich zur Cognatio. »Wir sollten vergehen, weil wir für die Menschen ebensolche Schädlinge sind wie die Upire. Einmal im Jahr fallen wir über sie her, ein Dutzend, zwei Dutzend Opfer und mehr werden aus dem Leben gerissen, wenn uns der Blutdurst überkommt. Wir leben ohnehin länger als die meisten Upire, warum dann noch nach Unvergänglichkeit streben? Aus Angst vor der Hölle und dem Dämon, der unsere Seelen erhalten wird?« Sie streckte sich. »Kennt einer von euch überhaupt unseren wahren Herrn? Was ist das für ein Dämon, dessen Zeichen wir auf unserer Haut tragen?«

»Bring sie doch jemand zum Schweigen!« Tomsky sah zum Ischariot, und Scylla bemerkte den Rand seines eigenen roten Males, das sonst sorgsam durch den Hemdkragen verborgen wurde. »Geschwätz über Dämonen ...«

Der Ischariot wies ihn an, still zu sein. »Es gibt keinen Dämon, Scylla«, sagte er mit Nachdruck. »Euer Vater ist bei seinen Nachforschungen auf ein Trugbild hereingefallen. Seht dieser Wahrheit ins Gesicht und bleibt bei uns. Stützt die Gemeinschaft durch Euer Wissen!«

»Niemals. Ich vertraue den Worten meines Vaters!« Scylla nahm empört Haltung an. »Ich habe niemals darum gebeten, zu einer Upirina gemacht zu werden und nach meinem Tod meine Seele zu verlieren. Ich schulde Kasparzek keinen Dank dafür, dass er mich zu einer Verdammten gemacht hat. Darüber sollten alle in der Cognatio nachdenken.«

Der Ischariot betrachtete sie kalt. »Händigst du die Formel freiwillig aus?« Er verzichtete ihr gegenüber nun auf jeglichen Respekt.

Sie verneinte, und ein Keuchen ging durch die Versammlung; sogar Lydia konnte einen Laut der Enttäuschung nicht unterdrücken. »Die Formel wurde vernichtet, damit keiner auf den Gedanken kommt, mich in meiner Mühle heimzusuchen«, offenbarte sie und sah zu Carzic. »Erspar es mir, die Umbrae, die du schicken würdest, zu töten.« Scylla blickte ein letztes Mal zu Lydia, die sie entgeistert anschaute, dann wandte sie sich zum Gehen und öffnete die Tür, während hinter ihr vielstimmiges Geschrei erklang.

Todesdrohungen und -forderungen hallten ihr nach, die Scylla nicht mehr schreckten. Mit jedem Schritt, den sie machte, und mit jeder Tür, die sie hinter sich schloss, wurden sie leiser und leiser.

Was sie hatte sagen wollen, war ausgesprochen worden, und von nun an würde sie ein freies, wenn auch gefährliches Leben führen. Den Zwängen eines Ischariot und einer verkommenen Geheimgesellschaft unterlag sie nicht mehr.

Es würde nichts anderes mehr für sie geben als die Forschung nach Heilmitteln und den regen Gedankenaustausch mit den brillantesten Gelehrten und Wissenschaftlern der Menschen. Das reizte sie. Sie würde ihnen gerne bei der Suche nach Maßnahmen gegen Seuchen und Leiden helfen. Und auf den jungen Deutschen, der in Medvegia tapfer auf dem upirverseuchten Flecken ausharrte und sich ebenfalls benahm wie ein angehender Forscher, war sie noch viel mehr gespannt. Es regten sich Gefühle für ihn in ihr.

Schnelle Schritte näherten sich ihr, und sie wandte sich um.

Vor ihr stand Lydia. »Ich wollte dir Glück wünschen, Scylla«, sagte sie aufrichtig.

»Was beratschlagt man über mich?«

»Alles«, antwortete sie ehrlich. »Marek verlangt, dass der Ischariot dich gefangen nimmt und dich foltert, bis die Wahrheit ans Licht kommt.« Sie reichte ihr die Hand und streichelte sie in der Art, wie sie es zu den zärtlichen Zeiten getan hatte.

Scylla sah ihr in die Augen. »Lydia, begleite mich«, bat sie. »Lass die Cognatio ...«

»Das kann ich nicht«, erwiderte die Baronin und presste die Lippen aufeinander. »Mein fester Wille ist es, älter als alles Natürliche zu werden, und dazu muss ich forschen. Mag sein, dass wir Upire sind, doch die Regeln der Cognatio machen uns zu etwas Besserem. Auch wenn du es anders siehst.« Sie lächelte. »Aber ich werde nicht zu denjenigen gehören, die sich gegen dich wenden, das verspreche ich dir. Unsere Begegnungen in der Zukunft werden friedlich verlaufen. Wann auch immer, wo auch immer.« Lydia gab ihr einen Kuss auf den Handrücken, wandte sich um und schritt durch den Korridor zurück. »Achte auf den Deutschen«, sagte sie im Weggehen. »Ich bin sehr sicher, dass Marek seine Wut an ihm auslassen möchte.«

Scylla setzte ihren Weg zum Ausgang fort. Als sie die Stufen zur Kutsche hinabstieg, streifte sie mit der Rechten die hohe Weißhaarperücke von ihrem Kopf und schleuderte sie achtlos auf die Treppe. Damit war ihre Zugehörigkeit zur Cognatio endgültig abgeworfen.

Sie stieg ins Innere des Gefährts, und während ihre Reise nach Hause begann, dachte sie darüber nach, was sie als Nächstes zu tun hatte.

Leider befanden sich sehr viele Dinge auf ihrer Liste.

7. Januar 1732
Medvegia

Viktor stand zusammen mit den Dorfbewohnern um das Feuer, in dem die abgeschlagenen Schädel der Vampire verbrannten.

Er hatte sich aus einem Brett eine Schreibunterlage gemacht, die er vor dem Bauch trug und mit einer Schnur um den Hals sicherte. So vermochte er im Gehen zu schreiben und konnte seine Eindrücke unmittelbarer zu Papier bringen.

Libor und seine Sippe hatten einen kleinen Scheiterhaufen für die Köpfe errichtet, dessen unterste Lage aus Kohle bestand, damit die Hitze die Knochen zum Bersten brachte und sie in Asche verwandelte. In einem normalen Feuer aus Holz hätte das zu lange gedauert.

Viktor notierte jede Kleinigkeit des Vorgangs und suchte nach Unregelmäßigkeiten oder ganz besonderen Begebenheiten. Zuerst waren die Haare qualmend vergangen, danach hatte sich die Haut verfärbt, Blasen geschlagen und war verkohlt, dem Fleisch darunter erging es ebenso. Er hörte es immer wieder zischen oder pfeifen und sah dunklen Rauch aufsteigen, denn die Köpfe waren voller Blut und Flüssigkeit. Es kam ihm beinahe so vor, als wehrten sich die Schädel gegen die Hitze.

Libor schürte die Flammen mit einem langen Stock und schlug auf die Schädel, damit sie rascher zerfielen. Vater Ignaz predigte und betete für die unglücklichen Seelen seit dem frühen Morgen, und seine Stimme klang heiser und kaum mehr wahrnehmbar.

Libor gesellte sich zu Viktor. »So, Niemez. Sie dürfen in dieser Nacht beruhigt schlafen. Es sind alle Blutsauger vernichtet worden.« Er zeigte in die tanzenden Flammen, deren Farbe sich gelegentlich veränderte. »Das Feuer hat sie ausgebrannt und die Dämonen, die in ihnen wohnten, zurück in die Hölle gesandt.« Der Zingaro sah zum Popen. »Hoffen wir, dass seine Gebete die armen Seelen retten.«

Viktor musste die Luft anhalten, als der Wind sich drehte und er von einer stinkenden Wolke eingehüllt wurde. »Was tust du mit der Asche?«

»Das, was der hochlöbliche Regimentsfeldscherer verlangte, nachdem ich es ihm gesagt habe.« Libor grinste. »Ich kehre die Reste zusammen und trage sie in einem Eimer zum Fluss. Die Morava, das fließende Wasser, macht dem Bösen endgültig den Garaus.«

»Das fließende Wasser wirkt demnach gegen sie?«

»Bei manchen.« Er nickte. »Aber fragen Sie mich nicht, warum es so ist. Andere verfolgen einen schneller zu Fuß durch einen Fluss oder über eine Brücke, als ein sterbliches Wesen laufen kann.«

Viktor schrieb mit eiskalten Fingern, und je mehr er Libor reden hörte, desto klarer wurde ihm, dass es nicht ausreichte, die eigenen Untersuchungen auf Medvegia zu beschränken. Es gab zu viele unterschiedliche Vampire, zu viele Möglichkeiten, sie zu vernichten, und offenbar ganz verschiedene Mentalitäten der Menschen, die von den Untoten heimgesucht wurden. Also ... wurden die Pelze noch nebensächlicher für ihn!

»Libor, wann brechen du und deine Sippe auf?«

Der Zingaro stocherte in der lodernden Glut und zertrümmerte die größeren Fragmente der Schädel, an denen es inzwischen weder Haut noch Fleisch gab. »Gegen Mittag. Wir haben unsere

Arbeit verrichtet und die Bezahlung erhalten, auch wenn uns der Heyduck wegen der toten Stanacka einige Münzen vorenthalten hat.« Er klang missmutig. »Wenn Sie noch Fragen haben, Niemez, sollten Sie die noch in dieser Nacht stellen.«

»Es wäre nur eine.«

»Ach? Ich hielt Sie für neugieriger ...«

»Wie viel kostet es, wenn du und deine Sippe mich mitnehmt?« Viktor dachte daran, dass er derzeit keine einzige Münze mehr in seiner Börse trug. Er hoffte, dass der vom Vater versprochene Bote bald eintraf.

Libor schaute verdutzt. »Was meinen Sie damit, Herr von Schwarzhagen? Ein edler Mann wie Sie will sich zu uns, den Zingaros, in den Wagen setzen? Hatte ich nicht im Hinterkopf, dass der eigentliche Zweck Ihres Besuchs in dieser Gegend war, Pelze zu suchen?«

»Schon. Und das tue ich auch ... bald.« Viktor deutete mit dem Federkiel auf das Feuer. »Aber in den nächsten Wochen wird es mein Ziel sein, Vampire zu erforschen. Treffe ich dabei Pelzhändler, umso besser. Ein Teil von mir ist Wissenschaftler und sehr neugierig geblieben.« Er sah dem Mann in die braunen Augen. »Eine solche Gelegenheit, Libor, bietet sich mir nicht mehr wieder. Nicht so schnell. Mein einstiger Professor in Berlin hat meine ersten Berichte an seine Kollegen weitergegeben, und sie wollen mehr über deine Vampire wissen. Aus meiner Feder! Ich mache dich berühmt, mein Freund.« Er sah, dass sich Libors Züge vor Stolz aufhellten, und wusste, dass er ihn so gut wie überzeugt hatte – vorausgesetzt es gab eine Einigung, was den Preis anging.

»Einverstanden, Niemez.« Er spuckte in die Hand und hielt sie ihm hin. »Sie werden bezahlen, was Sie an Essen nehmen, und außerdem einen Obolus für die Fahrten entrichten.« Libor nannte eine Summe, die lächerlich gering war. »Schlagen Sie ein?«

Viktor tat es mit Schwung und einem fröhlichen Lachen.

»Meinen Dank, Libor. Ich werde mich bemühen, eine Hilfe und keine Last zu sein.«

»So ist es recht, Niemez! Ich werde meinen Kindern sagen, dass sie Sie nicht bestehlen sollen, wenn Sie schlafen.« Der Zingaro lachte, kehrte ans Feuer zurück und widmete sich wieder seiner eigentlichen Aufgabe, während Viktor darüber nachdachte, ob er diesen Beschluss seiner Familie mitteilen sollte.

Es war vermutlich besser, ihnen vorzulügen, dass er sich auf die Pelzakquise begeben hätte. Wieder drehte sich der Wind, und hustend musste er aus dem beißenden Rauch treten, der ihm zudem heftige Übelkeit bescherte.

Im dichten Qualm sah er nicht mehr, wohin er trat, sein Fuß verfing sich an einem Hindernis, und er geriet ins Stolpern – das in stützenden Armen endete. Seine Papiere fielen raschelnd in den Schnee.

Das Parfüm, das süß und verführerisch aus dem dunkelgrünen Mantel in seine Nase stieg, erkannte er sofort wieder. »Verzeihen Sie, dass ich Sie im wahrsten Sinne des Wortes angefallen habe«, entschuldigte er sich und löste sich von der Frau, die vor ihm stand.

Sie ist es!

Sie, deren Name ihm nicht einfallen wollte, zeigte sich ein drittes Mal. Wieder hatte sie eine Kapuze über ihr Haupt gelegt, so dass ihr Gesicht im Schatten lag; vor ihrem Bauch baumelte ein Muff.

Sie lächelte ihn an. »Es war mir eine Freude, Ihnen Halt bieten zu dürfen, Herr von Schwarzhagen«, erwiderte sie in einem freundlichen Tonfall. Sie bückte sich, um die Blätter aufzuheben. »Ich mache das. Ihr Bein plagt Sie so schon schwer genug.« Sie raffte die Aufzeichnungen zusammen und warf dabei einen Blick darauf. »Oh! Sie lassen sich in die Mysterien der Vampire einweihen? Wer ist denn Ihr Mentor?« Sie übergab ihm die Blätter mit einem noch netteren Lächeln.

Viktor wusste nicht, wie er die Peinlichkeit umgehen konnte, sie ein weiteres Mal nach ihrem Namen fragen zu müssen. »Baronin«, entschied er sich zu einer neutralen und zugleich unverfänglichen Anrede, »haben Sie Dank.« Er faltete das Papier und steckte es in den Mantel. »Sie sind bei unserem letzten Treffen sehr rasch verschwunden ...« Viktor gingen die Worte aus, weil sich eine zunehmende Leere in seinem Kopf ausbreitete. Das Parfüm machte ihn schwindelig.

Sie senkte den Kopf. »Es war mir unangenehm, dass ich Sie mit meinen Avancen sichtlich überrumpelt hatte, und auch mir erschien mein Verhalten unangemessen. Selbst wenn ich den Kuss sehr genossen habe.« Ihre schlanken, behandschuhten Finger hielten wie aus dem Nichts ein letztes Blatt in der Hand. »Sehe ich das richtig, dass Sie mich in der Tat auf die Seite der Vampire rechnen?« Sie hielt ihm das Beweisstück entgegen und bekreuzigte sich. »Bei den Heiligen, was für einen Eindruck habe ich bei Ihnen nur hinterlassen?«

Viktor fühlte sich in Verlegenheit gebracht. »Ich wollte Sie keinesfalls mit den Monstren vergleichen, die in diesem Ort ihr Unwesen getrieben haben, doch Sie erscheinen mir derart ... geheimnisvoll und rätselhaft, dass es mir nicht anders in den Sinn kam. Plötzlich tauchen Sie auf und verschwinden ebenso rasch wieder, niemand kennt Sie oder hat Sie und Ihren Schlitten gesehen.« Er zuckte mit den Schultern. »Verzeihen Sie mir, aber ich sah in Ihnen ein wahres Mysterium, Baronin. Wie in den Vampiren.«

»Das Mysterium steht nun leibhaftig vor Ihnen.« Die junge Frau lächelte versöhnlich und steckte ihre Hände wieder in den Muff. »Jetzt klingt es doch gleich viel angenehmer, wenn Sie erklären, wie Sie es gemeint haben. Vielleicht sollten Sie die Formulierungen in Ihren Aufzeichnungen noch einmal überarbeiten?« Sie schaute zu den zerfallenen Schädeln. »Da gehen sie hin, die Plagegeister.« Die dunkelgrauen Augen richteten sich auf ihn. »Nachdem die Gefahr gebannt ist, was werden Sie nun unternehmen, Herr von Schwarzhagen? Die Pelze kaufen, die Sie mit nach Hause bringen sollen?«

»Nein. Ich suche weitere Vampire«, erklärte er und schlug zur Bekräftigung gegen seine Manteltasche, dabei sog er ihre Züge in sich auf, prägte sich jede noch so winzige Kleinigkeit ein. Die Baronin besaß so viel mehr Ausstrahlung als alle Frauen, die er kennengelernt hatte. Der Schwung ihres Mundes, jedes Blinzeln, die Blicke, sogar die Bewegungen ihrer Hände verströmten Anmut und einen übernatürlichen Zauber, der ihn zwang, sich nur auf sie zu konzentrieren.

»Etwa allein?«

»Wo denken Sie hin? Ich habe mich bei den Zingaros eingekauft und werde Libor und seine Sippe begleiten. Er ist ein Dhampir«, erklärte er. »Er ist ein wunderbares Original und der erste Mann, der eine derartig merkwürdige Profession erlernt hat.«

Die Baronin schaute zu dem Mann, der mit dem Rücken zu ihnen arbeitete und die größeren Knochensplitter in einen Eimer gab, um sie mit einem Butterfassstößel zu kleinen Stückchen zu zermahlen. »Ein Dhampir«, wiederholte sie nachdenklich. »Ich möchte Sie vor den Zingaros warnen, Herr von Schwarzhagen. Man hat Unbesonnene, die sich mit ihnen einließen, schon mit aufgeschlitzten Hälsen am Wegesrand aufgefunden.«

»Da ich keine Münze mehr besitze, bleibt mir dieses Schicksal wohl erspart. Aus Habgier wird man mich nicht umbringen können.« Viktor lachte. »Dennoch meinen Dank für Ihre Worte.« Er liebte es, ihre Züge zu betrachten. »Wo befindet sich Ihr Schloss noch gleich, Baronin?«

»Es ist weit weg von hier, wie ich bereits anmerkte. Sonst hätte ich Sie schon längst zu mir eingeladen.« Sie atmete ein. »Ich bin hier, um mich von Ihnen zu verabschieden. Und natürlich, um mich für mein ungebührliches Verhalten zu entschuldigen.«

Viktor räusperte sich. »Ich bitte Sie, Baronin.« Er wusste nicht, was er noch sagen sollte. Beinahe wäre ihm entschlüpft, dass sie sich gerne noch einmal ungebührlich verhalten dürfte und dass es ihm eine Freude wäre, sie zu ihrem Schloss, oder wo auch immer sie wohnte, begleiten zu dürfen – wenn die Untersuchung der Vampire nicht gewesen wäre. Die Anziehung zu ihr war stark, sehr stark, doch der Wissenshunger überlagerte dieses Begehren.

Ein schlechtes Gewissen wegen Susanna empfand er nicht, für die Frau in der fernen Lausitz brachte er inzwischen kaum mehr Gefühle auf. Und Elvira war tot, eine Erinnerung, die angesichts dieser Frau mehr und mehr verblasste.

Die Baronin sah ihm in die Augen, dann lächelte sie wissend, als hätte sie darin etwas Vertrautes erkannt. Oder seine Gedanken gelesen. »Sie sind ein Mann, den es sehr nach Wissen drängt. Ich verstehe das gut. Wir haben sicherlich noch mehr Dinge gemeinsam.« Sie berührte ihn am Arm und hauchte ihm einen Kuss auf die Wange. »Bei unserem nächsten Zusammentreffen werden wir sie ergründen, was halten Sie davon?« Sie nahm ein frisches weißes Taschentuch aus ihrem Muff und reichte es ihm. »Behalten Sie es als Andenken. Der Duft wird Sie immer an mich erinnern.«

Viktor nahm es entgegen und behielt es in der Hand. Es verströmte das gleiche Parfüm wie sie. »Danke sehr, Baronin. Ich würde mich über ein Wiedersehen freuen. *Sehr* freuen.« Er spürte ihre Wärme auf seiner Wange.

»Es gibt keine Zufälle, Herr von Schwarzhagen. Das Schicksal wird uns sicherlich erneut zusammenführen.« Sie hob die Hand, und ein großer geschlossener Schlitten kam die Straße entlanggefahren. Viktor hatte ihn zuvor nicht wahrgenommen. Sie stieg ein und reichte ihm durch das geöffnete Fenster die Hand.

»Hätten Sie mich gefragt, hätte ich Ihnen etwas über die Vampire berichten können«, sagte sie und nickte ihm zu. Der Kutscher schwang die Peitsche, und das Gefährt fuhr davon.

Er schaute ihm hinterher, bis es sich in der aufkommenden Dunkelheit nur noch durch die Lichter rechts und links verriet. »Eine merkwürdige Adlige«, murmelte er und roch an dem Taschentuch, dann steckte er es sich in den rechten Ärmelaufschlag.

Libor schritt an ihm vorüber und ging in Richtung des Flusses, in der Linken schwenkte er den Eimer mit der Asche der Vampire. Der Zingaro hatte nichts von der Unterredung bemerkt; merkwürdig ...

Viktor folgte ihm zum Ufer.

Sobald sie die Dorfgrenze erreicht hatten, ließ Scylla die Kutsche weiterfahren und sprang hinaus in den Schnee. Niemand sollte auf den Gedanken kommen, dass sie sich zurück nach Medvegia stahl.

Sie hatte sich des dicken Mantels entledigt, um beweglicher zu sein, und trug nun eine einfache, dunkle Reiterhose, Stiefel und eine dicke Jacke; mehr benötigte sie nicht gegen die Kälte. Über den roten Haaren trug sie ein schwarzes Kopftuch.

Rasch eilte sie durch die Nacht und näherte sich in einem Bogen der Ansiedlung. Wenn sie die Zeichen richtig gedeutet hatte, war ihre Anwesenheit dringend notwendig.

Von weitem sah sie, wie der junge Deutsche und sein neuer Lehrmeister zur Morava gingen, um die Asche in den Fluss zu streuen. Sie hatte in Viktors Augen die gleiche Besessenheit erkannt, die sie selbst zur Forscherin machte, und das ließ ihn noch begehrenswerter erscheinen. Sie glaubte daran, dass ihre Seelen eine Verwandtschaft aufwiesen, und diese Ansicht würde sie gerne vertiefen.

Vorausgesetzt, Viktor von Schwarzhagen lebte lange genug.

Scylla erreichte die Seite des Dorfes, die abgewandt von dem Feuer und in völliger Finsternis lag. Wind kam auf, und die ersten Wolken ballten sich vor den Sternen zusammen und verdeckten sie, so dass die Nacht noch dunkler wurde. Die Bewohner schreckte dieser Umstand sicherlich weit weniger, als er es vor einem Tag noch getan hätte, denn sie dachten, dass sie keine Vampire mehr zu fürchten hatten.

Grollend zog das Unwetter herauf, und die ersten Blitze entluden sich.

Scylla wusste sehr genau, wem die Menschen diesen Sturm zu verdanken hatten, dessen Opfer sie nur werden sollten, weil sich ein bestimmter Mann unter ihnen aufhielt. Und dieser Mann wiederum sollte nur deshalb sterben, weil er ihr ausnehmend gut gefiel.

Scylla erklomm das Haus, balancierte auf dem First zum Kamin und sah sich um. Irgendwo in der Nähe verbarg sich Marek. Sie sah, wie der Zingaro den Eimer ausleerte und es der Morava überließ, die Asche davonzutragen; der Wind wehte einen Großteil des feinen Staubes davon, bevor er mit der Oberfläche in Berührung kam. Es spielte keine Rolle, die Vampire waren schon lange vernichtet.

Sie drehte den Kopf, besah sich die Dächer und die Wege zwischen den Häusern, achtete auf jeden Schatten. Als sie sicher war, dass sie die einzige Vampirin in Medvegia war, schloss Scylla die Lider und griff auf ihre besonderen Begabungen zurück.

Es dauerte länger als gewöhnlich, bis es ihr gelungen war, die Energien der Wolken zu greifen und zu formen. Jemand pfuschte ihr dazwischen und verlangte ihr mehr als die übliche Konzentration ab.

Scylla presste die Lider unbewusst fester zusammen und steigerte ihre Aufmerksamkeit, reckte die Arme gegen die heranrollenden, von innen leuchtenden Gespinste hoch über sich.

Du weißt, dass du ihn nicht auf ewig vor mir beschützen kannst, Schwester, vernahm sie die Stimme ihres Bruders im Kopf.

Es genügt mir vollkommen, wenn es mir jetzt gelingt, erwiderte sie. *Danach sehen wir weiter, Marek.*

Sie hörte sein herablassendes Lachen. *Du hast dir viele Feinde gemacht, Scylla. Mehr als du dir ausmalen kannst. Zu einer Umkehr ist es zu spät für dich, und es wird mir eine große Freude sein, dich und alle, die dir etwas bedeuten, zu jagen.* Marek sandte ihr Lydias Bild, bevor sie es zu unterbinden vermochte. *Auch sie wird wegen dir zu leiden haben, das schwöre ich dir, Scylla! Nicht nur dein kleiner deutscher Krüppel.*

Scylla antwortete nicht. Stattdessen ließ sie einen einzigen gebündelten Blitz zur Erde fahren. Harmlos schlug er weit vor Medvegia in den Boden ein, sprengte den Schnee auseinander und brachte eine Qualmwolke hervor, die zum überwiegenden Teil aus verdampftem Wasser bestand.

Du siehst, was du gegen mich ausrichtest. Nichts, sprach sie in Gedanken. Sie nutzte den heftigen Wind, um die Wolken auseinanderwehen zu lassen, damit sie keine Kraft für weitere Blitze aufluden. *Führe dein Leben und verschwinde aus meinem.*

Mein Leben? Ich könnte ewig leben, aber du verhinderst es. Ich verschwinde nicht, solange ich von dir nicht die Formel erhalten habe. Ich weiß, dass du sie kennst, erwiderte er, ohne zu zögern. *Du selbst entscheidest, wann du und die deinen in Frieden leben.* Mareks Gedanken strotzten vor Wut und Hass. Und doch war es leicht für Scylla, dahinter seine Enttäuschung und die schlecht verborgene Zuneigung zu erkennen, die sie zurückgewiesen hatte. *Ich bin dabei nicht allein, Scylla. Gib lieber gleich auf, statt dir das Leben schwer zu machen.*

Ein Kratzer an dem Deutschen von deiner Hand oder durch deine Schuld, und dein Leben wird enden, drohte sie ihm unmissverständlich.

Es schreckt mich nicht. Ich schwöre, Scylla, dass diese Arbeit andere an meiner statt machen werden. Sie werden auch zu dir kommen, um das Gesetz der Cognatio durchzusetzen. Mareks Botschaften verloren ihre Intensität, er schwächte die geistige Verbindung zu ihr ab, schließlich endete sie ganz.

Das Unwetter hatte sich so rasch aufgelöst, wie Marek es hatte aufziehen lassen. Scylla atmete durch. Sie hatte befürchtet, dass Marek selbst in Medvegia wäre, um in seiner grenzenlosen Wut ein Massaker anzurichten.

Sie erhob sich aus dem Schatten des Kamins, betrachtete die Behausungen und verfolgte, wie der junge Deutsche zusammen mit dem Zingaro vom Fluss zurückkehrte.

Keiner der beiden bemerkte, dass sich ein winziger Schatten neben ihnen im Gebüsch befand und sich zum Sprung krümmte.

Scylla ließ ihren Leib von einem Lidschlag auf den anderen durchscheinend und leichter als eine Feder werden und rief eine kräftige Böe herbei, die sie in Sekundenschnelle auf die Männer zutrug. Ihre Kleider blieben auf dem Dach zurück.

Sie landete hinter den Rücken von Viktor und Libor im Schnee, nahm körperliche Gestalt an und fing den kleinen Schemen, der zwischen den Zweigen hervorschnellte, an der Gurgel ab.

Fasziniert sah sie auf das, was sie gefangen hatte: Es war ein neugeborenes Kind, dem Tiere einen Teil des Unterleibs und die linke Seite des Oberkörpers abgefressen hatten! Es zappelte und wand sich in ihrem Griff, der kleine Mund schnappte nach ihr, und die Zähne versuchten, ihr in die Finger zu beißen; leise klickte es, wenn die Kiefer aufeinandertrafen.

Scylla drückte dem Wesen die Luft ab, damit es keinen Schrei ausstoßen konnte, und warf sich mit ihm zusammen nach vorne ins Unterholz. Offenbar hatte der Zingaro es bei der Enthauptung übersehen oder davon Abstand genommen; oder es war mit dem Einbruch der Dämmerung aus dem Sarg entkommen, ohne dass es jemand bemerkt hatte.

Waffen führte Scylla nicht mit sich, um den Vampir sofort zu vernichten; ihr Dolch lag bei ihren Kleidern auf dem Dach. Sie öffnete die Lippen und ließ ihre Reißzähne anwachsen; gleichzeitig hakte sie den Unterkiefer aus und umschloss das kleine Köpfchen mit brachialer Gewalt. Ein Biss und ein kräftiger Ruck genügten.

Es schmeckte grauenvoll.

Scylla spuckte den Schädel samt dem Blut aus. Mit dem Gesicht nach unten fiel das Köpfchen in den Schnee, der Kadaver strampelte sterbend in ihrer Hand. Die Bewegungen erlahmten, der Vampir war tot.

Scylla schaute durch die Zweige nach dem Zingaro und Viktor. Die Männer hatten sich zwar umgedreht, doch nichts bemerkt. Als sie weiter ihren Weg nach Medvegia gingen, schleuderte sie Schädel und Körper in den Fluss.

Der recht harmlose Angriff hatte ihr gezeigt, dass der Dhampir nicht ausreichte, um den jungen Deutschen zu beschützen.

Scylla beschloss, ihnen zu folgen, auch wenn sie dazu ihre Gestalt ändern musste. Sie freute sich darauf, eine Rolle einzunehmen, die nach ihrem beinahe in Vergessenheit geratenen Tanz und Gesang verlangte. Die Mühle würde indes auf sich selbst achtgeben.

Scylla trat aus dem Unterholz ins Mondlicht, bückte sich und nahm Schnee vom Boden auf, um sich das Blut des Vampirs von Hals, Schultern und Brüsten zu wischen. »Ich lasse dich nicht allein«, versprach sie Viktor.

XVII. KAPITEL

9. Januar 1732
In der Nähe von Zajecar (serbisches Gebiet)

Die Fahrten mit den Karren und Schlitten der Zingaros waren die langweiligsten Stunden dieser Reise ins Ungewisse.

Das Schreiben war Viktor wegen des Schaukelns nicht möglich, und unterhalten konnte er sich mit den Zingaros auch nicht, weil keiner von ihnen der deutschen Sprache mächtig war. Libor richtete es aus allen möglichen Gründen so ein, dass er kaum das gleiche Gefährt wie sein neugieriger Gast benutzte. Also ließ sich Viktor durchrütteln und wartete stets darauf, dass eine Rast eingelegt wurde oder sie ein Dorf erreichten.

In der Zeit des Nichtstuns betrachtete er die verschneite und in Eis erstarrte Umgebung, an der er sich jedoch bald sattgesehen hatte, und schließlich war er wieder bei der Grübelei über die Vampire und die Baronin angelangt – wobei die Baronin mehr Platz eingeräumt bekam. Nur kurz streifte er in Gedanken seinen Vater und die Verlobte.

An diesem Abend hielten sie in der Nähe eines Dorfes, dessen Name Viktor nicht auszusprechen vermochte und zu dem sie geschickt worden waren. Angeblich befände sich dort ein Vampir, der die Menschen heimsuche und sich vor allem an dem bisschen Vieh, das sie besaßen, verging. Libor ließ das Lager aufschlagen.

»Warum so weit weg von den Häusern?«, wollte Viktor wissen, als er trotz seiner Behinderung beim Aufbau der Zelte half.

Nicht zuletzt würde er auf diese Weise früher am warmen Feuer sitzen.

»Weil ich dem Vampir nicht traue, Niemez«, erklärte Libor. »Ich denke, dass er Vieh als Beute bevorzugt, und ich kann keines unserer Pferde entbehren. Außerhalb des Dorfes und in der Wagenburg sind sie besser geschützt als dort, wo sich der Vampir beim Anschleichen jederzeit in den Schatten von Gebäuden verbergen kann.« Der Dhampir gab Befehle an seine Sippe. »Sie werden jetzt Holzkreuze an die nach außen gerichteten Wagenseiten heften. Der Vampir war Christ, was bedeutet, dass wir ihn damit abschrecken können.« Er ging zu den ausgespannten Pferden. »Geben Sie ihnen die Hafersäcke, Niemez?«, bat er Viktor. »Ich muss noch einiges erledigen.«

»Sicher.« Viktor verlegte sich vom Aufbau der dünnwandigen Behausungen auf die Fütterung. Die Zingaros benutzten ausschließlich kräftige, dicke Ackerschimmel, welche die Schlitten und Karren nicht besonders schnell, aber tagelang ziehen konnten, auch wenn es einmal kein Fressen im Überfluss gab. Die Reserven dieser Tiere zählten mehr als Geschwindigkeit.

Er bemerkte, dass es sich um Wallache und Stuten handelte. Das hatte einen Grund, wie er wenig später bei der gemeinsamen Mahlzeit im großen Zelt erfuhr.

»Wenn wir die Gräber von Vampiren suchen und uns die Dorfbewohner nicht sagen können, wen sie für den Schuldigen halten, gehen wir mit den beiden Stuten über den Friedhof«, erläuterte Libor und teilte den Eintopf aus dem bauchigen Kessel aus. Er bestand aus Linsen, Graupen und etwas Fleisch; die ungewohnten Gewürze machten das Essen zu einem besonderen Erlebnis. Viktor wusste nicht einmal, um was es sich dabei handelte, aber der Geschmack erinnerte entfernt an Kümmel. »Einfarbige, jungfräuliche Pferde, besonders Rappen und Schimmel, würden niemals einen Huf auf ein Grab setzen, in dem ein Vampir haust.« Er reichte Viktor das schlichte, aber sehr schmackhafte Mahl, erst am Ende lud er sich den eigenen Teller voll. »Sie spüren den Untoten. Und wenn wir unsere kleine Smeralda auf ihren Rücken setzen, wirkt es noch viel besser.«

Viktor sah zu der jungen Frau, die er höchstens auf sechzehn Jahre schätzte. »Ist sie eine Dhampira?«

»Nein. Eine Jungfrau«, entgegnete Libor grinsend. »Ein Schimmel, der eine Jungfrau auf dem Rücken trägt, findet jeden Vampir unter seinen Hufen, glauben Sie mir, Niemez.«

Plötzlich erklang lautes Geschrei von außerhalb der Wagenburg, dann prallte etwas Helles, Leuchtendes von außen gegen die Zeltwand; gleich danach kräuselte grauer Rauch auf.

Alle waren aufgesprungen und eilten hinaus. Viktor bemerkte, dass Männer wie Frauen Messer in den Händen hielten.

Hinkend folgte er ihnen und sah, dass sich auf dem Weg vor dem Lager eine Schar von acht Leuten eingefunden hatte, die jeweils zu zweit auf sattellosen Pferden ritten; der farbenfrohen Kleidung und dem Äußeren nach, das sehr Libors und seiner Sippe glich, handelte es sich um Zingaros. An den Gesichtern las Viktor ab, dass wenig Freude über das Zusammentreffen herrschte. »Was ...?«

Libor hob die Hand. »Nicht jetzt, Niemez«, unterbrach er ihn, trat nach vorne und redete laut und drohend. Einige Frauen löschten unterdessen die kleinen Flammen im Lager. Die Neuankömmlinge hatten sie mit Fackeln beworfen, aber nichts war stark beschädigt worden; nur die Plane hatte unter dem Schwelbrand gelitten.

Auf Libors Rede hin nickte einer der Fremden zu dem Paar auf dem Pferd neben sich, und der hintere Reiter sprang auf den Boden. Dabei zog er eine unterarmlange Klinge.

Viktor legte eine Hand unter den Mantel an den Knauf seiner Pistole, um auf alles vorbereitet zu sein. Er vermutete, dass es sich um eine Familienstreitigkeit handelte. Gebannt verfolgte er, wie Libor über die Wagendeichsel stieg und dem Gegner gegenübertrat.

Libor und der fremde Zingaro umkreisten sich vornübergebeugt, und nach einem kurzen Innehalten begann der Kampf.

Viktor kannte diese Art von Duell nicht, das aus schnellen, ruckartigen Stichen und Schnittbewegungen bestand. Dabei waren sich die Männer stets unglaublich nah, wobei sie dennoch auf Tritte oder Schläge verzichteten. Einzig die Schneiden dienten als Waffen. Es war ihm schleierhaft, wie sie im zuckenden Feuerschein überhaupt erkennen konnten, wohin die Angriffe des Gegners zielten. Immer wieder klirrte es, wenn Metall auf Metall stieß, und mit einem schabenden Geräusch rutschten die Klingen voneinander ab.

Die entscheidende Attacke sah Viktor nicht einmal. Letztlich stieß der fremde Zingaro einen hohen Schrei aus und stürzte verletzt zu Boden, wo er liegen blieb.

Libor wandte sich um, und von seinem rotgefärbten Messer rann Blut. Er selbst hatte Wunden an den Unterarmen hinnehmen müssen, und seine Kiefer pressten sich aufeinander. Er litt gehörige Schmerzen. »Wir sind diejenigen, die sich morgen um den Vampir kümmern«, rief er. »Die Sache ist ausgetragen.«

Viktor sah zum Verlierer, der sich ächzend erhob und mit der linken Hand die rechte Brust hielt, zwischen den Fingern ergoss sich ein roter Strom auf seine Kleidung und von dort in den aufgewühlten Schnee. Der andere Arm mit dem Messer erhob sich und holte zum Wurf aus.

Ebenso geschwind hatte Viktor seine Pistole gezogen und richtete die Mündung auf den fremden Zingaro, der sich durch die stumme Drohung aber nicht beeindrucken ließ.

»Was tun Sie, Niemez?« Libor wandte sich zu dem Mann um.

Viktor drückte ab, bevor das Messer geworfen werden konnte. Die Kugel schlug knapp neben der linken Hand des Verletzten ein und zerriss das Herz, trat auf dem Rücken aus und besprengte die Pferde und die Reiter dahinter mit Blut; wiehernd stiegen die erschrockenen Tiere auf die Hinterhand oder sprangen zur Seite. Drei Männer vermochten sich nicht zu halten und stürzten auf den Boden.

»Dir beistehen.« Viktor lud nach, spannte den Hahn und richtete die Waffe auf die Gruppe der Fremden. »Ich halte nichts davon, dass der Verlierer eines Duells sich unrechtmäßig zum Sieger machen möchte.«

Libor schrie die Fremden an, die ihren Toten aufluden und sich im Galopp vom Lager entfernten. Der Mann, den Viktor als den Anführer betrachtete, zügelte einige Schritte entfernt sein Pferd, warf ihm einen hasserfüllten Blick zu, dann rief er ihm etwas zu und deutete auf die Kehle. Die Geste war unmissverständlich.

»Versuch es. Ich habe mehr Duelle überstanden als du.« Viktor drückte ab, hatte aber absichtlich zu hoch gezielt. Ein Toter reichte für diese Nacht.

Der Warnschuss genügte. Der Mann zog fluchend den Kopf ein und warf sein Pferd herum, um es mit Tritten in die Seite anzutreiben.

»Es erweist sich also doch als Glück, Sie mitgenommen zu haben, Niemez.« Libor kam auf ihn zu und reichte ihm die vom eigenen Blut verschmierte Hand. »Sie werden auf dieser Reise nicht eine einzige Münze mehr zahlen müssen, und ich schwöre, dass ich Sie vor Iljas Racheschwur schütze, solange Sie sich an meiner Seite befinden.« Die Frauen stürmten zu ihnen, küssten und umarmten Viktor, die Kinder taten es ihnen nach. »Sie haben der Sippe das Oberhaupt erhalten. Das werden wir Ihnen niemals vergessen. Die Dankbarkeit eines Zingaro hält ewig.« Er gab einen lauten Befehl, und sie ließen von dem Deutschen ab.

Viktor nickte in die Runde, dann schlug er ein. Dass er dabei Libors Blut spürte, gab dem Handschlag eine intime, rituelle Note. »Und wie steht es mit der Feindschaft?«

»Nicht anders. Sie sind von Ilja dem Tod versprochen worden, weil Sie sich eingemischt und einen Zingaro getötet haben.« Libor kehrte ins Zelt zurück und ließ sich seine Wunden von zwei Frauen verbinden.

Viktor nahm Platz. »Er wollte dich hinterrücks umbringen.«

»Es war sein Recht. Ich beging den Fehler, ihn nicht sofort zu töten, demnach war unser Zweikampf nicht beendet. Jedenfalls in Iljas Augen.« Libor stieß einen scharfen Zischlaut aus, als ihm die Schnitte mit Salzwasser ausgewaschen wurden; eine klaffende Wunde wurde mit Garn und Nadel vernäht. »Ich danke Ihnen, Niemez«, betonte er erneut. »Sie werden morgen Zeuge, wie wir einen Vampir umbringen. Vielleicht lasse ich Ihnen sogar diese Ehre zuteil werden.«

»Darum ging es wirklich? Um das Recht, den Blutsauger auszulöschen?«

»Es ist ein einträgliches Geschäft, das sagte ich Ihnen doch.«

»Wer waren diese Menschen?«

»Zingaros einer anderen Sippe, die zwar behaupten, Dhampire zu sein, aber es nicht wirklich sind. Angeblich hat man sie gerufen, um den Vampir zu vernichten, und das wollten sie klarstellen.« Libor nahm sich die Flasche Branntwein und trank einen langen Zug daraus, um die Schmerzen zu bekämpfen. »Jetzt ist es klargestellt.« Er hielt Viktor die Flasche hin.

Der griff zu. »Ich belüge meinen Vater, der glaubt, ich würde Pelze erstehen, und jetzt trachtet mir eine Sippe Zingaros nach dem Leben. Zusätzlich zu den Vampiren, die es hier anscheinend überall gibt«, resümierte er ironisch, prostete in die Runde und trank ebenso lange daraus wie Libor. Der Branntwein, der scharf seine Kehle hinabrann, schmeckte furchtbar und war sehr hochprozentig. Genau das Richtige nach diesem Erlebnis.

»Dabei werden Sie noch viel mehr zu sehen bekommen, Niemez. Auch das ist das Versprechen eines Zingaro.« Libor lachte und erbat sich das Gefäß mit einem Winken zurück. »Sie haben einen starken Verstand und Nerven wie ein Soldat. Die meisten Menschen, die einen anderen töten, nehmen es weniger gelassen als Sie.«

»Ich habe darin Erfahrung.« Viktor beließ es bei der Andeutung. »Es macht mir nichts aus, Schurken zu erschießen.« Er dachte an die Duelle, die er absolviert hatte. Meistens wegen Schulden und Beleidigungen.

»Dann halten Sie die Augen weiterhin offen. Ilja wird es nicht gleich morgen oder übermorgen versuchen, aber eines Tages treffen wir sicherlich wieder mit ihm zusammen, und dann, Niemez«, er nickte zu der Pistole hin, »sollte dieses Ding geladen und Sie hellwach sein. Aber nicht heute.« Libor gab ihm die Flasche zurück. »Betrinken Sie sich gehörig, schlafen Sie die Nacht sicher durch und freuen Sie sich darauf, dass wir morgen einen Pflock in die Brust eines Untoten jagen.«

Viktor hob die Flasche und prostete in die Runde, was mit einem freundlichen Lachen und anfeuerndem Klatschen bedacht wurde. Eine Frau begann zu singen, ein Schellenkranz schlug den Takt dazu, und eine weitere Stimme fiel in das Lied ein.

Viktor trank feixend und dachte daran, was sein Vater wohl sagen würde, wenn er ihn im Kreis von Zingaros in dreckiger Kleidung und mit noch schmutzigeren Fingern sähe.

Wenn er sich diese Frage selbst beantwortete, neigte er dazu, zu sagen: Es war ihm herzlich gleichgültig. Und mit jedem Schluck, den Viktor nahm, vergaß er die Heimat mehr. Er bekam nicht mehr mit, wie sie ihn nach einer Stunde zu dritt in den Wagen trugen und ihn zudeckten.

Irgendwann in der Nacht schreckte er hoch und glaubte, eine nackte und wunderschöne Frau auf sich sitzen zu sehen. Sie zeigte ihm im Mondschein ihren makellosen Körper, ritt auf ihm und streichelte dabei seine Brust und seinen Bauch.

Der Traum war so greifbar, dass es ihm unheimlich war. Viktor stöhnte leise, er war in ihr, und sie trieb ihn sanft, aber stetig dem Höhepunkt entgegen.

Er streckte die Hand aus und berührte die wohlproportionierten, straffen Brüste. Warm und lebendig. Er kannte solche Träume von früher, voller Begierde und Fantasien der Wollust; doch eine solche Wahrhaftigkeit hatte noch keiner zuvor besessen.

Er richtete sich auf, versuchte das Gesicht seiner Traumgestalt zu erkennen – und glaubte, die Züge der Baronin zu sehen! Sie lächelte, beugte sich vor und bewegte sich schneller, während sie ihm einen leidenschaftlichen Kuss auf die Lippen presste und dann seinen Kopf sanft in das Kissen drückte.

Viktor schloss wohlig seufzend die Lider und gab sich den sanften Berührungen hin.

Tags darauf marschierten Libor, ein frischrasierter Viktor und zwei Männer aus der Sippe ins Dorf; auf einem kleinen Schlitten zogen sie die Utensilien hinter sich her, die sie für ihr makabres Handwerk benötigten.

Viktor hatte seine Umhängekladde dabei und trug sie unter dem Arm, Fässchen und Federkiel ruhten noch in der Tasche. Es war ein eisiger Morgen, der Wind trieb den Frost in jede Ritze und jedes Knopfloch der Kleidung. Sogar der bewährte französische Mantel versagte in dieser Kälte.

Nach ein paar Schritten in das Dorf hinein eilte ihnen bereits der Heyduck entgegen und wechselte aufgeregte Worte mit Libor, dann setzten sie ihren Weg fort, der sie zu Viktors Verwunderung nicht zum Friedhof führte.

»Wir besuchen ein Haus, in dem letzte Nacht ein Kind starb. Sie fürchten, dass die Tochter desjenigen, der zum Vampir wurde, von ihm getötet wurde und ...«

»... ebenfalls zum Vampir wird«, führte Viktor den Satz fort. »Was tun wir dagegen?«

»Das ist nicht einfach, denn die Mutter möchte nicht, dass wir den Körper anrühren. Weder soll sie mit dem Pflock behandelt noch enthauptet werden.« Libor hielt vor einer Hütte an, aus der lautes, vielstimmiges Weinen erklang.

Nacheinander betraten sie den Raum, in dem sich ein halbes Dutzend Frauen jeglichen Alters um einen Sarg versammelt hatten, in dem ein Mädchen von höchstens elf Jahren lag. Sie weinten, immer wieder rief eine von ihnen etwas Lautes, dann wiederum verfielen sie in gemeinschaftliches Beten. Der Dorfpope stand am Kopf des Sarges und hielt eine Ikone über das Haupt der Toten.

Viktor sah die blauen Flecken an ihrem Hals sofort und erkannte sie als Würgemale. Er beugte sich zu Libor, der seinen Leuten leise Anweisungen gab. »Wieso ist es sicher, dass sie nicht ermordet worden ist? Es kommen auch Menschen für solche Taten in Frage.«

Libor hob die Augenbrauen und rieb sich über den Schnauzbart. »Ich bin sehr froh, dass keiner Sie versteht, Niemez«, raunte er. »Sie sind schlecht fürs Geschäft. Mir ist es gleich, durch wessen Schuld das Kind zu Tode kam, ändern kann ich es nicht mehr. Solange ein Vampir als Schuldiger gilt, verdienen wir daran, und das soll sich nicht ändern.« Er trat an den Sarg heran, langte in einen Beutel, den er von einem Zingaro gereicht bekam, und streute unter lautem Rufen einige schwarze Samenkörner hinein, die sich auf dem Leichnam und in der Kiste verteilten.

Der Dorfpope sprach etwas, danach legte er der Leiche eine Hostie in den Mund und nickte Libor zu.

Der Dhampir erteilte neuerliche Anweisungen, und der Deckel, auf dessen Innenseite ein großes Kreuz mit weißer Farbe gemalt worden war, wurde aufgelegt, danach mit glänzenden Nägeln verschlossen. Währenddessen verließen die Frauen und der Pope den Raum.

»Gehen wir zum Friedhof und graben den schuldigen Vampir aus.« Libor sah Viktor an, der eben seine Schreibunterlagen gerichtet hatte. »Ich habe dem toten Mädchen einige Samen ins Grab gegeben. Ein Fluch zwingt sie dazu, die Körner zu zählen, und erst wenn sie diese Aufgabe geschafft hat, wird sie ihren Sarg verlassen können.« Er ging zur Tür. »Für jedes Samenkorn ein Jahr. Ich schätze, ich habe gut und gerne mehr als hundert hineingeworfen.«

»Das ist alles? Es wirkt gegen ...«

»Der Pope hat ihr gegen den Blutdurst eine Hostie in den Mund gelegt, und das Kreuz auf der Innenseite des Deckels wird sie ebenfalls bannen, Niemez.« Er grinste. »Das war recht einfach, doch wirksam. Außerdem werden wir den Sarg mitnehmen.« Er trat hinaus.

»Was?« Viktor hinkte den Zingaros nach.

Libor wies die Männer an, den Schlitten zu ziehen. »Das kommt nicht selten vor. Gewöhnen Sie sich an die Begleitung eines Toten. Wir vergraben das Mädchen an der nächsten Kreuzung, damit sie nicht weiß, wohin sie gehen soll, falls sie doch dem Sarg entkommt. Also wird sie dort bleiben.«

Viktor blieb stehen, um die Neuigkeiten notieren zu können, dann schaute er sich in dem Dorf um. Es hätte genauso gut Medvegia sein können: eine Ansammlung ärmlicher Häuser und Hütten, in denen einfache und zumeist arme Menschen wohnten, die sich mit Schweinezucht und Landwirtschaft beschäftigten.

»Warum enthaupten und verbrennen wir sie nicht einfach, sobald wir aus dem Dorf hinaus sind?«

Libor sah ihn streng an. »Das ist nicht, wofür wir unser Geld bekommen. Ein Zingaro steht zu seinem Wort. Und davon abgesehen«, er strich sich grinsend über seine Narbe, »wird es auch in hundert Jahren noch genug Männer meines Volkes geben, die sich gegen Bezahlung um das Mädchen kümmern können, wenn es seinem Sarg entkommt. Und nun kommen Sie, Niemez.«

Als sie den Friedhof erreicht hatten, wandte sich Libor wieder an Viktor. »Das Grab ist da drüben, hat der Heyduck gesagt. Der Vampir muss ein echter Wüterich sein. Er hat die Dächer von drei Häusern beschädigt und drei Männer derart verdroschen, dass sie Knochenbrüche davontrugen. Sein erstes Blutopfer ist seine eigene Tochter gewesen.«

Sie standen jetzt um die Ruhestätte herum, und auf Viktor machte es den Eindruck, als stünde das Kreuz am Kopfende leicht nach vorne geneigt.

Libor sah seine Blicke. »Gut aufgepasst, Niemez. Schiefe Grabsteine und eingefallene Erde ist ein Zeichen, dass der Sarg darunter zerschlagen ist und der Vampir nachts nach oben steigt.« Er ging in die Hocke und wischte im Schnee herum.

»Die Erde müsste doch aufgewühlt sein.« Sosehr Viktor über den Friedhof schaute, nirgends sah er einen passenden Hügel, wie ihn ein Mensch verursachen würde, wenn er sich aus der Tiefe grub.

»Manche graben, andere wechseln ihre Gestalt.« Libor winkte ihn zu sich und deutete auf ein fingergroßes Loch am Grab. »Sehen Sie das? Wir nennen das einen Kamin. Durch ihn entweichen die Vampire mal als Maus, als Ratte oder als Spinne und nehmen erst im Freien ihre Menschengestalt an.« Er rief seine Begleiter zu sich, die Männer griffen zu den Schaufeln und machten sich an die Arbeit. »Wir könnten durch diesen Kamin heißen Wein schütten und den Vampir damit garen, aber so viel Wein werden die Dörfler nicht haben. Also bleibt uns nur die herkömmliche Art und Weise.«

»Ausgraben und verbrennen.« Viktor schrieb fleißig. Die Geräusche, welche die Schaufelblätter beim Graben verursachten, gaben ihm ein mulmiges Gefühl. An den Anblick der Toten hatte er sich gewöhnt, aber er würde in den kommenden Tagen mehr von ihnen zu Gesicht bekommen als andere Menschen ihr ganzes Leben lang.

»Nein, Niemez. Wir belassen es bei Pflock und Enthaupten. Das Verbrennen dauert zu lange, und die Menschen wollen das viele Holz dafür nicht opfern. Der Winter wird lange dauern.« Libor ging zum Schlitten und nahm ein Werkzeug hervor, das Viktor an einen Spaten erinnerte, nur dass die Vorderseite und die Ränder geschliffen waren; auf der rechten Seite war im oberen Teil ein fingerdicker Haken angesetzt worden.

»Das ist mein Köpfer.« Libor grinste und drehte das Werkzeug. »Ein Schmied hat ihn mir angefertigt. Das Blatt ist sehr schwer, man benötigt also nur einen einzigen Hieb, und der Vampir verliert seinen Schädel.« Er tippte auf den Haken. »Sollte er aufspringen und flüchten wollen, was immer mal wieder vorkommt, kann ich ihn damit packen. Am besten hacke ich ihm damit in die Schulter, damit sich der Haken ins Schlüsselbein bohrt und er ihn sich nicht so ohne weiteres aus dem Fleisch herausreißen kann.«

Dumpfes Bersten erklang, die Helfer waren auf den Sarg gestoßen.

»Sie haben es dem Vampir auch noch einfach gemacht«, meinte Libor vorwurfsvoll. »Leichen sollte man immer tiefer als zwei Schritte vergraben, sonst gehen die Hunde und Füchse dran. Wie bei der Kleinen in Medvegia.« Er gesellte sich zu seinen Leuten.

Sie entfernten den Deckel, und Viktor wurde herbeigerufen, um sich den Vampir anzusehen.

Wie auch in Medvegia zeigte der Leichnam kein Anzeichen von Verwesung. Blut rann aus dem offenen Mund, und auch die Brust war voller vertrocknetem Blut, das von einem der Tiere stammen musste, das er gerissen hatte.

»Da!« Viktor schluckte. Die Augen waren weit geöffnet und bewegten sich in den Höhlen hin und her. »Er schaut uns an!«

Libor lachte und strich über seinen ikonenbewehrten Schutzpanzer. »Das tun einige von denen. Aber rühren können sie sich nicht, solange es Tag ist. Die Macht der Sonne verhindert es.« Er sprang in die Grube und stemmte die Stiefel rechts und links auf die Sargkante.

Die Helfer warfen ihm ein tischdeckengroßes gewachstes Segeltuch zu, das einen Schlitz aufwies. Sorgsam breitete es Libor über dem Oberkörper des Vampirs aus und plazierte die Öffnung im Stoff so, dass sie exakt über dem Hals lag. Durch den Schlitz setzte er den Köpfer an.

»Das Tuch verhindert, dass ich von dem Vampirblut getroffen werde«, rief er zu Viktor. »Es gibt zwar Menschen, die behaupten, dass das Zeug ein Heilmittel sei, aber ich halte es anders.« Er hob sein Werkzeug am Griff an, dann jagte er es ruckartig und mit viel Schwung nach unten. Es knirschte und knackte, die Klinge war sogar durch das Holz darunter gefahren.

Libor stieg aus der Grube und zog das blutverschmierte Tuch mit sich, wo es von den Männern mit Essigwasser abgespült wurde. »Möchten Sie ihn vielleicht mit dem Pflock beglücken, Niemez?«, bot er an. »Er kann Ihnen nichts mehr tun, sein Kopf ist ja bereits heruntergeschlagen. Sie wüssten dann wenigstens, wie schwer es ist, einen Leib zu durchbohren.« Er nahm Pflock und Hammer. »Sie hätten lediglich einen Schlag, wenn Sie es nur beim Pflock belassen wollten. Jeder misslungene Hieb würde den Blutsauger nur wild machen. Deswegen ziehe ich das Enthaupten vor.«

Viktor starrte auf die Werkzeuge. Er konnte es selbst kaum glauben, als sich seine Arme danach ausstreckten.

»Sie sind mutiger, als ich angenommen habe, Niemez«, meinte Libor. »Nicht, dass Sie sich danach für einen Dhampir halten.« Er sprang zurück in die Grube und half Viktor beim Heruntersteigen; dann zeigte er auf die Stelle im Oberkörper, wo der angespitzte Pflock hineingetrieben werden musste, und kletterte wieder hinaus. »Ein Schlag, und er muss bis zur Markierung versinken. Erst dann haben Sie das Herz zerstört.«

Viktor sah die Kerbe. Der Abstand zur Spitze betrug eine gute Handlänge. Mit zitternden Händen beugte er sich vor und setzte den Pflock an. Er zögerte.

»Was ist, wenn mich sein Blut trifft?«

Libor stand über ihm und zwinkerte. »Doch ein wenig Angst?« Die Männer grinsten.

»Nur vor dem Umstand, dass du mich köpfen müsstest.«

Der Dhampir deutete auf den Hals. »Er ist ungefährlich. Die Enthauptung hat ihm seine Kraft und Gefährlichkeit genommen, aber schließen Sie dennoch Ihren Mund, damit nichts auf die Zunge gelangt ... Man weiß bei diesen Kreaturen nie. Keine ist wie die andere.«

Viktor nahm mit dem schweren Hammer Maß, dann schlug er zu.

Das flache Ende traf den Pflock.

Mit einem widerlich hohlen Krachen durchbrach das Holz den Brustkorb, auch wenn die Rippen zurückfederten und Widerstand boten. Blubbernd schoss Blut aus dem Hals, der Druck jagte es mit Macht aus Luft- und Speiseröhre und sprühte es auf die Sarginnenwand.

Einige winzige Spritzer flogen umher und landeten als feiner Nebel auch auf Viktors Gesicht. Sofort schloss er die Augen und wischte sie in einem Anfall von aufsteigender Furcht mit dem Ärmel weg. Das hätte noch gefehlt, dass ihm seine Neugier ein Schicksal als Untoter einbrachte.

»Das war nichts, Niemez«, rief Libor. »Sie hätten unseren Freund nur wütend gemacht.«

Viktor musste ihm recht geben. Die Kerbe war noch deutlich zu sehen. »Es ist schwieriger, als es aussieht«, räumte er ein und drosch ein weiteres Mal zu, und dieses Mal fuhr das Holz weiter als bis zur Markierung durch den Leib.

»Wäre es nach Einbruch der Dämmerung und der Vampir nicht kopflos, wären Sie tot. Die Biester handeln sehr schnell, wenn es darum geht, sich selbst zu retten.« Libor fuhr seine Narbe im Gesicht entlang, dann half er ihm aus der Grube. »Es hat Sie erwischt, Niemez.« Er langte in den Schnee und drückte ihm etwas davon in die Hand. »Reiben Sie sich die Flecken ab, bevor es einer aus dem Dorf sieht. So etwas führt schnell zu Gerede.« Gemeinsam mit den Männern verstaute er die Utensilien.

Viktor säuberte sich und sah rotes Schmelzwasser in das Weiß tropfen. Dabei hatte er den Eindruck, dass etwas von dem Blut von seinen Lippen in den Mund gelangt war. Der metallische Geschmack ließ sich nicht verleugnen. Jetzt konnte er nur darauf vertrauen, dass das Blut seine infizierende Wirkung bereits verloren hatte.

Ein Junge kam zu ihnen gerannt, und rasch wandte sich Viktor ab, damit er eventuell noch vorhandene Spritzer nicht zu sehen bekam. Der Junge redete schnell und aufgeregt mit Libor, dann eilte er auch schon wieder davon. »Was gibt es?«

»Wir haben einen neuen Auftrag. Im Nachbarort. Und wir müssen ihn erreichen, bevor die Nacht dem Vampir die Fesseln löst. Oder Ilja und seine Brut vor uns ankommen und uns aus dem Geschäft drängen.« Libor sputete sich mit seinen Verrichtungen. Dann befahl er Viktor, sich auf den Schlitten zu setzen, damit es schneller ging.

Sie holten auch noch den Sarg des Mädchens ab, und weil ansonsten kein Platz mehr war, musste sich Viktor obenauf setzen. Dort thronte er und schrieb, während die Zingaros ihn und ihre Fracht zurück zum Lager zogen.

Sosehr sie die Pferde auch antrieben, die Sonne versank zu schnell. Dann blieb der vorderste Wagen stecken, und es gab keine Möglichkeit, ihn zu überholen. Viktor war beinahe bereit anzunehmen, das Böse hätte sich gegen sie verschworen. Oder war es der Fluch der feindlichen Zingaro-Sippe?

Sie erreichten den Ort mit einem für Viktor weiteren unaussprechlichen Namen, der sie um Hilfe gebeten hatte, erst in der Dunkelheit. Den Sarg mit der Kinderleiche führten sie immer noch mit sich und zogen ihn am letzten Gefährt hinter sich her; es war keine Zeit geblieben, ihn an einer Kreuzung zu verscharren.

Die Bewohner standen mit Fackeln bewaffnet auf der schmalen Straße und riefen den Zingaros schon von weitem etwas zu.

»Sie sagen, dass wir uns beeilen sollen«, übersetzte Libor und beorderte vier Männer zu sich auf den Schlitten. »Wir werden vorfahren, die Frauen kommen nach. Ich will den Vampir erwischen.«

Sie brausten auf die Menschenansammlung zu, und zwei Dörfler sprangen zu ihnen auf den Schlitten. Ihren Anweisungen folgend, ging es zum Friedhof, der am Rand eines Nadelwaldes lag und dadurch noch düsterer wirkte. In den vorderen Reihen standen eine Vielzahl von abgestorbenen Laubbäumen, die durch ihre kahlen, abgebrochenen Äste zwischen den Fichten wie Fremdkörper wirkten. Viktor versuchte, seine Eindrücke mit knappen Worten festzuhalten und eine Skizze von dem schaurigen Ort anzufertigen. Für ihn sah es aus, als würden sich die faulenden Bäume wie Untote aus dem Schutz des dunklen Waldes schieben. Kein Ort, der Ruhe und Frieden verströmte.

»Sie haben einen fressenden Vampir, Niemez«, erklärte ihm Libor und sah beunruhigt aus. »Diese Ungeheuer sind nicht eben alltäglich und gefährlicher als die Blutsauger.« Er hielt das Gefährt an und sprang vom Bock, noch ehe die Pferde richtig zum Stehen gekommen waren; die Zingaros taten es ihm nach, jeder nahm sich einen großen schweren Sack, und dann eilten sie auf den Friedhof.

»Warte!«, rief Viktor, verstaute seine Schreibsachen und rutschte unbeholfen herab.

»Keine Zeit, Niemez. Beeilen Sie sich lieber«, rief Libor über die Schulter zurück.

Keuchend humpelte er ihnen hinterher und sah, dass sie auf ein Zeichen des Dörflers hin ein Grab von der Erde befreiten. Sie schaufelten mit ungewohnter Schnelligkeit, und Viktor schob es auf die bereits hereingebrochene Nacht. Mit etwas Pech hatte der Vampir seine Ruhestätte bereits verlassen.

Viktor erreichte das Grab in dem Augenblick, als Libor etwas sagte und sie die Arbeiten einstellten. »Was ist ...«

»Seien Sie still und sperren Sie die Ohren auf«, flüsterte Libor, der seinen Säbel schon gezogen hatte.

Viktors Nackenhaare richteten sich auf: Er hörte ein leises Schmatzen und Kauen aus dem freigelegten Sarg, das von Stöhnen und Ächzen begleitet wurde, gleich danach erklang ein gieriges Schlürfen und ein reißendes Geräusch, als würde Fleisch mit bloßer Hand vom Knochen geschält werden. Übelkeit stieg in ihm auf. »Er hat sein Opfer ins Grab gezerrt und frisst es auf!«, wisperte er.

»Nein. Schlimmer.« Libor rief etwas, und die Männer zertrümmerten die intakten Schlösser, mit denen der Vampir gefangen gehalten worden war. Nicht weniger als fünf Eisenbänder wurden entfernt, dann hob einer von ihnen den Deckel an.

»Beim Allmächtigen!« Viktor würgte, und seine Knie gaben nach, er sank in den Dreck, ohne die Augen von dem Anblick wenden zu können; das Grauen belegte ihn mit einer Starre.

Im Grab richtete sich der unbekleidete Oberkörper einer Frau auf. Aus dem Gesicht und überall aus dem Leib waren von scharfen Fingernägeln Fleischstücke herausgerissen worden. Das Fleisch an den Fingern, Händen und Unterarmen der Vampirin fehlte gänzlich; im Licht der Lampen schimmerten blutige, aber auch sauber abgeleckte Knochen. Obwohl Muskeln und Sehnen fehlten, bewegten sich die Gliedmaßen!

Die Vampirin sah zu den Männern auf, kreischte und sprang auf.

Libor knallte den Deckel kurzerhand zu und klemmte den Oberkörper der Vampirin ein. Sie schrie und schlug um sich, die Knochenfinger krallten sich in die Erde und suchten nach Halt, um sich vorwärtszuziehen und der Falle zu entkommen.

Die übrigen Zingaros drückten die Untote mit Stangen nieder; sie schlug um sich und zertrümmerte das Holz. Schließlich sprengte sie ihr Gefängnis und griff Libor an.

Er schlug nach der Vampirin, deren Beine genauso abgefressen waren wie der Rest.

Viktor war gelähmt. Nichts brachte ihn dazu, den Blick abzuwenden, während sein Verstand ihm unentwegt zurief, dass nicht sein konnte, was er da gerade betrachtete. Seine Augen lieferten ihm den schrecklichen Gegenbeweis.

Libor durchtrennte der Angreiferin einen Unterarm, woraufhin sie brüllte und sich gegen ihn warf.

Doch da waren bereits die restlichen Männer unter lautem Rufen bei ihnen. Sie schlugen mit den Stangen auf die Beine der Vampirin ein, bis sie abknickten und brachen. Gerade schnellte sie auf einen der Zingaros zu, der sich mit dem Köpfer zu dicht an sie herangewagt hatte, da sprang Libor hinzu und schlug ihr mit dem geweihten Säbel den Hals durch; besiegt stürzte die Vampirin nieder. Noch während sie fiel, warf sich ein Helfer auf sie und rammte ihr einen Pflock durchs Herz.

Viktor konnte sich nicht von der Stelle rühren. »Was war das?«, flüsterte er entsetzt.

»Eine Fresserin, Niemez.« Libor atmete schwer, auch ihm war der Schreck gehörig in die Glieder gefahren. »Für die Angehörigen sicherlich die schrecklichste Art der Vampire.« Er beugte sich vor und hob den abgenagten Knochenarm halb in die Höhe. »Sie saugen nicht das Blut der Menschen, sondern bleiben in ihrem Grab und fressen zuerst das Leichenhemd, danach verzehren sie sich selbst. Solange sie damit beschäftigt sind, sterben zuerst die Verwandten, danach die Freunde und dann der Rest des Dorfes.« Er half Viktor beim Aufstehen. »Mir wurde erzählt, dass die Mächtigen unter den Nachzehrern schließlich als Skelett aus dem Grab steigen und den Glockenturm erklimmen. Wenn sie es schaffen, eine Glocke erklingen zu lassen, sterben alle, die den Ton hören. Erst wenn sie den Landstrich entvölkert haben, vergehen sie.«

Viktors Knie fühlten sich noch immer an wie Sülze, und ohne den Dhampir hätte er sicherlich schon längst wieder im Schnee gelegen. »Das ist unfassbar«, krächzte er.

Libor führte ihn zu einem Grabstein, an den er sich lehnen konnte. »Wir werfen die Leiche zurück und lassen uns heiße Asche und glühende Kohlen bringen. Der Schädel dieses Scheusals muss unbedingt vernichtet werden.« Er sah, dass der Anblick den jungen Deutschen mitgenommen hatte. »Sind Sie noch immer beseelt von dem Einfall, die Vampire erforschen zu wollen?«

»Mehr denn je«, gab Viktor leichenblass, aber entschlossen zurück. »Geh nur, Libor. Ich warte hier und schreibe mir das auf.« Er notierte im Schein einer Laterne, was die Männer taten, um eine Rückkehr des Ungeheuers zu verhindern. Obwohl die Gefahr gebannt war, jagte ihm der Friedhof noch immer Angst ein. Er war sich sicher, dass in den Gräbern um ihn herum weitere Vampire lauerten und warteten, bis der Dhampir und seine Sippe gegangen waren. Die Skizze, die er von der Ruhestätte anfertigte, konnte nicht einmal annähernd das Grauen beschreiben, das er empfand.

Nachdem der Schädel in den Kohlen gelandet war und die Zingaros abgewartet hatten, bis er knackend barst, ging es in einem Triumphzug zurück zum Dorf, wo sie von den erleichterten Menschen empfangen wurden. Sie besprachen sich kurz mit dem Dhampir, dann fuhr der Schlitten weiter.

»Sie laden uns ein«, übersetzte Libor freudestrahlend. »Das haben wir uns nach dieser Tat wahrlich verdient. Wir sollen unsere Leute holen und uns in der Scheune mit ihnen treffen. Sammeln Sie sich ein wenig, und dann kehren wir ins Dorf zurück, Niemez.« Er schaffte Viktor ins Lager, wo er ihn im Zelt bei einem Tee und in wohliger Ofenwärme zurückließ.

Viktor fuhr sich durch das Gesicht, und unter den Fingernägeln roch es nach Blut. Er empfand das dringende Bedürfnis, sich von Kopf bis Fuß zu waschen. Seine Übelkeit verflog allmählich. Er spürte nun umso mehr, wie ihn die Ereignisse in seiner Seele berührten.

Er wurde Zeugen von Dingen, die nur mit Dämonen und übernatürlichen Mächten zu erklären waren, fernab aller Naturgesetze oder Wissenschaften. Tote Menschen konnten sich nicht derart bewegen, schon gar nicht, wenn sie sich selbst das Fleisch von den Knochen fraßen. Dennoch taten sie es.

Viktor schrieb jedes kleine Detail nieder, beschrieb den Klang der Schreie und den Geruch des faulenden Fleisches sowie den Gestank des verrottenden Blutes, und erst als er alles Zeile für Zeile vor sich liegen hatte, fühlte er sich befreiter.

Libor kehrte zurück. Er hatte seinen Panzer abgelegt und gegen ein dunkelrotes Hemd eingetauscht, ein weiter Mantel lag um seine Schultern, und die Kosakenmütze saß verwegen schief auf seinem Haupt. »Niemez, Sie schreiben ja schon wieder. So berühmt wollte ich gar nicht werden.« Rasch nahm er die Blätter an sich und legte sie auf ein Kissen. »Das genügt für den heutigen Tag. Sie werden im Dorf erwartet. Es gibt leckere Sachen zu essen, und da es mich nichts kostet, werden wir alle fressen, wie wir es schon lange nicht mehr getan haben.«

Der Gedanke an dampfendes Fleisch ließ Viktors Übelkeit schlagartig zurückkehren. »Du kannst nach diesem Anblick essen?«

»Immer.« Libor lachte. »Was nutzt ein Dhampir, wenn er

schwach ist?« Er ging quer durchs Zelt. »Wir warten draußen auf Sie.«

Zuerst hatte Viktor den Besuch ablehnen wollen, doch letztlich dachte er sich, dass er dadurch mehr über die Traditionen der Menschen erfahren konnte. Gleichzeitig ärgerte es ihn, dass er unentwegt auf die Übersetzungskünste des Zingaro angewiesen war. Er beschloss, bei ihm Unterricht zu nehmen und sich wenigstens ein paar wichtige Brocken Türkisch beibringen zu lassen. Es war die Amtssprache hier gewesen, und die meisten der Älteren im Land beherrschten sie neben ihrer eigenen. Ansonsten gab es hier viel zu viele unterschiedliche Sprachen.

Er beließ es dabei, sich die Hände und das Gesicht mit kaltem Wasser und Seife zu waschen, dann ging er zu Libor.

Gemeinsam machten sie sich auf zum Dorf; durch die Ritzen der größten Scheune fiel helles Licht. Libor hatte die Sippe angewiesen, das Tamburin, zwei Schalmeien und eine Geige mitzunehmen, um für die passende Musik für diesen fröhlichen Anlass zu sorgen.

Als sie das Innere betraten, wurde rasch klar, dass die Zingaros an einem eigenen Tisch saßen, abgetrennt von den Dörflern.

»Man lädt uns ein, will aber eigentlich nichts mit uns zu tun haben«, meinte Libor und wirkte kein bisschen gekränkt, während Viktor sich über die Unhöflichkeit aufzuregen drohte. Aber er war sich des Standes der Zingaros bewusst; auch in der Lausitz wurde das fahrende Volk nur am Rand der Städte und Dörfer geduldet.

»Dafür, dass ihr ihnen eine Menge Tote erspart habt, könnten sie etwas mehr Freundlichkeit zeigen«, murmelte er und setzte sich neben Libor. »Sprichst du Türkisch? Ich bräuchte jemanden, der es mich lehrt, damit ich mich mit den Menschen unterhalten kann, wenn du nicht in meiner Nähe bist.«

Libor willigte ein. Bevor sie sich jedoch weiter darüber unterhalten konnten, begann das Mahl. Auch wenn es noch so verführerisch duftete und für die bäuerlich-ärmlichen Verhältnisse reichlich war, brachte Viktor keinen Bissen herunter. Noch immer waren die Bilder der halbverzehrten Vampirin zu gegenwärtig.

Erst nach drei Branntweinen lockerte er sich etwas. Bald begannen die Zingaros mit ihrer Unterhaltung, und zwei jüngere Frauen stiegen auf die Tische, um zu tanzen. Das wiederum ließen sich die Dörfler gefallen.

Pfeifen wurden angezündet; Viktor lehnte diejenige, welche ihm angeboten wurde, ab. Er war sich bewusst, dass hier Opium geraucht wurde, und wollte seine Sinne so gut wie möglich bei sich behalten.

Der Rhythmussturm, den die Musikanten entfachten, ließ keinen der Anwesenden ruhig an seinen Platz verweilen. Angeleitet von wilden Melodien und schnellem Takt, wurde in der Scheune nun getanzt. Viktor verhielt sich auch hierbei wie ein Beobachter, obwohl er durchaus Lust verspürte, sich in das bunte Treiben zu wagen; allerdings erlaubte sein Knie es ihm nicht.

Eine jüngere Frau, die ein einfaches, dickes Winterkleid mit einer Stola aus warmer Wolle angelegt hatte, näherte sich ihm und streckte die Hände nach ihm aus. Sie war hübscher als jede andere anzuschauen und besaß eine enorme Ausstrahlung. Blondes Haar schaute unter ihrer Haube hervor. »Kommen«, sagte sie in schlechtem Deutsch. »Hüpfen?«

»Tanzen«, verbesserte er sie und spürte eine große Erleichterung, dass sie ihn verstand. Libor befand sich irgendwo in dem Trubel, denn im Rausch des Alkohols lockerten sich die Schranken zwischen den Zingaros und den Bewohnern zusehends. Er fragte sich, wie ein derart schönes, anmutiges Mädchen in einem solchen Dorf zur Welt kommen konnte. Woanders wäre sie mit ihrem Äußeren zu einer Königin gemacht worden.

»Ich kann nicht. Mein Knie ist kaputt.« Er sah ihr in die Augen und erkannte ein tiefes, geheimnisvolles Grau. Die restlichen Züge hatten eine gewisse Ähnlichkeit mit –

– der toten Elvira! »Wie ist dein Name?«

»Irina.« Sie lächelte und nahm ihn bei den Händen. »Kommen, Niemez. Kommen und tanzen mit Irina.« Mit sanftem Zwang zog sie ihn hoch, legte seine Hände auf ihre Hüften und ihre Arme auf seine Schultern. »Ich zeige.« Sie wiegte sich vorsichtig im Takt der Musik und begann mit langsamen Drehungen, denen Viktor trotz seines Knies folgen konnte. »Sehen? Gehen gut!«

»Ja, das tut es«, sagte er lachend und sah in ihr Gesicht, dessen Züge verschwammen, was er auf die Wirkung des Alkohols schob. Mehr und mehr wurde das Gesicht der Baronin daraus, und sein Herz schlug schneller. Er sehnte sich so sehr nach ihr, dass er nicht nur nachts von ihr träumte, sondern sie bereits im Antlitz einer Wildfremden erkannte; die Wirkung des Alkohols brachte die Wahrheit hervor. Er schaute Irina an und löste den Blick nicht mehr von ihr, weil er fürchtete, dass damit auch die Baronin verschwand.

Viktor versank in den grauen Augen, die Umgebung wurde zu einem Durcheinander von verwirbelnden Farben, und die Musik nahm er als ein angenehmes Hintergrundgeräusch wahr. Seine Sinne konzentrierten sich nur auf die Züge seiner Tanzpartnerin, die ihn schweigend anstrahlte und gelegentlich übermütig auflachte.

Sie drehten und drehten sich, bis es um sie herum dunkler wurde. Irina hatte sie geschickt in den hinteren Teil der Scheune gelenkt, wo sie hinter einem hochkant aufgestellten Lastenschlitten Schutz vor neugierigen Blicken fanden.

Irina beugte sich vor und nahm Viktors Gesicht behutsam zwischen ihre Hände, die warm und weich waren. Er glaubte so fest daran, die Baronin vor sich zu haben, dass er sogar ihr Parfüm roch.

Er kam ihr entgegen und küsste sie leidenschaftlich auf den Mund, dann wanderten seine Lippen an ihrem duftenden Hals entlang. Er zog ihr Kleid etwas zur Seite und bedeckte das Schlüsselbein mit Liebkosungen, Irina stöhnte leise auf und zog seinen Unterleib gegen ihren. Sie wollte ihn spüren und griff fordernd in seine Haare.

Viktor dachte nichts mehr, die Gier übermannte ihn. Die junge Frau ermunterte ihn mit leisem, lustvollem Keuchen und küsste ihn immer wieder; sie war nicht weniger berauscht vom Verlangen. Sie streifte das Kleid herab ...

»Niemez?«

Viktor hörte durch die Musik Libors alarmierte Stimme, die sich dem Versteck näherte. Wie oft der Dhampir nach ihm gerufen hatte, wusste er nicht, aber sicherlich mehr als einmal.

»Warte«, flüsterte er Irina zu. Schlagartig wurde ihm bewusst, was er und sie gerade trieben. Das Kleid war bereits zur Hälfte vom Oberkörper gestreift, und ihre rechte Brust lag entblößt vor ihm. Wenn ihn die Dorfbewohner mit ihr zusammen entdeckten, würde das Fest ein übles Ende nehmen, vermutete Viktor.

Er zerrte den Stoff nach oben und knöpfte sein Hemd, an dem sie sich zu schaffen gemacht hatte, wieder zu. Sein Blick fiel dabei auf den Boden der Scheune, wo das Armbändchen lag, das ihm der Zingaro gegeben hatte. Es musste sich beim Liebesspiel gelöst haben.

Der Lastschlitten wurde ruckartig zur Seite geschoben, und Libor stand mit gezogenem Säbel vor ihnen, in der Linken hielt er ein Kreuz. Unverständliche Worte ausstoßend, hob er den Arm und reckte es ihm entgegen.

Viktor schaute verwundert. »Ich verstehe nicht ...«

Hinter ihm erklang ein lautes Fauchen, und als er sich umdrehte, hatte Irina den Mund drohend wie ein Raubtier geöffnet und zeigte lange Reißzähne. Das Kleid war wieder verrutscht, mit freiem Oberkörper stand sie vor ihm und schien ihn anspringen zu wollen, doch Libor hob den Säbel und das Kreuz. Knurrend machte sie zwei Schritte nach hinten und stieß sich mit einem gewaltigen Sprung vom Boden ab.

Im Flug ging eine merkwürdige Verwandlung vor sich. Der Körper verlor seine Form und löste sich in trübe, schwarze Gespinste auf, die umeinanderwirbelten und sich zu einem Falter zusammenfügten. Das Insekt nahm eine weiße Farbe an und flatterte mit schnellen Flügelschlägen hinauf zum Scheunendach, wo es verschwand.

Libor fluchte etwas und verstaute den Säbel. »Eine Aufhockerin, Niemez. Die Menschen nennen sie auch Tenjac.« Rasch schaute er sich um, ob das Geschehen zu viel Aufmerksamkeit auf sich gelenkt hatte, doch nur ein paar Dörfler sahen in ihre Richtung, die übrigen schauten zum Feuertanz der Zingaros. »Ich habe meinen Leuten gesagt, dass sie für eine Ablenkung sorgen sollen, während ich nach dem Rechten sehe.«

Viktor sah das Bändchen, spürte die Lippen der Vampirin auf seiner Haut und begriff, wie nahe er selbst dem Tod gewesen war. Und dem Dasein als Untoter. Er sackte auf ein Fass, Libor reichte ihm einen Becher mit Branntwein. »Eine Tenjac ... Was bedeutet das? Und warum hat sie mich ausgewählt?«

»Tenjac wählen Menschen aus, die sie im Schlaf verführen oder quälen. Hatten Sie in den letzte Nächten Träume, in denen Sie es mit Frauen getrieben haben, Niemez?« Viktor merkte, dass er wohl gerade reichlich beschämt dreinschaute. »Das ist gefährlich«, sagte Libor. »Sie hat Sie ausgesucht, sicherlich schon vor einiger Zeit, und sie wird erst aufgeben, wenn Sie ihr Opfer werden oder die Aufhockerin tot ist. Tenjacs sind sehr selten, Niemez, und wählerisch.« Er sah ihn prüfend an. »Irgendetwas an Euch muss besonders sein, dass es ihre Aufmerksamkeit geweckt hat.«

Viktor trank den Becher in einem Zug leer und stützte den Kopf. »Wieso hast du es bemerkt?«

»Sie haben getanzt, und das obwohl Sie mir vorher sagten, dass Sie nicht wollen.« Libor zeigte auf seine Augen. »Das erschien mir merkwürdig, und als ich einen der Dörfler nach der Frau fragte, hat er mich ausgelacht.«

»Wieso ...«

»Weil er glaubte, dass Sie *allein* tanzen, Niemez.« Libors Gesicht verschloss sich. »Niemand außer Ihnen und mir kann die Tenjac sehen. Sie, weil Sie das Opfer sind, und ich, weil ich ein Dhampir bin.«

»Mein Gott«, ächzte Viktor und bekreuzigte sich. Er hob das Bändchen auf und legte es sich an. »Sie hat es mir ausgezogen, ohne dass ich es bemerkt habe ...«

Libor verneinte. »Ich denke, dass Sie es selbst waren, Niemez. Sie wird Sie dazu gebracht haben, denn anrühren hätte sie es niemals können.« Er legte ihm eine Hand auf die Schulter. »Wir treffen Maßnahmen für die weiteren Nächte. Sie wird nicht näher als bis zum Wagen gelangen, und wenn wir Glück haben, wird sie die Aussichtslosigkeit erkennen und von Ihnen ablassen. Oder wir töten sie vorher.« Libor deutete auf das Fest. »Wir gehen besser. Ich bin müde. Und betrunken. Sonst wäre sie mir nicht entkommen.« Er stieß einen langen Pfiff aus und zeigte auf den Ausgang.

Die Musik verstummte nach vier weiteren Takten in einem furiosen Abschluss, und die Darbietung endete. Der Heyduck überreichte Libor eine Börse mit Münzen, die sie zum Lohn für die Arbeit erhielten, dann zogen sie zum Lager.

Viktor schwieg. Aus dem Beobachter, der er sein wollte, war unvermutet mehr geworden. Die Vampire kamen ihm näher, als es ihm lieb war, und kurz bevor ihm Libor ein Kreuz auf die Stirn malte und ihn mit intensiv duftendem Rosenwasser besprengte, so dass er fast keine Luft mehr bekam, spielte er mit dem Gedanken, dieses Land zu verlassen. Bevor ihn die Tenjac bei einem tödlichen Liebesspiel umbrachte.

Er erschauderte angesichts der Erinnerung. Es war *kein* Trugbild gewesen, er hatte mindestens einmal mit einer Untoten geschlafen! War er dadurch bereits verdammt, oder musste sie ihn umbringen, damit er nach seinem Ableben zum Vampir wurde?

Ohne eine Erklärung zu finden und eine von Libor zu erhalten, schlief er ein.

XVIII. KAPITEL

10. Januar 1732
In der Nähe von Zajecar (serbisches Gebiet)

Scylla folgte den Spuren der Zingaros und erreichte ihr Lager erst in tiefster Nacht. Sie benötigte länger als erwartet, weil sie unentwegt nach Mareks und Carzics Spionen Ausschau halten musste.

Carzic hatte anscheinend einen Weg gefunden, das Leben der Schattenvampire, der Umbrae, zu verlängern, und im Austausch dafür leisteten einige von ihnen ihm wohl mehr oder weniger treue Dienste. Wie erkannte man in dunkelster Nacht einen Schatten?

Daher bewegte Scylla sich entgegen ihrer Gewohnheit ohne die geliehene Kutsche. Mal flog sie als Eule, mal rannte sie als Fuchs und überquerte dabei überwiegend freies Feld, wo der helle, reine Schnee ihr bester Verbündeter war; ihren Dolch trug sie dabei in den Krallen oder in der Schnauze, je nach Tiergestalt. Ihr gefiel gar nicht, dass sich die Zingaros bei ihrer Reise mehr und mehr ihrer Windmühle näherten.

Scylla hatte sich den Wagen kaum auf zwanzig Schritte genähert, da vernahm sie ein warnendes Bellen. Ketten klirrten, dann sah sie die Umrisse eines großen Hundes, der zu ihr schaute und Laut gab, bis ihn ein scharfer Ruf zurückzwang. Die Zingaros hatten eine Wache aufgestellt.

Sie legte den Dolch ab, nahm ihre durchscheinende Gestalt an und ließ sich vom Wind auf die Wagen zutragen. Es beanspruchte sie, sich ständig zu verwandeln, und zehrte an den Kräften, die wiederum nach Blut verlangten, um sich zu regenerieren.

Vielleicht fand sich im Wald ein Hirsch oder ein schlafender Bär in seiner Höhle. Viel Lebenssaft.

Da sie in dieser Form keine Witterung besaß, bemerkte sie der Hund nicht. Als sie das Dach des Wagens erreicht hatte, in dem sie Viktor spürte, verwandelte sie sich zurück in einen Menschen; die Böe trug ihren Geruch weg von der empfindlichen Hundenase.

Dass ihr rechter Fuß auf einem Kreuz stand, das aus Hostien gelegt worden war, störte sie nicht weiter, aber einen anderen Vampir hätten der Anblick und die Berührung bereits dazu veranlasst, schreiend das Weite zu suchen. Behutsam und lautlos ging sie über das Dach und kletterte auf die kleine Plattform am Ende des Wagens.

Die Scheibe in der Tür war eingedrückt, und neben dem Eingang lagen vier Kreuze. Die Reste der Lederriemchen, mit denen sie an das kleine Vordach gebunden gewesen waren, hingen durchtrennt herab. Scyllas Muskeln spannten sich an. Waren Marek und seine Verbündeten schneller als sie gewesen?

Sie kletterte durch die winzige Öffnung, was ihr dank ihrer akrobatischen Beweglichkeit keine Mühe bereitete, und stand in der Kammer, in der ein einziger Mensch in der Ecke des Raumes in einem Bett schlief. Er war umringt von religiösen Symbolen, Kreuze und Gewürzsäckchen baumelten von der niedrigen Decke, und es roch durchdringend nach Rosenwasser. Die Zingaros hatten etliche Hürden für einfache Vampire errichtet, an denen jemand wie Scylla sich jedoch nicht störte.

Eine andere dagegen hatte sehr wohl damit zu kämpfen.

Mit dem Rücken zu ihr stand eine unbekleidete Frau, die einen langen Stock in der Hand hielt, an dessen Ende ein Messer festgebunden war. Damit zerschnitt sie die Kordeln der Kreuze und anderen Abwehrmittel, um sich einen Weg zu dem Deutschen zu bahnen. Ein langwieriges Unterfangen.

Scylla sah die anziehende Makellosigkeit ihres Körpers, bewunderte das Spiel der Muskeln unter der Haut. Geschickt achtete die Unbekannte darauf, keine lauten Geräusche zu verursachen, die den Schläfer weckten, und als sie ihr Gesicht zur Seite wandte, um nach einem weiteren Kreuz zu angeln, erkannte Scylla, wie übernatürlich schön diese Frau von höchstens zwanzig Jahren war. Sie wusste, was sie vor sich hatte.

»Du hast hier nichts verloren, Tenjac«, flüsterte Scylla bedrohlich.

Die andere wandte sich um, die Messerspitze zielte auf Scyllas Hals. »Ich habe ihn zuerst entdeckt«, erwiderte sie streitlustig. Sie hatte sofort erkannt, wem sie gegenüberstand – oder zumindest, dass es kein Mensch war. »Ich verfolge ihn seit Belgrad, also lass ihn mir.« Sie verengte die Augen. »Du bist ...?« Sie stockte und besah sich die ebenfalls nackte Scylla. »Was bist du? Vieszcy?«

»Stärker und mächtiger als du, Tenjac.« Sie griff blitzschnell nach dem Messer und zerbrach die Klinge zwischen ihren Fingern. »Es wäre mir ein Leichtes, dich aufzuschlitzen und dich dem Hund vor dem Wagen als Fraß zu überlassen.«

Die Tenjac lächelte herablassend. »Du machst mir mit deinen ...« In ihren Augen spiegelte sich die Erkenntnis. Die roten Haare! Die Heiterkeit war wie weggewischt. In dem hübschen Antlitz stand nun Furcht.

Scylla nahm es mit Befriedigung zur Kenntnis. »Wie ist dein Name, Tenjac?«

»Irina«, raunte sie hastig und sah sich um. Es gab für sie nur einen einzigen Ausweg, und der führte an der gefährlichen Vampirin vorbei. »Bitte, ich wusste nicht, dass eine Judastochter Anspruch auf ihn erhebt. Lass mich gehen.«

Sie näherte sich der Tenjac und hob die Hand mit dem abgebrochenen Messer. Sanft legte sie die Spitze auf Irinas Brustbein und drückte leicht, die andere Hand berührte die rechte

Brust. Sie fühlte sich fest und warm an, genau so, wie es sich ein Liebhaber von einer Frau wünschte.

»Ich erkenne dein Gesicht wieder«, sagte Irina scheu. »Er trägt dich in seinem Verstand ...«

»... und du hast dich meines Bildes bedient, um ihn in deinen Bann zu schlagen.« Scylla spürte Ärger in sich aufsteigen, dass ihr eine andere Vampirin bei der Verführung zuvorgekommen war. »Du hast ihn glauben lassen, er würde in seinen Träumen mit mir schlafen.« Die Hand, die eben noch zärtlich die Brüste gestreichelt hatte, langte nach der Kehle der Konkurrentin. »Wie oft?«

Irina zischte sie an, schnappte in einem Reflex nach der Hand und biss in das weiche Fleisch zwischen Daumen und Zeigefinger, so dass es blutete.

Scylla versetzte ihr eine brutale Ohrfeige, welche die Haut über der Wange aufriss, und packte die Vampirin um so härter am Hals; ihre Blicke versprachen Qualen und Tod. »Wie oft?«

»Kaum mehr als fünfmal.« Irina wisperte furchtsam und leckte sich das fremde Blut von den Lippen.

»Hast du von seinem Blut gekostet?« Sie verstärkte den Druck und zog die Schneide langsam nach unten. »Rede, Irina, oder du wirst sterben. Es ist mir ein Leichtes, dein Herz mit einer Bewegung herauszureißen!«

»Nein«, rief sie eingeschüchtert, und die Atemgeräusche des Schläfers verstummten; vor dem Wagen schlug der Hund an. »Nein, ich habe nicht von ihm getrunken! Ich ...«

Scylla drückte ihr die Luft ab, damit sie schwieg, und lauschte. Viktor verfiel wieder in Schlummer, doch vor der fahrbaren Behausung erklangen zwei Männerstimmen. Sie redeten darüber, ob man die Wagen kontrollieren sollte oder nicht. Sie sah an Irina vorbei zu dem Deutschen. »Lass ihn in einen tiefen Schlaf fallen.«

Irina nickte und beschrieb zwei schnelle Gesten in der Luft; das Atmen des Mannes wurde noch langsamer.

»Gut gemacht.« Scylla suchte ihren Blick. »Stimmt es, dass Tenjac erst von einem Opfer ablassen, wenn es tot ist?«

Irina bebte vor Sorge um das eigene Leben. »Ich kann ihn aus meinem Bann entlassen, wenn du es wünschst«, beeilte sie sich zu sagen.

»Doch ein Teil seiner Seele wird an dich gebunden bleiben, so haltet ihr es doch? Beabsichtigtest du, mir diese Kleinigkeit zu unterschlagen, meine Schöne?« Scylla wollte die Vampirin tot sehen.

»Bitte«, weinte Irina. »Ich wusste es doch nicht!«

»Mein Name ist Scylla.« Sie ließ das Messer fallen und pflückte ein Kreuz von der Decke wie einen reifen Apfel, was Irina dazu brachte, die Augen weit aufzureißen. Sie hätte das niemals vollbracht. »Deine Unwissenheit, Irina, mag in den Augen mancher eine Entschuldigung sein.« Mit einem raschen Stoß rammte sie das lange Ende des Symbols durch Irinas Brust, und die Tenjac öffnete den Mund, um ihre Schmerzen herauszuschreien. Ein heiserer Laut, mehr entstieg ihr nicht, weil Scyllas starke, unerbittliche Finger ihr die Kehle zuschnürten. »In meinen jedoch nicht!« Mit einem brutalen Schwung schleuderte sie die Tenjac herum und gegen die Tür. Sie zerbarst unter dem Aufprall, und Irina stürzte von der Plattform.

Scylla sah den wütend bellenden Hund herbeispringen und sich in Irinas erhobenen Arm verbeißen. Jetzt musste sie sich beeilen, bevor das ganze Lager erwacht war.

Rasch stand sie neben Viktors Bett und kniete sich neben ihn. Sie streichelte seine Stirn. »Sie werden dir nichts tun, Liebster«, sagte sie leise in sein Ohr; am Zucken seiner Lider glaubte sie zu erkennen, dass er ihre Stimme hörte.

Scylla nahm etwas Weihwasser aus dem kleinen Behältnis, das über seinem Kopf an der Wand angebracht war, und wusch damit seine Lippen von der Beschmutzung durch die Tenjac rein. Erst danach küsste sie ihn lange auf die schönen Lippen.

Als vor der Tür Zingaros auftauchten, verwandelte sie sich in ihre geisterhafte Gestalt. Niemand sah sie gehen.

Viktor erwachte am frühen Morgen. Kaum schlug er die Augen auf, erschrak er: Unmittelbar neben sich sah er Libor sitzen. Er hatte immer geglaubt, dass er einen leichten Schlaf besäße, doch irgendwie hatte sich der Dhampir zu ihm ans Bett begeben, ohne dass er etwas davon mitbekam.

Je wacher er wurde, umso mehr spürte er die schaukelnden Bewegungen seines Lagers, die Vampirabwehrmittel an der Decke pendelten nach rechts und links. Der Wagen, in dem er sich zur Ruhe niedergelassen hatte, befand sich bereits mitten in der Fahrt. Es war ein Kunststück, dabei noch im Reich der Träume verweilen zu können, und an Libors Gesicht las er ab, dass das nichts Gutes verhieß.

Die Tür war mit Balken vernagelt worden, die eigentlichen Angeln fehlten. Viktor staunte nicht schlecht. Spätestens bei diesen Arbeitsgeräuschen hätte er erwachen müssen.

»Haben die Amulette doch ihre Wirkung getan«, brummte der Mann. »Ich dachte schon, Sie wären dem Schlaf auf immer verfallen, Niemez.«

Viktor richtete sich auf. »Was ist ...?« Er tastete an seinem Hals herum, besah sich die Handgelenke und warf einen Blick unter die Decke, ob sich Spuren von Blut oder Verletzungen an ihm zeigten.

»Sie hatten Besuch von der Aufhockerin. Sie haben ihr einen harten Kampf geliefert und sie beinahe richtig abgewehrt, aber danach hat sie anscheinend einen Schlafzauber über Sie geworfen, der Sie niederzwang«, berichtete er.

»Ich«, Viktor legte die Linke an die Schläfe, »ich kann ... mich nicht erinnern.« Sosehr er sich anstrengte, ihm fiel nichts ein. »Sie hat meine Erinnerung ausgelöscht.«

Libor hielt eine Hand vor seine Augen, und Viktor erkannte eintätowierte Symbole; gleichzeitig murmelte er einen Spruch in einer unbekannten Sprache. »Das vermögen sie durchaus. Nicht alle, aber einige von ihnen. Es sollte jetzt bald besser sein.« Er nickte ihm zu. »Meinen Respekt, Niemez. Das Kreuz, das Sie als Pflock benutzt haben, saß gut.«

»Wenn du es sagst, Libor«, seufzte er. Ihm kam es merkwürdig vor, dass er ein Gefecht gegen eine Vampirin bestritten haben sollte und partout nichts mehr davon wusste. Einzig die Stimme einer Frau war in seinen Gedanken verankert – die Stimme der Baronin. Sie hatte ihm versprochen, ihn zu beschützen, was er völlig befremdend fand. »Wie ging es weiter?«

»Sie haben sie nach draußen geschleudert, durch die Tür«, berichtete er. »Unsere Hunde stürzten sich auf sie, und die Wachen rannten herbei, um ihr den Kopf herabzuschlagen. Leider muss einer der Hunde bei seiner Attacke das Kreuz aus ihr gerissen haben, das sie lähmen sollte ... so gelang es ihr, zu flüchten, indem sie sich in einen Vogel verwandelte und davonflog.« Er ballte eine Faust. »Wenn ich bei meinen Leuten gewesen wäre, würde ich Ihnen die Aufhockerin zeigen können. Tot.«

Viktor war beunruhigt. »Du denkst, dass sie wiederkommen wird.«

Libor wackelte mit den Fingern. »Wir haben ihr mächtig Angst gcmacht, Nicmcz. Sic wird sich auf allc Fällc langc Zeit nicht sehen lassen, und dann wird sich zeigen, ob sie in der Lage ist, uns und Sie ausfindig zu machen. Normalerweise suchen sie sich dann ein Opfer, das leichter zu fangen ist. Das nächste Mal werde ich sie eigenhändig enthaupten.« Er grinste Viktor an. »Wenn Sie mir nicht zuvorkommen.« Er stand auf und ging nach vorne, wo nach einer kleinen Kammer der Durchgang zum Kutschbock folgte. »Ziehen Sie sich an und essen Sie etwas. Das wird Ihnen guttun.« Er verließ die Kabine.

Viktor stellte die Beine auf den Boden und starrte die Holzwand gegenüber an. Es gab keine einzige Erinnerung an den Kampf, sosehr er es auch versuchte. Nicht einmal ein einziger Eindruck war seinem Verstand zu entlocken. Weil ihm keine andere Erklärung einfiel, folgte er der Vermutung Libors, dass ihm die Aufhockerin durch den unnatürlichen Schlaf jeglichen Gedanken daran geraubt hatte.

Viktor zog sich an und fand in dem Vorratsschrank etwas Pökelfleisch und hartes Brot, das er mit Wasser und Branntwein hinabspülte.

Der Alkohol brachte ihm Wärme in den Magen. Er überlegte eben, ob er noch einen Schluck nehmen sollte, da hielt der Schlitten an. Er sah aus dem Fenster und erkannte nichts als weiße Landschaft um sich herum, die von gelegentlichen kleineren Bauminseln aufgelockert wurde. Gegen die Kälte warf er sich seinen Mantel über und kletterte nach vorne auf den Kutschbock zu Libor.

Beinahe wären sie mit den Köpfen zusammengestoßen, denn der Dhampir wollte just in diesem Augenblick nach ihm sehen. »Ah, gut!«, rief er und winkte. »Mir nach, Niemez. Ich habe eine große Sache. Und vergessen Sie Ihr Schreibzeug nicht.« Er zog sich zurück und sprang vom Bock, Viktor folgte nicht ganz so behende und humpelte an die Spitze des Zuges.

Neben der Straße lag eine junge Frau im Schnee, keinen Schritt weit von ihr entfernt ein kleines Bündel. Sie trug einfache Kleidung und war wohl eine Magd oder eine Bäuerin.

Es gab nur eine einzige Verwundung an ihr, doch diese war so enorm, dass Viktor beim Anblick laut die Luft einsog: Die Kehle war mit einem einzigen Biss herausgerissen worden, und durch diese offene Stelle musste das gesamte Blut ausgetreten sein – doch der Schnee um die Leiche glänzte rein und weiß. Auf der Stirn entdeckte er nebeneinander drei große X.

»Was ist das, Libor?«

»Die Markierung einer ganz besonderen Art Vampir, Niemez: die Kinder des Judas«, erklärte er. »Sie töten ihre Opfer mit einem einzigen Biss und saugen ihnen das Blut in wenigen Lidschlägen aus. Manchmal begnügen sie sich mit einem oder zwei Menschen, ein anderes Mal schlagen sie zu und richten Massaker an, bei denen Dutzende Männer, Frauen und Kinder ihr Leben lassen. Dann bleibt es wieder lange Zeit ruhig.« Libor maß die Bisswunde mit der Hand. »Ich denke, dass sie ihre Kiefer aushängen können wie Schlangen. Anders kann ich es mir nicht erklären.«

Viktor bemerkte, dass er allmählich abhärtete. Sicher fand er den Anblick grausam, aber von Ohnmacht oder dem Drang, sich zu übergeben, konnte keine Rede sein. »Die Kinder des Judas. Haben sie sich den Namen selbst gegeben?«

»Ich vermute es. Sie kennzeichnen ihre Opfer immer mit den drei X, der lateinischen Zahl dreißig. Es soll an die Silbermünzen erinnern, die Judas als Lohn für seinen Verrat bekam. Keiner weiß, warum sie sich derart benehmen.« Er senkte die Stimme. »Wenn Sie mich fragen, tun sie das, um die Menschen in Angst und Schrecken zu halten.«

»Hast du schon einmal einen von ihnen getötet?«

»Ein Judaskind?« Libor vollführte rasche Gesten. »Die große Mutter möge mich davor bewahren, jemals einem von denen gegenüberzustehen. Ihre Kräfte sind legendär, und ich hörte, dass man viele Menschen braucht, um sie auch nur zurückdrängen zu können.«

Einer der Zingaros sagte etwas.

Libor nickte. »Er hat mich eben daran erinnert, dass vor einigen Jahren in der Nähe ein Judaskind in einer alten Mühle gelebt haben soll. Er und seine Tochter fingen die Menschen der Umgebung und zerschnitten sie bei lebendigem Leib, folterten sie und taten ihnen in den Gewölben der Mühle die furchtbarsten Dinge an. Es gab eine riesige Bibliothek sowie Räume voller abgeschnittener Gliedmaßen, die in Spiritus eingelegt waren. Freiwillige aus fünf Dörfern waren notwendig, um den Vampir und seine Tochter zu vernichten und die Mühle in Brand zu setzen.«

»Unfassbar!« Viktor hatte seine Schreibutensilien ergriffen und notierte in Stichworten, was er hörte. Es klang für ihn grotesk. Präparate, eine Bibliothek – das Verhalten der Untoten erinnerte ihn an die Universitas! Die Vampire hatten sich anscheinend wie Gelehrte verhalten und die Lebenden studiert wie Objekte.

Er sah zu, wie sie das Bündel umdrehten. Es war eine Kinderleiche, ein kleines Mädchen von einem halben Jahr, bis zu der Hüfte entblößt. Jetzt wurde ihm doch übel: Die Zähne des Wesens hatten in der zarten, schmächtigen Brust ein faustgroßes Loch hinterlassen. Das Herz fehlte, und auch hier war nichts von Blut zu sehen. Die Kinder des Judas vergeudeten keinen Tropfen; auch das Mädchen trug die drei X auf der Stirn.

Viktor wandte die Augen ab, hielt eine Hand vor den Mund – und entdeckte etwas in der Hand der jungen Frau. Er beugte sich nach vorne und hob einen dünnen roten Faden hoch, der sich bei näherer Betrachtung als ein Haar erwies. Die Tote hatte schwarze Haare, das Kind kurzen braunen Flaum. »Ein Vampir mit roten Haaren, Libor?«

»Alle Kinder des Judas haben rote Haare, sagt man. Es geschieht ganz selten, dass sie über Menschen oder Vieh herfallen, doch dann, Niemez, sind es Massaker, die sie anrichten. Sie belassen es nicht bei *einem* Opfer, wenn sie weitere zu fassen bekommen können. Das geschieht alle paar Jahre einmal, eine Art Ritual. Und das nicht nur hier, sondern überall in der Gegend.«

»Dann denke ich, dass die arme Frau das erste von vielen war«, bemerkte er aufgeregt. »Gibt es ein Dorf in der Nähe?«

Libor rief etwas, und die Wagenlenker begaben sich zurück auf die Kutschböcke. »Wir ziehen weiter.«

Viktor wunderte sich. »Es ist doch Tag …«

»*Glücklicherweise* ist es Tag.« Er zog seinen Säbel und schlug zuerst der Frau, dann ihrer Tochter den Kopf ab. Weil keine Zeit blieb, die Schädel zu verbrennen, nahm er die Köpfe an den Haaren und trug sie mit sich, was Viktor mit Grausen beobachtete. »Sie kommen zu der Kleinen in den Sarg. Es wird ihr nichts ausmachen, wenn wir die Schädel dazulegen und sie an einer Kreuzung vergraben«, erläuterte Libor.

Viktor sagte nichts. Er hatte schon längst begriffen, dass auf dem Balkan andere Regeln im Umgang mit den Toten galten als im Westen. Gemeinsam saßen sie auf, und die Reise wurde fortgesetzt.

»Diese Mühle«, hakte Viktor nach und las sich die hastigen Zeilen durch, die er aufgeschrieben hatte, »wo war sie? Und was ist mit ihr danach geschehen?«

»Wo genau sie steht, weiß ich nicht. Angeblich wurde sie abermals aufgebaut und dient nun dazu, das Korn der umliegenden Dörfer zu mahlen.« Libor stieß einen Pfiff aus und trieb die Pferde an, damit sie schneller liefen. Die Geschwindigkeit ihrer Fahrt hatte sich seit der Entdeckung der Leichen erhöht. »Vielleicht wissen die Dörfler mehr darüber. Fragen Sie sie, wenn Sie so darauf versessen sind.« Er schwieg eine Weile. »Hatten Sie nicht erwähnt, dass Sie Türkisch lernen wollten?«

»Ja.«

Er stieß wieder einen Pfiff aus und rief einen Namen, und aus dem Schlitten vor ihnen sprang ein junger Mann, den Viktor auf sechzehn Jahre schätzte. »Das ist Ulai«, stellte ihn Libor vor. »Er hat sich uns vor zwei Jahren angeschlossen, und er versteht ein bisschen Deutsch und kann Türkisch. Gehen Sie mit ihm nach hinten für den Rest der Fahrt, dann kann der Unterricht beginnen.«

Viktor schaute Ulai an, der den Schlitten erklomm und rasch von Libor unterwiesen wurde. »Du hast mir nicht gesagt, dass es noch einen in deiner Sippe gibt, der mich versteht.« Er dachte an die vielen Abende, an denen er es bedauert hatte, sich nicht mit den übrigen Zingaros unterhalten zu können.

»Es war nicht notwendig, Niemez.« Er drückte den Durchgang auf. »Fangt mit dem Lernen an. Je eher, desto besser.«

Ulai nickte und grinste, dann schlüpfte er nach hinten; Viktor folgte ihm.

31. Januar 1732
In der Nähe von Zajecar (serbisches Gebiet)

In den folgenden Tagen fuhren die Wagen der Zingaros viel umher. Die Dörfer der Umgebung waren in heller Aufregung, beinahe überall gab es Vampire zu finden und zu vernichten.

Viktor erkannte jedoch, dass sich unter den zahllosen Leichen, die Libor und seine Sippe ausgruben und in der üblichen Manier behandelten, keine wahren Vampire befanden. Es diente dazu, die Bewohner zu beruhigen und sie glauben zu lassen, dass die Bedrohung vorbei sei.

Libor erklärte ihm, dass es manchmal wirklich einfach nur Krankheiten waren, an denen die Menschen in den Dörfern starben, und nicht das Werk von Vampiren. Viktor wusste, warum: Solange sich damit Geld verdienen ließ, machte es Libor nichts aus, selbst die Ruhe der harmlosen Toten zu stören.

Viktor fand die Vorgehensweise alles andere als rechtens,

doch er mischte sich nicht ein. Wer würde ihm sonst derart viel über Vampire beibringen?

Die Unterrichtsstunden mit Ulai schritten gut voran. Es ging Viktor lediglich darum, einigermaßen Türkisch zu verstehen und zu sprechen. Vor der Nachtruhe verbrachte er einige Zeit damit, sich mit allen möglichen Symbolen und Zeichen zur Abwehr zu umgeben, bevor er die Augen schloss und darauf vertraute, die Aufhockerin nicht mehr wiedersehen zu müssen.

Wer ihm stattdessen im Traum erschien, war die Baronin.

Morgens erwachte er mehr als einmal und hatte den Klang ihrer Stimme in den Ohren, als hätte sie sich die Nacht über mit ihm unterhalten. Er sehnte sich sehr nach ihr.

Viktor musste unbedingt nach Belgrad zu D'Adorno, wohin er die weiteren Antwortbriefe seines Professors bestellt hatte. Er war gespannt, welche Reaktionen seine Berichte in der Welt der Gelehrten ausgelöst hatten; doch Libor lehnte es ab, die Stadt zu betreten. Seiner Ansicht nach war sie kein gutes Pflaster für Zingaros. Es war Viktor klar, dass sich ihre Wege früher oder später trennten, und er wusste nicht, ob er den Dhampir jemals wiedersehen würde.

Auch im nächsten Dorf, das sie erreichten, wurden sie bereits ungeduldig erwartet. »Sie haben einen Vampir, der so stark ist, dass er sich am helllichten Tag aus dem Grab befreien will«, rief Libor aufgeregt, als ihm der Dorfälteste laut und schnell die Lage schilderte. »Das wird eine sehr heikle Sache, Niemez. Wir müssen schnell sein.«

Ohne Verzögerung lenkte Libor seinen Schlitten die Straße entlang zum Friedhof, wo er und drei Zingaros mit den üblichen Gerätschaften und unter der Führung des Einheimischen an das Grab eilten; Viktor hinkte ihnen nach.

Als er sich der Ruhestätte näherte, hörte er den Vampir schreien und toben. Es war das erste Mal, dass ihm dieses Phänomen begegnete, denn ansonsten verharrten sie tagsüber recht apathisch im Sarg und erwarteten ihre Auslöschung. Dieser Vampir bildete eine Ausnahme.

»Hören Sie es, Niemez?« Libor deutete auf die frisch aufgehäufte Erde. »Er ist vor zwei Tagen begraben worden, und seitdem versucht er, sich aus seinem Grab zu befreien.« Die Zingaros gruben sich in die Tiefe und legten die hölzerne Kiste frei.

Das Rufen des Vampirs wurde immer lauter, jetzt lachte er sogar. Die Schläge gegen das Innere wurden rhythmisch, er trampelte auch mit den Füßen.

»Was schreit er denn?«, fragte Viktor.

»Holt mich raus«, übersetzte Libor sehr lakonisch. »Er würde ersticken und das Übliche, um uns zu täuschen.«

»Zu *täuschen?*«

»Er hat gemerkt, wer wir sind, und jetzt hat er Angst davor, dass er sterben muss. Also gibt er sich zum Schein als ein Lebender aus. Sie versuchen immer wieder, dem Pflock und den Flammen auf diese Weise zu entkommen.« Libor lachte und nahm den Köpfer zu Hand. »Es nutzt ihnen nichts.«

Viktor schrieb und hatte Bedenken. »Aber wenn er wirklich lebt?« Von Scheintoten hatte er schon mehrmals gehört. Manche Menschen ließen sich aus Furcht, bei lebendigem Leib begraben zu werden, einen Schacht bis ins Grab legen, durch den eine Klingelschnur verlief, und über dem Grab hing ein kleines Glöckchen. Damit konnten sie, falls sie scheintot waren, nach ihrem Erwachen um Hilfe rufen. »Wie sicher bist du dir, dass es ein Vampir und kein Scheintoter ist?«

Libor schnaubte unwirsch. »Der Mann war bei seiner Beerdigung tot, das sagte auch der Pope. Sie haben ihn untersucht, bevor sie ihn begruben. Aber weil er zu Lebzeiten stets viel fluchte, ist seine Wiederkehr als Blutsauger nicht weiter verwunderlich.«

Viktor war davon nicht so überzeugt. Die Erde wurde weggeräumt, und der Mann im Sarg lachte noch lauter. Auf Viktor machte es den Eindruck, als sei er erleichtert und freue sich auf die Rettung.

Die Zingaros hoben den Deckel ruckartig in die Höhe, und Libor stand mit dem Köpfer über der Grube, um damit zuzustoßen.

Zum Vorschein kam ein sehr dünner, bleicher Mensch, dessen Lippen rissig und aufgesprungen waren. Blut lief von seinen Händen, die Fingerkuppen waren durch das Kratzen am Holz abgerieben und sahen aus wie rohes Fleisch; auf seiner Stirn zeigten sich blaue Flecken und Abschürfungen. Er stammelte und lachte vor Freude, Viktor roch Urin und Exkremente, die der Mann in den Sarg ausgeschieden hatte.

Das Glück auf den Zügen des Mannes währte nur einen Atemzug. Dann sah er entsetzt zu den Zingaros und Libor, der in diesem Moment mit dem Köpfer zustieß.

Der Mann wich kreischend aus, und das geschliffene Blatt traf ihn nicht richtig. Der Hals wurde an der Seite aufgeschlitzt, Blut schoss aus der klaffenden Wunde, und er versuchte, aus dem Grab zu flüchten.

Dem Zingaro, der nach ihm greifen wollte, biss er in die Hand, nach dem anderen trat er. Dabei schrie er unentwegt und deutete auf sich. Für Viktor schienen es verzweifelte Bitten zu sein.

»Sehen Sie, wie er sich bewegt?«, rief Libor und schwang den Köpfer nun wie eine Axt. Er traf den Mann am Hinterkopf, es schepperte, und wieder spritzte Blut. Haare und Kopfhaut flogen durch die Luft.

Der vermeintliche Vampir stürzte gegen den nächsten Zingaro, der sich ihm mit einem Pflock näherte. Die Holzspitze bohrte sich durch die Brust, und der Mann schrie schrill und fürchterlich. Er fiel rückwärts zurück in den Sarg, eine Hand legte sich um den Pflock, mit der anderen bekreuzigte er sich.

»Um Himmels willen! Das ist kein Vampir!«, schrie Viktor und machte Anstalten, sich einzumischen. »Siehst du nicht, dass er sich bekreuzigt?«

»Wenn er Moslem war, bereitet ihm das keine Schwierigkeiten«, hielt Libor dagegen und sprang in die Grube, sein rechter Fuß zielte auf das Ende des Pflocks. Er jagte das Holzstück bis zum Anschlag in den Körper des Mannes, der ein weiteres Mal gellend aufschrie – dann sprudelte das Blut aus seinem Mund.

Libor schwang den Köpfer ein drittes Mal und bereitete dem Brüllen ein Ende. Der Kopf fiel vom Hals, die Stimme verstummte abrupt. »Mir entkommt keiner«, keuchte er.

»*Das* war kein Vampir«, wiederholte Viktor entsetzt. »Um Himmels willen: Der Mann lebte noch! Hast du nicht gesehen und gehört, wie er sich benommen hat?«

»Eine List, Niemez. Wie ich schon sagte.« Libor stieg aus der Grube und hielt den blutigen Köpfer so, als wolle er ihn an Viktor zum Einsatz bringen. Es war eine unübersehbare Drohung, nun den Mund zu halten.

Für Viktor bedeutete es das Signal, sich besser von den Zingaros zu trennen. Es war eine Sache, aus Geldgier harmlose Leichen als Vampire zu richten, aber unschuldige Menschen zu töten, anstatt sie zu retten – diesen Umstand konnte er nicht hinnehmen. »Es war Mord, Libor«, sagte er unerschrocken, eine Hand hatte er am Griff seiner Pistole.

»Es war die Hinrichtung eines Vampirs, Niemez. Niemand wird widersprechen.« Er trat noch einen Schritt näher. »Vergessen Sie nicht, wer von uns beiden der Dhampir ist. Sie sind ein paar Tage hier und wollen mir die Unterschiede erklären?«

»Es war offensichtlich, dass es sich bei dem armen Kerl immer noch um einen Menschen handelte«, widersprach er. »Du hast großes Unrecht begangen!«

»Ho, der feine Herr, steht da und schwingt Reden.« Libor sah ihn von oben nach unten an. »Nun also zeigen Sie Ihr wahres Gesicht. Sie sind sehr eingebildet, Niemez, und rechthaberisch. Zudem schlecht fürs Geschäft. Ich glaube, ich kann Sie nicht mehr leiden.« Er deutete hinter sich. »Sie wollten ohnehin nach Belgrad. Diese Richtung, Niemez. Zu Fuß wird es Sie ein paar Tage kosten.« Libor ging an ihm vorbei und rempelte ihn absichtlich mit der Schulter an.

Viktor verlor das Gleichgewicht und fiel in den Schnee, schwarze Tinte ergoss sich über seine Aufzeichnungen und seinen Mantel; die Zingaros lachten und folgten ihrem Anführer. »Ich werde den Menschen sagen, was du ...«

Libor lachte ihn aus, die Narbe verzog sich dabei. »*Sie?* Was werden Sie denn sagen? In welcher Sprache? Ihr Türkisch verstehen sie nicht, und Deutsch kann niemand.« Er griff in den Schnee und warf damit nach ihm. »Gehen Sie Ihrer Wege, Niemez. Suchen Sie sich einen anderen, der Ihnen die Vampire erklärt. Mit Ihnen habe ich nichts mehr zu schaffen.« Er wandte sich um und schlenderte davon.

Viktor stemmte sich an einem Grabstein in die Höhe, raffte die Papiere zusammen und schüttelte die Tinte ab, so gut es ging und möglichst ohne die Zeilen damit unleserlich zu machen. Zwei Zingaros kehrten derweil zurück ans Grab und legten den abgeschlagenen Kopf zwischen die Beine des Toten, schlossen den Sarg und schippten Erde darauf.

Viktor ging dorthin, wo der Schlitten stand, und daneben lagen seine Sachen sowie ein Sack, die ihm Libor hingeworfen hatte. Keiner aus der Sippe, mit der er mehr als einen Monat verbracht hatte, würdigte ihn eines Blicks; auch die Bewohner des Dorfes hielten Abstand zu ihm.

Weil er nicht wusste, was Libor über ihn gesagt hatte, beschloss er, in dieser Nacht weiterzuwandern. Das nächste Dorf lag nicht allzu weit weg, dort gab es sicherlich eine Herberge.

Er sah den Dhampir auf den Kutschbock steigen. »Das ist also die Dankbarkeit der Zingaros?«, sprach er laut. Er war enttäuscht.

»Sie haben mein Leben gerettet, ich habe Ihres vor der Aufhockerin bewahrt. Wir sind quitt, Niemez. Kein Schüler darf sich gegen einen Meister stellen, haben Sie verstanden?« Ohne ein weiteres Wort deutete er auf die Straße.

XIX. KAPITEL

Februar 1732
In der Nähe von Zajecar (serbisches Gebiet)

Viktor hatte die Entfernung falsch eingeschätzt. Auch die Wirkung des Schnees bremste ihn, so dass er erst mitten in der Nacht in dem Dorf ankam.

Weil er nicht annahm, dass ihm jemand um diese Zeit öffnete, ging er zur kleinen Kirche und fand zu seiner Freude die Tür offen. Es war sicherlich nicht bequem, auf harten Holzbänken zu schlafen, doch erstens erfror er nicht, und zweitens kostete es kein Geld. Davon besaß er nämlich keines mehr. Noch ein Grund mehr, unbedingt nach Belgrad zu gelangen und die Münzen in Empfang zu nehmen, die ihm sein Vater hoffentlich gesandt hatte. Er wollte dafür beten.

Er betrat den Innenraum, und wohlige Wärme schlug ihm entgegen, die von den zahlreichen brennenden Kerzen ausging.

Viktor wählte die vorderste Bank aus, weil sie am nächsten zu den Kerzen stand, legte sich darauf und bettete den Kopf auf den Sack, in dem er seine Habseligkeiten transportierte. Er betrachtete die Wand des Altarraums, die über und über mit Ikonen verziert war. Es gab keinen einzigen freien Fleck mehr daran, und die gütigen, dunklen Gesichter, die von Blattgold umgeben waren, flößten Viktor Vertrauen ein. Er fühlte sich geborgen wie seit langem nicht mehr.

Er wusste nicht, wie lange er geschlafen hatte, da wurde er an der Schulter gerüttelt, und eine dunkle Männerstimme sagte unentwegt »Zingaro«. Als Viktor die Augen öffnete, sah er einen schwarzgekleideten Popen mit einem kurzen braunen Bart vor sich stehen, hinter ihm warteten drei Männer, die sich mit Mistgabeln bewaffnet hatten.

»Ich bin kein Zingaro!«, sagte Viktor verschlafen und richtete sich auf. »Ich habe nichts mit ihnen zu schaffen.« Ihm wollten die rechten Worte auf Türkisch nicht einfallen, also deutete er auf sich und wiederholte »Niemez«, in der Hoffnung, dass sie begriffen, dass er nicht zu Libors Sippe gehörte.

Der Pope zerrte ihn auf die Beine, und einer der Männer drückte ihm einen Pflock in die Hand, dann schoben sie ihn zum Ausgang der Kirche. Erst jetzt verstand Viktor, was die Menschen von ihm erwarteten.

»Haltet, wartet! Ich bin kein Dhampir!«, rief er und stemmte sich gegen die Hände in seinem Rücken, da reichte ihm ein anderer Mann einen kleinen Beutel, in dem es klirrte und klimperte. Unvermittelt bot sich die Gelegenheit, Geld für seine Reise nach Belgrad zu verdienen.

Viktor dachte nach. Über genügend theoretisches und ein wenig praktisches Wissen verfügte er, und der Mut war nicht die Schwierigkeit. Also konnte er ebenso gut Hand anlegen und gegen einen der Untoten antreten.

Er fasste seinen Gehstock, in dem sich der Degen verbarg, fester. Der sollte ausreichen, um einen Kopf von den Schultern zu schlagen.

»Ja«, willigte er ein und nickte deutlich. »Ich mache es.«

Der Pope und die Männer lasen an seinem Gesicht ab, dass er seine Ablehnung aufgegeben hatte. Sie führten ihn hinaus in die Morgendämmerung, über die Straße und zu Viktors Erstaunen nicht zum Friedhof. Ihr Weg endete vor einer Hütte.

Unter der geschlossenen Tür floss Blut heraus und sickerte über die Schwelle. Im Inneren hörte Viktor lautes Krachen und Rumpeln, dann keuchte und brüllte ein Mann außer sich vor Wut und Schmerzen.

Viktor sah, dass die Fenster mit Kreuzen bemalt worden waren, Kräuterbündel und weitere Symbole hingen davor und hinderten den Vampir, den sie darin gefangen hatten, daran, aus der Falle zu entkommen. Auf dem Dach hockten zwei Männer Rücken an Rücken auf einer Platte über dem Schornstein, damit der Vampir nicht dort hinausflüchtete; selbst vor dem Schlüsselloch baumelten Kräuter und ein Kreuz. Die Dörfler hatten an alles gedacht – nur nicht daran, wie sie den gefangenen Vampir vernichteten.

Erneut krachte es, und die Steine neben der Tür erbebten. Es war eine Frage der Zeit, wann sich der Untote den Weg in die Freiheit mit Gewalt bahnte.

Viktors Mund trocknete von einem Augenblick auf den nächsten aus, die Finger wurden eisig, und das lag nicht an der Kälte, die ihn umgab. Es war die blanke Furcht vor dem Wesen, das nicht harmlos im Sarg lag und wartete, bis man ihm den Kopf abschlug. Dieser Vampir war hellwach und gereizt; offenbar hatte er auf der anderen Seite der Tür ein Blutbad angerichtet.

Er sah in die Gesichter der Männer und riss sich zusammen. »Wenigstens kein Scheintoter«, murmelte Viktor, steckte den Pflock in den Gürtel und zog seinen Degen. Das Kreuz des Popen legte er sich um den Hals, sein eigenes hängte er auf den Rücken.

Die Männer hielten sich bereit und öffneten die Tür schnell, um ihn hineinzulassen. Er sprang über die Schwelle, und die Tür fiel hinter ihm ins Schloss.

Das Grauen packte Viktor.

Im Schein einer flackernden Kerze sah er vier zerfetzte Menschen, die Gliedmaßen und die rotgefärbten Kleidungsstücke waren im gesamten Raum verteilt. Er vermutete zwei Männer und zwei Frauen, die Leichenteile wiesen Bissmale auf. Die Dielen waren getränkt mit ihrem Blut, die Spritzer hafteten auf den

Wänden und der Decke. Es wirkte, als hätte das Haus selbst geblutet.

Ihm gegenüber, an der Wand, saß ein Vampir, der ihn aus wahnsinnigen Augen betrachtete. Er trug einen teuren Gehrock, wie ihn Adlige und Reiche gerne anlegten. Sein Gesicht, sein Haarschopf, seine kostspielige Kleidung, die aufwendig gearbeiteten Schuhe, alles an ihm war mit dem Lebenssaft der Menschen beschmiert, und er leckte sich mit seiner langen Zunge die Finger sauber.

Viktor starrte auf die Haare: Sie waren fingerlang und hellrot. Die Länge passte zu dem Haar, das er neben der Leiche an der Straße gefunden hatte. »Ein Kind des Judas«, flüsterte er fasziniert. Der Vampir hatte ein Massaker angerichtet, war jedoch in einen Hinterhalt geraten. Viktor hob den Degen und das Kreuz, dann schritt er vorsichtig auf die Kreatur zu.

Der Vampir sah auf und sagte etwas zu ihm, dann lachte er spöttisch und zeigte auf die Waffe.

»Ich verstehe dich nicht, aber das ist auch nicht notwendig«, erwiderte Viktor.

Der Vampir horchte auf und stellte sich langsam auf die Beine. Die Augen wirkten benebelt vom Blutrausch. »Ein Deutscher«, sagte er mit einem harten Akzent. »Das kann doch nur ... Ist dein Name Viktor von Schwarzhagen?« Viktors erschrockene Züge gaben ihm Antwort, und er grinste. »Welch ein Glücksfall. Schickt dich die Baronin, um mich aus meiner misslichen Lage zu befreien, damit sie mich danach erpressen kann?«

»Welche Baronin?«

Der Vampir schnalzte mit der Zunge. »Wie kam ich auch nur auf den Gedanken?« Er lächelte und zeigte lange gebogene Reißzähne, die übrigen Zähne schimmerten wie Messer aus Elfenbein. »Lass mich raus.«

Viktor hob das Kreuz. »Ich bin hier, um dich zu vernichten,

Vampir.« Er wunderte sich über das Aussehen und das Verhalten des Untoten, das sich von allem unterschied, was er selbst gesehen oder Libor ihm erzählt hatte. »Im Namen des allmächtigen Gottes ...«

Der Vampir legte den Kopf in den Nacken und lachte ihn aus. »Sollen wir zusammen beten, bevor ich dich ebenso zerlege wie diese Idioten hier?« Er nahm ein Kreuz von der Decke und küsste es. »Ich glaube an Gott, Viktor, und seinen treuen Diener Judas Ischariot. Und er glaubt an mich, deswegen tut er mir nichts.« Er schleuderte das Symbol zur Seite und kam langsam auf Viktor zu. »Was tust du jetzt? Hast du mehr dabei als diesen Degen, um mich zu vernichten?«

Viktor stach zu, die Spitze zielte auf das Herz. Tatsächlich fuhr die geschliffene Klinge durch die Kleidung und das Fleisch.

Der Vampir schrie wütend auf und schlug von unten gegen den Degen. Die Kraft reichte aus, um den Stahl zu zerbrechen. Fluchend zog er sich das Stück, das in ihm steckengeblieben war, aus dem Körper und hielt es anklagend in die Höhe. »Das war nicht nett, Viktor. Und dazu noch sinnlos. Du musst mein Herz vollkommen zerstören, um mich zu vernichten. Mit einem Degen gelingt dir das nicht.«

Viktor wich vor dem Vampir zurück und versuchte, die Klinke der Tür herabzudrücken, um ihm zu entkommen, aber sie bewegte sich nicht. Die Dörfler hatten dafür gesorgt, dass er nicht vor dem Ungeheuer aus der Hütte trat.

Der Vampir grinste unvermittelt. »Ich habe nachgedacht. Unsere Begegnung ist sicherlich zu mehr gut.« Er vollführte eine höfische Verbeugung. »Beginnen wir von vorne: Mein Name ist Carzic, und ich würde dieses heruntergekommene Haus sehr gerne verlassen, in das man mich gelockt hat. Ich schlage dir einen Handel vor, Viktor.« Er nahm die Kerze und zeigte auf den Türsturz, wo im Lichtschein kurz etwas aufblitzte. »Es ist nur eine Frage der Zeit, bis ich dank meiner Kräfte ohnehin entkomme, aber warum sollte ich es unnötig schwer machen? Ich muss mich nicht anstrengen, und du kannst dir dein Leben bewahren. Siehst du die Messer, die unter und über den Fenstern stecken? Entferne sie. Andernfalls zerreiße ich dich und trinke dein Blut. Auch wenn die Baronin danach noch wütender auf mich wäre.«

Viktor schaute nach den Messern und erinnerte sich an Libors Erklärung. Es lag also nicht an den Kreuzen, dass der Vampir ein Gefangener war, sondern an den spitzen, scharfen Klingen! Damit kannte er eine Schwäche der Judaskinder. »Sie werden das Haus niederbrennen, wenn ich nicht als Sieger herauskomme«, log er.

Carzic stellte die Kerze zurück, entfernte sich und hob etwas vom Boden auf, das Viktor erst beim zweiten Blick als eine Perücke erkannte: Sie war rot vom Blut der Unglückseligen. »Umso besser. Sobald ich eine kleine Lücke in diesem armseligen Gefängnis finde, bin ich entschwunden.« Er näherte sich ihm wieder. »Was ist, Deutscher? Kommen wir ins Geschäft, oder habe ich das Vergnügen, das Schoßhündchen der Ausgestoßenen zu töten?« Sein Gesichtsausdruck veränderte sich, wurde berechnend. »Oder sollte ich dich lieber mitnehmen?«

Was Viktor bislang vernommen hatte, gefiel ihm nicht. Schon als die Rede auf die Baronin gekommen war, hatte er an die Unbekannte denken müssen, der er verfallen war. Nach Carzics ganzen Andeutungen gärte in seinem Verstand eine schlimme Vermutung. »Ich werde dir helfen – wenn du mir mehr über die Kinder des Judas berichtest«, verlangte er.

Carzic schüttelte den Kopf und wischte sich gerinnendes Blut aus dem Gesicht.

»Die Sonne geht soeben auf. Du kannst nirgends hingehen. Warum also nicht verweilen und dich mit mir unterhalten?«

»Weswegen, mein neunmalkluger Freund?«, erwiderte Carzic

gefährlich leise. »Du siehst, was der Hunger mit mir macht, und was ich wiederum mit denen mache, die meinen Hunger stillen sollen. Leider habe ich sehr viel Blut vergeudet, und deswegen ...« Er leckte das schlierige Blut von den Fingern und sah Viktor dabei gierig an, Wahnsinn flackerte in seinen Augen. »Ich frage nicht noch einmal, ob wir ins Geschäft kommen.«

Viktor sah es als sicher an, dass ihn der Vampir nicht am Leben lassen würde, ganz gleich, was er tat. Von dem Scheusal mitgenommen werden wollte er ebenso wenig. Langsam bewegte er sich rückwärts und legte die Hände auf eine Stuhllehne. Den einzigen Ausweg, der sich ihm bot, musste er mit brachialer Gewalt öffnen. »Einfach nur die Messer entfernen, sagst du?«, fragte er, um Zeit zu schinden und seinen Mut zu sammeln. »Wieso entfernst du sie nicht selbst?«

»Das geht dich nichts an, Deutscher«, knurrte Carzic und machte einen drohenden Schritt vorwärts. »Rasch! Bevor die Sonne richtig aufgegangen ist.«

Viktor packte den Stuhl und schleuderte ihn gegen das Fenster, vor dem er stand. Das Möbel durchbrach das Glas und öffnete die Läden davor, so dass schwache Sonnenstrahlen ins Innere der Hütte fielen. Schnell begab er sich mitten hinein, damit er für den Vampir unangreifbar wurde. »Sie ist bereits aufgegangen, du Monstrum!«, rief er und schwang sich auf die Fensterbank. »Du wirst deiner Vernichtung nicht mehr entkommen.«

Aufgeregte Dorfbewohner erschienen hinter ihm und schoben ihn unter lauten Rufen zurück ins Haus, dann knallten sie die Laden zu; schlagartig wurde es wieder dunkel. Sie würden ihn tatsächlich erst entlassen, wenn er seinen Auftrag erfüllt hatte!

Viktor schaute in die Finsternis und hörte lautes, spöttisches Lachen. Den Vampir konnte er nicht erkennen, er hatte sich vor den ankündigenden Strahlen des Tagesgestirns in Sicherheit gebracht und lauerte irgendwo in den Schatten des Hauses.

»Als Dhampir taugst du nichts, Deutscher«, rief Carzic aus einer Ecke. »Ich hoffe, du verhältst dich als Mahlzeit besser.«

Fieberhaft dachte Viktor darüber nach, wie er seinen Gegner ausschalten könnte. Er war ihm in allen Belangen überlegen, noch dazu stand er ohne Waffe da. Neben dem Ofen entdeckte er ein Beil, das im Trägerbalken steckte; schnell hinkte er hinüber und zog es heraus.

Da sprang ihn der Vampir aus der Dunkelheit an, die Zähne und der weit aufgerissene Mund mit den Reihen scharfer langer Zähne war wie ein Raubtiermaul, und Viktor schlug aus einem Reflex heraus zu.

Der Kopf des Vampirs zuckte zu spät zurück, der Blutdurst hatte ihn in den Schlag getrieben. Die Beilklinge traf Carzic mitten in den Mund, zerbrach einige Zähne und zerteilte die rechte Wange, Blut spritzte aus der Verletzung. Er schrie vor Wut auf, packte Viktor mit der rechten Hand ins Gesicht und drückte zu, die linke fing den Arm mit dem Beil ab. »Das war dein letzter Angriff«, fauchte er undeutlich. Die Wunde schloss sich, und sogar die Zähne wuchsen wieder nach.

»Irrtum«, krächzte Viktor und zog mit der anderen Hand die Pistole, die er unter dem Mantel trug. Der Druck auf seinen Schädel schmerzte, er hörte es in seinen Ohren knistern. Er setzte dem Vampir die Mündung unterhalb des Kinns halbblind an den Hals und zog den Stecher nach hinten.

Es krachte laut.

Der Kopf des Vampirs verschwand im weißen Pulverdampf, und Flüssigkeit spritzte auf Viktors Gesicht. Der Griff um seinen Kopf lockerte sich, und er nutzte die Gelegenheit, um sich loszureißen, auch wenn er sich damit die Haut an den Krallen des Vampirs zerschnitt. Vom eigenen Blut geblendet, hackte er mit dem Beil dahin, wo er die Reste des Kopfs vermutete – und tatsächlich blieb die Klinge stecken!

Der Dampf verzog sich, und Viktor wischte sich die Augen

frei. Das Beil steckte in Carzics linker Schläfe. Ein Teil des Gesichts war ihm durch den Schuss weggerissen worden und regenerierte sich erst langsam wieder. Die Lippen, die Nase und das rechte Auge verheilten, die von der Treibladung verbrannte Haut wurde abgestoßen und fiel auf die Dielen. Im oberen Teil des Kopfs fehlte ein kinderfaustgroßes Stück, wo die Kugel wieder ausgetreten war. Das in Teilen zerstörte Gehirn lag offen vor ihm und ergänzte sich, während die Ränder der Schädelplatten aufeinander zuwuchsen.

Mehr sah Viktor nicht mehr, weil ihn die Faust des Barons in die Körpermitte traf und ihn zwei Schritte rückwärts warf. Er fiel gegen einen Tisch, prallte davon ab und kollidierte mit dem Ofen; keuchend kam er daneben zum Liegen.

Feurige Nebel tanzten um ihn herum, in seinem Mund schmeckte er Blut; gleichzeitig dachte er daran, dass er die Baronin nie mehr wiedersehen würde. Die Feuerklappe war durch den Aufprall aufgegangen, und Viktor spürte die Hitze, die von der Glut ausging.

In seiner Not packte er die Ascheschippe, die neben ihm lag, und fuhr damit in die Öffnung. Dann schleuderte er sie dem heranstürmenden Vampir entgegen, der von den wirbelnden und glühenden Funken vollständig eingehüllt wurde. Seine Züge erschienen in dem orangefarbenen Licht noch dämonischer, die Glut entfachte Schwelbrände in der Kleidung und in den bluttriefenden Haaren des Barons.

Der Vampir ließ sich von der Attacke nicht abbringen. Er beugte sich grollend über Viktor, der jetzt den Pflock aus dem Gürtel nahm. Zum Zustoßen kam er nicht mehr, der Baron warf sich auf ihn – und trieb sich damit die Spitze des Holzstücks selbst durch den Körper.

Mit einem Schrei ließ er von Viktor ab, der sich diesem Gegner nicht weiter stellen wollte. Er robbte zurück, während der Vampir vor ihm brüllte, zog sich am Tisch in die Höhe und warf sich mit letzter verbliebener Kraft durch das Fenster, dessen Scheiben er vorhin bereits zerstört hatte.

Die Bahn seines Fluges veränderte sich gegen seinen Willen. Hände schoben ihn nach oben, er kippte mit dem Oberkörper nach vorne weg, so dass sein Steißbein den Rahmen streifte; auch die Beine prallten dagegen, dann durchbrach er schließlich die Fensterläden und landete im Schnee.

Sein Unterschenkel brannte, und als er sich herumrollte und danach schaute, sah er einen langen Schnitt. In seinem Bein steckte das Messer, das über dem Fenster angebracht gewesen war. Damit stand dem Vampir ein Ausgang frei!

Die Sonne war zu seiner Verwunderung verschwunden. Finstere Wolken hatten sich am Himmel zusammengezogen und schirmten das Taggestirn ab, es donnerte laut. Der Wind hatte aufgefrischt und trieb Schnee umher, in dem Gestöber verschwamm die Umgebung zu Silhouetten. Viktor ahnte, auf wen diese schlagartige Veränderung des Wetters zurückging. Der Vampir hatte seine Kräfte doch benutzt.

Die Dorfbewohner kamen angerannt, der Pope stellte sich beherzt vor das offene Fenster und hielt eine Ikone in den Händen, weil er sich der abschreckenden Wirkung auf den Untoten sicher glaubte.

»Nein!«, schrie Viktor zur Warnung, doch da erschien der Vampir.

Carzic sprang auf das Sims, warf sich mit weit geöffnetem Mund auf den Geistlichen und zerriss ihm mit einem einzigen Biss den Hals; die Adern standen zerfetzt hervor, und der Pope gurgelte fürchterlich, weil er gleichzeitig erstickte und verblutete.

Die übrigen Männer liefen auf der Stelle davon, doch der Vampir verfolgte sie lachend. Sie verschwanden in dem dichten weißen Treiben, und Viktor vernahm lediglich die Schreie der Unglücklichen.

Plötzlich stand eine Frau neben ihm, die ihm die Hand hinstreckte. »Kommen Sie, Herr von Schwarzhagen«, sagte sie, und er erkannte die Baronin. »Das hier ist nichts für Sie. Wählen Sie einen anderen Tag zum Sterben. Und sterben Sie erst recht nicht auf diese Weise.«

Viktor ergriff die Finger, die ihn trotz seines Gewichts ohne Mühe in die Höhe zogen. Sie legte seinen Arm um ihren Hals und stützte ihn. Sie trug wieder den grünen Mantel. »Wie haben Sie mich gefunden?«

Sie lächelte ihn unergründlich an. »Ich war niemals weit weg.«

Sie führte ihn durch den Sturm zu einer Kutsche und lud ihn ins Innere. Sie setzte sich ihm gegenüber, nahm mit ihren behandschuhten Fingern eine Phiole aus einem hölzernen Köfferchen, das neben ihr auf dem Polster stand, und reichte es ihm. »Trinken Sie das, Herr von Schwarzhagen. Es hilft gegen die Schmerzen.«

Er nahm das Behältnis an sich, betrachtete die gelbe Flüssigkeit, dann schaute er zu ihr. Als er in die dunkelgrauen Augen sah, die ihn freundlich und auffordernd anschauten, gab es nicht einmal den Hauch eines Nachdenkens. Was immer es war, er würde alles von ihr nehmen.

Viktor entfernte den Verschluss und leerte den Inhalt, der süß und bitter zugleich schmeckte.

Noch beim Schlucken schlief er ein.

5. Februar 1732
Habsburgisches Territorium (serbisches Gebiet)

Scylla hielt Viktors Hand. Sie saß neben seinem Bett, kontrollierte seinen Herzschlag sowie die Temperatur. Einmal am Tag nahm sie ihm Blut ab, um seine Beschaffenheit unter dem Mikroskop zu überprüfen.

Das Mittel, welches sie ihm gegeben hatte, ließ ihn eine knappe Woche schlafen, und diese Zeit hatte sein Körper genutzt, um die äußerlichen Wunden zu schließen und sich zu erholen. Ihr war es sogar gelungen, die Erfrierungen an den Füßen zu heilen. Die größte Überraschung würde er jedoch beim ersten Auftreten erleben.

Sie trug ein einfaches weißes Kleid, auf dem schwarze Stickereien über der Brust angebracht waren, die Seiten waren schlank geschnitten und hoben ihre Figur besonders hervor; dennoch war das Kleid angenehm zu tragen, über den roten Haaren lag ein weißes Kopftuch, auf das sie einen Hut gesetzt hatte.

Es war gut gewesen, die Suche nach ihm mit der Kutsche fortzusetzen. In Tiergestalt oder nackt und lediglich mit ihrem Dolch ausgestattet hätte sie ihm nicht helfen können.

Sie sah auf den Chronographen an der Wand. »Wach auf, mein Schöner«, sagte sie und flößte ihm dabei eine weitere Arznei ein, die half, seine Lebensgeister zu wecken. »Erhebe dich.«

Viktor schluckte gehorsam, und nicht lange danach öffnete er mit einem tiefen Ausatmen die Lider. Er sah Scylla an und lächelte, bemerkte seine Hand in der ihren und drückte sie behutsam.

Er musste nicht aussprechen, was er für sie empfand, sie erkannte es an der Geste und an seinen Augen. Daher wagte Scylla es, sich langsam vorzubeugen und ihm einen Kuss anzubieten.

Viktor nahm die Zärtlichkeit an, ihre Lippen trafen sich und blieben lange aufeinander.

Sie hatte es beinahe nicht mehr gewagt, an Liebe zu glauben, doch das Gefühl, das sie in sich spürte, das Kribbeln und die Wärme in ihrem Bauch, sagten ihr, dass der junge Deutsche der Richtige für sie war. Scylla richtete sich auf. »Guten Morgen, Liebster«, begrüßte sie ihn leise und berührte seine Wange. »Du hast lange geschlafen.«

Viktor schloss die Augen. »Ich habe von dir geträumt.«

»Hast du mir im Traum einen Namen gegeben?«

Er überlegte. »Ich nannte dich *Liebste*. Mir schien es keinen passenderen zu geben.« Viktor sah sie wieder an. »Du hast mich vor dem Vampir gerettet – oder habe ich mir das eingebildet?« Er schlug die Decke zurück und sah, dass er nackt im Bett lag. Um seinen Unterschenkel trug er einen Verband, und das linke Knie war bandagiert. Gelbe und blaue Blutergüsse erinnerten an die Auseinandersetzung mit dem Judassohn. »Hast du ...?«

»Dich ausgezogen und versorgt? Ja.« Sie lachte. »Die Fäden habe ich dir heute Morgen gezogen, die Wunden sind gut verheilt.« Sie deckte ihn wieder zu.

Viktor sah sich in dem Raum um, der keinerlei Fenster besaß. Die Einrichtung wirkte auf ihn zweifellos elegant, aber nicht sonderlich kostspielig, wie er es von einer Baronin vielleicht erwartet hatte. »Sind wir in deinem Schloss?«

»Ja.« Sie nickte. Er musste noch nicht wissen, dass das »Schloss« in Wirklichkeit das erste Geschoss ihrer Unterkunft im Hügel unter der Windmühle war. »Wir befinden uns im Keller, hier ist die Luft besser für dich und fördert die Heilung deiner Wunden.« Sie erhob sich und küsste seine Hand. »Zieh dich an und folge mir. Wir sollten frühstücken.«

Viktor stand auf, während sie ihm die Sachen brachte und sich anschließend abwandte und ihn seine Blöße bedecken ließ.

An den Geräuschen vernahm sie, welches Kleidungsstück er gerade überstreifte, und bevor er aufstehen wollte, drehte sie sich rasch um, damit sie sein Gesicht sehen konnte, wenn die Füße den Boden berührten.

Viktor saß auf der Bettkante und betrachtete nachdenklich sein linkes Bein. »Etwas ist anders als sonst«, meinte er und massierte das Knie. »Es tut nicht mehr weh und fühlt sich ... freier an.«

Sie streckte ihm die Arme entgegen. »Komm, Liebster. Komm zu mir.«

Behutsam erhob er sich und machte zwei Schritte, dann hellte sich sein Gesicht auf. »Das kann nicht wahr sein!«, jubelte er und schaute glücklich zu Scylla. »Was ist mit dem Knie geschehen?« Er lief vor und zurück, belastete es. »Es tut nicht mehr weh, ich kann ...« Viktor sah sie an und schluckte. »Du hast mein Knie *geheilt?«*

Scylla freute sich unendlich über die Überraschung im Gesicht des jungen Mannes. »Es waren nichts weiter als kleine Splitter«, antwortete sie. »Sie blockierten dein Gelenk, scheuerten und rieben. Ich habe sie mit einem kleinen Eingriff entfernt, mehr war es nicht. Damit sind die Entzündungen verschwunden, und du kannst es beinahe ebenso gebrauchen wie dein anderes Knie.«

Viktor stürmte auf sie zu und riss sie an sich, hob sie hoch und drehte sich mit ihr mehrmals lachend im Kreis.

»Vorsicht!«, warnte sie ihn, ebenfalls lachend, und hielt sich fest. »Du bist noch nicht ganz gesund.«

Er sah ihr tief in die Augen, als suche er etwas darin. »Du bist eine von ihnen«, sagte er ohne Furcht und Vorwurf in der Stimme. »Habe ich recht?«

Die Freude erstarb augenblicklich. »Was meinst du damit?«

Er ließ sie auf den Boden zurück, dabei betrachtete er sie. »Deine roten Haare, deine Perücke, deine merkwürdigen Kräfte, mit denen du mich in deinen Bann geschlagen hast, dann die Andeutungen des anderen Vampirs, Baron Carzic, den ich im Haus getroffen habe«, zählte er auf. »Das alles könnte den Schluss zulassen, Liebste, dass du eine Judastochter bist.« Gespannt sah er sie an. »Bist du es?«

Scylla war überrumpelt worden. Sie hatte mit dem Gedanken gespielt, ihm eines Tages die Wahrheit zu offenbaren, aber keinesfalls sofort. Jetzt war ihr der wache Verstand des jungen

Mannes zuvorgekommen und hatte ihr Vorhaben vereitelt. Bekennen oder nicht bekennen?

Viktor lächelte. »Ich nehme dein Schweigen als Eingeständnis«, sagte er.

»Es ist eher die Bestürzung darüber, was du mir unterstellst«, kam es über ihre Lippen. Sie hatte sich entschieden, ihm noch nicht die Wahrheit zu sagen. Zumal es – wenn sie es genau betrachtete – keine Lüge darstellte. »Ich bin kein Kind des Judas! Es gibt viele Menschen, die rote Haare haben und nicht zwangsläufig Blutsauger sein müssen.«

»Wie auch immer«, er nahm ihre Hand und küsste die Fingerspitzen, »ich werde nicht mehr von deiner Seite weichen.«

Scylla spürte Erleichterung, die sie aber nicht zu offen zeigte. Im gleichen Moment beugte er sich zu ihr und küsste sie leidenschaftlich.

Scylla spürte, dass sich sein Glied versteifte, und es erregte sie. Als seine Lippen an ihrem Hals entlangwanderten, jagte ein heißkalter Schauer über sie hinweg und bildete eine Gänsehaut auf ihrem Rücken. Ein Kribbeln schoss aus dem Unterleib in jede Region ihres Körpers; die Brustwarzen richteten sich auf.

»Verzeih mir«, flüsterte er in ihr Ohr und wollte sich zurückziehen. »Es ist ...«

»Nein, bleib!« Sie griff nach ihm. »Ich begehre dich so sehr, Liebster«, gestand sie und schluckte. Sie drückte ihn zurück aufs Bett und setzte sich auf ihn. Sie stöhnte, als er ihre Brüste berührte, dann wanderten seine Hände unter ihr Kleid und trafen auf ihre Haut. Scylla beugte sich nach unten und küsste ihn auf den Mund, Zunge traf auf Zunge und entfachte die Leidenschaft weiter und weiter.

Sie zogen sich hastig gegenseitig aus und umschlangen sich, atmeten den Duft des anderen ein und bedeckten sich mit Küssen. Viktor liebkoste ihre Brüste, rollte sich auf sie und drang behutsam in sie ein.

Scylla schlug ihre Nägel in seinen Rücken, als sein Penis in sie fuhr. Den wollüstigen Schrei unterdrückte sie, doch gegen das dumpfe, lustvolle Stöhnen war sie machtlos. Scylla passte ihre eigenen Bewegungen seinem Rhythmus an. Sie versank in einem Sog der immer stärker und überwältigender werdenden Gefühle. Sie hob den Oberkörper und schmiegte sich an ihn, um ihn besser zu spüren. Sie zwang seinen Kopf gegen ihre rechte Brust, damit er sie küsste und an ihrer Brustwarze sog. In ihrem Unterleib entlud sich die angestaute Spannung in einer warmen Explosion, die sie unendlich genoss. Während sie noch schwelgte, stöhnte Viktor laut auf, bevor er sich im letzten Moment aus ihr zurückzog, um sie nicht zu schwängern, und sich auf das Bett ergoss.

Keuchend und verschwitzt glitt er wieder auf sie, küsste sanft ihren Hals und streichelte dabei ihr Haar.

Sie fuhr über seinen Rücken, über seinen muskulösen Hintern, über den Oberschenkel und wieder hinauf zum Nacken. »Wie sehr habe ich darauf gewartet, Liebster«, flüsterte sie und seufzte glücklich.

Er lächelte und fuhr durch ihre roten Haare.

»Angenommen, du gehörtest zu ihnen: Würdest du mir mehr über die Vampire erzählen?«, fragte er sie und richtete den Oberkörper auf. Seine Begeisterung flackerte auf. »Kennst du die Geschichte von dem Sohn des Judas, der in einer Mühle gelebt haben soll, zusammen mit seiner Tochter?«

Diese Worte wirkten gleich einem Eiswasserguss auf heiße Haut. Die lebendig pulsierende Lust in ihrem Unterleib schwand. »Viktor, ich ...« Scylla wusste nichts zu erwidern. Er hatte es geschafft, alte Bilder aus der Vergangenheit in ihr heraufzubeschwören, welche die Stimmung der letzten Minuten auf einen Schlag vernichteten.

Sie sprang aus dem Bett. »Wir sollten frühstücken«, sagte sie, packte ihr Kleid und lief hinaus, bevor er ihr weitere Fragen stellen konnte.

Scylla eilte in ihre unterirdische Küche, zog sich an und stellte das Wasser für den Kaffee auf. Sie gab Bohnen in die Mühle und mahlte sie, schüttete das Pulver in zwei Tassen und kehrte an den Herd zurück, um zu warten, bis das Wasser kochte.

Sie hasste die langwierige Prozedur, die nötig war, bis das Getränk zubereitet war, aber leider gab es keinen anderen Weg. Diesmal jedoch gaben die vertrauten Handgriffe ihr die Sicherheit zurück, und sie beruhigte sich allmählich.

Es erschien ihr viel zu früh, Viktor ihre wahre Natur zu offenbaren. Er glaubte zu wissen, was es bedeutete, ein Kind des Judas zu sein, und ließ sich von der Faszination für sie blenden; doch sie *kannte* die tiefsten Abgründe, die dunklen Stunden, die seelischen Leiden und die von ihr begangenen Grausamkeiten. Wenn sie ihm das alles gestand, haargenau und in allen erschütternden Einzelheiten, fürchtete sie, dass er sich von ihr abwenden würde. Und sein bislang angesammeltes Wissen brachte ihn bereits in große Gefahr. Carzic bedeutete eine Bedrohung für ihr Glück.

Wie brachte sie ihn von dieser Besessenheit für die Kinder des Judas ab? Indem sie mit ihm in seine Heimat ging – oder an einen anderen Ort irgendwo in Europa, wo es keine Vampire gab, die ihrem Leben im Weg standen.

Es musste ihr gelingen, seinen Forschergeist auf eine andere Thematik zu lenken, die ihn ebenso faszinierte, doch weitaus weniger reale Bedrängnis für ihn barg. Es wäre eine schwierige Aufgabe, ihn von dem einen abzulenken, wenn er zugleich eine Vampirin als Partnerin besaß.

Wann ist der Zeitpunkt, es ihm zu sagen?

Sie dachte darüber nach, wie es sein würde, mit einem Menschen an ihrer Seite zu leben, der alterte, während sie sich kaum veränderte. Durch einen Biss konnte sie ihn nicht zu einem Vampir machen, die Kinder des Judas vermehrten sich ausschließlich durch ihre echten Nachkommen. Früher oder später mussten sich ihre Wege trennen.

Scylla seufzte schwer. *Warum ihm nicht gleich offenbaren, was ich bin? Dann werde ich sehen, ob seine Zuneigung wirklich stark genug ist, um an meiner Seite zu bleiben.*

Ein bekannter Geruch stieg in ihre Nase und lenkte sie von ihren Gedanken ab. Sie wirbelte herum – und sah in die Augen von Marek.

Ihr Halbbruder lehnte am Tisch und roch an der Kaffeemühle. Er trug die Kleidung eines Edelmannes und darüber einen Zobelmantel. »Ich wundere mich, dass du den Stollen, durch den ich das erste Mal zu dir gelangt bin, noch immer nicht besser abgesichert hast«, sagte er und wollte amüsiert klingen, doch sie bemerkte, dass er keinesfalls belustigt war.

»Ich werde das ändern, sobald du gegangen bist«, erwiderte sie kühl. Eine Hand hatte sie auf den Rücken gelegt, wo sie den Dolch am Gürtel trug. »Wenn du wegen der Formel gekommen bist …«

Marek stellte die Kaffeemühle zurück an ihren Platz. »Ich habe mit Carzic gesprochen. Er hat mir erzählt, dass er in diesem Dorf ganz in der Nähe Opfer seiner eigenen Blutlust geworden ist und dass die Dörfler ihm einen Dhampir auf den Hals gehetzt haben. Einen Dhampir, der *dein* Deutscher war«, sprach er im Plauderton. »Sie haben sich wohl etwas unterhalten, bevor ihn Carzic zum Fenster hinausgeworfen hat, und jetzt fürchtet der gute Baron, dass er deinem Deutschen in dem unbedachten Moment des Rauschs etwas zu viel verraten haben könnte.« Er sah zur angelehnten Tür, die zum Esszimmer führte. »Man sagte mir in dem Dorf, dass der Deutsche verschwunden sei.«

»Wenn ich Carzic noch einmal auf meinem Grund und Boden sehe, werde ich ihn eigenhändig zurück zu seinem Palais schleifen und ihm zehn Pflöcke durch den Leib stoßen«, drohte sie.

»Sag ihm das, wenn ihr euch das nächste Mal trefft und einen Anschlag oder eine andere Hinterlist gegen mich vorbereitet.«

»*Dein* Land?« Er lachte auf. »Scylla, du bist nicht länger ein Mitglied der Cognatio, und ebenso hast du dich von den Kindern des Judas losgesagt. Damit gehörst du für uns zu den Upiren. Wir betrachten dich als untoten Abschaum, und dein Land ist nach dem Beschluss der letzten Cognatio freigegeben. Jeder darf so viel davon in Besitz nehmen, wie er möchte, was natürlich unschön für die Bewohner ist. Diese Territorialkämpfe sind so ... verlustreich für sie. Gebietsmarkierungen gehen nicht ohne Todesfälle ab.«

Der Wasserkessel brodelte und blubberte, und Marek schob ihn von der Feuerstelle. »Von mir musst du nichts Böses erwarten, und ich erhebe auch keinen Anspruch auf die Mühle. Sie hat Vater Pech gebracht, und auch dir verwehrt sie Freude und Glückseligkeit. Daher verzichte ich darauf, als dein Halbbruder meine Erbrechte einzufordern. Du wirst dennoch gegen andere ins Feld ziehen müssen, wenn du das Land unter allen Umständen verteidigen willst, Scylla. Sogar Baronin Metunova hat Ansprüche angemeldet. Deine Freundin.«

Sie hörte nur halb hin. Die Sorge, dass Viktor in den Raum treten könnte, war groß. »Ich weiß noch nicht, was ich tun werde, Marek. Aber wenn die Cognatio einen Krieg gegen mich führen will, sollte sie bedenken, dass ich den Spieß ebenso umdrehen kann.« Sie nahm den Kessel und brühte den Kaffee auf. »Ich kenne die Verstecke eines jeden Mitglieds. Sie sollen sich nicht für unverwundbar halten.«

»Alles, was geschieht, hast du dir selbst zuzuschreiben, Scylla«, seufzte er. »Finde dich damit ab, dass du in den Augen der Cognatio keinerlei Rechte mehr besitzt, und abgesehen von der Territorialfrage ist immer noch nicht entschieden, was mit dir geschehen soll. Die elf anderen stehen geschlossen gegen dich.«

»Es kümmert mich nicht, was diese sinnlose Gesellschaft entscheidet.« Sie schenkte ihm einen unfreundlichen Blick. »Mir ist dein Anliegen noch schleierhaft, Marek. Was willst du?«

»Ich suche den Deutschen.« Er hob eine Tasse in die Höhe. »Da ich nicht annehme, dass du mit meinem Besuch gerechnet hast, unterstelle ich dir, dass dieser Kaffee für ihn ist. Ist er im Raum nebenan? Steckt er noch unter deinem Laken?«

»Es geht dich nichts an, wen ich zu Gast habe.«

»Wenn es tatsächlich dieser Viktor von Schwarzhagen ist, *dann* schon. Carzic fürchtet, dass der junge Mann, der seine Leidenschaft für Upire entdeckt hat, die Kunde über die Kinder des Judas in die Welt tragen wird, so wie er es mit Medvegia getan hat, wie ich vom Dorfpopen bei einer kleinen Unterhaltung erfahren habe. Und was neuerdings zu befürchten ist: Er wird mit seinen Zeilen, die er über unsere Gesellschaft schreiben wird, nicht auf Ablehnung stoßen. Er hat die Augen der Welt auf den Upir-Abschaum gerichtet – soll es uns ebenso ergehen?« Marek machte einen Schritt auf sie zu, und sofort zog sie den Dolch. »Angst?«, fragte er.

»Umsicht, nichts weiter, Marek«, sagte sie gefährlich lächelnd. »Du wirst die Finger von Viktor lassen.«

»Sicher. Falls er zum einen sein Wort gibt, nichts von dem zu berichten, was ihm Carzic berichtet hat, und«, er sah sie an und nippte am Kaffee, »wenn du mir die Formel zukommen lässt, Scylla.«

»Raus, Marek!«

Er trank erneut aus der Tasse. »Nicht ohne eine Antwort«, erwiderte er gelassen.

»Die hast du bereits bekommen.«

Er stellte die Tasse ab. »Diese Antwort akzeptiere ich jedoch nicht.«

»Verschwinde!«, erklang Viktors feste Stimme, und sie drehten sich zu ihm um. Er stand angekleidet auf der Schwelle zur

Tür des Esszimmers und hielt eine Pistole am ausgestreckten Arm auf Marek gerichtet. »Verschwinde von hier.«

»Geh zurück, Viktor«, befahl sie ihm und bewegte sich vor ihn. Nicht, um ihrem Bruder die Schusswunde zu ersparen, sondern um einen Angriff von ihm auf ihren Liebsten zu verhindern. »Du weißt nicht, welchem Gegner du gegenüberstehst.«

Viktor senkte den Arm mit der Waffe nicht. »Ich habe nicht genau verstanden, von was zwischen euch beiden die Rede war, aber *Kinder des Judas* und meinen Namen habe ich deutlich vernommen. Zusammen mit dem Tonfall kann ich mir sehr gut einen Reim darauf machen. Ist er ein Freund von Carzic?«

»Damit hat er sein eigenes Todesurteil gesprochen«, murmelte Marek und zog seinen Dolch. »Du wirst einsehen, Scylla, dass ich ihn nicht am Leben lassen kann. Es sei denn, ich erhalte die Formel von dir.«

»Viktor, zurück!«, zischte sie und zückte ihre Waffe.

»Die Pistole ist mit einer Kartätschenladung bestückt. Die Wucht wird ausreichen, um deinen Schädel zu zerstäuben, Vampir!«, rief er Marek entgegen. »Das ist ebenso gut wie eine Enthauptung.«

»Lassen wir es doch einmal darauf ankommen«, lachte Marek – und sprang.

XX. KAPITEL

5. Februar 1732
Habsburgisches Territorium (serbisches Gebiet)

Viktor schoss, sobald er den Ansatz einer Bewegung des Vampirs erkannte, doch er war viel zu langsam.

Die Kartätschenladung verfehlte Marek und prasselte gegen die Wand, einzelne Querschläger sirrten umher und zerstörten die Tassen; heißer Kaffee spritzte über den Tisch und auf den Boden.

Bevor der Vampir Viktor erreicht hatte, griff Scylla ihm in den Nacken und schleuderte ihn gegen die Wand. »Lauf nach oben, Viktor«, rief sie und hielt den Dolch vor sich. »Geh in die Scheune und nimm dir das Pferd. Reite!«

»Nein«, sagte er und lud die Pistole hektisch nach. »Ich lasse dich nicht mit ...«

Marek verwandelte sich in die geisterhafte Form, seine Kleidung fiel zu Boden, und er flog auf Viktor zu. Scylla blieb nichts anderes übrig, als ebenfalls die Gestalt zu wechseln und sich ihm in den Weg zu stellen. »Lauf, Liebster!«, befahl sie. »Du bist ihm nicht gewachsen.« Sie schlug nach Marek, aber er tauchte unter ihrem Hieb hindurch. »Ich komme nach. Warte auf meine Nachricht.«

Viktor sah sich mit aufgerissenen Augen um, doch er konnte Scylla und Marek nirgends mehr sehen. Es pfiff und rauschte in der Luft, als tobte in der Kammer ein Sturm, plötzlich traf ihn ein Windstoß und warf ihn rückwärts gegen die Tür.

Die Geräusche, das sah Scylla in seinen Augen, jagten ihm abscheuliches Grausen ein, die Furcht hatte sich um sein Herz gelegt. Endlich warf er sich herum, kroch aus dem Raum und schleuderte die Tür zu.

Scylla nahm ihre menschliche Gestalt an und stellte sich vor den Ausgang. »Du wirst ihn gehen lassen.«

»Was erreichst du damit?«, wisperte Marek. »Ich werde erst aufgeben, wenn ich die Formel habe.«

»Oder du tot bist«, fügte sie hinzu.

Er nahm den festen Körper an, stand nackt vor ihr und bückte sich dann nach seinem Dolch. »Das sicherlich nicht, Scylla.« Er lauschte, weil er von draußen das Klappern von Hufen hörte. »Er hat dir wirklich gehorcht. Ich möchte gerne sehen, wer ihn zuerst findet: du, ich oder einer von den anderen aus der Cognatio.«

Sie verharrte vor der Tür. »Du wirst bleiben, bis sein Vorsprung groß genug ist.«

»Einen solchen Vorsprung kann es nicht geben.« Er lächelte und zog seine Kleidung an, was sie als ein Zeichen der Kapitulation auffasste. Nach und nach tat sie es ihm gleich. »Du hast eine gute Gelegenheit verstreichen lassen, dir Ärger zu ersparen«, sagte er. Er ging auf den Ausgang zu, doch sie bewegte sich nicht, also blieb er stehen.

Sie verharrten.

Erst nach einer Stunde, in der sie sich unentwegt angestarrt und belauert hatten, machte Scylla zwei Schritte zur Seite und gewährte ihm den Abzug. »Bald wird es hell. Du wirst ihn heute nicht mehr einholen«, sagte sie.

»Du aber auch nicht«, erwiderte er.

»Vater kannte mehr als diese Formel, Marek. Vielleicht besitze ich Vorteile euch gegenüber, an die ihr im Traum nicht denkt.« Scylla folgte ihm die Treppe nach oben und entließ ihn in den dämmernden Morgen; mit Schwung warf sie die Tür zu und verriegelte sie mehrmals.

Ihr erster Gedanke war, die wichtigsten ihrer Bücher herauszusuchen und nach Westen zu flüchten. Doch allein dafür würde sie vermutlich drei große Kutschen und viel Zeit benötigen. Zu viel Zeit.

Die Suche nach Viktor hatte Vorrang, weil er sich niemals gegen Marek oder andere aus der Cognatio zur Wehr setzen konnte.

Wenn es ihr nicht gelang, ihn sofort einzuholen, so besaß Scylla doch eine recht genaue Vorstellung, wohin er sich vor dem Vampir flüchten würde. Die Stadt Belgrad war groß, dort konnte er untertauchen.

28. März 1732
Belgrad

Viktor eilte durch die engen Straßen, in denen es vor Menschen und Wagen wimmelte. Der Frühling sorgte für das Ende der lähmenden Starre, in die Land und Leute gefallen waren. Der Handel und die Geschäfte erwachten wieder zum Leben.

Ihn dagegen trieb eine Botschaft geradewegs zum Sitz von Marquis Botta D'Adorno. Dort warteten neue Briefe.

Da er wusste, dass mindestens der Vampir namens Marek ihm nach dem Leben trachtete, hatte er sein Aussehen verändert. In seinem Gesicht stand ein Bart, er trug eine schwarze Perücke und eine Klappe über dem rechten Auge. Den sehr mitgenommenen französischen Mantel hatte er gegen einen neuen eingetauscht, und er gab sich gegenüber den Menschen, denen er begegnete, als Franzose namens Luc Vallerois aus; offiziell reiste er als französischer Abenteurer durch die Gegend. Nicht einmal sein Vater hätte ihn erkannt.

D'Adorno machte das Spiel mit, weil ihm Viktor etwas von einem Duell erzählt hatte, dem er entgehen wollte. Es war ihm gleich, ob man ihn für einen Feigling hielt.

Viktors Wochen in Belgrad waren geprägt von ungeduldigem Warten und fieberhafter wissenschaftlicher Arbeit. Nach der Flucht vor Marek war er in Belgrad angelangt und hatte sofort bei D'Adorno die Briefe seines Professors sowie das Geld, das ihm sein Vater gesandt hatte, abgeholt.

Seit diesem Tag schrieb er von morgens bis abends, schilderte Einzelheiten jener Vampire, auf die er getroffen war oder von denen er erfahren hatte; nur die Kinder des Judas ließ er vorerst außen vor.

Dafür verschonte er den Professor nicht mit Einzelheiten. Jede Kleinigkeit über eine Vampirhinrichtung führte er an und warnte gleichzeitig vor der Verwechslung echter Vampire mit bedauernswerten Scheintoten, die für Blutsauger gehalten wurden. Nebenbei verbesserte er bei einem Lehrer sein Türkisch.

Damit nicht genug. Sein Professor sandte ihm Adressen von Gelehrten, die sich gleichfalls an Vampiren interessiert zeigten, und Viktor korrespondierte seitdem ohne Unterlass mit ihnen.

In den wenigen Stunden, in denen er seinen Händen Ruhe vom Schreiben gewährte, dachte er an Scylla. Es war offensichtlich, dass seine Geliebte zu den ganz besonderen Vampiren gehörte! Als sie sich vor seinen Augen in Luft aufgelöst hatte, waren die letzten Zweifel verschwunden. Die Vorstellung, einer Untoten verfallen zu sein, schreckte ihn merkwürdigerweise nicht. Die Liebe zu ihr und das wissenschaftliche Interesse passten sehr gut zueinander.

Viktor sehnte sich nach ihr und hatte sich zuerst vorgenommen, entgegen ihrer Anweisung aufzubrechen und sie zu suchen. Aber was, wenn sie gar nicht mehr bei der Mühle war? Und was hatte es mit dieser mysteriösen Cognatio auf sich?

Viktor wusste nicht, worum es den Kindern des Judas ging – doch er spürte, dass sich dahinter Großes verbarg. Und nur seine Geliebte konnte ihm Auskunft erteilen; also blieb er, wo er war, auch wenn das Warten die reinste Folter war. Er fühlte sich fest mit ihr verbunden und war überzeugt, dass sie ihn trotz seiner Geheimnistuerei fand. Mehrmals glaubte er, ihre Stimme in seinem Kopf zu hören, als riefe sie aus weiter Entfernung nach ihm. Und jedes Mal hatte Viktor sie deutlicher vernommen. Daraus schloss er, dass sie wusste, wo er sich befand, und sich ihm näherte. Ob sie ihm bald eine Nachricht sandte?

Viktor nickte den Garden vor dem Domizil des Marquis zu, die ihn inzwischen gut kannten, und stieg die Stufen hinauf. Ohne Verzögerung wurde er zum Statthalter vorgelassen. Auf dessen Schreibtisch stapelten sich kleine und große Briefe, daneben standen Päckchen und Pakete. Sie waren alle für ihn.

»Der gelehrte Herr Pelzhändler«, empfing ihn D'Adorno mit einer Mischung aus Anerkennung und Ironie und zeigte auf die Stapel. »Sehen Sie, was Glaser, Flückinger und Sie angerichtet haben!«

Viktor strahlte und hätte die Briefe am liebsten an sich gerafft und gedrückt. »Es wurde Zeit, dass über das Phänomen berichtet wird, Marquis. Es war schon immer da, wir haben den Menschen lediglich die Augen geöffnet.«

»Und ich, lieber Herr von Schwarzhagen, habe meinen Vorgesetzten Bericht um Bericht senden müssen. Wegen Ihnen und den anderen Herrschaften.« D'Adorno zog die Schublade auf, langte hinein und förderte weitere Stapel zutage. »Ich räume aber ein, dass es mich ebenfalls gepackt hat. Glaser hat eine Abschrift seines Berichts an das Collegium Sanitatis in Wien gesandt, und sein Vater, der ein Schreiber ist, verbreitete die Nachricht über das Commercium Litterarium ebenfalls bis nach Wien.« Er legte ihm eine Zeitung hin. »Und das erschien am zwölften März in Nürnberg.«

Viktor jubelte auf. »Endlich!«, sagte er glücklich und las die Zeilen. »Die Welt erfährt davon.«

»Wir sind nicht die Einzigen, die dafür sorgen.« D'Adorno schob ihm eine Anfrage hin. »Ein Fähnrich aus dem hiesigen

Regiment hat den Leipziger Professor Ettmüller angeschrieben und gefragt, wer die Toten denn zum Leben bringt.« Er räusperte sich. »Ich zitiere: *Weil man nun hier ein ungemeines Wunder daraus macht, unterstehe ich mich, Ihre Meinung mir gehorsamst zu erbitten, ob die Geschehnisse sympathetischer, teuflischer oder astralischer Geister Wirkung seien.«* Der Marquis lachte auf. »Jetzt machen sie schon Geister verantwortlich … Andererseits, haben Sie eine Erklärung, mein lieber von Schwarzhagen? Was sagen denn die Serben?«

»Dämonen. Meistens.« Viktor hatte einen Hinweis entdeckt, dass es bereits viel früher Vampirberichte und -untersuchungen gegeben hatte, so zum Beispiel 1730 im slawonischen Possega oder ein Vorfall in Lublov, der sich zwar bereits 1718 ereignet hatte, aber erst jetzt publiziert wurde. »Wir haben die Neugier der Gelehrten geweckt«, sagte er stolz. »Haben Sie das gelesen? Tourneforts Bericht über Mykonos von 1718!« Er blätterte voller Eifer weiter. »Schauen Sie nur! Ein polnischer Upir, ein griechischer Vrykolokas, ein serbischer Strigon und walachische und siebenbürgische Moroi. Sie tauchen *überall* auf.«

»Es ist wohl mit Ihr Verdienst, dass Archive von Bulgarien bis Griechenland durchforstet werden, um den Vampiren auf die Spur zu kommen.« D'Adorno goss ihnen Tokaya in die Gläser, und sie stießen miteinander an. »Ich entschuldige mich feierlich bei Ihnen, Herr von Schwarzhagen, dass ich Sie und Cabrera damals ausgelacht habe.«

»Entschuldigung angenommen.« Viktor lachte und trank den süßen Wein in einem Zug leer. »Hier, ich habe sogar etwas von Luther gefunden, und zwar zu schmatzenden Toten«, sagte er und las vor. »*Masticatio mortuorum. Es schrieb ein Pfarrherr Georgen Rörer gen Wittenberg, wie ein Weib auf einem Dorf gestorben wäre, und nun, weil sie begraben, fresse sie sich selbst im Grabe, darum wären schier alle Menschen im selben Dorf gestorben.«* Er sah sofort die Nachzehrerin vor sich, die sie damals auf dem Friedhof gestellt hatten; rasch goss er sich Wein nach. Doch auch der Alkohol vermochte es nicht, die Erinnerung daran zu verwischen.

»Ich habe versucht, mir Rohrs *Dissertatio de Masticatione Mortuorum* zu besorgen«, sagte D'Adorno, »aber es ist so gut wie unmöglich. Immerhin, Freiherr von Schertz' *Magia posthuma* soll zur Buchmesse in Leipzig nachgedruckt werden.« Er fächerte Zeitschriften vor Viktor auf. »Aber jetzt kommt es: *Le Glaneur* aus Den Haag hat die Vampire in seiner Ausgabe vom dritten März, und mir wurde gesagt, dass auch der *Mercure de France* in Paris etwas bringen wird. Das *London Journal* hat ebenfalls Anfang März etwas geschrieben.« Er stieß wieder mit Viktor an. »Auf Sie! Ich werde meinen Enkelkindern einmal sagen können, dass ich dabei war, als wir das makabre Wunder in die Welt hinaustrugen!«

»Jedes Wort fällt auf fruchtbaren Boden«, meinte Viktor – und setzte merklich gedämpft hinzu: »Es wird eine regelrechte Hysterie geben.« Er öffnete einen Brief, in dem sich eine Einladung nach Berlin zur königlich-preußischen Societät befand: Das Gremium wollte ihn auf Geheiß des preußischen Königs zu den *Vampyres* anhören und seine Berichte aus seinem eigenen Mund vernehmen. Viktor war überwältigt. Er sollte den preußischen König treffen!

»Dazu muss man kein Prophet sein. Bald weiß jeder in ganz Europa davon.« D'Adorno hob einen Brief. »Dieses Schreiben jedoch wirft einen Schatten auf Ihr Tun.«

»Was meinen Sie damit, Exzellenz?«

»Es kommt von Ihrem Vater. Er bittet mich, Sie zu maßregeln und Sie dazu zu bringen, endlich die versprochenen Pelze zu senden.« D'Adornos Augen richteten sich auf ihn, die Blicke forschten nach der Wahrheit. »Sie haben doch Pelze besorgt, Herr von Schwarzhagen? Denn im Moment sind Marder und Zobel dabei, ihr Winterfell abzustreifen, und ...«

»Ja, sicher. Das habe ich. Eine ganze Scheune voll«, unterbrach Viktor ihn missmutig. Es war ihm keine Zeit geblieben, sich um die Ware zu kümmern, und jetzt wartete sein alter Herr in der Lausitz verzweifelt darauf. Aber was waren schon Pelze im Vergleich zu der Entdeckung, die er ans Licht gezerrt hatte? Welch Nebensächlichkeit! »Ich sende sie ihm, sobald die letzten Jäger geliefert haben. Es wird nicht mehr lange dauern«, wiegelte er ab. Viktor bevorzugte eine Lüge, um sich des Geldes aus der Heimat zu versichern. Sein Vater war der Letzte, der Verständnis für sein wissenschaftliches Tun aufbrachte, und Viktor fürchtete, dass er ihm nach der Offenbarung der Wahrheit kein Geld mehr schicken würde. Aber noch brauchte er es.

»Das werde ich ihm schreiben, Herr von Schwarzhagen.« D'Adorno goss nach. »Und ich soll achtgeben, dass Sie nach Hause reisen, sobald die Arbeit abgeschlossen ist. Ihr Vater schrieb mir, dass er sich wegen Ihrer Vampirbegeisterung Sorgen mache. Das gelte für die ganze Familie.«

»Außer meinem Bruder.« Viktor lächelte. »Danke für die kleine Standpauke im Namen meines Vaters, Marquis. Ich weiß, wie ich sie einzuschätzen habe.« Er betrachtete die Unmengen an Papier. »Könnten Sie mir wohl einen Soldaten mitschicken, der mir beim Tragen hilft? Ich bin zu Fuß da.«

»Das werde ich.«

Viktor nahm wahllos Briefe in die Hand. Die Umschläge, auf denen er die Handschriften von Susanna erkannte, legte er ungeöffnet beiseite. »Sonst nichts? Keine Briefe von einer Baronin?«

D'Adorno stutzte. »Nein, Herr von Schwarzhagen. Das wäre mir sicherlich aufgefallen.« Er sagte nicht mehr, doch der Tonfall verriet, was er dachte.

Viktor war das gleichgültig. Noch immer keine Nachricht von Scylla. Hatte er sich getäuscht, als er sich eingebildet hatte, ihre Nähe zu spüren?

Er beschloss, sich auf die Suche zu machen, wenn er bis Anfang April nichts von ihr gehört hatte. Bei der Mühle würde er beginnen, denn den Weg dorthin kannte er noch ganz genau.

»Nein, nicht was Sie vielleicht vermuten, Marquis«, erwiderte er viel zu spät. »Keine Liebelei und nicht der Grund für das Duell, vor dem ich flüchte. Sie schuldet mir noch einen Bericht über Vampire in ihrer Umgebung, das ist alles.« Da kam ihm eine Idee. »Sie haben doch sicherlich Aufzeichnungen darüber, wo genau in Ihren eroberten Gebieten Adlige leben.«

»Sicherlich. Schon allein wegen der Steuern, die sie entrichten müssen.«

»Wäre es möglich, mir Einblicke zu gewähren? Ich kenne zwar ihren Namen, weiß aber nicht, wo sich ihr Gut befindet. Sie hat mir von einem ganz außergewöhnlichen Vampirfall berichtet. Bitte, Exzellenz, im Interesse der Wissenschaft!«

»Ihnen werde ich es erlauben, Herr von Schwarzhagen.« Er betätigte die Schnur, um einen Dienstboten zu rufen. »Die Papiere lasse ich in Ihre Unterkunft bringen. Der Mann hier führt Sie zur Steuerabteilung.« Er prostete ihm zu, seine Wangen waren inzwischen vom Alkohol gerötet. »Auf Sie, den Entdecker und Erforscher der Vampire!«

Viktor verneigte sich und verließ zusammen mit dem Untergebenen den Raum. Unterwegs langte er in die Tasche seines Mantels und nahm Scyllas Taschentuch hervor. Er roch daran und sog den Duft in sich auf. Der Einfall mit dem Verzeichnis der örtlichen Adligen war spontan und erwies sich vielleicht als unergiebig, doch das würde sich bei der Nachforschung zeigen.

Es könnte möglich sein, dass die Judaskinder zugleich offen und verborgen unter den Menschen lebten.

Drei Namen aus der geheimen Gesellschaft zumindest besaß er.

4. April 1732

Habsburgisches Territorium (serbisches Gebiet)

Viktor ritt auf dem kurvenreichen Weg durch den dunklen Tannenwald auf den Hügel zu, auf dem sich die Windmühle erhob.

Das Reiten fiel ihm seit der Heilung seines Knies durch Scylla leichter denn je, und auf dem Rücken eines Pferdes schreckte ihn die Reise durch die einsamen Gebiete nicht mehr.

Der Weg verlor seinen serpentinenhaften Charakter und führte in einer geraden Linie auf den Hügel zu, auf dem die Mühle und die Scheune thronten. Ein Krähenschwarm stieg aus den nahen Bäumen auf und kreiste krächzend über seinem Kopf.

Viktor ließ das Pferd die Steigung hinauftraben. Oben angekommen, sprang er aus dem Sattel und legte eine Hand an den Griff der doppelläufigen Pistole, die er an seiner Seite trug, bevor er an die Tür klopfte. Die Ladung bestand aus geschrotetem Eisen, das beste Mittel, um einen Kopf in blutige Fetzen zu schießen.

Unbeirrt kreisten die mächtigen, ausladenden Flügel der Mühle im Wind, gelegentlich quietschte es.

Viktor sah sich um und erkannte tiefe Wagenspuren vor der kleinen Treppe, die aus oder in die Scheune führten. War etwas weggeschafft worden?

Weil sich zunächst nichts tat, riss Viktor an der Kette, und aus dem Inneren vernahm er ein gedämpftes Glöckchenklingen.

»Hallo?«, rief er auf Türkisch. »Ist jemand da?« Er rüttelte an der Tür, doch sie bewegte sich nicht. Scylla war nicht zu Hause.

Die Krähen landeten auf dem Turm und schauten auf ihn herab. Sie beobachteten ihn, wie er zur Scheune ging, die ebenso verschlossen war, und wie er zur Mühle zurückkehrte und sich auf die Stufen setzte. Es wurde also nicht so einfach, wie er gehofft hatte.

Aus der Mantelinnentasche nahm er die gefalteten Blätter heraus, auf denen er seine Notizen zu den Adligen in der Region gemacht hatte.

Er hatte die Namen Metunova und Carzic gefunden, und eine Baronin Illicza hatte die Mühle samt Umland vor vielen Jahren gekauft. Drei Hinweise auf die Kinder des Judas in der Welt der Menschen.

Als er die Entfernungen zwischen den Stammsitzen der drei Adligen nachgemessen hatte, bemerkte er die exakte Übereinstimmung der Distanzen. Es schien, als hätten die Vampire die Region nach genauen Regeln unter sich aufgeteilt.

Viktor blätterte, bis er die skizzenhafte Landkarte fand, und sah auf die schraffierten Bereiche. Marek hatte in dem belauschten Gespräch erwähnt, dass es wohl zwölf Mitglieder der Cognatio gab, mit Scylla waren es dreizehn gewesen. Aufgrund dieser Vermutung und den ermittelten Entfernungen hatte Viktor mutmaßliche weitere Gebiete eingezeichnet. Es war erschreckend, wie weit sich die Herrschaftsgebiete der Untoten erstreckten, sie reichten bis weit auf osmanisches Gebiet.

Er lehnte sich an die Tür und sah zum blauen Himmel hinauf, vor dem sich weiße Wolken bewegten. Im Schatten war es noch kühl, doch die Sonne besaß bereits Kraft und verhieß ein angenehmes Frühjahr. »Ich werde das Land durchstreifen, bis ich dich gefunden habe«, schwor er Scylla. »Auch wenn es mich Monate und Jahre kosten sollte.«

Viktor senkte die Augen und betrachtete die Umgebung. Der Wald verströmte Dunkelheit, als habe er sie in der Nacht eingefangen und gäbe sie nun frei, und es fiel ihm auf, dass kein Singvogel seine Stimme erhob. Die Krähen schienen seine einzigen Bewohner zu sein.

Viktor stand auf und kehrte zu seinem Pferd zurück. »Machen wir uns auf die Suche«, sagte er und stellte einen Stiefel in den Steigbügel.

Das Ächzen in seinem Rücken ließ ihn innehalten und sich umdrehen.

Die Tür zur Mühle hatte sich geöffnet und schwang langsam auf, als wollte ihn das Gebäude einladen, den Fuß hineinzusetzen.

»Bonjour«, rief er und sprach auf Türkisch weiter. »Jemand zu Hause? Mein Pferd bräuchte Wasser.« Viktor schritt auf die Mühle zu, wieder lag seine rechte Hand am Griff der Pistole. Dass sich jemand in dem Gebäude aufhielt, bezweifelte er nicht – die Frage war: *Wer* wollte, dass er es betrat?

Behutsam machte er einen Schritt über die Schwelle und achtete darauf, dass er im schützenden Sonnenlicht stand. Unmittelbar vor ihm war die Rampe nach unten gelassen worden, über die er damals bei seiner Flucht vor Marek auch schon gerannt war. »Ist da wer?«

Plötzlich blieben die Windmühlenflügel stehen, das reibende Geräusch der Achse endete unvermittelt, und es wurde totenstill.

Viktor wusste nicht, was er tun sollte. In diese offensichtliche Falle wollte er nicht laufen, aber gleichzeitig drängte es ihn, hinabzusteigen und nachzuschauen.

Er schluckte und machte einen weiteren Schritt in die Mühle. »Hört mich jemand?«

Aus dem Stockwerk unter ihm erklang ein gedämpftes Poltern.

Er zuckte zusammen und zog die Pistole. Er schritt die Stiegen in das erste Untergeschoss hinunter, folgte dem Gang, den er kannte, und wählte die nächste Tür.

Er stand in einer atemberaubend großen Bibliothek. Dicht an dicht standen die Regale, Licht spendeten lediglich zwei einsame Öllämpchen, die unterhalb der Decke angebracht waren und wie ferne Leuchttürme auf ihn wirkten.

Viktor setzte einen Fuß vor den anderen und schwenkte die

Pistole hin und her. Er schwitzte kalten Schweiß, sein Herzschlag beschleunigte sich.

Er hatte das Gefühl, nicht allein zu sein, und dennoch sah er niemanden. Schatten wurden für ihn lebendig, die tausend verschiedenen Fähigkeiten von Vampiren huschten durch seinen Verstand und steigerten die Angst, die ihn jetzt erfasste.

Ungefähr in der Mitte des Raumes, so schätzte er zumindest, entdeckte er einen Schreibtisch, auf dem sich Papiere und aufgeschlagene Bücher stapelten; eine Öllampe beleuchtete sie.

Viktor kam näher und warf einen langen Blick darauf. Er erkannte die lateinischen Notizen einer Frau auf einem fast vollgeschriebenen Blatt; darunter lagen etliche weitere.

In mehreren unlesbaren handschriftlichen Aufzeichnungen, die eindeutig von einem Mann stammten, waren Markierungen zwischen den Zeilen und an den Rändern gemacht worden. Er nahm an, dass Scylla auf der Suche nach etwas war, das sich beim bloßen Lesen der Arbeiten nicht erschloss.

Viktors Neugier brannte lichterloh, und er widmete sich den auf Latein verfassten Notizen.

Schon nach den ersten Zeilen war er vom Inhalt gefangen: Es ging darin um Persönliches! Ein Mann namens Karol schrieb über Scylla, wenn er die Zeilen richtig verstand. *Ihr Vater?*

Die ersten Seiten beschrieben Ereignisse, die sich lange vor Scyllas Geburt abgespielt hatten. Mit den Namen und Orten vermochte Viktor nichts anzufangen – bis der Verfasser den Umzug in die Mühle erwähnte.

Es offenbarte Viktor, wer dieser Marek wirklich war: Scyllas Halbbruder; und dass Marek eine obsessive Kreatur war, die alles unternahm, um ihre Ziele zu erreichen. Marek war durch ihn in die Cognatio berufen worden, als ihr Vater das Amt des Ischariot innehatte. Karol hatte es – diesen Zeilen nach – bald bereut, einen solchen Sohn zu haben. Sein rücksichtsloser Ehrgeiz widerstrebte ihm.

Viktor schluckte, seine Aufregung wuchs. *Cognatio? Ischariot?* Er ahnte, dass er im Begriff war, in die tiefen Geheimnisse der Kinder des Judas vorzudringen.

Rasch las er weiter und vergaß alles um sich herum. Er legte seine Pistole neben sich auf den Schreibtisch.

Es folgten Zeilen über Scyllas Mutter und wie sehr der Mann namens Karol sie geliebt und verehrt hatte. Dieser eine Abschnitt ließ sein Herz für einen Moment das Schlagen vergessen:

Sie wird die Unsterblichkeit erlangen!

Janja hat das Serum zu sich genommen, und es wird sich erweisen, dass wir zusammen alt werden: Ich als Vampir und sie als meine Frau. Ohne den Fluch des Blutes.

Aber nicht an diesem Ort, sondern weit weg von hier, wenn ich den Moment für gekommen halte. Erst dann wird sie von ihrer Bestimmung erfahren.

Denn wir beide haben alle Zeit der Welt.

»Es wiederholt sich wie bei ihren Eltern«, murmelte Viktor, hob den Kopf und sah auf das kleiner werdende Flämmchen der Lampe. Das Öl ging zur Neige. *Nur dass sie die Vampirin ist, und ich bin der Sterbliche.* Er erinnerte sich, dass sie ihm nach der Flucht vor Carzic in der Kutsche ein Serum eingeflößt hatte. War auch er nun unsterblich?

Fast unhörbare Schritte erklangen, dann trat eine Gestalt an den Tisch heran, und Viktor sah eine ihm unbekannte Frau. Sie war eindeutig älter als Scylla, doch hübsch anzuschauen, und sie trug das Kleid einer Adligen, auf dem Kopf saß eine sehr auffällige Perücke. Sie schleppte einen Stapel schwerer Bücher.

Er war so überrascht von ihrem Auftauchen, dass er nicht einmal nach seiner Waffe gegriffen hatte.

Sie verharrte ebenfalls und musterte ihn. »Schau einer an. Da steckt unter der Maskerade tatsächlich Viktor von Schwarzhagen, den so viele suchen«, meinte sie leise, und er zuckte zusammen. »Keine Angst, von mir geht keine Gefahr aus.«

»Sind Sie... Baronin Metunova?«, riet er.

Jetzt hatte er sie überrumpelt. »Wer hat dir das erzählt?«

»Marek – wenn auch nicht absichtlich«, gestand er. »Wissen Sie, wo Scylla ist?«

»Auf der Suche nach dir«, gab sie zurück und stellte die Bücher ab. »Ich passe solange auf die Mühle auf.«

Viktor streifte die Augenklappe ab und hängte die Perücke an die Stuhllehne. Die Verkleidung war sinnlos geworden. »Ist es Ihnen recht, wenn ich auf sie warte?«

»Es macht vieles einfacher«, gab die Baronin vieldeutig zurück. »Wie ist es dir inzwischen ergangen?« Sie bemerkte seinen Gesichtsausdruck und lachte. »Vertrau mir. Scylla und ich haben keine Geheimnisse voreinander.« Lydia sah auf den Papierstapel. »Aha, du hast dir die Freiheit genommen, einen Blick darauf zu werfen. Du verstehst, was sie geschrieben hat? Steht etwas darin, was du noch nicht weißt? Über Vampire?«, fragte sie stichelnd. »Oder über die Kinder des Judas?«

»Oh, ich denke, dass ich schon einiges über die Kinder des Judas herausgefunden hatte, bevor ich Scyllas Schriften zu lesen bekam«, gab er zurück. Er fühlte sich von ihrem gönnerhaften Ton herausgefordert.

»Sicher«, lachte sie abschätzig.

Er freute sich auf ihr überraschtes Gesicht und grinste. »Soll ich es Ihnen zeigen?«

Lydia bedachte ihn weiterhin mit einem herablassenden Lächeln. »Dazu haben wir unsere Geheimnisse zu gut verborgen, Viktor.«

Viktor sprang auf und nahm die Karte aus der Tasche, die er angefertigt hatte. »Dann sehen Sie gut her und staunen Sie.«

Mit heller Begeisterung erklärte er ihr, was er vermutete: Welche Regionen die Gesellschaft ihr Eigen nannte, wer seiner Ansicht nach sicher dazugehörte und bei welchen Adligen er es nur vermutete. »Ihr habt euch überallhin ausgebreitet, nicht wahr? Serbien, Rumänien, Bulgarien, eure Einflussbereiche sind riesig.« Er verschränkte die Arme hinter dem Kopf und lehnte sich zurück. Seinen Stolz über das, was er herausgefunden hatte, durfte man ihm ruhig ansehen. »Wie steht es *nun* mit Ihren Geheimnissen, Baronin? Was wohl die Gelehrten der westlichen Welt sagen würden, wenn sie von diesen finsteren Königreichen erführen?«

Lydia sah auf die Zeichnung, in ihrem Gesicht stand – Zufriedenheit? Sie deutete stumm Applaus an. »Ganz ausgezeichnet, Viktor.«

Er deutete eine Verbeugung an, und sein Zingaro-Anhänger rutschte nach vorne aus dem Hemdsärmel.

Mit einem Schrei fuhr die Baronin vor ihm zurück.

Viktor stutzte einen Lidschlag lang, bevor ihm das leise Klingeln der Amulette in die Ohren drang und er verstand. Auf der Stelle langte er nach der Pistole und hob die doppelläufige Waffe. Die Mündungen zielten auf den Kopf der Frau, gleichzeitig zog er seinen Dolch.

»Wer bist du?«

XXI. KAPITEL

4. April 1732
Habsburgisches Territorium (serbisches Gebiet)

Sie starrte das Kreuz vor seiner Brust an. »Verzeih mir, ich ...«

»Du bist *nicht* Baronin Metunova!« Die Pistole bewegte sich nicht. »Wenn du ein Kind des Judas wärst, würde dir der Anblick des Kreuzes nichts ausmachen.« Viktor stand auf. »Wer bist du wirklich?«

Sie versuchte zu lächeln und ihre Furcht zu überspielen. »Dabei dachte ich, es wäre mir gelungen, dich zu täuschen.« Ein silbernes Schimmern legte sich über sie, und sie verwandelte sich in eine andere Frau, eine, die er nichtsdestotrotz kannte. Aus seinen Träumen. »Ich bin Irina, und wir beide hatten schon mehrmals das Vergnügen – du erinnerst dich?«

Die Aufhockerin! Viktor legte die Pistole und den Dolch zu einem Kreuz übereinander, Irina zuckte nochmals zusammen. »Bei dir wirkt das Zeichen des Herrn, Irina«, sprach er düster und ging mit schnellen Schritten auf sie zu, während es ihr nicht gelang, die Augen von dem improvisierten Kreuz zu nehmen. Wimmernd wich sie an das Regal zurück und hob die Arme zur Abwehr.

»Wo ist Scylla?«

»Ich weiß es nicht!«

»Was willst du in ihrer Mühle? Antworte!«

»Ja, ja doch«, wimmerte sie und knurrte gleichzeitig. »Ich hatte endlich herausgefunden, wo ich Scylla finde, und habe die Mühle beobachtet, bis ich wusste, dass sie ihr Zuhause verlassen hat. Dann brach ich ein, um mehr über die Judaskinder zu erfahren …«

»Und *was* zu tun?«

Irina zögerte und schielte zum Ausgang.

»Denk nicht einmal daran.« Viktor streckte den Arm mit der Pistole und achtete darauf, dass zusätzlich das Zingaro-Armband mit den Zeichen vor ihren Augen baumelte. Die christlichen unter den Symbolen hielten sie in Schach. »Was ist der Zweck deines Spionierens? Was hast du mit den Kindern des Judas zu schaffen, da du doch nicht zu ihnen gehörst?«

»Wir anderen Vampire hassen die Judaskinder! Sie sollen alle vernichtet werden«, stieß sie beinahe gequält hervor. »Ich wollte …« Urplötzlich sprang sie in die Höhe und rannte in den Gang.

Viktor zögerte eine Sekunde, einer Frau in den Rücken zu schießen, doch er rief sich in Erinnerung, dass es sich bei Irina um eine Blutsaugerin handelte, die ihm selbst wohl keine Gnade gewährt hätte.

Er drückte ab, und die Kartätschenladung zerfetzte ihren Rücken. Er wollte sie aufhalten, aber noch nicht umbringen. Scylla würde sie sicherlich befragen wollen.

Die Buchrücken rechts und links von ihr färbten sich mit unzähligen roten Spritzern, auch das Holz erhielt Sprenkler, ganze Werke wurden von den Geschossen zerfetzt, andere von Querschlägern beschädigt.

Die Ladung des zweiten Laufs brachte noch mehr Zerstörung in die Bibliothek, doch als Viktor durch die Wolken aus Papierfetzen in den Gang rannte, um nach Irina zu sehen, war sie verschwunden. Blutflecken am Boden wiesen ihm den Weg, den sie genommen hatte.

Hastig lud er nach und folgte ihr.

Plötzlich wurde er aus einem Seitengang angesprungen und zu Boden gerissen. Ein eiserner Gegenstand traf seinen Kopf, und benommen schlug er auf den Boden auf. Jemand saß auf ihm, seine Arme wurden mit solcher Kraft auf die Erde gedrückt, dass er die Knochen knirschen hörte. Viktor stöhnte auf.

»Du?«, hörte er eine bekannte Stimme voller Verwunderung sagen, und die Hände ließen ihn los; das Gewicht wich von seiner Brust, und er wurde zärtlich im Gesicht berührt. »Wie bist du hier hereingekommen? Es tut mir leid, dass ich dich geschlagen habe.«

Sein Blick wurde schärfer – und er erkannte Scylla, die neben ihm kniete. Ein hellbraunes Kleid schmiegte sich an ihren Körper, das über der Brust und an der Seite schwarze Stickereien trug.

Viktor hob den Arm und hielt ihr das Armband vors Gesicht, und als sie auf die Symbole nicht reagierte, entspannte er sich. Es war nicht Irina. »Geschlagen?«, sagte er spröde, in seinem Mund schmeckte er Blut. »Ich dachte, eine Eisenkeule trifft mich.«

Scylla half ihm, sich aufzurichten. »Warum hast du geschossen?«

»Irina«, sagte er und tastete nach seiner Pistole, die er beim Sturz verloren hatte. »Sie gab sich als Baronin Metunova aus und hat die Mühle durchsucht. Um mehr über die Kinder des Judas zu erfahren.« Er senkte den Blick. »Ich habe ihr gesagt, was ich über die Gemeinschaft herausgefunden habe ...«

Scylla sprang auf die Beine und nahm seine Hand. »Komm mit hoch. Wir finden sie, und dieses Mal entrinnt sie dem Tod nicht! Diese Ungeheuerlichkeit wird sie mit ihrem untoten Leben bezahlen.«

Gemeinsam stürmten sie die Rampe hinauf, durch die Tür hinaus ins Freie.

Es war draußen dunkel geworden, Viktor hatte beim Lesen

der Aufzeichnungen die Zeit vollkommen vergessen. Sosehr sie sich umsahen, es gab keinerlei Hinweise auf die Vampirin.

»Verflucht!« Scylla schaute sich um, blickte zum Wald und zum Weg. »Hat sie dir etwas getan?«

»Ich weiß mich inzwischen gegen sie zu wehren«, gab er grinsend zurück und wies ihr das Bändchen. »Damit habe ich sie enttarnt.« Er wollte ihr gerade gestehen, dass er ihre lateinischen Aufzeichnungen gelesen und gleichzeitig noch so viele Fragen zu den Vampiren und zu ihr selbst hatte – da hob sie gebieterisch die Hand und lauschte.

»Geh zurück in die Mühle«, sagte sie angespannt und wandte den Kopf nach rechts.

Viktor schaute ebenfalls dorthin und erkannte die Umrisse eines Mannes auf einem Pferd. Die rechte Hand hatte er in die Seite gestützt, die linke hielt die Zügel. Im schwachen Sternenlicht bekam Viktor lediglich eine ungefähre Ahnung von der herrschaftlichen Garderobe, die ebenso funkelte und glitzerte wie seine Perücke. »Ein Judaskind!«

»In die Mühle«, wiederholte Scylla und versetzte ihm einen Stoß gegen die Schulter, gleichzeitig schob sie sich vor ihn, um seinen Rückzug zu sichern. Sie wusste, wen sie vor sich hatte. »Baron Rubin«, sagte sie grollend. »Heute ohne Kutsche?«

Er lächelte auf sie herab, dann schaute er zu Viktor, der gar nicht daran dachte, in die Mühle zu gehen. »Die Formel des unsterblichen Lebens deines Vaters gegen dein Leben und das des Deutschen«, sprach er fordernd. »Andernfalls suchen wir sie selbst und lassen nichts von euch übrig.«

»Vom Baron zum Botenjungen«, meinte Scylla beißend. »Das nenne ich einen Abstieg.«

»Bekommen wir die Formel, werdet ihr das Land verlassen können und nach Westen gehen.« Rubin hörte sich zufrieden an, als er höhnisch hinzufügte: »Oh, aber natürlich erst nachdem wir die Formel überprüft und ihre Wirkung mit eigenen

Augen gesehen haben.« Er richtete sich im Sattel auf und reckte den Kopf, sein Blick legte sich auf ihren Begleiter. »An *ihm!* Viktor von Schwarzhagen wird zuvor die Zunge herausgerissen, und die Hände werden ihm abgeschlagen. Das stellt sicher, dass er keinerlei Erkenntnisse über uns, die Kinder des Judas, weitergeben kann, wie lange er auch immer leben wird, nachdem er vom Elixier der Unsterblichkeit kosten durfte. Ihr beide werdet in unserer Obhut bleiben, bis wir sicher sind, dass die Formel die richtige ist. Es wird dir nichts ausmachen, die nächsten fünfzig Jahre an der Seite eines stummen Krüppels zu verbringen, wo du ihn doch so sehr zu lieben scheinst. Das ist der Beschluss der Cognatio. Wir erwarten dich, die Formel und den Deutschen um Mitternacht vor dem Eingang der Mühle.« Rubin wendete sein Pferd und ließ es gemächlich den Weg hinab zum Wald traben.

Viktor stand auf der Schwelle, den Arm mit der Pistole hatte er halb zum Schuss erhoben.

Scylla winkte ab. »Es würde nichts bringen, Liebster.«

»Was wollte er?«

Sie starrte dem Baron nach und überlegte bereits, wie sie der Cognatio entkommen konnten. »Zu viel, Viktor. Mehr als ich zu geben bereit bin.« Scylla kam auf ihn zu und küsste ihn lange auf den Mund, ging an ihm vorbei und zog ihn mit sich ins Innere des Gebäudes.

Sie schob ihn zu einem Stuhl und drückte ihn nieder, dann setzte sie sich ihm gegenüber und fasste seine Hände. Es war an der Zeit, dass er alles erfuhr. Über sie, über die Kinder des Judas und über das, was ihnen um Mitternacht bevorstand.

Viktor hörte ihr aufmerksam zu und wurde bleicher und bleicher. Derartiges Wissen hatte er sich letztlich doch nicht gewünscht.

4. April 1732
Habsburgisches Territorium (serbisches Gebiet)

Scylla stand in der Bibliothek und hielt das Papier in den Händen, auf dem sie vor wenigen Tagen nochmals die letzte Entschlüsselung der verborgenen Nachricht ihres Vaters aufgeschrieben hatte. Es war die Zusammenfassung von Karols Erkenntnissen: die Formel der Unsterblichkeit.

Die Cognatio wusste, dass sich die Formel in ihrem Besitz befand, aber sie rechnete nicht damit, dass Scylla zusammen mit Viktor den Kampf aufnehmen würde. Es war das erste Mal, dass ein offenes Gefecht zwischen Judaskindern stattfand.

Scylla schluckte. Ihr Vater hatte der Mutter das größte Geschenk gemacht, das man sich vorstellen konnte, und sie hatte nichts davon geahnt! Ewiges Leben. Ohne die Tat des Janitscharen wäre Scyllas Traum von einer Familie in Erfüllung gegangen.

Die vielen auf sie einstürmenden Eindrücke überrannten sie und trieben ihr Tränen in die Augen. Die Sorge um Viktor mischte sich in diese emporsprudelnden, für bewältigt gehaltenen Erinnerungen; schluchzend legte sie die rechte Hand vor die Augen und ergab sich den Gefühlen.

Nach einigen Minuten zwang sie ihre Schwäche zurück. Sie musste Vorbereitungen treffen, gerüstet sein für den Angriff der Baroninnen und Barone. Traf sie dabei auf Lydia? Würde sie sich gegen sie stellen oder sich heraushalten?

»Scylla?«, vernahm sie Viktors Ruf. »Ich bin fertig. Was kommt als Nächstes?«

»Ich bin gleich oben«, rief sie zurück. Scylla hatte ihn bereits die Kutsche für die Flucht anspannen lassen, aber sie wollte es zuerst auf einen Schlagabtausch ankommen lassen. Sie ging davon aus, dass die Vertreter der Cognatio, die man gegen sie sandte, von ihrem Widerstand überrascht sein würden. In den

Laboratorien lagerten Dinge, die man in einem Kampf durchaus verwenden konnte.

Scylla hatte Viktor angewiesen, Kisten mit Säureflaschen und Spiritus nach oben zu bringen. Feuer und Säure richteten auch an Vampiren verheerenden Schaden an – und geschwächte Gegner waren leichter zu besiegen.

Allerdings würden sie nur kurz Gelegenheit erhalten, ihre Mittel zum Einsatz zu bringen. Bevor sich die Cognatio von der Überraschung erholt hatte, mussten sie flüchten. Scylla wusste sehr genau, welche Fähigkeiten die einzelnen Vampire besaßen.

Um ihren Liebsten machte sie sich die meisten Sorgen. Als Mensch zwischen kämpfenden Vampiren zu stehen war ungefähr so gefährlich, wie als Schaf unter hungrige Wölfe zu geraten …

Ein Schatten huschte durch den Raum, glitt unbemerkt von Scylla heran und sah über ihre Schulter auf das Blatt.

Die dunklen Augen erfassten die Zeilen.

Scylla bemerkte den Atem in ihrem Nacken, bevor sie etwas sah. Plötzlich umgab sie Verwesungsgeruch. Sie wirbelte überrascht herum und erkannte die Silhouette hinter sich.

»Umbra!«, rief sie erbost, legte das Blatt ab, zog ihren Dolch und stach nach dem Vampir, der einen raschen Satz zurück machte und dabei den Stuhl umstieß. »Hat Carzic dich geschickt, um mich und Viktor auszuspionieren?« Sie drang auf den Untoten ein, der sich darauf beschränkte, ihren Attacken auszuweichen. Scylla bemerkte, dass er sie weglocken wollte, und sah alarmiert zum Schreibtisch.

Ein zweiter Umbra hatte sich aus seiner Deckung gewagt und sich das Blatt mit der Formel genommen.

»Nein!«, schrie Scylla ihn an und sprang sieben Schritt weit, den Arm mit dem Dolch nach vorne gestreckt und auf das Herz des Vampirs gerichtet.

Der Umbra hatte den Gang erreicht und rannte auf die Rampe zu, da jagte sie ihm die Schneide tief ins Herz und zerschnitt es längs; kreischend brach er zusammen.

Scylla wurde ins Kreuz getroffen und nach vorne gegen ein Regal geschleudert; der Schwung war derart gewaltig, dass sie das Holz durchbrach und umringt von Büchern auf den Gang fiel. Ein langer Holzsplitter steckte in ihrer rechten Schulter und verursachte ihr Schmerzen. Wütend zog sie ihn aus dem Körper und wirbelte herum.

Der Umbra hatte das Blatt aufgehoben und sah sie mit gefletschten Zähnen an.

Ein kleiner Gegenstand flog durch die Luft und zerschellte klirrend am Kopf des Schattenkriechers, und sofort zischte es. Scherben fielen auf den Boden, stinkender Dampf quoll dick an die Decke der Bibliothek, während sich der Umbra unter Schmerzen wand und heulend nach seinem Schädel griff. Klare Flüssigkeit rann an seinem Hals herab, Nacken und Hals entlang, und zog qualmende Spuren durch das schwarze Fell der Kreatur.

Viktor tauchte hinter dem Vampir auf und schoss beide Läufe seiner Pistole ab. Die Bleischrapnelle zerrissen den Brustkorb des Umbra mitsamt des Herzens; tot fiel die Kreatur auf die Erde. Das Blatt mit der Formel segelte langsam herab und landete einen halben Schritt weit vom Leichnam entfernt.

Scylla stand auf und sah Viktor an. »Das war gut. Gefährlich, aber gut, mein tapferer Held.«

»Ich wollte ein wenig üben, bevor wir uns auf den Kampf mit deinen ehemaligen Freunden einlassen«, erwiderte er und schien gefasst zu sein, doch sie erkannte, dass er Furcht in sich trug. Sehr verständlich. »Wo kamen sie her? An mir gelangte niemand vorbei.« Er sah auf den vernichteten Gegner und entdeckte den zweiten, der von Scylla getötet worden war.

Sie hob das Papier auf, faltete es und steckte es ein. »Sie müssen sich schon länger hier aufgehalten haben. Vermutlich kamen sie kurz nach Irina in meine Mühle. Sie hat die Sicherungsfallen ausgeschaltet und ihnen somit den Eintritt gewährt.« Was gäbe sie dafür, Irina noch einmal in die Finger zu bekommen! »Lass uns nach oben gehen. Es ist bald so weit.«

Viktor lud die Pistole neu. »Ich habe mich die ganze Zeit gefragt, was genau Irina mit ihrem Wissen über die Cognatio anstellen möchte? Ich hatte fast den Eindruck, dass sie Größeres plant«, sagte er, als sie in der Küche standen. Die eisernen Läden waren wie in allen anderen Stockwerken verschlossen, darüber und über der Tür waren Messer angebracht worden. Auf diesem Weg gab es für die Angreifer kein Durchkommen.

»Ich wundere mich ebenso«, gestand Scylla. »Man könnte meinen, dass sie einen Aufstand gegen die Judaskinder plant. Es scheint, als hätte der Abschaum, wie wir sie immer genannt haben, genug von den Verfolgungen.«

Er lachte leise. »Wie sich die Bilder gleichen. Der Pöbel erhebt sich gegen die Herrscher, egal ob bei den Menschen oder den Untoten.«

»Für eine Revolution ist Irina deutlich in der Unterzahl.« Scylla grinste boshaft und sah zur Uhr. Eine halbe Stunde bis Mitternacht. »Aber vielleicht ist sie gewitzt genug, sich draußen zu verbergen und den Ausgang der Schlacht abzuwarten. Dann sieht es sicherlich besser für ihren Aufstand gegen die Judaskinder aus. Es werden heute einige sterben.«

Viktor kam zu ihr und nahm sie in den Arm. »Heute entscheidet sich alles, Geliebte«, sprach er sanft und sah ihr in die Augen. »Du hast keinen Grund, an mir und meinen Gefühlen für dich zu zweifeln. Ich möchte mir dir leben, und mir ist gleich, was für ein Wesen du bist und was du vorher alles getan hast.«

Sie küsste ihn innig. Viktor hatte ihren Verstand und ihr Herz erobert, und selbst nachdem sie ihm die finstersten Kapitel aus ihrem Leben als Judastochter berichtet hatte, die andere Menschen vor Grausen in die Flucht geschlagen hätten, gab er sie nicht auf. Scylla hatte sich damals bei ihrem Zusammentreffen nicht getäuscht: Der Mensch liebte sie. Aufrichtig.

»Welch Geschenk du bist«, flüsterte sie und küsste ihn wieder. »Du weißt, was du zu tun hast?«

Er nickte und streichelte ihr rotes Haar. »Auf dein Zeichen hin werfe ich die Flaschen aus den Fenstern.«

»Und ...?«

»... und werde mich ansonsten zurückhalten«, versprach er seufzend, legte dabei aber die Hand auf den Pistolengriff. Er wollte mehr tun, als Flaschen zu schleudern.

Scylla schüttelte den Kopf. »Bleib bei deiner Furcht, sie nützt dir mehr als Heldenmut. Die Judaskinder sind andere Gegner als eine Tenjac oder ein Umbra oder die anderen Vampire, welche du getötet hast. Steck sie in Brand, überschütte sie mit Säure, aber bleib in der Mühle und lass dich auf keinen Kampf mit ihnen ein, was auch immer sie versuchen!« Darauf drückte sie ihn fest an sich, ihre Lippen trafen voller Leidenschaft aufeinander. Sie schmeckte ihn, und ihr Körper erinnerte sich an die gemeinsame Nacht, die sie verbracht hatten. Wären es andere Umstände gewesen, hätte Scylla dem drängenden Liebesverlangen sofort nachgegeben.

Sie ließ ihn schweren Herzens los und eilte die Mühle hinauf bis zur Plattform; Viktor folgte ihr und schloss nach einem langen Blick in ihre Augen die Luke. Sie hörte das Schaben und wusste, dass sich nun auch dort ein Messer befand. Viktor war sicher vor der Cognatio. Und vor ihr.

Scylla hob den Kopf und blickte zu den Sternen hinauf, dabei ging sie im Kreis. Von allen Seiten flogen Gewitterwolken herbei, in ihnen brodelte es unheilverheißend, und gelegentlich zuckten Blitze nieder.

Sie wusste, wer die Unwetter herbeirief und was geschehen sollte. Die Mühle würde einem solchen Ansturm von Naturgewalten nicht standhalten und in einem Beschuss aus gleißender himmlischer Energie früher oder später vergehen. Die Cognatio beabsichtigte demnach nicht, ein gefährliches Scharmützel zu führen. Die Blitze sollten die Verräterin und den Menschen auslöschen.

Scylla bewunderte, wie rasch die Fronten aus allen Himmelsrichtungen auf den Hügel zueilten, als zöge er sie geradezu an. Starker Wind kam auf und drehte die Flügel schneller und schneller.

Dann sah sie die ersten drei Kutschen, die hintereinander den Weg entlangkamen.

Scylla stellte einen Fuß gegen die Mauer, lehnte sich nach vorne und strengte die Augen an, um die Gefährte besser erkennen zu können. Wen sie wohl schickten?

Eine Böe umschmeichelte sie, gleich darauf vernahm sie hinter sich das Geräusch von bloßen Füßen auf Stein.

Langsam wandte sie sich um und sah die Freundin nackt hinter sich stehen. Sie hatte die Windgestalt benutzt, um sich auf den Turm tragen zu lassen. »Sag mir nicht, dass sie ausgerechnet dich geschickt haben, um die Formel abzuholen, Lydia.«

Sie lächelte. »Nein. Sie wissen nicht, dass ich hier bin.« Sie machte einen Schritt auf Scylla zu. »Ich wollte dich bitten zu fliehen, Scylla. Lass ihnen die Formel und fliehe. Sie wollen deinen Tod, ganz egal, ob es nun die richtige Formel ist oder nicht!«

Scylla sah die aufrichtige Sorge in den Augen der Baronin, dann schaute sie wieder zu den Sternen, die mehr und mehr von den Wolken verschlungen wurden. »Ich weiß, Lydia. Aber sie werden mich nicht besiegen.«

»Dein Talent mag groß sein, und mit zweien oder dreien von ihnen wirst du sicherlich fertig«, sagte sie aufgebracht, »doch sie kommen *alle!* Mit ihren Elevinnen und Eleven. Weil sie sich vor dir fürchten und dich vernichten wollen, ehe du sie überflügelst. Sie wissen um deine Größe.«

Scyllas Nackenhärchen richteten sich auf. Sie hatte mit Rubin, seinem Eleven und höchstens drei Baroninnen und Baronen gerechnet – aber nicht mit der gesamten Cognatio!

Es war gut gewesen, von Anfang an die Flucht in Betracht zu ziehen, denn gegen alle Vampirinnen und Vampire hätte selbst sie einen schweren Stand.

Scylla beschloss, eine kurze, heftige Attacke zu führen und danach zu fliehen. Alles andere bedeutete den Tod. Sie glaubte zu wissen, warum sie alle anrückten: um ihren Triumph über die Abtrünnige auszukosten.

Lydia nahm Scyllas Rechte in beide Hände. »Ich bitte dich: fliehe! Geh weit in den Westen, wohin sie dir nicht folgen werden. Dafür ist ihre Furcht zu groß, während der Jagd ihre Besitztümer zu verlieren.«

In Scylla rangen Trotz, Stolz und Verstand miteinander. Sie teilte die Ansicht der Baronin, aber gleichzeitig verlangte das Dunkle in ihr, der Cognatio Schaden zuzufügen. Sie für ihre Anmaßung zu bestrafen. »Ich kann ihnen die Formel nicht überlassen«, antwortete sie nachdenklich. »Es wäre den Menschen gegenüber unverantwortlich.«

»Dann musst du erst recht fliehen«, bat Lydia inständig. »Bitte, Scylla!«

Jetzt sah sie die Baronin doch verwundert an. »Wolltest du nicht ewig leben, und dennoch drängst du mir die Flucht auf? *Mit* der Formel?«

Lydia schluckte. »Du weißt, weswegen ich mich niemals an den Intrigen gegen dich beteiligt habe und dich jetzt ziehen lasse. Vielleicht finde ich selbst ein Mittel gegen den Tod, wer weiß? Deine Formel möchte ich niemals, wenn es dafür dich das Leben kostet.«

Krachend entluden sich neue Blitze und zuckten in den Wald, beide Frauen wandten sich um. Die Hauptfront des Unwetters näherte sich aus dem Osten.

»Ich muss gehen.« Lydia küsste Scylla auf die Stirn. »Ich will nicht um dich weinen müssen. Tu mir das nicht an«, flüsterte sie ihr ins rechte Ohr, dann nahm sie die Windgestalt an und verschwand.

Scylla stellte sich auf die Brüstung der Mühle, während unter ihr die elf Kutschen Aufstellung nahmen, die während ihres Gesprächs mit Lydia vorgefahren waren. Die Fenster waren geöffnet, und dahinter sah sie die weißen Ovale der Gesichter. Alle betrachteten sie.

Nach einem tiefen Atemzug hob sie die Arme, dann schloss sie die Augen und suchte die Verbindung zu den Elementen. »Ihr werdet heute nichts bekommen. Weder mich noch die Formel, noch Viktor!«, schrie sie hinab.

Urplötzlich schnellten elf Blitze herab und jagten auf den Turm zu.

Scylla biss die Zähne zusammen und spürte die unsichtbaren Vorboten der gewaltigen Energien als glühendes Feuer durch jede Faser ihres Körpers jagen. Sie griff auf ihre Fertigkeiten zurück, konzentrierte sich und schloss den Kontakt zu ihnen, um sie in eine andere Richtung zu zwingen.

Die Blitze gehorchten ihr widerstrebend und schlugen rings um die Mühle ein, wobei sie einen leuchtenden, knisternden Käfig um sie bildeten, ehe sie erloschen.

Scylla hob die Lider. Die Pferde wieherten erschrocken, und zwei der Gespanne holperten davon; die Kutscher konnten die außer sich geratenen Tiere nicht mehr im Zaum halten. »Das ist ein Vorgeschmack!«, rief sie hinunter. »Versucht es erneut, und ich lasse die Blitze in die Kutschen fahren.«

Die Cognatio reagierte auf ihre eigene Weise.

Wieder leuchteten die Wolken um die Mühle herum auf und

spien ihre tödlichen Geschosse aus blanker Elektrizität gegen sie – doch dieses Mal waren es mehr als zwanzig!

Scylla blieb weniger als ein Lidschlag, um zu handeln.

Während sie ihre Windgestalt annahm, lenkte sie gleichzeitig so viele Angriffe wie möglich vom Turm ab und schickte sie mitten zwischen die Gefährte. Sie fühlte das Kribbeln, als sieben der Blitze durch ihre schimmernde Form hindurch auf der Plattform einschlugen.

Schwindel ergriff sie, die Anstrengung forderte ihren Tribut. Dennoch sah Scylla mit immenser Genugtuung, dass zwei Kutschen regelrecht gesprengt wurden, rauchende Trümmer wirbelten umher. Die Mehrzahl der Pferde lag regungslos auf der Erde, gelähmt von der Macht der Blitze, die in den Boden gestoßen waren und dort ihre Kraft entladen hatten.

Unter ihr warf Viktor abwechselnd Säure- und Spiritusflaschen aus dem Fenster des obersten Stockwerks. Manchmal trafen die Geschosse, brennende Gestalten rutschten kreischend aus den Überresten ihrer Gefährte; andere Vampire waren ausgestiegen und schauten zu ihr hinauf; vier von ihnen verschwanden von einem Lidschlag auf den nächsten, während ihre Kleidung niederfiel.

Es wurde Zeit zu gehen.

Scylla schwebte hinüber zur Scheune, durch die obere Öffnung und hinunter zur Kutsche, vor der zwei Schimmel angespannt standen.

Sie nahm ihre menschliche Form an und warf sich den Kutschermantel über, der am Haken neben der Durchgangstür zur Mühle hing, dann betätigte sie die Klingelschnur und gab Viktor das Zeichen, zu ihr zu kommen. Scylla setzte sich auf den Kutschbock, hob die Zügel und wartete voller Ungeduld, dass ihr Liebster erschien.

Die Tür wurde aufgestoßen, und er kam keuchend in die Scheune gelaufen. In den Händen hielt er zwei Säureflaschen.

Ehe er etwas sagten konnte, nickte sie zum Verschlag. »Steig ein! Wir müssen fliehen, sonst werden wir gemeinsam sterben. Sie sind zu stark.« Scylla sah ihn ernst an. »Und vergiss nicht, drinnen die Messer über die Fenster zu stecken.«

Viktor ersparte sich jedes Wort und sprang in das Gefährt. Scylla schrie die Pferde an, ließ die Lederleinen auf ihren Rücken klatschten, und die Tiere rannten los. Dass das Tor geschlossen war, kümmerte sie nicht, die Deichsel ragte nach vorne über und wirkte wie ein Rammbock.

Scylla lenkte die Kutsche durch die Trümmer und peitschte die Schimmel zu größter Geschwindigkeit an. Sie fuhr über Holzstücke, überrollte zwei brennende Gestalten und jagte den Weg hinab in den Wald. Sie wusste, dass die Cognatio ihr folgen würde. Viktor und ihr stand eine lange Flucht voller Unsicherheit bevor.

Irina kauerte sich in die Mulde, die sie zehn Schritte von der Mühle entfernt im Hügel gefunden hatte.

Die Tenjac hatte eigentlich noch einmal zurückkehren wollen, um sich Viktor endlich zu nehmen. Er gehörte ihr, daran änderte auch Scylla nichts. Doch als die Kutschen aufgetaucht waren und sie sich unvermittelt zwischen den Fronten befand, blieb ihr nichts weiter, als sich zu verbergen.

Sie zitterte am ganzen Leib und schrie leise auf, als die Blitze ohrenbetäubend um sie herum einschlugen. Die Energien flossen durch den Boden und jagten Schmerzen durch ihren Leib, doch sie wagte sich nicht aus ihrer Deckung. Irina war sich sicher, dass es ihr Ende wäre, wenn man sie entdeckte.

Sie hob vorsichtig den Kopf und sah, was sich abspielte: Eine Kutsche schoss in irrwitziger Fahrt zwischen den anderen Gefährten hindurch, auf dem Bock saß Scylla und trieb die Pferde mit lauten Schreien an; gleich darauf rollten drei Kutschen los und machten sich an die Verfolgung, die anderen waren entweder zu stark beschädigt, oder aber die Pferde lagen regungslos auf der Erde. Opfer der Blitze.

Irina erlaubte sich ein leises Aufatmen.

Sie fand es sehr aufschlussreich, dass sich die Judaskinder untereinander bekämpften. Waren die Tage ihrer Vorherrschaft vorüber? Zerfiel die Gemeinschaft, über die sie von Viktor so viel erfahren hatte?

Sie verfolgte, wie zwei Judassöhne und eine Judastochter am Fuße des Mühlenturms beisammenstanden und sich berieten, dann verschwanden sie, während ihre Kleider an Ort und Stelle niederfielen.

Das Unwetter über dem Gebäude beruhigte sich, und ein kühler Regenschauer ging aus den Wolken nieder, um die Flämmchen in den Trümmern zu löschen.

Vorsichtig erhob sich Irina und näherte sich dem Eingang. Es gab sicherlich noch viel in der Bibliothek zu entdecken, und hoffentlich fand sie Bücher in ihrer Sprache.

Sie huschte an den zerstörten Kutschen vorüber und achtete zuerst nicht auf die Gestalten, die um sie herumlagen – bis ihr Blick auf einen Mann in einer sehr aufwendigen Garderobe fiel, neben ihm schwamm eine Perücke in einer größer werdenden Regenpfütze.

Irina zögerte. »Ein Judaskind«, flüsterte sie erregt. »Ob du Bastard wohl noch lebst?«

Ihre Neugier siegte.

Sie pirschte sich an den Vampir heran und hob dabei ein langes, gesplittertes Holzstück auf, um sich notfalls gegen ihn verteidigen zu können.

Neben dem Mann, der mit dem Gesicht nach oben und geschlossenen Augen im Dreck lag, blieb sie stehen. Er war jung, eine tiefe Wunde klaffte in seiner rechten Schulter. Die Verletzung schloss sich aber bereits Fleischfaser um Fleischfaser, und ihr wurde klar, dass er sehr wohl noch am Leben war!

Irina klammerte sich an ihr Holzstück und starrte den verhassten Judassohn an.

Sie schluckte. Die Aufregung wuchs, weil sie mit dem Gedanken spielte, etwas Ungeheuerliches, nie Dagewesenes zu tun. Dennoch wagte sie es nicht, denn die Aura der Macht, die den verhassten Feind selbst jetzt noch zu umgeben schien, hielt sie davon ab.

Langsam ließ sie den improvisierten Pflock sinken.

Aber wann würde es jemals einen besseren Moment als diesen geben, einen von ihnen zu töten?

Genau in diesem Moment sprang der Mann mit einem lauten Schrei auf und griff ihr mit beiden Händen an die Kehle, um sie auseinanderzureißen.

Die Tenjac reagierte instinktiv und drosch ihm das Holz gegen den Kopf, so dass er zur Seite taumelte und über einen Pferdekadaver stürzte. »Abschaum! Ich werde dich zerfetzen!«, versprach er ihr brüllend und stieß sich sofort ab. Er flog mit ausgestreckten Armen auf sie zu, der weit aufgerissene Mund zeigte ihr die Reißzähne.

In Irina erwachte etwas und verlieh ihr Mut. Sie duckte sich, sprang ihm mit einem wilden Schrei entgegen und hob den improvisierten Pflock mit beiden Händen hoch in die Luft, um genügend Schwung zu besitzen. Dann rammte sie ihn ruckartig in die Brust des Vampirs.

Dumpf knirschend durchstieß das Holz den Körper, der Vampir ächzte.

Sie ließ das Holz los, der Gegner fiel hinter ihr zu Boden. Er wand sich, rang nach Luft und stierte Irina entsetzt an, die im Schlamm gelandet war und sich zu ihm umdrehte. Die Arme des Gegners zuckten nach oben und klammerten sich um den Pflock.

Sie erschrak, ihre Kühnheit war wie weggefegt, und sofort bekam sie Angst: Was, wenn es noch Judaskinder in der Nähe gab und sie den Vampir hörten?

»Nein, du wirst sterben!« Rasch hob sie die Perücke auf und stopfte sie in seinen Rachen, so weit es ging, und die Laute wurden zu dumpfem Jammern. Dann trat sie dem Vampir immer wieder gegen die Arme, die nach ihr langten, und dabei zischte und fauchte sie wütend.

Aber der Judassohn lebte noch immer, lediglich seine Gegenwehr erlahmte.

Irina entdeckte einen Dolch am Gürtel des Mannes und zog ihn aus der Scheide. Aufgeregt kniete sie hinter seinem Kopf nieder, bog sein Kinn mit der Rechten zurück – und stach mehrmals brutal von oben in den Hals. Sein Blut spritzte. Damit er still lag, drosch sie ihm zwischendurch den Knauf gegen die Stirn und hörte, wie der Schädel knackte.

Endlich hatte sie die Wirbelsäule erreicht und hebelte zwischen den einzelnen Gliedern herum. Die Schneide rutschte wegen ihren unkundigen Finger mehrmals über die Knochen, ohne sie zu durchtrennen, bis sie mit einem Schrei all ihre Kraft in den Schnitt legte – und den Mann enthauptet hatte.

Der Blick des Judaskindes brach, die Arme fielen kraftlos nach rechts und links in den Schlamm.

Irina keuchte und vermochte sich nicht zu rühren. Sie wandte die Augen nicht von ihrem Opfer ab.

Ächzend sprang sie schließlich auf, das rote, mit weißlichem Mark verschmierte Messer vor sich gereckt, und schaute sich um. Und dann, endlich, löste sich ihre Anspannung in einem erleichterten Lachen. »Tot!«, rief sie unbändig und trat gegen den Vampir. »Ich habe dich vernichtet, Judassohn!« Das Gefühl von unbekannter Macht und Euphorie durchströmte sie. »Ich!«

Sie roch an dem roten Blut auf der Klinge, das sie an den Lebenssaft von Scylla erinnerte, den sie damals aus Versehen im Wohnwagen gekostet hatte. Irina leckte vorsichtig daran und verzog das Gesicht. Das hier schmeckte anders, widerlich und alt. Krank. Kein Vergleich.

Beflügelt von ihrem Erfolg, suchte sie in den Kutschenüberresten nach weiteren verwundeten Nachfahren des Judas, die sie vernichten durfte. Und danach würde sie die Kunde über ihren Sieg und die Schwäche der selbsternannten besseren Vampire verbreiten.

Die Vorzeichen, die verhassten Judaskinder ausrotten zu können, standen günstig. Irina wusste nun so viel über sie und ihre Aufenthaltsorte.

Die Tenjac sah den Weg hinab, den die Kutschen genommen hatten. Es passte ihr gar nicht, dass ihr der Deutsche ein weiteres Mal entkommen war. Erstens wollte sie ihn noch immer für sich, zweitens wusste er viel über die Judaskinder und konnte die Bücher in fremden Sprachen aus der Bibliothek für sie übersetzen. Und drittens – drittens war er Scyllas Geliebter. Dreifach wertvoll für Irina.

Zu wertvoll, um ihn gehen zu lassen.

7. April 1732
Habsburgisches Territorium (serbisches Gebiet)

Als sie die den dritten Tag und die dritte Nacht hindurch geritten waren, konnten die Pferde nicht mehr. Scylla und Viktor hatten sich abgewechselt, tagsüber lenkte er die Kutsche, während sie schlief; nachts tauschten sie die Rollen.

Ihre Flucht gestaltete sich noch schwieriger als gedacht. Wegen Scylla konnten sie weder Flüsse noch Bäche überqueren, sondern mussten so lange an einem Gewässer entlangfahren, bis sie eine ausgetrocknete Stelle gefunden hatten. Es besaß Nachteile, ein Judaskind zu sein, wie ihnen schmerzlich bewusst wurde.

Die Nacht war hereingebrochen, die Zeit der Vampire hatte begonnen, und wie immer tauchte Scylla neben Viktor auf dem

Kutschbock auf, ohne dass er mitbekam, wie genau sie es anstellte. Sie küssten sich und lächelten sich an.

»Die guten Tiere! Sie haben uns treu gedient, aber ihre Kräfte sind am Ende«, meinte sie mit einem Blick auf die Schimmel, die mehr geleistet hatten als normale Pferde. »Wir werden uns neue besorgen müssen.« Sie sah über das Dach hinter sich auf den breiten Weg. Keine Spur von ihren Verfolgern.

Viktor grinste. »Es ist von Vorteil, wenn man ein Mensch ist«, bemerkte er. »Die anderen müssen sich einen Unterschlupf suchen, sobald die Sonne am Himmel steht.«

»Es ist unser einziger Schutz vor ihnen«, murmelte Scylla, die sich keinerlei Illusionen machte. Es durfte nicht zum Kampf kommen. »Ich habe uns einen Plan zurechtgelegt«, sagte er zu ihr. »Ich möchte mit dir nach Frankreich, in die Bretagne.«

Scylla schauderte. »Ans Meer?«

»Ein guter Freund lebt dort, den ich auf den Reisen mit meinem Vater kennengelernt habe. Ich nehme nicht an, dass Marek uns so weit folgen wird.«

Scylla nickte.

»Wir können einen Neuanfang in Frankreich wagen. Du und ich sprechen gut genug Französisch, um eine Arbeit zu finden. Mein Freund wird uns dabei unterstützen, ohne mich an Vater zu verraten.« Viktor war fest vom Gelingen ihrer Flucht überzeugt. »Susanna, das Gestüt, die Erinnerungen an Elvira, nichts davon will ich mehr. Es zählt nichts.«

Scylla küsste ihn. Viktor wurde bald schläfrig und überließ es ihr, die Kutsche mit den lahmen Pferden zu steuern. Er kletterte in die Kabine.

Nach einer Weile steuerte sie ein Gehöft an, das sie ausgemacht hatte. Scylla kaufte dem Bauern seine beiden Pferde ab und gab ihm die Schimmel noch dazu; der Mann würde seine wahre Freude an den Pferden haben und sich wundern, zu was sie alles imstande waren. Viktor verschlief den Wechsel.

Die Fahrt verlief nun deutlich rascher. Die Gegend flog an ihr vorüber.

Immer wieder wandte sie sich um, doch die Cognatio hatte sie auch in dieser Nacht nicht eingeholt.

So ging es Stunde um Stunde, bis Scylla hinter ihnen den heller werdenden Horizont sah. Noch etwa eine Stunde, dann würde sie ins Innere der Kutsche steigen müssen.

Viktor war bereits wach und streckte den Kopf aus dem Fenster. Er hatte gelernt, bei voller Fahrt nach vorne zu klettern, und meisterte diese Herausforderung auch dieses Mal. »Wir haben frische Pferde!«, freute er sich.

»Sie laufen gut, wenn auch nicht ganz so rasch, wie die Schimmel es tun, wenn sie ausgeruht sind«, sagte sie und drückte ihm die Zügel in die Hand. »Ich schätze, dass Marek und die anderen uns noch drei oder vier Tage folgen werden, ehe sie von uns ablassen. Aber eine Garantie kann ich dir nicht geben, Liebster. Es kann passieren, dass sie uns einholen, und dann gnade ...«

»Keine Gnade, Scylla. Wenn sie uns angreifen, werden sie sterben.« Viktor trieb die Tiere mit Rufen und einem Peitschenknall an. Seine Gedanken streiften hinüber in die Zukunft. »Du könntest mich zum Medicus ausbilden«, schlug er ihr vor. »Damit könnten wir unseren Lebensunterhalt bestreiten.«

»Was ist mit deinem Vater, deiner Familie?«

Viktor schenkte ihr ein Lächeln. »Ich werde ihnen unterwegs einen Brief senden und mitteilen, dass ich aus dem Familienerbe gestrichen werden darf. Sie werden glauben, dass ich nach Amerika gegangen bin. Mit dem Geld, das er mir geschickt hat.«

Scylla musterte ihn. »Du wirst dein Gestüt deinem Bruder überlassen?«

Er nickte. »Alles, was mich von einer Zukunft mit dir abhält, ist Ballast, den ich nicht benötige. Ein wenig trauere ich zwar darum, doch ich werde einen Weg finden, meine Pferdezucht in der Bretagne fortzuführen.« Er lachte und sah zu den Tieren vor dem Wagen. »Nicht unbedingt mit diesen Kleppern, aber es findet sich schon etwas.« Viktor beugte sich zu ihr und gab ihr einen langen Kuss. Dann schwieg er. »Es gibt doch keine Vampire in Frankreich, oder?«

Sie konnte ihm die Frage nicht beantworten. »Ich habe die Cognatio niemals davon sprechen hören.«

»Gut.« Er atmete auf. Niemals hätte er geglaubt, dass er einmal genug von den Vampiren haben könnte.

Sie schien seine Gedanken lesen zu können. »Du wirst nicht nur deine Familie aufgeben, sondern auch von den Vampiren ablassen müssen. Schon allein, um durch deine Berichte nicht Marek auf unsere Spur zu locken«, meinte sie. »Keine Vampire mehr. Abgesehen von mir.«

Viktor lachte auf und schwang die Peitsche. »Ich habe wirklich ausreichend Bekanntschaft mit ihnen gemacht. Aber jemand sollte die Menschen warnen, was es alles gibt ...«

»Überlass es den Dhampiren, sich mit den Vampiren anzulegen. Du wirst sehen, dass die Diskussion über sie bald enden wird. Die Gelehrten werden die Berichte schließlich als Aberglauben abtun und sich nicht mehr weiter um die Untoten kümmern.« Scylla sah über die Schulter und suchte den Weg und den Himmel ab. Nichts. Anscheinend hatten sie einen weiteren Tag gewonnen.

Die ersten Vögel erhoben ihre Stimmen und sangen, damit sich die Sonne rascher aus ihrem Bett erhob und die Dunkelheit vom Land nahm. Nebel stiegen aus den Mulden und Auen auf und schmückten sie mit feuchtkalten Schleiern.

Viktor dachte noch immer an die Zukunft. »Wir kommen zu Ansehen und Wohlstand, und dann gründen wir eine Familie. Wie viele Kinder möchtest du, Scylla? Drei, vier oder ein ganzes Dutzend? Ich sehe sie schon vor mir, eines schöner und schlauer als das andere …« Er betrachtete sie – und als er ihr Gesicht sah, wurde er sich bewusst, dass er für eine Sekunde vergessen hatte, *was* sie war.

Scylla jedoch gab das Lächeln zurück. »Wenn es nach mir geht: ein Dutzend«, entgegnete sie. »Weißt du, wie sehr ich immer davon geträumt hatte, eine eigene Familie zu haben?« Sie seufzte, legte einen Arm um seine Schulter und genoss die Wärme, die von ihm ausging. »Nun habe ich bald eine«, gab sie sich selbst die Antwort. »Es ist zu schön, um wahr zu sein.«

Viktor betrachtete sie, und er spürte unendlich starke Gefühle in sich. Es hatte nichts mit schwarzer Kunst, einem Fluch oder einem Vampirbann zu tun, dass er sie verehrte. Er liebte sie einfach, ohne Wenn und Aber. Dafür war er bereit, mit allen Hindernissen zu kämpfen, die sich ihnen entgegenstemmten.

9. April 1732
Habsburgisches Territorium (serbisches Gebiet)

Viktor schwang die Peitsche und drosch auf die Pferde ein.

Die Sonne neigte sich dem Horizont entgegen, und er hatte das Gefühl, dass sie kaum vorwärtsgekommen waren. Zu lange Pausen? Doch ohne Rast würden die Pferde ihnen auf der Straße zusammenbrechen.

Er sah zur untergehenden Sonne. In weniger als einer halben Stunde würde Scylla sich aus ihrem Versteck wagen können, und er freute sich, sie wieder in die Arme schließen zu können – wenn auch nur kurz, es durfte keine Aufenthalte mehr geben. Aber bald wären sie ihren Verfolgern entkommen – oder waren sie es gar schon? Er sah seine Zuversicht in dem Umstand bestärkt, dass sie nicht ein einziges Mal angegriffen worden waren.

Vor ihm glitzerte es, und er sah einen Bach, der sich ihnen als Hindernis in den Weg schob.

Für einen Menschen und vor allem für die Kutsche und die beiden Pferde bedeutete es keine Schwierigkeit, den breiten, aber flachen Wasserlauf zu durchqueren. Der Bach würde nicht einmal bis zur Radnabe steigen.

Scylla dagegen hatte klargestellt, dass es für sie den Tod bedeutete, wenn sie eine Durchquerung versuchen würden.

Also lenkte er das Gespann auf den abbiegenden Weg, der am Bach entlangführte und dort spürbar unebener war. Das Knirschen der Kutsche und das Rumpeln warnten ihn davor, zu schnell zu fahren.

Erleichtert sah er eine Mühle auf ihrer Seite des Ufers, die ein Wehr besaß. Ohne sich lange umzuschauen, hielt er an, sprang vom Bock und verschloss das Wehr vollständig, indem er das Schleusenrad betätigte. Das Schott bot dem Bach Einhalt und staute ihn in der gewaltigen Vorkammer.

Viktor kehrte zum Gespann zurück. Er fuhr ein Stück weiter, bis er an eine Furt gelangte und sah, dass der Bach mehr und mehr verebbte und schließlich im Kies versickerte. Es dauerte ihm immer noch zu lange.

Die Sonne sank und sank. Aber noch stand sie so, dass sie ihre letzten goldroten Strahlen das Bachbett entlangsandte.

»Jetzt oder nie«, murmelte er, lenkte die Kutsche sofort die Böschung hinunter und peitschte die Pferde an, damit sie ihre Fracht über die losen Steine zogen. Die Kiesel knirschten, tief sanken Hufe und Räder in dem weichen, nassen Untergrund ein, doch es sah so aus, als schafften sie es.

Viktor war aufgestanden, schrie und prügelte, bis ihm der Arm schwer wurde. Ein rascher Blick zur Seite zeigte ihm, dass der Müller die Mühle verlassen hatte und zuerst auf das Wehr, dann in seine Richtung schaute und drohend die Faust schüttelte; er hielt den Fremden zu Recht für den Übeltäter und lief zum Schleusenrad.

In diesem Moment blieb die Kutsche stecken.

»Los! Zieht!«, schrie er die Pferde an und schlug nach ihnen, dass sie blutige Striemen erhielten. Sie keilten aus und warfen sich verzweifelt nach vorne. Es brachte kaum etwas.

Das Gluckern veranlasste Viktor, noch einmal zur Mühle zu sehen. Wasser näherte sich. Noch waren es Rinnsale, die auf den Wagen zuhielten. »Macht schon!«

Das rechte der Pferde versuchte auszubrechen und den Schlägen zu entkommen, es drängte das zweite mit zur Seite. Die Deichsel knarrte bedrohlich – und das Gespann kippte um.

Viktor sprang in den Kies und musste sich zur Seite rollen, um nicht von der umfallenden Kutsche erschlagen zu werden.

»Scylla!« Viktor versuchte, die Tür zu öffnen, aber sie hatte sich durch den Sturz verzogen. Der Sonne schien es besonderen Spaß zu bereiten, ihren Schimmer gnadenlos auf das Bachbett gerichtet zu halten. Selbst wenn sich der Verschlag lockern ließ, konnte Scylla nicht hinaus. Nicht in die direkten Strahlen. Die Aussichten waren nicht gut: im fließenden Wasser vergehen oder von der Sonne vernichtet werden.

Viktor riss bei seinen Bemühungen den Türgriff ab und stürzte in den Kies. Während er noch fiel, vernahm er das Rattern von Kutschrädern sowie das Trommeln von Hufen. *Nein!*

Er lag so, dass er das Ufer sah, von dem aus er gekommen war – und seine Augen weiteten sich.

Drei Kutschen schossen das Bachufer entlang, auf den Böcken schwangen die Fahrer gnadenlos die Peitschen, um die schweißnassen Pferde anzutreiben. In wenigen Augenblicken wären sie an der Furt.

Während Viktor sich in die Höhe stemmte, hielt die erste Kutsche an, und schwarze Umrisse sprangen aus dem Inneren, noch bevor sie zum Stehen gekommen war.

Viktor musste sie anstarren und rang mit seiner Furcht. Er stand ihnen allein gegenüber, und *das* würde er keinesfalls überstehen. Er brauchte Scylla.

Vier Umbrae kauerten mittlerweile im Schutz des Baumschattens auf der Böschung und beobachteten ihn, und hinter ihnen hielten die Kutschen an.

Vier Männer und drei Frauen, deren Kleidung und Perücken keinerlei Zweifel aufkommen ließen, um wen es sich handelte, entstiegen ihnen: Die Kinder des Judas hatten sie gefunden!

Wenn er sich richtig an Scyllas Erzählungen entsann, handelte es sich um zwei der Barone und fünf ihrer Elevinnen und Eleven; an ihren Gürteln hingen lange Dolche, die Eleven hatten zusätzlich silberne Beile dabei.

Das Rauschen verstärkte sich. Der Müller hatte die Schleusen ganz geöffnet, um Viktor mit der angestauten Macht des Baches für seine Tat zu bestrafen; rauschend und schäumend quoll das befreite Gewässer durch die Lücke und schwappte heran.

Endlich – endlich versank die Sonne vollständig hinter dem Horizont und hinterließ nichts weiter als schwaches indirektes Licht.

»Scylla!«, schrie er und sprang auf. »Sie sind da!«

Viktor sah, dass sich die Umbrae ebenso in Bewegung setzten wie die Barone und Eleven.

Ein harter Schlag zerschmetterte das Dach der Kutsche, und Scylla kam zum Vorschein »Wo sind …?« Da hörte sie das Wasser, sah die Rinnsale unter sich entlangschießen und kreischte auf.

Sie fürchtete sich derart, dass sie wegsprang, an Viktor vorbei und in heller Panik auf das andere Ufer zu.

Viktor stand mit den Zehen im Wasser und rannte ebenfalls los, Scylla hinterher, die bereits festen Boden unter den Füßen hatte. Rasch schaute er hinter sich.

Zu seiner Erleichterung hatten die Barone umgedreht und waren auf der anderen Seite des Ufers geblieben. Wenigstens diese Gegner blieben ihnen erspart. Sie fletschten die Zähne und knurrten sie an; die Elevinnen und Eleven jedoch sowie die

Umbrae befanden sich dicht hinter ihm. Ohne Beistand würde er es nicht schaffen.

»Scylla!«, rief er und eilte ans Ufer, da traf die größere Welle ein und umspülte seine Beine.

Das Wasser, so harmlos es auch aussah, besaß eine ungeheure Kraft. Es riss ihn um und trug ihn etliche Schritte mit sich, bevor es ihm gelang, sich gegen den Bach zu stemmen und die Böschung zu erklimmen.

Von dort, wo er Scylla das letzte Mal gesehen hatte, erklangen immer wieder laute Schreie von Männern und Frauen. Waffengeklirr mischte sich unter das Aufheulen der Umbrae.

Viktor besaß lediglich seinen Dolch zur Verteidigung, das Kreuz half ihm nur gegen die Umbrae etwas, aber nicht gegen die Elevinnen und Eleven.

Viktor gelangte unmittelbar am Ufer zurück auf den Weg. Von Scylla und den Vampiren war nichts zu sehen, den Spuren nach waren sie auf dem Weg weitergelaufen, weg vom Bach. Am Boden sah er ein silbernes Beil, das vermutlich einem der Eleven gehört hatte, und hob es auf.

Eine Elevin landete wie aus dem Nichts vor ihm, ihr dunkelgraues Kleid war über und über mit Blut beschmutzt, ihre Hände und Unterarme trieften förmlich. Der Anblick schürte schlimmste Befürchtungen, weil er an Scylla dachte. »Hier ist der Deutsche!«, rief die Elevin und streckte den linken Arm nach ihm aus.

Viktor schlug sofort nach ihr, die Beilklinge hackte durch das Fleisch und durchtrennte den Knochen, aber die Sehnen hielten den Arm, der nun herunterbaumelte. Dunkles Vampirblut spritzte auf ihn, benetzte sein Antlitz und raubte ihm die Sicht. Blind schlug er um sich und traf etwas, die Vampirin schrie auf; es platschte.

Es gelang ihm, sich über die Augen zu wischen und rechtzeitig mit anzusehen, was der harmlose Bach mit der Elevin anrichtete.

Er hatte die Vampirin mit seinem Schlag in den Wasserlauf geschleudert, und sie saß an einer weniger reißenden Stelle bis zur Hüfte darin. Um sie herum brodelte und blubberte es wie in einem Kochtopf. Sie schrie und versuchte, sich herumzuwälzen, doch jedes Stückchen Haut, das mit dem Wasser in Berührung kam, schlug Blasen und zersetzte sich dampfend. Es sah so aus, als hätte sich das Wasser in starke Säure verwandelt.

Die Zerstörung an ihrem Unterleib war schon weit fortgeschritten. Sie bestand unterhalb der Gürtellinie nur noch aus rohem Fleisch, Knochen schimmerten durch und verfärbten sich schwarz. Das Wasser löste sie auf.

Die Gedärme fielen aus ihrer offenen Bauchdecke, wickelten sich ab und lösten sich zischend auf. Kreischend und heulend zog sich die Vampirin mit einem Arm vorwärts, der qualmend verging; als die Finger zerfielen, war nur noch der Oberkörper übrig, und die Elevin kreischte. Derartige Laute hatte Viktor noch niemals vernommen. Eine Welle schwappte in ihren geöffneten Mund, es fauchte – und sie schwieg. Die Vernichtung war jetzt vollkommen, und der Bach spülte nur noch die Reste weg.

Viktor hatte sich bis zum Schluss nicht von dem Anblick lösen können. Als er von weiter weg seinen Namen hörte, zuckte er zusammen und wandte sich um. Scylla rief nach ihm.

Er rannte weiter – und stand unvermittelt vor einem kleinen Haus, um das einige Kohlemeiler errichtet waren; dichter schwarzer Qualm stieg aus den Öffnungen der hüttengroßen Gebilde, in denen Holz zu Kohle gebrannt wurde.

Geduckt lief er hinter den Meilern entlang und suchte nach Scylla.

Dabei kam er immer wieder an Leichen vorüber. Der Köhler und seine Sippe waren von den Vampiren im Vorbeigehen getötet worden. Er spähte zwischen den Meilern hindurch und sah die Umbrae, aus deren Mäulern Feuerlohen zischten und diejenigen Meiler, die erloschen waren, wieder in Brand steckten. Anscheinend vermuteten sie Scylla in einem von ihnen.

Erneut schoben sich dunkle Wolken über ihnen zusammen.

Die Eleven drangen in das Köhlerhaus ein, und Flammen loderten in den Zimmern auf, sobald sie die Räume wieder verließen.

Dann sah er sie! Scylla stand auf einem erloschenen Meiler, eine Hand nach oben gegen den Himmel gereckt.

Ein schwarzes, wolfsähnliches Wesen erklomm den Baum ihr gegenüber und öffnete das Maul, um Feuer gegen die Vampirin zu speien.

»Scylla, rechts von dir«, schrie Viktor ihr zu.

Die aus dem Maul schlagende Flamme traf ins Leere, Scylla hatte sich durch seine Warnung in Sicherheit bringen können.

Die Erleichterung darüber hielt nicht lange: Das Wesen stieß sich vom Stamm ab und kam aus acht Schritt Höhe zu ihm herabgesprungen. Im Flug verwandelte es sich in einen schwarzen menschlichen Umriss.

Viktor hob das Beil und schleuderte es dem Umbra entgegen. Die Klinge traf das Wesen mitten in die weit geöffnete Schnauze, gurgelnd fiel es in den Dreck.

»Ha!« Viktor hielt seinen Dolch stoßbereit und näherte sich dem getöteten Vampir. »Ich habe einen!«, rief er zu Scylla und riss das Beil aus dem hässlichen schwarzen Schädel – da schnellte ein blonder Frauenkopf von hinten an seinen Hals und biss zu.

Die Schmerzen waren unbeschreiblich.

XXII.
KAPITEL

8. April 1732
Habsburgisches Territorium (serbisches Gebiet)

Scylla hörte Viktors Ruf und sprang sofort zur Seite, hinunter vom Wagendach.

Die Flammen rasten über sie hinweg und sengten lediglich ihre Haare an.

Sobald ihre Füße den Boden berührten, rollte sie sich über die Schulter ab und schlüpfte unter dem Wagen hindurch, um zu Viktor zu gelangen. Allein würde er gegen diese Gegner keinesfalls bestehen können.

Regen prasselte aus den Gewitterwolken nieder, die sie, so rasch es ihr möglich gewesen war, herbeigerufen hatte. Gegen eine Übermacht wollte sie mehr als nur ihre körperliche Kraft zur Verfügung haben. Und ohne die mächtigen Barone waren die Elevinnen und Eleven leichtere Gegner.

Scylla richtete sich auf und sah, wie der Umbra gegen ihren Liebsten fiel. Viktor strahlte sie an und hob die Hand zum Zeichen, dass es ihm gutging – gleichzeitig fiel ihn eine blonde Frau hinterrücks an. Auch ohne die Bäuerinnentracht, die so gar nicht zum Stil der Judaskinder passte, hätte sie gewusst, wer sich einmischte: Es war Irina! Sie schlang die Arme von hinten um seine Brust und grub die Zähne in seinen Hals.

»Halte durch! Ich komme!«, schrie Scylla und rannte los.

Der junge Deutsche schrie auf und versuchte, die Tenjac abzuschütteln; dadurch vergrößerte er jedoch nur seine Verletzung. Das Blut sickerte ihm über den Hals und durchtränkte das Hemd.

Scylla schnellte herbei und wollte sich auf Irina werfen, als sie von der Seite angesprungen und umgerissen wurde. Ein bösartiger Schmerz jagte durch ihre rechte Hand, und sie sah, dass ihr ein Messer hindurchgestochen worden war.

Sie bekam den Angreifer zu packen und drückte ihn auf die nasse Erde. Der Kleidung nach war es einer der Eleven. Aus den Augenwinkeln sah sie seine nächste Attacke kommen und parierte den heranzuckenden Arm, indem sie ihren Mund weit öffnete und ihn umschloss, dann biss sie mit aller Macht zu. Widerliches Vampirblut sprudelte in sie hinein, sie spuckte es samt dem abgetrennten Arm aus.

Der Eleve ließ von ihr ab und brüllte vor Schmerz, die rechte Hand hielt den Stumpf umfangen und versuchte, die Wunde abzudrücken.

Scylla hechtete an ihm vorbei zu Irina.

Der nächste Umbra kam hinter einem Wagen zum Vorschein und griff sie an. Er duckte sich unter ihrem Dolch weg und schnappte nach dem Arm; klickend schlossen sich die Fänge – und bissen in die Luft.

Scylla trat ihm mit beiden Füßen ins Gesicht, so dass es laut krachte und sich das Schattenantlitz nach innen schob und verformte. Er hob vom Boden ab und wurde drei Schritte nach hinten geschleudert, wo er sich überschlug und schließlich im Gebüsch zum Liegen kam.

Scylla erhielt keine Gelegenheit, Irina von Viktor zu lösen, denn schon rannte eine Elevin in einem efeufarbenen Kleid auf sie zu, die Klinge in der Rechten.

Die junge Vampirin verlangsamte ihre Schritte und baute sich zwischen Scylla und der Tenjac auf. An ihre Seite begab sich der Eleve, der seinen Arm verloren hatte. »Wir haben den Auftrag, der Cognatio die Formel zu bringen«, sprach sie und spielte mit dem Messer. Sie kümmerte sich nicht um Irina und Viktor.

Scylla sah, dass ihr Liebster geschwächt in den Armen der Tenjac lag, der Blutverlust brachte ihn an den Rand einer Ohnmacht.

Irina grinste sie boshaft an. *Nun ist er mein*, formulierte sie tonlos und ließ Viktor auf den Boden fallen; gleich danach machte sie einen Schritt nach hinten und verschwand im Gebüsch.

»Was, wenn ihr sie habt?«

Die Elevin lächelte, und das wiederum sagte Scylla alles.

Sie attackierte die Elevin zuerst und stach ihr durch das Herz. Der Angriff war viel zu schnell für die junge Vampirin gekommen.

Die Elevin ächzte, starrte auf das Messer in ihrer Brust und stieß unmenschliche Laute aus. Mit einer raschen Bewegung zerstörte Scylla das Herz, tot fiel die Elevin auf die Erde.

Jetzt unternahm der Eleve einen Angriff. Er befand sich noch in der Vorwärtsbewegung, da zerschnitt Scylla ihm die Kehle und stand unvermittelt hinter ihm, um ihm die Beine wegzuziehen. Er schlug auf dem Boden auf, und der Tritt in seinen Nacken, der die Wirbel krachend zermalmte, ließ ihn sterben.

Endlich durfte sich Scylla Viktor widmen.

Er lag auf der Erde, die Augen halb geschlossen und schnell atmend. »Sie hat mich gebissen«, stammelte er bleich. Blut sprudelte aus der Halswunde, und Scylla zögerte nicht, mit den Fingern hineinzugreifen und nach der durchtrennten Arterie zu suchen, um sie abzudrücken. »Ich will nicht zum Vampir werden, hörst du?«, flüsterte er.

»Ich lasse dich nicht sterben, aber du musst mithelfen«, antwortete sie. Ihre kundigen Finger fanden die Arterie und hielten sie zu, dann hob sie Viktor mit einer Hand vom Boden auf und schleppte ihn ins Köhlerhaus, wo sie hoffte, Nadel und Faden zu finden. Die Feuer waren, bis auf eines im ersten Stock, im Regen wieder erloschen. Scylla hatte nicht vor, so lange zu bleiben, bis die Flammen sie erreicht hatten, und bettete den jungen Mann auf eine Liege.

Viktor nahm ihre Hand und sah ihr in die Augen. »Scylla, ich will nicht als Untoter wiederkehren«, hechelte er. »Wenn ich es nicht überlebe ...«

»Halt sie fest«, wies sie ihn barsch an und gab ihm die Arterie in die eigenen Finger. »Ich muss etwas suchen, mit dem ich dich zunähen kann.« Hastig durchwühlte sie Schubladen. »Rede mit mir.«

»Es war diese Aufhockerin, die mich schon mal heimgesucht hat«, sagte er schwach.

»Wie zum Teufel ist sie so rasch hierhergekommen?« Vor ihrem geistigen Auge sah sie Irina unbemerkt in einer der Kutschen in einer Gepäckkiste sitzen. Eine Möglichkeit.

Endlich fand Scylla, was sie suchte. Sie zwang ihre Gedanken weg von der Tenjac, die den Kampf um Viktor noch nicht gewonnen hatte. »Wir haben andere Sorgen. Ich fürchte, unsere Verfolger werden das Wehr wieder schließen, und dann wird der Rest über uns herfallen. Aber niemand wird uns hindern, in die Bretagne zu gehen, wie du es vorgeschlagen hast. Wir sind gleich verschwunden. Freust du dich so sehr darauf wie ich?«

Er gab keine Antwort.

»Viktor?« Sie kehrte an Viktors Lager zurück. Er war in Ohnmacht gefallen, die Hand hatte die durchtrennte Arterie losgelassen.

Scylla fluchte und suchte rücksichtslos mit Daumen und Zeigefinger im warmen Fleisch nach den Enden, doch als sie die Adern gefunden hatte, sah sie mit einem Blick, dass ihre Hilfe zu spät gekommen war. Das Blut, das hervorsickerte, war viel zu wenig. »Nein«, flüsterte sie entsetzt und lauschte nach seinen Herztönen. Es war still in seiner Brust.

Unvermittelt waren alle Gedanken wie fortgewischt. Ihr Verstand war leer, und sie vermochte nichts anderes zu tun, als auf das weiße Gesicht ihres Geliebten zu starren.

Ihr Geist weigerte sich zu akzeptieren, dass er von ihr gegangen war, dass mit einem Mal ihre gesamte Zukunft ...

Plötzlich verkrampfte sich Viktors Körper.

Sie zuckte zusammen und schrie vor Freude auf: Hatte sie sich getäuscht und die schwachen Herztöne überhört? Scylla strich ihm über das Gesicht. »Viktor?«

Er hatte die Lider geöffnet, ächzte und hielt sich mit beiden Händen die Brust, als wollte er sich durch die Rippen greifen und das Herz herausreißen; unvermittelt entspannte er sich.

Viktors Pupillen strahlten von innen heraus und verstärkten das Blau seiner Augen. Aus der anfänglichen Verwunderung, mit der er sie betrachtete, wurde Begierde. Er richtete sich auf, und Scylla erschrak vor ihm.

»Viktor, komm zu dir«, mahnte sie und rutschte auf Armlänge von ihm weg. »Ich bin es: Scylla!«

Er blinzelte und versuchte, sie zu berühren. Sie ließ es zu.

Seine blutigen Finger legten sich auf ihre linke Wange, fuhren daran entlang bis zum Kinn, der Zeigefinger strich über ihre Unterlippe. »Es gab einmal etwas zwischen uns«, sprach er stockend. »Ich fühle es als ein weit entferntes Echo, ein Ruf aus vergangener Zeit. Es muss ... Jahrhunderte her sein.«

Scylla schluckte und spürte Tränen in sich aufsteigen. Nun geschah etwas, das alle Liebe zwischen ihnen, alle Pläne zerstören würde.

Ein orangerotes Schimmern legte sich über Viktor, und enorme Hitze ging von ihm aus. »Heiß«, stöhnte er, »so heiß!«

Er zerrte an seiner Kleidung, riss sie herab und wälzte sich trotz Scyllas Bemühungen so lange hin und her, dass er von der Liege auf die Dielen fiel. Schweiß perlte aus sämtlichen Poren seines Körpers und rann in dicken Bahnen an ihm herab, dann rollte er sich auf den Bauch und krümmte sich wie ein

Kleinkind zusammen, der rechte Arm legte sich über den Kopf, die andere Hand tastete suchend umher, bis sie ihm ihre Finger reichte.

Gleich darauf ließ die Pein nach. Keuchend setzte sich Viktor auf und schlang die Decke um seine Schulter. Seine Augen hatten den hungrigen Ausdruck verloren, die Erkenntnis überkam ihn. Er betrachtete Scylla.

»Etwas in mir weiß, was du mir bedeutet hast, doch dieser Teil ist sehr klein und stirbt von Augenblick zu Augenblick«, sagte er zitternd. »Ich bemühe mich, dieses Andenken zu erhalten, doch ... es schwindet. Ich kann fühlen, wie es sich auflöst.« Er schöpfte nach Luft, aus der Erkenntnis wurde Verzweiflung. »Was geschieht mit mir, Scylla?«

Scylla wusste, was sich abspielte. Sie wurde Zeugin der Verwandlung vom Toten zum Vampir, zum ersten Mal überhaupt.

Noch immer war er von dem Schimmern umgeben, das sie an Polarlichter erinnerte. Dieses Leuchten jedoch besaß etwas Unheiliges, Unheimliches. Er ächzte laut, und es ging in anhaltendes Schreien über. Die Finger öffneten sich, die Decke glitt herab.

Sie vernahm ein leises Knistern, und auf seinem Rücken wurde ein Ornament sichtbar. Es verlief entlang seiner Wirbelsäule vom Nacken hinunter bis zum Steißbein, es stank nach schwelender Haut, als würde das Zeichen von einem unsichtbaren Brandeisen aufgebracht.

Scylla wusste, dass ein Dämon im Begriff war, seinen neuen Diener auf diese Weise zu zeichnen und seine Seele auf immer an sich zu binden.

Viktor streckte die Arme nach ihr aus und zog sie an sich, weil er hoffte, dass sich dieser Rest eines wunderbaren Gefühls dadurch nähren und stärken ließ. »Das Schlimmste ist«, wisperte er, bevor sie etwas zu sagen vermochte, »dass ich weiß, *was* ich verliere.« Er sah zu Scylla. »Lass es nicht zu, dass ich zum Vampir werde!«

»Wie kann ich dich *töten?«*, begehrte sie weinend auf. »Ich liebe dich!«

Viktor musste die Zähne zusammenbeißen, die Schmerzen folterten ihn, dann flammten seine Augen regelrecht auf und überschütteten sie mit kaltem blauem Licht. »Töte mich!«

Sie saßen umschlungen auf dem Boden des Wagens, und Scylla spürte regelrecht, wie das Gefühl in Viktor erstarb. »Ich kann nicht«, sagte sie erstickt.

Viktors Stimme überschlug sich, er presste Scylla mit enormer Kraft an sich. Dunkelrote Flämmchen schossen aus den Ornamenten und tanzten auf dem Rücken entlang, bis sie ihre Farbe zu Grau wechselten und erloschen. Die Zeichen auf der nackten Haut verblassten mehr und mehr; nur ein kleiner Rest auf Höhe der Schulterblätter blieb erhalten.

Viktors Körper entspannte sich. Er löste sich von ihr, kippte zitternd zur Seite und rang schwer nach Luft.

Scylla kam an seine Seite. Als sie sein Antlitz betrachtete, stockte ihr der Atem.

Sicher hatte er vor der Verwandlung verlockend und anziehend ausgesehen, doch der Dämon, der den Tenjac gebot und sie ins Leben rief, verlieh ihm eine zusätzliche Ausstrahlung, die ihn gegenüber anderen Männern überhöhte. Keine Frau, die er heimsuchen würde, könnte sich seiner erwehren, würde sich ihm gerne hingeben und nach mehr betteln.

Viktor hatte die Augen auf die Decke gerichtet, sein Brustkorb hob und senkte sich langsamer. Er wandte ihr den Kopf zu. »Es ist vorüber«, sprach er schwermütig und mit einer Stimme, die nicht mehr wie seine klang.

Scylla wischte sich die Tränen von den Wangen. »Nein, es ist nicht ...«

»Ich bin nicht mehr der Viktor, den du geliebt hast.« Er

musterte sie kalt, empfindungslos. »Und du ... du bedeutest mir nichts mehr. Geh fort von hier, Scylla.«

»Ich werde dich nicht verlassen. Wir können ...«

»Es gibt kein Wir mehr, Scylla. Es ... es ist merkwürdig, als würde alles, was ich kenne, in weite Ferne rücken. Und ... und ich spüre, dass etwas anderes kommt, um es zu ersetzen.« Er schlang die Decke um sich und schritt zum Ausgang.

Sie sah ihm nach und stand ebenfalls auf. »Was tust du?« Scylla eilte ihm nach. »Gib nicht so rasch auf, Liebster. Ich kann nach einem Weg forschen ...«

Er trat hinaus. »Grüß mir das Meer.« Viktor verschwand aus Scyllas Sicht.

Wie erstarrt stand sie auf der Schwelle. Das Wechselbad der Gefühle, in das sie geworfen worden war, drohte sie endgültig über den Rand des Erträglichen hinwegzutragen.

Doch dann kehrte Scyllas Trotz zurück.

»Warte«, rief sie und folgte ihm. »Ich lasse nicht zu, dass du uns aufgibst! Ich schwöre dir, ich werde einen Weg finden, den Dämon aus dir zu treiben!« Sie lief ins Freie – und blieb entsetzt stehen.

Jetzt rächten sich ihre Unachtsamkeit und ihre Nachlässigkeit auf grausamste Weise.

Zwanzig Schritte von ihr entfernt standen vier Barone und zwei Baroninnen, zu ihren Füßen lag Viktor. Aus seiner Brust ragte ein Pflock, und Mareks rechter Fuß stand auf dem abgetrennten Kopf ihres Geliebten!

»*Ich* habe bereits einen Weg gefunden, um ihn von seinem Fluch zu erlösen«, sagte er in die Runde, und die Vampire lachten. »Bestrafen wir die Verräterin für das, was sie unserer Gemeinschaft angetan hat!«

Carzic stieß einen Pfiff aus, und zwei Umbrae sprangen aus dem Unterholz, kauerten sich zu seinen Füßen nieder und richteten die Köpfe auf Scylla.

Sie konnte nur auf Viktors Leiche starren.

Nun gab es nicht einmal mehr den Hauch einer Möglichkeit, ein gemeinsames Leben zu beginnen. Mareks Tat hatte das auf immer unmöglich gemacht.

Bevor die Umbrae sie erreicht hatten, nahm Scylla ihre Windgestalt an und ließ sich davontragen.

In dieser Verfassung hätte sie den Kampf nicht gewinnen können.

4.
Buch

TOD

XXIII. KAPITEL

23. Dezember 2007
In der Nähe von Belgrad, 21.59 Uhr

Ich starre die Vampirin an, die enggeschnittene schwarze Thermokleidung trägt. »Es war ein Fehler anzunehmen, dass du tot bist, Irina«, grüße ich sie.

»Das war es zweifellos.« Sie nickt und wiegt das Schwert in ihrer Hand. »Als ich von deiner Rückkehr hörte, musste ich einigen von uns Bescheid geben und herkommen, um das Wunder mit eigenen Augen zu sehen. Ich habe den Pakt neu ausrufen lassen.«

Ich betrachte sie. »Wie ... kann es sein, dass du noch lebst?«

»Du meinst, weil ich *Abschaum* bin?« Sie lacht mich aus. »Ich denke, dass ich das Privileg des ewigen Lebens dir verdanke. Seit ich dich im Wohnwagen der Zingaros gebissen habe, hat sich vieles verändert. Ich dachte lange darüber nach und kam zu dem Schluss, dass es dein Blut war, das mich alle von uns überleben ließ.«

Die Augen des glatzköpfigen Murony verengen sich. »Es sind mir deutlich zu viele von uns versammelt.« Er sieht sich demonstrativ um. »Wie viele Gelegenheiten in euren Leben gab es, in denen sich sechs verschiedene Vampire an einem einzigen Ort begegneten?«

Irina packt den Griff des Schwertes fester. »In den alten Tagen. Früher gab es das schon einmal, du bist zu jung, um es erlebt zu haben. Aber du wirst von ihm gehört haben: dem Pakt gegen die Kinder des Judas, und solange er gilt, tun wir uns gegenseitig nichts. Wir brauchen den Zusammenhalt, um die

Brut der Überheblichen endgültig aus der Welt zu schaffen. Mit ihrem Erscheinen«, dabei deutet sie auf mich, »ist er wieder in Kraft getreten. So sehe ich es zumindest.«

Der Murony hat die Hand immer noch auf meinem Körper, weswegen ich es nicht wage, ihn zu einem neuerlichen Angriff auf meine Lebenskraft zu provozieren. Es wäre ihm ein Leichtes, mich zu töten. Und von diesem Pakt habe ich noch nie gehört. Der Murony anscheinend schon, er sieht Irina an. »Es stimmt. Von dem alten Bündnis weiß ich, und ich schließe mich gerne an.«

»Ausgezeichnet! Es hat sich gelohnt, dass ich in den vielen Jahrhunderten die alten Quartiere der Cognatio nie aus den Augen ließ. Ich wusste, dass uns einer von ihnen entkommen ist«, offenbart Irina und sieht zu mir. »Hast du gehört, dass ich es war, der den Aufstand gegen die Kinder des Judas angeführt hat?«

Ich schüttele langsam den Kopf. »Nein. Ich dachte, dass die Gemeinschaft zerfallen sei ...«

Irina reckt sich und lächelt. »Weil es keine Geheimnisse mehr gab. Dein Viktor hatte mir damals viel verraten, und das Wissen teilte ich gerne mit anderen Vampiren. Gemeinsam schüttelten wir die Unterdrückung ab.« Sie sieht zur Seite. »Verwandle dich, Vieszcy. Wir haben Waffenstillstand, solange wir nicht wissen, was hier vor sich geht.«

Der Luchs setzt sich auf die Hinterbeine und senkt den Kopf, dann knistert und knackt der Leib, der sich mehr und mehr dehnt, streckt und verformt, bis sich menschliche Umrisse abzeichnen. Das Fell zieht sich in die Haut zurück, und vor uns hockt eine nackte Frau im Schneidersitz.

Meine Augen entdecken die Symbole an ihren beiden Unterarmen, die an verblasste Tätowierungen erinnern. Es sind die Siegel des Dämons, dem sie ihre Seele verschrieben hat, um eine Vampirin zu werden. Ein Geschäft für sieben Jahre Macht. Jeder von uns besitzt ähnliche Male.

»Ich habe die Zeichen zu deuten gewusst«, sagt sie behutsam und schaut in die Runde. »Das Land spürte, dass die Rückkehr eines ganz besonderen Judaskinds bevorstand. Mächtiger und schrecklicher als diejenigen, die vor langer Zeit vernichtet wurden, und es mussten Vorkehrungen getroffen werden. Die Mühle war der beste Ort für ihr Erscheinen.« Die Augen richten sich auf mich.

Meine Gedanken kreisen unentwegt um Marek, der sich offenkundig etwas ganz Besonderes ausgedacht hat, um mich loszuwerden. Sicher wusste er, dass Irina auf der Lauer gelegen hatte. Er möchte sich die Hände nicht schmutzig machen, oder er tritt erst in Erscheinung, wenn ich geschwächt genug bin. »Vielleicht werden es noch mehr, wenn sich mein Auftauchen herumgesprochen hat.«

»Mehr? So viele gibt es nicht mehr von uns. Die normalen Upire ohne besondere Kräfte sind weitestgehend verschwunden, und Höherbegabte wie ich oder der Murony sind selten geworden. In der Welt, in der wir nun leben, scheinen die Dämonen nicht mehr darauf angewiesen zu sein, die Menschheit mit ihren Dienern zu quälen.« Irina verjagt den Falter von ihrer Schulter. »Los, nimm menschliche Gestalt an, Nex. Die Vieszcy hat es ja auch gemacht.«

Doch die Vampirin fliegt einen Kreis und setzt sich auf eines der Regale. Sie traut der merkwürdigen Zusammenkunft nicht.

»Sie stinken sogar dann noch, wenn sie sich verwandelt haben«, stellt die Luchsfrau abfällig fest. Sie verharrt ungerührt im Schnee, denn sie spürt die Kälte ebenso wenig wie ich.

»Ich weiß nicht«, meint der Murony nervös. »Vielleicht hat die Judastochter gewollt, dass wir auftauchen, damit sie alle vernichten kann, die in ihrem Umkreis leben. Die Cognatio liebte Fallen und Hinterhalte.«

Irina schnaubt. »Wie soll sie das gewusst haben, wenn ihr der Pakt nichts sagt?«

Ich lasse sie spekulieren und reden, denn mit jeder Minute kehrt Kraft in mich zurück. Noch ein paar Augenblicke, und ich werde handeln, bevor die Vampire zu der Erkenntnis gelangen, dass es gleichgültig ist, wer mich hinrichtet. Ich werde sie der Reihe nach töten, und mit dem Murony mache ich den Anfang. Er ist der gefährlichste.

»Zuzutrauen wäre es ihr«, sagt Irina, die nicht mehr ganz so selbstsicher wirkt wie vorhin. »Ihre Arroganz und Selbstüberschätzung ist ihr zum Verhängnis geworden.«

»Was geschieht, wenn wir sie vernichtet haben?«, will die Vieszcy wissen.

»Dann verlassen wir den Hügel so friedlich, wie wir gekommen sind«, erwidert der Glatzkopf.

»Was mich angeht, so stimme ich zu«, sagt Irina und hebt das Schwert. »Es geht mir darum, diese Kreatur auszulöschen, nicht um einen Krieg mit einem von euch. Wir haben bislang immer eine Lösung gefunden, um uns aus dem Weg zu gehen.« Sie dreht den Kopf und sieht zum Falter. »Nex, zeige dich! Wir möchten wissen, woran wir bei dir sind. Gilt der Schwur noch, den deine Vorgänger leisteten?«

Der Falter schlägt schneller mit seinen Flügeln und hebt ab, schraubt sich in die Luft – und wird von einer weißen Eule im Flug geschnappt. Der gebogene Hakenschnabel beißt den Kopf des Insekts ab, mehr sehe ich nicht; der Raubvogel ist schon wieder verschwunden. Ein dumpfes Rumpeln erklingt, als der enthauptete Leib vor der Mühle im Schnee aufschlägt. Der Tod hat ihr den menschlichen Körper zurückgegeben.

Die Vieszcy lacht. »Es ist nicht immer vorteilhaft, seine Gestalt zu ändern.« Die übrigen stimmen leises, schadenfrohes Gelächter an.

Diese Gelegenheit darf nicht ungenutzt verstreichen.

Ich zucke nach hinten, weg von seiner tödlichen Hand. Der Kontakt ist unterbrochen, und als der Murony nach vorne schießt, um mich wieder zu berühren, schlage ich ihm die Hand unmittelbar hinter dem Gelenk ab; sie fällt harmlos in den Schnee, während sich aus dem Stumpf ein schwarzer Blutregen ergießt.

Ich rolle mich über die Schulter ab, drehe mich um und steche aus der Bewegung nach der Vieszcy, die sich noch nicht von ihrem Schrecken erholt hat und mich viel langsamer wähnte.

Ich treffe ihre linke Brust, die wegen ihrer Üppigkeit ein Polster bildet und verhindert, dass ich das Herz zerschneide und sie töte.

Sie kreischt auf, rutscht weg von mir, mein Stahl gleitet aus dem Körper, und sofort schießt auch bei ihr kostbares Blut davon.

Vampirblut interessiert mich nicht, es schmeckt furchtbar, aber der Anblick und der Geruch fachen meine Gier nach Menschenblut an, und wieder erlaube ich mir, mich gehen zu lassen. Mein Gewissen revoltiert nicht, denn es sind keine Unschuldigen in Gefahr.

Nach einem blitzschnellen Blick über die Schulter, um nach dem Murony und Irina zu sehen, werfe ich mich auf die Vieszcy. Dabei greife ich um und halte den Dolch mit der Klinge nach unten, damit ich ihren Hals besser aufschlitzen und das Rückenmark durchtrennen kann.

Für einen normalen Menschen sind meine Handlungen kaum mehr nachvollziehbar. Ich bewege mich viel zu schnell, und wäre eine Kamera in der Ruine installiert, wäre ich auf dem Monitorbild höchstens ein zuckender Strich. Lediglich im Zeitlupenmodus würde ich sichtbar werden.

Mit dieser Geschwindigkeit falle ich über die Vieszcy her. Sie wird sich erneut verwandeln, wenn ich es zulasse. Ihre Art ist nicht dafür bekannt, gute Kämpfer hervorgebracht zu haben, sie verlassen sich mehr auf ihre übernatürlichen Kräfte. Aber dafür benötigen sie Zeit.

»Lass mich!«, schreit sie, und schon spüre ich, dass ihr Leib unter mir schrumpft und dunkle Schuppen bekommt. Als könnte sie mir in ihrer Schlangenform besser entkommen!

Ich bemerke einen Schatten, der auf mich zufliegt, und verpasse ihm einen Tritt in den Schritt.

Der Murony hat sich genähert, aber meine Abwehr wirft ihn zur Seite. »Brüder und Schwestern, helft mir!«, schreit die Vieszcy verzweifelt, während sich ihr Körper knackend verwandelt. »Eilt herbei ...«

»Ich zeige dir, weswegen ihr mich zu Recht fürchtet.« Ich durchsteche ihren Nacken mit aller Kraft und hebele mit dem Messer die Wirbelknochen auseinander, bis es knackt; mit einem letzten Stöhnen liegt die Vieszcy still.

Dafür gewährt mir der Murony keine Pause. Die Hand, die ich ihm gelassen habe, zuckt vorwärts und packt mein Gesicht. »Fahre in deine Hölle«, schreit er. Kochendes Wasser scheint mein Gesicht zu treffen. Er hat seine Fertigkeit zum Einsatz gebracht! Meine Energie strömt in einem brennenden Fluss durch mein Antlitz in seine Finger, ich werde schwächer und schwächer.

Er hält mich am ausgestreckten Arm auf Abstand, und weil ich mit dem Dolch nicht bis zu seinem Hals gelange, steche ich verzweifelt die Klinge in seinen Oberarm und versuche, sie zu mir zu ziehen, um die Muskeln zu kappen. Doch es gelingt mir nicht.

»Halte sie«, vernehme ich Irinas Stimme, dann spüre ich einen scharfen Schmerz im Nacken. Sie hat meine Haut mit dem Kurzschwert angeritzt, anscheinend um Maß für den Schlag zu nehmen. »Jetzt endet es!«

Es ist mir unmöglich, mich zur Wehr zu setzen. Sosehr

ich mich konzentriere, meine Arme hängen schlaff herab. Irina sagt etwas, doch meine schwindenden Kräfte verhindern, dass ich verstehe, was sie vorhat. Bleierne Schwere senkt sich über mich, ich höre die Stimme der Tenjac wie aus weiter Ferne.

Bei mir trifft nicht zu, was man sagt: Ich sehe so kurz vor dem Tod mein Leben nicht noch einmal vor mir ablaufen. Für einen Moment versuche ich, mich an Viktors Gesicht zu erinnern, um mit diesem Bild in den Tod und die Verdammnis zu gehen. Doch es gelingt mir nicht. Vor meinem inneren Auge erscheint stattdessen Marek in seinem weißen Outfit, wie er sich mir in Leipzig zeigte, und er liest in meinem Buch, das ich nicht vollenden kann.

Plötzlich reißt der Murony seine Hand von mir zurück, er springt auf und verschwindet aus meinem Gesichtsfeld. Irinas schriller Schrei durchbricht die Dumpfheit meiner Ohren.

Hat sie ihn angegriffen, statt mich zu töten?

Wieso verfolgt sie ihn nun?

Es ist mir gleich, warum sie sich gerade gegenseitig anfallen. In meiner Lage brauche ich dringend etwas, um zu Kräften zu kommen – Blut!

Und in meiner Situation kann ich nicht wählerisch sein.

Sicher ist es abscheulich, sicher werde ich mich danach übergeben müssen – aber es wird ausreichen, um mir in den kommenden Minuten genügend Reserven zu geben, damit ich mich meiner Haut erwehren kann.

Ich hake meinen Unterkiefer aus, wodurch ich eine breitere, tiefere Wunde schaffen kann, aus der mehr Blut fließt, und schlage meine Zähne in den Hals der Vieszcy. Mit einer Hand drücke ich auf das tote Herz, um das Blut aus der Ader zu pumpen, ich trinke und muss mich beherrschen, nicht alles gleich wieder auszuspucken. Es ist widerlich, und ich verfalle nicht in den Rausch der Glückseligkeit. Es hat mehr von einer bitteren Medizin, die genommen werden muss.

Doch sie gibt mir meine Kraft zurück. Blut ist Blut.

Ich höre Geräusche, während ich schlucke, und schaue mich über den Leichnam hinweg um, ohne abzusetzen. Es wird gekämpft, mal höre ich den Murony, mal Irina aufschreien – aber sehen kann ich sie nicht.

Als nichts mehr aus der Wunde kommt, erhebe ich mich. Noch bin ich etwas unsicher auf den Beinen, doch ich spüre, wie ich mich regeneriere. Wo sind sie abgeblieben? Ich werfe mir Hemd und Hose über, steige in die Stiefel und den Parka. Kampfbereit pirsche ich durch die Bibliothek, das Labyrinth aus verrotteten Regalen. Doch sie sind beide verschwunden, der Schnee auf dem Boden der Bibliothek ist aufgewühlt.

»Wo seid ihr?« Ich spucke aus, um den Geschmack von Vieszcyblut aus dem Mund zu bekommen, und unterdrücke das Verlangen, mich zu erbrechen. Noch nicht, erst muss es seine Wirkung entfaltet haben.

Dann höre ich Irina. Sie erscheint aus einer Regalreihe einige Schritte von mir entfernt und schlägt mit dem Kurzschwert nach jemandem, den ich nicht sehe. »Du wirst mich nicht bekommen!«

»Aber ich«, rufe ich und springe sie von hinten an, die Dolchspitze dringt in ihren Rücken ein und zerteilt das Herz. Ich drehe die Klinge, höre die Rippen knacken. Sie zappelt in meinem Arm, aber ich halte sie unnachgiebig, ziehe die Schneide hervor und lasse das Blut aus der Wunde spritzen. »Ich bin besser als jeder von euch«, wispere ich in ihr Ohr. »Ihr werdet mich nicht besiegen.« Ich gebe ihr einen Stoß, gleichzeitig setze ich die Schneide an den Hals und ziehe an, so fest ich es vermag. Meine wiedererwachten Kräfte leisten Wunderbares. »Für Viktor!«

Beides zusammen reicht aus, um ihr den Kopf abzuschneiden. Der Körper macht noch zwei unbeholfene Schritte in den Gang hinein, dann stürzt er und bleibt zuckend liegen. Der Triumph über meine alte Feindin ist süßer, als ich für möglich gehalten hätte.

»Komm heraus, Murony!«, brülle ich überschwenglich. Weil es ruhig bleibt, eile ich durch die Regalreihen und folge den Spuren zur Treppe, die in die Küche führt. »Wo hast du dich verkrochen?« Meine Stiefel poltern die Stufen hinab, ich gelange in den Raum und schaue mich um.

Die Eingangstür ist geöffnet, und ich sehe gerade noch einen Schemen hinaushuschen.

Ohne zu zögern, laufe ich hinterher, über die Schwelle – und bleibe stehen.

Der Murony steht mit dem Rücken zu mir auf dem Weg, der die Anhöhe hinabführt, und richtet eine Geländemaschine auf. Er vertraut bei seiner Flucht eher der Technik als seiner Verwandlungsfähigkeit. Die Zeiten haben sich wirklich geändert ...

Ich möchte einen Schritt auf ihn zumachen, da steigen über dem Wald laut krächzend die Raben aus ihren Nestern empor. Sie scheinen mir melden zu wollen, dass sich jemand zwischen den Stämmen aufhält und sich der Mühle nähert.

Die schwarzen Späher behalten recht: Aus dem Waldessaum lösen sich menschliche Umrisse und kommen langsam auf die Mühle zu. Etliche menschliche Umrisse.

Der Glatzkopf schaut hinter sich und bemerkt mich. Er gleicht einem verängstigten Tier, das in die Falle getrieben wurde. Wenn ich den Ausdruck auf seinem Antlitz richtig deute, gehören die Neuankömmlinge nicht zu ihm. Irinas Vermächtnis: Der Pakt hat das letzte Aufgebot der Vampire zur Mühle getrieben. Oder habe ich die Worte der Viesczy falsch interpretiert? Ihr Schrei kurz vor ihrer Vernichtung galt weder Irina noch dem Murony – sondern vielleicht den Gestalten, die ich sehe. Die Viesczy schließen sich nach dem Vorbild von Hexen in Zirkeln zusammen, und ich erahne, dass die Brüder und Schwester der Toten nahen.

Und doch ist dies für mich kein Grund, Furcht zu empfinden.

Ein Windhauch bringt den Mantel des Murony zum Wehen, und eine Gestalt landet gleich darauf nach einem gewaltigen Sprung im Schnee hinter ihm; glitzernd spritzt das Weiß auf. Im ersten Moment wirkt es, als sei sie aus den Wolken auf die Erde niedergefahren.

»Marek«, flüstere ich gebannt.

»Wir sind die Kinder des Judas«, grollt er und packt den Nacken des Murony mit beiden Händen. »Wir werden euch besiegen.« Er reißt ihm den Kopf von den Schultern und schleudert ihn in hohem Bogen gegen die nahenden Vampire. »Seht ihn euch an!«, schreit er und lacht sie aus. »*So* werdet ihr enden, Abschaum!«

Der Marsch der Vampire gerät ins Stocken.

Marek wendet sich mir zu. »Ich grüße dich, Schwester.« Er zeigt mit seinen blutigen Fingern auf meine roten Haare. »Du versuchst nicht mehr, deine wahre Natur zu verleugnen. Ich darf dich demnach wieder Scylla nennen?«

Er wartet meine Antwort nicht ab, sondern schreitet an mir vorbei die Stufen der Mühle hinauf. Macht hat keine Eile nötig. »Wir werden sie drinnen erwarten. Dort können wir sie besser bekämpfen als im Freien.«

Ich starre auf das schwarze Heer. Die Wolken ballen sich über der Mühle zusammen, und aus dem Wald quellen die Vampire von allen Seiten und sammeln sich am Fuß des Hügels.

Mir ist schleierhaft, welchen Plan mein Bruder verfolgt. Eine Stimme sagt mir, dass ich ihn töten sollte, jetzt und auf der Stelle. Er ist der zweite Mörder meines Liebsten gewesen, die erste Mörderin – Irina – ist bereits zur Rechenschaft gezogen.

Und trotzdem folge ich ihm.

23. Dezember 2007
In der Nähe von Belgrad, 22.21 Uhr

Dickflüssig und zäh schießt es mir die Kehle hinauf, und ich öffne den Mund, um es hinauszulassen.

Ich übergebe mich und sehe, wie das schwarze, geronnene Blut der Viesczy teergleich auf den Boden der Windmühle klatscht. Es bekommt mir einfach nicht, von anderen Vampiren zu trinken, und freiwillig hätte ich es sicher nicht getan. Angewidert spuckend befördere ich die letzten Reste aus mir heraus, dann schaue ich nach meinem Bruder.

Marek sitzt neben dem Ofen. Er hat die Feuerluke geöffnet und legt Holz nach, die Wärme verstärkt sich. Er hat es nicht eilig, und es hat fast den Anschein, als würde er jeden Moment einen Kessel Wasser aufsetzen, um Tee zuzubereiten.

»Du bist überheblich wie immer«, sage ich zu ihm und verriegele die Tür des Gebäudes. Die Schießschartenfenster sind jetzt von Vorteil; es erinnert mich daran, dass die Mühle als Bollwerk für solche Gelegenheiten errichtet worden ist.

Marek schließt die Luke. »Wir haben Zeit, Scylla. Ich schätze, dass wir mindestens eine halbe Stunde haben. Sie haben nicht damit gerechnet, dass wir zu zweit sind.« Er beugt sich vor und reckt die Arme gegen den Ofen. »Eine gute Gelegenheit, sie alle zu vernichten.«

In mir tobt ein Kampf. Noch immer verlangt die Stimme, dass ich Marek auf der Stelle umbringen soll, aber dann erfahre ich niemals, was hinter seinem Plan steckt. Da ich ihn sehr gut kenne, traue ich ihm zu, noch einiges anderes arrangiert zu haben. »Du warst mindestens genauso lange nicht mehr hier wie ich, stimmt's?«

Er nickt und atmet tief ein. »Die alten Zeiten: die Mühle, die Paläste, unsere Macht – erinnerst du dich?«

»Ebenso wie die Vampire, die mich umbringen wollten. Die

Kinder des Judas sind nicht vergessen, auch wenn die meisten von ihnen uns nur aus den Erzählungen ihrer Vorfahren kennen.« Ich wähle den Stuhl auf der anderen Seite des Ofens, etwa einen Meter von meinem Bruder entfernt. »Irina war also diejenige, die den Kampf gegen euch anführte?«

Er zuckte mit den Schultern. »Es hätte jede sein können.«

»Und du hast dich nie gefragt, warum sie noch immer lebt?«

Jetzt blickt er mich erstaunt an. Ehrlich erstaunt. »Sie *lebt* noch?«

»Bis ich ihr begegnet bin«, berichtige ich. Es freut mich, dass er anscheinend keine Ahnung von der uralten Tenjac gehabt hat. Ich glaube nicht, dass sie mit dem recht hatte, was sie sagte: mein Blut als Schlüssel zur Unsterblichkeit. Andererseits – warum nicht? Wenn Marek das wüsste, würde er mir sicherlich auf der Stelle die Adern öffnen und mich aussaugen.

»Was bezweckst du mit dem, was gerade geschieht?« Ich schaue in seine fast violetten Augen. »Sollen die letzten Nachfahren des Judas Ischariot in einem glorreichen Kampf untergehen, ist es das? Hast du gewusst oder gehofft, dass unsere Rückkehr bemerkt wird?«

»Also hast du nach all der Zeit doch endlich wieder zum wahren Glauben zurückgefunden?«, fragt er, meinen ironischen Unterton ignorierend.

Ich schüttele den Kopf, und rote Strähnen rutschen in mein Antlitz. »Du weißt, dass wir ebenso Vampire sind wie die da draußen. Wir sind niemals besser gewesen und genauso schlecht und verdorben wie sie. Die Lüge über unsere Herkunft, das Gefasel darüber, dass wir dem Christentum zum Sieg verholfen haben, die lächerlichen Regeln und die Zusammenkünfte können daran nichts ändern. Wir sind die Geschöpfe von Dämonen, Marek.«

»Und doch müssen wir uns ihnen nicht beugen, Schwester! Niemand weiß so gut wie du, dass man dem Blutdurst abschwören kann. Wer weiß, vielleicht hat sich unser Vater am Ende doch geirrt.«

Er beharrt nach all den Jahrhunderten immer noch darauf.

Mit einem Mal fühle ich beinahe Mitleid. Beinahe. »Er hatte mit allem recht, Marek.«

»Mit *vielem*«, verbessert er unverzüglich und schaut mich an. »Aber mit einer Sache ganz gewiss: mit *dir*.« Seine Arme zucken, er würde mich gerne berühren und weiß, dass ich ihn dafür auf der Stelle niederstechen würde. »Er hat immer gesagt, dass du diejenige bist, die uns allen überlegen ist.«

Er deutet an mir herab. »Sieh dich im Spiegel an, Scylla. Du hast mehr als dreihundert Jahre kommen und gehen sehen, und du bist kaum gealtert, ohne dass du auf eines der Mittel angewiesen warst. Aber ich wäre ohne meine Elixiere schon zehnmal vergangen und zu Staub geworden.« Er redet schneller, ich spüre seine Aufregung. »Ich bin mir sicher, dass es genau das ist, was Vater wollte: Du sollst die Begründerin einer neuen Cognatio sein!«

Ich lache ihn aus, so herablassend, wie es mir möglich ist. »Deine Elixiere haben deinen Verstand mehr als beschädigt, Marek.«

Er wischt meine Bemerkung mit einer Handbewegung zur Seite. »Mit mir an deiner Seite kannst du alles erreichen, was Vater sich immer gewünscht hat«, zeichnet er sein Bild von einer Zukunft, die nicht meine ist. »Was die Kinder des Judas besaßen, soll uns gehören. Wir sind die rechtmäßigen Erben.« Er ballt die Hände zu Fäusten. »Wir sind zurück! Die Upirc, der Abschaum, der um die Mühle lauert, muss ausgerottet und die heiligen Orte der Forschung neu belebt werden.« Er versucht meine Hand zu fassen. »Aber das gelingt mir nur mit dir. Du bist die Stärkste von uns.«

Plötzlich verstehe ich, warum er mir das alles angetan hat. Ich sollte ihn hassen und ihn verfolgen, hierher zur alten Mühle. Nicht um ihn zu töten – sondern um ihm beizustehen!

Er hat wirklich geglaubt, dass ich mich dazu hinreißen lasse, die alte Lebensweise wieder aufzunehmen und mit ihm eine neue Cognatio zu schaffen.

»Die Stärkste? Das sah im Kampf vorhin ganz anders aus.«

An seinem durchdringenden Blick sehe ich, dass er zu erkennen versucht, was hinter meiner Stirn vorgeht und wie weit seine Ansprache zu mir vorgedrungen ist. Dann erhebt er sich, geht durch die Tür in die Scheune und kehrt mit einem gefesselten jungen Mann zurück. Er trägt Straßenkleidung, die ramponiert wirkt, was ich auf den rüden Transport schiebe. Ein Knebel aus silbernem Klebeband liegt über seinem Mund, und die Augen sind vor Todesangst aufgerissen. Ich erkenne ihn wieder: Es ist der junge Mann, der vor wenigen Tagen vor dem Eingang zur Moritzbastei aufgetaucht ist und mich so sehr an Viktor erinnert hat.

Achtlos wirft Marek ihn auf den Küchenboden und schließt die Tür hinter sich, bevor er auf seinen Platz zurückkehrt.

»Was soll das?«

Marek deutet auf ihn. »Ein Opfer, das gebracht werden muss. Dein Opfer. Gelegentlich müssen wir alle trinken, das ist der Fluch, der auf uns liegt. Aber in deinem Fall wird der Fluch dafür sorgen, dass du zu deiner Größe zurückkehrst. Wie in der Arena, in Leipzig.« Er senkt die Stimme. »Du hättest uns damals in diesem Köhlerlager auslöschen können, aber du warst zu schwach.« Er tippte sich gegen die Schläfe. »Dein *Geist* war zu schwach. Gib ihm Blut, und du wirst sehen, dass du danach Kraft besitzt, mit der dich niemand aufhalten kann. Erlaube es, gib dich der schwarzen Stunde hin, um dadurch zu wachsen. Danach tun wir gemeinsam Buße.«

Ich sehe den jungen Mann an. Wenn ich mich sehr auf ihn konzentriere, höre ich seinen Herzschlag, der laut und schnell aus der Brust dringt. Menschenblut. Sofort rührt sich der alte Hunger. Marek möchte mich schon wieder dazu verleiten, zur

Mörderin zu werden. »Das alles, damit du die Macht erhältst?«, frage ich ihn, um mich selbst abzulenken. »Du hast mich zu einem Massaker provoziert, mich zu einer gesuchten Mörderin gemacht und mir mein altes Leben genommen.«

»Nicht *meine* Macht. *Unsere.*« Er nickt. »Es durfte keine Brücke zurück in deine sinnlose Existenz geben, die nichts mehr war als eine Vergeudung, eine Simulation. Du kannst nicht leben wie ein Mensch, und das musste ich dir deutlich zeigen. Ich habe das, was dich erhöht, aus dem Schlaf gerissen und seine Ketten gesprengt.« Er senkt den Blick. »Ich sage nicht, dass es mir leidtut. Es musste sein, und die paar toten Perversen, die sich an deinen Prügeleien ergötzt haben, fallen nicht weiter ins Gewicht. Es war deine Strafe und Erlösung zugleich.« Er erhebt sich und geht zum Fenster. »Sie stehen noch immer am Fuß des Hügels«, meldet er. »Trink von dem Jungen, bevor es losgeht. Du wirst die Kraft benötigen.«

Ich wende meinen Blick ab und betrachte die rotglühende Ofenplatte. »Was hast du in den vielen Jahren gemacht, Marek?«

»Das Übliche«, erwidert er lapidar.

»Forschen und Menschen quälen«, übersetze ich. »Und ein bisschen vermehren ...« Bei diesen Worten fällt mir ein, dass er allein erschienen ist. »Du hast keine Nachkommen?«

Er schluckt und tut so, als habe er mich nicht gehört.

»Marek, wie viele Vampire hast du in die Welt gesetzt?«

»Keinen«, kommt die leise Antwort, er lehnt die Stirn gegen die Mauer neben dem Fenster. »Die Tränke, die ich gebraut und eingenommen habe, um mein eigenes Leben zu verlängern, haben ihren Tribut verlangt. Es wird mir niemals vergönnt sein, Nachkommen zu haben. Nicht auf diese Weise, wie sie die edelste ist und uns von dem Abschaum abhebt.« Er beherrscht sich mühsam, die Schmach setzt ihm zu. »Im Gegensatz zu dir.«

Ja, Marek hat viele Gründe, um aus mir wieder Scylla zu machen. »Du weißt nichts von meiner Vergangenheit.«

»So?« Er sieht mich an und signalisiert durch sein Lächeln, dass ich mich täusche. »Ich habe dich nicht gänzlich aus den Augen verloren, Schwester. Du bist nach Deutschland gegangen und hast die Familie dieses Viktor aufgesucht. Weil du den Mann nicht mehr haben konntest, bist du so weit gegangen, seinen Vater zu verführen und dir ein Kind von ihm machen zu lassen.«

Ich zucke zusammen. Es schmerzt, wenn man erkennen muss, dass Geheimnisse keine mehr sind. »Ihr und die Tenjac habt ihn mir genommen«, flüstere ich. »Meine Zukunft ist mit ihm ...«

»Also bist du zur Quelle gegangen, Schwester. Mit welchem Zweck? Ein Kind zu gebären, das aussieht wie er? Einen kleinen Viktor zu haben? Hier, ich habe dir einen anderen mitgebracht! Sieht er nicht ebenso aus wie der alte?« Er steckte die Hände in die Taschen. »*Diese Besessenheit*, Scylla, nenne ich krank. Nicht das, was ich tue.«

Seine Worte reißen meine Gedanken in die Vergangenheit zurück.

Ich sehe mich auf der Flucht und in Deutschland, im Bett von Viktors Vater und auf der beschwerlichen Reise nach Frankreich, in die Südbretagne, wo ich in einem kleinen Ort Unterschlupf finde und meine Tochter zur Welt bringe; wo ich mir einen Namen als Tänzerin und Sängerin mache; wo ich viele Jahre lebe, abseits der Wirren der Revolution und ihrer schrecklichen Nachwehen.

»Deine Tochter brachte viele Kinder zur Welt, nicht wahr? Und du hast sie mehr umsorgt, als es für eine Großmutter angemessen ist«, bricht Mareks Stimme in meine Erinnerung und lenkt sie in eine neue Richtung.

»Es war meine Verantwortung, dafür zu sorgen, dass sie nach

ihrem Tod nicht mein Schicksal teilen«, erwidere ich lahm und sehe doch nur die wunderschöne französische Gegend vor mir. Das Meer, das ich trotz seiner Gefahr für mich lieben lernte und niemals überqueren kann. Salzgeschmack auf den Lippen und Gischt im Gesicht, mehr ist mir nicht erlaubt gewesen. Ich habe Viktors Liebe für das Meer geteilt.

»Du hast die Gräber geöffnet und ihnen den Kopf abgetrennt, ich weiß.« Mareks Stimme steuert die Bilder, ich sehe mich nachts auf den Friedhöfen schuften und meine Arbeit verrichten. »Doch der guten Hirtin muss ein Lamm entkommen und zum Wolf geworden sein.«

Ich nicke. »Es hat lange gedauert, bis ich ihn fand und zur Strecke brachte.«

»Doch vorher hat er Kinder gezeugt, von denen du nichts wusstest. Wie lange hast du dich in der trügerischen Sicherheit gewiegt, dass deine Unachtsamkeit keine Folgen haben würde, sechzig, siebzig Jahre? Doch dann starben deine versprengten Nachfahren, kehrten aus den Gräbern zurück und mordeten, was die Umgebung hergab.« Marek gluckste. »Ich habe ihre Karrieren mit großer Freude verfolgt.«

»Deine Freude kann nicht von langer Dauer gewesen sein«, unterbreche ich ihn. Ich hoffe, dass ich damit die Bilder abschalten kann, die ich nicht sehen möchte. Ich presse die Lider fest zusammen und reibe mir die Augen. Sinnlos. Die Vergangenheit ist noch immer da und versperrt mir die Sicht auf die Gegenwart.

»Ja, Scylla, du hast sie bravourös ausgeschaltet.« Er lacht kurz. »Bis zum Jahr 1900 hast du deine Nachkommen so weit unter Kontrolle gebracht, dass es nur noch eine Linie gab. Du hast die eine weiterleben lassen, deren Kinder die größte Ähnlichkeit mit dir und deinem kleinen Menschen hatten, habe ich recht?« Er applaudiert leise. »Mein Kompliment dafür, wie du dich durch die Jahrhunderte bewegt hast, ohne den

Argwohn der Menschen auf dich zu ziehen. Eine Meisterin der Manipulation.«

»Ich hatte Vertraute, die mir beistanden. *Freunde.* So etwas kennst du nicht«, spotte ich.

»Vermutlich, Schwester. Danach habe ich deine Spur verloren ... Verrätst du mir, was du die letzten einhundertsieben Jahre gemacht hast?« Marek lehnt sich gegen die Wand und schaut hinaus.

Nein, ich werde es ihm nicht sagen.

Weder dass ich nach Leipzig ging und dort heiratete, ohne jedoch noch einmal Liebe zu empfinden, noch dass ich im Lauf der Jahrzehnte so viele meiner eigenen Kinder tötete. Dass ich ein Restaurant eröffnete und es am Ende des Zweiten Weltkriegs gegen die Russen verteidigte.

Dass ich die DDR überstanden habe, in der nicht alles schlecht, doch vieles nicht gut war.

Oder dass ich 1968 die Identität eines meiner toten Kinder angenommen habe: Theresia. Theresia Sarkowitz.

So habe ich es immer gehalten: mich als meine eigene Tochter ausgegeben, angeblich die Papiere verloren, neue beantragt ...

»Na, schön. Behalte es für dich.«

»Warum soll ich mich nicht verwandeln und davonfliegen, Bruder?«, frage ich leise. »Ich kann dich einfach zurücklassen und von oben betrachten, wie sie dich in Fetzen reißen.«

»Sie würden dich verfolgen, Scylla. Der Abschaum würde nicht eher von dir ablassen, bis sie dich ebenso tot wüssten wie mich«, entgegnet er und zeigt hinaus. »Sie kommen, Schwester. Ich bin gespannt, was sie sich einfallen lassen.«

Er geht unter die Wendeltreppe und zieht eine alte Plane hervor. Als er sie aufschlägt, kommen darin vier Damaszenersäbel zum Vorschein. Zwei legt er auf den Tisch, die anderen behält er in den Fäusten.

»Sie sind von einem orthodoxen Popen und von einem katholischen Priester geweiht worden. Damit dürften wir auf der sicheren Seite stehen. Ich gehe nach oben, du empfängst sie hier unten.« Er hebt die Klingen an, und der verzierte Wellenstahl bekommt einen orangefarbenen Schimmer. »Wir werden sie besiegen, Scylla.« Er steigt die Treppe hinauf und verschwindet.

Es wird still, ich bin mit meinen Gedanken allein. In der Ecke liegt der junge Mann, den Marek mir mitgebracht hat. Mein Mahl. Mein falscher Viktor.

Ich sehe die Nacht vor mir, in der die Dörfler erschienen waren, um meinen Vater zu töten. Eine ebenso große Übermacht, gegen die er machtlos war.

Ich habe noch immer keine Furcht. Meine Augen richten sich auf die beiden Säbel. Archaisch, altmodisch im Zeitalter von Schnellfeuerwaffen, Granaten und Satellitennavigationssystemen.

Meine Gedanken schweifen ab, weil ich Irinas Worte über die Vampire noch im Ohr habe. Wie viele Vampire existieren auf dem Balkan? Haben die vielen Kriege der Menschheit sie dezimiert? Sind sie untergetaucht und warten auf andere Zeiten und neue Dämonen, denen sie dienen können? Oder haben ihnen die Kriege die Deckung verschafft, die sie benötigt haben, um sich am Menschenblut zu laben? Der Glaube an sie hat überlebt, da bin ich mir sicher. Und solange es einen Glauben an etwas gibt ...

Schritte nähern sich der Tür, ich höre Stimmen und leise Beratungen.

Ein Falter flattert durch die Fensterritze, gleich darauf klettert eine schwarze Spinne flink herein und drückt sich eng in die Fugen. Sie schicken ihre Spione.

Ich blicke wieder auf die Säbel. Sie sind osmanischer Herkunft, uralt, doch tadellos gepflegt. Früher haben sie zweifellos einem Janitscharen im Kampf gedient und die Feinde des Sultans niedergemäht.

Meine Lippen öffnen sich und wollen denen vor der Tür sagen, dass ich kein Interesse an einem Kampf habe und dass ich mich zurückziehen werde, wenn sie mich gehen lassen. Aber der Satz existiert lediglich in meinem Gehirn, denn eine zweite Macht ist in mir aufgetaucht und hält ihn zurück.

Es ist das gleiche aufkommende Gefühl wie vor wenigen Tagen, als ich gegen den Vampir im Ring bestehen musste.

Erliege ich mit jedem Herzschlag wieder ein Stück mehr der Hybris, die ich so lange unter Kontrolle gehalten habe?

Meine Arme heben sich, die Hände legen sich auf die Tischkante und sind wenige Zentimeter von den Waffen entfernt. Mehr Falter und Spinnen dringen in die Mühle ein, kriechen und schwirren um mich herum; das Licht verdunkelt sich durch sie.

Geht fort, wispert es in meinem Verstand. *Wir haben den alten Pakt gegen die Judasbrut erneuert und wollen euch nicht hier haben. Verschwindet dahin, wo ihr herausgekrochen seid. Ihr habt kein Anrecht mehr auf ein Leben in diesem Land.*

Wenn sich meine Finger jetzt um die Griffe legen, gibt es kein Zurück mehr, und ich werde kämpfen müssen, bis es so oder so zu Ende geht.

Oder ich könnte sie nehmen, nach oben steigen und Marek damit ermorden, ihn seiner verdienten Strafe zuführen und mich danach von den Vampiren vernichten lassen. Mein Dasein hätte endlich ein Ende. Meine Simulation des menschlichen Lebens, wie mein Bruder es nannte. Frieden.

Ein erstes Krachen erschüttert die Tür, die Vampire möchten den Eingang aufsprengen. Ein schwarzer Falter umkreist mich, steigt in der hektischen Weise auf und ab, wie es typisch ist für diese Insekten, während von oben, aus den Trümmern der Bibliothek erste Schreie erklingen. Marek ist bereits bei der Arbeit.

Nach wie vor ringe ich mit mir.

Wenn ich sitzen bleibe und abwarte? Ich lasse sie einfach in die Mühle und zeige ihnen, dass ich ihnen nichts Böses will ...

»Verschwindet«, murmele ich düster nach dem nächsten Krachen und schreie laut: »Geht!«

Die Insekten weichen vor mir zurück, nur ein einzelner Falter trotzt meiner Drohung.

Mit dem nächsten Rumpeln fliegen Halterungen aus dem Stein, und die Tür hängt schief in der letzten Angel, gleich darauf kracht sie nieder.

Drei Vampire, deren Art ich nicht erkenne, schieben und drücken sich über die Schwelle. Letztlich spielt es keine Rolle, ob es Murony, Viesczy oder andere der finsteren Brut sind. »Wir sind alle gleich«, spreche ich leise und schaue ihnen in die Augen, in denen sich der Feuerschein des Ofens in meinem Rücken spiegelt.

»Da ist sie«, zischt eine Frauenstimme. »Das muss Scylla sein.«

Ich hebe den Kopf, meine Arme haben sich nicht bewegt. »Was wollt ihr hier?«

»Dass du vergehst wie alle aus deinem Geschlecht«, bekomme ich zur Antwort und in einem Ton, den ich aus alten Zeiten von arroganten Adligen kenne. Wie kann sie es wagen! »Ihr seid von unseren Ahnen vernichtet worden und habt kein Recht, euch wieder zu erheben.«

Ich schaue sie an. »Ihr habt mich angegriffen, obwohl ich nichts getan habe. Noch habe ich die Säbel nicht angerührt ...«

»Hört ihr sie? Nichts hat sich geändert«, werde ich unterbrochen. »Sie halten sich noch immer für etwas Besseres.«

»Wenn ihr darauf besteht«, antworte ich mit zornigem Nachdruck – und merke, dass ich mich durch und durch wie eine Kaiserin fühle. Sie wollen es nicht anders.

Unvermittelt greife ich die Säbel und führe den ersten Schlag

– der schwarze Falter fällt in zwei Hälften vor mir auf die Tischplatte, rotes Blut sickert aus den Schnittstellen und benetzt das Holz. »Jetzt erhaltet ihr den Beweis!«

Ich springe auf den Tisch, mein rechter Fuß zerquetscht die Reste des Falters, bevor ein menschlicher Körper daraus werden kann, und lasse die Waffen durch die Luft zischen, weiß, dass die Klingen auf ihrem Flug unzählige Insektenleiber durchschneiden. Dann renne ich auf die Tür zu, die langen Säbel rechts und links vom Körper weggestreckt. Das Gefühl, sie in den Händen zu halten, ist ungewohnt, doch mit ihnen werde ich effektiver als mit dem Dolch sein.

Ich springe gegen die Vampirfrau und schleudere sie zurück in den Pulk; bevor einer der Vampire über die Schwelle treten kann, fälle ich die ersten mit Stichen ins Herz und schnellen Schlägen gegen die Hälse.

Die Säbelklingen sind unglaublich scharf, ich durchtrenne Knochen, als wären es dünne Äste. Ein kraftvoller Hieb, den ich mit einem wilden Schrei gegen die Wand aus Gegnern führe, genügt, um dreien die Schädel horizontal zu spalten. Hirnmasse, Blut und Knochenfragmente spritzen auf die Erde und machen sie rutschig.

»Ihr Pack«, rufe ich lachend. »Keiner von euch wird mir entkommen.«

Aber dahinter warten schon die nächsten Gegner, niemand weicht zurück.

Über die Umrisse der vordringenden Angreifer hinweg sehe ich den Himmel. Dunkle Wolken wälzen und rotieren umeinander, während sich im Inneren das erste Flackern abzeichnet. Ich habe mir die Wolken früher immer als gewaltige Dynamos vorgestellt, die sich durch die Drehungen aufladen und irgendwann ihre Energie abgeben.

Marek wird sie beschworen haben, um die Blitze gegen die Feinde zu schmettern. Die Viesczy mögen Wind und Hagel beherrschen, wir aber befehlen der zerstörerischen Macht der Unwetter und lenken sie nach unserem Gutdünken.

Die Vampire haben das Spektakel ebenfalls bemerkt und wissen, was eine derart schnell ziehende Front bedeutet. Sie dringen wieder auf mich ein, ziehen ihre mitgebrachten Waffen, und ich verteidige den Eingang zur Mühle, trotze den Schwertern in vielen Formen und Größen. Auf Pistolen haben sie verzichtet, die kleinen Projektile hätten kaum etwas gegen mich genutzt.

Aber ich sehe in dem Durcheinander auch Schrotflinten. Vor ihnen muss ich mich in acht nehmen, eine Ladung Bleikügelchen aus nächster Nähe kann einen Schädel restlos vernichten. Und damit auch mich.

Ich schlage um mich, verteile die Vernichtung großzügig unter ihnen. Das warme Blut spritzt auf mich, wie vor wenigen Tagen im Tunnel. Und wie damals gerate ich immer mehr in Raserei. Klingen fliegen zur Seite, es klirrt, wenn die Schneiden aufeinanderschlagen. Die Geräusche des Kampfes wechseln sich ab. Das Scheppern, Stöhnen und Schreien feuert mich an. Ich will noch mehr sterben sehen!

»Niemand wird bis zum Sonnenaufgang warten müssen, um zu vergehen«, schmettere ich ihnen entgegen. »Ich bin euer Taggestirn, eine schwarze Sonne – und das«, ich dresche mit den Schwertern nach den nagelbewehrten Klauen, die nach mir greifen, »sind meine Strahlen!«

Plötzlich knallt es neben meinem Ohr, ich drehe mich instinktiv um – zu spät! In meinem Rausch habe ich die Schrotflinten vergessen: Die Ladung erwischt mich in der Brust, am Hals und im unteren Teil meines Gesichts. Ich mache zwei Schritte nach hinten, um das Gleichgewicht durch den Einschlag nicht zu verlieren.

Es kracht ein zweites Mal, und mir gelingt es gerade noch, die linke Hand mit dem Schwert vor den Hals zu heben. Ein Teil des

Schrots prallt klingelnd gegen den Damaszenerstahl, ich werde an der Hand, am Unterarm sowie in der Brust und im Antlitz verletzt. Meine Finger können die Waffe nicht länger halten, sie fällt zu Boden. Auf meinem rechten Auge sehe ich plötzlich nichts mehr.

Blut schießt aus vielen kleinen Löchern aus mir heraus, und ich schreie vor Wut und Schmerzen. Einhändig dresche ich auf die Gegner ein, zerteile den Vampir mit dem Gewehr in zwei Hälften und jage die übrigen zur Mühle hinaus. Sie sind eingeschüchtert, weil ich trotz meiner Verletzungen nicht aufgebe. Wenn sie ahnten, wie nahe sie ihrem Ziel sind, würden sie alles gegen mich schicken, was sie besitzen. Ihre Feigheit rettet mich.

Mit letzter Kraft greife ich in die Wolken und forme drei rasche Blitze hintereinander, die vor dem Eingang niederzucken und weitere Vampire zerreißen. Die Meute rennt und sucht Deckung vor den vernichtenden Energien.

Meine Knie zittern, ich taumele und stürze. Die Sicht verschwimmt vor meinem intakten Auge, der Raum dreht sich um mich. Keuchend liege ich mit dem Kopf auf den Dielen, mein Herz pumpt, während mein Körper versucht, die Wunden zu schließen. Die Qualen sind übel, meine Glieder brennen, und ich wälze mich und schreie laut, bis mir die Tränen über die Wangen laufen.

Ich schaue Mareks Geschenk unvermittelt ins Gesicht. Der junge Mann liegt neben mir, und man sieht ihm an, dass ihm das, was er mit ansehen musste, bereits den Verstand geraubt hat.

Meine Rettung!

Es gibt kein Zögern und kein Zaudern. Ich zerre ihn zu mir, ziehe seinen Pulloverkragen herab. Dann sehe ich plötzlich Viktor vor mir liegen – wie sie sich gleichen!

Ich schlucke, bin verunsichert, Gegenwart und Vergangenheit

verschmelzen miteinander. Ich kann Viktor nicht töten! Ich darf es nicht …

Mit einem gewaltigen Biss öffne ich seinen Hals und sauge das Blut aus dem zuckenden Mann. Die Gier war stärker.

Welch ein Genuss! Welche Macht mich durchströmt und die Schmerzen in meinem Körper lindert! Die Schwäche wird ausgetrieben, meine Wunden verheilen rasend schnell, und meine Sicht wird wiederhergestellt. Der Lebenssaft schießt meine Kehle hinab, ich kann nicht mehr aufhören – und als nach wenigen Sekunden diese süße Lebensquelle versiegt, sind mein Hunger und mein Rausch erst vollends entbrannt. Ich würde alles zerreißen, was sich mir entgegenstellt.

Fauchend hebe ich das Schwert auf und betrachte meine Hand, auf der sich die letzten offenen Stellen von selbst schließen, dann renne ich hinaus, wo sich die Vampire zur zweiten Attacke versammeln.

Ich springe mitten unter sie. Sie sollen sterben!

Als in meinem Rücken schräg über mir Feuerschein aufflackert, der sich rasend schnell nähert, weiß ich, dass ich einen Fehler begangen habe. Hochmut kommt vor dem Fall.

Aber meine Reflexe sind gestärkt. Ich zwinge meinen Körper, innerhalb eines Lidschlags seine feste Form aufzugeben, und werde zu einer geisterhaften, durchsichtigen Gestalt.

Das Feuer des Umbra jagt durch mich hindurch, ohne Schaden anrichten zu können. Dafür verzehren die Flammen einige der Angreifer, brennend und kreischend stieben sie auseinander und kommen in ihrer Panik nicht auf den einfachen Gedanken, sich in den Schnee zu werfen.

Es kostet mich wenig Mühe, wieder zu einem Menschen zu werden, ich bücke mich nach meinem Dolch und springe mit großen Sätzen an der Scheune entlang der Balken nach oben. In Sekundenschnelle stehe ich hinter dem Umbra, packe seinen Hinterkopf und ramme ihm gleichzeitig die Dolchklinge ins Herz.

Er versucht, sich im Todeskampf zu wehren, und speit Feuer. Ich zwinge seinen Kopf nach unten, mitten in die Menge der Gegner und lasse ihn seine Lohen gegen sie schleudern.

Als ich merke, dass der Umbra die Muskeln noch einmal anspannt und seine letzten Kräfte mobilisiert, schneide ich ihm den Kopf ab und stoße ihn vom Dach. Aus dem Stumpf schlagen letzte Flammen, funkensprühend stürzt er nach unten und rollt über die Erde.

Meine Blicke schweifen über das geschrumpfte Häuflein. Etwa zehn Vampire sind übriggeblieben, der Rest ist tot und liegt verstümmelt um den Eingang verteilt. Es sieht gut für mich aus. Irina hatte recht: Es gibt nicht mehr viele – und gleich keine mehr.

Ich strecke eine Hand gegen die Wolken und suche nach der himmlischen Macht, die sich über uns grollend und donnernd angestaut hat. »Ihr seid dem Untergang geweiht, Abschaum«, rufe ich ihnen zu, meine Augen leuchten vor Selbstbewusstsein. »Niemand hält mir stand!«

Sie wagen es nicht, sich zu bewegen, und starren zu mir hinauf; dann beginnen die ersten mit ihrer Verwandlung, um sich in der Gestalt von Faltern, Spinnen und anderen Tieren vor meiner Rache in Sicherheit zu bringen.

»Fahrt zur Hölle!« Ich lasse einen Blitz in einen Luchs fahren, und das Wesen vergeht in einem grellen Licht, der Schrei geht in dem ohrenbetäubend lauten Kreischen der Energiebahn unter. Zurück bleiben ein paar blutige Fetzen, verbrannte und qualmende Erde in einem flachen Krater; die Vampire um den Luchs herum hat es von den Füßen geworfen, sie liegen benommen im Schnee.

Ein schwerer Körper reißt mich zu Boden, und ich spüre kräftige Zähne an meinem Hals. Stinkender Atem trifft mich, und ich erkenne aus den Augenwinkeln eine lange Schnauze, die mich gepackt hält und an meiner Kehle rüttelt: ein zweiter Umbra, der sich in der Mischgestalt eines wolfsartigen Raubtiers und eines Mannes auf mich gestürzt hat!

Seine Hände halten meine Arme fest, das Gewicht des Wesens presst mich gegen die Schindeln. Ein Blitz hilft mir nicht weiter, eine Verwandlung in eine Eule oder einen Fuchs würde meinen Untergang nur beschleunigen. So schnell wendet sich das Blatt ...

»Halte sie!«, schreit ein Vampir von unten. »Wir sind gleich bei dir.«

Da gibt die marode Eindeckung nach, und ruckartig geht es mit uns beiden abwärts.

Wir krachen durch den Dachstuhl, schlagen gleich einer tonnenschweren Last durch die morschen Holzdielen des Heubodens und fallen weiter, begleitet von Trümmerstücken, Staubwolken und Schindeln, reißen sogar ein Loch in den Boden der Scheune.

Im Sturz gelingt es mir, den Umbra von meiner Kehle zu stoßen, auch wenn er mir dabei einen Bissen Fleisch herausreißt.

Die Schmerzen sind grässlich! Mein kostbares, eben erst aufgefrischtes Blut fließt aus mir heraus, läuft unter meine Kleidung. Ein Teil meiner Kraft konzentriere ich darauf, die Verletzung zu heilen – dann raubt mir der Aufschlag mitten in der Finsternis den Atem.

Ich pralle auf etwas Hartes, beinahe verliere ich das Bewusstsein, und falle noch einmal einen halben Meter tief. Ich muss mich im ersten Geschoss meines alten Laboratoriums befinden und auf den Seziertisch gefallen sein; langsam stehe ich auf und verharre vollkommen regungslos, lausche in das Schwarz, um den Umbra zu hören.

Ein leises Schleifen verrät ihn, ich drehe mich in die Richtung, aus der er mich anspringen möchte, und gehe in die Knie.

Ich öffne meinen Mund, knackend hakt sich mein Unterkiefer

aus, und die Zähne wachsen zu nadelspitzen, rasiermesserscharfen Klingen. Ein Luftzug über mir zeigt, wo sich der Umbra befindet, und ich schnappe zu.

Meine Lippen spüren warmes Fell, ich habe die Kehle des Vampirs getroffen. Sofort beiße ich zu, reiße ihm den Hals zu mehr als zwei Dritteln weg und spucke den Brocken aus. Er ist schwer angeschlagen, das muss ich nutzen.

Sein Schlag trifft mich mitten ins Gesicht, die Schatten geben ihm zu viel Deckung. Aber es gelingt mir, ihn am Arm zu greifen und zu mir zu ziehen. Den nächsten Hieb nehme ich ebenfalls in Kauf, dafür ramme ich ihm meinen Dolch ins Herz und beiße wieder nach seinem Hals. Es ist kaum Fleisch nachgewachsen, ich kann ihm seinen Nacken mühelos durchtrennen. Der Umbra bricht zusammen.

Ich wanke, sacke neben dem Tisch auf den Boden und taste nach dem Kadaver. Es ist das zweite Mal, dass ich Vampirblut trinken muss, um neue Stärke zu sammeln. Ein zweischneidiges Schwert, denn wenn ich so weitermache, werde ich an einer Vergiftung sterben. Es ist keine gute Nahrung, aber es geht nicht anders, sonst werde ich im Laboratorium verenden, was mehr als eine Ironie des Schicksals wäre.

Das Blut des Umbra schmeckt noch grauenvoller als das der Viesczy. Es besitzt mehr Energie, weil diese Vampire nur wenige Wochen leben und dafür wesentlich mehr Macht von ihrem dämonischen Schöpfer erhalten haben, doch es brennt im Mund, auf der Zunge, in der Speiseröhre, in meinem Magen, der sich auf der Stelle zusammenzieht und das Blut auskotzen will.

Gleichzeitig fühle ich etwas, was sich am ehesten mit Trunkenheit vergleichen lässt, ein Zustand der Leichtigkeit, den ich durchaus genossen hätte, wenn der Rest meines Leibes nicht den Eindruck vermitteln würde, von innen heraus zu verbrennen.

Die leisen Geräusche, die von oben an mein Ohr dringen, sagen mir, dass die Vampire gerade das Loch im Boden gefunden haben und vorrücken. Ich schätze, dass es nicht mehr als fünf Gegner sein werden, und ziehe mich in eine Ecke des Labors zurück.

»Ist sie da?«, ruft eine männliche Stimme.

»Kann sie nicht sehen ... hier ist Blut!«, gibt eine Frau etwas gedämpfter zurück. Die Schritte nähern sich meinem Versteck. »Sie hat den Umbra fertiggemacht!«

Es klirrt, dann wird es im hinteren Teil des Laboratoriums heller. Eine der alten Laternen wurde entfacht. »Was ist das hier?«, meint eine dritte Stimme, die sehr nach einem Kind klingt.

Ich sehe die Vampirin nur einen halben Schritt und mit dem Rücken zu mir neben dem Leichnam des Umbra knien. Sofort greife ich sie von hinten, und die Schneide meines Dolches bekommt ein neues Herz zum Kosten – allerdings steche ich nur zu und schneide nicht. Langsam stehe ich auf und zeige mich, meine Geisel halte ich wie einen Schild vor meinen Körper.

»Ihr seid in meinem Laboratorium«, erkläre ich mit fester Stimme. Es sind sechs Vampire, und dieses Mal ist wenigstens kein Umbra unter ihnen; sie haben zwei der alten Kerzen angezündet, um mehr Licht zu haben. Mein Magen steht schier in Flammen, ich bin noch lange nicht in der Verfassung, mich mit allen gleichzeitig anzulegen. »Ich gebe euch ein letztes Mal die Gelegenheit, aus meiner Mühle zu verschwinden«, taktiere ich. »Sonst wird eure Freundin hier nur die erste Tote sein.«

Sie sehen sich an.

»Wie kommst du darauf, dass wir Rücksicht auf sie nehmen?«, meint der Vampir, der eine Kerze hält, zeigt auf meine Geisel und grinst dabei.

»So weit geht der Pakt nun auch wieder nicht.« Eine zweite

Vampirin hebt ein verrostetes Skalpell auf. »Wir erlauben den Kindern des Judas nicht mehr, in diesem Land Fuß zu fassen. Es dauerte zu lange, um euch loszuwerden.«

»Die Cognatio hat sich selbst zerfleischt.« Ich lache. »Wegen mir. Ihr verdankt es demnach mir, dass ihr überhaupt an die Macht kommen konntet! Ansonsten hätte euer Pakt nichts bewirkt. Zeigt Dankbarkeit und verschwindet.« Die Wunde am Hals hat sich geschlossen, ich fühle, wie die Schwäche weicht. Die Hybris schwingt sich erneut empor, und ich lasse sie gewähren. Wie verlockend gut sie sich anfühlt: besser als jedes lebendige Wesen zu sein, Gebieterin über die übermächtigen Elemente und ewig lebend!

»Sicher. Und wenn du es möchtest, stellen wir uns im Sonnenschein in einer Reihe auf und warten auf die tödlichen Strahlen.« Die Vampirin mit dem Skalpell kommt näher. »Weder du noch dein Freund werden diese Nacht überstehen.«

»Er ist nicht mein Freund.« Ich zerschneide das Herz meiner Geisel und stoße sie tot gegen den Seziertisch. »Er ist mein ärgster Feind.« Das Loch im Dach ermöglicht es mir, Kontakt zu den Wolken herzustellen und einen weiteren Blitz hervorzulocken. Es fällt mir leichter als vorhin – er trifft die Vampirin, verdampft ihre Haare, die Haut am Schädel und das Wasser in ihrem Körper. Rauch und Dampf zischen hoch, und sie fällt.

Während die anderen auf sie starren, starte ich meinen Angriff.

Schneller als ein Pfeil rase ich auf die nächste Gegnerin zu, die neben der Laterne steht und eine Sichel zur Verteidigung hebt.

Ihre Bewegung ist lahm, und ehe sie den Schlag zu Ende führen kann, habe ich ihr Herz zerteilt. Während sie fällt, nehme ich die Sichel an mich, denn sie wird mir gute Dienste leisten können.

Ich schleudere sie wie einen Bumerang nach dem vierten

Gegner und enthaupte ihn, dabei sprinte ich auf meinen letzten Feind zu, setze über die Seziertische hinweg.

Kurz bevor ich ihn erreiche, hebt er einen armlangen Holzstab, der einmal ein Stück eines Stuhls gewesen ist, und zielt damit auf mein Herz.

Es gelingt mir nicht mehr auszuweichen, und ich habe auch nichts dagegen, dass mich der improvisierte Pflock penetriert. Ich werde ihm zeigen, wie wenig ich diesen Spieß fürchte, der dazu taugt, Abschaum wie ihn aus dem Verkehr zu ziehen, aber nichts gegen eine Aeterna auszurichten vermag!

Dennoch sind die Schmerzen grell und verursachen blendende Kreise vor meinen Augen. Mein Herz stockt, als das Holz in es hineinfährt, aber mein unbändiger Wille hindert es daran, mit dem Schlagen aufzuhören. Die Kammern pumpen weiter.

»Was bei ... welchem Dämon dienst du?«, stammelt mein Feind und lässt den Stab los. Er starrt mich an, und ich sehe, dass er diese Art von Furcht niemals zuvor in seiner Existenz empfunden hat. »Wie schützt er dich vor dem Vergehen ...«

Meine Hand zuckt nach vorne, die Finger schlagen sich in den weichen Hals und bohren sich durch die Haut ins Fleisch. Die Kuppen tauchen in die Arterie ein, und ich spüre, wie das Blut sie umspült. Sein Herz pocht rasend. Ich schüttele den Kopf, meine roten Haare fallen mir in die Stirn. »Ich diene dem Guten, nicht der Hölle.« Meine Hand drückt zu, ich umklammere seine Kehle und die Luftröhre von innen. »Das ist der Unterschied zwischen uns beiden.« Mein Messer fährt durch seine Rippen, und wieder nehme ich ein untotes Leben.

Achtlos werfe ich den Leichnam in die Ecke des Laboratoriums, danach mache ich mich an den Aufstieg.

Ich muss sehen, was Marek auf dem Turm angerichtet hat, und ich wünsche mir nichts mehr, als ihn tot zu sehen. Gleichzeitig habe ich kaum Zweifel daran, dass es nicht so sein wird. Er war immer ein guter Kämpfer. Wenn die Vampire es nicht schaffen, werde ich es tun. Für Viktor, den alten und den neuen.

Aus der Tiefe steige ich empor wie eine verstoßene Göttin aus der Unterwelt, aus der Finsternis hinaus in das tobende Unwetter.

Ich verlasse das schwankende Gebäude und stehe mitten in einem starken Sturm, der den Schnee in die Höhe peitscht und umherwirbelt; die Scheune ächzt und knarrt gefährlich, Schindeln und Balken lösen sich, ich höre das Poltern und Krachen der Aufschläge.

Blitze stoßen immer wieder in die Ruine der Mühle. Marek muss sich wohl gegen eine Übermacht zur Wehr setzen. Das gefällt mir sehr gut.

Ich werfe den Dolch so, dass er auf der Decke des Turms landen wird. Meine Kräfte machen meinen Leib durchschimmernd und leicht, der heftige Wind trägt mich mehrmals um den Turm, und dabei steige ich höher und höher.

Ich gleite an den Wänden vorbei, an denen das Blut herabrinnt und teilweise schon gefroren ist. Von oben sehe ich, wie mein Bruder eben seinen letzten Widersacher niederstreckt und gleich darauf enthauptet; dann sinkt er auf ein umgestürztes Regal und lässt das Schwert fallen, erschöpft und kraftlos.

Marek hat seinen linken Arm verloren, und sein Leib sieht aus wie eine einzige Wunde. Die Kleidung ist zerfetzt, zerrissen von den unzähligen Attacken. Die Bibliothek ist voller Leichenteile und Kadaver; daher rührt das Blut, das ich auf meinem Flug nach oben gesehen habe.

Der Sturm lässt sehr rasch nach, die Flocken kehren auf die Erde zurück und bedecken das Schlachtfeld.

Er spürt, dass ich in der Nähe bin, und hebt den Kopf. »Ich weiß, dass du da bist«, ruft er. »Meine Aufgabe ist erfüllt.« Er berührt den Armstumpf, aus dem sein Lebenssaft quillt. »Mir fehlt die Kraft, die Verletzungen zu heilen.« Er schließt für einen Moment die Augen und schluckt. »Der Preis des Alters. Der Preis für meine Experimente.«

Mit jedem Wort vergeht er mehr und mehr. Ich dirigiere den Wind so, dass ich auf den Deckenresten lande. Ich hebe den Dolch auf und springe zu ihm. Drei Schritte von ihm entfernt lande ich in dem Chaos. Meine Lippen bleiben stumm, ich betrachte die Toten, denen er die Köpfe abgeschlagen hat.

Er lehnt sich gegen ein zweites Regal. »Habe ich dir nicht versprochen, dass wir den Abschaum besiegen, Scylla?«, sagt er mit einem Lächeln. Sein eigenes Blut und das der Gegner hat ihn mit Flecken und Spritzern versehen, als habe man ihn mit roter Farbe aus einer Lackierpistole beschossen.

Ich gehe neben einer halbierten Vampirin in die Hocke und drehe sie auf den Rücken, um ihr Gesicht zu betrachten. Sie gehörte zur Gattung der Nex, wie ich an den zerfetzten Lippen und den Zähnen erkenne. »Es werden sicherlich welche entkommen sein«, sage ich zu ihm. »Unser Sieg wird weitere Vampire anspornen, gegen uns anzutreten und uns besiegen zu wollen. Wer uns überwindet, wird unendlichen Ruhm ernten und von seinem Herrn die kostbarsten Geschenke erhalten.«

Marek nickt langsam und verfolgt die Flocken in ihrem Flug. »Es wird keinem gelingen.«

»Viel Erfolg.«

»Was ...«

»Ich jedenfalls werde nicht hier sein, wenn sie kommen. Falls sie kommen. Es waren so viele, die wir vernichtet haben, es werden kaum mehr welche übrig sein. Der Pakt hat ihnen den Tod gebracht.« Ich erhebe mich. »Du stirbst ohnehin.«

Er öffnet den Mund, kann nichts sagen und muss sich erst sammeln. »Scylla, wir haben es doch geschafft! Wir haben erreicht ...«

»*Du* wolltest etwas erreichen, nicht ich.« Ich gehe auf ihn zu. »Du wolltest mich von Anfang an zu einem echten Judaskind machen, das so falsch und verlogen ist wie alle in der Cognatio – außer unserem Vater.« Meine Schritte sind langsam, ich stelle mir vor, wie ich seine Absichten unter meinen Sohlen zertrete. »Du hast mir mein altes Leben genommen, in mir Hass und Dunkelheit erweckt, um mich zur Mühle zu zwingen und mir zu zeigen, zu was ich fähig sein kann, wenn ich es zulasse. Und da denkst du wirklich, dass ich dir deinen innigsten Wunsch erfüllen werde?« Ich deute auf seinen Stumpf. »Das ist nur der Anfang deiner Strafe.«

»Es ging mir immer nur um die Cognatio, die *du* zerstört hast.« Marek atmet schneller, seine Pupillen sind geweitet, gelegentlich trüben sie sich ein. »Du wirst die Kinder des Judas neu erstehen lassen. Es ist deine Pflicht!« Er erkennt meine Ablehnung und versucht, sich aufzurichten, doch er ist zu schwach. »Siehst du denn nicht, welche Chance dir gegeben wird? Du kannst eine Cognatio nach *deinen* Vorstellungen ins Leben rufen! Nach *deinen* Werten ... von mir aus nach denen, wie sie unser Vater und seine Gespielin hatten.« Marek hat seine Taktik geändert. Weil er mit Appellen nicht weiterkommt, versucht er es mit der Verlockung. Er reckt bittend die Hand. »Ich bitte dich: Gründe die Cognatio neu!« Sein Kopf fällt zurück, dumpf schlägt er gegen das Holz. »Bitte«, fleht er. »Bitte, Scylla.« Er schweigt und ringt mit den Schmerzen. Die Kälte um uns herum kühlt auch mich und meinen Verstand. Die klaren Gedanken kehren zurück, und sie zeigen mir die Vorteile einer neuen Cognatio: Ich wäre die Ischariot, ich würde die Regeln aufstellen, und ich könnte meine unsterblichen Kinder forschen lassen, um der Menschheit zu dienen. So wie es mein Vater gewollt hätte.

Dann sehe ich wieder die alten Gesichter der Heuchler vor mir ... und Hendrik Lobitsch. Wie soll ich vermeiden, dass eins meiner Kinder, das der Cognatio beitreten könnte, sich im Geheimen so entwickelt wie er? Wie sollte es möglich sein, diejenigen in der Cognatio voneinander zu trennen, die mit mir einer Meinung sind und die nur so tun, als ob.

»Niemals«, erwidere ich fest. »Du wirst mit diesem Wissen sterben: Sämtliche deiner Absichten sind gescheitert, Marek. Keine Cognatio, keine Kinder des Judas ... und ich werde mir selbst das Leben nehmen. Ich lande so oder so in der Hölle.«

»Nein«, ruft er, und seine vorgetäuschte Freundlichkeit ist weggewischt. Er zeigt die Fratze des Dämons, dem wir gehören. »Das kannst du nicht! Deine Nachfahren ...«

»Ich habe keine Kinder mehr«, unterbreche ich ihn. Noch ist das eine Lüge – doch es muss nicht lange eine bleiben. »Mit meinem Tod erlischt die Linie.«

Marek knurrt mich an. »Diese Linie ...« Durch seinen Körper geht ein Ruck – aber das Licht in seinen Pupillen erlischt im gleichen Moment. Der Kopf sinkt mit geöffneten Lidern zur Seite.

Marek ist tot.

Ich betrachte ihn und empfinde ...

... nichts.

Da ist keine Wut, kein Hass mehr auf ihn. Er ist mir gleichgültig geworden. Gleichgültigkeit ist das Schlimmste, was man einer Kreatur antun kann, auch nach ihrem Tod. Dadurch stirbt sie vollkommen und gerät in Vergessenheit. Das soll mit ihm geschehen.

Die Flocken legen sich auf Mareks Gesicht und schmelzen nicht mehr. Wenn ein Vampir tot ist, zieht die Wärme zusammen mit der Seele aus dem Körper. Dort, wo seine Seele hingeht, wird sie gestraft genug. Kein Dämon ist freundlich zu seinen Dienern.

Ich schaue nach Osten, wo der klare Sternenhimmel bereits zu sehen ist und das Unwetter seine Macht verloren hat.

Aber ich muss nach Westen.

XXIV. KAPITEL

31. Dezember 2007
Deutschland, Sachsen, Leipzig, 21.57 Uhr

Ich stehe in der Karl-Liebknecht-Straße, schräg gegenüber des Hauses, hinter dessen Fenstern Elena und Emma wohnen.

Bald wird eine neue Zeit anbrechen, und damit meine ich nicht den Beginn des Jahres 2008.

Eine neue Zeit für mich.

Mareks Worte und das, zu dem er mich durch seine Listen gebracht hat, haben Spuren hinterlassen, aber nicht so, wie es sich mein Bruder erhofft hatte.

Das völlige Gegenteil ist eingetreten.

Auch wenn ich es gewagt habe, mit einer neuen Frisur und neuen Papieren in die Stadt zurückzukehren, ist es nicht mehr das Gleiche, durch die verschneiten Straßen zu gehen.

Ich liebe Leipzig noch immer, und als ich durch den Innenraum des Völkerschlachtdenkmals geschlendert bin, um mir die Statuen ein letztes Mal anzuschauen, hatte ich Tränen in den Augen.

Es waren meine letzten Besuche an den Orten, die mir ans Herz gewachsen sind. Nirgends gibt es einen vergleichbaren Ort wie die Moritzbastei, die vielen schönen Hinterhöfe und Passagen.

Ich stelle mir vor, dass Leipzig vielleicht ganz glücklich ist, wenn ich es verlasse. Mehr als einhundert Jahre habe ich mich in der Stadt herumgetrieben, habe sie wachsen und teilweise untergehen sehen. Auferstanden aus Ruinen, abgezockt von

Immobilienhaien und dennoch erhalten geblieben mit ihrem eigenen Charakter und Charme. Ich habe meine Spuren hinterlassen, habe über meine Kinder gewacht, mit Tränen in den Augen gemordet und mein Schicksal verflucht.

Marek hat mir ein neues Schicksal schmackhaft machen wollen: die Auferstehung der Kinder des Judas.

Schierer Unsinn.

Ich hätte mehr Zeit damit verbracht, die Cognatio zu kontrollieren, als zu forschen und Gutes zu tun, wie ich es gewollt hätte. Außerdem weiß ich, dass meine großen Zeiten als Gelehrte längst vorbei sind.

Schon nach der Trennung von den Kindern des Judas habe ich es bei der Theorie belassen und mich auf Briefverkehr mit klugen Köpfen der jeweiligen Zeit beschränkt. Es wird niemals jemand erfahren, wie vielen berühmten Männern und Frauen ich bei ihren Erkenntnissen und Erfindungen aus der Ferne beigestanden habe. Ich habe stets darüber geschwiegen und ihnen allen das Versprechen abgenommen, meine Existenz im Dunkeln zu lassen. Im wahrsten Sinne des Wortes.

Auch meine besonderen Fähigkeiten habe ich nicht mehr benutzt. Alles, was mich an mein altes Leben als Scylla erinnerte, hatte ich abgelegt.

War es ein Fehler, wie Marek behauptet hat?

Ein Bus fährt dicht an mir vorüber und schleudert Schneematsch gegen den Saum meines Mantels. Ich weiche fluchend weiter vom Fahrbahnrand zurück. Es wäre wohl besser, mit meinen Gedanken in der Gegenwart zu bleiben, anstatt in der Vergangenheit umherzustreifen.

Ich beobachte einen Mann, der ein kleines Mädchen an der Hand hält und mit ihr über den schlechtgeräumten Weg bummelt. Er lächelt sie an, während sie von Schneefleck zu Schneefleck hüpft und in die kleinen Hügel tritt.

Marek hat mich nie verstanden. Ich habe nach Frieden, nach

Ruhe in meiner Existenz und einer menschlichen Aufgabe gesucht: das Kind großzuziehen, das mir genommen wurde. Ich habe es erst im zweiten Anlauf geschafft, nachdem ich mit Viktors Vater eine Affäre hatte.

Heute, rückblickend und weiser, kommt mir mein Verhalten in jenen Jahren töricht und egoistisch vor, wenngleich ein Teil von mir es nach wie vor nicht bereut, Nachfahren in diese Welt gesetzt zu haben.

Nicht alle sind zu Monstern und Psychopathen geworden; manche lebten ein normales, ruhiges Leben, andere ein herausragendes als Forscher und Wissenschaftler. Unglaublich, wie sich Talente vererben – und nicht nur die Makel.

Ich recke den Kopf in den kalten Wind und atme das Gemisch aus Reinheit, Abgasen und anderen Gerüchen ein. Leipzig hat einen ganz bestimmten Geruch. Die Stadt wird mir sehr fehlen ...

Mein PDA piepst, und ich nehme ihn aus der Manteltasche. 22.30 Uhr, noch eine halbe Stunde, bevor ich aufbrechen muss.

Mein Weg führt mich weiter in den Westen, an den Atlantik. In das französische Dorf in der Südbretagne, das mir schon einmal Unterschlupf bot. Es ist dort so ganz anders als in Leipzig – und genauso unvergleichlich.

Ich freue mich darauf, am Meer zu sitzen, die Wellen zu betrachten und das ewig gleichbleibende Geräusch zu hören. Ich werde das Salz von meinen Lippen lecken. Freiheit schmecken – und dem Ozean so nahe sein wie niemals zuvor. Es wird schmerzhaft werden, in die Fluten zu steigen und darin zu vergehen, doch einen besseren Tod kann ich mir nicht vorstellen. Das ewige Meer wird mich vollkommen auflösen, nichts wird von mir zurückbleiben. Keine Leiche, keine Fragen, ich verschwinde einfach.

Ich tippe auf meinem PDA herum und lasse die Liste aufleuchten. Meine schwierigste Aufgabe steht mir noch bevor.

Ich warte, bis ich gefahrlos über die Straße huschen kann, und gehe auf den Eingang des Hauses zu; meine rechte Hand langt auf die Klingelknöpfe und betätigt viele gleichzeitig. Gleich darauf wird mir von irgendeinem der Mieter geöffnet.

Ohne ein Geräusch zu verursachen, schlüpfe ich hinein und schließe die Tür so leise, dass niemand sie zufallen hört. Nach einer Minute eile ich lautlos die Stufen hinauf, bis ich in dem Stockwerk angekommen bin, in dem Elena und Emma wohnen.

Oder besser gesagt: bald nicht mehr wohnen wollen.

Sie haben einen Umzug arrangiert und ziehen weiter weg von Frick, damit er sie in Ruhe lässt.

Leichter können sie es mir nicht mehr machen.

Ihre Namen sind mit Salzteig geformt und an den Rahmen gehängt worden, zwei Weihnachtskugeln baumeln daran, und über der Tür hängt ein Mistelzweig. Wie letztes Jahr.

Marek hatte mir gedroht, dass nichts von mir bliebe, wenn ich ihm nicht nach Belgrad folge. Eine Drohung ohne wirkliche Gefahr. Wenn nichts mehr von mir bleibt, ist es umso besser.

Elena und Emma sind meine letzten Nachfahren und tragen ebenso wie ihre zahlreichen Vorfahren die Veranlagung zum Vampirdasein in sich. Ich habe es vor der Abreise nicht übers Herz gebracht, sie zu töten, aber jetzt ...

Ich starre auf die Tür und rühre mich nicht.

Ist es gerecht, wenn ich hineingehe und ihnen die Köpfe abschneide? Sie zeigen beide keine Auffälligkeiten, sind die Freundlichkeit in Person. Elena weist durchaus Anzeichen für ein großes mathematisches Talent auf, was eine kommende Forscherin verspricht. Aber ebenso, sagt mir eine andere Stimme, kann es sein, dass sie morgen vom Bus überrollt und aus dem Grab steigend zur mordenden Bestie wird, die für Aufsehen sorgt. Wie ich es einst war.

Tu es, ruft das Wissen in mir, und das Gewissen schweigt. Es hat wohl zu viel gesehen, um sich zu rühren. *Schließe mit dem alten Leben ab. Und hinterlasse nichts.*

Meine Hand hebt sich, ich drücke den Klingelknopf. Es ist ein melodischer Ton, der aus den Räumen dahinter dringt, dann vernehme ich rasche Schritte. Der Eingang öffnet sich, und ich schaue in die wunderschönen Augen Elenas.

Sie stutzt, als sie mich sieht. »Ja?« Sie trägt einen hellgrünen Pullover, dazu schwarze Leggins und Hauspantoffeln mit Tigerkrallen; die langen braunen Haare hat sie zu zwei Zöpfen geflochten, die rechts und links am Hinterkopf abstehen.

Sie ist mein Fleisch und Blut. Es bedarf keines langen Blicks, und ich erkenne die Ähnlichkeit in ihrem Gesicht. Es ist die Wangenpartie, die später einmal die gleiche Ausprägung wie bei ihrer Mutter haben wird.

»Hallo«, sage ich freundlich und gehe in die Hocke. Ich habe den Eindruck, dass meine Stimme belegt ist. »Ist deine Mutter da?«

»Ja. Soll ich sie rufen?« Sie wendet sich nach hinten. »Mama, da ist eine Frau an unserer Tür. Die will dich sprechen.«

»Ich komme«, ruft Emma aus der Küche. Ich kenne die Wohnung in- und auswendig, so dass ich den Ort, von dem die Stimme der Frau kommt, exakt zuordnen kann. Papier raschelt, vielleicht ist sie gerade damit beschäftigt, die Tassen und Teller für den Umzug einzuwickeln.

Elena schaut mich wieder an. »Was wollen Sie denn?«

»Etwas fragen.«

Sie schiebt die Tur ein Stuck zu. »Wir kaufen aber nichts.«

Ich lächle. »Keine Sorge. Es geht nicht um ...«

Die Tür wird wieder etwas weiter geöffnet, und Emma erscheint. »Ja, bitte?« Sie schaut mich fragend an.

Langsam erhebe ich mich. Emma ist einen halben Kopf größer als ich, wie die meisten Frauen es heute sind. Zu meiner Zeit war man eben nicht so hochgewachsen. »Guten Tag, Frau

Karkow. Ich wohne ein paar Straßen weiter und gehe oft hier vorbei, und da sind mir ihre schönen Fensterbilder aufgefallen«, erkläre ich lächelnd. »Halten Sie mich nicht für aufdringlich, aber wäre es vielleicht möglich, dass ich sie mir aus der Nähe betrachten darf? Ich bastele für mein Leben gerne.«

Emma entspannt sich und fühlt sich gleichermaßen geschmeichelt. Da ich sie sehr gut kenne, weiß ich, dass sie mich hereinbitten wird. Sie ist in dieser Beziehung einfach zu freundlich. »Oh, Sie hätten nicht viel später kommen dürfen. Wir ziehen um, und damit verschwinden auch die Bilder von den Scheiben.« Sie schiebt Elena zur Seite, damit ich eintreten kann. »Kommen Sie, ich erkläre Ihnen, wie ich sie gemacht habe.«

Ich trete über die Schwelle – das erste Mal, dass ich in ihrer Wohnung bin und sie nicht schlafen oder abwesend sind. »Das ist wirklich sehr nett von Ihnen.« In einer vertrauten Umgebung so zu tun, als sei man irgendwo das erste Mal, ist gar nicht so leicht, und ich muss mich sehr beherrschen, um mich nicht zu verraten.

Emma führt mich ins Wohnzimmer, in dem der Duft von Plätzchen und Tannenbaum in der Luft hängt. »Schauen Sie einfach über das Chaos hinweg«, meint sie leicht verlegen und schlängelt sich an den Umzugskartons vorbei, die aufeinandergestapelt herumstehen. Sie geleitet mich ans Fenster und nimmt das Bild ab, auf dem ein Turm zu sehen ist.

Er erinnert mich an die Windmühle.

»Das ist im Grunde Scherenschnitttechnik«, legt sie los und erklärt mir, welche Lagen man wie übereinanderklappen muss, welche Vorzeichnungen notwendig sind und vieles mehr.

Ich verfolge ihre Ausführungen nicht, sondern schaue zum ersten Mal aus der Nähe und ohne mich verbergen zu müssen in ihr Gesicht. Ihre Abstammung ist nicht zu verleugnen. Mein Blick richtet sich auf ihre Lippen, die sich unentwegt bewegen, wandert an der Nase entlang zu den Augen. Ich stelle mir vor, wie sie blind und tot aussehen werden, nachdem ich mit Emma fertig bin. Entseelt.

Ich nicke viel, meine rechte Hand legt sich unter dem Mantel auf den Rücken, und ich tue so, als würde ich mein Kreuz stützen. Die Finger schließen sich um den Dolchgriff.

Es wird schnell gehen, verspreche ich Emma in Gedanken. *Du wirst nichts spüren*. Ich überlege, ob ich sie vorher vielleicht mit einem harten Schlag gegen die Schläfe betäuben soll und sie danach erst ersteche. Meine Tochter, die Nachkommin von vielen Generationen, die meinem Leib entsprungen sind ...

Plötzlich hält Emma mit ihrem engagierten Vortrag inne. »Verzeihen Sie, aber ich habe die ganze Zeit über das Gefühl, dass ich Sie kenne«, gesteht sie.

»Ich ... ich laufe sehr oft an dem Haus vorbei«, weiche ich aus.

Doch sie schüttelt den Kopf. »Nein, es ist irgendwie ...« Sie sucht nach den richtigen Worten.

Elena hat mich die ganze Zeit über beobachtet. Sie steht mit verschränkten Armen vor mir und mustert mich unentwegt. »Ihr seht euch sehr ähnlich«, findet sie nach Abschluss ihrer eingehenden Betrachtung. »Ihr könntet Schwestern sein.«

Emma sieht mich zuerst erstaunt an. Doch dann nickt sie. »Das wird es sein! Mir ist es vorhin schon aufgefallen, als ich die Tür geöffnet habe.«

Ich muss schlucken. »Kennen Sie die Theorie, dass es von jedem Menschen auf der Welt irgendwo einen Doppelgänger gibt?«

Sie lacht. »Ja, davon habe ich auch schon mal gehört.« Sie streicht Elena über den Schopf und zieht sie zu sich. »Aber ein bisschen merkwürdig ist das schon, oder?«, fügt sie hinzu. »Ich meine, dass zwei wildfremde Menschen einander derart ähneln und dann auch noch in derselben Stadt leben ...«

Ich nicke. Meine Hand hat sich so fest um den Dolchgriff

geklammert, dass das Material leise knirscht. Inzwischen kann ich keinen klaren Gedanken mehr fassen. *Zustoßen oder nicht, zustoßen oder nicht.* »Ja, merkwürdig«, stimme ich zu, und meine Stimme klingt wirklich belegt. Nach mehrfachem lautem Räuspern ist es wieder besser.

Emma mustert mich intensiver. »Sagen Sie, vielleicht sind wir doch über sieben Ecken verwandt. Stammen Sie aus Leipzig?«

»Nein«, flüchte ich sofort aus der Falle, in die sie mich unbewusst manövriert. »Nein, meine Vorfahren stammen aus dem Osten.«

»Noch mehr Osten als Leipzig geht ja fast nicht mehr«, lacht sie.

»Doch. Serbien.« Mir kommt es vor, als hätte ich den rechten Moment verpasst, in dem ich hätte zustoßen können. Da ist es wieder, das erstarkte Gewissen.

Elena schaut auf die Uhr. »Müssen wir nicht bald los, Mama?«

Sie schaut erschrocken. »Ach du liebe Zeit! Wir müssen uns noch umziehen, für die Party heute Abend.« Kurz entschlossen drückt sie mir das Fensterbild in die Hand. »Hier, nehmen Sie. Behalten Sie es.« Emma sucht meinen Blick. »Ich finde es sehr schade, dass wir uns jetzt erst kennenlernen. Scheint, als hätten wir ein paar Gemeinsamkeiten.«

»Wohin ziehen Sie denn, Frau Karkow?«

Sie zögert. »Verstehen Sie das nicht falsch, aber ich möchte es Ihnen lieber nicht sagen«, sagt sie dann. »Mein Ex-Mann ist ein ziemlich aufdringlicher Kerl, und ich traue ihm zu, dass er mich beobachten lässt und sie später nach meinem neuen Aufenthaltsort ausfragen möchte.«

»Kein Problem«, meine ich freundlich. »Schade, dass es nicht geklappt hat mit Ihnen beiden.« Ich nicke Elena zu. »Es ist nie schön für ein Kind, ohne Vater aufzuwachsen.«

»Er ist ein Arsch«, meint sie knapp.

Emma und ich müssen lachen, und das Band zwischen uns verdichtet sich gegen meinen Willen weiter.

»Machen wir es doch so«, schlägt sie vor. »Wir werden erst in drei Tagen die Stadt verlassen. Wenn wir uns bis dahin noch einmal zufällig treffen, nehmen wir das als Wink des Schicksals und gehen einen Kaffee trinken, um herauszufinden, ob das wirklich alles Zufälle sind.« Sie hält mir lächelnd die Hand hin.

»Einverstanden.« Ich schlage ein und kann nicht verbergen, dass meine Finger zittern. Noch immer habe ich eine Hand auf dem Rücken, am Messer.

»Ich bringe Sie zur Tür«, sagt Emma und schiebt sich an mir vorbei. Ich glaube, sie benutzt sogar ein ähnliches Parfüm wie ich.

Elena springt um mich herum, während ich ihrer Mutter zur Tür folge, und schaut von allen Seiten. Bevor ich meinen Arm unauffällig zur Seite nehmen und den Mantel wieder glatt über den Dolch gleiten lassen kann, hat sie die Waffe gesehen, aber sie sagt nichts; stattdessen betrachtet sie ihn voller Neugier, und ich erkenne den Wunsch, mein Accesoire näher anschauen und anfassen zu dürfen.

Ich kenne diesen Blick!

Von einem Mädchen, das vor mehr als dreihundert Jahren zum ersten Mal in ihrem Leben einen Janitscharen gesehen hat, der in ihr Haus kam und ihr die Mutter nahm.

Elena sieht scheu zu mir hoch. Sie weiß, dass ein so großes Messer nicht gewöhnlich ist und dass heutzutage nur sehr wenige Menschen eine derartige Waffe mit sich herumtragen. Ich bin vermutlich die erste Person, die sie derart bestückt sieht.

Spätestens jetzt gilt es, eine Entscheidung zu treffen.

Emma läuft vor mir, sie dreht mir den Rücken zu und vertraut mir, der netten Frau aus der Nachbarschaft, der sie ihr Fensterbild geschenkt hat. Es wäre leicht, so leicht, sie zu töten.

Ich schaue zu Elena, lege meinen Zeigefinger auf die Lippen und zwinkere; das Mädchen nickt.

In diesem Augenblick dreht sich Emma herum. »Ihnen alles Gute ... und einen guten Rutsch ins neue Jahr.«

»Ihnen auch.« Ich gehe wieder vor Elena in die Hocke und halte ihr die Hand hin. »Dir wünsche ich, dass du dort, wo du hinziehst, viele neue Freunde findest.«

Sie lächelt wissend. »Bestimmt«, meint sie und grinst frech. Ihre Augen zucken, schauen dorthin, wo sie den Dolch weiß. »Frohes neues Jahr.«

»Danke, Elena.« Ich trete in den Flur und winke den beiden zu. Sie bleiben auf der Schwelle stehen, bis ich den ersten Treppenabsatz hinuntergegangen und aus ihrem Sichtfeld verschwunden bin; dann fällt die Tür hörbar ins Schloss.

Ich bleibe stehen und sehe aus dem kleinen Fenster hinaus, lehne mich gegen das Geländer. Wie es aussieht, werde ich es nicht über mich bringen. Die kleine Familie lebt immer noch. Meine Familie ...

Ich bin kein Janitschar. Ich raube einem kleinen Mädchen nicht die Mutter und lasse es danach auch noch sterben.

Ich bin eine Aeterna und ein Vampir. Beides wird mir dabei helfen, meine alte Aufgabe wieder aufzunehmen, solange sie eben dauern mag: meine Nachfahren zu beobachten und sie davor zu bewahren, ein solches Wesen zu werden, wie ich es bin.

Langsam gehe ich die Treppe nach unten.

Zufriedenheit breitet sich in mir aus, und ich fasse den Entschluss, dass ich Elena und Emma schon morgen wieder begegnen werde. Natürlich rein zufällig.

Ich trete hinaus in den kalten Wind, der durch Leipzig fegt und das neue Jahr mit sich bringt.

Es grollt und rumpelt, über der Stadt braut sich eines der

seltenen Wintergewitter zusammen. Die Böen drücken den Mantel an mich, und ich spüre die Kladde mit meinen Aufzeichnungen, die ich in der Innentasche trage. Die Geschichte von Scylla wäre mir nach Frankreich und in die Fluten des Atlantiks gefolgt.

Nachdenklich gehe ich die Straße entlang, nehme das Buch hervor und streiche über den Einband. Im Grunde ist es fertig, ich habe mir alles von der Seele geschrieben.

Ich blättere durch lose und feste Seiten. Dann reiße ich sie mit einem raschen Griff heraus und halte das Papierbündel in der Hand.

»Abgeschlossen«, sage ich leise und werfe die Seiten hoch in die Luft.

Es kostet mich keine Mühe, dem Wind zu gebieten. Er erfasst die Notizen, weht sie umher und trägt sie mit sich fort bis hoch in die schwarzen Wolken; gelegentlich lässt er einzelne Blätter fallen, doch sie werden im Schneematsch landen und unlesbar werden. Die Tinte wird verlaufen, die Geschichte verschwimmen und sich auflösen. Wie Scylla.

Es blitzt über dem Gebäude des Senders MDR, gleich danach donnert es. Welch ein Wetter an Silvester: Ein Feuerwerk der Elemente!

Erleichtert werfe ich den nutzlos gewordenen Einband in die nächste Mülltonne. Meine Begegnung mit Marek hat mir gezeigt, dass es sinnvoll ist, auf die Fertigkeiten eines Vampirs zurückzugreifen. Das Verleugnen hat mir nicht gutgetan, und ich werde mich von nun an öfter meiner wahren Natur besinnen und des Nachts mit dem Wind um die Welt ziehen – nur um am Morgen wieder bei Elena und Emma zu sein.

Wenn ich richtig überlege, ist auch Theresia Sarkowitz' Zeit abgelaufen. Ich werde ihr einen friedlichen Tod gewähren.

Es wird anscheinend ein weiteres Mal Zeit für neue Papiere und einen neuen Namen. Oder besser einen alten.

Jitka ist schön.

Jitka von Schwarzhagen?

Mir kommt ein Mann entgegen. Es ist Frick, der Ex von Emma, und sein selbstgefälliger Blick gefällt mir gar nicht. Womöglich hat er einen weiteren Coup in Sachen Sorgerecht vorbereitet und möchte ihn tatsächlich noch in diesen Stunden umsetzen.

Wir sind etwa zwanzig Meter voneinander entfernt, noch hat er mich nicht erkannt. Ansonsten ist die Straße – abgesehen von wenigen geparkten Autos – leer.

Ich wache über meine Familie, so habe ich es immer gehalten. 2008 soll gut für sie beginnen, und die nachfolgenden Jahre sollen noch besser werden.

Dafür werde ich sorgen.

Meine rechte Hand wandert an den Dolchgriff, der andere Arm hebt sich schon, um den Rand der Wollmütze nach unten zu ziehen – da stocke ich. Wollte ich mich nicht mehr auf meine Stärken besinnen?

Ich benötige kein Messer.

Mein linker Arm reckt sich gegen die Wolken.

In mir pulsiert die Energie des Himmels, und der schwarze Brodem über mir unterwirft sich meinem Willen. Ich lächele. Die nächsten beiden Blitze sollen ein ganz besonderes Ziel haben und zweimal an der gleichen Stelle einschlagen.

Zur Sicherheit.

NACHWORT DES AUTORS

Ein Buch über Vampire, und das ganz ohne Dracula, wie ich es versprochen hatte. Vlad Tepes mag vieles gewesen sein, aber eines mit Sicherheit nicht: ein Vampir.

Auch um mit dem Bild des Vampirs, wie es sich seit Dracula eingeprägt hat, aufzuräumen, habe ich *Kinder des Judas* geschrieben.

Wie bei den Werwölfen in *Ritus* und *Sanctum* griff ich auch für dieses Werk auf reale Ereignisse aus den Jahren 1731 und 1732 zurück und gab ihnen einen neuartigen Hintergrund.

Wer selbst ein wenig recherchiert, wird viele historische Persönlichkeiten entdecken, angefangen von Obrist D'Adorno bis zu Contagionsmedicus Glaser. Die Akten der Geschehnisse von Medvegia lagern noch heute im Wiener Hofarchiv – denn diese Untersuchungskommissionen gab es tatsächlich.

Ob Vampire existierten?

Sicher ist: Auf dem Balkan und in Osteuropa kursieren für die gleiche Gestalt unzählige Begriffe: Vampir, Vapir, Vepir, Vupir; außerdem Lampir, Upir, Upyr, Upior, Upicrzyc und Wapierz; des Weiteren Vieszcy, Murony oder Priccolitsch, nicht zu vergessen Wukodalak, Vurkulaka, Tenac oder Tenjac und viele mehr. Die Arten und Namen von Vampiren sind so vielfältig wie ihr Verhalten. Zumindest, wenn man nach der Volkskunde geht.

Für manchen wird dieses Buch eine Flut an Informationen bereitgehalten haben – in Wahrheit gibt es nur einen winzigen

Einblick in all das, was den Blutsaugern nachgesagt wird oder wie man sich gegen sie schützen kann.

Sie haben ihre Spuren in der Geschichte hinterlassen: Zum ersten Mal erschien der Terminus »upir« im Jahr 1047 nach Christus im Nordwesten von Großrussland, in der Umgebung von Nowgorod. Es war der Name eines dort ansässigen Fürsten, der »upir lichyi« hieß; in Westrussland finden sich zudem Orte, die »Upiry« und »Upirow« heißen, und die Bewohner brüsten sich damit, von Vampiren abzustammen.

Die Wurzeln des Vampirglaubens reichen jedoch bis weit in die Antike zurück und fußen auf der ebenso simplen wie archaischen Feststellung, dass ein Lebewesen ohne Blut sterben muss.

Von daher ist Blut etwas Mächtiges – in manchen Kulturen der Sitz der Seele –, und Dämonen, die dem besonderen Saft nachstellen, sind extrem gefährlich. Sie jagen nicht nur das Leben: Mit dem Tod eines Menschen durch den Vampir wechselt er auf die Seite der Dämonen. Eine Rettung von dort ist so gut wie ausgeschlossen.

Auch die im Buch angedeutete Diskussion zwischen verschiedenen Gelehrten, Geistlichen und Philosophen über das Phänomen der Untoten existierte tatsächlich. In den 40er Jahren des 18. Jahrhunderts ging vor allem die Kirche zum Gegenangriff über, und ihre Autoren schrieben immer wieder über die Nichtigkeit des Vampirglaubens.

Doch das allein half nicht. Der Ruf nach einer gesetzlichen Eindämmung durch die Obrigkeit wurde immer lauter, bis Kaiserin Maria Theresia den zuvor so intensiv und mit großem Interesse besprochenen Vampirismus beziehungsweise alle Handlungen an Leichen verbieten ließ.

Das formale Verbot der Vampire wurde zum ersten Mal 1755 und 1766 mit der »Consitutio Criminalis Theresiana« erneut ausgesprochen. Den Blutsaugern rückte man nun nicht mehr mit Pflock und Grabschaufel zuleibe, sondern mit Paragraphen und geistiger sowie medizinischer Aufklärung: Die rituellen Gerichte wurden verboten, die behördliche Meldepflicht solcher Vorkommnisse eingeführt, die Bezahlung von offiziellen Kommissionen und der finanzielle Anreiz, Vampiruntersuchungen und -exekutionen durchzuführen, abgeschafft. Ohne Aufwandsentschädigung lohnte sich die unappetitliche Arbeit nicht mehr.

Um 1770 wurde der Vampirismus als gelöstes Rätsel und Kuriosität betrachtet. Mediziner hatten rationale Erklärungsmodelle für das rätselhafte Sterben und die Vorkommnisse geliefert.

Es wurde sehr ruhig, auch wenn die Vampire niemals richtig vergessen wurden, bis Bram Stoker seinen Roman *Dracula* schrieb. Er nahm sich Teile des traditionellen Vampirglaubens, dazu gab er die historische Person Dracula, mengte Beschreibungen aus Reiseromanen hinein und fügte als besonderes Gewürz Motive anderer, älterer Vampir-Schriftsteller hinzu.. Der Erfolg von und die Faszination für Dracula und alle Vampire hat sich bis heute gehalten.

Übrigens, der historische Dracula wurde – glaubt man der gängigsten Variante – von den Türken im Anschluss an eine Schlacht enthauptet. DAS überlebt kein Vampir.

Die Herausforderung, den realhistorischen Kontext des 18. Jahrhunderts anzureißen und in die Geschichte einzubauen, hat mir beim Schreiben dieses Buchs sehr viel Spaß bereitet. Ich werde keinesfalls ausschließen, dass ich mich wieder mit den Vampiren beschäftige. Dazu sind sie zu vielschichtig und zu rätselhaft.

Ein ehrliches, aufrichtiges Dankeschön geht an die Testleserriege Nicole Schuhmacher, Sonja Rüther, Tanja Karmann, Carina M. Heitz und Florian Haverkamp.

Nicht vergessen werden sollen Ralf Reiter, Timothy Sonderhüsken und der Knaur Verlag.

Markus Heitz
im Herbst 2007

Eine Geschichte.
Zwei mörderisch spannende Romane.
Zahllose scharfe Reißzähne!

Der große Zweiteiler von Markus Heitz

Frankreich im Jahre 1764: Eine Bestie versetzt die Menschen des Gévaudan in Angst und Schrecken. Frauen und Kinder werden gehetzt – und getötet. Auch der Jäger Jean Chastel beteiligt sich an der Jagd auf die Bestie. Immer wieder kreuzen sich dabei seine Wege mit denen der ebenso energischen wie geheimnisvollen Äbtissin Gregoria. Beide können nicht ahnen, dass sie kaum mehr sind als Figuren in einem erschreckenden Spiel, das über zweihundert Jahre später in der Ewigen Stadt Rom seine Vollendung findet ...

»Heitz heizt dem Leser mächtig ein.«
Bild am Sonntag

Nur das Beste lesen
Knaur Taschenbuch Verlag

Und jetzt ...?

Im Internet lehrt Markus Heitz Sie nicht nur das Gruseln,
sondern gewährt Ihnen auch einen exklusiven Blick
hinter die Kulissen der Dunkelheit

www.pakt-der-dunkelheit.de

Hintergrundinformationen – Mystery-Quiz
kostenlose Leseprobe – Trailer
Audiointerview